Las esquinas del aire
En busca de Ana María Martínez Sagi

Juan Manuel de Prada

Las esquinas del aire
En busca de Ana María Martínez Sagi

Planeta

Este libro no podrá ser reproducido, ni total ni parcialmente, sin el previo permiso escrito del editor. Todos los derechos reservados

© Juan Manuel de Prada, 2000

© Editorial Planeta, S. A., 2000
Còrsega, 273-279, 08008 Barcelona (España)

Diseño de la colección: Silvia Antem y Helena Rosa-Trias

Ilustración de la cubierta: foto del archivo personal de Ana María Martínez Sagi

Ilustración del interior: Prensa Española, S. A., archivo personal de Ana María Martínez Sagi, archivo personal del autor, Josep Rojas/Regió7 y Mundo Deportivo

Primera edición: marzo de 2000
Segunda edición: abril de 2000
Tercera edición: abril de 2000

Depósito Legal: B. 19.293-2000

ISBN 84-08-03487-1

Composición: Foto Informática, S. A.

Impresión: A&M Gràfic, S. L.

Encuadernación: Serveis Gràfics 106, S. L.

Printed in Spain - Impreso en España

*A Ana María, a través
del velo de cenizas de la muerte*

Mi voz se ha perdido en las esquinas
del aire y del olvido.

ANA MARÍA MARTÍNEZ SAGI

Las lecciones de cosas siempre han sido románticas
—posiblemente porque interpretamos
los detalles al pie de la letra
y el conjunto en sentido figurado.

JAIME GIL DE BIEDMA

AGRADECIMIENTOS Y ADVERTENCIAS

Las esquinas del aire, *aparte su mala o buena prosa, reúne más de dos años de investigaciones, así como incesantes rastreos e interrogatorios. Un libro de estas características, donde se entremezclan tanta vida, tantos desvelos e inquisiciones, no podría haberse concluido sin el concurso de un puñado de amigos que me entregaron su abnegación sin condiciones. Gracias a Noemí Montetes, oscura encrucijada de sangre alterna, y a su madre, Alicia Mairal, Ana María Martínez Sagi abandonó el inconcreto territorio de los fantasmas e ingresó en la vida; ambas compartieron conmigo algunos episodios esenciales de esta búsqueda y me brindaron su hospitalaria sonrisa. Mi padre sigue en la brecha, traduciendo a golpe de tecla mis manuscritos jeroglíficos, con la misma perseverancia con que fluye la sangre que nos hace uno. Pere Gimferrer, maestro mágico y lirófono celeste, me ha regalado uno de los personajes de* Las esquinas del aire, *amén de algunas conversaciones memorables y algunas erudiciones inverosímiles, de tan secretas e inextricables. De Iñaqui sólo diré que figura en el frontispicio de todos mis libros, irguiendo su nombre como un faro de consuelos: a su compañía y entrega constantes hay que sumar ahora su recién estrenada condición de submarinista de hemerotecas. María se inicia con este libro, pero irrumpe con vocación de perpetuidad; no sólo es la mejor documentalista, también es la destinataria de mi insoportable humor y el rostro amado en el que me contemplo. Otro veterano en estos repertorios de gratitudes es Luis Alberto de Cuenca, atleta de la* amistad dispuesto a revolver Roma con Santiago en cuanto se lo solicito. *Nemesio Fernández-Cuesta, que siempre responde, aunque esté viajando por alguna región antípoda, puso a mi disposición el archivo de* ABC, *esa catacumba donde reposa la memoria del siglo; María Ángeles Ordax, su ángel de la guarda, abrevió los engorrosos trámites. Neus Real Mercadal, autora de* El Club Femení i d'Esports de Barcelona, *plataforma d'acció cultural (Publicacions de l'Abadia de Montserrat, Barcelona, 1998), me facilitó el único poema escrito en catalán por Ana María Martínez Sagi y me alumbró sus actividades deportivas. La figura alba y crepuscular de Elisabeth Mulder jamás me habría sido deparada sin las esclarecedoras pistas que me brindaron María del Mar Mañas y Rafael Borrás. Mi editora francesa Annie Morvan, bella como la inteligencia, y mi esforzado traductor Gabriel Iaculli me nutrieron electrónicamente de mensajes donde se dilucidaban algunos particulares sobre la Francia ocupada. Jorge Arturo Muñoz, pariente de Ana María Martínez Sagi, impulsó este libro con su generoso aliento. Y Montserrat Alsina me dejó pernoctar en más de una ocasión en la residencia de ancianos de Sant Francesc, en Santpedor. También Carlos Pujol, Pablo Jiménez, Alberto Sánchez Álvarez-Insúa, Carmen Briones y Susana Paz atendieron con prontitud impagable mis requerimientos. Sin el acopio de tantas lealtades,* Las esquinas del aire *se habrían erosionado, en manos del viento.*

Quizá convenga hacer algunas precisiones sobre la naturaleza de este libro que se rebela contra los moldes de los géneros, y también contra esa dictadura editorial que ha encarcelado a tantos escritores en las mazmorras de la novela. Desde que me estrené con Coños, *he aspirado a que la escritura sea mi género, la escritura en ebria libertad, la escritura con voluntad de estilo que pisotea las convenciones genéricas y se alza, impetuosa, como única justificación del escritor. Es posible que sea un esqueleto novelesco lo que vertebra y propulsa este libro, pero como son tantos los mercachifles de la literatura que disfrazan sus engendros con el marchamo de novela para vender unas pocas migajas más, yo llevaré aquí la contra-*

ria, y diré que Las esquinas del aire *no es una novela, sino que participa de la biografía, el ensayo literario, el reportaje y el libro de memorias, y que todo este mogollón de adscripciones está servida de manera novelesca. Los anglosajones poseen una palabra que designa nítidamente este tipo de libros,* quest, *entre los que figuran algunas obras únicas y magistrales, como* En busca del Barón Corvo, *de A. J. A. Symons. Puestos a buscar una traducción de ese término, yo propondría «biografía detectivesca».* Quiero hacer constar, no obstante, que, pese a la interferencia de la ficción y de los procedimientos novelescos, Las esquinas del aire *constituye una ardua y exhaustiva investigación literaria: los textos ajenos intercalados a lo largo de su trama se incorporan con un propósito científico, e incluyen rigurosas referencias bibliográficas. He de señalar, asimismo, que los documentos de naturaleza privada que figuran en este libro (cartas, fragmentos de diarios, etc.) me fueron facilitados por la propia Ana María Martínez Sagi, quien me invitó a reproducirlos.*

Y ahora, querido lector, quizá deba dejar que te zambullas en esta búsqueda apasionada donde, en lugar de crímenes, se investigan enigmas literarios, que diría Joaquín Tabares. Pero ¿no es acaso la literatura un circunloquio de la vida?

Madrid, diciembre de 1999.

LIBRO PRIMERO

UN LABERINTO DE PRESENCIAS

Entre los privilegios del biógrafo se halla el de su supuesta omnisciencia respecto del tema. Cuando se dispone de material suficiente, es posible conocer el tema casi por completo. La información que se obtiene de las cartas de un hombre, de sus contemporáneos, de su obra, así como los hechos indisputables de su vida, a veces permiten escribir con certidumbre, después de cotejar y examinar minuciosamente el material disponible. En el presente estudio se ha empleado un método distinto. He presentado al lector no un resumen analizado de mis investigaciones, sino una descripción de las investigaciones en sí.

A. J. A. Symons

I
LA VIRGEN DEL STÁDIUM

Aceptemos que el azar es una expresión terrenal de la irreprochable lógica divina. Durante los meses o años que duró nuestra búsqueda de aquella sombra llamada Ana María Martínez Sagi, fuimos un instrumento inconsciente de dicha lógica. Mientras estuvimos ocupados en nuestras pesquisas, nunca tuvimos conciencia de habernos adentrado en los entresijos de un juego cuya solución nos estaba predestinada, pero ahora que contemplamos con aliviada distancia las circunstancias de aquel juego que entonces nos parecían arbitrarias o imprevisibles (como arbitraria e imprevisible es la apariencia del azar), descubrimos en ellas la misma fatídica exactitud que en los movimientos del ajedrez. Pero esta impresión es reciente y también un poco fatua: cuando Ana María Martínez Sagi aún era un fantasma inconcreto o una presencia apenas intuida en las esquinas del aire, las revelaciones tenían la calidad de felices accidentes, y los accesos de desaliento (mucho más frecuentes que las revelaciones) cobraban una pujanza tan implacable y nítida que muchas veces estuvimos tentados de dimitir de nuestras indagaciones.

Pero, a la postre, los escollos que iban surgiendo a nuestro paso fueron el acicate que estimuló nuestra curiosidad, algo así como una fecunda mortificación sin cuyo concurso nuestro interés se hubiese ido diluyendo en otras empresas. La búsqueda de Ana María Martínez Sagi comenzó cuando el viejo Gonzalo Martel, en plena disolución de su biblioteca, se desprendió de un libro de entrevistas firmadas por César González-Ruano. Gonzalo Martel amuebla la tierra desde hace algo más de un año, como epílogo natural a una agonía minuciosa y secreta que duró casi treinta años de apartamiento en mi ciudad levítica, que Martel había abandonado en la adolescencia, con el propósito de conquistar Madrid (un propósito más o menos fallido que compartió con cientos de jóvenes escritores provincianos de su misma generación) y a la que había regresado, de retirada ya, cuando los periódicos que habían acogido sus prosas tuvieron que rendirse al acoso de la Historia y de las deudas. Durante veinte años, Gonzalo Martel se había dedicado a languidecer en mi ciudad levítica con estrepitoso patetismo, publicando al principio unos artículos de periodicidad semanal en los que lamentaba acerbamente la chabacanería de la democracia y vindicaba con metáforas de guardarropía un mundo ya extinto de nostalgias imperiales. Los artículos se los pagaban muy miserablemente y con varios meses de retraso (a él, que se ufanaba de haber llegado a cobrar por una crónica en cuya redacción empleaba apenas tres cuartos de hora lo mismo que un obrero recibía como salario a final de mes), hasta que llegó el día en que decidieron dejar de pagárselos. Martel aceptó la humillación en compungido silencio y decidió seguir enviando puntualmente sus crónicas, con la esperanza baldía de obtener a cambio alguna limosna que mitigase sus penurias, pero esta insistencia suya, lejos de reblandecer el ánimo del director del periódico (un personajillo enrocado en su mediocridad, antiguo gacetillero en la prensa del Movimiento, curtido en el ditirambo al Caudillo y súbito converso a la democracia), propició una humillación aún más sangrante. Los artículos de Martel, pavorosamente mutilados y empedrados de erratas, comenzaron a aparecer en la sección de cartas al director, casi siempre con el nombre de su autor meticulosamente profanado por esa mano negra y desaprensiva que llamamos, con designación eufemística, «duendes de la imprenta». Gonzalo Martel empezó a padecer variantes patronímicas (Martos, Martinel, y hasta los infamantes Martín o Martínez) que lo hirieron en su pundonor, abreviándole los trámites de la muerte. Toda su vida se resumía en el empeño recalcitrante por imponer una firma, y, de repente, se veía ignominiosamente desposeído de ella, relegado a los suburbios del anonimato.

Por estos purgatorios de postración moral deambulaba Gonzalo Martel cuando incorporé a mis hábitos de postulante literario las visitas a su casona junto al río, escondida en los barrios menestrales de la ciudad, desmigajada por la humedad y como sostenida por unos cimientos de tierra movediza. Quiero aclarar que aquellas visitas no estaban dictadas ni por el servilismo (que hubiese presupuesto una desigualdad jerárquica entre ambos, cuando la verdad es que tanto Martel como yo nos hallábamos en el escalafón más ínfimo de la consideración literaria, sólo que mi itinerario era de ida, y el suyo de definitivo regreso), ni siquiera por la admiración discipular. Entre las razones que me incitaban a alargar mis paseos hasta la casona de Martel había que mencionar (aparte de la misericordia) ese afán de *épater le bourgeois* que anima al adolescente y que suele derivar en afán reivindicatorio de autores execrables o heterodoxos o extravagantes de la sensibilidad moderna. Por aquellas mismas fechas empezaba a desenterrarse la obra sepultada (saludablemente sepultada, en muchos casos) de ciertos escritores fascistillas o adictos al Antiguo Régimen, con gran revuelo y soponcio en los cenáculos literarios, y yo jugaba alevosamente a reproducir ese escándalo a escala provinciana, ignorante de que el escándalo, para arraigar, primero tiene que taladrar los espesos sustratos de la indiferencia, y en la ciudad levítica donde yo vivía la indiferencia posee una calidad mineral e inamovible, como de caparazón de tortuga en plena hibernación. A este propósito un tanto inepto de *épater le bourgeois* había que agregar la fascinación no exenta de mentecatez que me producía la figura del escritor relegado que un día había acariciado la gloria, o al menos ese sucedáneo efímero de la gloria que proporcionan los púlpitos periodísticos. Gonzalo Martel contaba en su biografía con un pasado legendario en el Madrid de antes de la guerra, con participación activa en algaradas vanguardistas, incursiones turísticas en la bohemia más desharrapada y una bibliografía casi clandestina que incluía un par de poemarios ultraístas, perpetrados cuando aún no había abolido la juventud, y media docena de narraciones aproximadamente pornográficas (si por pornografía entendemos un repertorio de cursilerías venéreas) publicadas en una colección de folletos acogidos bajo el marbete de *La Novela Mimosa*. Se había estrenado Martel como colaborador de prensa en el periódico izquierdista *El Heraldo* de Madrid, especializándose en el género de la interviú (sobre todo a estrellas y asteroides del cinematógrafo, cupletistas, cabareteras y otros especímenes de la farándula), y allí había conocido a su coetáneo César González-Ruano, con quien le unió una amistad distante, y también cierta ausencia de escrúpulos morales. Con el paso de los años, Martel se iría decantando hacia posturas conservadoras (ya había desertado de *El Heraldo*, para ingresar en la redacción del muy católico *El Debate*), lo cual no le impidió proferir alabanzas furibundas en su sección de crítica cinematográfica cuando Luis Buñuel estrenó en Madrid *Un chien andalou*. Por aquellas mismas fechas, se afilió a Falange Española, el movimiento poético o político que José Antonio Primo de Rivera acababa de fundar, con la pretensión utópica de conquistar el Estado. Martel formó discretamente (casi nunca posó en las fotografías de grupo, si acaso su coronilla asoma en segunda o tercera fila, resignada a su papel de comparsa escenográfica) en la guardia pretoriana que abastecía de metáforas al doncel José Antonio, pero en vísperas de la Guerra Civil, en un gesto de remolonería que su jefe de filas no le habría perdonado si hubiese sobrevivido al plomo, emigró de España, aduciendo que le habían adjudicado una nebulosa corresponsalía en Roma. Pasados los primeros meses de zozobra e indecisión bélica, cuando supo que la duración de la contienda sólo dependía de la voluntad de Franco, Martel se presentó en Burgos, ofreciendo su pluma a los servicios de propaganda que comandaba Dionisio Ridruejo, quien lo destinó a la sección de cinematografía. A Martel correspondió redactar esos textos inflamados y un poco energúmenos que subrayan los fotogramas de tantos documentales de guerra, esa farfolla retórica empedrada de apóstrofes desgañitados de la que ya nunca pudo liberarse del todo.

Con el advenimiento de la Victoria (perdón por la mayúscula), la biografía de Martel pierde interés e ingresa en los camarotes sin ventilación de la rutina. Incorporó algún soneto a esos florilegios solemnes e irrisorios que conmemoraban los aniversarios sucesivos de la Era de Franco, disfrutó de rentas oficiales, se desperdigó en miles de artículos donde muy de vez en cuando apuntaba el escritor ensimismado y lírico que podría haber llegado a ser y siguió explotando su veta pomposamente épica en los guiones que escribía para glosar las imágenes del No-Do. Cultivó la amistad de las folclóricas y los toreros, compartió las putas de Chicote con boxeadores sonados y ejerció de incógnito la censura, cuando necesitaba ajuntar algún dinerillo extra. Todo este itinerario de paulatinas claudicaciones le habría garantizado una vejez plácida, si no hubiese sido un manirroto y si Franco se hubiese mantenido inexpugnable al acecho de la muerte. Viéndose sin un duro en los bolsillos, y exiliado en un mundo que ya no era el suyo, regresó a la ciudad levítica que había sido el paisaje de su infancia, creyendo que allí le atronarían los oídos con charangas municipales y discursos encomiásticos de recibimiento, antes de erigirle una estatua, dedicarle una calle y adjudicarle una sinecura. A la postre, Gonzalo Martel terminaría —como ya mencioné antes— pordioseando por la sección de cartas al director del periódico local. Quizá la justicia poética había triunfado por una vez, al depararle un desenlace tan severo.

—Adelante, adelante, está en su casa —me saludaba siempre con la misma protocolaria fatiga—. Pensé que ya se había olvidado de mí. Cuidado no se tropiece con el escalón.

Nada más trasponer el umbral, había que sortear un desnivel que era casi un socavón en mitad de aquel vestíbulo sin luz, lóbrego como un pudridero. Martel emergía de la sombra como un cadáver vertical, con la piel de pergamino que se le atirantaba en las sienes, hasta hacerse traslúcida y mostrar el ramaje yerto de las venas, por las que seguramente ya no fluía la sangre. El cabello le raleaba en la coronilla y se desplomaba sobre la frente como una tela de araña que hubiese olvidado las leyes de la geometría. Tenía un parecido pavoroso con el actor Peter Cushing, pero con un Peter Cushing prófugo del sol y ya decantado hacia ultratumba: las facciones aquilinas, los labios afilados y exangües, la nariz como una quilla obstinada y los pómulos muy pronunciados, denunciando coquetamente la calavera. Era el rostro de un intrigante jubilado y exhausto, uno de esos rostros rapaces donde la avaricia ha esculpido sus líneas, aunque con la edad sus facciones se habían afinado, disfrazándose de ascetismo, incluso de un cierto ascetismo afable. Vestía un batín de moaré, pero las aguas de la tela habían quedado ocultas bajo la marea de la mugre, que espejeaba como el ala de una mosca. El mobiliario y la decoración de la casona tenían el mismo aire ajado que su batín, la misma infecciosa decrepitud, agravada por la humedad.

—Tenga también cuidado con las baldosas, que algunas están flojas.

Eran menos las que estaban firmes o asentadas sobre el suelo. Al atravesar el pasillo que nos conducía hasta la biblioteca de Martel, siempre me asaltaba la misma sensación de fracaso irremisible y contagioso; de las paredes colgaban como trofeos cinegéticos retratos de Martel acompañado de figurones diversos, estrellas del toreo y el agiotaje que hicieron su fortuna en los años inaugurales del franquismo, plumíferos de alto copete que habían puesto su pluma al servicio de la dictadura, como quien firma su acta de defunción a cambio de unas honras fúnebres anticipadas, y, sobre todo, actrices o cabareteras de distinto pelaje, todas ellas muy macizas y con unos culos planetarios que la mano de Martel merodeaba (indefectiblemente, las embrazaba por la cintura, o incluso un poco por debajo, para palparles las mullidas caderas); los retratos estaban dedicados a Martel con una tinta de calamar anémico que se iba desvayendo y se apelotonaban en la pared, como teselas irregulares de un mosaico, transmitiendo una sensación de cementerio nutridísimo. Era frecuente que Martel se detuviera ante alguna de aquellas fotografías, que le servían de pie (siempre de pie forzado) para ensartarme batallitas y hacer funambulismos con la nostalgia. Digo hacer funambulismos porque, para Martel, recordar equivalía a mentir retrospectivamente y mistificar su propio pasado. Me había elegido como transmisor o correveidile de esas patrañas y mistificaciones, con la esperanza de que yo, a mi vez, me encargase de propagarlas, y así la memoria de aquel personaje fabulo-

so que poco a poco se inventaba sobreviviese a su caparazón mortal.
—Bueno, ¿qué tal fue esta vez el negocio?
Martel tardaba en hacerme esta pregunta que le avergonzaba pero al mismo tiempo explicaba mi presencia allí. Antes, me había conducido hasta su biblioteca diezmada y me había invitado a sentarme ante una camilla cubierta con un tapete oscurecido por una suciedad milenaria. La biblioteca de Martel, que yo había conocido íntegra y apretada, parecía atacada por un seísmo, con calvas aquí y allá que denunciaban una evacuación forzosa; era una de esas bibliotecas que se van formando al hilo de la vida, con aportaciones misceláneas en las que se alternaban el oro y la ganga, y pese a los expolios voluntarios o resignados que había sufrido en los últimos años, aún conservaba ese decoro de las ruinas que pregonan por omisión su antigua grandeza. Martel me convidaba siempre a una copita de coñac que yo ni siquiera probaba y a unas pastitas arqueológicas que conservaban una apariencia externa no del todo execrable; sólo al hincarles el diente notaba uno que estaban revenidas y correosas, y que sabían a moho.
—Ya sabe que hay que regatearle mucho. Ese Tabares está empeñado en comprarlos a precio de saldo.
—Y luego en su catálogo los anuncia a precio de oro, el muy cabrón.
Martel hablaba con una infinita pesadumbre, pero ya sin acritud ni resentimiento, como si los paulatinos expolios y humillaciones que le habían infligido en la vejez hubiesen anestesiado su pundonor. Sobre la camilla había un álbum de recortes, unas tijeras y un frasco de goma arábiga: Martel seguía recolectando sus artículos, que antaño habían ocupado un lugar de preferencia en las páginas nobles de los periódicos de Madrid y hoy, amputados y garrafales de erratas, sólo servían para rellenar la sección de cartas al

director de un periodicucho local. Me enterneció que, entre tanta depauperación, aún persistiese en esa vanidad numantina y estéril de recortar sus prosas.

—Yo creo que sería más efectivo vendérselos en pequeños lotes, don Gonzalo —proponía yo—. Así Tabares no sospecharía que usted —iba a decir «padece necesidad», pero preferí una expresión más familiar, quizá también más aflictiva— anda un poco tieso.

Por el ventanal de la biblioteca entraba una luz dorada, una luz como de polen que de repente revelaba los miles o millones de partículas de polvo que hasta ese momento deambulaban de incógnito por el aire. Al iluminarse los anaqueles cada vez menos apretados de la biblioteca, Martel reprimía un escalofrío, como si de repente se sintiera desabrigado. La calavera se le transparentaba bajo la piel de pergamino, y entonces su parecido con Peter Cushing (o con la mascarilla mortuoria de Peter Cushing) era casi sobrenatural.

—Malditos libreros. Son todos de la estirpe de Shylock —refunfuñó—. ¿Y cuánto le pudiste sacar? Ya sabes que te corresponde el diez por ciento en comisión.

—Olvídese del diez por ciento. Para mí la mejor comisión es poder leer sus libros, antes de venderlos. Esta vez han sido cuarenta mil pesetas.

Le saqué el sobre con los billetes, que formaban un acordeón escuálido, quebrado de dobleces y convaleciente de muchas usuras. Martel se asomó al sobre con esa avidez de los mendigos que hurgan entre la basura.

—En el lote había una primera edición de Juan Ramón —susurró compungido. Parecía que estuviese reclamando la extremaunción—. Y media docena de libros firmados por Aleixandre. Había cosas de mucho valor.

Asentí compasivamente. Las pastas nos miraban desde el plato, absortas y rancias.

—Le juro que le insistí. Pero no hubo manera. Siempre me abstenía de referirle los trámites del regateo, bastante penosos e infrahumanos. Supongo que Martel me había elegido como recadero para ahorrárselos. En los primeros lotes, Martel incluía una morralla de libros prescindibles, ese aluvión de títulos que se acumulan en cualquier biblioteca, como huéspedes indeseados, pero la necesidad de allegar cantidades que excedieran la calificación de propina lo había obligado a desprenderse de auténticas piezas de museo. El dinero que obtenía de estas dolorosas transacciones, sumado a la pensión que recibía del Estado, apenas le llegaba para cubrir los honorarios de la asistenta que había contratado para limpiar someramente la casa y cocinar aún más someramente las sobras que ella misma le traía, amontonadas en una fiambrera. Pero Martel se resistía a ingresar en un asilo, con esa misma incongruente arrogancia del militar que, después de haber sido vapuleado en todos los campos de batalla, prefiere el suicidio a la rendición.

—Anda, apila los libros de la estantería de arriba en esa caja de cartón. —Su voz adoptaba un tono suplicante aunque emplease el imperativo, quizá como un residuo lingüístico de otra época en la que estuvo habituado a mandar—. Y esta vez procura sacarle un poquito más.

En ese «poquito», pronunciado con escepticismo, se concentraba una pudorosa petición de clemencia. Martel me veía vaciar la estantería como si estuviese asistiendo a la almoneda de su propia alma. En aquellos libros viajaban las pasiones traicionadas de su juventud, las ambiciones abolidas y los anhelos escarmentados. En aquellos libros también viajaba la única compañía perdurable que Martel había poseído, pues aunque su vida había sido un tráfago de rostros y paisajes —quizá también un tráfago de cuerpos, pero jamás mencionaba estos asuntos, ni siquiera para alardear—, sólo los libros lo habían respaldado en su cruel ocaso. La balda que los acogía, combada por el peso de tantas palabras, exhaló un crujido de alivio, pero se mantuvo doblegada, como si el hueco dejado por los libros lo hubiese cubierto el cadáver de la tristeza. Martel me pidió entonces que le arrimara la caja de los libros, para someterla a un escrutinio elegíaco e ir enhebrando retazos de memoria con remiendos apócrifos de su fantasía, en un largo soliloquio que tenía una calidad hipnótica o de salmodia. Ahora lamento no haber grabado en un magnetófono aquellos parlamentos evocativos, que salían de sus labios exangües y afilados como si los hubiese corregido un maestro de retórica, sin tropezones sintácticos ni adefesios gramaticales, diáfanos como su calavera, que era el testigo mudo y premonitorio de aquellas efusiones. Entre los libros de aquella remesa había uno de su amigo o compinche César González-Ruano; era un volumen editado en octavo, con una portada remotamente cubista, desgualdrajado por un uso abusivo, o por la voracidad lenta de la carcoma. Se titulaba *Caras, caretas y carotas*, y había sido publicado en Madrid, en 1930, por la Biblioteca Atlántico. La dedicatoria, manuscrita en una letra oronda y un poco insolente, delataba al escritor satisfecho de su éxito temprano, y aún no prefiguraba a ese Ruano de las postrimerías, estremecido de toses y de fiebres y de mareos, que se tenía que sujetar la muñeca con la mano izquierda para poder emborronar unas líneas: «A Gonzalito Martel, que conoce mejor que yo las caras que se ocultan detrás de las caretas, y que nunca me llamó carota por abusar de su confianza. // Con un abrazo grande de su // César.» La dedicatoria impresa que servía de atrio al libro bastaba para radiografiar al risueño canalla que lo había escrito: «*Caras, caretas y carotas* se lo dedico a esas mujeres predestinadas a ser amantes de un literato después de otro. Ellas son como las imprentas de la vanidad infinita del hombre y el hombrecito de letras. Como anuncios luminosos de la fama del ilustre escritor, que siendo un poco *trasto* mejora su estilo. Se presentan estas ilustres queriditas sin más pretensiones que las de un agente de publicidad: humildes y admiradas, rogando un autógrafo o un retrato. Se presentan así, para acabar pretendiendo ser editores tiranos que piden un contrato en exclusiva a grandes voces. A estas damas que escriben, telefonean, dan con frecuencia algún dinero o algún disgusto, y se rinden en un hotel de El Escorial, Toledo o Guadalajara, suspirando sobre la camiseta sin mangas de los grandes hombres, va fervorosamente dedicado este libro amable, tartamudo y un poco melancólico como sus declaraciones de amor. En, con y por la idea de que se lo merecen, las muy estupendas.»

Me había pedido Martel que le leyera en voz alta esta página que sus ojos minerales ya no acertaban a descifrar, y mientras lo hacía, chasqueaba la lengua en señal de desagrado o desaprobación:

—Habrá visto que era un escritor tentado por la cursilería —dictaminó con regocijo. Como suele ocurrir entre los hombres de letras (pero sobre todo entre los hombrecitos), la maledicencia a costa de un colega (aunque fuese un colega fiambre) le servía de acicate para seguir respirando y espantaba por unos minutos la certeza de saberse en las últimas—. ¿A quién se le ocurre rematar un párrafo con ese malabarismo de preposiciones y con ese piropo tan facilón? Pero hay que reconocer que sabía disfrazar esa cursilería con una pizca de cinismo. A Ruanito lo conocí allá por mil novecientos veintitantos, en plena dictadura de Primo de Rivera. Ambos estudiábamos Derecho en Madrid, o por lo menos hacíamos como que lo estudiábamos, porque lo que verdaderamente nos privaba era la vagancia literaria y el merodeo por el Ateneo, que era como un casino de pro-

César González-Ruano.

vincias, sólo que con más piojos y con más socios genialoides. Nuestros papás nos pagaban por giro postal la manutención, pero nosotros procurábamos no comer demasiado y pernoctar mucho, para conservarnos flacos y asquerositos, como nuestros héroes de entonces, el alcohólico de Baudelaire y el desastrado de Verlaine y el marica de Oscar Wilde. Éramos un par de pedantes autodidactos que jugaban alevosamente a la bohemia y que recorrían las redacciones de los periódicos ofreciendo su firma inédita. Ruanito, quizá porque escribía con más chisporroteo y efectismo que yo, encontró acomodo en *El Heraldo*, que dirigía Manuel Fontdevila, un catalán abrupto que escribía con los pies, pero que tenía una idea muy precisa del periodismo que vende, que es el periodismo que se hace con los ingredientes del sensacionalismo, la mentira y la extorsión. Fontdevila se encargaba de amasar este engrudo repulsivo, y los ingredientes se los suministraba una panda de currinches con más hambre que vergüenza. Ruanito no pasaba hambre, entre otras razones porque comía menos que un jilguero, pero descaro tenía como el que más, así que empezó a colaborar a destajo, empapelando páginas enteras con interviús que a veces se inventaba de su caletre, por no tomarse la molestia de citar al personaje entrevistado, y otras veces dejaba reducidas a la mínima expresión, para poder compensar la escasez de declaraciones con un hartazgo de literatura. Fontdevila le exigía que forzara más y más la muñeca, así que llegó un momento en que Ruanito no pudo dar abasto. Entonces recurrió a mí. —Martel hizo una pausa muy enfática, como introduciendo una cesura en su monólogo: hasta allí, el preámbulo respetuoso de la verdad; a partir de allí, las revelaciones inverificables, que requerían un destinatario crédulo o al menos un poco estólido—. Ruanito cobraba cuatro duros por cada reportaje o interviú, y por aquel Madrid de la dictadura pasaban muchos viajeros ilustres y personalidades de postín, tantos como para justificar tres o cuatro colaboraciones diarias. Me ofreció que trabajara como negro para él, cobrando un duro por interviú (que luego él maquillaba con algunas perlas o baratijas de su peculiar estilo), con la promesa de respaldar mi ingreso en el periódico, un año después, si desempeñaba bien mi trabajo en el anonimato. Aquello era una explotación vil, el abuso de confianza de un verdadero carota (de ahí esa alusión críptica, sólo comprensible para él y para mí, que hizo al dedicarme ese libro en el que recopiló sus interviús), pero accedí, engolosinado por ese duro que me ofrecía por pieza. Un duro de plata, que en aquellos años daba mucho de sí. Al principio, íbamos los dos juntos a entrevistar a los escritores más o menos noticiosos, para que yo me habituara al *método de trabajo* de Ruanito. Digo método de trabajo con retintín porque se limitaba a hacerles un puñado de preguntas insensatas sobre su vida, sus preferencias y proyectos; luego, muy hábil y cortésmente, les pedíamos algunos libros suyos que, cortésmente también, íbamos a vender a las librerías de viejo de San Bernardo.

Quiso reír aquella gamberrada juvenil, pero la risa se le quedó atrapada en las encías (los dientes, como el cabello arácnido, le raleaban), al reparar en la venganza simétrica que le había deparado el destino. A sus ojos minerales acudió un brillo acuoso, preludio de las lágrimas.

—¿Y cuánto duró aquel apaño? —le pregunté, para no dejar que se abismara en el mísero presente.

—Ruanito tuvo la gallardía de cumplir su promesa, y después de un año de meritoriaje me concedió la alternativa, recomendándome ante Fontdevila. No creo que lo hiciera por desprendimiento ni por gratitud, sino porque para entonces ya planeaba su desembarco en el *ABC* de los Luca de Tena, que pagaban opíparamente. —Recuerdo que empleó este adverbio, subrayando la condición alimenticia de su trabajo—. *El Heraldo* era un periódico golfo y un poco improvisado, como eran en España todos los periódicos rojales, hasta que llegaron esos chicos de *El País*, que están que lo avasallan todo. Ruanito me promocionó para no dejar en la estacada a Fontdevila y poder desertar sin remordimientos de conciencia. Pero durante aquel año hice de negro para él, procurando adaptarme a su peculiar manera de hacer interviús, un poco en plan notario insurgente, confiándolo todo a la memoria (o, para ser más exactos, a la inventiva) y sin la estúpida servidumbre taquigráfica. Casi nadie se quejaba de las infidelidades a la literalidad de sus palabras, y quienes se quejaban obtenían de Fontdevila un encogimiento de hombros y un sarcástico pésame; todavía los damnificados no acudían a los tribunales para solventar estas nimiedades. Entrevistaba, sobre todo, a personalidades extranjeras, porque las nacionales ya empezaban a conocer a Ruanito, y hubiesen advertido la suplantación. Me convertí en una especie de «pirata del Ritz», apostado siempre en el vestíbulo, presto al abordaje de cualquier celebridad despistada. Recuerdo, entre otros, a Buster Keaton, que tenía unos ojos como de galápago, vistos con una lupa de poderoso aumento. Recuerdo también a la poetisa argentina Alfonsina Storni, que vino a Madrid acompañada de su recitadora, una tal Blanca de la Vega, que afirmaba la supremacía del hombre respecto a la mujer, porque seduce con la palabra, mientras que la mujer seduce con su belleza; se notaba que eran un par de bolleras y que la tal Blanca de la Vega representaba el papel masculino. Y recuerdo, especialmente, al escritor colombiano Vargas Vila, ciudadano del atlas, artificiero del idioma, energúmeno pomposo que ya estaba un poco para el arrastre; había alquilado un piso en la calle de Alcalá, que compartía con un sobrino medio retrasadete y con la mujer de éste, que era una tía perversa y verracona, y le hacía mamadas a Vargas Vila, arrodillada en el suelo, mientras él se repantigaba en una butaca. Ruanito sacó luego mucho jugo literario de mi encuentro con Vargas Vila, y se atribuyó el protagonismo en algunas de las confidencias que me hizo, que eran pura pose esteticista: «Hágase usted fuerte en sus vicios —me decía—; sea usted orgulloso, administre bien y ensalce todos sus defectos. Es el modo de triunfar. ¿A que nadie le recomienda a usted eso? Porque el deseo de todo el mundo es enervar a quien puede hacer algo. Así, le dicen a usted que sea bondadoso, para vivir a costa de su bondad; que sea modesto, para que no les haga sombra; que cultive sus virtudes, por miedo a que pueda cultivar sus vicios. Sea usted orgulloso, y, sobre todo, vea bien lo que dice un viejo: siembre odios. El odio le da la vida al que es odiado, mientras que el cariño no le favorece a uno sino para caer.»

Se había enfervorizado, imitando los aspavientos y la prosopopeya de Vargas Vila, y de repente lo acometió la devastación del fracaso. Reparé en sus manos, donde también se transparentaba el esqueleto y el relieve tuberoso de las venas; después de las gesticulaciones, se habían quedado quietas sobre su regazo, como alimañas moribundas. La luz del mediodía hacía espejear la mugre de su batín de moaré y delataba los hombros nevados de caspa.

—No seguí su consejo y aquí me tienes, hecho una cagarruta a la que todos pisotean.

La asistenta había entrado en la casona, utilizando el juego de llaves que el propio Martel le había prestado, y nos había anunciado su presencia con una interjección apenas humana, casi un gañido. Se la oía remover sillas, abrir ventanas y sacudir colchones con un estrépito belicoso, como si estuviese colonizando una selva.

—No sea tan derrotista, don Gonzalo —lo consolé rutinariamente—. Ya sabe usted que eso de las consideraciones literarias es una tortilla que da muchas vueltas.

Pero sabía que, por muy tornadizas y veleidosas que fuesen esas consideraciones, hacía falta, como premisa indispensable, que existiese una obra consistente sobre la que poder ejercitar el arte tardío de la palinodia. Y la obra de Gonzalo Martel era más bien errabunda y deleznable (en el sentido etimológico del epíteto, pero me temo que también en el figurado): un ramillete de poesías tartamudas o dadaístas, otro ramillete de poesías áulicas o conmemorativas; algunas incursiones por la pornografía piadosa de preguerra; y unos cuantos miles de artículos en los que había ido deshojándose su exiguo talento, y que él mismo se había encargado de recaudar, en aquellos álbumes otoñales que embadurnaba con goma arábiga.

—Léete las *Caras, caretas y carotas* de Ruanito, antes de ofrecérselo a ese chupasangres de Tabares. —Había alargado el brazo y me asía imperiosamente con una mano que se decantaba hacia la garra—. Tú conoces bien mi estilo, y no te costará descubrirme entre líneas. Yo soy la cara que se encubre detrás de la careta: esto nadie lo ha sabido hasta hoy, pero ya va siendo hora de proclamar la verdad, ¿no te parece?

—Ya va siendo hora, sí —convine con desgana.

La asistenta había entrado en la biblioteca, con una fiambrera en la que asomaban unos recortes de filete empanado (quizá las sobras que su marido y sus hijos habían desestimado el día anterior). Martel, al confesarme o arrogarse la autoría siquiera parcial de aquel libro, parecía querer abrumarme con la encomienda de una labor reivindicativa. Sentí una infinita lástima por aquel viejo desahuciado que se aferraba a mí, un aprendiz de escritor que aún no había sido bautizado por las imprentas, fiándome su representación ante la posteridad. Al contemplar el rancho que la asistenta le arrimaba en la fiambrera, la infinita lástima se contaminó de una infinita repugnancia, pues comprobé que los filetes eran apenas un amasijo de aponeurosis. Cargué con la caja de libros que tendría que malvender, para que Martel pudiera seguir arrastrando aquella existencia vicaria, y estuve a punto de caer doblegado por una arcada.

—Pues nada, don Gonzalo, ya volveré la semana que viene.

Antes de inmolar aquellos ejemplares únicos en la librería de Joaquín Tabares, los transportaba a mi casa y los devoraba en esas noches de insomnio que el escritor inédito debe prevenir con alguna ocupación, porque de lo contrario la carnívora angustia puede roerle su resistencia al desaliento. En aquellos libros, como escombros rescatados de una gloriosa ruina, encontré el bálsamo espiritual que requiere el neófito, y también la dosis de saludable escepticismo que robustece cualquier vocación literaria, advirtiéndonos que el destino de la escritura —de toda escritura— es la común argamasa del olvido. En aquellos libros fui descubriendo a los desheredados de la literatura, a la legión de comparsas que pueblan el populoso cementerio del Parnaso, del que yo hasta entonces tenía un concepto demasiado pomposo o solemne o reducido al panteón de los nombres ilustres. Era un placer culpable y casi físico desgarrar las páginas intonsas recostado sobre la cama, con el pijama ya puesto, y acariciar su rugosidad de flor prensada y quebradiza; era un placer envilecido de necrofilia distinguir el bajorrelieve de las letras estampadas sobre el papel como un epitafio que se resiste a la erosión ciega de los años; era un placer obsceno respirar el olor pútrido o reseco que exhalaban aquellos libros, sentir su humedad contagiosa infiltrándose en mi carne y estornudar con el polvillo que desprendían, compartir las sábanas de la cama con los ácaros que anidaban entre el encolado de las encuadernaciones ya demolidas o mancharse los dedos con las floraciones ferruginosas que condecoraban los márgenes, como si el tiempo fuese un fantasma tuberculoso que hubiese dejado allí su hemoptisis, a modo de rúbrica. Era, además, un placer con las horas contadas, un placer sometido a condición resolutoria, y esa conciencia de acabamiento prematuro me obligaba a entregarme a él con mayor aplicación o encono, como esos amantes adúlteros que tienen como plazo hasta el amanecer para extenuar los vericuetos de su pasión. También para mí el amanecer era la región limítrofe de mi felicidad; cuando la primera luz se inmiscuía entre las rendijas de la persiana, yo seguía despierto, y ávido, y estremecido por la lujuria casta de los libros, que no se agota nunca, a diferencia de otras lujurias.

Leí *Caras, caretas y carotas*, la colectánea de entrevistas que César González-Ruano había publicado en 1930, con la supuesta o interpuesta ayuda de Gonzalo Martel. Como casi todos los libros de Ruano, tenía ese encanto del talento que se malgasta en cuestiones de rigurosa actualidad, y también ese descaro presuntuoso del mosquetero de la pluma que aspira a más altas empresas, pero por cobardía o comodidad se enfanga en labores subalternas. Estaba escrito con mucho oficio pero también con mucho júbilo, con una intuición crepitante para la metáfora y la divagación sentimental. La audacia expresiva, el elogio cruel, la capacidad pasmosa (al menos hasta que se adivinan los engranajes del truco) para alternar el ternurismo y la difamación hacían de algunas entrevistas (o interviús, como se decía entonces) piezas perdurables, dentro de sus pretensiones un poco canijas y *demodées*. El repertorio de entrevistados apenas hacía concesiones a la fama coyuntural (no en vano era una selección, según confesaba el propio Ruano, espigada entre diez años de «existencia periodística trabajando a destajo», quizá tan a destajo que había necesitado auxiliarse de un negro), e incluía a escritores autóctonos de primera línea, como Miguel de Unamuno, Pío Baroja, Ramón Pérez de Ayala o Vicente Blasco Ibáñez, junto a personalidades internacionales, como el Conde Hermann de Key-

Portada de Caras, caretas y carotas *(1930)*.

serling, el actor Buster Keaton (en cuyo retrato busqué afanosa e infructuosamente, bajo el aliño formal de Ruano, la impronta de Gonzalo Martel) o el francés cosmopolita Pierre Mac Orlan. En la mayoría de las interviús, no importaban tanto las declaraciones del entrevistado, por lo común banales o insulsas o monosilábicas, como la radiografía poética que Ruano hacía del encuentro, erigiéndose en protagonista del mismo. *Caras, caretas y carotas* era, ya desde su mismo título, un monumento a la arrogancia donde el jovencísimo Ruano, apenas estrenado en el escalafón literario, se atrevía a parasitar la notoriedad de sus víctimas, para hablar largamente sobre sí mismo, o sobre el personaje que se había propuesto esculpir, a partir de su persona. Para desempeñar este ejercicio de egolatría, Ruano no había vacilado en recurrir a los prestigios más consolidados de su tiempo, agrupándolos según su procedencia geográfica; en el capítulo reservado a los catalanes, me chocó que incorporara al nombre sonoro de Santiago Rusiñol el nombre mudo de una tal Ana María Martínez Sagi, de quien anteriormente jamás había oído ni leído mención alguna, ni siquiera de refilón, y eso que yo ya empezaba a manejar en la memoria un catálogo bastante extenso de gentes suburbiales o excéntricas. Se trataba del único nombre que desentonaba entre la fanfarria de grandes capitostes que amueblaban *Caras, caretas y carotas* y se trataba, además, de un nombre que propiciaba los mejores pasajes del libro, o al menos los menos impostados, allá donde el narcisismo insomne de Ruano se replegaba para cantar desnudamente el deslumbramiento que le producía una adolescente que dividía sus impetuosidades entre la literatura, el deporte y el feminismo pionero. La entrevista —que más bien convendría designar como semblanza— tenía un tono de melancólica veneración que ya se anticipaba desde su mismo título, bello como un trisagio: «Ana María Martínez Sagi, poeta, sindicalista y virgen del stádium.» No me resisto a la tentación de reproducir aquí algunos de sus párrafos, porque constituyeron ese «feliz accidente» que desató la curiosidad del biógrafo o detective que yo llevaba dentro de mí, y la concatenación de azares que rectificó los mecanismos del olvido.

La semblanza se iniciaba en ese territorio de hipertrofiado subjetivismo que a César González-Ruano tanto le gustaba transitar. A la redacción de *El Heraldo* le llega, mientras distrae el tedio escribiendo no sé qué líneas somnolientas, una carta de Rafael Cansinos-Asséns, «admirado amigo, hermano mayor de las letras, en quien yo he aprendido y amado muchas cosas», ditirambos de pacotilla que encubren el odio mutuo e inexpugnable que ambos escritores se profesaban en la intimidad, como luego demostrarían en sus respectivos libros de memorias. La carta de Cansinos-Asséns rezaba así (la salutación nos parece igual de hipocritona que los piropos dispendiados por Ruano): «Admirable César: Si quiere usted psicoanalizar a una joven poetisa catalana —diez y ocho años, cabellera rubia, rostro de estatua, brazos dorados por el sol y por el mar— que acaba de llegar a Madrid con un libro de versos del que guarda un ejemplar para usted, y que el próximo martes dará un recital en el Lyceum, vaya a la calle de Atocha... y pregunte por la señorita Ana María Martínez Sagi... Si usted va, recogerá las primicias de un descubrimiento.» Con servilismo de postulante, Ruano apostilla que la firma de Cansinos fue para él una «alta garantía» para entrevistar a la recién llegada; más verosímil nos parece que, urgido por la obligación de llenar diariamente una página de apretada tipografía en *El Heraldo*, Ruano se aviniera a aceptar todos los encargos, recomendaciones y sugerencias que le llegaran, con la ventaja de que, además de sacarle de un aprieto, podría cobrarlos en el futuro como favores. Rafael Cansinos-Asséns había sido, apenas diez años atrás, el apacentador de las vanguardias noctámbulas que por entonces germinaban en España, y también el exégeta de prosa encandelabrada y suntuosa encargado de otorgarles carta de naturaleza a través de sus artículos en prensa, pero para la época en la que Ruano parece inscribir su entrevista a aquella ignota Ana María Martínez Sagi, Cansinos ya había declinado como árbitro de la novedad poética, y se resignaba a desempeñar su misión de cachivache errabundo por los pasadizos de la bohemia. Ruano se acercó a la calle de Atocha, más espoleado por su instinto tenorio que por un sincero interés hacia la figura de esa poetisa catalana encomiada por Cansinos-Asséns. Antes de referirnos la impresión que le causó aquella muchacha desconocida, Ruano anticipa, a modo de prolepsis, la impresión que le causó su libro de versos, titulado *Caminos*:

Ana María Martínez Sagi se me revela como una de aquellas dulces y exaltadas sombras de América... Tiene de Delmira Agustini el hondo pesar del amor fracasado —¿la pura pena de no saber por qué?— y de Juana de Ibarbourou la sensibilidad pagana de la mujer que respira fuertemente cuando la envuelve la naturaleza, y huele a humedad, y todo está cargado de una eléctrica euforia de vivir y unos dulces deseos de desaparecer llorando... Tiene de Gabriela Mistral la grave proyección del Cristo, por el que nos dice:

Yo sufro por las turbas, oscuras y dormidas,
que ignoran tu presencia, Señor, sobre la tierra.

Ella sufre por eso... y por el grave daño que a una niña puede hacer un duelo de amor o el retorno de su alma en el prematuro desencanto. Ella sabe ya esto, y lo sabe porque

Dejé que marchara solo
hacia aquel largo sendero,
donde hambrientos aguardan
—como buitres en acecho—

las tristezas y las sombras,
los pesares y tormentos,
para herir a los errantes
que pasean en silencio.

¿Sombra real o sombra de sueño? No importa, para que un corazón se abra, que llamen a su puerta manos reales o manos de fantasma. Si ella se ha creado el fantasma del amor, si ella misma ha jugado dulcemente a ser fantasma, es suficiente para la pobre niña. Mucho cuidado —dice Villiers, glosando la alta magia— *con fingirse fantasma, porque se acaba siéndolo.*

No se trata, desde luego, de un análisis riguroso, ni siquiera de una reseña impresionista de ese libro primerizo, *Caminos*, al que Ruano ya no vuelve a aludir. Tampoco la filiación lírica que atribuye a Ana María Martínez Sagi añade demasiados rasgos identificadores: la influencia que por entonces ejercían las poetisas sudamericanas Alfonsina Storni, Juana de Ibarbourou y Gabriela Mistral se podría hacer extensible a cualquier muchacha que en aquellos años se propusiera adaptar al molde del verso los renglones tumultuosos de su espiritualidad. El cerebralismo y el galimatías conceptual que propugnaban las vanguardias, al igual que las consignas del arte politizado, no satisfacían las inquietudes de muchas mujeres que entendían la poesía como una afirmación de su condición femenina, tan vapuleada por una sociedad férreamente viril; no es de extrañar que estas mujeres encontraran el espejo que las reflejaba en el sensualismo panteísta de la Ibarbourou o la pesadumbre premonitoria de la Storni, y en general en una poesía algo rezagada formalmente pero mucho más volcada en la expresión desnuda de sentimientos que la preconizada por las nuevas generaciones. «Mucho cuidado con fingirse fantasma, porque se acaba siéndolo», había escrito Ruano, parafraseando a Villiers de l'Isle-Adam; quizá para espantar esa tentación de espectralidad que acecha a Ana María Martínez Sagi, nos narra a continuación su encuentro con ella:

La conocí, en realidad, en el cristal de la ventanilla del rápido de Barcelona. Hasta entonces no había visto lo extraordinario que había en ella. Tres días de charla madrileña no me la habían descubierto.

—*Hubiera —dijo— querido hacer el viaje en avión.*

—*Sí, más cómodo y más rápido. Ha sido una torpeza venir en el tren.*

—*La necesidad de estar mañana por la mañana en Barcelona.*

Sosteníamos el diálogo gris sin mirarnos frente a frente. Ella miraba distraída el negro de la noche, y yo hundía mis ojos en su belleza, sorprendiéndola en el cristal de la ventanilla.

Era una muchacha joven, de veinte años tal vez escasos. Y sin embargo daba una impresión de seguridad, de madurez apretada y soberbia. El pelo era una llama rubia en el frío rostro de estatua. Tenía esa belleza de algunas mujeres de su raza que no se capta en el primer momento. Una belleza que incluso repelía al simple golpe de vista y que precisaba una cultura en la contemplación. Había que irse acostumbrando a la nariz recta, al maxilar poderoso, a los ojos de una serenidad helada, nada cordial, a aquella boca pequeña, de labios finos, que entreabierta dejaba ver una dentadura blanquísima, unos dientes afilados como los de algunos animales feroces.

Iba vestida con un sencillo traje negro. Los brazos desnudos se adivinaban blancos debajo de aquel color tostado por el mar y la montaña. Estaba abrasada aquella carne prodigiosa, materialmente quemada aquella piel que, a trozos, se veía pelarse. Sombreaba su rostro un vello tenue, casi rojo, que le envolvía como en una suave pelusa de melocotón. No era muy alta, pero lo parecía por aquel torso juvenil y en aquel plante de plomada, en aquella perfecta gravitación de su cuerpo, en la pierna musculada y el zapato sin tacón, que la afirmaban de un modo preciso y pesado en la tierra.

Era una bien plantada, *y para ella los ángeles separatistas de Cataluña debían cantar en el friso de la raza su mejor sardana. En la conversación no se descubría. Guardaba el tabernáculo de su intimidad, dando la impresión y sugestión de ella, pero sin entregar su secreto. Porque a la mujer con secreto la descubre siempre el ojo sutil y el culto anhelo. El secreto varoniliza un tanto a las mujeres, como si precisaran de la fuerza del hombre para defender su hondo misterio femenino.*

El tren había entrado en la madrugada y los seres débiles sentían sobre ellos la hora lívida. Ella seguía robusta en su secreto, hablando de mil cosas que eran aproximación y nunca delación de lo íntimo. No pude sorprender en ella la lividez de la madrugada de quien se ha dado toda la noche al exceso de la conversación íntima, frecuente e impúdica en los viajeros.

¿De qué hablábamos?

* * *

—¿*Que no lo parezco? ¿De qué cree usted que se tuestan los brazos y se muscula la pierna? ¡Ah! Sí, señor; yo soy nadadora; he intervenido en concursos de lanzamiento de disco y jabalina; he endurecido mi juventud en el paso gimnástico, y todo el* sport *ha sido el objeto principal de toda mi vida.*

—*Pero usted ama el* sport *de un modo animal y no sentimental, de un modo carnal y no mental, instintivo y no reflexivo... De lo contrario, en sus poesías habría algo de esto, y no lo hay. ¿Es que separa usted las dos cosas?*

—*Desde luego. Yo hago* sport *como una chica y poesías como una mujer.*

—¿*No sería más exacto que hace* sport *como un chico y poesía como una mujer?*

Ana María ríe:

—*Sí, sí, es posible esto.*

—¿*Por qué no dio su anunciado recital en el Lyceum?*

—Estas señoras han estado muy amables conmigo, pero...
—¿Pero qué?
—Pues no sé; que encontré aquello un poco frío, un poco, ¿cómo decirle?..., catalogado. Eso es, catalogado en «vanguardista». Yo no soy ni vanguardista, ni ultraísta, ni clasicista, ni feminista... Me fastidian mucho los «istas» y los «ismos». De tener algún «ista», puede que sea sindicalista únicamente.
—¿Esto lo dice en serio?
—Sí; claro que sí. Por lo menos soy republicana, y he intervenido en actos públicos, hablado en mítines...

¿Vera o los nihilistas? Ana María me dice esto decidida, con el aplomo de quien sabe bien lo que piensa y piensa bien lo que dice. Habla el castellano con un pronunciado acento catalán. ¿Quién ha sido el burro, Dios mío, que ha dicho que el catalán es áspero y duro? Tal vez yo. En Ana María este acento es una gracia más. Oyéndola hablar me cargan los andaluces. [...]

* * *

Llegamos a Barcelona. Ella fue a retocarse y volvió. Había tenido que disimular con la pintura su mal color. ¿Mal color? ¿Ella mal color? Sí, mal color, mal color, porque como a un amigo me había entregado su secreto y volvía a su debilidad de mujer.

¡Pobre niña de Barcelona! Consumía su espléndida vitalidad en un amor romántico personificado en un héroe proletario en quien veía personificado el nuevo cristianismo social. Esta virgen dorada de los stádiums llegaba a Barcelona lívida de sus grandes pensamientos.

El tren entró en agujas.
—No baje usted conmigo —me pidió, dándome la mano.
Saltó al andén, la vi mirar de un sitio a otro sin que se le acercara nadie.
Por la noche, la dulce y firme niña de Barcelona se quedaría dormida pensando en su fantasma.

La idea de que pudiera entrar en el sueño pensando en mí me alborozó de pronto, llenándome de una suave melancolía. Pensé en su brazo tostado por el Mediterráneo, levantando un día la antorcha de la Libertad a un populacho sombrío que sería el primero en asesinar su limpia virginidad apretada de soles. Pensé en ella con infinita ternura y profundo desinterés de ser protagonista en su existencia. Diana roja del corazón sindicalista barcelonés. Poeta del campo y del mar. ¡Bien plantada!

[...] Hemos hablado dos tardes y una noche y nos hemos hecho dos grandes amigotes (usted y yo no podríamos ser nunca «amiguitos», sino «amigotes»). Hemos hablado de muchas cosas, de muchas más de las que caben en unas cuartillas, con la velocidad de quienes se conocen cuando suena la hora de partir para sitios distintos. Prosiga usted con esa tenacidad racial, con esa fuerza femenina, su camino haciendo bellos versos. Esto de nada sirve; pero siempre es más decente el corazón de una mujer cantando que haciendo los chantages *propios de su sexo. Veo en usted un porvenir mental y sentimental, y siento no ser un borrico muy serio para que esta opinión tuviera verdadera autoridad. Pasados unos años, usted podrá cobrar el seguro de su espléndida juventud en esa cosa solemne y triste que se llama la Fama. Siempre es algo. Deseo que entonces se acuerde usted de aquellas dos tardes madrileñas y una noche de tren en que hablamos de tantas cosas. Yo es posible que siga haciendo hablar a los muertos si no he podido redimirme de la maldición de la interviú; pero siempre me acordaré de aquella dulce y enérgica muchachita de Barcelona, inteligente, republicana, con los brazos morenos y desnudos, que vino un día a sacarme del rincón del café con el espejuelo de un libro de versos.*

Quienes posean un temperamento inquisitivo y fácilmente sugestionable por los enigmas literarios entenderán el efecto que me produjo la lectura de aquellas páginas. Aun suponiendo que la semblanza de Ana María Martínez Sagi estuviera distorsionada por una cierta sublimación, aun suponiendo que sus declaraciones estuvieran tergiversadas, o incluso inventadas, su figura cordial y musculada se me imponía como el emblema de una nueva Eva, redimida de esas cortapisas que relegaban a la mujer de su tiempo al reducto anodino de la pasividad doméstica. Una mujer que, con apenas veinte años, publica un libro de versos y viaja sola a Madrid (cuando viajar sola podía acarrearle a una mujer los epítetos de descarriada o buscona) para promocionarlo, que interviene en concursos de lanzamiento de disco y jabalina y en mítines en los que no tiene empacho en hacer profesión de republicanismo (cuando declararse republicana podía acarrearle multas y otras amonestaciones no estrictamente pecuniarias) no podía ser una mujer trivial. ¿Confesaré que aquella noche no logré conciliar el sueño, tratando de imaginar a aquella «Diana roja del corazón sindicalista barcelonés»? ¿Habría muerto o estaría viva? ¿Quedaría constancia de su literatura, de su dedicación al deporte, de su activismo político? ¿Cómo sería aquella «virgen del stádium» a la que yo ni siquiera había oído nombrar? Despojada de la bisutería sentimental y el lirismo urgente con que Ruano había intentado embellecerla, ¿conservaría su interés pionero? ¿Seguiría guardando en el «tabernáculo de su intimidad» un secreto que no se entrega? Mientras me revolvía inquieto en la cama, el deseo de satisfacer estas curiosidades me apremió con tanta insistencia que estuve a punto de levantarme, vestirme y atravesar mi ciudad levítica en mitad de la noche, con el relente como un enjambre de espectros húmedos sobrevolando las aguas del río y las iglesias románicas, para presentarme en casa de Gonzalo Martel y arrancarle algunas pistas sobre aquella Ana María Martínez Sagi que se había instalado en mis zozobras, como una inquilina apenas entrevista pero ya perenne. Sólo me detuvo la certeza de que mi visita intempestiva podría costarme algún exabrupto por parte de Martel, y quién sabe si un silencio obstinado en represalia.

Hacia el amanecer, el cansancio quiso triunfar sobre aquella excitación de naturaleza casi detectivesca, inspirándome algunos ratos de duermevela. Creo que fue entonces cuando imaginé a Ana María Martínez Sagi como un ángel esbelto que hubiese podido retratar Leni Riefensthal, respirando el aire velocísimo de la victoria en cualquier estadio olímpico. Me sacudí la somnolencia, decidido a no dejarme embaucar por imágenes estereotipadas o estetizantes. Había llegado la hora de comenzar las averiguaciones.

II
—
LA TRASTIENDA DEL PADRE BROWN

—¿Martínez Sagi? —Gonzalo Martel me había rogado que lo condujera otra vez hasta la cama, de donde lo habían sacado mis timbrazos imperiosos. Me había salido a abrir en pijama, un pijama como de presidiario, de un gris desvaído y resudado, que quizá hubiese sido de su talla cuando su cuerpo era algo más que un pellejo tapizando los huesos, pero que para entonces le quedaba holgadísimo, como si se lo hubieran adjudicado a voleo en un reparto de beneficencia—. No me suena de nada. ¿Y dónde dices que has leído ese nombre?

Las perneras del pantalón, muy holgadas, le caían sobre las alpargatas, como un acordeón sin música, dificultando sus andares. Lo llevaba agarrado del brazo, a través del pasillo, y notaba la escasa consistencia de su esqueleto, donde ya se había filtrado la humedad insalubre de aquella casona que se asomaba al río. Martel parecía un espantapájaros artrósico y traslúcido, agitado de íntimos tembleques y con las articulaciones agarrotadas.

—En el libro de Ruano que me llevé ayer —dije—. Bueno, de Ruano y de usted, si tenemos en cuenta las revelaciones que me hizo —rectifiqué sin entusiasmo.

—¿Es que las pones en entredicho? —me inquirió, con una mezcla de ofendido orgullo y desaliento victimista—. Pensé que eras el depositario de mis secretos, pero si ahora me vienes con esas dudas...

Se detuvo bajo el dintel de su habitación y me escrutó en la penumbra, con sus ojos minerales, casi fósiles ya, en cuyo fondo aún latía una llama de fanatismo o crueldad. Del pijama subían unas vaharadas de orines fermentados que me abofeteaban la pituitaria y anestesiaban mi capacidad de reacción.

—Vamos, don Gonzalo, no me malinterprete —me excusé atolondradamente—. Estoy convencido de que la autoría de esas entrevistas le pertenece a usted más que a Ruano. Y descuide, que a poca influencia que tenga yo el día de mañana —me sentí zalamero y, sobre todo, avergonzado, por chalanear con la vanidad de un viejo fatuo— ya me encargaré de propagarlo de palabra y por escrito. Precisamente porque he descubierto huellas de su estilo le pregunto por esta mujer. Quizá la entrevistó usted mismo, o al menos llegó a conocerla. Ana María Martínez Sagi. Haga memoria.

Había en mi voz un rescoldo de perentoriedad o súplica que no me beneficiaba en la pesquisa. Martel sonrió con sonrisa de calavera, una sonrisa postiza o taimada que no se comunicaba al resto de sus facciones, ni siquiera a los labios. Sospeché que había hurgado en el yacimiento de sus recuerdos y había hallado la veta que yo ambicionaba; sospeché también que no me cedería tan fácilmente su explotación.

—No le pudo pasar desapercibida —insistí—. Una muchacha de esas características tenía que resultar chocante en aquella época.

—¿Pero a qué viene de repente tanto interés? —Martel había prescindido de mi apoyo y se dirigía a tientas hacia la cama—. ¿No estarás pensando escribir sobre ella?

Comprendí que había cometido un error. Martel se atrincheraba en la desconfianza, como un caracol que se repliega en su concha, dispuesto a resistir numantinamente mis asedios. Subí la persiana para que irrumpiera la claridad del exterior en aquella habitación con atmósfera de madriguera o depósito de cadáveres. El río de mi ciudad levítica desfilaba a lo lejos como un puñal aterido y herrumbroso. La luz parecía enferma de lipotimia, como si el contacto con los bacilos y miasmas que infestaban la casona de Martel aniquilase su vigor.

—Tengo cosas mucho más importantes entre manos. —Procuré resultar convincente, pero creo que más bien resulté deliberado y un poco postizo—. Pero me he propuesto conocer al dedillo aquellos años. Ya sabe que planeo escribir una biografía sobre usted.

—¿De veras? No puedes imaginarte lo feliz que me harías. —Martel me observaba inquisitivo y sin atreverse todavía a relajar sus defensas. Su rostro había adquirido un color de ceniza, en consonancia con la luz mortecina y con su cabello de textura arácnida, aquel cabello ralo que, liberado de la dictadura del peine, se deshilachaba sobre su frente—. Me tienes a tu disposición, podemos empezar cuando te dé la gana.

Se dejó caer sobre el colchón como si estuviese derrengado, pero el somier ni siquiera crujió constatando su corporeidad. Ese silencio me confirmó que Martel pertenecía ya a las legiones de ultratumba. Reprimiendo una náusea, lo cubrí con la colcha; de las sábanas y el colchón brotaban las mismas tufaradas que de su pijama, una mezcla de olores hediondos que denunciaba su deterioro, su irrevocable singladura hacia la muerte.

—Martínez Sagi... Ya recuerdo. —Miraba con fijeza los contornos de las goteras en el techo, como si encontrase en sus formas caprichosas un hilo de Ariadna que explicase el laberinto derruido de su memoria—. A Ruanito le sublevaba la atención que los periódicos brindaban a esas poetisas delicuescentes y ñoñas que se presentaban en las redacciones con un librito de versos que parecía una ofrenda lilial. A nosotros nos costaba Dios y ayuda abrirnos paso y conseguir que reseñaran nuestras obras, a veces teníamos que sobornar a los gacetilleros con promesas de reciprocidad, y de repente llegaba una de estas aficionadillas, que escribía cuatro ripios mientras le daba el pecho a su bebé o le zurcía los calcetines a su marido, y le daban coba durante meses, con interviús que ocupaban páginas enteras y gran despliegue fotográfico. —Hablaba con un resentimiento antiguo, casi milenario, como emergido de un sustrato arqueológico donde se hubiese estado incubando durante décadas. Quizá los miasmas que desprendía su cuerpo eran emanaciones de ese rencor—. La moda de las poetisas diletantes llegó a ser una verdadera epidemia, no había semana en que alguna no recitase sus abortos en el Ateneo, o en el Lyceum Femenino, o en alguna otra tribuna madrileña, con una repercusión que a nosotros nos era negada. Ruanito y yo y unos cuantos más íbamos a reventar estos recitales con abucheos y caceroladas, hasta conseguir que aquellas tipas interrumpieran la declamación de sus bazofias. Yo creo que, a fuerza de increparlas y meter bulla, logramos que más de una abandonara la carrera poética y se volviese a sus guisos, que eran su verdadera vocación.

Lanzó una risita de hiena, tan hedionda como las tufaradas de orín rancio que embalsamaban su vejez. Sobre un aparador que hacía las veces de mesilla de noche, había fotografías de Martel participando en recepciones diplomáticas y audiencias áulicas y besamanos diversos, inclinando la testuz ante mandatarios artrósicos cuando él aún se mantenía flexible y apto para la gimnasia del servilismo. Me acometió un infinito asco:

—No creo que esta Ana María Martínez Sagi volviera a sus guisos. Ruano la describe como una mujer independiente, comprometida con la causa republicana y cultivadora del deporte —dije—. No encaja en el estereotipo que usted acaba de esbozar. Y tampoco su poesía, por lo poco que Ruano apunta sobre ella, me parece una mera colección de ripios.

Martel permanecía con la mirada fija en las goteras que infamaban el techo, corrompiendo y abombando el encalado, como si fuesen tumores en continua expansión. También el rostro de Martel estaba corrompido por la decrepitud y sólo sus ojos minerales sobrevivían a esa gangrena. Su risita se había prolongado hasta convertirse en algo muy parecido a un estertor.

—Si yo te contara...

Y me contó con entonación de salmodia que una noche cualquiera, rezagados en alguno de esos cafés de la calle de Alcalá donde los bohemios vomitaban su lastre de blasfemias y gargajos y las actrices meritorias se dejaban magrear el culo a cambio de un café con media tostada, Ruano y él habían decidido inventarse a una poetisa apócrifa, dotarla de una biografía infrecuente y propalar su existencia a través de los periódicos. Martel había sido el promotor de esta falsificación, inspirado por las lamentaciones que profería aquella turbamulta de poetas inéditos que embarrancaba en el café, después de haber intentado en vano *colocar* un soneto en las revistas ilustradas de la época, que solían condecorarse, cuando la publicidad flaqueaba (o sea, siempre) con floripondios líricos que más bien parecían guirnaldas fúnebres, de tan mustios y anticuados. Ruano, que pese a ser más o menos coetáneo de aquella tropa mendicante, ejercía sobre ellos una especie de caudillaje espiritual, por haber logrado evadirse de los calabozos del anonimato, los había zaherido recordándoles que esas mismas revistas que rechazaban sus inéditos acogían con alborozo los desahogos de cualquier modistilla o marquesa ágrafa, de esas que piensan que la hache destruye las sinalefas y sólo saben rimar en participio. Su comentario había agraviado a los bohemios, que ni siquiera lograban reunir los céntimos que costaba alquilar un jergón en cualquier albergue de beneficencia, pero todavía los azuzó más: «Probad a enviarlos con seudónimo de mujer, ya veréis cómo os hacen caso.» Entonces Martel concibió la idea de fundar una especie de cooperativa poética, una sociedad mancomunada en la que cada miembro aportase con regularidad poemas que se enviarían a los periódicos y revistas ilustradas, bajo un nombre ficticio de mujer. Ruano y el propio Martel se encargarían de prestarle una cierta encarnadura a esa poetisa inexistente, publicando una interviú en *El Heraldo* que captase el interés del público y legitimara la impostura. Por supuesto, los poemas que cada uno pergeñase tenían que atenerse a las directrices psicológicas del personaje avanzadas en la interviú: quedaban prohibidas las composiciones de tema tabernario, las loas a las musas del arroyo, los arrebatos madrigalescos, la galantería fosilizada, y, en general, cualquier signo delator de virilidad (en realidad, les exigían que prescindieran de su mitología calenturienta y resobada, entre Baudelaire y Rubén Darío). Como modelo aproximativo a partir del cual podrían entretejer su engaño, Martel propuso a las poetisas hispanoamericanas entonces en boga, donde el grito de emancipación femenina se aderezaba con su pizca de ensimismamiento melancólico y su otra pizca de pureza desengañada. Ruano se comprometió, con la ayuda de Martel, a otorgar carta de naturaleza a esa creación colectiva que, como el monstruo de Frankenstein, se construiría por agregación de elementos dispares: un risueño cosmopolitismo que resultaría más creíble haciéndola oriunda de Barcelona (ciudad que a los madrileños castizos siempre se les ha antojado más exótica que Sebastopol); un cultivo del *sport* que la emparentaba con esas amazonas de buena familia que habían convertido el sudor en un signo de prestigio social; una defensa encendida de las posturas sufragistas y republicanas que ya empezaban a predicar en España algunas pioneras temerarias; y, sobre todo, la capacidad camaleónica para combinar estas preocupaciones con el cultivo de la poesía, que exige un riquísimo mundo interior, preservado del tumulto y el vértigo en el que se suponía que vivía inmersa una mujer que alternaba la arenga política y el atletismo.

—A mí me correspondió fundir todos esos ingredientes, sin que se resintiera su feminidad —concluyó Martel, arrogándose de nuevo el protagonismo—. Y me inventé una muchacha inspirada en la idea arquitectónica de las cariátides, en donde la reciedumbre no descartase la belleza. La escena que Ruanito describe en su interviú, en el vagón de un tren nocturno que lo lleva a Barcelona en compañía de la poetisa, también es de mi cosecha: él estaba negado para este tipo de remansos sentimentales. Lo suyo era el trazo rápido del esquematismo, no poseía la sutileza suficiente para cantar la ambigüedad de ciertos instantes privilegiados... —Martel casi se ahogaba, encaramado en las cúspides de la ensoñación narcisista—. Ruanito tenía una gran habilidad para alternar el cinismo y la blandenguería, y sobre esa mezcla fundamentó su éxito, pero la urgencia con la que siempre escribió, o su especial idiosincrasia, le impedían demorarse en la introspección psicológica, en el ahondamiento que exige el estudio de las almas. Yo, en cambio...

Me exasperaba aquel autobombo elusivo y laberíntico, aquella rebuscadísima manera de atribuirse méritos que no le correspondían o de inventarse un pasado a la medida de su megalomanía.

—Tú, en cambio, tienes una gran habilidad para mentir —lo corté, con más hastío que cólera.

Martel parpadeó, como si quisiera espantar un espejismo, y giró la cabeza no sin cierto esfuerzo, como si las varias agresiones que incluían mis palabras (el desconsiderado y súbito tuteo, la acusación sucinta y sin ambages, y, sobre todo, la voladura de aquel castillo quimérico que Martel había ido edificando, con el mimo de quien urde una coartada que lo justifique ante la posteridad) lo agarrotasen de estupor:

—¿Cómo has dicho?

—He dicho que todo lo que me has contado es una sarta de patrañas —resumí, embalado ya—. Ni fuiste el negro de Ruano, ni os inventasteis a Ana María Martínez Sagi, ni Dios que lo fundó. Lo que pasa es que te fastidia que me muestre interesado por otros escritores aparte de ti. Eres un ególatra insoportable, y pretendes que yo sea tu lazarillo y tu reivindicador, pero vas listo.

No me bastaba con negar sus falsificaciones, necesitaba también desahogar mi saña acumulada durante meses contra él. La venganza me anegaba por dentro, era una marea dulce que no admitía esclusas. Martel, huérfano de recursos dialécticos, farfulló:

—No tolero que me tutees.

—¿No fuisteis vosotros, los falangistas, los que impusisteis el tuteo? Pues ahora te jodes y te aguantas.

El río de mi ciudad levítica continuaba discurriendo afuera, como una serpiente que transportase en su vientre un empacho de detritos. Por un momento, me pareció que la cama de Martel, con su catre de níquel y su colcha galardonada de orines, era un gran catafalco que navegaba a la deriva, sobre las aguas impertérritas de aquel río conmemorado por los poetas. Gonzalo Martel era el cadáver anticipado de sí mismo, apenas un trasunto o piltrafa del hombre poderoso que había llegado a ser, en algún pasadizo equivocado de la Historia. La luz pálida de la mañana descendía sobre su rostro que parecía enfermo de septicemia, como un viático o una dosis de morfina que le amortiguase la agonía del olvido.

—Todavía estás a tiempo de decirme la verdad —lo insté—. ¿Quién era Ana María Martínez Sagi?

Hubiese querido agarrarlo por la camisola del pijama y zarandearlo como a un pelele, pero sobre la ofuscación del despecho se sobreponía el invencible asco que me producía aquel viejo encastillado en las ruinas de su vanidad. El mutismo de sus labios se extendía a su semblante, rígido como una máscara funeraria. Me sentí rapaz y mezquino, como esos herederos preteridos que intentan por la fuerza variar la voluntad última del testador y se congregan en su lecho de muerte, en una ceremonia de canibalismo simbólico. Al tufo de los orines rancios y los sudores fermentados, se sumaba ahora el olor africano y subterráneo de la mierda, como si Martel, en la hora definitiva de su soledad, hubiese aflojado los esfínteres y se dejase vaciar de fluidos orgánicos, para facilitar las labores de amortajamiento.

—Márchate de aquí ahora mismo, hijo de puta —bisbiseó, desde algún lugar próximo a la inconsciencia.

Creo que fue en ese preciso instante en que Martel me expulsó de su casona a la que ya nunca más volví cuando aquella curiosidad inofensiva que me había originado la noche anterior la figura apenas entrevista de Ana María Martínez Sagi se transformó en acuciante ansiedad, y también en una cuestión de honor. Me propuse redimir de las tinieblas su memoria, con esa fiereza mística que reservamos a las misiones bajo cuyas vicisitudes se oculta la búsqueda de nuestra identidad. Antes de marcharme, volví a bajar la persiana, para restaurar la atmósfera de madriguera o depósito de cadáveres que reinaba en aquella habitación. La luz se colaba entre las rendijas, prestigiando el polvo que yacía dormido o invisible y sometiéndolo a un baile coruscante. Gonzalo Martel se quedó allí, como ese muerto que soporta con estoicismo la disolución del velatorio y descansa, disgregándose en la nada.

La librería de Joaquín Tabares, vista desde la calle, parecía un chiscón donde se reunieran tahúres sonámbulos o conspiradores jubilados. Antes de remodelarse como librería de viejo, había sido una tienda donde se despachaban adminículos religiosos, escapularios y misales y rosarios de pétalos de rosa y estampas de santa Rita de Casia. Tabares había heredado el negocio de algún pariente suyo muy beatorro, que a su vez lo había heredado de otro, y en homenaje a sus ancestros, o por suprema apatía, había conservado el único escaparate de la librería con el mismo género que exhibía treinta años antes. Como desde entonces lo había dejado intacto, el tamo y una especie de polvo fosilizado que más bien parecía hollín se habían extendido sobre aquellos objetos incongruentes (folletos de novenarios, estatuillas fosforescentes de la Virgen, vinajeras en forma de redoma en cuyo poso podrían haberse adivinado las veces que el cura se emborrachó con ellas y hasta relicarios con una gota de sangre licuada que lo mismo podía pertenecer a san Pantaleón que al menstruo de una devota). Todo aquel batiburrillo de objetos chocantes y derrotados por la incuria tenía un aspecto como de ciudad submarina en miniatura, o como de despojos de un naufragio que aguardaban la llegada del buzo que los rescatara del légamo. El cristal del escaparate, ahumado o neblinoso de mugre, contribuía a acrecentar este efecto abisal. Al entrar en la librería, uno se tropezaba de sopetón con el mostrador, y casi se golpeaba con los grabados y láminas que pendían del techo, como estandartes andrajosos o cintas atrapamoscas ilustradas con motivos del Viacrucis y episodios del Santoral. Entonces aparecía Joaquín Tabares, surgiendo atolondradamente de la trastienda, a través del hueco de una puerta que había velado con una cortinilla de tela muy basta, estameña o algo todavía más ordinario y sucio; su gesto era soliviantado y perplejo a la vez, como si la entrada del cliente lo hubiera sorprendido en plena confección de una bomba casera. Las paredes del tabuco, desnudas de ornamentación, eran renegridas y un poco curvas, para intimidar al visitante y hacerle creer que en un pasado reciente habían cobijado un horno crematorio y todavía de vez en cuando servían para incinerar a los clientes morosos.

Joaquín Tabares quizá fuera de la estirpe espiritual del judío Shylock, como pretendía Martel, pero su fisonomía excluía cualquier interferencia hebraica. Era un gordo de piel lechosa, con ademanes de sátrapa y una parsimonia verbal exasperante que lo hacía regodearse en cada palabra, como si estuviera saboreando un caramelo. Padecía desarreglos de hipófisis, y tenía los labios lívidos, como si se hubiese pegado un atracón de moras o padeciese alguna afección coronaria. No había alcanzado aún la cuarentena, y su obesidad le atirantaba la piel, exonerándolo de arrugas, lo cual contribuía a difuminar su edad. Se había iniciado en el negocio del libro viejo quince años atrás, comprando y vendiendo hagiografías y misales (hay fetichistas de la literatura religiosa, como hay fetichistas del tacón de aguja o la lencería churrigueresca), hasta que empezó a arramblar carroñeramente las bibliotecas de esas familias asediadas de hipotecas que aceptan el expolio a cambio de una limosna. Tabares vendía por catálogo (en mi ciudad levítica no es que abundaran los bibliófilos, precisamente) y se rumoreaba que, hasta consolidar una clientela más o menos fija, su negocio había sobrevivido merced a los envíos contra reembolso que efectuaba a los muertos. Para aprovisionar su catastro fúnebre, consultaba las esquelas de

ABC, ese gran cementerio de vanidades, y seleccionaba a las víctimas de sus timos póstumos entre los fallecidos del día anterior que él creía mínimamente ilustrados, basándose en criterios tan arbitrarios como la sonoridad de sus apellidos o las muestras de condolencia retórica que sus deudos estampaban al pie de la esquela. Cuando la viuda o los hijos del fallecido recibían la notificación de correos, pagaban el envío con fastidiosa unción (si la contradicción es admisible), como si estuviesen cumpliendo la postrera voluntad del difunto, que a lo mejor no había leído un libro en su puñetera vida. Pero el engaño, en cualquier caso, siempre resultaba verosímil, pues ya se sabe que las ansias de la muerte propician estas conversiones incongruentes.

Yo había trabajado esporádicamente para Tabares, cuando ya la regular marcha del negocio le permitía prescindir de estas picarescas, catalogando sus existencias o ayudándolo en el transporte e inventario de esas bibliotecas que compraba a un tanto alzado y que después constituían su principal fuente de beneficios. Como estas rapiñas disfrazadas de respetabilidad acontecían en lugares insensatos y alejadísimos de mi ciudad levítica, tuve oportunidad de viajar bastantes veces con Tabares, en calidad de mozo de carga, y de escuchar sus calmosas disertaciones, mientras él conducía la furgoneta que nos llevaba a nuestro destino. Tabares era un ácrata melancólico que se había iniciado a la literatura durante la adolescencia, condecorando de *grafitti* las fachadas de su barrio. Aunque los servicios de limpieza municipales se apresuraban a cegarlos con brochazos de pintura, esos *grafitti* se incorporaron a la tradición oral, y hasta sirvieron de inspiración para alguna cancioncilla contestataria que circuló entre las comunas *hippies* asentadas en las estribaciones de mi ciudad levítica. También había acaudillado Tabares un asalto al ayuntamiento cuando, tras las primeras elecciones, salió reelegido un alcalde puesto a dedo por Franco pero ya reciclado en demócrata de pedigrí, de esos que comulgan de hinojos ante la Constitución y se llenan la boca con el Estado de Derecho. Por supuesto, aquel intento de allanamiento concluyó con Tabares en los calabozos de comisaría, adonde iban a visitarlo todos los progres y melenudos de mi ciudad levítica (que eran pocos, tampoco hay que emocionarse) y le llevaban viandas como para cebar a un marrano (de resultas de aquel encierro, Tabares empezó a coger peso, hasta degenerar en un gordo apoteósico). Aquellas hazañas de la juventud, en cambio, las dejó morir Tabares por inanición, sin llegar a renegar de ellas, pues lucían mucho en su currículum, pero confinándolas en el cuarto trastero de los pecadillos veniales. Ahora se conformaba con atentar contra el sistema desvalijando a los burgueses esnobs y nuevos ricos que engrosaban su clientela, y desposeyendo a los aristócratas arruinados de sus bibliotecas, tan desvencijadas como su árbol genealógico.

El contacto con los libros de viejo lo había hecho remolonamente tacaño y le había transmitido una cultura por impregnación, enciclopédica y absurda, que incluía un montón de saberes heterogéneos, desde la liturgia preconciliar al funcionamiento de las clepsidras. Aunque el catálogo de su librería incorporaba, como concesiones a la galería, una sección de temas locales, otra de pornografía ñoña (entre los bibliófilos abunda la especie de los erotómanos reprimidos y también deprimidos) y, a modo de paradójico corolario, una gran selección de obras religiosas (desde los textos más recónditos de la patrística al catecismo del Padre Astete), Joaquín Tabares se había especializado en literatura de principios de siglo (del siglo XX, habría que especificar), entendiendo por principios de siglo el fructífero y abigarrado período que se extiende hasta la Guerra Civil. Por lealtad al joven ácrata que había sido, Tabares desarrolló una erudición inútil en torno al fenómeno de la bohemia, que fue algo así como la aplicación de los ideales libertarios a la creación artística. En la trastienda de su librería, Tabares custodiaba una colección de publicaciones ínfimas que había excluido del tráfico venal (pocas alcanzaban el rango de libro, lo cual las hacía más difíciles de recaudar: folletos, opúsculos y hasta hojas volanderas que el tiempo había convertido en una hojarasca indiscernible). Poemarios dictados por la elocuencia tartamuda del vino, panfletos donde se hacía apología del sablazo, novelitas lacrimógenas que detallaban las penurias de una existencia a la intemperie, dramones proletarios que mezclaban la dinamita ideológica con la ampulosidad retórica y otras hierbas limítrofes componían el ramillete machacón de una literatura que había nacido al abrigo de imprentas siniestras y se había extinguido entre la indiferencia de sus contemporáneos, en un naufragio hermoso e irrevocable que no había dejado supervivientes. Tabares llevaba más de quince años recolectando los restos de aquel naufragio, con esa pasión obstinada y arqueológica que sólo practican los célibes. Con la esperanza de que a esa pasión ya veterana por la literatura de los suburbios se incorporase mi pasión recién nacida por aquel fantasma llamado Ana María Martínez Sagi acudí a él.

—Otra vez haciendo de recadero para Martel —se recochineó. Tenía una voz barroca que parecía tumbarse a la bartola sobre su doble o triple papada—. ¿No te cansarás nunca de sacarle las castañas del fuego a ese cabronazo?

Descargué la caja de los libros sobre el mostrador de madera pulida o erosionada por las transacciones. Tabares levantó las solapas de cartón y hurgó entre la mercancía con un desdén impostado.

—Ya me he cansado —me apresuré a decir, para atajar sus burlas—. De hecho, quería pedirte el favor de que fueses tú quien le entregue el dinero de esta última transacción.

Aunque Tabares insistía en esbozar una mueca de asco, no podía evitar que a sus ojos trepase el brillo de la avaricia, cuando descubría entre el montón de libros algún espécimen en peligro de extinción.

—Vaya, vaya, así que por fin me haces caso. —A sus labios acudió esa sonrisita aviesa que suele provocar el escarmiento ajeno—. ¿Y a qué se debe el berrinche?

—Estoy harto de sus trolas. No le importa falsificar el pasado, con tal de labrarse una leyenda que no le corresponde.

Tabares soltó una carcajada de ventrílocuo que no perturbó sus cuerdas vocales. La tripa, en cambio, le temblaba de alborozo.

—Pero, hombre, si eso lo humaniza... —Tabares guiñaba un ojo y apartaba de sí los libros que iba extrayendo de la caja, para escrutar como a través de un catalejo las dedicatorias, las fechas de impresión y otros detalles que multiplicaban o disminuían su valor—. Qué otro consuelo le quedaría, si no, al pobre diablo. Te ha elegido a ti como propagador de sus trolas. Esos fachas no se conforman con haber ganado la guerra; quieren ganar también la batalla de la posteridad. —Volvió a reírse con espasmos en la barriga—. Ilusos. Como si la posteridad existiese.

Lo dijo con la misma convicción con que un sepulturero niega la vida de ultratumba, tras haber presenciado el festín que los gusanos organizan a nuestra costa. Después de todo, Tabares era algo así como un sepulturero de posteridades.

—Pero lo de Martel es algo enfermizo. El tío pretende haber estado en la pomada desde que usaba chupete. Su última invención consiste en hacerme creer que trabajó de negro para César González-Ruano, y que juntos se sacaban de la manga personajes que jamás existieron.

Tabares asintió apreciativamente. Parecía como si, a medida que yo denunciaba las mistificaciones de Martel, él hallase motivos de solidaridad con aquel viejo fantoche. Entre las argucias que Tabares había urdido para promocionar su librería, cuando aún era un advenedizo en el gremio, se contaba la invención de libros apócrifos que introducía en su catálogo, atribuyendo su autoría a los escritores más cotizados o perseguidos por el fetichismo bibliómano. El anuncio, por ejemplo, de una *plaquette* no documentada con sonetos amorosos de Rafael Alberti, escritos durante su exilio romano, desataba una ventolera de peticiones que los clientes, con presunta habilidad cinegética, intercalaban entre otras peticiones más o menos banales, para que no se les notase la impaciencia de cobrarse la pieza ignota. Tabares satisfacía las peticiones banales, que le reportaban por agregación unas ganancias nada banales, y se excusaba de no poder satisfacer la demanda principal, alegando que otro cliente imaginario (y, por lo general, emboscado detrás de una red de intermediarios) se había adelantado. Pero ya hacía años que había renunciado a esta treta, para no levantar sospechas y resquemores.

—Voy a terminar cogiéndole cariño a Martel, a este paso. —Tabares suspiró, con nostalgia de aquellas trapisondas juveniles—. Pero no veo por qué te tiene que cabrear que se tome esas licencias autobiográficas.

Le mostré entonces el libro de entrevistas de Ruano, *Caras, caretas y carotas*, señalándole las páginas dedicadas a la «poeta, sindicalista y virgen del stádium» Ana María Martínez Sagi. Mientras las leía en diagonal observé con creciente y voluptuoso júbilo que Tabares se iba dejando invadir por la misma curiosidad que me rindió a mí, la noche anterior, y me desalojó de ese reducto tibio gobernado por el sueño. Después de una primera lectura epidérmica, Tabares me miró con un aire de derrota, pero en seguida se recompuso, apartó de un empellón la caja que contenía los otros libros de Martel y se acodó sobre el mostrador, absorto ya en la semblanza que Ruano le había dedicado a aquella «muchachita de Barcelona, inteligente y republicana, con los brazos morenos y desnudos», que había llegado a Madrid, para limpiar sus horas de tedio, con un libro de versos y un misterio inasible como único equipaje. Ahora, sesenta años después, Ana María Martínez Sagi, o su espectro, llegaba a mi ciudad levítica, y nos limpiaba, a Tabares y a mí, el tedio de quienes ya se han resignado a la monotonía de los días iguales. En el silencio de la librería, sólo se oía el concierto de borborigmos o refunfuños que el aire ejecutaba en las tripas de Tabares.

—Según Martel, Ana María Martínez Sagi fue una especie de heterónimo colectivo que él y Ruano le brindaron a sus amigos bohemios, para que pudieran ganarse unas pesetillas, publicando poemas en los periódicos que, firmados con su nombre real, les rechazaban. —Hice una pausa, antes de halagarlo—: Tú eres una autoridad en el tema de la bohemia, no creo que se te hubiese escapado semejante engañifa.

—¿Por qué no iba a escapárseme? —protestó. Parecía abrumado por la responsabilidad que acababa de depositar sobre él.

—Sabes mejor que yo que toda aquella tropa de bohemios sólo sabían escribir sobre cuatro topicazos recurrentes. Por mucho que se hubiesen enmascarado detrás de un seudónimo femenino y catalán, se les habría visto el plumero. Ruano cuenta que se trata de una mujer avanzada para su época, «convencidamente republicana» y consagrada al *sport.* ¿Cómo encajarías esos rasgos de modernidad en el arquetipo bohemio? Aquellos tipos estaban en otra órbita: el único deporte que practicaban era el sablazo; abominaban por igual de la monarquía y la república, ellos predicaban la disolución de toda autoridad.

Tabares detuvo mi exposición con un ademán de sus brazos rollizos, como si me estuviera bendiciendo. Se sacó del bolsillo de la camisa un paquete de cigarrillos hecho un gurruño, y extrajo uno que tuvo que alisar y restaurar antes de llevárselo a los labios.

—Vayamos por partes —dijo, con la boca pletórica de humo. Fumaba cigarrillos sin filtro, de un tabaco renegrido como el techo abovedado de la librería—. ¿Cuándo se supone que se hizo esta entrevista?

—El libro apareció en 1930. En el prólogo, Ruano insinúa que se trata de una antología de sus trabajos periodísticos, a contar desde 1920, cuando apenas era un mozalbete que ni siquiera había concluido la carrera de Derecho. —Me sorprendí, de repente, aplicando el método inductivo—: Pero, a juzgar por la osadía de algunas declaraciones de índole política puestas en boca de la poetisa, la entrevista tiene que ser muy próxima a la fecha de publicación del libro, en plena descomposición de la monarquía. No me imagino a una muchacha burguesa interviniendo en actos públicos y hablando en mítines a principios de la década, en plena hegemonía de Primo de Rivera.

—Yo tampoco, la verdad. —Tabares aspiraba el humo con boqueadas de pez asfixiado, y ya no lo expelía, al menos no de manera perceptible, como si lo necesitase para ensordecer los rugidos de sus tripas—. Luego tenemos la referencia a ese libro, *Camino*...

—*Caminos* —lo rectifiqué, con socarronería—. Pero comprendo que tus simpatías hacia el Opus te hayan inducido a error.

Hizo caso omiso de mi chanza, o la encajó con una sonrisa apenas formulada que se le escapó entre las comisuras de los labios, ahora manchadas con briznas de tabaco.

—No lo había oído mencionar en mi vida. Desde luego te aseguro que en mis manos no ha caído jamás, de lo contrario me acordaría. Y me apostaría el cuello —no era una apuesta baladí, teniendo en cuenta la doble o triple papada que lo adornaba, a modo de gorguera— a que en los catálogos de la competencia tampoco figura, al menos desde que yo estoy en el negocio. Claro que, si Martel no nos engaña, debería tratarse de un libro ficticio.

—Martel nos engaña, Joaquín. —Aquella afirmación tajante ya no la dictaba ningún método inductivo, sino la pura intuición—. Lo leí en sus ojos.

El cigarrillo se le consumía en los labios, como una hoguera mínima y claudicante, y ya casi le socarraba los pelos mal afeitados del bozo.

—Sagi, Sagi —rezongaba, a modo de letanía o contraseña. Pronunciaba la ge a la española, haciendo que la voz frotase en el paladar como papel de lija—. Yo juraría que he visto escrito ese apellido en alguna parte. Ven, vamos a consultar mi archivo.

Apartó de un manotazo la cortina de costrosa estameña que vedaba la visión de la trastienda. Se trataba de una pieza espaciosa, iluminada muy pulcramente por tubos fluorescentes que le daban cierto aspecto de quirófano o morgue. El contraste con el tabuco donde Tabares atendía a la clientela era tan pronunciado que a uno le acometía la sospecha de que allí se verificaban actividades ilegales, estraperlos o abortos tardíos o falsificaciones de billetes. Sobre una mesa de baquelita muy amplia, había una pila de libros descacharrados o reducidos a jirones, y junto a ellos un bote de engrudo del que pendían, a modo de mocos o carámbanos, unos churretones que aún no se habían solidificado. Las paredes estaban forradas de estanterías metálicas, con módulos desmontables, sobre las que recaía el peso ya casi secular de miles de volúmenes, algunos protegidos por la armadura de una encuadernación lujosa, otros resignados a aterirse en mangas de camisa, corneados por generaciones de lectores o simples propietarios que les habían dado mucha tralla. En la trastienda había una temperatura de bodega o refrigerador que, sumada a la asepsia de la luz fluorescente, me infundía una rara grima, como si las almas de los dueños de todos aquellos libros se congregasen allí en un revoloteo viscoso, y se posaran sobre la piel del visitante, como polillas que pululan sin sentido de la orientación para luego descansar sobre una pared y ponerse a desovar o defecar un poco. Me froté las mejillas, para espantar este inexplicable asco.

—Nos vamos a meter en mi banco de datos sobre la bohemia.

Tabares había empleado una inflexión de voz petulante y cachazuda, como si se dispusiera a mostrarme los archivos secretos del Pentágono, después de haberme revelado que en las horas más abstrusas de la noche, cuando mi ciudad levítica dormía, se quitaba el disfraz de librero de viejo y asumía su verdadera personalidad de pirata informático. La trastienda comunicaba con una cámara que tenía algo de capilla para penitentes o celda monacal: allí celebraba Tabares las liturgias secretas de su culto a la bohemia, allí se encerraba para hojear revistas y periódicos atrasados, allí amortiguaba su soledad de célibe irredento revisando sus carpetas de recortes que ya casi eran una papilla de papel borroso, allí se amontonaban los libros y los folletos en un equilibrio costoso y como mantenido por ensalmo. En mitad de aquel populoso desorden, sobre una mesilla con ruedas, un ordenador emitía su resplandor insomne, como un sagrario expuesto al culto, incongruente con aquella morralla de legajos y ediciones averiadas que tapizaba el suelo y se derrengaba sobre las paredes. Parecía milagroso que Tabares se pudiese rebullir en un terreno tan erizado de obstáculos, pero a veces los gordos poseen dotes de contorsionista que los demás mortales ignoran.

—Estoy almacenando todo el material en CD-ROM —me informó, ufano de aquella labor estéril y casi infinita—. Pero eso me llevará unos cuantos años. De momento, me conformo con archivar las referencias bibliográficas.

Se había inclinado sobre el teclado del ordenador (no había sitio para una silla, ni siquiera para un taburete; me sorprendió que la dificultad de la postura no le cobrase un impuesto de lumbagos y ciáticas), y sus dedos gordezuelos deambularon sobre él con presteza. En la pantalla fueron apareciendo las letras que componían el nombre de Ana María Martínez Sagi; a continuación, Tabares pulsó con mucha prosopopeya la tecla que desencadenaba la pesquisa, y el ordenador crujió desde los cimientos, como si hubiese arremetido contra él un ariete. Una expresión que rezaba «Executing» parpadeaba en mitad de la pantalla, como un corazón enfermo y arrítmico.

—Vamos, valiente, danos alguna pista. —Tabares le propinaba palmaditas animosas a la carcasa del ordenador, que sonaba hueca y como deshabitada de inteligencia. La espera se prolongó durante más de un minuto, durante el cual el ordenador emitió varias tandas de resoplidos entrecortados, como mensajes de código morse en sordina. De pronto, la pantalla se quedó ciega, antes de proporcionarnos una ficha escueta y sembrada de abreviaturas. A Tabares lo poseyó una exultación con la que no pude solidarizarme, porque no entendía sus claves de catalogación—. ¡Ajá! Mario Arnold habla de ella. Ya decía yo que me sonaba ese apellido. Carpeta A-57, documentos 23 y 38. Veamos...

Tabares se revolvió aparatosamente (ya no se preocupaba de respetar aquella coreografía de calculadas contorsiones que le había permitido acceder al teclado del ordenador), derribando un rimero de folletos que se desperdigaron sobre el suelo, para mayor desbarajuste.

Lo vi hurgar entre cartapacios que levantaban una polvareda casi comestible, espesa como el incienso. En su manera de desenvolverse, menos parsimoniosa de lo habitual, se adivinaba un irreprimible júbilo.

—Acércate, hombre —dijo, entre resuellos.

Acaté su sugerencia, procurando vencer la sensación de sacrilegio o hecatombe que me producía caminar sobre aquellos papelotes.

—Pero... —me costaba vencer el sonrojo— ¿quién es ese Mario Arnold?

Tabares acababa de encontrar la carpeta que el ordenador le había señalado (en realidad se trataba de un portafolios bastante endeble, con un rótulo muy chapuceramente escrito), pero la perplejidad ofendida pudo en él sobre la inminencia del hallazgo.

—¿Me estás diciendo que no sabes quién era Mario Arnold?

Sus facciones se habían contraído en un gesto de escandalizada extrañeza. El retintín de su voz, más retórico que inquisitivo, era el mismo que yo hubiese empleado para preguntar: «¿Me estás diciendo que no sabes quién era Miguel de Cervantes?» Suele ser común, entre quienes cultivan erudiciones estériles, sustituir las coordenadas de la realidad por otras, hechas a su arbitrio, donde lo accesorio o anecdótico suplanta lo esencial. Negué con una sacudida de cabeza, contrito y a la vez humillado.

—¡Joder, no me lo puedo creer! ¡Mario Arnold, el autor de *Cazador de luceros* y *Lluvia de besos*, el bohemio transatlántico y trotamundos! ¿No sabes quién es Mario Arnold y vas tan campante por la vida? —Había soltado la carpeta o portafolios, para llevarse las manos a las sienes. Estaba sentado en cuclillas sobre el suelo, o sobre el hojaldre de papeles que recubría el suelo—. Supongo que estás intentando quedarte conmigo.

Como a todos los eruditos en disciplinas estrambóticas, le gustaba prologar sus alardes con una pantomima de aspavientos que apabullasen al oyente y lo hicieran sentir culpable de su ignorancia venial y perfectamente comprensible. Chasqueó la lengua, por fin, como perdonándome el pecadillo (o la vida), y me resumió la biografía del tal Mario Arnold. Se trataba de uno de esos poetastros periféricos que, en las primeras décadas del siglo XX, habían hecho de Madrid su Eldorado literario, para después, desalentados por la escasa repercusión de su obra, confundir el horizonte con las estribaciones de la gloria y elegir como refugio de su fracaso el otro lado del charco. Mario Arnold, caballero andante de la miseria, había nacido en León, hacia 1904, y había sido bautizado con el poco rumboso nombre de José García, del que renegaría en sus escritos, por considerarlo demasiado igualatorio o plebeyo. Hijo de unos tenderos arruinados, Mario Arnold emprendió el peregrinaje a Madrid y gastó sus ahorrillos en fabricarse una estampa muy erguida, de un casticismo dandy, con sombrero chambergo, chalina y capa de paño que causaron sensación entre la bohemia más canallesca de Madrid. Así aparecía retratado en el frontispicio de algunas de sus obras u opúsculos, con la mirada perjudicada de languidez y confusas ensoñaciones, con la mandíbula apretada y dispuesta a embestir contra la adversidad. Publicó algunas novelitas infames y se incorporó como huésped perpetuo a la pensión de la intemperie, durmiendo sobre los bancos de los parques o debajo de un puente, mendigando suspiros de luna y vagando por las encrucijadas de la fiebre y la locura. Con cierta presuntuosidad irrisoria acuñó como norma de conducta un lema de solitaria altivez («Los borregos van en manada; las águilas, como yo, siempre solas») que lo empujaría a probar fortuna en San Juan de Puerto Rico, en donde publicaría *Lluvia de besos*, un librito de madrigales de un

Mario Arnold, hacia 1928.

sentimentalismo cateto que espanta. En 1928 regresó a su ciudad natal (casi igual de levítica que la mía), corrompido por la lepra del fracaso que ya le instalaba los primeros signos de decrepitud en su organismo y los primeros síntomas de descontento y subversión en su obra. En vísperas del advenimiento de la República, hacia 1930, intentó su segunda conquista de Madrid, inscribiéndose esta vez en las filas del periodismo de combate, vehemencia que le reportaría varias visitas a los sótanos o mazmorras del Ministerio de Gobernación. Mientras duró la guerra civil, Mario Arnold desempeñó tareas de corresponsal en el frente de Teruel, adonde había llegado acompañando a las tropas comandadas por el general Líster, después de cubrir la información en los sectores de Navalcarnero y Ciudad Universitaria, durante el asedio de las tropas facciosas al Madrid republicano. Estos devaneos belicistas lo condujeron ante un consejo de guerra que dictaminó su ingreso en prisión. Algunos años más tarde, obtuvo la amnistía, ingresando en ese reducto de libertad castrada que se dispensa a los derrotados, en forma de displicente limosna, mucho más lacerante que la mera prisión. Con una obcecación enternecedora, Mario Arnold intentó congraciarse con el nuevo régimen, escribiendo dramones de corte histórico o patriotero, pero como las represalias de los vencedores incluyen el ninguneo, tuvo que exiliarse a Caracas, donde fundó una editorial doméstica, exclusivamente dedicada a publicar sus últimas entregas líricas, de un lorquismo degradado, y sus comedias más crepusculares, lastradas por un romanticismo de cartón piedra.

—Se ganaba los garbanzos escribiendo reportajes para semanarios de cotilleo cinematográfico —concluyó Tabares, con esa tristeza ejemplarizante que tienen las moralejas—. Pobre Mario Arnold: en su juventud había escrito un poemario que se titulaba *Cazador de luceros*, donde se mostraba deseoso, como Ícaro, de tocar el oro inalcanzable de las estrellas; en sus postrimerías, tuvo que conformarse con glosar las anécdotas insustanciales que protagonizaban las estrellas y estrellitas del celuloide. Murió en Caracas, mísero y abandonado, hará cerca de treinta años; aquí nadie se encargó de escribir su necrológica.

En algunos de aquellos reportajes, aparecía Mario Arnold, fotografiado junto a actrices jamonas y galanes de pacotilla, como un espantapájaros vencido e irrevocablemente calvo, con la mandíbula ya aflojada por los papitos de la penuria y la nariz roma y la mirada fondona, apabullada de legañas y sojuzgamientos. No logré reprimir un escalofrío, al pensar que mi existencia seguramente desembocaría en el mismo mar en el que habían desembocado las de Mario Arnold y Ana María Martínez Sagi y en el que también desembocaría inminentemente la de Gonzalo Martel. Sabemos que la literatura es antropófaga y saturnal, y no obstante seguimos peregrinando hasta su regazo. Sabemos que la literatura devora a sus adeptos y los deglute sin apenas haberlos masticado y los evacua, convertidos ya en ese conglomerado o común argamasa que es el olvido, pero aun así nunca faltan víctimas propiciatorias que abastezcan esta ceremonia de la depredación, como antaño no faltaban doncellas que vertieran su sangre para que los monstruos de las mitologías aplacaran su furor o su lujuria. Sabemos que la literatura es una religión cruenta, un sacerdocio que sólo completan quienes están revestidos de una piel coriácea, pero esta certeza, en lugar de actuar como advertencia disuasoria, ejerce un reclamo cada vez más imperioso entre nosotros, los postulantes.

—¡Eh, despierta! —me interpeló Tabares, con hiriente jovialidad—. Tampoco estamos en un velatorio, hombre. Hace un momento ni siquiera habías oído hablar de Mario Arnold, y ahora parece que te hubieras quedado huérfano, después de conocer su muerte.

El ordenador seguía irradiando su luz acuática y silenciosa, como si fuera una pecera fosforescente. Espanté las premoniciones de fracaso que enturbiaban mi porvenir:

—Olvídalo. Pensaba en las musarañas. Anda, mira a ver si encuentras esas referencias a Ana María Martínez Sagi —lo apremié.

Tabares empezó a marear el contenido de la carpeta, hasta rescatar unos recortes andrajosos, que leyó con voracidad contrariada, como si la realidad se empeñase en corroborar las fabulaciones de Martel. Se trataba de un par de colaboraciones publicadas en el diario *Región Leonesa*, en 1928, coincidiendo con el regreso de Mario Arnold a España, tras su expedición puertorriqueña. La primera se titulaba, precisamente, «Ana María Martínez

Sagi», y aspiraba a ser una semblanza lírica de la poetisa, escrita en el molde de un soneto en alejandrinos, en la que se concitaba una metralla de galanterías y topicazos poco acorde con esa imagen de modernidad que César González-Ruano había atribuido a aquella «virgen del stádium»:

*Blanca cara de Virgen, ojos de reina mora
con el brillo intrigante de un pérfido puñal,
sueña con el recuerdo, cuando está sola llora,
luciendo en sus mejillas lágrimas de cristal.*

*Espera dulcemente que sonría la aurora
de otro día más nuevo para curar su mal,
cuando al príncipe altivo que locamente adora
lo anuncien mil trompetas en un himno triunfal.*

*Así vive los días, con la fiel esperanza
de descubrir un punto marcado en lontananza,
que le diga lo cierto de su cara ilusión...*

*También yo sufro mucho con un igual martirio
y exhibo en mi semblante la palidez del lirio
mientras dentro una daga me busca el corazón.*

El soneto era, desde luego, una antigualla decepcionante. Los ojos de una «serenidad helada», que Ruano había resaltado, habituados a medir la diana del horizonte en concursos de lanzamiento de disco y jabalina, se transformaban, merced a la musa maltrecha de Arnold, en unos «ojos de reina mora / con el brillo intrigante de un pérfido puñal»; aquel «héroe proletario» en quien Ana María Martínez Sagi veía personificado el nuevo cristianismo social se metamorfoseaba en un «príncipe altivo» anunciado por mil trompetas. Este soniquete de charanga modernista que exudaba el soneto de Mario Arnold, esta quincallería de imágenes gastadas quizá confirmasen la hipótesis de Martel, según la cual Ana María Martínez Sagi era un personaje ficticio que él y su amigo Ruano habían brindado al sindicato bohemio, para su explotación y usufructo. El segundo recorte alusivo a Ana María Martínez Sagi que Tabares guardaba, firmado también por Mario Arnold, abundaba en la misma purrela madrigalesca, con el agravante de introducir conciertos a la luz de la luna. Se titulaba «Sentimiento artístico», y bajo este epígrafe inefable amparaba las siguientes memeces:

—*¿Cómo se llama esa señorita a quien saludas?* —*pregunté a mi amigo Estrada.*
—*¡Anita Martínez Sagi!* —*me contestó*—. *¡Es una angelical criatura a quien he tenido el honor de dedicar en su álbum una página poética! ¡Tocando el piano es una artista que siente y sabe hacer sentir el arte!*
Desde entonces, anhelé de todas veras escucharte, si posible fuera, y como ello no se realizó, soñé *que te escuchaba.*
....
Estuve contemplándote y vi que cuando al piano arrancabas dulces melodías, en tus ojos brillaba ese misterio, esa nota extraña que caracteriza a los grandes artistas...
¡Te enardecías! ¡Te sublimizabas!
Yo escuchaba extasiado ese piano que llora y ríe, que gime y canta, cuando tiene la fortuna de ser tocado por tus manecitas expertas, maravillosas, divinas... ese piano que por ti animado habla de amores y de tragedias, de ventura y de penas... ese piano que sabe interpretar, como la lira del poeta, el trino de un ruiseñor y el murmullo de la fronda, la alegría de un amanecer, la tristeza de un crepúsculo, el silencio de la noche, la honda poesía de todas las cosas...
Escuchando las dulces notas yo me sentía transportado a una

región de delicias y de ensueños... y desfilaban por mi mente, como en caravana de mágica belleza, músicos, poetas, grandes artistas... y recordaba antiguos troveros que, amparados en la noche, su dueña y señora, bajo la luz de la luna su inspiradora, conmovían a sus Dulcineas con un verso sentimental y unos lamentos de su laúd.
....

Anita, ¿no sientes el arte musical resonar en las concavidades de tu alma soñadora y romántica? ¿Sí?

¡Eres tan hermosa como el arte que cultivas!

¡Por eso yo me siento orgulloso al serme prometido firmar en tu álbum, tributándote un homenaje de respetuosa admiración!

Sentado en cuclillas en el suelo, entre el tumulto de cartapacios, Tabares parecía una efigie de Buda abandonada en un templo profanado. En la camisa floreada con motivos hawaianos, sobre la botonadura, le había aflorado una mancha de sudor que parecía la radiografía de su esternón.

—¿Qué te parece? —me inquirió, con cierta sorna—. Además de atleta, sindicalista y poetisa, nuestra Ana María era una pianista que se enardecía y «sublimizaba».

—Menudo chasco. —Pero a la decepción se sumaba el cabreo—. Me temo que aquí termina nuestra investigación.

Parecía claro que Martel no me había mentido: Ana María Martínez Sagi era un invento colectivo, una especie de Golem que varios amigotes de parranda literaria fueron creando por agregación de piezas, como un rompecabezas en el que nada encaja, pues cada uno le atribuye las cualidades que conforman su ideal femenino. Ruano, que atisbaba las modas venidas de Francia, la aliñó con inquietudes políticas, gimnásticas y literarias; Mario Arnold, que todavía soñaba con las princesitas cloróticas de Rubén Darío, le embadurnó las mejillas con «lágrimas de cristal», y la imaginó tocando las teclas del piano bajo la luz de la luna. Había que reconocer que la idea de inventarse un personaje que les sirviese como heterónimo era bastante original, aunque la realización hubiese resultado desastrosa. Tabares se había erguido, con un resoplido de diplodoco, y trataba de poner un poco de orden en las derruidas pilas de carpetas. Lo hacía con esa misma torpeza grácil que había empleado antes, para llegar hasta el ordenador. Percibí en su voz una como escamada vacilación:

—¿Y quién nos asegura que fuera un personaje? Quizá se tratara de una persona de carne y hueso, que cada uno vio de distinta manera. —Hizo una pausa, antes de infligirme una pulla—: Tú, que aspiras a escritor, deberías saber que lo importante en literatura es la mirada. Cada cosa es del color del cristal con que se mira. Ruano vio en esa mujer el arquetipo de la modernidad, contagiado por sus lecturas vanguardistas y su formación cosmopolita; el pobrecito Arnold, que estaba en la movida retro, la caracteriza con cuatro chorradas del repertorio modernista. ¿Qué hay de extraño en ello?

—Nada, sólo que olvidas explicar cómo es que Ana María aparece tan pronto en Madrid como en León —objeté—. ¿Qué hace una muchacha catalana en León, que por entonces tenía que ser un poblacho? ¿Tú te imaginas a una chica que viaja sola y practica la natación y el atletismo y larga peroratas de agitación política viviendo en León? Ya de paso podía haberse venido a nuestra ciudad, para que la hubiesen arrojado al río, con una rueda de molino atada al cuello.

Observé con vergüenza que la decepción me había vuelto agresivo y derrotista. Pero la perseverancia de Tabares no hacía sino enojarme más y más:

—Pues yo voy a seguir husmeando —dijo, con esa lentitud un poco pontificia que imprimía a todos sus gestos—. Si en mi archivo sobre la bohemia no hemos encontrado más referencias que esos dos recortes de Mario Arnold es porque hay que buscarla en otros ámbitos. Habría que echarle un vistazo a la prensa de la época, y tratar de encontrar ese libro, *Caminos,* tan influido por las poetisas hispanoamericanas, según Ruano.

Creí atisbar, al fondo de sus palabras, un alborozo que le rebullía en las tripas, como antes le habían rebullido los gases. Mientras me conducía de vuelta hacia la tienda, con su bamboleo de oso domesticado, ese alborozo se hacía creciente, como el del excursionista que se presta a hacer su equipaje.

—¿Seguir husmeando? —le pregunté, no sin beligerancia—. ¿Quién te piensas que eres? ¿Un sabueso?

Amansó sus manos sobre la panza, en ademán beatífico:

—En sentido figurado —repuso, sin dimitir de la sonrisa—. Aunque prefiero el término profesional: detective. Un detective que en lugar de investigar crímenes investiga enigmas literarios, y en lugar de pistas rastrea libros. En realidad podríamos formar una pareja detectivesca, ¿qué te parece la idea?

Los santos que ilustraban las láminas religiosas que colgaban del techo ahumado lo escuchaban con tranquilo regocijo, como un auditorio acostumbrado a las más peregrinas extravagancias.

—¿Como Sherlock Holmes y Watson, quieres decir?

El estupor me impedía recurrir al sarcasmo. Tabares hizo chasquear la lengua, en señal desaprobatoria, mientras se acariciaba el ombligo, por encima de la camisa de floripondios, con ambos pulgares:

—No —dijo con perfecta seriedad—. Yo me pido el Padre Brown. Siempre fue mi favorito.

Y se oyó como un revoloteo de almas seráficas pululando por la librería. Joaquín Tabares, librero libertario y un poco filibustero, seguía profesando cierta lealtad a los orígenes de su negocio.

III
—
UNA SEÑAL DEL CIELO

Joaquín Tabares había empezado a espigar libros y publicaciones de la época, en busca de citas sesgadas o alusiones nebulosas a Ana María Martínez Sagi. Durante los primeros meses de pesquisa, su factura telefónica alcanzó cifras insólitas para su bolsillo: no dejó de importunar a ningún colega de postín (si es que el gremio de las librerías anticuarias y de lance admite miembros de postín), a ningún cliente aficionado a las rarezas, a ningún experto en bibliografías sumergidas, pues había decidido que la exhaustividad rigiese sus inquisiciones, y para que no quedasen flecos o cabos sueltos se mostraba dispuesto a martirizar a sus interlocutores todo el tiempo que hiciese falta. Los interrogatorios telefónicos los complementaba con rastreos por las ciudades más diversas, aprovechando los viajes que efectuaba para adquirir bibliotecas de familias arruinadas o repentinamente desdeñosas de la letra impresa. No había método en su busca, fuera de esa intempestiva minuciosidad que exhibía en los interrogatorios telefónicos, quizá porque la ignorancia oceánica que nos abrumaba en nuestro seguimiento de aquella presunta poetisa no admitía el método. Ahora lamento no haber acompañado a Joaquín Tabares en sus excursiones en furgoneta, pero para entonces mis padres se habían hartado de mi ociosidad abstraída y me habían obligado a reanudar mis estudios, estancados en el curso inaugural de una carrera que no me concernía. Yo dejaba la ventana de mi cuarto entornada, esperando que Tabares pasara por mi calle e hiciese sonar el claxon de su furgoneta, para detallarme los avances (o más bien retrocesos) de la investigación. Ahora que hemos dejado atrás aquellos meses manchados de aburrimiento y desánimo, me pregunto cuáles fueron los estímulos que guiaron nuestro obstinado empeño de otorgar corporeidad a una quimera sobre la que ni siquiera poseíamos ningún dato cierto. Creo que, en mi caso, ese acicate o estímulo lo desempeñó la angustia de ser un escritor inédito y, por lo tanto, predestinado a incorporar mi epitafio a los renglones invisibles del olvido. Mi interés por Ana María Martínez Sagi no participaba, pues, tanto de la curiosidad intelectual como de la convicción supersticiosa de que, al reivindicar su figura, estaba también afirmando la mía. Cada vez que un recorte de prensa o una mención somera en cualquier libro descatalogado contribuía a añadir un poco de consistencia a ese fantasma inaprensible y apenas entrevisto, gozaba yo de un alivio similar al que deben de sentir los endemoniados, después de un exorcismo: era como si el olvido, ese gran usurero, me hubiese condonado el pago de una deuda. Cuando, por el contrario, el estancamiento de nuestras averiguaciones nos extraviaba por un itinerario de espejismos o atolladeros irresolubles, crecía dentro de mí la convicción un tanto arbitraria de que mi destino estaba caprichosamente vinculado al de aquella poetisa, y por las noches, en esas horas alucinadas en las que las sábanas adquieren un tacto de mortaja, llegaba a albergar la idea de que la muerte me sorprendería con los cajones atragantados de manuscritos y mi nombre sería confundido en la posteridad con un heterónimo colectivo que un grupo de escritores más o menos birriosos había concebido, a modo de mascarada, para entretener el hastío.

Nunca expuse a Tabares estas zozobras, por pudor a desvelar la precariedad de mi vocación literaria, que ante los otros encubría con una fachada de engreída fortaleza. Tampoco él me delataba las razones de su terquedad en la búsqueda de Ana María Martínez Sagi, quizá porque la mejor estrategia para mantener a buen recaudo los múltiples fracasos que nos habitan consiste en negarse a convocarlos. Pero que no los convocase no significa que pasaran desapercibidos: bajo su apariencia cachazuda y pacíficamente jovial, Joaquín Tabares padecía esa derrota subterránea que afecta a todos los célibes, esa aprensión que poco a poco los va encharcando de desesperanza, cuando adivinan que la soledad, libremente aceptada en un pasado todavía próximo, se impone como un gravamen a medida que los años ejercen su aritmética voraz. Tabares había desarrollado, como antídoto contra esa soledad, erudiciones sin provecho, y ahora que el filón de esas erudiciones se le había agotado se abalanzaba sobre la veta virgen que yo le había señalado, con esa obcecación premiosa de los mineros que excavan túneles cada vez más intrincados, a sabiendas de que ya han esquilmado las reservas de mineral, pero con la certeza más pavorosa aún de que su desistimiento acarreará el cierre de la mina, y su jubilación irrevocable. Tanto Tabares como yo, me temo, actuábamos aguijoneados por una misma inquietud: la de quienes huyen hacia adelante, por no pararse a contemplar su estado y afrontar el tamaño de su fracaso.

No hacía falta que me anunciase su llegada con el claxon. El ronroneo calcinado de su furgoneta, tan distinto de los otros ruidos que hacían los demás vehículos, me bastaba para anunciarme su merodeo. Durante aquellos meses arrojados al cubo de la basura, había desarrollado una exacerbación auditiva que me permitía poner rostro a las voces del vecindario, a esos retazos de conversación que emergían del silencio y volvían a disgregarse en él, como testimonios mínimos y evanescentes de unas vidas que me eran ajenas, pero en las cuales, a partir de aquel embrión sonoro, yo procuraba entrometerme con el concurso de la imaginación. Y esta misma desfachatez imaginativa que aplicaba a las voces se prendía de los otros rumores que traspasaban mi calle: el rastro veloz de los automóviles; el concierto de ladridos que enhebraban los perros a la hora unánime en que sus dueños los sacaban a defecar; la cadencia susurrada de unos pies que recorrían la acera con paso atropellado o cansino o reptil o casi aéreo. La imaginación, así, me exoneraba de una realidad demasiado angosta —las dimensiones archisabidas de mi cuarto, la monotonía cuadriculada y azul del cielo que se agolpaba en la ventana—, y me abría otra realidad arborescente y en continua expansión, gobernada por mi albedrío. Quizá en mi tesón por recuperar la figura de Ana María Martínez Sagi hubiese también un afán de imponer a la realidad los devaneos de mi fantasía.

—¡Baja ya de una puta vez! —Tabares estaba aporreando el claxon, como esos orates que conmemoran alguna hazaña de su equipo de fútbol, o la victoria en las urnas del partido que les reparte una propina en forma de subsidio—. ¡La investigación vuelve a ponerse en marcha!

Tabares había sacado su corpachón por la ventanilla de la furgoneta (el cristal le estrangulaba la barriga); iba vestido con una camisa horterísima, estampada de motivos frutales, que habría comprado en algún baratillo. Enarbolaba un mamotreto acongojante, de más de mil páginas, que me recordó esos repertorios de jurisprudencia que amueblan los despachos de los abogados, para impedir que las paredes se desplomen de un bostezo.

—¿Qué es ese libraco? —pregunté con desconfianza, para no dejarme atrapar por ese júbilo estridente que se había apoderado de él.

—Tú baja, que te explico —dijo, y siguió apretando el claxon.

Detrás de su furgoneta o tartana, ya se agolpaban tres o cuatro coches, cuyos conductores también se incorporaron a la algarabía, me temo que con más irritación que júbilo, aunque nunca se sabe, porque a lo mejor se creían que Tabares estaba celebrando el anuncio de compromiso del príncipe, o la cesión de Gibraltar, y no querían quedarse rezagados en la celebración patriótica, no fuera que luego hubiese represalias contra los tibios y los indecisos. En las ciudades levíticas aún se registran estos casos de gregarismo pusilánime. Bajé en chándal y chancletas, que era el disfraz de presidiario que me ponía, en señal de penitencia, cuando estudiaba las asignaturas que se me habían quedado atrancadas.

—Estás entorpeciendo el tráfico.

—Nada, nada, que se jodan y esperen. —Tabares descendió de la cabina con la misma prosopopeya de un sultán que abandona su palanquín—. Las prisas no son buenas para la salud.

Me dio de hocicos con el mamotreto en cuarto mayor que un minuto antes había enarbolado a guisa de trofeo. Estaba encuadernado en una tela que había sido púrpura antes de que los años la hubiesen enfermado de anemia. *Antología de poetas españoles contemporáneos*, se leía en la portada, con letras sobredoradas, y un poco más arriba el nombre de su autor, el ubicuo y grafómano César González-Ruano, y una fecha de impresión, 1946. Más que de una antología se trataba de un centón o batiburrillo de poetas ordenados cronológicamente según su fecha de nacimiento, a cada uno de los cuales Ruano incorporaba un esbozo biográfico de tipo pintoresco y unos pocos poemas seleccionados a voleo. Aquel catastro de mediocridades abarcaba casi trescientos nombres, estrenándose con los modernistas tardíos nacidos a mediados del siglo XIX y alargándose hasta los alevines de poeta nacidos en las estribaciones de 1930, jovencitos empachados de metáforas que Ruano quizá había seleccionado para asegurarse una vejez confortable, rodeada de acólitos que le lamiesen el culete y la vanidad. Entre medias, abundaban los tarambanas genialoides, los pedorros que confundían las flatulencias con los endecasílabos y, de vez en cuando, alguna página cedida a regañadientes a Cernuda, Lorca o Aleixandre (todo escritor de raza, y Ruano sin duda lo era, se distingue por negar la valía de sus coetáneos).

—Página 583 —me indicó Tabares. Se enfrentaba al atasco que él mismo había desencadenado con ademanes calmosos, como un guardia de tráfico partidario del yoga—. Parecemos gilipollas, hemos andado detrás de pistas rebuscadísimas, y resulta que no habíamos agotado a Ruano.

Allí había, en efecto, una entrada para Ana María Martínez Sagi, cuyo natalicio se fijaba en 1907. Leí el apunte biográfico con una ansiedad que acrecentaban los pitidos orquestados por Tabares, que ya se permitía marcar el compás con una batuta imaginaria:

Nació en Barcelona. Deportista. Campeona de disco y de natación. Es uno de los más fuertes temperamentos líricos de su generación femenina. En cierto modo, una enteriza y sensible continuadora de las poetisas americanas precursoras. Con quien puede tener más puntos de contacto es con Juana de Ibarbourou. Sus primeros versos, versos calientes y dorados de un Mediterráneo que ella interpreta y conduce por las venas de una poesía directa y sencilla, tienen una clave que responde a su misma vida, angustiada con sus misterios y secretos. Más tarde, un considerable avance hacia la precisión, no abandona nunca un marcado gusto por esa sencillez y ese amor hacia lo directo, hacia lo apasionado. Su poesía, cosa que comprendo perfectamente, se va alejando de lo expresivamente femenino, perdiendo sexo y haciéndose abstracta. Ana María Mar-

tínez Sagi durante estos últimos años vivía en París, en mi barrio de Montparnasse. Había luchado mucho con la vida y con los imperios obscuros de su mundo interior.

A estas pinceladas de aliño, incorporaba Ruano, como única mención bibliográfica, el poemario *Caminos*, al que dotaba de lugar y fecha de publicación (Barcelona y 1929), datos que hasta entonces nos habían sido escamoteados. No se explicaba muy bien que Ruano se refiriese a «sus primeros versos», para luego resaltar «un considerable avance hacia la precisión», cuando sólo se aportaba el título de ese libro unigénito, salvo que el antólogo y la poetisa hubiesen compartido una amistad sostenida en el tiempo que favoreciese el trasiego de manuscritos. En los poemas seleccionados por Ruano, apenas tres o cuatro, todos ellos muy breves, se alternaban el impresionismo paisajístico con los males de ausencia y una melancolía «turbia de cenizas / y de estrellas muertas». Quizá el más memorable de todos fuese el primero, titulado «Obsesión»:

¿Qué haces sin mis caricias
de tu cuerpo?
Yo lo dejé, sensible, luminoso,
florecido y ligero
—una rama encendida,
una rama en el viento—.

Yo cierro mis dos manos, hundo en ellas mis uñas,
y hiero sus blancas palmas, hago crujir sus huesos;
mis manos mutiladas, inútiles y tristes...
Pero sin mis caricias, qué haces, di, de tu cuerpo.

Me quedé mirando a Tabares, esperando que fuera él quien recapitulara. Los conductores retenidos, que habían rehusado recurrir a los cláxones mientras Tabares les dirigía miradas conminatorias, volvían a apremiarnos, tan pronto como les daba la espalda.

—¿Es que no piensas hacer ningún comentario? —me interpeló Tabares, con la felicidad derramándosele por las comisuras de los labios—. Ana María ya es nuestra.

Me pareció una observación demasiado optimista o presuntuosa. Tuve que ayudarlo a subir a la cabina de la furgoneta, empujándole la grupa percherona y extensa como un mapamundi.

—¿No crees que exageras?

—¿Exagerar? —Tabares parecía herido en su orgullo detectivesco. Sacó su brazo de estibador por la ventanilla y enumeró con los dedos los nuevos indicios que nos proporcionaba la antología de Ruano—: Sabemos su fecha de nacimiento, que en caso de ser correcta abriría la posibilidad de que estuviese viva, ahora la gente es muy longeva. Sabemos que después de la Guerra Civil vivía en París, en el barrio de Montparnasse, seguramente exiliada. Sabemos dónde y cuándo publicó su poemario *Caminos;* teniendo en cuenta que *Caras, caretas y carotas*, el libro de interviús de Ruano, aparece al año siguiente, la búsqueda en hemerotecas la debemos centrar en 1929 y 1930.

Le devolví a Tabares el mamotreto de la antología. La indiferencia de mi voz me asustó:

—¿Y cuál se supone que es el próximo paso?

—Revisar, uno por uno, los números de *El Heraldo*, donde Ruano publicaba sus colaboraciones, correspondientes a esos dos años —explicó Tabares, con clarividencia de estratega—. Después, una vez localizada la interviú, consultaremos el resto de los periódicos madrileños, en torno a la fecha de la entrevista; es de suponer que, si Ana María Martínez Sagi viajó para promocionar su poesía, otros periodistas la entrevistarían o harían recensión de su libro. El propio Ruano escribió que fue Rafael Cansinos-Asséns quien le aconsejó «psicoanalizar a una joven poetisa catalana». Cansinos sostenía por entonces una sección en el diario *La Libertad*, donde reseñaba novedades literarias. Si hallásemos una reseña suya —o de cualquier otro— sobre el libro de Ana María, la hipótesis de Martel quedaría definitivamente descartada.

Arrancó la furgoneta, después de algunas intentonas fallidas. Los dicterios de los conductores atascados se dirigían ahora contra mí.

—Pero ¿dónde se pueden consultar esos periódicos? —balbucí, intimidado a partes iguales por los insultos genealógicos que me estaban infligiendo y por la vastedad de aquella tarea de búsqueda y compulsación.

—En Madrid —voceó Tabares, entre el fragor de bocinas e imprecaciones, con la furgoneta ya en marcha, dejándome a merced de la vesania de los conductores—. Me han invitado a participar en la Feria del Libro Antiguo. Aprovecharemos las tres semanas que dura para resolver este misterio. —Se despidió agitando la mano, pero quizá no se estuviese despidiendo, sino haciéndoles la higa a los conductores atascados. Su voz ya era indiscernible entre la trepidación de los motores—: Ánimo, chico, nos vamos a la conquista de la capital.

Antes de conquistar la capital, hubo que conquistar a la dueña de una pensión del paseo del Prado, la más económica que Tabares encontró entre las que nos permitían llegar a golpe de zapato al paseo de Recoletos, donde el Ayuntamiento de Madrid había instalado, a modo de campamento gitano, unas casetuchas usadas igualmente para acoger exposiciones de productos autóctonos y subastas benéficas de la Cruz Roja y que, a juzgar por lo hospitalarias que se mostraban con los diversos azares meteorológicos, podrían también haberse utilizado como hornos crematorios en los días de sol y como acuarios en los días de lluvia. La invitación que Tabares había recibido para participar en aquel muestrario de quincalla se reducía a la cesión gratuita de uno de aquellos chamizos compuestos con paneles de baquelita que se alineaban en el paseo de Recoletos; los gastos de hospedaje, manutención y transporte corrían a cargo del librero, a quien las autoridades municipales ya consideraban que hacían suficiente merced incluyéndolo en su repertorio selecto de invitados. Los libreros más opulentos o reconocidos en el gremio acataban sin aspavientos esta tacañería, pues la feria de Recoletos, aunque les deparase pérdidas, era el mejor escaparate para captar a esos clientes advenedizos y ocasionales que desean invertir sus remesas de dinero negro en alguna joya bibliográfica, antes de que la imposición del euro las convierta en reliquias numismáticas. También la feria era la cita que los libreros elegían para darse tono y codearse con esos escritores famosillos que no se gastan un duro en libros nuevos (los reclaman directamente a las editoriales, con la promesa de mencionarlos de pasada en sus apariciones televisivas o radiofónicas), pero que en los días primaverales que el Ayuntamiento de Madrid elegía para mostrar aquel zoco de antiguallas, se pavoneaban mucho por el paseo de Recoletos y se fingían expertos en no sé qué escritor secreto, y se saludaban entre sí cuando coincidían en una misma caseta con gran zalamería y pomposidad (luego, en privado, se despellejaban los unos a los otros), y se timaban con los libreros (quiero decir que les hacían la pelota y les lanzaban guiños de complicidad), mientras los libreros, a su vez, intentaban timarlos reclamándoles unas cantidades abusivas, por soplapollas y gallitos. Aunque la caseta de Tabares no era la más frecuentada por estos plumíferos peripatéticos, tuve ocasión de conocer a muchos durante aquellas tres semanas en las que ejercí de dependiente, y sentí bastante lástima, no tanto por ellos como por mí mismo (se trataba, pues, de una lástima anticipada), que aspiraba a ser como ellos.

Pero antes de introducir esta digresión estaba contando que aquella conquista de la capital que Tabares había anticipado, hiperbólicamente, se tropezó con su primer escollo cuando hubo que convencer a la patrona de la pensión Buenos Aires (así se llamaba el antro, con afectación cosmopolita un tanto desnortada, pues su clientela foránea era mayormente mora) de que nos permitiera ocupar una habitación con cama de matrimonio. Las habitaciones de dos camas estaban, al parecer, ocupadas, y la patrona, una mujer muy observante del decoro y del dialecto chulapo, con pinta de viuda de ferroviario fallecido en acto de servicio (quizá en algún cambio de agujas tardío), pretendía que ocupáramos sendos cuartos individuales, por los que reclamaba una suma que excedía lo presupuestado por mi amigo. Mientras yo cumplimentaba los trámites de inscripción en la feria, la patrona le había insinuado a Tabares que en su casa no se admitían las uniones contra natura, y entonces Tabares, para fustigarla, se hizo pasar por delegado en un congreso de las Asociaciones de Gays y Lesbianas de la Unión Europea, y la amenazó con denunciarla ante el Tribunal de Derechos Humanos de Estrasburgo, y con propagar en la prensa su homofobia y su racismo. La patrona, entonces, se había achantado, y aportó, a modo de ejecutoria de limpieza de sangre, el libro de registros de la pensión, donde figuraban algunos patronímicos magrebíes o directamente negroides, así como el carnet de afiliados de sus dos hijos a una ONG dedicada a la rehabilitación de toxicómanos.

—Al final, la pobre bruja me pidió entre gimoteos que

la perdonara —se carcajeó Tabares—. Hay que ver lo acojonada que está la gente con este asunto del respeto a las minorías.

Mientras me explicaba estas barbaridades (pero las contaba con un pacífico orgullo, como si estuviese rememorando alguna hazaña), subíamos por la escalera que conducía a la pensión, encaramada en un cuarto piso sin ascensor. La escalera, crujiente de carcomas o pecados, tenía los peldaños desiguales y muy erosionados por el trasiego de inquilinos.

—Pero, tío, ¿tú estás mal de la azotea, o qué? —me planté en un rellano, dispuesto a no moverme de allí.

Tabares aspiró aire y entornó los párpados, como exigiéndome que actuase con la misma despreocupada pachorra que él. Con un gesto pontificio de la mano me exigió que hablase en un susurro:

—Calma, hombre, que aquí no nos conoce nadie. Además, eso de ser *gay* farda mucho —me consoló—. Tú finge un poco de pluma, porque yo, con el rebote que me cogí cuando la bruja me quiso negar la habitación, olvidé atiplar la voz. Tampoco conviene que nos vea muy machotes a los dos, ya me entiendes, tiene que haber un reparto de papeles.

Y proferidas estas zafiedades, prosiguió su ascenso. Posé la frente sobre la pared ametrallada de desconchones y tatuada con inscripciones escatológicas, para que la humedad de la cal me refrescara el cabreo.

—Como pienses que voy a transigir vas listo, Joaquín.

—Me sentía subalterno y ridículo, correteando detrás de él—. Te juro que...

Pero ya estaba pulsando el timbre de la pensión, que dejó en el aire una extraña reverberación acústica. Tabares me consoló con una sonrisa amplia y cínicamente enternecida, y me pellizcó la mejilla, justo cuando la patrona abría la puerta y nos franqueaba el paso, reverenciosa y acojonadita. A pesar de que no se atrevía a mirarnos de frente, observé que me espiaba con el rabillo del ojo, como apiadándose de mi juventud apisonada por las arrobas de Tabares (debió de atribuirme un papel pasivo en el contubernio sexual). Era una mujeruca consumida por el insomnio (tendría que velar para vigilar a sus huéspedes más trasnochadores, y también que madrugar, para que no se largasen sin arreglar las cuentas), muy amojamada y menuda, como si se alimentase con cañamones. Tenía un rostro bovino y al mismo tiempo rapaz, en insólita hibridación zoológica.

—Le presento a mi compañero —dijo Tabares, conteniendo a duras penas el regocijo que rezumaba por cada uno de los poros de su piel—. Él también está acreditado en el congreso, pero de azafato. Es el encargado de organizar las ponencias.

Resolví hacerme el sordomudo, para justificar mi silenciosa furia y camuflarla de sonrojo. Las paredes del vestíbulo de la pensión estaban empapeladas con motivos florales que la roña igualaba con las floraciones de humedad que habían dejado allí su escupitajo indeleble. Había una cómoda sobre la que se agolpaban media docena de estatuillas de santos (reconocí en seguida al asaeteado san Sebastián en primera fila, como un homenaje de bienvenida a los nuevos huéspedes), cada uno con su tapete de ganchillo debajo del pedestal, para que no rayasen la madera. También había sobre la cómoda un teléfono paleolítico con el dial candado, para que los huéspedes no cayesen en la tentación de llamar gratis, aprovechando un despiste de la patrona (pero, para hacerlo, tendrían que haber sumado, a la osadía del gorroneo, la falta de escrúpulos, pues los huecos digitales del dial estaban taponados de mugre, o de la grasaza con olor a fritanga que llegaba en efluvios desde la cocina, y se sedimentaba allí).

—¿Necesitan que los guíe hasta su habitación? —dijo la patrona, con desmayado servilismo.
—No se preocupe, jefa. Ya conozco yo el camino.
Había que atravesar un pasillo lóbrego, con techos altísimos de los que podrían haber colgado un columpio o una horca. Dejamos atrás el retrete comunal, donde gargajeaba un cliente como si quisiera extirparse unas flemas malignas o un cáncer de laringe. La suite nupcial elegida por Tabares, emboscada al fondo del pasillo, abría su ventanuco a un patio de vecindad escamoteado a la luz del sol, angosto como un canalón por el que se desaguasen los suicidas. Había un lavabo adosado a la pared, con grifos pasados de rosca que había que manejar con mentalidad de zahorí, y un espejuelo que iba perdiendo el azogue, para no tener que registrar los polvos desesperados o nefandos que se echasen en la habitación. Había también un armario, grande como una carabela embarrancada, con cuatro perchas de alambre que Tabares ya había ocupado. La cama, con catre niquelado y somier con dispositivo de alarma contra los infractores del sexto mandamiento, aún resistía increíblemente con un colchón de lana que quizá no se hubiese oreado desde que esquilaron a las ovejas con las que había sido abastecido. Tabares se derrumbó sobre él, y casi desapareció de mi vista, como si se hubiese arrojado a un charco de aguas movedizas; a los chirridos del somier se sumaron unos crujiditos apenas perceptibles que imputé a la mortandad de chinches que mi amigo habría ocasionado, al tumbarse sin avisar.
—Al principio, la impresión no es buena, pero todo es acostumbrarse —dijo, casi enterrado en el colchón.
Las baldosas del suelo, que reproducían los escaques de un tablero de ajedrez, bailaban en su hueco, como invitando al huésped a jugar a la rayuela.
—Supongo que sí. Lo malo es que nos acostumbremos

demasiado y le cojamos gusto —dije, masticando el sarcasmo.

A Tabares le molestó la acritud del comentario y se enfurruñó conmigo, negándose a darme conversación y pegando la oreja a un transistor de pilas que había traído en el equipaje, uno de esos aparatos presuntuosos que prometen captar emisiones de Pernambuco o Ceilán y apenas alcanzan a descifrar de interferencias la programación local. La noche ya se había abalanzado, como un ascensor sin cables, sobre el patio de vecindad que servía de paisaje a la suite nupcial, y su cadáver se había quedado allí, infectando el aire con su aliento oscuro, arrojándome un fardo de decrepitud sobre los hombros. Como Tabares persistía en su enfado (por un momento, me sentí miserable y desagradecido, y a punto estuve de pedirle perdón, pero el recuerdo del bochorno que me había hecho pasar ante la patrona me indujo a persistir también en la misma actitud hosca), me decidí a dar un garbeo por los alrededores, que sólo conocía por visitas a la carrera y excursiones escolares que, inevitablemente, concluían en el Museo del Prado, ese hangar para turistas.

Aún no era medianoche, pero la calle se había vaciado de transeúntes, como si de repente los hubiesen convocado a todos a una liturgia masónica; los coches pasaban a mi vera perforando el silencio, no sin antes dejarme clavado en los tímpanos un zumbido lacerante que era como un recordatorio de mi soledad y mi desvalimiento en aquella ciudad que me deglutía sin inmutarse, como diariamente deglutiría a todos los paletos como yo, procedentes de la periferia y dispuestos a comerse el mundo a mordiscos (pero a la primera intentona comprobábamos que el mundo está fabricado de pedernal, y nos quedábamos desdentados). Madrid era una ciudad hostil y deshabitada por la que apenas deambulaban unos pocos cadáveres que me miraban con desdén o con un poco de asco, como antaño se miraba a los palurdos que llegaban con su capacho y su boina calada hasta las cejas. El asfalto exhalaba el calor acumulado durante el día, que tenía una temperatura de febrícula, y los letreros de neón de los hoteles lujosos —casi aledaños a la pensión donde Tabares y yo nos hospedábamos conyugalmente— irradiaban una luz que trepaba al cielo como un insulto para quienes teníamos que conformarnos con una insignificancia a ras de suelo. Pensé entonces en Ana María Martínez Sagi, que había viajado a Madrid con la misma edad aproximadamente que yo y quizá había paseado por aquellas mismas calles que yo paseaba, oprimida por la misma desazón de no ser nadie en mitad de la noche. Ella, al menos, había llegado con un libro de versos debajo del brazo, había quedado constancia de su presencia efímera gracias a la entrevista de Ruano, pero de la mía nadie levantaría testimonio, mis pasos extranjeros serían como palabras escritas en la ceniza, que un golpe de viento emborrona y convierte en un galimatías de signos rotos. Había cruzado la carretera y caminaba por el paseo central de la calle, que era como un bosque enjaulado en mitad del asfalto, y pisaba la tierra entumecida de los parterres, para que me infundiese un vigor que a mí me faltaba. Los árboles que me escoltaban, a derecha e izquierda, cernían sobre mí su follaje, como pesadillas grávidas y acechantes; lancé una piedra a uno de ellos, y una multitud de pájaros que dormía en su copa salió volando en desbandada y dibujó sobre el cielo un abanico despavorido. Entonces me sentí súbitamente deshabitado por dentro, como aquel árbol que había extraviado su misión, al desertar los pájaros de su cobijo, y la certeza de mi inutilidad cayó sobre mí, como una túnica empapada en el agua de la derrota.

A lo lejos, en el paseo de Recoletos, los libreros más diligentes se afanaban en vaciar sus respectivas furgonetas y en desembalar los libros que abarrotarían las casetas de la feria. Quizá, entre el cargamento de novelas de Vicki Baum y Somerset Maugham que se destinaban a los cajones de saldos, viajase ese libro de poemas incógnitos de Ana María Martínez Sagi, *Caminos*. La mera sospecha de que algún cajón de alguna caseta (y eran varios cientos, dispuestas en hilera a lo largo del paseo) guardase aquel libro se me antojó intolerablemente azarosa. ¿Qué sentido tenía internarse en aquel laberinto de letras en pos de un improbable fantasma? ¿Cómo localizar, entre el tumulto de los títulos, precisamente aquel que legitimaba nuestra expedición? A veces, me sorprendía (con algo de avergonzado horror, pues siempre he sido reacio a las supersticiones) pensando que, tarde o temprano, se produciría alguna señal del cielo, una de esas conmociones o espejismos que antaño inspiraban a los santos y les dictaban lo que tenían que hacer. Reconozco que era una idea bastante mentecata, que pecaba de optimismo e irracionalidad, pero la naturaleza de las corazonadas excede nuestra capacidad de comprensión, y se instala en un ámbito mixto de intuición y fe religiosa.

Insomne, calenturiento, quizá un poco sugestionado, me aproximé a una de las casetas, iluminada por un tubo fluorescente que le comunicaba una apariencia mixta de pesebre y quirófano. Como si me estuviese encomendando a alguna deidad tutelar, elevé la mirada al cielo, que estaba desierto de estrellas, y me convencí de que aquél era el signo propicio que estaba demandando (ahora me abochorna tanta credulidad: las estrellas no relumbraban, evidentemente, porque su frágil luz no bastaba para taladrar el manto de la polución). De repente, sentí que me guiaba el mismo instinto mesiánico que acomete a esas personas que, en determinada encrucijada más o menos peliaguda de su existencia, recurren a la Biblia, como si se tratase de una tómbola donde se despachan diagnósticos para el porvenir, la abren al buen tuntún y señalan a voleo con el dedo índice un versículo que luego interpretan de forma interesada, para aplicarlo a sus tribulaciones. Cerré los ojos y extendí las manos sobre un cajón de libros de saldo; con un principio de zozobra y temblor, rocé con las yemas de los dedos los cantos rugosos, las encuadernaciones rústicas y abarquilladas, los lomos desguarnecidos que a duras penas sujetaban ya los pliegos. Con la sola ayuda del tacto, intenté datar por aproximación aquellos libros, atendiendo a la humedad o el anquilosamiento del papel, y por fin me decidí por uno más bien esmirriado, casi un folleto, que, al hojearlo, desprendía o exhalaba un olor de sótano. Antes de abrir los párpados, hice un esfuerzo de concentración, como pretendiendo imponer mi deseo a la realidad: me imaginé la portada con el título en letras troqueladas, en relieve, y con un retrato de la autora, que tenía cierto aspecto de ángel andrógino, justo encima del pie de imprenta. Creo que el bochorno pudo más que la decepción cuando constaté que no había acertado ni remotamente: el libro que sostenía entre mis manos, con una portada rabiosamente roja y una ilustración que mostraba a una señorita de ademán lúbrico, formaba parte de una completísima colección de prontuarios sexuales, escritos a comienzos de los años treinta por un locoide llamado Ángel Martín de Lucenay (en la contraportada figuraba su rostro macrocéfalo y como emanado de alguna pesadilla lombrosiana), que se atribuía a sí mismo una improbable diplomatura en sexología. Me quedé parado como un pasmarote, recapitulando la cadena de despropósitos que me había conducido hasta allí y había depositado en mis manos un manual para onanistas camuflado bajo cierta apariencia científica. Sentí gravitar sobre mis espaldas el peso de una humillación cósmica.

—¿Buscabas algo en concreto?

Fue entonces cuando reparé en que mi abstraído desaliento podía ser confundido con el embeleso que caracteriza a ciertos tíos salidorros y psicópatas sexuales, cuando se topan con alguna mercancía que aviva su libidinosidad. Arrojé el libraco de Martín de Lucenay sobre el cajón de saldos, como si fuese un desperdicio candente. Me había interpelado una muchacha de veintitantos años, de pelo muy corto (como los ángeles andróginos que merodeaban mis ensoñaciones) y rasgos tímidamente orientales; era de cuerpo menudo (el guardapolvo azul mahón la empequeñecía aún más y le borraba cualquier asomo de turgencia), y hasta ese momento me había pasado desapercibida, agachada detrás del mostrador de la caseta.

—Oye, ¿te pasa algo? —dijo, entre la desconfianza y la inquietud, empezando quizá a maquinar sus posibilidades de escapatoria ante el asedio de un violador.

Empecé a farfullar alguna excusa ininteligible y a recular abochornado, pero me atrajo algún rasgo de su rostro que al principio no logré deslindar, porque era un rostro de unánime belleza, un gracioso óvalo sobre el cuello erguido (no había tediosas melenas que estorbasen su arquitectura) que recordaba al de esas actrices de antaño, Sylvia Sidney o Gene Tierney, especializadas en películas exóticas. Pero no fue su belleza de labios pensativos y ojos rasgados lo que atrajo mi atención, ni siquiera la incongruencia de que una muchacha así se dispendiara apilando libros en una caseta, sino su nariz. Era una nariz altiva y respingona que yo jamás había visto repetida, una nariz fuera de catalogación que explicaba y enaltecía las otras circunstancias de su rostro, a la vez que las rectificaba. Creo que fue gracias a esa nariz por lo que interrumpí la retirada.

—Sólo curioseaba un poco —dije—. Estoy empleado en una librería de provincias, y venía a ver qué caseta nos han adjudicado.

—Pues ya deberíais estar montándola —me aleccionó, con muy sincera preocupación—. Mañana se inaugura la feria.

Me di cuenta de que cargaba con una pila de revistas gráficas más voluminosa que ella misma y corrí a descargarla del peso, en un gesto de galantería quizá un poco añejo.

—¿Dónde las pongo? —dije, y en seguida inquirí—: ¿Cómo te llamas, por cierto?

—Jimena —dijo, procurando restar énfasis a un nombre demasiado llamativo que sólo se podía ostentar con orgullo o resignación—. Junto al montón de *La Codorniz,* en el hueco que queda entre los cajones de saldos.

Eran ejemplares de *Crónica,* una revista profusamente ilustrada, de planteamientos moderadamente feministas, que se había difundido al socaire de la República y extinguido en vísperas de la guerra civil. Hojeé uno de ellos con curiosidad displicente, más que nada por espantar esos interregnos de silencio que tanto nos acucian a los tímidos, cuando se trata de entablar conversación. En *Crónica* convivían las colaboraciones literarias de tipo folletinesco, los reportajes de «actualidad palpitante», las entrevistas a los «personajes del momento», las secciones de moda y las encuestas sobre asuntos de diverso alcance, desde la reforma agraria a la infidelidad conyugal.

—«¿Qué haría usted si supiera que le engaña la persona que ama?» —leí en uno de los titulares, anunciado a doble plana.

Jimena me miró con desconcierto o escándalo, creyendo por un segundo que le había dirigido aquella pregunta a ella. Como, además, el tono de mi voz había sido jocoso o grandilocuente, debió de pensar que yo era uno de esos insolentes que se ahorran etapas en la ceremonia del galanteo. Cuando cayó en la cuenta de su error, soltó una carcajada que era como una desbandada o tropel. Se acercó a mí, para fisgonear aquella encuesta sobre adulterios consumados o hipotéticos, a la que contestaban lumbreras de la época, así como algunos escritores de prestigio —Jacinto Benavente, Pío Baroja y Valle-Inclán, entre otros—, cuyos comentarios, equidistantes de la cursilería y el cerrilismo, no reproduciré aquí, para no infamar su memoria.

—Pero, por favor, ¿has leído las gilipolleces que dicen? —se sorprendió Jimena, tapándose por pudor la boca—. Quién se lo iba a esperar de estos santones.

—Es que a los escritores conviene juzgarlos sólo por su obra literaria —la adoctriné, incurriendo en el abominable corporativismo—. Para las cosas de la vida, somos seres lamentabilísimos.

—¿Somos? ¿Tú también te incluyes en el lote?

Me lo preguntó con cierta sorna, amonestando mi engreimiento (pero había sido un lapsus inconsciente, nada más alejado de mi propósito que encaramarme a los pedestales de Valle o Baroja) y quizá también tirándome de la lengua. Así que, algo contrito o sonrojado por el involuntario alarde, le conté quién era, de dónde venía (la ciudad levítica gravitando sobre mis orígenes) y hacia dónde encaminaba mis pretensiones literarias; por supuesto, tergiversé la verdad, y aunque no llegué a inventarme una bibliografía que luego no habría podido justificar, me atreví a negar mi condición de escritor inédito alegando colaboraciones en prensa y demás chapuzas que añaden leyenda al currículum de un principiante. Mientras enhebraba esta sarta de imposturas veniales, comprendí la necesidad casi patológica que el viejo Gonzalo Martel sentía de falsificar su pasado, ahora que las reservas de futuro se le agotaban, y me desprecié por haberlo despreciado. Pero mis mentiras debieron de quedar muy bien compuestas y aliñadas, porque Jimena las acató sin introducir preguntas embarazosas ni resquicios de sospecha. Con agradable sorpresa, también con un leve cosquilleo de falso pudor, reparé en que Jimena se estaba deslizando en mi intimidad, como si quisiera vivir dentro de ella.

—Pues no creo que hayas elegido el mejor trabajo para un escritor —me dijo—. Tratando con libros viejos uno aprende que el afán de perdurar es vanidad de vanidades.

Golpeó el rimero de revistas ilustradas que yo le había ayudado a cargar, de las que brotó ese polvillo picajoso que tanto afecta a la pituitaria. Las páginas de huecograbado de *Crónica* tenían una tonalidad sepia y derrotada, un prestigio de daguerrotipos antiquísimos.

—En realidad no se trata de un trabajo, sino de una ayuda que le presto a Joaquín Tabares, el dueño de la única librería anticuaria que hay en mi ciudad —me justifiqué sin excesiva convicción—. Tabares no se toma su negocio demasiado en serio, es un poco dejado.

Jimena rió con una risa que hubiese calificado de pérfida, de no ser porque ya empezaba a conocerla, por indicios y barruntos. Era una risa de una jovialidad resabiada y algo sarcástica, redimida por aquella nariz que era el compendio y a la vez la excepción de su rostro.

—Entiéndeme, no he querido hacer ningún juicio despectivo sobre él —rectifiqué. Aunque aún perduraba en mí el enojo por el episodio de la pensión, pesaba más en mi ánimo el apego al amigo zangolotino y bonachón, encastillado en sus excentricidades—. Nos llevamos de puta madre. Hasta hemos iniciado juntos una investigación.

Jimena reprimió su acceso de hilaridad y me escrutó con esa capacidad de intrusión intuitiva que sólo poseen las mujeres:

—¿Una investigación? ¿Sobre qué, si puede saberse?

Me azoró un tanto pensar que la balanza de las confidencias se desequilibraría si, además del relato más o menos fantástico de mi vocación literaria, le contaba nuestras aproximaciones infructuosas a Ana María Martínez Sagi, pero terminé exponiéndole los vericuetos de nuestra pesquisa sin principio ni fin, demasiado parecida a un laberinto. Incluso confesé aquel rapto de credulidad que me había impulsado a tomar al albur un libro del cajón de saldos de su caseta, convencido de que ese gesto desataría una infinita concatenación de revelaciones.

—Y, entonces, como soy un tío gafe, voy y saco ese manual para pajoleros.

Formulé una mueca de resignado fatalismo, mientras blandía el folleto de Martín de Lucenay. Jimena pasaba las hojas de un número de *Crónica* en cuya portada se propagaba la belleza un poco estereotipada y empalagosa de alguna *starlet* hollywoodiense de carrera efímera. Inopinadamente, empezó a leer un artículo sobre cultura física:

—«Poseemos un nuevo concepto de lo bello. Nuestro sentido estético, de acuerdo con nuestro siglo, no es, no puede ser, el mismo de cincuenta, de cien años atrás. Las matronas opulentas, las otoñales ricas en circunferencias y en grasa, y las muchachitas impúberes, rollizas y voluminosas, pasaron de moda, como las enaguas almidonadas, los versos románticos y las manuelas. Nuestro ideal de belleza difiere del de nuestros padres como un patinete de una gramola.»

Me sentí un poco vejado por la nula importancia que Jimena había prestado a mis explicaciones sobre Ana María Martínez Sagi. Gruñí:

—¿Qué es eso? ¿Una apología de la anorexia?

—«Hoy las mujeres ya no son, afortunadamente, aquellos seres esclavizados a los que negaban toda capacidad, todo medio de actuación fuera de la vida estrecha y limitada del hogar —prosiguió Jimena, eludiendo mi incipiente cabreo—. Ellas, en la actualidad, toman parte activa en todas las manifestaciones interesantes y múltiples de la vida.

En las oficinas, en las universidades, en las fábricas, en las escuelas, en los parlamentos, en los laboratorios y en estas calles bulliciosas, arterias vivas de las grandes ciudades, las encontraréis luchando por su existencia, defendiendo su "nueva vida", con una tenacidad y una energía formidables. Sus psicologías han sufrido una profunda transformación, pero no sólo han cambiado moralmente: también en el orden físico su metamorfosis es bien notoria. Tienen cuerpo y espíritu de luchador. Todo signo de debilidad ha desaparecido, junto con las ridículas ñoñerías y los falsos prejuicios. Tienen una belleza profunda, original, sugestiva; una belleza dinámica, sana y vibrante: tienen personalidad.»

Jimena se había enardecido, hasta llegar al clímax final, y su voz se ahondaba en la desierta noche, con esa resonancia onírica que poseen los soliloquios. Aplaudí con afectado hastío:

—Bravo —murmuré—. ¿Y quién firma esa soflama? ¿Alguno de los santones que opinaban sobre el adulterio?

Jimena levantó la vista de las páginas antaño satinadas de *Crónica*. Una tímida coquetería velaba su exultación.

—No. —Hizo una pausa, para corroborar que los sentidos no la engañaban—. Ana María Martínez Sagi.

IV

LA CHICA REPUBLICANA

Tan vertiginoso e improbable me pareció aquel azar que reproché a Jimena su crueldad, por burlarse del pasajero rapto de optimismo que me había empujado a hurgar en el cajón de saldos de su caseta. Me sentía lastimado en la víscera del orgullo, que casi siempre mantengo bien protegida contra intromisiones exteriores, pero que por debilidad había dejado desguarnecida ante alguien de quien sólo conocía el nombre, como esos borrachos que padecen el irrefrenable vicio de abrumar a los desconocidos con la crónica funesta de sus desgracias. Al menos, comprobé con alivio que el paseo de Recoletos no acogía los pasos de ningún sonámbulo y que, por lo tanto, nadie atestiguaría mi bochorno. La noche, frágil como un velo, se enmarañaba sobre los sauces llorones que escoltaban un estanque, a pocos metros de donde nos hallábamos, y se postraba sobre el suelo, como un cadáver tibio. Jimena interpuso ante mi mirada el ejemplar de *Crónica*.

—No te estoy tomando el pelo —dijo, con voz ofendida—. Tú mismo puedes comprobarlo.

Leí, en letras de molde, el nombre de aquella presencia esquiva, que firmaba un artículo vindicativo del deporte como fuente de belleza y feminidad. El artículo lo ilustraban fotografías de señoritas en actitud gimnástica o coreográfica, con ceñidos maillots y sonrisas monótonas, sobre un fondo campestre que parecía una sucursal de Arcadia. Entre la multitud de sentimientos contradictorios que acudieron a mí, atisbé por primera vez la posibilidad de una solución al enigma, pero aquella grieta de claridad no aminoraba mi innumerable asombro. Contemplé a Jimena con esa miedosa veneración que los antiguos profesaban a las sibilas.

—Te juro que ha sido una casualidad. Jamás había oído nombrar a esa mujer —dijo, como si se excusara.

El fluorescente de la caseta emitía un zumbido de moscardón acorralado, y su luz empezó a parpadear, como aquejada por un súbito balbuceo. Reaccioné abalanzándome sobre la pila de revistas, entre las que quizá se albergasen otros artículos de Ana María Martínez Sagi. Un populoso y creciente temblor me entorpecía las manos.

—Tendremos que ir a despertar a Tabares —farfullé—. Si no le confío el descubrimiento, es capaz de apalearme.

Entre los ejemplares dispersos de *Crónica* abundaban los pertenecientes a los primeros años de la Segunda República. En un número de noviembre de 1931 figuraba un reportaje profusamente ilustrado, bajo el título: «Figuras, gestos y frases de las muchachas que han ganado el primer Campeonato femenino de atletismo.» En una esquina de la página, debajo de un retrato colectivo del equipo representativo de Cataluña, la cámara había captado a una muchacha en pleno esfuerzo atlético, que se aprestaba a lanzar la jabalina. Era una muchacha que rondaría la veintena, de rostro despejado y ebrio de futuro, la melena muy corta y sostenida en el equilibrio velocísimo de la carrera, la piel atezada por el hábito de la intemperie, el perfil fornido y como esculpido en bronce. Jimena se hizo un hueco a mi lado, solicitando legítimamente que compartiera con ella mis avances. El reportero no escatimaba protagonismo a «la gentilísima atleta catalana, secretaria de la comisión de

Ana María Martínez Sagi, disponiéndose a lanzar la jabalina en los Campeonatos Nacionales de Atletismo de 1931.

cultura del Club Femenino y de Sports de Barcelona, que es al propio tiempo periodista militante y poetisa inspirada». Paseé la vista por aquellas líneas premiosas:

Regresa la señorita Ana María Martínez Sagi. Presentación sin estiramiento y charla como de antiguos camaradas:
—Tenía —me confiesa— grandes deseos de volver a Madrid. Este esfuerzo nuestro es menester que se sepa, y, si es posible, que se imite en ciudades como la capital, donde hay una mujer de la clase media a la que es preciso independizar, sacar de su hogar, para llevársela al campo, al Club, a los deportes...
»Nuestra labor en Barcelona ha sido ímproba, y me refiero ahora no a la organización del equipo que ha venido a tomar parte en los campeonatos femeninos, sino a la tarea de dar vida al Club Femenino y de Sports. Esta Sociedad la hemos creado unas cuantas amigas, llenas de buen deseo, para agrupar a las muchachas de la clase media que simpatizasen con este afán nuestro de la vida al

aire libre y de la cultura, que no es exhibicionismo, y mucho menos deseos de crear marimachos.

»Los comienzos fueron dificilísimos. Hay que tener en cuenta que éramos muy pocas y todas teníamos trabajo en oficinas o talleres. Había que sacrificar las escasas horas libres para dar forma a nuestro pensamiento... con una cuota de dos pesetas.

»Muchas de las que vinieron al principio se cansaron pronto, porque vieron que no había tennis, ni flirteo, ni discusiones estúpidas. Hicieron bien dejándonos.

»Hoy las cosas han cambiado mucho. Tenemos cerca de dos mil socias y un local donde nos reunimos para dar clases, charlar, atender a nuestras particulares organizaciones, etc. Pero, además, hemos solicitado de la Generalidad que nos conceda la planta baja de uno de los magníficos hoteles que se construyeron en la Plaza de España para la Exposición. Es un local espléndido, propio para gimnasio, con numerosas dependencias y una magnífica piscina. Si logramos que nos lo den —y tenemos las mejores impresiones— habremos dado un salto decisivo.

»A mí me parece que en Madrid sería preciso que un grupo de muchachas de buena voluntad, de tantas chicas simpatiquísimas como hemos tratado estos días, enamoradas de la Sierra, que desdeñen un poco los prejuicios absurdos, se reunieran para constituir una Agrupación parecida a la nuestra. Más adelante, y contando con nosotras, estableceríamos un intercambio que por descontado estoy segura que sería de corazón fraternal. Tal vez los primeros pasos serían difíciles, y hasta no faltarían algunas sonrisas burlonas. Pero en ellas estaría el acicate más poderoso...

»De todo esto voy a hablar en el Lyceum Femenino, y en cualquier otro sitio, si tuviera oportunidad y tiempo.

»A mí me trae a Madrid el deseo de dar un recital de mis poesías. Labor modestísima de una muchacha muy catalana que hace poesía en un castellano que creo hondo y sentido. Pero esto no lo diga. Podría sonar a jactancia, y nada más lejos de ello. Lo que quisiera demostrar es que se puede hacer compatible el trabajo, la

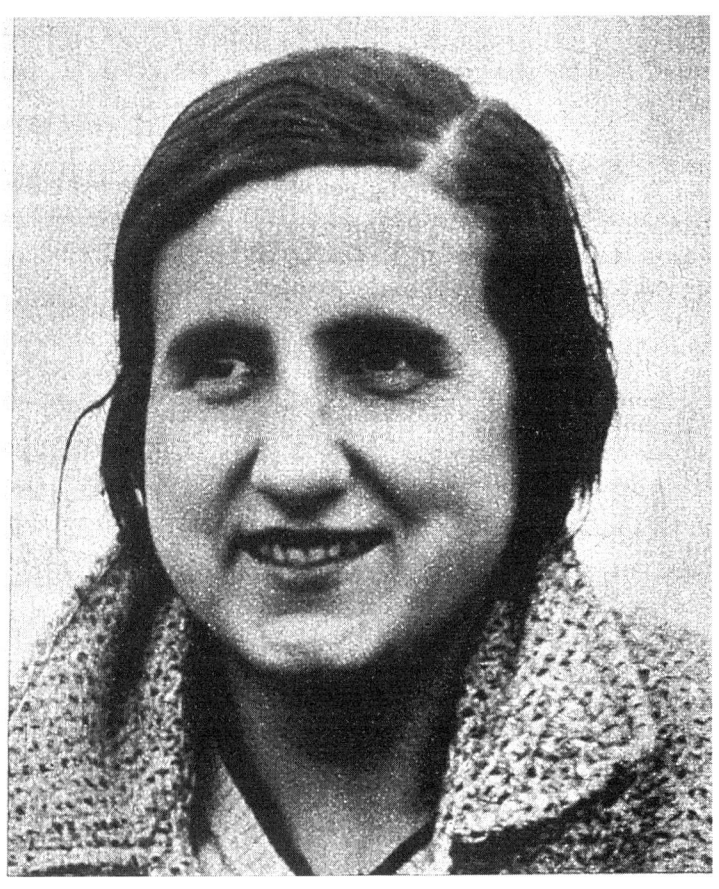

Ana María Martínez Sagi, tal como aparece retratada por primera vez en Crónica.

afición a la poesía y el atletismo. Todo en una feminidad que me enorgullece. Y lo que hago yo, es natural que muy mejorado, podrá hacerlo otra cualquiera. ¿No lo cree? ¿Irá a la conferencia?

Intercambié con Jimena un gesto de jubilosa perplejidad, y luego no pude reprimir la tentación de abrazarla festivamente, para conmemorar el descubrimiento. Lo primero que percibí, al rodear su cuerpo hasta entonces borroso por culpa del mono azul mahón, fue la sensación gratificante y vívida, casi muscular, de que su tamaño de mujer menuda cabía venturosamente y con holgura entre mis brazos. Entonces volví a contemplar su rostro como un óvalo que incluía el millonario mundo y también mis propios ensueños, al fin deslindados de mí mismo y objetivados en aquellas facciones que yo contemplaba como desde una atalaya. Otras chicas me habían estado anunciando a Jimena, otras mujeres me habían anticipado a ésta con promesas parciales de una belleza o un carácter que yo suponía que colmarían mis aspiraciones, pero ahora esas promesas parciales se me mostraban reunidas en un solo ser. Para tratarse de una mera reacción alborozada, aquel abrazo comenzaba a dilatarse más de lo debido. Me excusé atolondradamente:

—Perdona, pero es que no puedes imaginarte la magnitud del descubrimiento —dije, intentando comunicarle aquella excitación que sólo lograría aplacar unas horas más tarde, cuando por fin examinase, uno por uno, los ejemplares de *Crónica*—. Hace un minuto hubiese aceptado que Ana María jamás existió, que las pocas pistas que sobre ella habíamos reunido eran el resultado de una superchería cuidadosamente trazada por Gonzalo Martel. Y ahora, de repente...

—Pues hay un montón de reportajes y entrevistas firmados por ella —me interrumpió Jimena, contagiada por esa misma excitación y asomándose a las revistas de las que, apenas media hora antes, se hubiese desprendido a cambio de una calderilla simbólica, como quien trata de endosar un lote de maulas, y que ahora cobraban un valor de incunables—. Y en la furgoneta hay otras tres pilas como ésta.

—¿De la misma época? —Jimena asintió. Mis modales bruscos y apremiantes contrastaban con la ceremonia con que ella administraba su caudal de revelaciones—. Tene-

Ana María Martínez Sagi, en el centro de la imagen, rodeada por las demás atletas del equipo catalán de atletismo que participó en los Campeonatos de 1931.

mos que enseñárselas ahora mismo a Tabares. Está hospedado en una pensión, muy cerca de aquí.

Me pidió, o exigió, calma, llevándose una mano a la frente y permaneciendo inmóvil por unos segundos.

—Lo siento, pero primero hay que ordenar la caseta. Me pagan por ello, sabes.

Asentí compungidamente, como quien ha sufrido un eclipse de la conciencia y es devuelto sin transición a la mostrenca realidad. En el paseo de Recoletos ya no quedaban casetas iluminadas; sólo la luz de los neones, como un relieve ostentoso en las fachadas de los hoteles, interrumpía el reinado furtivo de la noche. Un poco por superstición (había decidido que Jimena fuese el hilo de Ariadna que me llevaría al centro del laberinto), y en gran parte por un deseo de aferrarme a su compañía, me resigné a postergar el examen de las revistas y reprimir la curiosidad, descargando cajas de la furgoneta, desempaquetando libros y evitando en lo posible que Jimena lo hiciese, para ahorrarle las agujetas que unas horas más tarde me visitarían, tan pronto como cesara el esfuerzo físico. Así, mientras nos aproximábamos al rutinario amanecer, pude saber algo más sobre Jimena. Había trabajado —siempre sujeta a contratos temporales o interinidades más o menos precarias— en un bibliobús que repartía su mercancía por los barrios más deprimidos o lindantes con el chabolismo de Madrid, hasta que el librero Leonardo Gago la involucró en un reto de proporciones babélicas, casi sobrehumanas. Gago era el hombre más envidiado del gremio, no tanto por el caudal de sus ganancias (seguramente insignificantes) como por su carácter emprendedor y un poco visionario, que lo empujaba a invertir sus ahorros y los numerosos créditos que solicitaba a los bancos en empresas que excedían el simple riesgo, para internarse por los derroteros de la temeridad. Su último empeño, que sobrepujaba a los anteriores en colosalismo y ambición, había consistido en adquirir la biblioteca de un exiliado español, Ireneo Cruz, que había hecho fortuna en los Estados Unidos. Quizá por mero esnobismo, quizá angustiado ante la posibilidad de extraviar su posesión más preciada, el idioma que le habían inculcado sus ancestros, Ireneo Cruz se fue rodeando en vida de libros que le transmitieran, como a través de un hilo umbilical, la respiración de ese idioma que ya se le difuminaba en los recuerdos. Su obsesión había degenerado en un coleccionismo exacerbado, una especie de pulsión acaparadora que lo empujó a reunir cerca de un millón de libros, publicados a uno y otro extremo del Atlántico, en lengua española, una posesión infinita y doblemente estéril, pues a la imposibilidad de leerlos todos se sumaba la circunstancia infausta de que Ireneo Cruz no había dejado herederos. Incapaz de retener tan vasta biblioteca junto a sí (ninguna de sus mansiones podía acogerla), Ireneo

Cruz había adquirido en pleno corazón de Manhattan una antigua fábrica siderúrgica que, hasta la crisis del 29, había suministrado tuercas y tornillos a la floreciente industria del automóvil. La fábrica, desmantelada ya y abandonada a su suerte, era una construcción de planta neogótica, como una gran catedral sin culto, de paredes de un ladrillo bermejo que el hollín había tornado negruzco y amplias cristaleras ahumadas que se habían ido quebrando, para brindar su hospitalidad a la inhóspita lluvia, también a las ratas que se apareaban allí, indiferentes al rumor de la letra impresa. Tras la muerte de Ireneo Cruz, su viuda había decidido desprenderse de aquella aparatosa biblioteca y demoler la fábrica, para construir un bloque de lujosos apartamentos. Leonardo Gago, enterado del caso (a los libros ya les aguardaba la cremación, ante la falta de licitadores), acordó con la viuda la compra de la biblioteca a un precio alzado. El traslado a España de aquel millón de libros en las bodegas de varios barcos mercantes había suscitado la curiosidad de los medios de comunicación, que habían trazado semblanzas poco piadosas del librero Gago, comparando su empeño megalómano con los delirios de algunos faraones egipcios, o del magnate de la prensa William Randolph Hearst. Ahora, la biblioteca de Ireneo Cruz dormía su letargo en una nave de hormigón, a las afueras de Madrid, junto a la carretera de Irún, esperando que Jimena y algún otro experto contratado para la ocasión la catalogasen.

—Llevamos más de un año trabajando a destajo, y apenas hemos registrado una vigésima parte —me informó Jimena, con pacífico desaliento—. Sólo de ver las cajas de libros, apiladas unas encima de otras, entran escalofríos.

A mí, sin necesidad de verlas, ya me acuciaba el cosquilleo que debió de asaltarle a Sísifo, cuando le notificaron su condena. La proximidad del día se anunciaba con un relente que me refrescaba el sudor y se posaba sobre mi piel con un escozor apenas presentido, anunciándome las primeras agujetas.

—Quizá allí pueda encontrar *Caminos,* el poemario de Ana María —dije, en el colmo del optimismo.

—Bueno... otros han encontrado agujas en un pajar —ironizó Jimena, sacudiéndose el polvo de la ropa.

Acabamos de ordenar la caseta cuando una incipiente luz tanteaba ya los contornos de las cosas. Decir que rompía el alba hubiese resultado hiperbólico, para aquel amanecer que nacía fatigado después del bochorno de la noche anterior. El Paseo de Recoletos mostraba una perspectiva desolada y entumecida, como de geografía retratada por De Chirico, y un débil viento se quejaba (de vicio) entre las ramas de los sauces. El cansancio me transmitía una rara y exaltada lucidez, como si hubiese ingerido alguna sustancia anfetamínica.

—Ahora ya podemos ir a contarle el descubrimiento a tu amigo, si te parece bien —condescendió Jimena.

—Tú lo verás, si prefieres ir primero a tu casa y descansar un poco, por mí no hay problema.

—No, no, vamos a acabar lo que empezamos —me dijo ella, echando el candado a la caseta—. Me has despertado el gusanillo, sabes.

Trepó a la cabina de la furgoneta, que aligerada de su carga (sólo los ejemplares de *Crónica* subsistían en la parte trasera, en rimeros que la trepidación del motor desmoronó) tenía algo de coche fúnebre. Habituado a la furgoneta de Tabares, extrañé que el asiento del copiloto no guardase la horma de mi culo. Jimena, aferrada al volante y con su manecita derecha sobre la palanca de cambios, parecía más menuda aún de lo que realmente era. Aunque la carretera era una pista de cuatro carriles sin tráfico en la que podría haber campado por sus respetos, conducía con la vista clavada en el parabrisas, casi sin parpadear, como si aglutinase los cinco sentidos en esa exagerada fijeza. Yo contemplaba con parecido ensimismamiento su perfil de conductora novata y el respingo de su nariz, que se henchía, delatando la tensión.

—La verdad es que no nos vendría mal asearnos un poco, estamos guarrísimos. Pero las revistas volverían a ensuciarnos, no merece la pena. Además, tendríamos que dar un rodeo. Vivo en Lavapiés, sabes.

Como en cualquier paleto que se precie, mi conocimiento de Madrid era nebuloso y acomplejado, recluido en la superstición de quienes, desde su adolescencia más o menos rural, consideran las grandes ciudades réplicas de Babilonia. Del barrio de Lavapiés sólo poseía una noción de crónica de sucesos y reminiscencias zarzueleras: casticismo y delincuencia venial asociada a inmigrantes moros (perdón, quiero decir magrebíes). Jimena tenía alquilado un torreón en la plaza de Tirso de Molina, una especie de forúnculo adherido al tejado de una casa bastante vetusta que contrariaba las normas urbanísticas. El ayuntamiento, en pleno frenesí de «recuperación del casco antiguo» (pido perdón por recurrir a la nomenclatura municipal), pretendía desalojarla y decapitar este torreón, que estorbaba las vistas sobre la franja de suntuoso césped que acababa de sembrarse en la ribera del Manzanares, ese sucedáneo de río. Para mitigar la contrariedad del desalojo, el ayuntamiento le ofrecía a Jimena un alquiler a bajo precio en una vivienda de protección oficial en no sé qué zona de urbanizaciones horteras y casitas adosadas para pigmeos.

—Tendrán que derribar el torreón conmigo dentro —dijo—. A mí no me echan así como así de la primera casa que pago con mi sueldo. Le he tomado cariño, sabes.

Asentí con devoción. También yo le estaba tomando cariño a ella, incluso a sus muletillas coloquiales (ese «sabes» al que ni siquiera dotaba de una entonación interrogativa).

Jimena detuvo la furgoneta ante el edificio que cobijaba la pensión Buenos Aires, invadiendo el bordillo de la acera, con esa alegría destrozona de quienes aún no han aprendido a aparcar. En un alarde de caballerosidad (del que en seguida me arrepentiría, cuando las agujetas me anunciaran el exceso de peso), le impedí que cargara con parte de las revistas, que sostenidas en brazos me trepaban hasta la barbilla. La escalera de la pensión saludó nuestro ascenso con quejidos de barco a punto de zozobrar, quizá iguales a los de los barcos que habían porteado la biblioteca de Ireneo Cruz. Entonces reparé en que, tras mi enfado con Tabares y mi posterior huida de la alcoba nupcial, había olvidado pedirle las llaves.

—Nos va a tocar llamar al timbre —le advertí a Jimena, avergonzado de mi patosería—. A la patrona no le va a hacer ni pizca de gracia.

—No te preocupes —me tranquilizó—. Las dueñas de las pensiones madrugan mucho, para evitar que los clientes se les vayan sin pagar.

Pero la dueña de aquella pensión tardó varios minutos y varios timbrazos en reaccionar. Asomó un rostro abotargado y como esquilmado por los barbitúricos o la resaca de anís al quicio de la puerta, y al reconocerme me miró con perplejidad y horror al mismo tiempo, intentando imaginarse las aberraciones y sevicias que una pareja de homosexuales infligiría a aquella muchacha de aspecto modosito. Me apresuré a tranquilizarla:

—Le presento a Jimena, secretaria de la Asociación. Venimos a planear con mi compañero el orden de intervenciones en el congreso.

La patrona balbució unas palabras apabulladas, como suplicándome que apartara de su vista un amargo cáliz. Avanzamos por el pasillo a oscuras; del retrete comunal brotaba el olor beligerante y denso de la mierda recién evacuada.

—¿A qué asociación te referías? —me preguntó Jimena, que por fortuna no había comprendido nada.

—Nada, es una trola que se inventó Tabares, ya te contaré. Hazme el favor de llamar a esa puerta.

Tabares abrió con prontitud, pero su perplejidad al enfrentarse a la desconocida que acudía a su habitación no fue menor que la de la patrona. Tabares dormía sin la blusa del pijama (quizá no hubiese tallas que abarcasen su barriga), y su piel lechosa, sólo perturbada por un matojo de pelos en el esternón, adquiría una consistencia como de gelatina, a la luz del fluorescente del lavabo.

—¿De dónde sales con esta chica? —preguntó, irritado por un ramalazo de incongruente envidia—. Es el vivo retrato de Machiko Kyo.

—¿De quiéeeeen? —se sorprendió Jimena, que no sabía si agradecer la comparación o largarle un bofetón a Tabares, perito en erudiciones inútiles.

—Joder, Machiko Kyo, la actriz fetiche de Mizoguchi, la protagonista de *La Emperatriz Yang-Kwei-Fei*. Vuestra ignorancia cinéfila es enciclopédica. —Se había llevado las manos a la cabeza, en un gesto de afectado escándalo que ya había empleado conmigo, cuando reconocí que no había oído hablar de Mario Arnold—. El vivo retrato: no tanto por el parecido físico como por el aire, ¿cómo decirlo?, entre sublime y perverso.

Jimena sonrió halagada, pero también un poco cohibida por las efusiones de Tabares. Los ejemplares de *Crónica* amenazaban con descoyuntarme los brazos:

—Joaquín, si te parece déjanos pasar, macho, antes de que reviente.

—¿Y a qué vienes aquí con esos papelajos? —me dijo, en un tono resentido, recordando nuestro enfado de unas horas antes. Luego, obstruyendo el hueco de la puerta con su barriga, apostilló, sin mirar a Jimena—: ¿Y qué pinta aquí Machiko Kyo?

—Se llama Jimena, y trabaja con Leonardo Gago, para que te enteres. —Me mordí la rabia, para que la revelación inminente fuese más efectiva—. Y estos papelajos, pedazo de bestia, son ejemplares de *Crónica,* una revista en la que Ana María Martínez Sagi colaboró asiduamente. Algo que un buen librero de viejo sabría, si no se dedicase a coleccionar conocimientos absurdos. Jimena viene conmigo porque le debo a ella el descubrimiento. Y menudo mal trago que me has hecho pasar ante la patrona, mamón. A saber qué extraños contubernios se pensará que tramamos, los tres juntos.

Tabares corrió a socorrerme, aliviándome de la carga, que él tomó como si fuese un almohadón de plumas. Una sonrisa bonachona le esponjó el rostro, como un tulipán recién abierto, mientras nos invitaba a pasar:

—Bueno, no todos los homosexuales son monográficos —dijo, guiñándole un ojo a Jimena.

Ella le devolvió el gesto. Encima le caía simpático.

Esparcimos los ejemplares de *Crónica* sobre la cama, que disparó la alarma del somier, como si estuviese denunciando un adulterio. El valor del botín excedía las previsiones más halagüeñas: en noviembre de 1931, siendo campeona nacional de lanzamiento de jabalina y promotora del Club Femenino y de Sports, Ana María Martínez Sagi se había incorporado a la nómina de colaboradores más conspicuos de la revista, para publicar reportajes sobre la actualidad barcelonesa y entrevistas a mujeres catalanas de relevancia pública. Su periodismo, ágil y vivaz, no estaba exento de cierta ironía malévola (sobre todo cuando se refería a la caduca monarquía o a la supuesta supremacía social del hombre) y de un encendido republicanismo que lo aproximaba al que, por aquellas mismas fechas, desarrollaba la más popular Josefina

Carabias en las páginas de *Estampa,* otra revista gráfica nacida con el cambio de régimen. En las crónicas, reportajes y entrevistas de Ana María Martínez Sagi se palpaba ese fervor dinámico de quienes saludan una nueva época, intentando sumar su entusiasmo al de una sociedad que abordaba la regeneración de sus esperanzas y aspiraba a enterrar los resabios de oscurantismo y reacción que habían lastrado la Historia reciente de España. Alejada de artificios verbales, desinhibida y hasta un tanto desmelenada, Ana María Martínez Sagi quería representar la voz de una nueva generación que emergía con la República y se atrevía a cuestionar el papel que tradicionalmente se había reservado a la mujer, confinado a las servidumbres domésticas. En noviembre de 1932, glosando la actitud entre bobalicona y gregaria de esas remesas de turistas que en verano aturden Barcelona, escribe Ana María:

El día que entraba en el puerto el Montclar, *procedente de Liverpool, y en ruta hacia Argel, miles de ojos estupefactos contemplaban cómo nosotras, una docena de muchachas deportistas, efectuábamos nuestro entrenamiento de remo sobre las aguas tranquilas del puerto. No contaban con aquella escena moderna en tierra española.* This is extraordinary! *Las primeras mujeres españolas que conocían se apartaban por completo del ser imaginado en un alarde de fantasía y con la colaboración de unos cuantos escritores estúpidos. Tras de esta sorpresa, siguen otras muchas. Se hace preciso sustituir el clisé antiguo: España, toros, tradición, mujeres tras la cárcel de las rejas, hondos y siniestros letargos, polvo de ranciedad sobre las calles, los hombres y las ideas, África; por esta otra fotografía, obtenida con la kodak de un turista de hoy: España, progreso, evolución, trabajo, dinamismo, República, Europa.*

Ana María Martínez Sagi no tardó en obtener una especie de corresponsalía tácita en Barcelona, desde donde enviaba a la revista crónicas de gran frescura y valor documental, que son verdaderos apuntes de ambiente, en los que retrata el cambio social de una España africana (¿la España eterna que siempre vuelve?) a una España europea, y cede la voz a las protagonistas invisibles de ese cambio, desde las empleadas de la industria textil a las mujeres que, aún tímidamente, acceden a puestos de responsabilidad política. No se recata Ana María Martínez Sagi de pregonar su fe republicana, a veces entreverada de una cierta animadversión monárquica, como en un reportaje, publicado en febrero de 1932, sobre el Palacio de Pedralbes, que había sido convertido, tras la desbandada borbónica, en residencia de señoritas estudiantes que, a cambio de treinta duros mensuales, recibían clases de lengua y literatura, filosofía, rítmica y plástica:

Yo recuerdo otra visita anterior —puramente de curiosidad—, cuando la actual residencia era Palacio, o pretendía ser Palacio, y eran sus propietarios los ex reyes de España. Sufrí entonces una profunda decepción. Decepción, porque el edificio no tenía aire de palacio, ni tampoco el decorado, ni los salones, ni las habitaciones, ni las escalinatas. Daba la sensación de un palacio edificado y amueblado para contener a unos nouveaux riches. *Lo único que realmente ponía una nota de riqueza y buen gusto, y que tenía un valor, era una colección de tapices y algunos jarrones de porcelana, y éstos los habían traído ex profeso del Palacio de Madrid.*

El pueblo, el buen pueblo, que recorría con expectación el edificio y fisgoneaba todas las habitaciones en busca de la suntuosidad que lo maravillara, quedaba perplejo ante la vulgaridad de todo cuanto presenciaba.

[...] Sé por buen conducto que a la ex reina no le gustaba el palacio. Sé también que el jardín que lo rodea no era tampoco de su

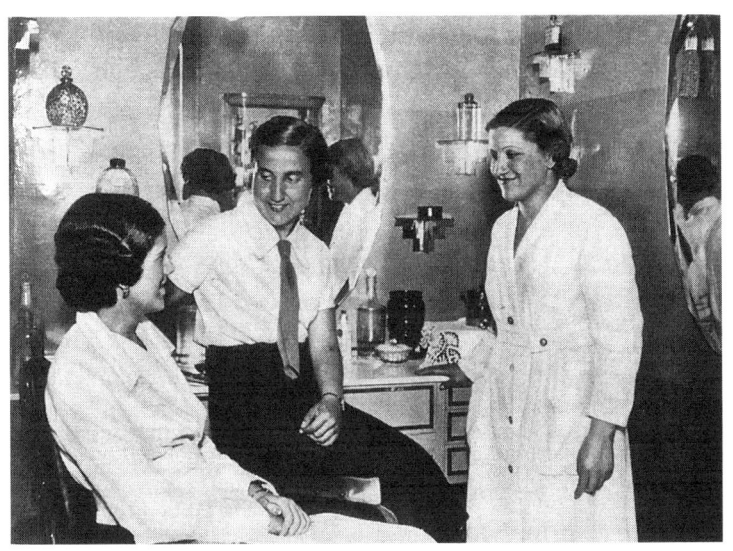

Conversando con una pareja de peluqueras.

agrado. Y en eso sí que no estoy de acuerdo. Porque si hay algo realmente bello, plenamente encontrado y resuelto artísticamente, es el parque. El parque, donde hoy las muchachas estudiantes pasean su juventud fragante y su alegría triunfal.

Parecía como si Ana María, al resaltar el escaso boato que había guiado a los depuestos monarcas, pretendiera atribuirlo, más que a la austeridad, a un ostentoso mal gusto y también a un cierto desdén hacia la tierra catalana. La inquina hacia el antiguo régimen no se detenía en el vituperio de sus jerarquías supremas; también afectaba a los estamentos más altos, atrincherados en un absurdo y petulante esnobismo. En un reportaje aparecido en enero de 1933, con la excusa de una visita a la Escuela de Bellas Artes y Oficios de Barcelona, Ana María Martínez Sagi se despacha a gusto con esa aristocracia de pacotilla; hay en sus palabras un resentimiento que me inspiró la hipótesis de que quizá ella misma hubiese crecido en estos ambientes sociales, de los que habría desertado, por despecho o repulsa, en algún momento todavía no muy remoto de su juventud:

Aquella mañana, limpia y cortante como el cristal, un encuentro fortuito me reunió con unas antiguas conocidas mías, a las cuales veo muy de tarde en tarde. Clasificadas entre los aristócratas y la gente bien, sólo el azar pudo unir el oro de sus blasones al gris mediocre de mi clase media. Continué con ellas el paseo matinal por la amplia avenida circundada de parterres y magníficas villas. ¿De qué hablábamos? No sé. Probablemente ellas me hablarían del último té benéfico del Ritz, de la boda de Carmenchu, de los incidentes de la garden-party... *y acaso también —seguro— me pusieron a sus amigas íntimas de vuelta y media y a los maridos de las amigas por las nubes. Es posible que yo representara a la perfección la eterna comedieta del espectador entretenido.*

Al poco rato, el paseo quedó interrumpido. Mis distinguidísimas amigas desaparecieron bruscamente sin mediar una palabra de excusa, sin saludar apenas. Au revoir! ¡Abur!

Iban tiesas, erguidas, heridas en lo más rancio de su noble abolengo. Las vi alejarse, ofendidas y disgustadas. Los tacones altos, inverosímiles, repiqueteaban nerviosos, en el asfalto dorado de sol.

Desde lo alto de un andamio, arremangado de brazos, manchado de cemento, espolvoreado de cal, el causante de la dispersión gritaba con su enorme vozarrón de bajo:

—¡Eh, señorita Ana María! De paseo, ¿no? ¡Buen día el de hoy! ¡Aquí arriba sopla mucho el aire! Bueno, pues que le vaya bien la caminata, ¡y hasta luego!

Naturalmente, mis distinguidas conocidas desaparecieron. Esto de estar de palique en plena calle con un albañil, no las convenció. Esta clase media, ni «chicha ni limoná», clase sandwich *—pensarían—, es un puro* asquito.

Esa clase media a la que Ana María Martínez Sagi se preciaba de pertenecer era la que alentaba la renovación propugnada por la República, entre cuyos objetivos se contaba despojar —quizá demasiado apresuradamente— a las clases más altas o altiriconas de sus privilegios. Ana María, que confesaba dedicar un par de horas diarias al dibujo y la pintura, después de «terminar mi trabajo periodístico y limpiarme las manos de palabras vacías», hallaba refugio en la Escuela de Bellas Artes, donde reinaba «un ambiente puro de democracia, de compañerismo amable entre uno y otro sexo». A esa misma escuela acudía el albañil cuyo vozarrón proletario había provocado la estampida de sus empingorotadas amigas, después de limpiarse las manos sucias de cal, haciendo sus pinitos como escultor. «Obstaculizar los caminos del Arte —aseveraba Ana María— es una cosa inicua. Clasificar a pobres y a ricos, o monopolizarlo a favor de estos últimos, un absurdo. Privar de él a los pobres, una injusticia.» A la vida de ociosidad fútil que practicaban las clases sociales más privilegiadas, sin más horizontes que la repetición machacona de unas convenciones esnobs, Ana María oponía otra vida que proporcionase a la mujer un protagonismo intelectual y la erigiera en motor de su época. Una vida nueva que la liberase de ese sambenito de comparsa que la distribución de roles sociales le había adjudicado y garantizase su acceso a las nuevas formas de feminidad que el vértigo de la Historia hacía accesibles, siempre que no fuesen causa de esclavitud y disipación frívola. En este afán de inculcar a la mujer otros intereses más elevados que la mera apatía conyugal o el cotorreo de mesa camilla, debe inscribirse la serie de entrevistas a escritoras catalanas que realizó para *Crónica* en enero de 1933, empezando con la figura matriarcal de Caterina Albert, más conocida por el seudónimo de Víctor Català, hasta llegar a la casi novel María Teresa Vernet, que no alcanzará la consagración hasta 1934, cuando publique *Les algues roges*. Ilustrando la conversación que Ana María mantiene con María Teresa Vernet, figuraba una fotografía que reunía a ambas escritoras, seguramente coetáneas: Vernet, sentada ante el piano, posee ya un aire incipiente de matrona, frente a la autora de la interviú, que posa de pie junto a ella, ataviada con un suéter ceñido de franjas azules y blancas, muy a lo *sportswoman*. Ana María describe así a su colega:

María Teresa Vernet es toda ella un hondo y acentuado contraste. Vive en un ambiente burgués y sustenta teorías avanzadas; se viste como veinte años atrás y os confiesa que, además de escritora, hubiera querido ser una danzarina notable; tiene todo el aire de una muchachita mojigata, muy soñadora y muy apegada a las tradiciones, y vive libre de prejuicios, es liberal y arremete siempre que puede contra el romanticismo démodé. *María Teresa es posible que no se haya dado cuenta de que las mujeres se han cortado las melenas, de que poco o mucho se maquillan, de que siguen, en fin, los dictados de la moda. Ella continúa con su peinado anticuado, con sus blusitas inverosímiles de escote pequeño, con camafeos de la abuela por todo adorno, con los sombreros prehistóricos y la cara limpia de afeites. Desconcierta verla entre las muchachas de hoy. No; ella no sabe evidentemente lo que se lleva, ni el color, ni la forma de los trajes de la temporada, ni tiene la menor noción de que existan un señor Patou y un Chanel y un Worth que nos imponen sus deliciosas extravagancias. Preguntadle, no obstante, sobre una biografía de un músico cualquiera. Consultadle sobre algún tema cultural. En los conciertos, en el Ateneo, en la Universidad, allí la encontraréis. Ha publicado varios libros en prosa y en verso; toca el piano a la perfección, tiene linda voz y baila maravillosamente. Es una artista, una verdadera y completa artista, de la que cabe esperar mucho.*

En esta cruzada de promoción de la mujer, Ana María Martínez Sagi no podía sustraerse al debate político que,

Ana María Martínez Sagi entrevista a María Teresa Vernet.

con creciente estruendo, a medida que se aproximaban las elecciones de noviembre de 1933, se imponía entre la sociedad española, sobre la conveniencia o inconveniencia de que las mujeres acudieran a las urnas. La República había reconocido el derecho de sufragio femenino, una de las postulaciones más constantes del movimiento feminista, pero tras el reconocimiento, empezaban a alzarse en los cenáculos más obcecadamente izquierdistas voces de desconfianza que recomendaban despojar otra vez a la mujer española de su derecho recién adquirido, por temor a que terminara votando al candidato que le dictase su marido o el confesor. Las formaciones anarquistas —de gran arraigo en algunas regiones campesinas y deprimidas, como Andalucía, pero también en los suburbios fabriles de Cataluña— inculcaban a sus simpatizantes el abstencionismo, para no consolidar la tramoya parlamentaria, y esta llamada a la rebeldía social, sumada al súbito fervor democrático de las clases pudientes, podía propiciar el triunfo de las derechas (como así efectivamente fue). Este peligro de apoteosis conservadora que alentaban los caciques rurales, la aristocracia desposeída y el clero postergado, sería irrevocable, a juicio de los partidos de izquierda, si las mujeres accedían a las urnas, por considerarlas cautivas de las enseñanzas que recibían desde el púlpito. Contra estos temores paternalistas ya se había pronunciado Ana María Martínez Sagi en un artículo de marzo de 1933, donde analiza la situación salarial de las empleadas textiles: «Y la obrera catalana, cuando llegue la hora, votará naturalmente. Y la República puede estar segura, absolutamente convencida, de que la papeleta de sufragio en sus manos no se convertirá en un arma de ataque, sino todo lo contrario. Será la demostración evidente de que en la clase obrera, y especialmente en las mujeres obreras, es donde están arraigados profundamente los sentimientos republicanos y el sentido de la Libertad y la Democracia.» Algunos meses más tarde, en agosto, publicará Ana María una encuesta entre «las más relevantes y prestigiosas figuras del momento político actual», que coincidirán en mostrar sus reticencias y zozobras ante un logro por cuya concesión se habían desgañitado tan sólo unos años antes. Escribe Ana María Martínez Sagi:

Vivimos un momento de verdadero confusionismo. En torno al voto femenino se escuchan las opiniones más dispares, más apasionadas y más deprimentes. «No debían votar.» «Sí debían votar.» «No es oportuno.» «Pero es justo.» «Las que tienen creencias religiosas votarán la candidatura aconsejada por el confesor.» «Las casadas, las que a sus respectivos maridos les convengan.» «Las otras, sin preparación, desorientadas, se abstendrán de emitir el sufragio, o, por el contrario, lo emitirán sin la más leve responsabilidad de acción.» «Habrá sorpresas.» «Las obreras son ahora la incógnita.» «Lloverán palos, sustos y bofetadas.»

Los comentarios son para todos los gustos y para todas las ideologías. Entre ellos, ningún punto de coincidencia. El voto femenino es un angustiado interrogante. La espada de Damocles suspendida sobre la vida de muchos partidos.

Y las mujeres adscritas a esos partidos políticos, después de haber propugnado un derecho que reconocía la dignidad del sexo femenino, se enfrentaban a la tenebrosa coyuntura española, donde la mayor parte de las mujeres profesaban el analfabetismo y seguían sometidas a la tiranía conyugal. María Pi de Folch, militante de la Unión Socialista, declaraba a Ana María: «Es un peligro evidente el apoliticismo de las mujeres obreras. Esta abstención, no sólo posible, sino probable, influirá con preponderancia en el sentido reaccionario femenino. En las mujeres no hay matices. O miran para adelante o para atrás. Son revolucionarias o conservadoras, y en Cataluña, como en el resto de España, es muy probable que el voto sea favorable a la reacción. El retroceso nos conducirá a unos *mea culpas* necesarios. Un país que en el año 33 del siglo XX no tiene resuelta aún la enseñanza primaria, gratuita y obligatoria, no tiene derecho a pedir al pueblo la comprensión de valores de organización civil ni política; y una sociedad que, bajo un falso barniz de europeización, deja al hombre y a la mujer en un aislamiento roto únicamente por las relaciones sexuales, no tiene tampoco derecho a pedir a sus mujeres la comprensión amplia y generosa que el camino de las ideas justas y renovadoras exige.» Esta preocupación indignada de la militante socialista la exponía de un modo más descarnado aún María Carratalá, una prestigiosa concertista de la época que se presentaba a las elecciones municipales en una lista sin adscripción partidaria: «La mujer, por falta de independencia ideológica, no aportará a la política ninguna nueva orientación [...] Sin espíritu crítico, no hay independencia de ideas. La mujer es primitiva y apasionada. Es por este motivo que acepta sin discutir las ideas políticas que el hombre quiere imponerle. Su generosidad y su piedad son tan grandes que acabará por adherirse espontáneamente al partido político que prometa la redención de todas las miserias humanas. Por otra parte, las mujeres educadas en religión quieren salvar unos valores morales que juzgan indestructibles, unidos a una determinada forma de sociedad. Unas y otras son fácilmente influenciables, porque obran a impulsos de su generosidad. Este impulso generoso es aprovechado por el hombre político para sus fines, y de estos fines, y de otras determinadas conveniencias, ella queda al margen. El día en que la mujer comprenda que lo que ella defiende como verdad suprema no es más que sistemas de gobierno, y que los sistemas de gobierno pueden mejorarse, transformarse incluso, sin que esto suponga atentado alguno contra aquellas verdades supremas que ella defiende, aquel día la mujer empezará a actuar conscientemente dentro de la política, y entonces habrá llegado el momento oportuno de hablar de su influencia. Ahora, no.»

Igualmente escéptica de la capacidad decisoria de la mujer se mostraba Amanda Llebot, militante de Acción Catalana, un partido nacionalista que había nacido como escisión dentro de la Lliga del tradicionalista Cambó, y a imitación de la Acción Francesa de Charles Maurras. La inspiración conservadora de este partido la delataba Amanda Llebot al reconocer la naturaleza vicaria o dependiente del voto femenino, acogiéndola con una suerte de resignada complacencia: «El voto femenino no ha producido trastornos políticos en ningún país en que haya sido aplicado. Ved el reciente ejemplo de Bélgica, donde los antifeministas anunciaban resultados catastróficos con la intervención de la mujer en las urnas, y, sin embargo, éstas se portaron con espíritu de ciudadanía y buen sentido admirables. Un tanto por ciento más de votos por candidatura, y nada más. Des-

Con María Dolores Bargalló, militante de Esquerra Republicana.

graciadamente, la cultura de la mujer española no tiene todavía la madurez necesaria para poder escoger libremente un ideal político. Los largos siglos de esclavitud y de ignorancia no han pasado en vano. Por sumisión, votará según la voluntad del marido, del padre o del novio.» Sólo la representante de Esquerra Republicana, María Dolores Bargalló —hacia la que Ana María mostraba unos irreprimibles síntomas de simpatía y complicidad que incluían el tuteo, más chocante si consideramos que con las demás entrevistadas mantenía un trato distante—, se revela contra esta común actitud paternalista y conmiserativa: «La opinión general es que quizás, al concederse el voto femenino, hubiera tenido que condicionarse. Y se argumenta diciendo que las mujeres, en su inmensa mayoría, no están preparadas, ya que siempre nos fue negada aquella cultura necesaria para poder intervenir eficazmente con conocimiento de causa: pero yo creo que no hubiera sido muy democrática esta restricción, pues en caso de retrasarse la concesión del voto por algunos años, tampoco ganaríamos nada, porque la incógnita que éste representa y el peligro que pudiera entrañar para algunos partidos no habrá desaparecido en tan breve plazo. Los partidos reaccionarán preocupándose de la cuestión de la educación y capacitación femenina, y esta orientación no será completamente eficaz sino cuando una nueva generación se haya acostumbrado a este nuevo estado de cosas.»

Otras muchas mujeres consagradas al activismo político encontraron alojamiento en los reportajes e interviús de Ana María Martínez Sagi, donde se abordaban asuntos tan conflictivos como la aprobación del estatuto catalán o la ineficacia de las organizaciones sindicales. Pero junto a ese periodismo atento al «momento crucial», Ana María publicaba en *Crónica* otras piezas más escoradas hacia los temas de interés humano: así, no tiene empacho en compartir

Entrevistando a un mendigo del puerto de Barcelona.

durante una jornada entera la ajetreada labor de las peluqueras, siempre expuestas a las veleidades de su clientela histérica; ni en actuar de cronista en el concurso de belleza que anualmente celebraban las modistillas de Barcelona; ni en describirnos con un naturalismo hiriente las desgracias y miserias de los mendigos que, a falta de otro techo menos precario, pernoctaban en el interior de las calderas de los barcos, enfermas de óxido y arrumbadas en los malecones del puerto de Barcelona. Tampoco faltan las secciones de consejos de cultura física para guardar la línea, las interviús a las estrellas de la farándula y el cinematógrafo y los apuntes de ambiente, sobre las floristas de la Rambla o los *flirts* entre criadas y quintos que se desarrollan, en los días de fiesta, sobre el telón de fondo de la plaza de Cataluña. Es en estos reportajes donde el estilo accesible y sintético de Ana María Martínez Sagi se mejora con esa calidez del escritor que se hermana con sus criaturas. Su periodismo, que no rehuía el subjetivismo, resultaba sin embargo más bien remiso a la infiltración de episodios biográficos; aunque siempre impusiera su personal percepción de la realidad a través de los temas elegidos, Ana María casi nunca se convertía en personaje. Cuando raramente infringía esta norma de discreción, nos proporcionaba fugaces retazos de una psicología atolondrada, mezcla de osadía e ingenuidad:

Recuerdo con exacta precisión cómo y en qué circunstancias conocí al genial pintor catalán Santiago Rusiñol. Se celebraba en la Sala Parés una exposición de sus pinturas —la última o la penúltima—, y ante las obras, que no eran ni de mucho como las que de pequeña, en la buena y esplendorosa época de Rusiñol, había admirado, no me abstuve de hacer toda clase de comentarios con referencia a las pinturas que contemplaba, y de emitir ante los amigos que me rodeaban mi sincera opinión. Huelga decir que yo era una ferviente, apasionada admiradora de don Santiago. Pero en aquella ocasión el recuerdo de anteriores obras, más interesantes, más logradas, mejor sentidas y trasladadas al lienzo, me obligó a decir, a fuer de sincera, todo cuanto sentía; y ello era: que las últimas pinturas de Rusi-

Con la nadadora Solita Salgado, en la playa de Sitges.

ñol, en pleno éxito, en su máxima cotización, no tenían para mí el valor artístico de las de su primera y segunda época. Se pagaba la firma, no la calidad. El trazo era inseguro, repetido el tema, amanerado el estilo. Aquellos jardines no eran «sus jardines». Ni la paleta poseía ya aquella gama rica de colores: los verdes frescos y jugosos, los rojos violentos, los azules profundos; la variedad espléndida, magnífica, que en otras ocasiones había deslumbrado mi retina, amante del color y de la luz. No; aquellas pinturas, decididamente, no acababan de gustarme. Mis compañeros discutieron apasionadamente mis comentarios. Según ellos, yo estaba en un lamentable error. Trataron de convencerme con sus argumentos y sus apreciaciones, mucho más autorizados y valiosas que las mías —puesto que ellos eran profesionales y yo sencillamente una amateur—, de lo equivocado que andaba mi punto de vista. No lo consiguieron.

Una mano pálida, fina y nerviosa, se posó sobre mi hombro y cortó de pronto nuestras acaloradas discusiones. Ante mí, con sus luengas barbas, sus ojillos vivos y la eterna pipa apagada en la boca, tenía al propio Santiago Rusiñol. Quedé confusa. El maestro sonrió: «¿Cómo te llamas?» Azorada, balbucí mi nombre. Sacó una pequeña libreta de apuntes y tomó nota de él. Sin darme tiempo de hilvanar unas cuantas frases de excusa, añadió: «Desde hoy eres mi amiga, ¿oyes? He apuntado tu nombre, porque sentiría no acordarme del nombre de una mujer —¡cosa más extraordinaria!— que dice lo que siente...» Estrechó mi mano y se fue.

Así nació mi amistad con Santiago Rusiñol, el maestro de espíritu inquieto, alma generosa y corazón de niño.

Estas confidencias las publicaba Ana María en Crónica hacia las postrimerías de 1933. El triunfo electoral de las derechas encona el tono de este semanario, que nació jaleando el advenimiento de la República y se iría escorando hacia un izquierdismo algo chillón y sofocante, hasta degenerar en órgano propagandístico del Frente Popular, en vísperas de las elecciones de febrero de 1936. Esta politiza-

*Santiago Rusiñol (*La Vanguardia, *16 de junio de 1931).*

ción creciente —reflejo, por lo demás, del espeso ambiente de cainismo que ya se respiraba en las calles— distanciaría a Ana María de la revista, pues sus ideales avanzados eran una expresión vital más de su afán de transformar la sociedad (al igual que su vindicación del deporte o sus inquietudes estéticas), nunca un escaparate de fanatismo. Tampoco creo que le agradara el repertorio de fotografías sicalípticas que, bajo el epígrafe enmascarador de «El pintor y sus modelos», *Crónica* empezó a publicar, para atraer al público más cazurro y masturbatorio, en las que aparecían señoritas envueltas en tenues gasas que no recataban sus opulentas nalgas y prósperos senos. Aquella utilización mercenaria del cuerpo femenino no encajaba con los postulados de su periodismo. El divorcio o recíproco distanciamiento entre la dirección de la revista y su corresponsal en Barcelona se agudizó a partir de 1934 (para entonces, las colaboraciones de Ana María se hacían esporádicas y rutinarias, algunas se reducían a meros prospectos de instrucciones donde se detallaban diversos ejercicios gimnásticos), sobre todo a raíz del fichaje de Josefina Carabias, hasta entonces reportera fija de *Estampa*, la revista rival. En una de sus últimas comparecencias en *Crónica*, Ana María Martínez Sagi nos descubre su faceta de narradora en un cuento titulado *La dama en gris*, que aborda una de las obsesiones recurrentes en su obra (más tarde lo descubriría, a la vista de su poesía; y más tarde aún descubriría también que esa obsesión literaria proyectaba una sombra premonitoria sobre su vida, verificando ese epigrama wildeano que afirma que la naturaleza imita al arte): el anhelo trágico de maternidad. El cuento se inicia con la aparición de un personaje tópico de cierta literatura decadente, la mujer altiva y torturada, encubridora de un enigma inviolado:

Cuando llegó a la playa de moda, se encendió la llama de la curiosidad para no apagarse hasta mucho después de su partida. No se trataba de una belleza perfecta, sino de algo mucho mejor: era una mujer cuyo atractivo residía en su aura, en su afilado perfil de estatua, en sus gestos aristocráticos, que revelaban un alma en pos de recónditos ideales. Un halo de misterio la envolvía. En sus doradas pupilas, perdidas siempre en un «más allá», brillaba —como una estrella sobre las aguas de un lago— una luz trémula. Era blanca, blanca, blanca. Traslúcida de piel, negros los cabellos y amarga la boca: una boca grande, prieta y desdeñosa. No hablaba. No reía. Impasible el rostro como el de una esfinge. Era uno de esos seres que, donde quiera que van, están siempre solos. Así le sucedía a ella. Sola entre la gente, sola consigo misma; abismada en su mundo interior, obsesionadamente. Lejana como un sueño, indiferente como el discurrir de un río.

¿Quién era? ¿A qué venía? ¿Cuál era su vida?
 Ni una palabra. Ni el más pequeño detalle. Un nombre cualquiera escrito en el libro-registro del hotel, dos camareras silenciosas atendiendo a sus órdenes y un dogo alemán, bello y nervioso, como único compañero. ¿Nacionalidad? Las pocas palabras que pronunciaba correspondían a varios idiomas: Good night. *Gracias.* Genug. Parfaitement. Non si distorbi... *Tipo entre eslavo y latino, lo mismo podía ser oriunda de Polonia, de Rusia o de Ru-*

mania, como de Francia o de Italia. Llegó al hotel en un soberbio coche que ella misma conducía, acompañada de las dos doncellas y del perro. En el bureau, *el* maître, *solícito, aguardaba sus órdenes. Ella se detuvo. La mirada distraída erró sobre el hombre, los grooms, el* hall, *sobre el pequeño surtidor de filigrana y fue a detenerse con insistencia en el mar. El mar, que tras de los amplios ventanales era como un espejo de oro bruñido. Después de un largo rato de muda contemplación, la mano pálida y desganada escribió un nombre. Y nada más.*

[...] El primer día que bajó al comedor hubo expectación. De pie, las dos camareras aguardaban su llegada. Apareció en lo alto de la escalera del hall, *como una princesa de leyenda. Irreal en su palidez. Extrañamente fascinante en su porte altivo. Un traje gris ceñía su cuerpo purísimo. Cruzó el comedor sin mirar. Cien ojos la siguieron. Cien miradas de curiosidad, de deseo y de envidia, como agudos alfilerazos, fueron a clavarse en ella. Protegida y resguardada de todos con su eterna actitud de indiferencia, de desdén y de orgullo, no percibió ni un solo rostro. Porque desde el primer día de su estancia hasta el último el color de sus trajes limitóse a una gama de grises, dieron en llamarla* La Dama en gris. *Huía de la gente. Evitaba las conversaciones. Rechazaba todo intento de intimidad. Las tretas inocentes que para acercarse a ella inventaban los hombres resultaban inútiles. De la sala de lectura, de la playa, de la terraza, desaparecía rápidamente en cuanto llegaba alguien. «¿Quiere leer usted esta revista?» «¿Desea utilizar mi embarcación?» «¿Me permite que le encienda un cigarrillo?» Invariablemente, la voz fría y lejana contestaba: «No.» Luego, sin decir más, se iba.*

Inevitablemente, los huéspedes comienzan a hacer cábalas: para unos, *La Dama en gris* se trata de una aventurera escarmentada; para otros, su blancura lilial delata los estigmas de una enfermedad oprobiosa; los más fantasiosos aventuran que quizá se trate de una espía al servicio de un

Ilustración para La Dama en gris.

gobierno extranjero. Ana María Martínez Sagi retrata a los hombres del hotel como una comparsa de alfeñiques dedicados a la ociosidad y a la comidilla, insignificantes ante la hierática majestad de esa mujer que los desdeña, porque no precisa su compañía ni su consuelo ni su código nauseabundo de convenciones. A través de su personaje, Ana María vindica un nuevo tipo de mujer, cosmopolita e independiente, que ya no necesita un hombre que la complemente, una mujer monarca de su propio destino que abomina de esa obsequiosidad empalagosa que le dispensan sus candidatos a pretendiente. En lugar de atender sus requiebros, prefiere pasearse ensimismada en su soledad:

Acompañada de su fiel dogo, todas las tardes, invariablemente, se dirigía por el camino que, bordeando la playa y enfilando los altos bosques de palmeras, conducía hasta la imponente masa rocosa de los acantilados. El mar quedaba allá en lo hondo, a muchos metros de profundidad bajo sus pies, circundando los arrecifes con su encrespada cabellera de espuma. El agua, al entrar en las cavidades y orificios de las rocas, salmodiaba una queja gutural. Ensimismada, fijos los ojos en el océano inmenso, dejaba transcurrir hora tras hora. En más de una ocasión, ojos curiosos, ocultos entre la maleza del bosque próximo, la acechaban. Más tarde, en el hotel, la sorpresa y la estupefacción desataban las lenguas. «Yo la seguí esta tarde hasta su retiro...» «¿Con quién iba?» «Sola.» «¿Qué hacía?» «Nada.» Sentada sobre la roca más alta, como una blanca atalaya dominando el mar, permaneció inmóvil todo el tiempo. Bella en su actitud de abandono, y triste, triste, triste.

[...] Una tarde en que el cielo era como un negro telón sobre el mar y la niebla húmeda y pegajosa borraba la línea del horizonte; una tarde fría, de luz gris y viento huracanado, se llegó como siempre hasta lo alto de los acantilados. Desde su atalaya dominaba el vasto panorama: el pueblecito marinero, las villas lujosas circundadas de jardines, la playa desolada en aquella tarde de bruma, el hotel, el pequeño muelle de los pescadores y, a lo lejos, la silueta obscura de las montañas, bajo el cielo ancho y sombrío. El viento azotaba con furia los bosques de palmeras y alborotaba el mar color de plomo.

Arropada en una larga capa, junto al perro extrañamente tembloroso, sus ojos seguían una y otra vez la embestida potente de las olas. Como bocas de titán, grandes, majestuosas y terribles, arrancaban las algas de cuajo y mordían rabiosas los pies de las rocas. El viento y el mar rugían a un tiempo un canto bárbaro y lúgubre.

Su mirada se hizo insistente. La angustia fue abriendo desmesuradamente sus pupilas. La sorpresa y el terror demudaron su rostro impasible. De pie, clavadas las manos sobre el pecho, los ojos implorantes levantados hacia el cielo, el cuerpo tembloroso, parecía una alegoría del Dolor.

Ilustración para La Dama en gris.

Luego, el cuento se despeña por los trillados vericuetos del folletín. El clímax de la escena que acabo de transcribir, en que el suicidio de la mujer parece una solución inaplazable, es roto por el llanto de un niño que clama ayuda al fondo del abismo, entre las rocas enhiestas sobre las que restalla el mar. *La Dama en gris*, arriesgando su vida, desciende por el acantilado, rescata al niño y lo reanima con su aliento un segundo antes de que su pulso se desvanezca. El niño resulta ser un huérfano que vagabundea por el muelle y duerme bajo las barcas cuando llueve. *La Dama en gris* le revela, entonces, que su unigénito murió ahogado, y le propone que se vaya con ella, como si fuese ese hijo, restituido por el mar que se lo arrebató. Con esta metáfora, parece como si Ana María abogase por una aspiración (osadísima para la época) que el feminismo aún no se había atrevido a formular: la maternidad deslindada de servidumbres conyugales. El niño asiente a la propuesta de la mujer y se queda dormido en su regazo. El inverosímil desenlace se remata con la imagen de *La Dama en gris* retornando al hotel, con los ojos encendidos y transfigurado el rostro, «como el de una iluminada o una redimida»; al día siguiente partirá, «su paso a compás del pequeño paso, la mano pálida entre las manos del niño».

Tabares profirió una exclamación de júbilo. Nos aproximábamos peligrosamente al mediodía, hora en que se inauguraría la Feria del Libro Antiguo, con discursitos de alguaciles y pregón a cargo de algún bibliófilo adicto al erario público, pero hasta entonces no había mostrado síntoma alguno de premura, como si su participación en dicha feria fuese un engorro administrativo que no le importase postergar o incluso incumplir, a la vista de aquellas revistas que por fin otorgaban corporeidad al fantasma de Ana María Martínez Sagi. Durante las seis o siete horas que habíamos empleado en escudriñar los ejemplares de *Crónica*, puestos los tres en cuclillas, Tabares había intentado contener el nerviosismo. Concluida la lectura, y antes de poder asimilar el alud de revelaciones que se nos venía encima, se incorporó y empezó a pegar saltos, con el consiguiente bamboleo de sus michelines. En la cúspide de su arrebato, brincó sobre la cama y se dejó caer allí como un fardo de muchas arrobas, hiriendo de muerte el somier. Jimena y yo, todavía en cuclillas, contemplábamos sus evoluciones con una sensación compartida de irrealidad.

—Llevábamos meses detrás de su pista. —Tabares hablaba con una modulación monótona—. Yo me gasté un pastón en llamadas de teléfono, preguntando a gente del gremio, a los clientes más sabihondos, a los especialistas en la época: nadie supo darme una maldita referencia. Llegué a pensar que, de no tratarse de un personaje ficticio, sería un personaje anodino, al que Ruano hubiese sublimado en su entrevista. Ahora de repente nos damos de bruces con ella, y resulta que es mucho más interesante de lo que nos habíamos atrevido a sospechar.

Se había cubierto el rostro con ambas manos, como si quisiera velar pudorosamente su alegría. La voz se le quebró con un sollozo:

—Y vosotros habéis resuelto el enigma. No sabéis cuánto os envidio.

La tripa empezó a temblequearle, en un aviso de llanto.

—Eh, Joaquín, no digas gilipolleces, hombre. El descubrimiento nos corresponde a todos por igual —lo consolé. Me sentí un poco incómodo representando aquel papel improvisado en presencia de Jimena—. Formamos un equipo, tío, ¿o es que ya no te acuerdas? Aquí nadie se apunta ningún éxito personal, son éxitos de la sociedad. Además, no hemos hecho nada más que empezar. *Crónica* nos ha proporcionado un montón de cabos sueltos; a partir de ahora tendremos que anudarlos.

Tabares exhaló un suspiro conmiserativo de sí mismo y a continuación largó un zarpazo a la mesilla, donde se hallaba su transistor.

—Y todo por quedarme a escuchar la puta radio. Tendría que haber salido detrás de ti, así no me habría quedado fuera de juego.

—No te has quedado fuera de ningún juego —insistí, algo enfurruñado ya. Al moverme, las agujetas me producían pinchazos de escozor—. El juego ni siquiera ha comenzado. ¿No decías que aprovecharíamos la estancia en Madrid para consultar los periódicos y localizar la entrevista que Ruano le hizo para *El Heraldo*?

Jimena intervino entonces, con una capacidad de persuasión de la que yo carecía:

—Y habrá que documentar también su segunda visita, en octubre o noviembre del 31, con ocasión de los campeonatos femeninos de atletismo —dijo—. Según el reportaje de *Crónica,* obtuvo la medalla de oro en lanzamiento de jabalina, y ella misma anunciaba que iba a dar una conferencia y un recital de versos en el Lyceum Femenino. Seguro que la prensa se hizo eco del acontecimiento: que una distinguida atleta sea, además, una elegida de las musas, me parece un caso de gran interés informativo; por muy torpes que fueran los gacetilleros de entonces, seguro que le dedicaron algunas líneas. —Hizo una pausa, para confirmar el efecto de sus palabras sobre el contrito Tabares, que ya había dejado de hacer pucheros y asentía como hipnotizado a las propuestas de Jimena—. Y habría que documentar la existencia de ese Club Femenino y de Sports, en cuya comisión de cultura Ana María ejercía de secretaria. Y habría que tratar de encontrar como fuese ese libro suyo, *Caminos,* y quizá viajar a Barcelona, en busca de personas que la conocieran. —Yo también me dejaba arrullar por el flujo de sus palabras, que ponían orden en medio de tanto barullo, flotaba en la sostenida claridad de su voz, que era como un bálsamo—. Y, en fin, podríamos buscarla a ella misma. ¿Quién nos asegura que haya muerto?

Se detuvo ahí, dejando que las sucesivas andanadas de clarividencia que había arrojado sobre nosotros se sedimentaran, para que nuestras embotadas inteligencias fuesen capaces de masticarlas y digerirlas. La luz del mediodía se derrumbaba sobre el angosto patio y repartía su limosna entre las habitaciones más lóbregas de la pensión; me pareció entrever fugazmente la estampida negra de una cucaracha, que habría aprovechado la penumbra del lugar para prolongar sus expediciones nocturnas.

—Esta chica es un tesoro —dictaminó Tabares, recuperado de nuevo para la causa. Un súbito pudor le hizo apercibirse de la indecencia (al menos indecencia estética) de su desnudo abdominal, y se cubrió con una sábana—. ¿Y cómo nos repartimos el trabajo?

Jimena prefirió mostrarse cauta; después de todo, podía permitirse esa forma de coquetería disfrazada de modestia de quienes se saben imprescindibles:

—No quisiera ser un estorbo para vosotros, sabes. Mejor me retiro.

—¡Eso ni se te ocurra! —Tabares, por lo común tan cachazudo, pegó un respingo sobre la cama y le impuso las manos a Jimena, como si la estuviese ordenando sacerdotisa de alguna secta masónica—. A partir de hoy pasas a formar parte del equipo —dijo, con gran solemnidad, y luego, en un tono más cómplice—: Además, si trabajas para Leonardo Gago, nos serás de gran utilidad. Tengo entendido que el tío se ha traído de Nueva York una biblioteca con un millón de volúmenes. Menuda mina.

—Sí, pero primero hay que catalogarlos. Con eso ya tengo hasta que me jubile —se lamentó Jimena—. Y ahora, si me permitís, tengo que volver a atender la caseta, si no quiero que me despidan. —Me dio pena verla así, esquilmada por el insomnio, con aquel guardapolvo azul mahón que la hacía más menesterosa o proletaria—. ¿Quién se viene conmigo?

Tabares se había encasquetado los pantalones de faena encima del pijama, y extrajo del armario una de esas camisas floreadas, chirriantes a la vista, que a las pocas horas ya habría regado con su copioso sudor. Antes de que yo pudiera balbucir una palabra de cortesía o solidaridad hacia Jimena, Tabares se me adelantó:

—Tú quédate durmiendo. Por hoy te doy permiso —me dijo, con sarcástica magnanimidad—. Yo voy a parlamentar con Leonardo Gago, a ver si consigo que le conceda un descanso a esta pobre niña, y a montar con calma la caseta. ¡Total, para lo que vamos a vender!

Jimena sonrió con docilidad, como si después de la ajetreada noche y las consignas que nos había dirigido a Tabares y a mí ya no le quedasen fuerzas para tomar más iniciativas. Tampoco a mí me restaban demasiadas para oponerme a los designios de Tabares. Sospeché que ni siquiera se ocuparía de abrir la caseta, aun a riesgo de perder la licencia, y que, a cambio, emplearía el día en alguna polvorienta hemeroteca, exhumando nuevos datos sobre Ana María Martínez Sagi. Cuando cerraron la puerta tras de sí, me dejé caer sobre la cama, un poco enfurruñado, como el niño a quien los mayores excluyen de sus correrías nocturnas, pero sobre ese sentimiento de postergación se sobreponía una lasitud mucho más poderosa y apremiante, una especie de anestesia general que se derramaba sobre mis vapuleados músculos, poco habituados al esfuerzo físico, y también sobre mi inteligencia, poco habituada al asedio de emociones que había soportado durante las últimas horas. Esas emociones, que en el momento de vivirlas se habían inmiscuido en los poros de mi conciencia, ahora se fundían con los vapores del sopor en una extraña amalgama. Soñé que caminaba de madrugada por las calles de una ciudad desierta e inacabable, quizá Madrid, siguiendo a una mujer que incorporaba los rasgos de Ana María Martínez Sagi, los rasgos que me habían sido deparados a través de las fotografías de *Crónica*, aunque eran rasgos proteicos y evanescentes, que a veces se confundían con los de Jimena. Yo me abalanzaba sobre ella, convencido de que se trataba de un fantasma, la prendía de un brazo y le susurraba al oído: «Sé quién eres. No te soltaré hasta que me cuentes tu secreto.» Ella, entonces, trataba de huir, y arrancaba a correr, pero no conseguía desasirse de mí. Se metía por las paredes, doblaba las esquinas del aire y atravesaba las fachadas de los edificios a la carrera; las hileras de ladrillos se abrían a nuestro paso como si fuesen cortinas de tibio terciopelo (yo sentía su tacto apaciguador sobre las sienes impregnadas de sudor), hasta llegar a un muro de mampostería, donde ella, con un movimiento brusco, lograba liberarse de mí y escapar, internándose en la oscuridad líquida de la ciudad. Yo quedaba apresado en el muro, como uno de esos personajes de Poe que mueren emparedados, con la cara asomando a la calle, y pedía auxilio a los transeúntes, pero nadie me respondía.

V

LA LÍNEA DIVISORIA

Ahora el deseo de saber más sobre Ana María Martínez Sagi ya no era un asunto de mera arqueología literaria, sino una misión que podía justificar una vida, o al menos mi vida demasiado mortificada por la falta de horizontes y el acecho de la esterilidad. Al comienzo de mi búsqueda me animaba un propósito muy complicadamente egoísta, según el cual el rescate de una poetisa olvidada podría conjurar, a modo de recompensa o reparación, el peligro de olvido que se cernía sobre mí. Desde que Ana María Martínez Sagi había abandonado la región nebulosa donde habitan los fantasmas, gracias al hallazgo fortuito de sus colaboraciones en la revista *Crónica*, ese interés egoísta se había transformado en una responsabilidad vital. Ana María Martínez Sagi había adquirido unos contornos inéditos de humanidad; su figura ya no incluía tan sólo rasgos anecdóticos o pintorescos, sino que incorporaba inquietudes y afanes que la distinguían como una mujer en la vanguardia de su tiempo, preocupada por redimir a otras mujeres de ese cotidiano y secular oprobio que se había arrojado sobre ellas. Sus campañas a favor del sufragio femenino, su repudio de los privilegios de clase, su exaltada defensa del deporte como vía de emancipación femenina, su adhesión a los ideales republicanos (pero sin incurrir en el proselitismo romo), su simpatía hacia los desposeídos (más valiosa por proceder de alguien que, según todos los indicios, había pertenecido a una clase acomodada), y también la sinceridad ingenua y sin ambages, llena de limpia vehemencia, con que exponía esas convicciones la convertían en el símbolo y la avanzadilla de una generación de mujeres aliadas con la modernidad, arrumbadoras de rancias jerarquías que establecían la supremacía del macho. Una generación inmolada por la Guerra Civil, condenada a yacer en ese páramo donde se pudren las utopías. También ese destino de previsible fracaso hacia su sacrificio más heroico y generoso.

Recuperar el ejemplo de aquellas mujeres que, como Ana María Martínez Sagi, aspiraron a desinfectar una España demasiado enquistada en sus atavismos constituía un empeño de incalculable belleza. Nunca se me había ocurrido que la literatura, además de ser una vocación ensimismada y exigente, pudiese estar comprometida con la realidad, o contra la realidad, y actuar como emisaria de otra realidad distinta, apenas intuida aún o quizá inalcanzable. Así lo había sido para Ana María Martínez Sagi, al menos en su vertiente periodística, y así lo empezaba a ser para mí: al infringir la conspiración de silencio que rodeaba a Ana María, intentaba devolver a la luz una aventura, quizá insensata y condenada desde su nacimiento al naufragio, que había tratado de rectificar la Historia. Y, además, había conocido a Jimena: también aquí se demostraba que la literatura sirve para la vida.

Encontrar el torreón donde vivía Jimena me iba a resultar una tarea algo menos sencilla de lo que había presumido. Conocía la dirección —plaza de Tirso de Molina, en la frontera de Lavapiés, según ella misma me había indicado—, y esa misma tarde, cuando aún no se me había disipado el regusto ambiguo y premonitorio de aquel sueño, me encaminé hacia allí. Desdeñé los transportes públicos, con esa alegría de andar que profesan quienes vienen de la provincia, donde las distancias aún no insultan el sentido común, donde las ciudades aún están hechas a la medida del hombre. Madrid, más que un insulto, constituía una refutación de ese sentido común, una farragosa y abominable ceremonia del caos. Sólo la esperanza de volverme a encontrar con Jimena, que actuaba como una levadura sobre mi ánimo, me permitió transigir con aquel fárrago humano que escupían las bocas del metro, con aquellas comitivas de automóviles que se increpaban entre sí en un dialecto de bocinazos, con aquellas aceras obstaculizadas de andamios y socavones, con aquellos transeúntes a quienes infructuosamente requería para que orientasen mi itinerario. Observé que la desconfianza de los madrileños, habituados a que los asalten solicitantes de firmas y yonquis en período de abstinencia y también repartidores de lacitos rojos contra el sida, se ha extendido hasta el forastero que demanda ayuda. En aquel gesto inhospitalario me fue revelado un universo entero, un mundo subterráneo de miedo y aprensión en el que la existencia del prójimo se erigía en motivo de sospecha. Esta constatación me abrumó al principio y me transmitió una impresión de irreparable orfandad, pero luego, a medida que proseguía mi paseo sin rumbo y el desfile de rostros anónimos y apremiados (a todos parecía acuciarles la necesidad de llegar pronto a su destino), me sentí confortado por el anonimato. La soledad de las multitudes procuraba abrigo a mi intemperie: era una sensación complicada y morbosa, como la del enfermo que se consuela con la enfermedad ajena, que no había experimentado en mi ciudad levítica, donde cada uno de mis movimientos era espiado, diseccionado, sometido a análisis y archivado. Por primera vez, tenía la certeza de pasar desapercibido y ser invisible, a solas con mis pensamientos, rey de una isla deshabitada en medio de un numeroso archipiélago que desconocía los más elementales vínculos de vecindad. Aquella posibilidad de disgregarme en el anonimato común, resguardando al mismo tiempo el reducto de mi intimidad, me pareció inhumana y a la par gratificante. Creo que fue entonces cuando pensé que aquella ciudad babélica y sordomuda (el estruendo de los cláxones y el trepidar de los motores era apenas el rumor del fondo de tanta soledad) podía ser el escenario idóneo de mi existencia. Supongo que, para llegar a esta convicción, hay que estar un poco desesperado.

Llamar torreón a aquella excrecencia de paredes mal enjalbegadas y ventanucos tacaños se me antojó una hipérbole. Había llegado a la plaza de Tirso de Molina, después de demorarme durante más de tres horas por calles que conservaban el aroma antiguo de Madrid, calles que aún no habían sido colonizadas por los turistas o por el caudillismo hortera de las autoridades municipales, flanqueadas de edificios nobles y deshabitados, en cuyos balcones aún sobrevivían algunas cariátides, como centinelas de un esplendor demolido. De los portales salía un tufo agrio a orines de gato, y en las esquinas había putas arrastradísimas y malencaradas, como cariátides que se hubiesen desprendido de los balcones. En la plaza de Tirso de Molina, polvorienta y sembrada de árboles rácanos que apenas daban sombra, había una chirlata de moros (perdón, quiero decir magrebíes), y una parada de autobús, bajo cuya marquesina los perros del vecindario cagaban concienzudamente, ante la risueña vigilancia de sus dueños. También había palomas de plumaje deslucido que picoteaban la mierda reseca de los perros, desenterrando inéditas semillas y otros componentes nutritivos ricos en dioxina. El torreón de Jimena, que tanto contrariaba los planes urbanísticos del ayuntamiento, descollaba sobre el tejado de una casa de dos pisos, con aspecto de hospedería en la que se hubiesen alojado las tropas napoleónicas o de bodega antiquísima donde fermentara el vinazo aborrecible que se servía en las tabernas limítrofes. Caía la noche, y por los ventanucos del torreón se derramaba una luz como de ámbar que acentuaba su aspecto anacrónico y su parecido con una garita (quizá lo hubiesen construido los soldados franceses, para otear el barrio y prevenir las revueltas populares). Una china (perdón, quiero decir oriental) deambulaba por la plaza, con un ramillete de rosas mustias en la mano. A sabiendas de que presentarme en casa de Jimena con una ofrenda floral podría aniquilar mis escasas posibilidades de seducción, me apiadé de la china y le compré uno de aquellos despojos. Ella me lo agradeció con reverencias exhaustas, como si fuesen los primeros veinte duros que recaudaba en el día.

Trepé la escalera que conducía al torreón, una escalera como de mazmorra o catacumba que postulaba una arquitectura anterior a la plomada. Entonces oí la risa de Jimena, como una desbandada o tropel; aún me faltaban tres o cuatro tramos de escalera para alcanzar el rellano del torreón, pero el eco de aquella risa, sostenida y franca, me llegó nítido, dolorosamente nítido. Empecé a hacerme composiciones de lugar más bien pesimistas, que incluían pretendientes tenaces que la visitaban a deshora y quién sabe si algún novio formal con el que cohabitase. Esta última posibilidad me desalentó hasta extremos próximos al desmayo, pero me sobrepuse a ese desaliento y decidí entrometerme en la reunión, fuese quien fuese el promotor de tanta hilaridad. Para exagerar mi intrusión y hacerla más teatral o aparatosa, enarbolé la rosa mustia y extendí el brazo; así Jimena, o su amante, al franquearme la puerta, se darían de morros con ella y quizá se tuvieran que comer de paso algún pétalo. El aldabonazo que propiné (no sonaba el timbre) abortó la carcajada de Jimena.

—Hablando del rey de Roma —me saludó, apartándose el floripondio de los labios que todavía mantenían la horma de la risa.

Repantigado en el sofá, como una odalisca obesa, Tabares me enviaba saludos con la mano, sin variar su postura de abandono y laxitud.

—Aquí tenemos a nuestro dormiloncete —dijo. Su voz tenía una flojera estimulada por la ebriedad—. Le estaba contando a Jimena nuestro sistema de envíos contra reembolso a los titulares de las esquelas de *ABC*.

Me molestó que me incluyera en aquellas picarescas, pero más me molestaba aún encontrármelo allí, disfrutando de la hospitalidad de Jimena. El torreón era un cuchitril en el que apenas podían rebullirse tres personas, entre los huecos que dejaban la cocina y la cama de colcha hindú y las estanterías de mimbre combadas por el peso de los libros y el sofá regado de almohadones, entre los que se hundía la sedentaria mole de Tabares. Sobre una mesa también de mimbre, a juego con las estanterías, se enfriaban los restos de una merendola y bostezaba una botella vacía de vino.

—Ya veo que os habéis puesto tibios —gruñí—. Podíais avisar.

—Lo hicimos, de hecho —se defendió Jimena. Mi reproche parecía haberla lastimado—. Llamamos a la pensión, pero nos dijeron que acababas de marchar.

—Salí a dar un paseo, para espabilarme.

Tabares me hizo un hueco en el sofá, lanzando al suelo varios cojines que Jimena fue recolectando, no sin antes regañarle. Se percibía entre ellos esa fluencia recíproca que denominamos familiaridad.

—Pues mientras tú sobabas, aquí donde nos tienes, Jimena y yo hemos hecho algunas averiguaciones.

Se le notaba orgulloso de sí mismo, esponjado como una gallina clueca. Jimena tenía decoradas las paredes del torreón con fotografías de Rutger Hauer, un actor holandés de belleza hiperbórea y animal. En un póster que hacía las veces de crucifijo sobre la cabecera de su cama se le veía desnudo de torso, con una paloma cobijada entre las manos, a punto de recitar el monólogo final de *Blade Runner*. No hace falta decir que no me parezco en nada a Rutger Hauer.

—A ver, desembucha —lo apremié, echando mano a las sobras de la merendola.

Jimena se adelantó:

—Hicimos una visita a la librería de unas amigas mías, especializada en temas femeninos. Casi no sabían nada sobre Ana María Martínez Sagi, pero en cambio lo sabían casi todo sobre el Club Femení i d'Esports, en el que Ana María participó tan activamente. Fue la primera asociación femenina de carácter popular que hubo en España, aunque hay que especificar que su ideario era marcadamente catalanista.

—Un poco en la línea de Esquerra Republicana, para que te orientes —acotó Tabares.

—Un poco bastante —continuó Jimena—. Muchas de sus dirigentes estuvieron integradas en el Front Únic Femení Esquerrista de Catalunya, desde donde preconizaban la existencia de un Estatuto y la creación de un Estado federal.

Jimena había garrapateado en un cuaderno algunas anotaciones con una caligrafía como de gusanos en procesión. El Club Femení i d'Esports se había fundado en 1928, en plena dictadura de Miguel Primo de Rivera, importando cierto clima europeo de exaltación del deporte, impulso del higienismo y propagación de las doctrinas feministas. Bajo el lema *Feminitat, Esport, Cultura*, el Club Femení había promovido la incorporación de la mujer obrera y de clase media baja a actividades que hasta entonces le habían sido vedadas, en oposición a otros clubes elitistas o asociaciones

Portada del boletín del Club Femení i d'Esports.

benéficas de inspiración conservadora, que imponían cuotas abusivas de inscripción, para asegurarse de que entre sus socias sólo figuraran conspicuas damas católicas con afición a la sardana. En su declaración de principios, el Club Femení se había definido como «una organización esencialmente democrática que proporcione a las muchachas de Barcelona los medios de practicar alegremente los deportes y la cultura física, una organización abierta al mismo tiempo a todas las inquietudes culturales y políticas, donde se forje el espíritu moderno de la mujer catalana, dentro de un cuerpo que se trata de hacer sano y fuerte». El club, creado a iniciativa de una tal Teresa Torrens, una maestra que trabajaba como delineante en Telefónica, inició su andadura con dieciocho socias (entre quienes ya se contaba Ana María Martínez Sagi), y alcanzó en su etapa de mayor apogeo una cifra próxima a las dos mil. No se pagaban cuotas de inscripción, y la aportación mensual no excedía la cifra modesta de dos pesetas, accesible incluso para las muchachas obreras, que a cambio podían utilizar los locales del club, con gimnasio y una biblioteca bien nutrida con donaciones de procedencia diversa, así como acceder gratuitamente a piscinas y estadios de propiedad municipal.

Las dirigentes eligieron como enseña distintiva del club la Victoria de Samotracia, símbolo de perdurabilidad frente a los estragos del tiempo y emblema que compendiaba los ideales estéticos de la Antigüedad clásica. Bajo la advocación de la Victoria de Samotracia, el equipo de atletismo del club arrasó en los campeonatos catalanes femeninos que se celebraron en el Estadio de Montjuich, en julio de 1931, donde Ana María Martínez Sagi batiría el récord nacional de lanzamiento de jabalina, con una marca de veinte metros y sesenta centímetros. Muchas socias del club —entre ellas la propia Ana María— ingresarían luego en la selección catalana que compitió en los campeonatos nacionales femeninos que acogió Madrid, hacia finales de octubre de ese mismo año. No era el atletismo la única disciplina deportiva practicada en el club, que también contaba con secciones de natación, tenis y baloncesto. Inevitablemente, el Club Femení fue acusado desde ámbitos diversos (por los órganos periodísticos más conservadores, pero también por las organizaciones más ortodoxas de la izquierda) de masculinizar a sus socias, imponiéndoles la práctica de deportes reservados por tradición al hombre y de fomentar el exhibicionismo y el escándalo público y la afluencia a los estadios de tíos rijosos que disfrutaban contemplando las evoluciones de unas chicas bien torneadas y en calzón corto. Contra estas pejigueras y censuras peleó el club, incluyendo en su programa de actividades conferencias formativas, lecturas poéticas, conciertos de música y concursos literarios que completasen esa «formación integral de la mujer catalana», aspiración estatutaria que rebasaba la estricta práctica del deporte.

Desde 1930, la dirección del club se agrupó en cinco comisiones (Cultura y Educación; Deportes; Turismo y Excursionismo; Propaganda y Actuación Social; y Educación Física, Sanidad e Higiene), en su afán de extender su labor a un sector cada vez más amplio de la población femenina y de obtener un reconocimiento sin reticencias en los círculos intelectuales catalanes. Para afianzar este objetivo, el Club Femení solicitó la colaboración de aclamados hombres de letras (desde Josep Maria de Sagarra a Antoni Rovira i Virgili) y emprendió la captación de jóvenes escritoras que, desde postulados próximos a los del club, pudieran contribuir a consolidar su prestigio. Ana María Martínez Sagi introdujo en la candidatura que ella misma encabezaba, junto a Teresa Torrens, a Anna Murià, una novelista en ciernes que desde hacía años publicaba artículos y crónicas que propugnaban un feminismo moderado. Anna Murià, a su vez, erigida pronto en secretaria del club, atrajo a la ya consagrada, aunque veinteañera, Maria Teresa Vernet, de la que Ana María había trazado una dilucidadora semblanza en *Crónica*. La aportación de estas mujeres, que entendían el deporte como una vía de emancipación femenina, dentro de una estrategia más amplia que alentase la dignificación cultural de la mujer, se notó, sobre todo, en la repercusión pública que a partir de entonces cobrarían las actividades del club. En noviembre de 1931, con Ana María Martínez Sagi al cargo de la secretaría de la Comisión de Cultura, el Ayuntamiento de Barcelona cedió al club las Termas de la Plaza de España, unos locales construidos con motivo de la Exposición Universal de 1929 a los que no se les había adjudicado uso alguno desde entonces. Entre 1931 y 1933, en plena efervescencia republicana, el club alcanzó sus mayores cotas de intervención social, con campaña a favor del Estatuto catalán incluida. A partir de 1933, como suele ocurrir en cualquier sociedad humana (desde la sociedad restringida del matrimonio a las sociedades más multitudinarias y ecuménicas), empezaron a emerger las diferencias entre sus dirigentes, decadencia que se saldó con la deserción cansina de algunas socias, la dimisión de otras y varias reyertas mezquinas en las tribunas de los periódicos. Para 1936, cuando la pólvora inaugure su imperio, el Club Femení i d'Esports ya es un cadáver ambulante que sólo requiere la puntilla.

—Según lo que hemos podido saber —dijo Jimena, concluyendo su exposición—, Ana María abandona en 1935, enfrentándose con la Junta Directiva, cuando ya los éxitos deportivos y el esplendor cultural del club habían pasado a mejor vida.

Arrellanado en el diván, con las manos episcopales reposando indolentemente sobre la barriga, Tabares había escuchado las explicaciones de Jimena con la vista clavada en la techumbre del torreón, que reproducía la forma de un tejado y estaba apuntalada por vigas de una madera que ya había alcanzado esa vetusta oscuridad que enaltece las sillerías labradas de las catedrales.

—Quién nos lo iba a decir, ¿eh? —suspiró con una nostalgia no exenta de vanidad—. Empezamos buscándole las cosquillas a Martel, sospechando que nos ocultaba algo, y fíjate adónde hemos ido a parar.

Yo seguía inspeccionando con la mirada el torreón de Jimena, haciendo inventario de sus pertenencias. Con aprobación, con aliviado orgullo, constaté que no había signos de vida masculina.

—Por el momento, a Barcelona —dije, para evitar las divagaciones y posar los pies en el suelo—. Habrá que pensar en viajar hasta allí, quizá sea la manera de avanzar en la búsqueda.

Atletas que compitieron en los Campeonatos de Atletismo femenino de Cataluña de 1931. Con el uniforme oscuro, las componentes del Club Femení i d'Esports. Ana María Martínez Sagi es la primera, de pie, empezando por la izquierda.

A cada nueva revelación surgían continentes insospechados de incertidumbre. El misterio se extendía como una mancha de invasora tinta sobre las piezas de aquel rompecabezas que intentábamos reconstruir casi a ciegas. Habíamos conseguido delimitar aproximadamente los contornos ideológicos de aquella mujer, habíamos descifrado su compromiso feminista, su labor pionera al frente de una asociación cultural y deportiva. Habíamos exhumado su periodismo matinal y desnudo de protocolos, pero estos hallazgos apenas si formaban una constelación de iluminaciones vagas e intermitentes que no bastaban para alumbrar un personaje cuya fascinación crecía, a medida que sabíamos más sobre él. A lo mejor, el día en que por fin lográramos apresar su figura, esa fascinación desaparecería, o daría curso a otro sentimiento más sosegado, pero mientras durasen las pesquisas nuestro deber (porque rescatar del olvido a Ana María Martínez Sagi ya se configuraba, en medio de aquellos tanteos adivinatorios, como un deber compartido) consistía en desandar los intrincados laberintos que nos llevarían hasta ella. No habíamos encontrado aún su poemario *Caminos*, que según me informó Tabares no figuraba entre los fondos de la Biblioteca Nacional. Tampoco sabíamos si a ese poemario le habían sucedido otros, o si, por el contrario, Ana María había desistido de abrumar las imprentas con más entregas de su numen. Ni siquiera conocíamos —fuera de las gentilezas y agasajos de César González-Ruano— el recibimiento que la crítica había dispensado a su obra. No habíamos interrogado a personas que pudieran haberla conocido, ni habíamos extendido nuestras pesquisas a otros momentos anteriores o posteriores de su biografía.

—Estoy de acuerdo contigo —asintió Jimena, sentándose en el suelo. Sobre el pijama de raso se había puesto un quimono de tela cruda, quizá por influencia de Tabares, empeñado en emparentarla con las actrices de Mizoguchi—. Hay que viajar a Barcelona y empezar a husmear allí. ¿Conocéis a alguien por esos barrios?

La noche se adentraba por los ventanucos, como un animal invertebrado, y se posaba sobre nuestro pensativo silencio.

—Tanto como conocer, conocer, no —reconocí—. Pero tengo cierto contacto con el poeta Gimferrer, Pere Gimferrer. Supongo que sabréis de quién estoy hablando, ¿no? —Aprecié, tanto en Jimena como en Tabares, asentimientos no muy rotundos—. El autor de *Arde el mar*, joder. El tío es un pozo sin fondo de sabidurías.

Tabares deslizó una maldad:

—¿Y tú de qué tienes contactos con él? ¿O es que te andas buscando padrinos?

—Trabaja en una editorial, listo. Le envié hace algunos

Ana María Martínez Sagi, en los Campeonatos de Cataluña de Atletismo, a punto de batir la plusmarca nacional de lanzamiento de jabalina.

meses un libro de cuentos y me telefoneó para felicitarme y hacerme algunas observaciones —resumí, aunque las observaciones y enmiendas, a la postre, ocupasen más tiempo de nuestra conversación que los parabienes.

—¿Y te lo va a publicar? —inquirió Jimena, con enternecedora inocencia.

Pasé por alto su pregunta, que removía un sustrato de frustraciones pretéritas:

—A lo que vamos. El poeta Gimferrer controla mejor que nadie la cultura catalana, yo no sé de dónde habrá sacado tiempo para leer tantos libros y tan diversos, pero os aseguro que no se le escapa nada. Y tiene un memorión de elefante, ensarta citas a troche y moche, es capaz de pasar de Garcilaso a Paul Éluard sin inmutarse —dije—. Si alguna vez ha caído en sus manos algún poema de Ana María, guardará memoria de él.

—¿Y no será un poco complicado que nos conceda una cita? —objetó Jimena.

Tabares había entrelazado sus manos episcopales a la altura del pecho, y jugueteaba haciendo entrechocar sus dedos. Las manos de Tabares parecían dos sapos mellizos que han decidido aparearse, infringiendo el tabú del incesto.

—Ya nos las arreglaremos para meterlo en el embolado —dijo con suficiencia, mientras sus labios se expandían en una incorregible sonrisa de beatitud—. Pero cada cosa a su tiempo. Ahora lo que urge es rastrear *El Heraldo*, para fechar la interviú de Ruano y, de paso, la primera visita de Ana María a Madrid. Seguro que de ahí sacamos algo interesante. Y luego tenemos su segunda visita, con el equipo catalán de atletismo, en octubre de 1931, cuando pronuncia su conferencia en el Lyceum Femenino.

—¿Y quién se encargará de buscar eso? Me temo que llevará varios días, quizá semanas —dije, con gravedad y como cansado.

Tabares extendió los brazos, en una muestra de falso desprendimiento. Su leve ebriedad me agredía como un insulto:

—Llevará tantos días como dure la feria. Y, si no tienes inconveniente, yo mismo cargaré con el trabajo. —Hizo un pucherito muy zalamero, el mismo que había empleado en ocasiones anteriores para endosarme las tareas que él desechaba, por considerarlas subalternas o anodinas—. Siempre que tú aceptes atender la caseta, claro. Lo importante es no volvernos de vacío a casa.

El enojo me supuraba entre los dientes, como una infección que no atinase a encontrar una salida o aliviadero. Finalmente, exploté:

—Yo no pienso volver. Me quedo aquí.

Ambos me miraron con escándalo, como aguardando una retractación o una excusa que mitigase mi salida de tono. Observé que Jimena, a juzgar por la atolondrada extrañeza con la que examinaba las dimensiones del torreón, había entendido mi negativa a regresar a la ciudad levítica en un sentido más particular o atrevido, como decisión de quedarme allí, cohabitando con ella y durmiendo por imperativo categórico en el diván, al menos hasta que se resignara a hacerme un huequecito en su cama.

—¿Cómo que no piensas volver? —me reprendió Tabares, sacudiendo la mano en el aire, como se hace con los niños para amenazarlos con un cachete, en caso de que no rectifiquen.

—Estoy harto de vivir en ese puto pueblo, Joaquín —me desahogué—. ¿Qué futuro crees que me aguarda allí? Terminaría publicando artículos en la sección de cartas al director, como Martel. Sería el hazmerreír de todos esos poetastros que se reúnen en los cafetines de la zona antigua. O, lo que es peor, acabaría juntándome con ellos. Por lo menos aquí no me conoce nadie, mi fracaso pasará desapercibido.

Me temía como reacción un severo correctivo o una pulla murmurada entre dientes, pero Tabares asintió, con esa unción que reservamos a los mártires y a los suicidas. Desarbolado y arrastrando la voz, me preguntó:

—¿Y cómo piensas ganarte la vida?

Se le había humedecido la mirada. Creo que hasta entonces no me había parado a pensar que aquel gordinflón me apreciaba de veras. Jimena intervino providencialmente:

—Podemos intentarlo con Gago, mi jefe. No nos vendría mal un poquito de ayuda con la biblioteca de Ireneo Cruz.

Aquella misma tarde, mientras caminaba sin rumbo por un Madrid atareado de multitudes y abrumado por la inminencia opresora de un cielo que apenas se podía respirar, me había resuelto a disgregarme en aquella ceremonia del caos, pero ahora que verbalizaba esa determinación se abría a mis pies un vértigo inédito, una sensación mixta de gozo e invencible pavor que hasta entonces nunca me había visitado. Esa sensación (que luego tampoco volvería a alojarse en mí) la identifico ahora con la línea divisoria que separa la juventud de la edad adulta, esa zanja de profundidad insondable que otros cruzan por algún vado o puente, después de merodearla durante meses o años, pero que yo acababa de dejar atrás de un solo envión. Ya me encontraba para siempre en el otro lado, ya no había posibilidad de retroceso.

—Será mejor que te quedes a dormir aquí —propuso Jimena, para asfixiar aquel silencio que se había instalado, de repente, entre nosotros—. Se puede sacar una cama del sofá.

No había quedado muy claro a quién dirigía su ofrecimiento (en cualquier caso, era un favor que nos hacía a ambos, liberándonos de compartir ignominiosamente la alcoba nupcial de la pensión), pero Tabares, ignoro si por delicadeza o aturullamiento, me cedió el privilegio sin ofrecer resistencia. Había perdido esa jovialidad entre cachazuda y chocarrera que lo caracterizaba; una especie de afonía fúnebre había descendido sobre su voz:

—Mañana madrugaré, para empezar a revisar la prensa de la época. —Estaba a punto de desmoronarse, la gargan-

La selección catalana de atletismo, en el campo de la Sociedad Atlética de Madrid, bajo la lluvia, durante el Campeonato Nacional Femenino de Atletismo. Ana María es la cuarta por la derecha.

ta se le estrangulaba al hablar—. Toma las llaves de la caseta. Y, en fin, ya sabes que cualquier cosa que necesites...

Lo acompañé hasta la puerta, usurpando el papel de anfitrión (pero fue un acto reflejo, como si el hecho de haberme adentrado en la edad adulta me obligara a asumir ciertas responsabilidades). En el rellano, la oscuridad tenía un espesor milenario que favorecía las despedidas, borrando piadosamente las facciones de quienes tenían que cumplimentar tan enojoso trámite. Oí la respiración de Tabares, como el resuello de un cíclope herido, alejándose por la escalera, y sus pasos desahuciados que se iban derrengando sobre cada escalón, pasos de alguien que ha cobrado de súbito conciencia de la magnitud de su soledad y apenas puede tenerse en pie. Lo imaginé desandando las mismas calles que yo había recorrido esa tarde, en un itinerario fatalmente simétrico (pero su soledad ni siquiera obtendría el respaldo de otras soledades simétricas, a esa hora las calles se estarían quedando vacías, alumbradas de letreros de neón que son como el resplandor fosforescente de los muertos), y lo imaginé depositando su corpachón derrotado sobre la cama de la pensión, sobre las sábanas revueltas que aún cobijarían las últimas trazas de mi sueño y que sólo le servirían para envolver su vigilia. Me asomé al hueco de la escalera cuando quizá él ya no me pudiese oír:

—Seguimos juntos en esto, Joaquín. Seguimos juntos hasta el final, recuérdalo.

La noche sin resquicios se tragó el eco de mis palabras, como la tierra se traga los cadáveres y la lluvia. Me abatió una nítida impresión de envilecimiento y culpabilidad a la que tardaría en sobreponerme.

VI

MARIPOSAS DISECADAS

Ni siquiera la sonriente desenvoltura que Tabares exhibiría en días posteriores apartó de mí la sombra de los remordimientos. Se pasaba las horas enclaustrado en las casi desiertas dependencias de la hemeroteca municipal, y sólo hacia el final de la jornada se dejaba ver por la caseta de la feria, donde me había tocado ejercer como dependiente a tiempo completo y atender a una clientela que se acercaba mayormente a los libros para entretener el sentido del tacto y preguntar por títulos indiscernibles. Al distinguir, a eso de las ocho de la tarde, la silueta bamboleante y caótica de Tabares, abriéndose paso entre la multitud ociosa, experimentaba un alivio seguido inmediatamente de una sensación de molestia. Alivio, porque sus visitas (en las que jamás me solicitó un comprobante de ventas, ni se preocupó de cubrir los huecos que empezaban a aflorar en los anaqueles) me confirmaban en la creencia de que aún seguíamos embarcados en la misma travesía; molestia, porque Tabares se negaba a informarme sobre los derroteros de esa travesía, vedándome el contacto con una carpeta en la que recopilaba las fotocopias de las noticias referentes a Ana María Martínez Sagi. La carpeta engordaba ostensiblemente de un día para otro (quizá mi amigo la engordase adrede con papelotes de relleno, para hacer más aflictiva mi postergación), y Tabares la exhibía ante mí con una especie de afectación chulesca, como el cazador veterano que le reboza por los morros al novato las piezas cobradas. Reconozco que la curiosidad me corroía y que en más de una ocasión le supliqué que me mostrara sus hallazgos, pero su respuesta, invariable y elusiva, se remitía a un futuro inminente en el que ya hubiese dado por concluido su rastreo por la prensa de la época, una tarea que a mí me parecía tan sobrehumana como tratar de vaciar el océano con un cubo de agua. Aquella actitud dilatoria me parecía pueril, pero Tabares la cultivaba con tan acendrado esmero que terminé por acatarla.

Más impaciencia me producía la pantomima que representaba cada día ante mí, al regresar de la cacería. Llegaba con las manos todavía cubiertas por unos guantes de gamuza que se calzaba para evitar el contacto fósil de los periódicos atrasados en las yemas de los dedos y ese polvillo mortuorio que desprende el papel cuando los años y las décadas lo han convertido en una frágil reliquia, de una consistencia apenas mayor que la de una mariposa disecada. Tabares se despojaba de los guantes ante mí, con una morosa delectación que lo aproximaba a las cabareteras, tironeando de los cinco dedos y volviendo a tironear otra vez, y cuando ya por fin sus manos recuperaban su habitual aspecto de sapos blandengues, sacudía los guantes contra el mostrador de la caseta, para hacerme estornudar con el polvillo que desprendían. Luego se frotaba largamente los ojos, recolectaba las legañas que habían segregado sus glándulas lacrimales y se quejaba:

—Es que los periódicos de antes tenían una tipografía imposible. Y si encima están microfilmados ya ni te cuento.

Esta observación la repetía literalmente cada día, en un exacto tono quejumbroso, como si fuera una contraseña o pie que me tendía para que yo lo compadeciera o gratificara con palabras que atenuasen su cansancio. Yo accedía con desgana y me mostraba intrigado, o ponderaba su aguante, o remuneraba su vanidad pidiéndole que me explicara cómo conseguía, de un solo vistazo, impresionar en su retina el hormiguero de letras que compone una página de periódico. Como la explicación no era sencilla, Tabares aprovechaba para envolverla en un misterio aún mayor, atribuyéndose facultades infusas que sólo estaban al alcance de unos pocos elegidos.

—Se nace o no se nace con ellas —decía, muy pagado de sí mismo—. Y luego, claro está, hay que ejercitarlas, para que no se anquilosen. Pero en su origen son un don, como el que poseen los zahoríes. Yo soy como un zahorí que detecta noticias interesantes allá donde otros sólo ven un amasijo de letra impresa.

—Entiendo.

Con Jimena no se atrevía a desplegar tales exhibiciones de fatuidad, quizá porque seguía profesándole una especie de reverencia supersticiosa, desde que ella se sumara a nuestras pesquisas, con el hallazgo providencial de las colaboraciones de Ana María en la revista *Crónica*. Solíamos pasar a recogerla, después de cerrar nuestra caseta y echarle el candado (pero Tabares no intervenía en esta tarea subalterna, se limitaba a hacerme algunas indicaciones, mientras yo aportaba el desgaste físico), y juntos íbamos a cenar el menú del día en algún figón de los alrededores, casi siempre en la calle Bárbara de Braganza, donde servían unos cocidos madrileños de mucha sustancia, generosamente tropezados de berza y de tocino, que Tabares cumplimentaba sin remilgos, agotando su ración y haciendo incursiones en las nuestras. Tantas horas de trabajo solitario en las hemerotecas le despertaban un apetito omnívoro y un poco desesperado, como de condenado al patíbulo que, antes de ser ajusticiado, reclama su voluntad postrera de atiborrarse hasta perder la consciencia. No se trataba, sin embargo, de un pantagruelismo a palo seco, sino aliñado de una locuacidad avasalladora, que sólo nos permitía intervenir a Jimena y a mí con monosílabos (preferiblemente afirmativos, meras señales de asentimiento que le sirvieran de apoyo o trampolín en sus monólogos). Ningún asunto estaba excluido, salvo los que hiciesen alusión o referencia a sus pesquisas, sobre las que mantenía el máximo secreto, pero sin duda su predilecto se refería a nuestra convivencia en el torreón. No había ninguna curiosidad malsana en sus preguntas, si acaso cierto síndrome de alcahuetería o paternalismo:

—¿Y cómo funciona lo vuestro?

Elevaba la voz sobre el ruido de fondo, abigarrado y plebeyo, que incluía chistes cazurros y risotadas viriles, corrimientos de sillas y el soniquete de una máquina tragaperras. Tabares nos dirigía una sonrisa picarona que a Jimena le producía gran embarazo e incomodidad, pero él seguía masticando a dos carrillos, ayudando la deglución con un vinazo agrio y aguachirle, limítrofe con el vinagre, que los dueños de la tasca denominaban piadosamente «vino de mesa».

—¿Qué nuestro? —preguntaba yo, haciéndome el ofendido o el despistado.

—Joder, lo vuestro, qué va a ser. ¿O es que vais a negarme que sois pareja de hecho? —La hilaridad se le propagaba por todo su rostro, por los carrillos orondos que no cesaban en su movimiento masticatorio y por la doble papada que parecía actuar como un estómago previo y rumiante—. Ahora andan discutiendo en el Congreso una ley sobre parejas de hecho. Deberíais estar al tanto, quizá os convenga que la aprueben, para vuestra declaración de la renta.

—Menos coña, Joaquín. Estamos juntos hasta que me salga un trabajillo, nada más.

Lo lacerante de la situación era que, en efecto, no había *nada más*, quiero decir que nuestra convivencia en el torreón no sobrepasaba los límites de la estricta camaradería, o sólo los sobrepasaba para degenerar en fraternidad, rumbo que yo a veces procuraba corregir con mi habitual desmaño, mas en vano. Jimena me había hecho partícipe de sus zozobras más íntimas (incluidas sus zozobras sentimentales, sus noviazgos maltrechos y liquidados, sus noviazgos en ciernes o sometidos a condición suspensiva, ese anecdotario cordial que cualquier pretendiente prefiere no escuchar nunca), como si hubiese encontrado en mí a un depositario de sus confidencias y pecados, aflicciones y esperanzas, pero entre tanta complicidad de espíritu no quedaba hueco para otras aproximaciones que yo ni siquiera me había atrevido a proponer. Quizá mi error había consistido, precisamente, en admitir tanta complicidad de espíritu, pues la experiencia demuestra que el amor de la mujer no se dirige —salvo que sea un amor conmiserativo y, por lo tanto, devaluado— hacia el hombre que se gana su confianza, sino más bien hacia el hombre que se la toma. Mi incapacidad para aplicar esta distinción teórica a la práctica, agravada por mi temperamento más bien retraído (donde la timidez sólo era desbancada por súbitos y casi siempre extemporáneos accesos de osadía), deparaba un currículum erótico adelgazado hasta el desfallecimiento. Hasta entonces, esa constatación sólo me había producido lástima de mí mismo (un sentimiento muy reconfortante y nutritivo, sobre todo si uno es un poco masoquista), pero ahora que había traspasado la línea divisoria entre la juventud y la edad adulta, mi ineptitud ante las mujeres (mi ineptitud para tomarme su confianza antes de ganármela) me enfurecía y reconcomía por dentro, como al paralítico que acaba de estrenar la silla de ruedas lo enfurece no poder servirse de sus piernas. Esta rabia teñida de impotencia se hacía más negra —de una negrura de betún o alquitrán— cuando, por las noches, después de haber mantenido Jimena y yo un diálogo que compendiaba los acontecimientos del día (ella bien arropadita y en posición fetal en su cama, bajo la protección de Rutger Hauer, el replicante de *Blade Runner*; yo medio destapado y sin parar de remejerme en el sofá desplegable), apagábamos las luces y nos despedíamos. En seguida el sueño descendía sobre Jimena, como un licor benigno, y se filtraba en su respiración, y la aquietaba, y le infundía su ronco diapasón, y la transportaba sin percances hasta la mañana siguiente, mientras yo permanecía en vela, escuchando el itinerario del aire en sus pulmones. A veces me levantaba clandestinamente y me sentaba en cuclillas junto a la cabecera de su cama, para escuchar el estribillo de su sueño y distinguir el aire que expulsaba por la boca, que tenía la misma temperatura de fiebre que tienen los besos, cuando no son besos protocolarios o caritativos. Tabares, empeñado en apadrinar nuestro noviazgo, atacó por otro flanco:

—¿Pero no me dijisteis que Leonardo Gago necesitaba mano de obra para catalogar ese millón de libros que se trajo de América? ¿Todavía no habéis hablado con él?

—Hay que buscar la ocasión propicia, Joaquín —dijo Jimena, venciendo el rubor que la había mantenido muda, mientras Tabares nos emparejaba fácticamente—. Leonardo anda muy ocupado, apenas para en la caseta. Hay que cogerlo en un momento que esté de buenas, sabes.

—¿Desprevenido, quieres decir? —Tabares ya se había zampado su ración de cocido, y alargaba el tenedor hacia nuestros platos, como quien picotea en una ensalada comunal.

—No desprevenido, tampoco se trata de un atraco, sino relajado, sin agobios, sabes, que no parezca que queremos colgarle un marrón a toda costa —dijo Jimena—. Por la caseta pasa demasiada gente, a veces son amigos de toda la vida, a veces son plastas que llegan en plan coleguita y empiezan a darle la tabarra. La cuestión es conseguir que no parezcamos unos plastas.

Tabares interrumpió las labores de masticación y se frotó la papada erizada de una barba pugnaz.

—Vais a dejar que intervenga yo, ¿de acuerdo? Si Gago ve que alguien del gremio le recomienda a un chico al que no conoce de nada quizá se convenza de que merece la pena contratarlo.

Sin necesidad de intercambiar una sola mirada (que hubiese sido, además, una mirada despavorida), Jimena y yo reaccionamos con idéntica prontitud. Conociendo la naturaleza taciturna y un poco melancólica del jefe de Jimena, la intercesión de nuestro amigo, por bienintencionada que fuese, podría resultar catastrófica. Se lo hicimos notar con delicadeza un tanto azorada, exagerando la misantropía de Leonardo Gago e inventándonos una particular animadversión suya contra la gente del gremio, pero nuestros argumentos disuasorios no hicieron mella en Tabares, que ya parecía haber concebido una estrategia infalible. Con el tenedor hurgaba en los huesos tronzados que se emplean para darle sustancia al cocido, y después se los llevaba a la boca, para absorberles el tuétano. La grasa le embadurnaba los labios de una chorreante voluptuosidad.

—Un manjar de dioses —dijo Tabares, ponderando el sabor del tuétano y relamiéndose—. Oye, Jimena, ¿podría decirse que tu jefe es un hombre tacaño?

Aun a riesgo de alimentar la leyenda negra de Leonardo Gago, Jimena respondió afirmativamente, con la ilusión de hacer desistir a Tabares.

—Entonces no se hable más. Dejadlo de mi cuenta.

Y, en efecto, no volvimos a mencionar mis postulaciones laborales en nuestros encuentros con Tabares, que siguió aderezando nuestras cenas en las tascas aledañas al paseo de Recoletos con conversaciones aleatorias y misceláneas, en las que él siempre llevaba la batuta y a nosotros nos reservaba un papel poco lucido de percusionistas monosilábicos. No dejamos, sin embargo, el asunto de su cuenta, y a partir del día siguiente iniciamos nuestras aproximaciones al adusto Leonardo Gago. Era Gago un hombre enjuto y fibroso que apenas paraba en la caseta, ocupado acaso en rematar sus transacciones con los saldistas que lo abastecían desde la otra orilla del Atlántico. Sus periplos por países que ni siquiera figuran en el mapa le transmitían un aire de viajero perpetuo, abstraído y como mareado aún por el jaleo de los cambios horarios y el trasbordo en aeropuertos sonámbulos. Tenía los labios afilados y esquivos y la mirada un poco ensimismada o elegíaca, quizá perjudicada por la falta de un ojo (que suplía por una réplica de cristal), pero cuando interrumpía su mutismo y arrancaba a hablar, su ojo viudo se empañaba de vivacidad e inteligencia, como si de repente afluyesen a él los miles o millones de lecturas que tenía archivadas. A su caseta acudían más clientes que a ninguna otra, atraídos por el prestigio de su negocio, y también una turbamulta de poetastros que aspiraban a colocar sus versos en la revista que Gago publicaba más o menos semestralmente. En su amor a las causas perdidas, Gago había destinado una partida nada roñosa de sus ganancias (así contrariaba su leyenda negra) a la edición de libros de poesía y de una revista exquisitamente maquetada, de los que nunca vendía más allá de veinte o treinta ejemplares, a pesar de que los críticos se los reseñaban ditirámbicamente en los suplementos literarios, supongo que con la esperanza de que Leonardo Gago los recompensase con alguna primera edición de Lorca o Cernuda. Con los libros y revistas que no vendía (que eran casi todos), Gago rellenaba treinta o cuarenta cajas que transportaba a su almacén de la carretera de Irún, con el propósito de venderlos como libros de viejo en su ancianidad. Así se hacía la ilusión de tener garantizado el suministro de su negocio.

Aparte de los poetastros petitorios que anhelaban publicar un soneto en la revista de Gago, se juntaba en su caseta una jarca de escritores bibliófilos que se contaban entre la clientela más distinguida de su librería. Más o menos todos habían publicado en sus colecciones algún libro de artículos o aforismos o recortes dispersos (esos libros que las editoriales comerciales desdeñan), y le pagaban el favor a Gago (o creían que se lo pagaban) haciendo una aparición estelar en su caseta a la hora de mayor afluencia de público. He escrito «aparición estelar» con desprecio de la semántica, pues a los susodichos escritores no los conocía ni Dios, aunque ellos, infatuados de su fama inexistente, se pavoneaban como si fueran estrellas de la pléyade y estuviesen convencidos de que su mera presencia multiplicaba las ventas y promocionaba la librería de Leonardo Gago. Formaban una cofradía atrabiliaria y un poco irrisoria, como de pavos en celo que se intercambiaban chismes sobre los ausentes (chismes maliciosos o malandrines, ni siquiera malvados) y comentarios laudatorios sobre los presentes, aguardando correspondencia, por supuesto, porque la vanidad nunca da puntada sin hilo. Era patético y lamentabilísimo comprobar cómo ninguno había sido capaz de imponerse con su mera literatura y habían tenido que recurrir a poses o fingimientos para hacerse un nombre y delimitarse el terreno: había quien se creía depositario de las esencias inmanentes de lo hispano y se disfrazaba de Unamuno, con traje de paño oscuro y camisa sin cuello abotonada hasta la asfixia, y proclamaba que le dolía España, llevándose la mano a un costado, como si España se localizase en su bazo; había quien, tras descubrir que el público sodomita (perdón, quiero decir *gay*) es una mina inagotable y creciente, se las daba de Oscar Wilde redivivo, y se adornaba de tantas plumas que al final parecía un pompón ambulante; había quien desempeñaba el papel de joven maldito, inquilino perpetuo de los paraísos artificiales (en realidad, primogénito de algún constructor o ministro cesante), que aprovechaba una sinusitis crónica para sorberse los mocos y hacer como que arrastraba un colocón de cocaína; había, en fin, la gorda vociferante que se había quedado afónica de berrear en las tertulias televisivas para marujas y que se enganchaba al remolque del feminismo de pandereta, para encaramarse a la lista de los libros más vendidos. A Jimena le tocaba en suerte atender a esta caterva de presuntuosos cuando Gago, que se olía el cacao, desertaba con la excusa de un apremio urinario, y darles palique, y servirles un café de termo en vaso de plástico biodegradable, que los escritores bibliófilos bebían con mucho asquito, por considerarlo una refacción plebeya y poco acorde con su categoría, pero que a fin de cuentas bebían, para hacerse los campechanotes y comulgar los brebajes del vulgo, que era el que les garantizaba las liquidaciones a fin de mes. Invariablemente, cada vez que les servía café del termo, Jimena tenía que aguantar las miradas lúbricas o carnívoras de los escritores bibliófilos (incluida la gorda vociferante, que entre los ingredientes de su empanada mental incluía el pansexualismo), y sus galanterías viscosillas, dictadas por una manía compulsiva de afirmar su egolatría. Jimena les cortaba el rollo por la vía rápida, con risueña aspereza, y los escritores bibliófilos, habituados a tirarse a una doctoranda cada vez que abandonaban la égida conyugal (la mayoría matrimoniaban con una profesora de instituto, para que les corrigiera las faltas de ortografía y les llevara los trajes al tinte), parpadeaban entre ofendidos y perplejos, haciéndose cruces de que una dependientucha de mierda rechazara el honor de darse un revolcón con una gloria de las letras autóctonas y universales.

El asedio de los escritores bibliófilos y verriondos y las atenciones a una clientela cargante le dejaban a Jimena pocas oportunidades para asaltar a Leonardo Gago, que además empezó a hacerse el huidizo cada vez que ella trataba de enchufarme. Daba la impresión de que Gago le leía el pensamiento, o de que leía en mi rostro con su único ojo inquisitivo y avizor la ansiedad del demandante de empleo, porque a ambos nos despachaba con evasivas, difiriendo la charla para un inconcreto futuro. A Tabares no quisimos confiarle nuestras tribulaciones, pues aunque el tiempo apremiaba, aún nos restaba la esperanza última y casi póstuma de abordar al jefe de Jimena en su domicilio particular, aprovechando las horas en que convalecía del *jet-lag*, entre viaje transatlántico y viaje transatlántico, y además Jimena estaba dispuesta a mantenerme y procurarme lecho hasta que me saliese alguna ocupación. Esta posibilidad extrema lastimaba mi orgullo, pero yo seguía obcecado en probar la conquista de Madrid. El día en que por fin se clausuró la feria seguíamos sin haber sacado nada en claro de nuestros acosos a Gago, salvo nebulosas promesas, pero Jimena no quiso que el derrotismo se apoderase de nosotros, y preparó una cena de despedida en el torreón, en honor de Tabares, para devolverle las invitaciones monótonas a cocido madrileño con que nos había apedreado el estómago durante las últimas dos semanas. Jimena poseía unas dotes culinarias innatas; aunque sus preferencias se escoraban hacia la gastronomía afrancesada (nada que ver con el tozudo y castizo paladar de nuestro amigo Tabares), he de consignar que aquella noche nos chupamos los dedos y casi los codos. Jimena había extendido su mantel más lustroso y unos cubiertos bañados en plata, herencia de su abuelita, sobre la mesa; los platos de porcelana y las velas salomónicas que encendió unos segundos antes de que Tabares golpeara la aldaba preludiaban una celebración poco acorde con mi estado de ánimo, más bien ceniciento. La irrupción de Tabares contribuyó, sin embargo, a atenuar mi quebranto; había elegido para la ocasión una camisa, quizá adquirida en el Rastro, que sustituía los floripondios hawaianos por la efigie de Pamela Anderson en actitud lúbrica, masajeándose las tetas con ambas manos y frunciendo el morrito. El barrigón de Tabares añadía volumen al retrato de la presunta actriz.

—¿Qué? Os mola mi nuevo modelito, ¿a que sí?

Y Tabares complementó su saludo con un bamboleo de michelines que casi resucita a Pamela Anderson. Antes de que Jimena sirviera el primer plato ya nos había anunciado que sus prospecciones por las hemerotecas de Madrid habían acabado con un saldo bastante halagüeño, prometiendo que después de los postres compartiría con nosotros sus avances. Por supuesto, se había traído la carpeta donde amontonaba las fotocopias, ya reventona y con las cubiertas resudadas y pringosas de lamparones. El gozo le bullía en las tripas y exacerbaba aún más su locuacidad, reprimida en las interminables noches de soledad que habría tenido que sobrellevar en la pensión Buenos Aires, en coloquio con las cucarachas y las manchas de humedad del techo. El vino le aflojaba más y más la lengua (también le aflojaba la risa, que repercutía en su panza, y por extensión en Pamela Anderson, que no paraba quieta) y le garantizaba la secreción de saliva suficiente para no cesar en su cháchara ni tampoco en la deglución de los platos que Jimena iba suministrándole. Quizá fuese un berzotas y el tío más zafio del orbe, pero se hacía querer, y poseía cierto magnetismo que obligaba a los demás a girar en torno a él, en órbitas concéntricas y cada vez más próximas, como satélites subyugados por su facundia. Rebañó las últimas migajas de la tarta que Jimena había cocido en su propio horno, se golpeó el pecho como un gorila satisfecho, ponderó la sabiduría culinaria de la anfitriona y, tomando la carpeta tantas veces requerida infructuosamente por mi curiosidad, anunció:

—Y ahora vayamos a lo que importa. —Había soltado las gomas de la carpeta con un cuidado superfluo, como si quitase el precinto de algún legajo antiquísimo. Antes de proseguir, alzó la mirada para captar nuestra expectación y dilatarla un poco más. Quizá hubiésemos puesto cara de panolis, porque sonrió compasivamente—. Empecemos por el principio. La primera visita de Ana María Martínez Sagi a Madrid se produjo en junio de 1930, cuando ya tenía veintitrés años, si damos por buena la fecha de nacimiento que Ruano propone en su *Antología de poetas españoles contemporáneos*. Él mismo, sin embargo, sólo le atribuye «veinte años tal vez escasos» en la interviú recogida en *Caras, caretas y carotas* y publicada primeramente en la sección literaria de *El Heraldo*, el 19 de junio. No fue el único que le calculó por lo bajo; seguramente Ana María se quitaba años, siguiendo un hábito de coquetería o inexactitud cronológica del que no se salva ninguna mujer. —Consiguió que Jimena refunfuñara, como se proponía—. Por esas mismas fechas, el domingo 6 de julio del mismo año, Rafael Cansinos-Asséns, que fue quien le descubrió a Ruano a la poetisa «bien plantada, cantora, musculada y bella» recién llegada a Madrid, publica este artículo en *La Libertad*, elogiando el libro *Caminos*.

Tabares nos acercaba las fotocopias con ademán litúrgico, como invitándonos a participar de alguna esotérica eucaristía. Hacia 1930, Cansinos-Asséns ya había abandonado la barricada literaria, para refugiar su prosa salmódica en las traducciones de setenta y siete lenguas distintas (aunque los malintencionados aseguraban que sus facultades políglotas se detenían en el francés) y en los artículos de crítica literaria, mal pagados y peor agradecidos. El dedicado a Ana María Martínez Sagi, después de algunos meandros y circunloquios, tan comunes en la prosa de Cansinos, se remataba así:

Ana María ha nacido en Cataluña. Pero las voces inspiradoras que le dictaron este libro le hablaron en español y ella no quiso violentarlas. Españolas son la letra y la música de Caminos. *De un hispanismo que si algún acento revela es el acento de América, porque esas voces que digo son las voces, fraternales en raza y sexo, de esas grandes mujeres que se llaman Juana de Ibarbourou, Alfonsina Storni, Gabriela Mistral, y que han enseñado, si no a amar, a expresar el amor a las mujeres de España. Ana María las conoce y se reconoce en ellas, así como ellas se reconocen en sus versos. Lo cual no quiere decir que las imite, sino que la obra lírica de esas hermanas mayores brinda anticipaciones de expresión a su aún indecisa juventud. Pero —entiéndase bien— Ana María no se les asemeja en la gama de ese erotismo sensual que grita el apremio de la entrega. Su erotismo, cual a su juventud corresponde, está hecho a un tiempo mismo de ardor y de reserva, de temor y de anhelo. Ca-minos nos presenta el patético drama del amor luchando consigo mismo en un ansia de sublimaciones. La mujer incontaminada quiere defender en el amor su tesoro de pureza; aspira a ser amada por su alma, no por su rostro ni su cuerpo. Ante el deseo que asoma a los ojos del hombre, yérguese ofendida, presintiendo un agravio. Ella piensa así, porque se siente pura de alma y cuerpo. Si psicoanalizáramos sus versos, podríamos explicarnos muy bien estas alarmas de un temperamento pasional que quiere ignorarse o desmentirse, y nos explicaríamos también —precio de esa pureza preservada,* tristitia chastitatis— *ciertos poemas melancólicos, de una melancolía como sólo la juventud la siente, que ensombrecen a ratos el claro día de primavera que es todo este libro. «Soy un alma cansada que vive sollozando; / soy un astro lejano que ha tiempo que no brilla; / soy un arca cerrada, soy una luz que muere, / soy una tierra estéril, sin frutos y sin brisas.» Qué reveladora esa imagen hermética, «soy un arca cerrada», y qué significativos también*

Rafael Cansinos-Asséns.

estos versos, que racionalizan una angustia erótica: «*Pagamos las fugaces alegrías, / y los pobres placeres tan fugaces, / con lágrimas de hiel, de sangre y fuego...*»

Por fortuna, Ana María no es esa «mujer triste, sin cantos y sin risas», que quiere hacernos creer en su ansia por defenderse del deseo. Su alma fuerte reacciona ante esas melancolías con el exorcismo eficaz del deporte y la acción. Con su libro en los brazos ha venido a Madrid, y hemos podido contemplar de cerca su rostro de estatua, animado —claro está— de una expresión que las estatuas no tienen, y sus brazos dorados por el sol y el mar, oír su voz clara y animosa y estrechar su mano franca y leal como la de una camarada. Una jovencita moderna, intrépida y resuelta, que inicia por lo menos un paso decidido hacia la autonomía espiritual, aunque los prejuicios del ambiente traten de detenerla. Quizá ese conflicto íntimo sea el que se refleja en sus versos. Tal es Ana María. Al despedirnos de ella, hemos rezado: «¡Ana María, que el diamante de tu voluntad corte el espejo de todos los caminos con un trazo de luz!»

La reseña, aparte de insistir demasiado en la angustia erótica de quien desea entregarse y a la vez preservar su castidad (obsesión que quizá se pudiera atribuir a la poesía de Ana María Martínez Sagi, pero mucho más al propio Cansinos-Asséns, que envejecía oprimido por el celibato), deparaba el retrato espiritual de una muchacha escindida entre un amor sublimado y místico y un «temperamento pasional», entre el melancólico refugio de la poesía y la agitación del deporte, entre su afán de modernidad y los prejuicios ambientales que la coartan y obstaculizan. Otro de los críticos más influyentes de la época, el muy cascarrabias y misógino Luis Astrana Marín, que sólo interrumpía sus hermenéuticas de Shakespeare y Cervantes cuando caía en sus manos algún libro excepcional, bautizaría también de incienso a Ana María en el diario *Las Noticias*. Sus ditirambos tienen más mérito y quedan exonerados de sospecha si consideramos que Rafael Cansinos-Asséns y Luis Astrana Marín se prodigaban un odio acérrimo y chirriante que los impulsó a propinarse recíprocas acusaciones de sodomía.

Ana María Martínez Sagi es poetisa con sólo abandonarse a sí propia. Con no pretenderlo. Con mostrarse únicamente como mujer. Ni psicología complicada ni atormentada, ni exotismos falaces, ni refinamientos morbosos, ni imitaciones peligrosas. Su musa es pura y natural, como la fuente que brota al pie de la montaña. Amores, celos, pasión, desdén, melancolía, sentimiento de la ausencia del amado, ansia de goce: cosas todas de hombres y mujeres. Y, por fin, misticismo. Con sorpresa que no excluye nuestro entusiasmo, leemos esta revelación trascendental de misticismo en cuatro versos que valen por todo un poema:

Luis Astrana Marín.

Tras el logro y la conquista, la renuncia.
Tras la fe, las hondas dudas torturantes.
Tras el goce y el amor, el desencanto
infinito y el hastío de la carne.

No encuentro semejanza entre Ana María y ninguna otra poetisa española del presente. ¡Son tan deleznables las pobres! [...] Me ha sorprendido mucho el libro de Caminos... *No esperaba tanto, y menos de una mujer. Porque hoy no suelen escribir éstas sino versos ramplones y anticuados. Sobre mi mesa yacen muchos de ellos, que no hojeo siquiera. Y tiene lo malo de peor, que no se puede ejercer contra ellas la censura, por ser mujeres.*

Mucha parte señorea el dolor en las poesías de esta autora. No parece ficción poética, por su misma espontaneidad; bien que dicha espontaneidad se encubra más por la perfección de la forma. No sólo Ana María (la llamaremos ya por sólo su dulce nombre) escribe pulcramente en verso, sino que me aventuro a decir que su prosa debe de ser muy aliñada y correcta. Campea en todo el volumen un dominio del léxico únicamente asequible a quien ha escrito mucho y con preocupaciones de lenguaje. La bella composición con que se abre el tomo es prueba concluyente.

Y este dolor que lo aroma, y aun diríamos que lo santifica, ¿de qué puede provenir sino de haber vivido mucho, que es tanto como decir de haber sufrido mucho? No hay sabiduría que no se aquilate por el sufrimiento. No hay dolor que no enseñe.

Poesía matizada por el dolor será siempre poesía eterna, como es toda poesía de sentimiento; no la poesía que ahora se estila, fría, académica y llena de tópicos e imágenes vanas, deshumanizadora del arte.

Esta mujer, en Caminos, *ha seguido sin proponérselo el verdadero camino poético con sólo introinspeccionarse y exhalarse sincera [...] Saludemos a la gentil poetisa, que tan gallardamente irrumpe en el campo de las letras. Sus versos cargados de flores —la amorosa carga de la primavera—, tan pronto en sazón, esperan los frutos definitivos del Otoño. Retened este nombre: Ana María Martínez Sagi.*

La reseña de Astrana Marín recalcaba el contraste entre las actividades más puramente externas de Ana María (práctica del deporte, reivindicaciones feministas, cultivo del periodismo reporteril) y su vocación poética, que rehuía el galimatías conceptual y la búsqueda de imágenes fulgurantes o arbitrarias que caracterizaba a las vanguardias entonces en boga. Adentrándome en el movedizo terreno de las presunciones, pensé que aquella esquizofrenia íntima quizá obedeciera a una necesidad apremiante de introspección, a un saludable deseo de contrapesar una vida demasiado volcada hacia fuera y de airear esas regiones del alma que no admiten expresión desde la tribuna o la palestra. La visita fulgurante de Ana María Martínez Sagi a Madrid había dejado otros rastros en la prensa; Alberto Insúa, otro gerifalte de la pluma a quien hoy ya casi nadie recuerda, cubanito de alma blanca y un poco fondona, prestó su firma a una crónica, híbrida de interviú y glosa crítica, aparecida en el diario *La Voz*, el viernes 25 de julio de 1930. Aunque Insúa no se recata de deslizar alguna reticencia sobre la poesía de Ana María, achacándole excesos miméticos, el tono general del artículo es admirativo, y nos ofrece —sobre todo en su primera mitad— un diálogo vivaz y un retrato de Ana María que posee ese temblor entrevisto del periodismo que atrapa un fragmento de vida:

Pero ¿será una poetisa nueva? Hasta ahora, gustándome sus versos, me gustan más sus actos. Es una muchacha graciosa y valerosa. Diez y nueve años. Deportista. Vino de Barcelona —donde ha nacido y vive— a Madrid en avión. Deseaba conocerme. Me lo dijo por teléfono, y le propuse que nos encontráramos en el café más frecuentado y bullicioso de Madrid. A mediodía.
Llegué yo el primero, y —esto tiene su importancia— pedí un aperitivo «de hombre». Tardó ella en llegar unos minutos. La acompañaba una amiga. Antes de sentarse, y al tiempo que nos saludábamos (ella me conoció «por los retratos»; yo la reconocí por «su aire») se quitó el sombrero. Hice la pregunta de rigor:
—¿Qué van a tomar ustedes?
Su amiga:
—«Vermouth».
Y ella:
—Un «picón».
Se había quitado el sombrero... Como un hombre. Y pedía el mismo aperitivo que yo. Como un hombre. Sonreí:
—Es usted... muy valiente. ¿No se le subirá a la cabeza?
—¡Quia! ¿Por quién me toma? Soy alpinista, juego al tennis *y no me ha pasado nada en el avión.*

—Entonces... es usted muy moderna.
—De ahora. De «mi» hora.
—¿También en sus versos?
Se inmutó.
—No sé. ¿Qué quiere usted decirme?
—Si es usted vanguardista.
—Soy sincera. Vivo como una muchacha de mi tiempo, muy de mi tiempo. Y escribo lo que me sale del corazón.
—¿Conforme sale? Imposible. El corazón ignora la retórica. ¿A qué escuela, a qué tendencia pertenece usted?
—¡Ay, no me examine! Aquí le traigo a usted mi primera obra, mi primer libro de versos.
Y sacó de su bolso un librito no mayor que un breviario: Caminos.
—Gracias.
—Lea y juzgue.
—Leeré. ¿Y ha venido usted de Barcelona a lanzar su libro?
—No. A conocer Madrid. Y por volar. Tenía unas ganas locas de volar. Fíjese en una de mis poesías: «Hermano viento.»
—Me estoy fijando en usted.
—¿Y qué le parezco?
—Una musa.
—¿Cuál?
—Yo diría Erato.
—Mire que soy triste.
—El amor lo es. Pero yo no he pretendido que usted sea una de las nueve musas. Digo que tiene aire de musa. De poetisa. De poeta, como quiere Unamuno.
—Eso me lo dice usted porque sabe que lo soy. Quiero decir, que hago versos. Por lo demás, con este trajecito oscuro y este sombrero de fieltro, pudo tomarme por una empleada o una mecanógrafa.
Me inmuté. Era cierto. Pero mantuve mis palabras:
—Aire de musa. Con tanta luz en los ojos... Y su gracia en los ademanes. Y esa voz.

Alberto Insúa.

—¿*Qué tiene mi voz?*
—Acento.
—¿*Catalán?*
—Apenas. Acento lírico.
—¡Bah! Es usted muy galante. Por fuera, una poetisa es como cualquier mujer. Lo que soy «por dentro» está en mi libro.
—¿Ya? ¿Es su primer libro? Mire que voy a leerlo sin galantería.
—No me asusta.

* * *

Y he leído sin galantería los versos de Ana María Martínez Sagi. Me gustan. Pero me gustan como la promesa de una obra más fuerte y personal. Después de Rosalía de Castro no ha aparecido en España «una poeta». *Existen en lengua hispánica tres poetisas geniales. Pero son, por el nacimiento, de América: Gabriela Mistral, Juana de Ibarbourou y Alfonsina Storni. No ha dado España, después de Rosalía, un espíritu femenino que pueda compararse con el de la condesa de Noailles. ¿Será este espíritu el de Ana María Martínez Sagi? Es posible.*

Desde luego esta muchacha es poeta. Esencialmente poeta. Pero su don o fondo lírico no ha encontrado todavía un cauce original. Sus versos saben a otros versos. De vez en cuando surgen la metáfora virgen, la imagen nueva, el timbre de una voz no escuchada. Lo frecuente es una manera fácil, conocida, y un tono elegíaco de la más honda raíz romántica, que no dan idea de la persona —tan dinámica, tan actual— que escribió los versos.

Es, en suma, un libro de discípula. Mas con tales anuncios de maestría, con tanta personalidad in potencia, *que un crítico tan difícil y penetrante como Cansinos-Asséns no ha dudado en señalar su aparición en un extenso y caluroso artículo.*

Ana María Martínez Sagi es muy joven. Ayer aún corría y jugaba en el patio del colegio. Ahora juega al tennis, *sube a las montañas, monta sola en avión y toma aperitivos «de hombre». Entre mujer y niña... Yo pienso en Juana de Ibarbourou y en Alfonsina Storni más que en la chilena Gabriela Mistral al recordar a Ana María. En ésta, la mujer plasmada puede encontrar lo que ha hecho de Juana y Alfonsina dos «poetas» íntegras e incomparables.*

Sólo es poeta, gran poeta, Ana María, el que no admite o la que no admite comparación.

El tufillo didáctico y paternalista que clausuraba, a modo de moraleja o envío, el artículo de Alberto Insúa, no empañaba las iluminaciones que contenía sobre el personaje y sobre su poesía. Un personaje que no tiene reparos en montar en avión (cuando la navegación aérea aún constituía, para la superstición popular, una forma aleatoria de suicidio) y en solicitar con desparpajo un aperitivo «de hombre» (cuando la mera concurrencia en un café imponía a la mujer, en el Madrid morigerado de la época, un sambenito de descocada y hasta libertina, salvo que acudiese respaldada por su santo marido), pero que, en su expresión lírica, prefiere atenerse a la sinceridad del sentimiento, oponiéndose a las tesis más avanzadas de vanguardia. Los propios modelos que Insúa le adjudica —coincidiendo con Ruano y Cansinos-Asséns—, las americanas Juana de Ibarbourou y Alfonsina Storni, que habían fundado una poesía donde la mujer por fin exponía su conflicto existencial, en confrontación con las convenciones de una literatura que las confinaba en el reducto de la emotividad empalagosa o la anécdota erótica, no habían logrado despojarse de los ropajes un tanto ajados del modernismo, contra los que arremetían las nuevas generaciones de poetas infractores del ritmo y la rima. ¿Adolecerían los versos de Ana María de esa misma tentación de anacronismo formal?

—Eso sólo lo sabremos cuando encontremos un ejemplar de *Caminos,* que por lo que se ve es un libro bastante rarito: no aparece en los catálogos de ninguna biblioteca —se quejó Tabares—. De todas maneras, hay que utilizar con propiedad esa palabreja, anacronismo. Que ahora, con la perspectiva deformante de los años, tendamos a identificar aquella época con la hegemonía de las vanguardias, no quiere decir que las vanguardias camparan por sus respetos. Si hiciésemos un recuento de los poetas en activo hacia 1930, los continuadores del modernismo ganarían por goleada. Ahí está el ejemplo de Antonio Machado, que llegó adonde llegó depurando su formación modernista. Sobre Machado, precisamente, he descubierto una anécdota muy graciosa, en relación con Ana María.

Se le notaba poseído por una especie de agitación interior. La misma agitación que sentíamos Jimena y yo, ese cosquilleo premonitorio que permite al hombre reconocer una experiencia nueva que lo transforma. La noche traía como en sordina el rumor de la ciudad que ya se recogía.

—¿Se llegaron a conocer? —preguntó Jimena, pero ella misma quiso adelantar la respuesta fisgoneando los recortes de Tabares.

—No lo creo. Pero, si se hubieran llegado a conocer, el encuentro tendría que haber sido a espaldas de Guiomar, la musa de Machado, que estaba celosísima del éxito de Ana María.

Bajo el seudónimo de Guiomar, la presencia femenina que aletea en los poemas eróticos que Antonio Machado escribió cuando por fin se repuso de la viudez y de la tenaz reminiscencia de la niña Leonor, se amparaba Pilar de Valderrama, una señora burguesa y poetisa diletante a la que el autor de *Soledades* conoció hacia 1928. Por entonces, Pilar de Valderrama acababa de saber que su marido mantenía relaciones adulterinas con una muchacha que se había matado arrojándose desde un balcón, incapaz de sobrellevar la clandestinidad de sus encuentros. Si, hasta ese momento, Pilar de Valderrama había organizado su existencia en torno al escrupuloso cumplimiento de las cláusulas matrimoniales, la infidelidad del marido (a quien, además, consideraba responsable del suicidio de su amante) la impulsó a remunerarlo con la misma moneda, siempre —por supuesto— dentro de los límites impuestos por el decoro o la hipocresía. Antonio Machado, que paseaba su desaliño indumentario por la ribera del Eresma, con las solapas del abrigo espolvoreadas de ceniza, fue el recipiendario de tanto despecho. El poeta aceptó esa manifestación vicaria del amor como si de una bendición tardía se tratase, y la alentó con una copiosa correspondencia que Pilar de Valderrama sacrificaría mayoritariamente en la chimenea, coincidiendo con un cambio de domicilio forzado por el estallido de

Pilar de Valderrama.

la Guerra Civil. Las pocas cartas que se salvaron del fuego las publicaría muchos años después la propia Pilar de Valderrama, en dudoso homenaje póstumo a Machado. Siguiendo el curso de este idilio epistolar, no resultaba difícil detectar la presuntuosidad de Guiomar, que no tenía rebozo en leer sus poemas a su amante y exigirle un veredicto amable. «Nuestra compenetración espiritual era tan grande —acota, con vana grandilocuencia— que apenas hallábamos defectos el uno en el otro.»

Para no hallar defectos en los poemas de Pilar de Valderrama hacía falta un entusiasmo temerario que Machado no vaciló en profesar, ofuscado por la pujanza de su amor. Si en 1928, la publicación de *Huerto cerrado*, su primer libro de versos, le había reportado a Pilar de Valderrama comentarios benévolos y condescendientes, la aparición en 1930 de su segundo poemario, *Esencias*, se saldó con un piadoso silencio que sólo infringiría el propio Machado, con un artículo que parece evacuado para atemperar el berrinche de su ninguneada musa. Las alabanzas que, por aquellas mismas fechas, cosechaba Ana María Martínez Sagi entre las firmas más cotizadas de la prensa madrileña empequeñecerían, sin embargo, los esfuerzos de Machado y agravarían el cabreo de Pilar de Valderrama. Ningún especialista había logrado descifrar, entre la correspondencia machadiana, ciertas menciones crípticas que, a la vista de la crónica de Alberto Insúa que Tabares nos acababa de mostrar, se hacían diáfanas e inequívocas. A juzgar por esta despedida desaforadamente servil que introduce Machado en una de sus cartas, a Pilar de Valderrama le había ofendido sobremanera que Insúa hubiese proclamado a Ana María heredera de Rosalía de Castro: «Adiós, mi reina, mi diosa. Y conste que la sucesora de la inmortal Rosalía eres tú, y no esa nadadora catalana. ¡Si yo pudiese escribir sin trabas! No importa. La literatura, al fin, es para eso. Sobre ella está lo humano y, sobre todo, lo divino.» Y, todavía en otra carta posterior, abunda en el desagravio: «Leí, como te dije, el artículo de Insúa sobre esa nadadora catalana. De esa clase de trabajos, tan arbitrarios, donde nada se prueba y todo son afirmaciones gratuitas, no queda nunca gran cosa. En general es la crítica que hoy se estila, hasta por literatos de cierto rango [...]. En suma, que esa poetisa catalana podrá ser un portento, pero lo será a pesar de sus exégetas y panegiristas.»

—Así que ya veis cómo se entrelazan las vidas —resumió Tabares, mientras exhumaba nuevos documentos de su carpeta. Esa tupida red de azares que entrelaza las vidas era la que propiciaba nuestra presencia allí, en torno a la figura paulatinamente vislumbrada de Ana María Martínez Sagi—. Curiosamente, *Caminos* obtendría una repercusión

Carta de Antonio Machado a Pilar Valderrama.

mucho menor en Barcelona que en Madrid, a pesar de que allí Ana María era mucho más conocida.

—Quizá en los círculos intelectuales decepcionó un poco que no eligiese el catalán como idioma poético —aventuré sobre la marcha—, sobre todo teniendo en cuenta que se movía por las proximidades de Esquerra Republicana.

Pero el escritor —pensé— nunca elige su voz ni su idioma, sino que se los impone la fatalidad. Para entonces, Tabares había desparramado tal cantidad de papeles por el torreón que ni él mismo se aclaraba.

—Podría existir una explicación biográfica que justificase la elección del castellano —propuso Jimena, con su habitual clarividencia—. Si, como sospechamos, Ana María procedía de una familia pudiente, es muy probable que le inculcaran desde niña que el catalán era el idioma de los payeses, las criadas y demás gente rústica. Un idioma más bien coloquial, pero poco adecuado para expresarse por escrito. Este repudio del catalán era común entre la alta burguesía de entonces. A sus hijos solían llevarlos a internados franceses, para mantenerlos apartados del habla popular.

—También sobre la familia de Ana María he averiguado alguna curiosidad —dijo Tabares con algo de enojo, como si le molestara que le arrebatasen el protagonismo de la pesquisa—, pero eso vendrá luego. Entre las reseñas que se publicaron en la prensa de Barcelona quizá la más destacable sea ésta. La firma una tal Elisabeth Mulder, el sábado 17 de mayo de 1930, en el vespertino *La Noche*.

Jimena le arrebató la fotocopia, con una como fingida indignación, parodiando esos aspavientos de escándalo a los que Tabares era tan propenso, cuando los demás no lo secundaban en sus abstrusas erudiciones.

—¿Cómo que una tal, una tal? Elisabeth Mulder fue una escritora bastante considerada en su tiempo, pedazo de zopenco. El mes pasado estuve catalogando una partida de libros suyos, en la nave de Gago. A ver si nos empapamos un poco de literatura femenina.

Procuré no sonrojarme (pues también para mí resultaba desconocida aquella mujer de nombre forastero) y me prometí abolir tan pronto como pudiera aquella ignorancia que me hermanaba con Tabares. El artículo de Elisabeth Mulder se titulaba «Una mujer que canta», y prescindía —ya era hora— de ese soniquete entre prepotente y misericordioso que la tropa masculina empleaba para referirse a la poesía ejecutada por el otro sexo:

Demasiado joven y demasiado inteligente para no ser en lo físico y en lo social una mujer de su tiempo, esta cantora dice sus rimas con cierta timidez, como consciente del espectáculo de anacronismo que está ofreciendo. Pero se está o no se está ungido por el quid divinum *de que hablaba Horacio, y cuando se está no hay fuerza humana que destruya la esencia rara. Así, pese a su educación y a sus tendencias modernas, se ahonda un poco en Ana María Martínez Sagi y la lirófora aparece. Bajo su dinamismo de muchacha sanamente entregada al amor del deporte y al culto de la actividad, se adivinan los grandes silencios líricos de un espíritu contemplativo. Y un gran apasionamiento también. Apasionamiento que el exceso de juventud, la brevedad de una vida en capullo, no ha permitido aún encauzar ni definir y que vemos en un estado todavía caótico, con las fuerzas en potencia, pero con todas sus enormes posibilidades bien visibles. Inquietud. Curiosidad. Pesimismo que se aparta del cerebralismo de los decadentes franceses para inclinarse hacia la exaltación amorosa de las emotivas sudamericanas. Ternura; intensa ternura que nos llega palpitante y desnuda a través del verbo transparente, del vocablo preciso. Y serenidad... Una verdadera amalgama en un conjunto heterogéneo, interesantísimo, de sentimientos encontrados y de claroscuros en los que predomina la nota roja de la pasión, como leitmotiv subyugante.*

[...] Por ejemplo, en su composición «Soy un alma cansada», la escuchamos como un eco lejano, tan amortiguado por la distancia que llega a nosotros como una confidencia y en un aterciopela-

miento delicioso de tono menor. Y vemos, efectivamente, a la poetisa cuyas venas están henchidas de primavera, «como un alma cansada». Magnífica sensación ésta de poder sentir bajo la piel fresca y nueva las vibraciones de una vida «que viene de un siglo atrás»; maravillosa sensación, para una mujer que está gozando las primeras horas de su juvenilia flamante, la de sentirse poseedora de un espíritu antiguo.

Y es así Ana María Martínez Sagi, muy antigua y muy moderna, como en el tan citado verso de Rubén.

En estos momentos en que la mujer, recién liberada de odiosas tiranías y del peso feroz del convencionalismo y la tradición, ha dedicado sus energías a las actividades más violentas —como consecuencia, sin duda, de la formidable reacción producida— el advenimiento de una poetisa resulta de más en más extraordinario, por parecer casi anómalo que una mujer dotada de buen cerebro no se esfuerce en imponerle derroteros nuevos y lo dedique a la política, o a las finanzas, o a la aeronáutica, o a cualquier profesión «masculina»; es decir, que lo aparte del feminismo para dedicarlo a la feminidad, ya que aunque se suela creer lo contrario, ninguna actividad mental y espiritual más propia de la mujer que esta de escribir versos. Cuando se cuenta, claro, con el quid divinum... *¡Y qué espectáculo tan sedante, el de una mujer que canta, entre tanta mujer que grita!*

Muy antigua y muy moderna a la vez. El verso de Rubén Darío explicaba, mejor que cualquier tratado de psicología, el temperamento de aquella muchacha que, poco a poco, se iba concretando ante nosotros. Elisabeth Mulder no había sido una mera reseñista coyuntural, como Cansinos-Asséns o Astrana Marín, que saluda con ditirambos a una poetisa neófita; entre ella y Ana María debió de fluir una corriente de simpatía mutua, quizá la relación fértil que se entabla entre maestro y discípulo. Un par de años después, Ana María Martínez Sagi coordinará, en el mismo diario *La Noche,* una página dedicada a la mujer, en la que se concitan las colaboraciones de las escritoras catalanas más destacadas, entre quienes Elisabeth Mulder ocupará un lugar preponderante. En esta «Página de la Mujer» fueron apareciendo sus artículos misceláneos sobre crítica pictórica o efeméride literaria, sobre análisis político o estampas costumbristas, y también, más esporádicamente, sus poemas, a veces flanqueados por otros de Alfonsina Storni, Juana de Ibarbourou o Gabriela Mistral, las predilectas de Ana María Martínez Sagi, según el unánime parecer de sus escoliastas. Entre las varias decenas de colaboraciones de Elisabeth Mulder en esta «Página de la Mujer», Tabares encauzó nuestra atención hacia una composición titulada «Retrato de Ana María Martínez Sagi». Dividida en tres movimientos que parecían aspirar a reproducir los distintos ritmos musicales de una sinfonía, revelaba un grado infrecuente de complicidad con la retratada:

PERSPECTIVA

Sobre un fondo del Trianón... No.
Siglo XX. Rascacielos. Espíritu en catalepsia.
New York. La obsesión del «Yo».
Freud. Asepsia.

Nueva versión del histerismo.
Ya no hay Dama de las Camelias.
Ya todos los lagos sirven al nudismo.
Ya no tienen donde morir las Ofelias.

El corazón bien amordazado
y esposado por policemen.
El arte deshumanizado
y la humanidad también.

Panorama de la post-guerra.
Dólares. Cinismos. Estragos.
La banca del sentimiento cierra:
está en suspensión de pagos.

Galería y taquilla. Sólo prestarle
importancia a la cifra y a la cabeza.

Siglo XX. ¡Qué esfuerzo cuesta darle
a la vida un poquito de belleza!

FORMA

Siglo XX... Pero tú, tú, Ana María,
perteneces a todos los siglos, porque tú eres poesía.
Y caminas alada. Y la emoción brota bajo tus plantas,
esa emoción que buscas y que encuentras, que haces tuya y que cantas.

Pequeña Ana María, clara y gentil...
¡Ah, sí, pequeña Ana María, tú eres todo en abril!
Primavera está en ti con arraigo profundo,
como está en una flor la síntesis del mundo.
Tu alígera sandalia deja sonora huella,
y tu juventud es una rima más, rotunda y bella.

FONDO

Y bendita tú seas.
Bendita tú que esparces
un puñado de estrellas
sobre las cosas feas
de la vida. Bendita seas
tú que dices palabras
milagrosas y bellas,
con aroma de nardos

y fulgor de centellas.
Bendita seas.
Tú, que sientes y labras
y palpitas y creas,
bendita seas.
Profunda y sensitiva.
Tu alma —lava impalpable— se derrama
por las vertientes de la vida.
Te has hecho toda llama,
¡oh, lámpara votiva!
Te has hecho toda llama...
Acaso te has hecho toda herida.
(La espina que desgarra
deja abierto un resquicio
por donde se evapora la sonrisa.
Mas luego,
tras nocturna penuria
viene el oro del sol,
y tus manos se tienden, trémulas
de celeste ambición.)
La voz de tu alma es pura
y desnuda, sin un solo reflejo
que empañe la armonía de su cuerda.
Sólo tu acento de mujer acierta
a darle ese temblor de la materia.
La mujer es mujer... Compendio suave
del bien y del mal disperso por la tierra.
Pero el alma no sabe de locuras.
Pero el alma, insexuada, es siempre buena.
Tu alma está en cada verso de tus rimas
y en cada vibración de tus ideas.
¡Oh, tú, que das tu alma, que golpeas
con tu alado talón las altas cimas!
¡Bendita seas!

Aquel poema nos ayudaba a completar el panorama espiritual de Ana María Martínez Sagi, aureolado de un misticismo ingenuo, o de una mística ingenuidad, así como de una sensibilidad doliente y a flor de piel («Acaso te has hecho toda herida»). Aun aceptando el componente de sublimación e idealismo con que se revestía el retrato, perduraba la imagen de una muchacha que sobrevuela las asechanzas carnales, incontaminada de mezquindades, adelgazándose hasta la pura idea. Quise, de repente, saber más sobre Elisabeth Mulder, la autora de aquel poema; quise dotar de un rostro y una peripecia biográfica y una aventura intelectual a aquella mujer que por entonces sólo era un nombre exótico o aristocrático. Intuí que, al saber más sobre ella, se me revelaría más completa la figura de Ana María Martínez Sagi, porque sus existencias se imbricarían de algún inconcreto modo, quizá en esas «altas cimas» donde transcurren los ritos iniciáticos de la Belleza. Pero ya Tabares nos aportaba nuevos hallazgos:

—En 1932, Elisabeth Mulder sigue siendo su principal valedora. Para entonces, Ana María ha publicado *Inquietud,* su segundo poemario, que a diferencia del primero casi pasó desapercibido. —Tabares chasqueó la lengua, deplorando las veleidades que rigen la consideración literaria, esa sucursal bursátil donde los índices fluctúan al dictado de la arbitrariedad—. Tampoco ella se molestó esta vez en promocionarlo, visitando de nuevo Madrid. Si se lo envió a sus promotores de antaño, Insúa, Cansinos, Ruano y Astrana Marín, todos le respondieron con el silencio administrativo. El pintoresquismo de aquella chica deportista a la que, además, habían elegido las musas, ya había sido explotado hasta la saciedad y no les daba para otro artículo. En Barcelona, algunas gacetillas triviales saludaron la aparición de *Inquietud,* pero sólo Elisabeth Mulder analizó el libro en profundidad en *La Noche.*

Era el único testimonio que alargaba la producción poética de Ana María Martínez Sagi. De nuevo, el artículo se iniciaba con un repudio de esa modernidad, hostil al auge de la genuina poesía y «cargada de fórmulas químicas, de superaciones mecánicas, de orientaciones positivistas y de problemas económico-político-sociales». Sobre esa queja de fondo, Elisabeth Mulder celebraba el advenimiento de «una flor extraña, una canción íntima que parece hecha para brotar, para aflorar a la superficie como un metal precioso»:

Éstos de Ana María Martínez Sagi son versos auténticos de auténtico poeta. Esta muchachita abrileña, proustiana fille en fleur *por la gracia de sus años tiernos, pero fémina madurada a soles de emoción por la plenitud de su espíritu intuitivo (de esos que nacen viejos), ha reunido bajo el título nervioso de* Inquietud *un interesantísimo ramillete de sensaciones, de vibraciones polifacéticas que van desde el rojo sangre de la pasión hasta el gris neblina del* spleen, *pasando por todos los azules del ensueño.*

Ana María Martínez Sagi es una espléndida bebedora de vida; a grandes sorbos, a pequeños sorbos; en primitiva violenta, en dilettante *exquisita, ella capta, asimila, caza y aprisiona cada partícula, cada átomo, cada corpúsculo, cada célula de vida y va formando con ellos su amalgama artística, su miel de abeja lírica, su polen de flor poética, su sensibilidad emotiva, su filosofía de pensadora, su romance de enamorada, su ironía de escéptica, su sonrisa de desilusionada, su amargura de mujer.*

Elásticamente, vigorosamente, ella coge todo esto y lo vuelca en sus versos. ¿Que estos versos son esencialmente subjetivos? No importa. La Ana María de los versos de Ana María, además de ser un temperamento centrífugo, es un temperamento centrípeto; además de reflejar, de reflejarse, es una maravillosa captadora de reflejos. Su poesía es ella. Pero ella es la vida, toda la amplia, profunda y desmesurada vida, con sus fascinantes acordes desarmónicos, con sus turbadores contrastes, con sus claroscuros, con sus puestas de sol, con sus auroras, con su pan y su sal de amor y de dolor, de esperanza y de desencanto.

La obra de Ana María Martínez Sagi es —naturalmente— una obra de juventud. No creo que su acento actual, su acento inicial, se inmovilice como acento definitivo. Los años traerán seguramente la serenidad relativa, el apaciguamiento... el cansancio. Y entonces este pulso de noventa pulsaciones será un pulso de sesenta pulsaciones; esta temperatura de cuarenta grados será una temperatura de treinta y ocho grados; esta velocidad de cien kilómetros por hora será una velocidad de sesenta kilómetros por hora. Es la resta inevitable que nos trae el tiempo en arte. Y si fuera solamente en arte... A veces con esta resta viene el olvido. A veces viene la gloria.

En esta tómbola de la serenidad que traen los años a Ana María Martínez Sagi le había correspondido un boleto con destino al olvido, al inhóspito y abisal olvido. Pero mientras la fiebre y la taquicardia de la juventud impulsaron sus acciones, Ana María vivió un espejismo de notoriedad. Su segunda visita a Madrid, en octubre de 1931, con motivo de la celebración del Primer Campeonato Femenino de Atletismo, formando parte de la selección catalana, acapararía el interés de la prensa, que la convirtió en emblema de un futuro amenazante o venturoso, dependiendo de la actitud que el periódico en cuestión mantuviese ante las tesis feministas. La conferencia que pronunció, a la conclusión del campeonato, en el Lyceum Femenino, promocionando la labor del Club Femení i d'Esports, produjo gran revuelo entre su auditorio, compuesto en su mayoría por señoras que aún entendían su liberación como una bula que les concedía el marido para tomar el té y jugar a la brisca con sus amigas. Ana María lanzó sus palabras como aldabonazos en aquel Madrid timorato que aún olía a cerrado y sacristía, a pesar de la instauración de la República,

La selección catalana de atletismo, en Madrid, el 23 de octubre de 1931. Ana María está sentada en el suelo, a la izquierda.

y a la mañana siguiente los rotativos ya las pregonaban con titulares jubilosos o furibundos. El diario *ABC* dedicó su portada el 30 de octubre de 1931 a aquella republicanita que, hacia el final de su perorata, superado ya el desconcierto producido por sus ideas (inéditas por aquellos pagos y, desde luego, muy disolventes y revolucionarias para la mentalidad del momento, aunque hoy nos parezcan inofensivas), fue recompensada con una ovación unánime y cerradísima. El cronista de *Ahora* reprodujo algunos pasajes de la conferencia:

> *El «Club Femení i d'Esports» es una organización esencialmente democrática a la que pertenecen las obreras y las empleadas con el mismo título que las estudiantes y las que ejercen profesiones liberales, sin jerarquías ni distinción de clases sociales. Una organización donde se proporciona a las muchachas de Barcelona los*

medios de practicar alegremente los deportes y la cultura física. Una organización abierta al mismo tiempo a todas las inquietudes culturales y políticas, donde se forja el espíritu moderno de la mujer catalana, dentro de un cuerpo que se trata de hacer sano y fuerte.

[...] A nosotras nos preocupa la muchacha de clase media y la chica obrera: encerrada la primera ocho o diez horas en la oficina; la segunda, prisionera de la fábrica o el taller, en una atmósfera malsana, obligada a un trabajo duro y agotador; estas muchachas que trabajan, que producen y que arriesgan su salud, sin posibilidad de restaurar sus energías, de divertirse con algo que efectivamente las distraiga y al mismo tiempo les reporte un beneficio espiritual. De estas mujeres no se había preocupado nadie en Barcelona, y mucho me temo que en España tampoco.

Y he aquí, pues, que unas cuantas muchachas animadas de una voluntad y un tesón sin límites, resolvimos crear con nuestro solo esfuerzo, animadas de un verdadero espíritu de comprensión y de compañerismo, esta entidad. Estipulamos la cuota mensual de dos pesetas. El primer mes recogimos la importantísima *cantidad de dieciocho pesetas. Ya era algo.*

Por supuesto, el «Club Femení i d'Esports» fue el centro de burlas y supuestas donosuras por parte de los sectores más contrarios al progreso, que hicieron dificilísima la labor inicial. Algunas de las que emprendieron el camino se cansaron, vencidas por los escollos que surgían a nuestro paso. Otras, en cambio, resistimos. Hoy el Club, en su tercer año de vida, cuenta con mil setecientas socias, y tiene local social, biblioteca bastante nutrida, gimnasio, campo de deportes junto a las montañas del Tibidabo y una playa, exclusivamente para nosotras, a veinte minutos de la ciudad.

¡Si supierais cuántas anormalidades, cuántas naturalezas débiles, cuántas constituciones enclenques hemos salvado! Una mujer médico cuida de la revisión de las fichas, para que cada socia practique la cultura física que le conviene. Seguidamente se duchan. ¡Si supierais qué regalo significa para la mayoría de ellas, que viven en casitas pobres, en viviendas míseras, éste del agua!

Ana María Martínez Sagi, en el Lyceum Femenino, portada de ABC.

Nos interesa la política; nos preocupa toda la cuestión social. Somos leales a la República y aspiramos a la disolución de las clases, del mismo modo que aspiramos a que en nuestro Club no haya jerarquías, sólo compañeras de verdad. Nos interesan también la li-

teratura y el arte en todas sus manifestaciones, y nos preocupa construir un futuro mejor.

La conferencia fue seguida de un recital en el que Ana María leyó poemas de un libro en preparación, seguramente *Inquietud*. Por aquel tiempo le arreciaban las ofertas para incorporar su firma a numerosas publicaciones. Eligió la revista *Crónica* como destinataria de sus reportajes, e ingresó como redactora en la plantilla de un diario barcelonés de reciente fundación, *La Rambla*, dirigido por Josep Sunyol i Garriga, que, bajo el lema «Sport y Ciudadanía», intentaba imbuir a la juventud más absorbida por el furor deportivo interés por las controversias políticas. El periódico (que se publicaba en catalán, en un gesto de identificación nacionalista) acogió a Ana María Martínez Sagi con una extensa entrevista encomiástica que Tabares nos tradujo aproximadamente en voz alta; transcribo aquí algunos pasajes —a pesar de su redacción más bien mostrenca, o al menos despoblada de pretensiones literarias—, porque sirve para fijar las inquietudes, las convicciones y los proyectos de alguien que, hacia finales de 1931, se halla en la cima de su celebridad:

Ana María nos ha facilitado extraordinariamente nuestra tarea. Nuestras preguntas, breves y concretas, han sido contestadas con una amplitud que nos ha satisfecho sobradamente. Ana María es periodista; sabe en qué consiste hacer una interviú, y, después de confesar que le agrada más preguntar que responder, ha contestado llana y extensamente a nuestro interrogatorio. [...]
—*¿Hace mucho tiempo que practica deporte?*
—*Sí, desde muy pequeña. Debuté jugando al fútbol. ¡Tendría que haberme visto! ¡Yo tenía siete u ocho años y mi primo, Sagi-Barba, y mi hermano —ambos llegarían a ser jugadores del Barcelona— me obligaron a hacerlo! ¡Qué partidazos en el corredor y la te-*

Ana María Martínez Sagi, recitando sus poesías en el Lyceum Femenino.

rraza de mi casa! Recuerdo que yo hacía de portero, y entre que no siempre mis paradas resultaban eficaces, y que mis movimientos no eran demasiado rápidos, de repente oía un estrépito y, ¡paf!, la pelota que iba derecha a una mesa que había al fondo, y los platos, las copas y las vinajeras quedaban hechos añicos. Eso cuando no me ponían un ojo morado o se me pelaban las rodillas, y el match no acababa conmigo llorando a lágrima viva. Después, y durante muchos años, me dediqué de lleno al tennis. Me entrenaba con frecuencia, tomaba parte en casi todos los torneos, y creo que al final llegué a hacerlo bastante bien. Gané unos cuantos trofeos, así que tengo tazas artísticas y lámparas para la mesilla de noche para dar y tomar. No obstante, es en la actualidad cuando practico deporte con mayor intensidad: basket, tennis, natación, atletismo y, en verano, remo.

—Y, díganos, ¿qué deporte prefiere?
—De todos ellos, el que más alegría y emoción me proporciona es el esquí. ¡Esos descensos a toda velocidad, con las consiguientes volteretas y caídas violentas!
—¿Y el que más quebraderos de cabeza le causa?
—¿El que más quebraderos? ¡Los lanzamientos! ¡Ese maldito peso, que no consigo arrojar más allá de los siete metros, y la jabalina, que se empeña en no pasar de los veinte! [...]
—No sabía que escribiese versos...
—Bueno, ¡pero esto no se lo diga a nadie! Es mi gran debilidad, y también mi máxima afición: escribir versos. ¿No le extraña? Pues parece que a mucha gente le hace cierta gracia que corra detrás de una pelota y lance la jabalina, y que después escriba sonetos. ¡Qué le vamos a hacer! Yo creo que el Deporte y la Poesía son perfectamente compatibles. ¿No le parece?
—Y, ¿cuáles son sus aspiraciones?
—¿Mis aspiraciones? ¡Espero que no se ría de mí! ¡Sueño, desde hace no sé cuántos años, con viajar a la Polinesia! ¡Esas islas maravillosas, que quizá no vea nunca, son una de mis obsesiones! Otra... hacerme un nombre como poetisa. ¡Puede que le parezca una ilusión pueril! Y, desde luego, me consideraré bien compensada si el «Club Femení i d'Esports» llega a ser con el tiempo, por su actuación y preponderancia y el prestigio de sus socias, una entidad al estilo de las que hoy admiramos en Inglaterra y Alemania.
—Hablemos ahora de...
—¡Ah! ¿Pero no hemos acabado ya? Decididamente, confieso que prefiero «interviuvar» antes que ser «interviuvada».
—No; hablemos, si no le importa, de política.
—¿De política? Me interesa mucho, aunque, por ahora, no soy más que una observadora atenta, a la expectativa siempre de lo que ocurre, y no tengo intención de tomar parte activa en ella; de intervenir en ella, en una palabra. El «microbio político» todavía no me ha atacado.
—Es usted feminista, ¿no?

—*¿Feminista? Sí, si por feminismo entendemos tener conciencia de nuestros deberes, derechos y responsabilidades, y saber conquistarlos y defenderlos, cuando llegue la hora, con nobleza y valentía. No se consigue nada pegando gritos y alaridos, y tampoco haciéndose las mártires y derramando unas cuantas lágrimas. No creo que haya necesidad de violencia, ni tampoco de compasión. Lo que hace falta es lealtad y comprensión, y con eso es suficiente para triunfar cuando la causa que se defiende es justa.*

* * *

No queremos abusar más de la amabilidad —exquisita amabilidad— de la señorita Martínez Sagi, y damos nuestra interviú —más propiamente monólogo, porque nuestra interviuvada nos la ha dado hecha— por acabada.

Antes —no hace falta decirlo— la felicitamos cordialmente por sus éxitos en Madrid, que no son otra cosa —a nuestro entender— que el prólogo de otros a los que está predestinada, tanto en el mundo de la literatura como en el del deporte.

Las respuestas de Ana María Martínez Sagi (muy en especial las alusivas a las cuestiones más peliagudas, sobre su adscripción política o su actitud ante el feminismo) estaban lastradas por una cierta tibieza, o quizá por esa escarmentada reserva de quien se previene contra los titulares amañados. A fin de cuentas, ella conocía, por razón de su oficio, las tergiversaciones que permite la entrevista, ese género que se presenta como una copia literal de las palabras que otro pronunció, y que en el fondo aspira a registrar apenas su desvanecido eco. Todavía Tabares nos tenía reservada una última sorpresa que agigantaba el carácter pionero de Ana María Martínez Sagi, siempre en la avanzadilla de una coyuntura social que, si no favorecía, al menos admitía perezosamente el ingreso de la mujer en áreas que hasta entonces le habían sido vedadas. Hacia 1934, el Fútbol Club Barcelona atravesaba una crisis que manchaba por igual la memoria de sus recientes hazañas en el césped (esas hazañas en las que habían participado su hermano y su primo, con goles y galopadas que aún evocaban los socios) y la ecuanimidad y solvencia que la extinta directiva presidida por Joan Gamper había impuesto en los despachos (directiva fundacional a la que, por cierto, había pertenecido, desde el mismo año 1899, el padre de Ana María, el empresario textil José Martínez Tatxé). Dicha crisis había convertido la asamblea de socios del club en un semillero de desconfianzas y contiendas dictadas por el apasionamiento, esa careta con la que muchas veces se disfraza el ánimo de lucro. Para remediar esta situación insostenible donde varias facciones adversas se disputaban el control del club, un grupo de socios apeló a una solución extrema, consistente en otorgar un voto de confianza a Josep Sunyol i Garriga, el director y propietario de *La Rambla,* para que designara una nueva junta directiva que, con el asentimiento de la asamblea, volviese a instaurar el raciocinio y la cordura donde se habían entronizado la mala fe y la incompetencia. Sunyol propuso un consejo presidido por Esteban Sala, en el que él mismo figuraba como vocal, y en el que se repescaba a alguno de los miembros de la directiva saliente, a la vez que se captaban personalidades de renombre y prestigio, como Francisco Casals, ex consejero de la Generalitat, o Agustín Bo, que había engrosado la junta fundadora del club. Una candidatura de consenso que fue aprobada unánimemente, en junio de 1934, y que incorporaba una revolucionaria novedad: por primera vez en la historia todavía sucinta de este deporte, una mujer desempeñaba un cargo de responsabilidad en un equipo de fútbol. Ana María Martínez Sagi aceptó el reto después de que Sunyol i Garriga le insistiera mucho y le prometiese, con el aval de su amistad, que su cargo no sería meramente ornamental, y que tendría carta blanca para organizar la participación femenina en el club, hasta entonces inédita. El día de la toma de posesión, a la conclusión del acto, una Ana María todavía confusa y acoquinada por la responsabilidad que se acaba de arrojar sobre sus hombros es abordada por los reporteros de *La Rambla*:

> *En el Consejo Directivo del Fútbol Club Barcelona figura por primera vez —y sin duda se trata del primer caso entre los clubes de fútbol de Cataluña y de la península— una mujer. Si la mujer ocupa lugares de responsabilidad en la política del país, si se ha permitido su acceso al foro y a la clínica, no había razón para prescindir de ella en la dirección de los organismos deportivos, mayormente cuando, en el terreno práctico del deporte, nuestra mujer se ha mostrado capacitada.*
>
> *Porque —una vez abierta la puerta a la mujer— había que elegir a una que estuviese de sobra capacitada. Y hemos de confesar que, si el hecho estricto de colocar a una mujer en el Consejo Directivo nos agrada desde el principio, el hecho concreto de la persona elegida nos satisface de manera absoluta. Ana María Martínez Sagi reúne todas las condiciones exigibles a un miembro directivo de una entidad como el Fútbol Club Barcelona. Poseedora de una vasta cultura, vive intensamente el deporte y es una de las mujeres catalanas más dinámicas. Ana María Martínez Sagi practica diversos deportes, y ha sido una de las principales animadoras de esa institución admirable que es el «Club Femení i d'Esports». Su dinamismo nos la presenta igualmente tecleando la máquina de escribir en la oficina o remando en el puerto, pronunciando conferencias, jugando al baloncesto o escribiendo reportajes.*
>
> *Le hemos preguntado por sus proyectos, pero, de momento, no ha querido responder de una manera concreta. Tiene plena conciencia de las dificultades del puesto para el que ha sido elegida y se ha limitado a responder:*

—*La primera sorpresa* —*si es que mi designación ha sorprendido a alguien*— *la tuve yo misma cuando el amigo Sunyol me preguntó si aceptaba formar parte del Consejo Directivo del Barcelona. Francamente, no se me había pasado por la cabeza que algún día pudiera llegar a ocupar este cargo. No porque lo considere más o menos importante, sino simplemente porque no había entrado en mis cálculos. Mi primer impulso y mi primera respuesta consistieron en negarme a aceptar el ofrecimiento que, no hace falta decirlo, agradecí muchísimo por lo que significaba. Pero a la postre cedí. Precisamente, por entender que la mujer* —*nada más que por el hecho de ser mujer*— *no debe quedar al margen de las actividades, de las inquietudes, de las zozobras de la vida cotidiana. Y aquí me tiene, por obra y gracia del amigo Sunyol y con el beneplácito de los socios, convertida en directiva del club que tanto estimo.*

—*Pero* —*insistí*—, *sus proyectos...*

—*No tengo otro proyecto que cumplir lo mejor posible con mi deber, trabajar, corresponder a la confianza de quienes me han otorgado...*

—*No obstante* —*continué*—, *alguna cosa concreta, alguna actuación determinada debe interesarle de una manera especial.*

—*Concretada así la pregunta, le responderé de manera concisa. Mi ideal* —*ahora que me encuentro en este puesto*— *es trabajar por el mejoramiento físico y moral de la mujer. Establecer, entre otras cosas, clases de gimnasia para mujeres. Preparar a conciencia a las jóvenes que deseen dedicarse al deporte, protegiéndolas del peligro que representa actuar sin control ni reconocimiento previo. Organizar cursos, conferencias, excursiones, hacer, en fin, una labor cultural y eficiente en todos los aspectos, sin olvidar nunca a la mujer. Éstos son* —*digamos, finalmente*— *mis proyectos e ilusiones. Eso, y colaborar con la máxima buena voluntad en las labores de gobierno del club. Un soldado disciplinado dentro del Consejo, como lo he sido hasta ahora entre las filas de los socios anónimos.*

Ana María no ha querido decirnos más. Nos hacemos cargo de su actitud. No se trata de una mujer que hable por hablar y más *que en la exposición de sus proyectos hemos de admirarla, bien pronto, en la realización de los mismos.*

Por el suelo se desparramaban las fotocopias que Tabares nos había ido tendiendo, como una sementera de octavillas que alguien hubiese arrojado desde los desvanes del cielo. Nos adentrábamos ya casi en la madrugada, pero el sueño había huido de nuestros párpados, y su hueco lo colmaba una especie de ingravidez en la que revoloteaban, como teselas de un mosaico, la constelación de nuevos datos que Tabares acababa de sumar a nuestra búsqueda. Cerró la carpeta mugrienta (que ahora, vaciada de su tesoro, parecía un caparazón hueco) y encendió un cigarrillo que se llevó a los labios lívidos, tan lívidos como la noche que ya se resquebrajaba con la primera claridad.

—Ana María al final no pudo realizar todos esos proyectos —dijo o farfulló, pues el humo que se tragaba como si fuese una medicina apenas dejaba resquicio a las palabras—. En menos de un año ya había dimitido. La asamblea de socios no aprobaba sus propuestas y se tuvo que largar, asqueada de tanta virilidad cejijunta. Se conoce que el fútbol ya empezaba a ser lo que ahora es, un páramo cultural y una escuela de gregarismo.

Jimena asintió a su invectiva, pero permaneció en silencio durante un par de minutos, al igual que yo mismo, digiriendo el caudal de información y tratando de encajarlo, con un esfuerzo de síntesis, sobre el molde o bosquejo de lo que ya conocíamos. A falta todavía de leer sus recónditos libros de poemas, poseíamos pistas suficientes para completar el retrato de Ana María Martínez Sagi, en los años comprendidos entre 1930 y 1936, un trecho de su vida pleno de iniciativas y contrastes en el que se había conformado su riquísima personalidad y donde se habían delimitado sus preocupaciones: la poesía, el periodismo, el deporte y la promoción social de la mujer. Aunque aún subsistían algunas incongruencias y algunos terrenos fronterizos a su biografía que permanecían en penumbra (como su amistad con Elisabeth Mulder, que parecía conocerla mejor que nadie), lo cierto es que aquellos años de actividad desenfrenada adquirían ese orden felizmente simétrico de los jardines cuidados. Faltaba, sin embargo, dilucidar sus orígenes, la concatenación de circunstancias que habían hecho de la hija de buena familia que jugaba partidos de fútbol en el pasillo de su casa con su hermano y su primo la joven dedicada al cultivo de las musas y al apostolado de la cultura física y a la defensa de la mujer, más allá de estamentos sociales. Faltaba, también, saber qué había sido de aquella joven que se declaraba republicana, a raíz de la Guerra Civil, y si la abolición de ese mundo que ella se había atrevido a formular, siquiera con el deseo, le había acarreado la persecución o el exilio o la muerte, o sólo (pero a veces el castigo menor es también el más oneroso) la resignación tenaz del ocultamiento, el acecho aflictivo de saberse íntimamente depurada y de tener que renegar de unas convicciones libremente elegidas. Pero estas lagunas que anegaban la existencia de Ana María Martínez Sagi quizá ya nunca serían arrebatadas al olvido, porque al día siguiente tendríamos que regresar a mi ciudad levítica. A la renuncia a proseguir la investigación se sumaba, además, la renuncia a Jimena, que se quedaría en su torreón de Tirso de Molina, como encastillada en un faro de lejanías, y que al principio me telefonearía con cierta asiduidad, y me enviaría cartas animosas o compungidas, para después ir espaciando las llamadas y las cartas e irse disgregando en ese igualatorio olvido que nos comprendería por igual a ella y a Ana María y a mí. Saqué la cabeza por el ventanuco del torreón y aspiré el aire funeral del amanecer, para que Jimena y Tabares no detectaran la súbita irritación que había aflorado a las comisuras de mis párpados, como un anticipo de las lágrimas. No había estrellas en el cielo, en Madrid nunca hay estrellas en el cielo.

—Desde Madrid va a resultar mucho más sencillo proseguir la investigación —dijo Tabares, con una pachorra que preferí pensar que nacía de la ignorancia, y no del sarcasmo. Dejé que la caricia del rocío me borrase los instintos homicidas que en ese momento me asaltaron.

Jimena se apresuró a acallarlo:

—No hurgues en esa herida, Joaquín. No hemos conseguido que Leonardo Gago se comprometa en firme —se le quebró la voz. Era un consuelo pírrico, ahora que ya nada tenía remedio, saber que a ella también le dolía la separación—. De hecho, la cena era un poco en plan de despedida. Por mí podría quedarse, yo no tengo inconveniente en que siga viviendo conmigo hasta que encuentre un trabajo, pero a él no le da la gana. El típico orgullo imbécil de los hombres, que en seguida tenéis miedo de que os llamen mantenidos. Con mi sueldo no se pueden hacer milagros, pero donde come uno comen dos, al menos por una temporada.

Hablaba como si yo hubiese dejado de existir, o como si intentara convencer a mi sombra, a los despojos que quedaban de mí, después de haber sufrido la humillación de que Gago no me hubiera querido emplear. En la marquesina de los autobuses, arrebujada entre cartones, dormía la china (perdón, quiero decir oriental) que me había vendido la flor anémica con que obsequié a Jimena, tres semanas atrás. La reconocí porque la luz de una farola se proyectaba sobre un ramo de rosas envueltas en celofán que sostenía en su mano mínima y exhausta. Tabares soltó una risita alevosa:

—Es que no sabéis ser convincentes. No se os puede dejar solos.

Aquel comentario, tan monstruosamente cruel, me su-

blevó. Tomé una bocanada del aire exterior, que me supo a flores maceradas y a cementerio, antes de volverme y estallar:
—¡Vete a la mierda, Joaquín! Lo hemos intentado y no ha podido ser. No pienso aguantar más desaires de ese tipo. Mañana recogemos los bártulos y nos piramos.

La risita alevosa degeneró entonces en una carcajada sin ambages que le retumbó en la papada, como si fuese un gorgoteo.

—Si te sigues descojonando, te juro que te mato.

Jimena se abalanzó sobre mí, interponiéndose como un blando parapeto ante mi ira. Recibí el calor gemelo y breve de sus senos, que agravó mi sentimiento de pérdida.

—De pirarnos nada, majete. Nos quedamos —dijo Tabares—. Hablé con Leonardo Gago hace ya más de una semana, y conseguí que nos empleara a los dos, por cuatro pesetas y de extranjis, o sea, que se niega a firmar contratos y a pagarnos la seguridad social. Por eso, cuando le sacabais el tema en la caseta, el muy mamonazo se hacía el remolón, para que su clientela no se enterase de los chanchullos que se trae entre manos.

El calor que me procuraba Jimena seguía siendo breve y gemelo, pero ahora era un calor promisorio que confutaba mi anterior sentimiento de pérdida. La vi sonreír, y era una sonrisa de ángel guardián. La sonrisa de Tabares, en cambio, era la del arcángel más gordo y trapacero del paraíso, una sonrisa beatífica que parecía robada de las ensoñaciones católicas de Chesterton.

—¿Y durante cuánto tiempo piensas dejar abandonada tu librería?

—Hasta que aclaremos este asunto. —Se había repantigado en el diván, como aguardando que lo encaramasen a la hornacina de un altar—. Por cierto, además de catalogar libros, he convencido a Gago para que nos deje colaborar en su revista.

Jimena recolectaba las sobras de las botellas de vino, para ensayar un brindis, mientras el legañoso sol ya asomaba entre los edificios de Lavapiés.

—¿Y con qué colaboraremos?

—Con entrevistas. Ya lo he convencido para que nos deje hacerle una a ese tipo del que hablabas, el poeta Pere Gimferrer. De paso voy a aprovechar para pegarle cuatro gritos, por no haberte querido publicar los cuentos. Con los cuentos tan cojonudos que escribes.

Apoyó el cogote en un cojín que había rescatado entre el caos de papeles que alfombraba el suelo. Cuando cerró los párpados, ya se había quedado dormido.

VII

EL FUEGO EN QUE ME CONSUMO

La nave alquilada por Leonardo Gago para cobijar la millonaria biblioteca de Ireneo Cruz se alzaba en mitad de la noche, como un buque derrelicto cuya tripulación hubiese huido despavorida, al comprobar que la mercancía estibada en la bodega empieza a multiplicarse, durante la travesía, invadiendo los camarotes, colonizando la cubierta como una marea efervescente y voraz. Varada en la margen derecha de la carretera de Irún, en un descampado erizado de abrojos y desperdicios, la nave emergía de repente, tras un cambio de rasante, con su tejado de uralita y sus paredes de hormigón, alumbrada de soslayo por una farola que derramaba su luz sobre la cuneta. El autobús que cubría aquel trayecto suburbial se había vaciado de guardajurados que trabajaban en el turno nocturno, vigilando otros edificios más lujosos de los alrededores, de cristales ahumados y letreros de neón que anunciaban compañías informáticas, laboratorios químicos, sedes bancarias en cuyos sótanos seguramente se guardarían depósitos de dinero negro. A veces, el conductor del autobús volvía la cabeza, o nos escrutaba a través del espejo retrovisor, temeroso de que fuésemos a asaltarlo, jeringa en ristre, para llevarnos la calderilla del pasaje, pero se tranquilizaba al distinguir a Jimena, ataviada con su bata o guardapolvo azul mahón, que tenía un aspecto de obrerita pulcra y ensoñadora. Tabares, en cambio, a medida que se prolongaba nuestra estancia en Madrid, había exagerado su catadura desaseada, afeitándose sólo una vez por semana y extendiendo esa misma periodicidad a la renovación de la indumentaria; sus camisas estampadas de floripondios o tías macizas, y la barba facinerosa que le crecía desde los pómulos hasta la gorja, sepultando su doble o triple papada, lo emboscaban de tendencias delictivas que desmentían su sonrisa cachazuda. La nave de Leonardo Gago parecía cernirse sobre nosotros, por un curioso efecto óptico, como si el autobús hubiese detenido la marcha y fuese ella, navegando a la deriva, la que amenazaba con embestirnos.

—¿Preparados para meteros en el horno crematorio unas cuantas horitas? —bromeaba Tabares, cuando ya el autobús nos había dejado en el arcén, y enfilaba hacia una rotonda que le permitiría cambiar de sentido.

El verano se había adelantado aquel año en Madrid, con un calor incivil, canicular y sedentario que infringía la maltrecha capa de ozono, rebotaba sobre el asfalto y luego ascendía, como un alma viscosa, para acomodarse en la nube de polución que sobrevolaba la ciudad. Las temperaturas de hasta cuarenta grados que se alcanzaban a primeras horas de la tarde se almacenaban en la nave de Leonardo Gago, cuyas paredes de hormigón hacían, en efecto, las veces de un horno crematorio. Sólo a la caída del sol se podía entrar allí sin peligro de cocimiento, y aun a riesgo de perecer por deshidratación, o de ahogarse en aquella atmósfera que fundía el calor fermentado y en conserva con esa humedad polvorienta y rancia que exhalan los libros viejos. Para acceder a la nave, había que brincar por encima de una cuneta que más bien parecía un barranco, atravesar el descampado florecido de cardos borriqueros que alcanzaban una frondosidad de maizal, sortear las inmundicias que se quedaban prendidas entre los cardos (bolsas de supermercado, sobre todo, pero también incongruentes condones, quizá utilizados por jovencitos con vocación de faquires) y ya, por fin, encajar la llave en la cerradura del portón metálico, labor nada nimia, pues la remota farola apenas nos alumbraba y la luna no comparecía en el cielo contaminado ni por recomendación de los astrónomos. Franqueado el portón, Jimena tanteaba los ásperos bloques de hormigón, hasta dar con el interruptor de la luz.

—Manos a la obra —decía Tabares, con más recochineo que alborozo.

Ninguna ventana inmutaba la nave de Leonardo Gago. Sólo unos respiraderos elaborados rudimentariamente, por el sistema nada sofisticado de intercalar un esporádico hueco entre las monótonas hileras de bloques de hormigón, renovaban el aire. En aquellos respiraderos habían anidado las golondrinas: la luz fluorescente que, tras algunos titubeos, se adueñaba de la nave, alteraba su reloj vital y las mantenía despiertas en lo que quedaba de noche, lanzándolas en vuelo rasante (a veces sus alas rozaban el tejado de uralita, con un aleteo de murciélagos o ánimas en pena) sobre las polillas que no tardaban en pulular por allí. Antes del amanecer, ahítas y extenuadas, las golondrinas volvían a sus nidos y descabezaban un sueño extemporáneo. La nave de Leonardo Gago era una celebración del caos: cientos o miles de cajas, la mayoría sin desembalar, se amontonaban sobre el suelo, formando torres titubeantes o demolidas, escaleras interrumpidas cuando apenas alcanzaban media docena de peldaños, zigurats concebidos por algún arquitecto borracho; otras se desperdigaban como escombros de una civilización antiquísima, la civilización de la lectura, anterior al descubrimiento de las imágenes animadas y arrumbada para siempre en esos márgenes donde sobreviven las especies en peligro de extinción. Los libros ya catalogados (apenas un exiguo afluente, frente al océano todavía ignoto) se apilaban al fondo, en cajas numeradas que me recordaban los sillares de una iglesia románica. En mi primera visita a la nave, me acometió un asombro casi cósmico y la certeza de enfrentarme a una tarea que quizá requiriera el concurso de varias generaciones; luego, ese asombro y esa apabullada certeza irían degenerando hacia una especie de aprensión o zozobra, similar a la que debe de sufrir quien atesora riquezas, a sabiendas de que la tacaña vida no le concederá días suficientes para disfrutarlas. Este malestar se agravaba al considerar que aquella inverosímil biblioteca recolectada por el exiliado Ireneo Cruz era un vasto cementerio en el que cada libro constituía una emanación del espíritu de quien lo hubiese escrito. Una percepción, si se quiere, supersticiosa que ya había experimentado en presencia de otras bibliotecas, sometidas al orden de los anaqueles, pero que, en contacto con aquellos libros que habían cumplido un itinerario de ida y vuelta a través del Atlántico, se hacía más vívida, hasta infundirme un sentimiento próximo al miedo. Las almas migratorias de los libros impregnaban el aire enrarecido de la nave con su aleteo inmaterial (más profuso aún que el aleteo de las golondrinas), tan inmaterial como un remordimiento o una reminiscencia. Mientras desempaquetaba aquellos libros aún mareados por la travesía en barco, me sentía como un profanador de tumbas. No sé si esto debe entenderse como una enfermedad o como una sutileza del espíritu.

Como Leonardo Gago sólo había instalado dos ordenadores en la nave, uno de nosotros quedaba encargado de desembalar cajas y de ir suministrando libros a los otros dos, que los catalogaban con fichas que incluían precisiones un tanto puntillosas: había que señalar las medidas del libro; sus deterioros, imperfecciones o peculiaridades (si tenía estampado un ex libris, si la encuadernación era defectuosa, si se trataba de un libro intonso, si algún dueño anterior y rapaz le había desgajado alguna hoja); y, por supuesto, su procedencia y pedigrí, detallando el lugar y la fecha de impresión. Tabares, además de esta copiosa información bibliográfica, incluía algún comentario sobre el libro en cuestión, que se pretendía explicativo y era casi siempre extravagante. Enjuiciaba con severidad los méritos de los autores consagrados, despachando su prestigio con menciones esquinadas y despectivas, y exaltaba a los mediocres y desconocidos (sobre todo si habían pertenecido a la cofradía bohemia) con ditirambos desmedidos y casi paródicos. Incluso se atrevía a tasar los libros, con la secreta esperanza de que aquellos precios abusivos o ínfimos descabalasen las cotizaciones que rigen el mercado del libro antiguo.

Se notaba, a juzgar por el regocijo que le producían estas falsificaciones veniales, que Tabares hubiera seguido de buen grado en aquel empleo durante años, cobrando el consternado sueldo que nos repartía Gago, con el que apenas podía pagarse el alquiler de una habitación en la pensión del paseo del Prado (los cocidos en las tascas, que constituían su inamovible dieta, los sufragaba de su bolsillo). A mí, en cambio, el trabajo comenzó a aburrirme e impacientarme al cabo de un mes, así que llegué con Tabares al acuerdo de que él me sustituyera ante el ordenador (transacción que aceptó encantado, pues le permitía multiplicar por dos sus travesuras bibliográficas), mientras yo haraganeaba por la nave, explorando el contenido de las cajas y haciendo catas a los libros que juzgaba de interés. Como disponía de extensiones de tiempo como latifundios, empecé a leer algunas novelas de aquella desconocida Elisabeth Mulder que había bendecido a Ana María Martínez Sagi por esparcir un «puñado de estrellas / sobre las cosas feas / de la vida». Jimena me proporcionó casi una docena de libros de Elisabeth Mulder que había catalogado unos meses antes, en su mayoría novelas publicadas en la década de los cuarenta que destacaban sobre ese clima de novela parroquial o tremendista —y, en cualquier caso, mal ventilada— que caracteriza los años de nuestra posguerra, para aventurarse por los vericuetos de la introspección, el cosmopolitismo y cierta captación de elementos ambientales que la aproximaban a un Somerset Maugham. También incluía aquel lote de libros suministrados por Jimena algunas entregas poéticas de Elisabeth Mulder, anteriores a la Guerra Civil, donde se empezaba a perfilar la escritora atormentada por un mundo interior que, como ella misma había escrito, refiriéndose a su amiga Ana María, era a la vez fuego y herida. «Abrasada en mi misma llama / y asfixiada en mi mismo humo / en vano la paz mendigo / porque ha de morir conmigo / el fuego en que me consumo», confesaba Elisabeth Mulder en algún lugar, y mi propósito, durante aquellas noches, consistió precisamente en torcer aquel desiderátum y avivar otra vez ese fuego que había querido llevarse a la tumba, ese fuego cuyo calor sin duda habría bautizado a Ana María Martínez Sagi, siquiera por aproximación.

Ahora que ya nuestra búsqueda se ha completado, me sorprendo al comprobar cómo la intuición —esa variante deductiva y fulminante del sentimiento— guió a veces nuestro descarriado rumbo. Desde que escuché por primera vez el nombre patricio de aquella mujer, supe que el destino de Elisabeth Mulder tenía que estar ligado, de algún modo que aún no acertaba a discernir, al de Ana María Martínez Sagi. La feliz elocuencia de nuestros descubrimientos acabaría confirmando esta intuición. Tuve la suerte de toparme, entre la escombrera de cajas que aguardaban nuestro escrutinio, una colección bastante completa de *Lecturas*, una publicación mensual, editada en Barcelona en los años treinta, que digería las enseñanzas de las revistas noveleras fundadas por Eduardo Zamacois dos décadas atrás, adaptándolas a los gustos folletinescos del público femenino. En enero de 1932, *Lecturas* solicitó a sus colaboradoras más asiduas una reflexión que respondiese a la pregunta: «¿Cómo soy yo?». Las escritoras más rutinarias y cursis se despacharon a gusto —ya se sabe que la vanidad puede ser un subgénero del fárrago—, enhebrando sus autorretratos con los hilos de la petulancia y la retórica más empalagosa. En contraste con tanto piropo narcisista, Elisabeth Mulder solventaba el compromiso con un laconismo máximo. «Gris», era el epíteto que empleaba para definirse, pero junto a una respuesta tan pudorosamente modesta, comparecía una fotografía de la autora, desmintiendo cualquier atribución de grisura.

Reconoceré que, al contemplar por primera vez los rasgos de Elisabeth Mulder, me acometió una especie de enamoramiento pueril y platónico. Su rostro, teñido de tonalidades sepias, era de una belleza ritual y turbadora, con algo de *madonna* renacentista y algo de actriz de cinematógrafo que se hubiese propuesto sobrevivir al tránsito del mudo al sonoro adoptando una pose de esfinge. Era por entonces Elisabeth Mulder, a juzgar por la fotografía (algo desvaída ya, como si el alma de la retratada hubiese transmigrado, abandonando el papel cuché), una mujer de veintitantos años, en cuyos rasgos aún se avecindaba la juventud, pero cuya mirada, de una serenidad doliente, parecía haberse asomado a ese abismo sólo accesible a los espíritus selectos, donde se agolpan las pasiones que no se osan pronunciar y las inquietudes más acendradas. Tenía el pelo aproximadamente castaño, partido en crenchas y recogido en un moño, la frente todavía no profanada por las arrugas coronando el óvalo perfecto de su rostro, los ojos diáfanos y sin embargo sugeridores de algún tenebroso secreto, la nariz de una rectitud casi fanática y la boca como emboscada en sí misma, de una voluptuosidad arisca subrayada por el carmín. Era un rostro de facciones redondeadas que reposaba sobre un cuello soberbio, igualmente preparado para soportar el yugo del sufrimiento y para modular la queja del deseo. No me sorprendió tanto su belleza irrebatible —infrecuente en el gremio de los escritores— como su condición de arquetipo eterno, preservado de la veleidad de los cánones estéticos. Contemplando aquel retrato, comprendí que Elisabeth Mulder había debido de ser una mujer que escondía un espíritu al acecho, en perpetua complicidad con las esencias puras; como si, bajo su carne de apariencia angélica, hubiese atesorado un fantasma blanco e inquisitivo que la transportara hasta regiones vedadas al resto de los mortales.

Me afané por rescatar ese fantasma alado del purgatorio de desidia en el que yacía. Un purgatorio que, además, le había sido adjudicado a despecho de una obra nada trivial, con al menos media docena de títulos que merecían una revisión desprejuiciada. «La gran novela desecha más que aprovecha y el gran novelista debe tener bastante más de filtro que de esponja», había escrito Elisabeth Mulder, en una de las escasas ocasiones en que se había resignado a enunciar su poética. En su obra encontramos siempre el refrendo de ese propósito, traducido en una vocación para el matiz psicológico que, sumada a su preferencia por los escenarios foráneos o aristocratizantes —lo cual no le impedía, de vez en cuando, descender al légamo de la pobreza— y a la muy sutil puesta al día que muchas de sus novelas proponen del molde folletinesco, explican su postergación inmerecida.

Había que atender a su genealogía trashumante para explicarse la singularidad literaria de Elisabeth Mulder. Había nacido en 1904 en Barcelona, en el seno de esa burguesía ya extinta que supo conciliar los intereses pecuniarios y la devoción al arte. Su padre, Enrique Mulder García, era holandés de madre española, y, aunque había heredado títulos nobiliarios, pudo permitirse el esnobismo supremo de no ostentarlos nunca, repartiendo sus intereses vitales entre el ejercicio de la medicina y sus aficiones más arraigadas, que incluían el trasiego del atlas —una preferencia que inocularía a Elisabeth, su unigénita— y el cultivo diletante de la pintura. Su esposa, Zoraida Pierluisi Grau, era una portorriqueña de ascendencia italiana y catalana, entre cuyos ancestros se contaba el célebre organista Giovanni Pierluigi da Palestrina. De este entrecruzamiento de razas y geografías podría proceder esa rara belleza de Elisabeth Mulder, en la que parecen conjugarse cierta frialdad altiva y septentrional y una calidez fisonómica patrimonio de latitudes más tropicales.

Su infancia se repartió entre Barcelona y Puerto Rico, donde sus progenitores regentaban una hacienda dedicada al cultivo de la caña y el algodón; de aquellas largas estancias había dejado Elisabeth Mulder constancia en su novela *El hombre que acabó en las islas* y en el cuento «Rosina y los fantasmas» —recopilado en el volumen *Una china en la casa y otras historias*—, aunque no sea la suya una evocación estrictamente autobiográfica, sino más bien afectada por ese anhelo de libertad y desasimiento que siempre caracterizó a la autora. Puerto Rico se erige en su particular imaginería como una utopía agreste y recóndita, ese último refugio en el que aún es posible exiliarse, huyendo de las ataduras de la civilización. Y Elisabeth Mulder fue, sobre todo, una mujer desligada de ataduras, desgajada casi de sí misma, sin otra servidumbre que su arte. La frase de Paul Geraldy que figura en el frontispicio de su novela corta *La historia de Java* podría entenderse como un estricto lema vital: «Un esprit vraiment superieur n'est jamais tout à fait dominé par l'amour.» La formación casi autodidacta de Elisabeth Mul-

Elisabeth Mulder.

der, o al menos ajena a las convenciones pedagógicas de la época, iba a prefigurar el talante de la escritora, alejado de escuelas y conciliábulos. Aunque encauzado por preceptores, su aprendizaje fue un trayecto solitario y perplejo por los caminos de Europa y por los anaqueles pobladísimos de la biblioteca familiar. A propósito de su relación durante la infancia con el lenguaje, esa música de signos al principio indiscernibles que luego se iba a convertir en su herramienta de trabajo, Elisabeth Mulder escribirá muchos años después, en un libro colectivo titulado *El autor enjuicia su obra* (Editora Nacional, Madrid, 1966):

Porque la verdad es que yo casi aprendí antes a escribir que a leer, y que si dominé rápidamente el juego de combinar las palabras formando frases, en cambio llegar a conocer las letras y formar las palabras fue un proceso largo, incluso doloroso por la tensión a que me sometía. No he conocido jamás a una criatura más torpe, más densa para las letras ni más temerosa de ellas que yo. Fui la justificada desesperación de mis padres y educadores y si no se me aplicó el denominativo de retrasada mental es porque no se usaba todavía corrientemente, pero sospecho que el de burra debí ganármelo muchas veces. Muchas.

Yo no creo, la verdad, que fuera retrasada mental, o por lo menos eso espero, pero algo raro sí debía de ocurrirme para que se produjese en mi cerebro aquella enorme dificultad de asimilar las letras. Quizá era una intuición premonitoria de las inquietudes que más tarde iban a causarme. El caso es que empezaron a enseñármelas pronto, es decir, a la edad normal, y tenía siete años cumplidos cuando se consiguió al fin «metérmelas en la cabeza», como vulgarmente se dice. Ahora bien, en cuanto yo tuve la facultad de mover aquel resorte mágico, o sea, de construir palabras que tienen un sentido, con aquellos dibujitos impenetrables hasta entonces que eran las letras, el misterio de la expresión escrita se me abrió de pronto, deslumbrante, como un arca tosca y extraña cuya tapa, al alzarse, deja ver el más soberbio tesoro de pedrerías y metales preciosos. Allí hundí mis manos en el acto con un voraz deseo de posesión. Manejar aquel mundo increíble, aquella materia fabulosa, constituía para mí un apasionante juego cuyo nombre yo ignoraba entonces. [...]

Hoy lo sé: se llamaba vocación. Y la niña torpísima que tanto tardó en saber leer, tardó tan poco en saber escribir que a los siete años, a la misma edad en que aprendió a hacerlo, materialmente escribió su primer cuento, de argumento real, basado en un suceso de su propia familia.

Esta sombra de precocidad la acompañaría también durante la adolescencia, que consumió en lecturas áridas, despreciando otros pasatiempos quizá más acordes con su edad. A los quince años ya escribía poesía con cierto tino, pues su composición «Circe» gana el primer premio en los Juegos Florales celebrados en Barcelona, a los que concurren escritores ya talluditos. Como Elisabeth Mulder no acude a recoger el premio, y como los periódicos locales para los que empieza a colaborar por entonces admiten que les envíe por correo sus artículos, empieza a propagarse por los mentideros literarios el infundio de que Elisabeth Mulder es un pseudónimo bajo el que se encubre algún prócer o diplomático jubilado que prefiere velar su identidad por modestia o pudor, esas manifestaciones susurradas de la vanidad. Los artículos de aquella Elisabeth Mulder apenas púber abarcan la crítica pictórica y el análisis de la actualidad internacional, la efeméride literaria y la ensoñación paisajística —siempre como símbolo de las ensoñaciones del alma—; leídos hoy, causan pasmo por sus alardes eruditos y sus observaciones sutilísimas: sólo el tono candente y exaltado de la prosa, muy próximo a la invocación lírica, nos suministra alguna pista sobre las circunstancias biográficas de la muchacha que los escribió. Coetáneo de estas escaramuzas periodísticas, será su aprendizaje del italiano y del francés, el inglés y el alemán; tanto exceso políglota —que también comprendía el ruso— lo encauzaría más tarde a través de traducciones mastodónticas y de un conocimiento panorámico de las literaturas extranjeras que contrastaba con el clima de ignorancia palurda que se respiraba por estos pagos. Pero antes Elisabeth Mulder tendría que profesar los noviciados de la poesía y el matrimonio, de los que la providencia o la fatalidad le harían pronto desertar.

En 1921, con apenas diecisiete años, se casa con Ezequiel Dauner, un abogado que ha colgado la toga para consagrarse a los negocios y a la política municipal, esos vasos comunicantes. Pertenecía Dauner, como los propios padres de Elisabeth Mulder, a esa burguesía ilustrada que, después de fatigar las encrucijadas de Europa —su apellido pregonaba una ascendencia austríaca— se asentaba en Cataluña, atraída por la prosperidad de su industria textil. Dauner, que aventajaba en treinta años a Elisabeth Mulder, no creo que fuera el esposo anhelado por la escritora. Ni siquiera un talante tan poco proclive a las efusiones amorosas como el de Elisabeth Mulder justifica la ausencia de la figura marital en las composiciones que por entonces estaba escribiendo, salpicadas en cambio por un cierto orgullo desdeñoso hacia el hombre, cuando no una repulsa mórbida —muy adecuada para las interpretaciones psicoanalíticas—, como la que exhala el poema «El pulpo», de su libro *Sinfonía en rojo* (Editorial Cervantes, Barcelona, 1929):

> *Una noche soñé que un pulpo me quería.*
> *¡Oh, la indecible angustia de aquella aberración!*
> *Nunca he sufrido tanto; cuando amaneció el día*
> *dijérase que había perdido la razón.*
> *¿Alguien ha visto a un pulpo acercársele quedo,*
> *asqueroso y lascivo, monstruoso y feroz?*
> *Por vez primera supe qué es ser presa del miedo,*
> *qué es hundirse en la sima de una demencia atroz.*

La poesía de Elisabeth Mulder, huérfana de hombres y habitada de sombras blancas, tampoco se detiene a conmemorar la maternidad. En 1923 nace su único hijo, mientras sus versos primerizos y atormentados van abarrotando los cajones de su escritorio, como una marea de papel marchito. En 1927 publica su primera entrega poética, *Embrujamiento* (Editorial Cervantes, Barcelona), un libro de tono acerbo con zarpazos de ironía, donde el sentimiento dolorido de su voz se agota con el ritmo ágil de los versos quebrados y las rimas en consonante muy seguidas, que aumentan el efecto de musicalidad. El libro, aunque adolece de sonsonetes cascabeleros que deberían haber sido expurgados, contribuyó a difundir la leyenda de esa enigmática Elisabeth Mulder que, desde un aislamiento feroz, se atrevía a figurar con un nombre femenino en el muy abigarrado y viril parnaso barcelonés. La publicación de *Embrujamiento* sembró el estupor en las redacciones de los periódicos, donde gacetilleros y críticos de tronío se empeñaban en atribuirle a su autora una identidad masculina y veterana en el oficio de la pluma. Mientras los ociosos se afanaban en estos detectivismos y lucubraciones estériles, Elisabeth Mulder alimenta las imprentas con *La canción cristalina* (Editorial Cervantes, Barcelona, 1929), donde el simbolismo de regusto baudelairiano se dulcifica en su intento de aprehender «los arpegios risueños / de la fuente». Se trata, sin duda, de su libro más endeble y ripioso, más cargante y reiterativo, pues en su pretensión de expresar los estados cambiantes del ánimo a través de un surtidor que emite su canción incesante en la umbría de un jardín, llega a ahogar por inmersión prolongada al lector:

Viejo surtidor, patriarca
del solitario jardín,

tú que no das al olvido
el sonido,
el ritmo y la poesía,
préstame tu melodía
y enriqueceré mi arca
de poeta modernista
(nervios, fuego, ambigüedad)
con tus caudales de artista.
¡Da a mi numen futurista
un soplo de antigüedad!

Entre tanto zurriburri de adscripciones estéticas —quizá atribuible al eclecticismo de la adolescencia—, el fuego y la ambigüedad se disipan. No ocurre lo mismo en el extenso *Sinfonía en rojo*, donde Elisabeth Mulder libera el caudal de sus angustias, la fiebre abrasada de su vida interior, y declara su afán de respirar un aire más alto y más libre. El poema «Movilidad» podría entenderse como una declaración de intenciones:

No quiero ser lago ni estanque cerrado,
no quiero ser parque ni huerto murado,
quiero ser errante, inquieta simiente,
y arroyo de clara, de libre corriente.
Quiero ser la nube que escapa, distante,
quiero ser el leve pétalo ambulante,
quiero ser la brisa caprichosa y loca;
no quiero ser árbol, no quiero ser roca.

María Luz Morales, otra pionera en los parajes de la literatura femenina que después derivaría hacia la novela aproximadamente rosa, indaga en el «Pórtico» de *Sinfonía en rojo* la figura de una Elisabeth Mulder emboscada entre las brumas de un apartamento cada vez más hermético:

¿Quién es esta extraña mujer, que en vez de entretenerse, como las otras, en cantar «palomas y flores», alcanza y vence las cumbres de la angustia, se abraza a la desolación, se intrinca en los laberintos de la tortura? Quién es y... sobre todo: ¿cómo es? ¿Qué torceador implacable le estruja en el alma, en la garganta, el ritmo del verso? ¿De qué hondo torrente de inagotable amargura nace su poético alarido? ¿Cuál es su última tragedia, cuál el acicate doloroso de su tarea sonora? ¿De qué tenebrosa caverna ha surgido y a qué sima vaga se encamina? Imaginamos, soñamos, pretendemos adivinar, inquirir... ¡Bah! Nos equivocamos, nos equivocamos, nos equivocamos siempre, siempre, siempre... La Elisabeth Mulder que conoceríamos si pudiéramos llegar hasta el recinto —huerto cerrado de belleza, de cordialidad— de su intimismo, no es sino —no es menos que— una resplandeciente criatura de juventud, de hermosura, de refinamiento, a quien una cálida y exquisita atmósfera rodea. ¿Entonces? ¡Ah! Entonces sólo en la profundidad de sus pupilas verdes nos es dado asomarnos de lejos a la sima, adivinar levemente la congoja, atisbar el enigma... la Esfinge que es, a través de sus versos raros y geniales.

Quizá la elección de los epítetos esté dictada por un optimismo hiperbólico, pero sí es cierto que el personaje que se vislumbra en esos versos, anhelante a un mismo tiempo de la cumbre y el abismo, se mueve siempre en la zozobra de quien revolotea en torno a un ideal imposible. Este dolor existencial a veces se camufla con una máscara de serenidad impávida, pero al final los versos de Elisabeth Mulder terminan enunciando, siquiera por insinuación, su verdad secreta, ese fuego sordo que la consume por dentro, como ocurre en el poema «Almas gemelas»:

¿En qué ignoto crisol se han formado
—de un solo hálito— las dos?

¿Qué pensamiento las ha creado
en el cerebro de Dios?
Son como dos cadenas entrelazadas
formando un solo nudo fatal y fuerte,
y tan sólo podrían ser separadas
por el postrer mazazo que da la muerte.
Vidas iguales que se completan;
dos alientos de un mismo destino,
dos senderos opuestos que se encuentran
en la cruz de un camino.
¿En qué ignoto crisol se han formado
—de un solo hálito— las dos?
¿Qué pensamiento las ha creado
en el cerebro de Dios?
Lágrimas de una misma congoja
y risas de un mismo reír:
dos almas a un tiempo nacidas
para a un tiempo gozar y sufrir.
Vibraciones de un pulso que late
por dos; palpitar de una misma emoción;
dos corazones que sienten, que lloran, que cantan,
y una sola pasión.
Dos ideales fundidos en uno:
una vida, un amor, una ilusión.
¿En qué ignoto crisol se han formado
—de un solo hálito— las dos?
¿Qué pensamiento las ha creado
en el cerebro de Dios?

Como soy propenso a la fabulación, quise pensar que aquel poema iba dirigido a Ana María Martínez Sagi, celebrando una recién nacida amistad. En aquel mismo año, Ana María publicaba *Caminos*, que Elisabeth Mulder saludaría con alborozo («¡Qué espectáculo tan sedante, el de una mujer que canta entre tanta mujer que grita!», había escrito en su reseña, aparecida en *La Noche*), y no era del todo descabellado figurarse a la principiante buscando el magisterio de Elisabeth Mulder, aquella mujer-esfinge «cernida de tormentas» y sedienta «de un agua prodigiosa». Tampoco era inverosímil imaginar que entre ambas se hubiese entablado una relación de mutuo deslumbramiento, donde Elisabeth Mulder representara el papel de iniciadora en los ritos esotéricos de la Belleza y Ana María Martínez Sagi a esa discípula fervorosa que ilumina con su espíritu de gacela lírica las oscuras simas que Elisabeth Mulder guardaba dentro de sí. Quizá como fruto de esa fluencia recíproca debamos interpretar que, por estas fechas, Elisabeth Mulder participara en campeonatos de patinaje, equitación y tenis —disciplinas contradictorias con la actitud eremítica que hasta entonces había mantenido—, siguiendo el ejemplo de la muy deportista Ana María.

En 1930 fallece súbitamente Ezequiel Dauner, pero la viudez no alterará los designios literarios de Elisabeth Mulder. Estimulada por la recobrada independencia —ya nunca más volverá su cuerpo a entonar epitalamios—, o decidida a probar nuevos géneros que le ayuden a desvelar el misterio de su identidad, comienza a mandar relatos a la revista *Lecturas*, que aglutinaba a una promoción de escritoras —la citada María Luz Morales, Sara Insúa, Celia de Luengo, etcétera— que inauguraron en España el género de la novela rosa entendido como mercancía que se expide a granel. La primera colaboración de Elisabeth Mulder en *Lecturas* aparecerá en febrero de 1930; se titula *La chica vestida de negro*, y narra el idilio súbito entre un burguesito hastiado de placeres y una *nurse* que guarda luto por la muerte de su madre: sólo el escenario en que transcurre la acción, Ginebra, alivia el convencionalismo de la trama. Pocos meses después, la dirección de la revista anuncia la convocatoria de un certamen de relatos, recompensado con un premio de 500 pesetas. Un jurado previo seleccionará los diez trabajos finalistas que *Lecturas* irá publicando mensualmente, para que los lectores diriman mediante sus votos cuál merece el galardón. Entre los cuentos seleccionados, concurren firmas consagradas, pero será Elisabeth Mulder quien obtenga el beneplácito mayoritario de los lectores con su cuento *La Microbia*, publicado en julio de 1930, donde persevera en los topicazos del drama de mentirijillas: una aprendiza de modista que presta su título a la narración es humillada sistemáticamente por la veleidosa Carola Ibáñez, maniquí profesional cuyo novio, harto de su belleza sin humanidad, se enamora de la feúcha Microbia; aunque Carola se esfuerza por desbaratar el idilio, el amor triunfará sobre sus maquinaciones.

Muchas convicciones sostenidas durante años por Elisabeth Mulder se están tambaleando, entretanto. En setiembre de 1931, *Lecturas* le rinde un homenaje con motivo de la publicación de su cuarto libro de poemas, *La hora emocionada* (Editorial Cervantes, Barcelona), a propósito del cual el plumífero de turno, en una semblanza un tanto desaborida que dedica a la autora, escribe: «Leyéndole, uno está tentado de creer que su firma es un pseudónimo para añadir sugestión a sus juicios. En su prosa y en sus versos hay sensualidad masculina; hay, ante todo, cerebro.» Dejando aparte esas consideraciones encefálicas, lo cierto es que aquellas hipótesis quedan inapelablemente rebatidas por un retrato de Elisabeth Mulder —el primero que la escritora se animó a divulgar— en donde aquel «huerto cerrado de belleza» al que había aludido María Luz Morales se muestra instalado en una primavera altiva en la que no parecen haber hecho mella las erosiones de la maternidad. Para rematar su inepcia o su indiscreción, el gacetillero pondera: «Lo que nos deja perplejos es su percepción, su

Colaboración de Elisabeth Mulder en Lecturas.

talento para asimilarse a la vehemencia masculina, a los temas de amor masculino. La autora se pone en el caso de un hombre enamorado y calcula lo que le diría a su amada.» El gacetillero confundía la espontaneidad con el cálculo. Durante los años 1931 y 1932, Elisabeth Mulder multiplicará su presencia en *Lecturas*, alcanzando el cetro del estrellato, que compartirá con Alberto Insúa y Wenceslao Fernández Flórez. Sus narraciones irán abandonando lentamente los senderos trillados del sentimentalismo, para introducir elementos de renovación en los esquemas del género: *Chelín* propone una historia de sacrificio y abnegación desde la perspectiva de un perro callejero; *Se necesita una enfermera* aborda el espinoso tema de la drogadicción, ilustrando los efectos arrasadores de la morfina en el organismo humano; en *La irónica espectadora*, la muchacha que parece haber sido seducida por el galán cinematográfico es en realidad su burladora; *Instituto de belleza* narra de forma paralela las peripecias de varios empleados de una peluquería cuyas vidas se entrecruzan, un poco al estilo del *Gran Hotel* de Vicki Baum; *La buena locura*, ya por último, es un juguete cómico donde se concitan en embrión algunas de las constantes del universo mulderiano. Hojeando los ejemplares de aquella revista (donde la humedad había dibujado sinuosas orografías), me tropecé con un relato de Ana María Martínez Sagi, publicado en agosto de 1932, que llevaba por título *El último triunfo*. No parecía improbable que Elisabeth Mulder, convertida ya en una de las firmas más asentadas y requeridas de *Lecturas*, recomendase a su amiga, que se estrenó con una historia demasiado perjudicada por los convencionalismos del género: María Luz, una actriz hastiada del éxito y de los requerimientos que han convertido su existencia en una pantomima de alto copete, ordena a su secretario que la deje sola y se encierra en la biblioteca, donde, después de acariciar distraídamente los lomos de los volúmenes encuadernados en lujosa piel, se pone a recordar los años alegres de su infancia:

Recordó los veranos luminosos en el campo, su vida serena y apacible, y, luego, su vocación poderosa, irresistible por el Arte; las luchas, los obstáculos, la terquedad hecha de prejuicios de los padres, la oposición rotunda y eterna a todas sus aspiraciones, la incomprensión de todos los suyos, y, por último, la huida. La huida del ambiente obscuro y mezquino, de la atmósfera velada de tedio y de vulgaridad que la asfixiaba; de la mediocridad, el prosaísmo y la inutilidad que afilaban sus dientes para apresarla. Y después, y ahora, y siempre: su tenacidad.

Salió a la lucha, dispuesta a todo; sin una vacilación ni un desmayo; recta la mirada y decidido el paso, hacia la ruta espinosa

Portada de Lecturas, *agosto de 1932.*

y dura que libremente había escogido. Y venció. Venció rotundamente; triunfó como jamás artista ninguna triunfara. Alcanzó la gloria, la popularidad, la fortuna. El Público, hechizado, bebía sus palabras candentes y vibrantes, aureoladas siempre por el gesto adecuado, preciso, de sus brazos. Las estrofas de los grandes poetas, reencarnadas en su alma profundamente sensitiva, arrancaban aplausos delirantes.

Pero ni los contratos fastuosos, ni los elogios gregarios de la prensa, ni el mosconeo insistente de los hombres que pretenden su amor colma a María Luz, a quien Ana María describe con «pupilas verdes, llenas de misterio y atracción; perfil enérgico; boca breve y voluntariosa; esbelta, de belleza altiva y serena», rasgos que podrían corresponderse con los de Elisabeth Mulder. La protagonista de *El último triunfo* anhela otra vida, quizá menos ajetreada por las riquezas, en la que no se sienta tan irreparablemente sola:

> *Abandonada entre los miles de adoradores equívocos; entre el público que dentro de unos años la relegaría al olvido; entre las amigas falsas que merodeaban en torno suyo en busca de protección; entre el servicio rígido y ceremonioso, y entre las severas paredes de su palacio, magnífico y suntuoso, pero siempre en silencio... Estaba necesitada de solicitud, de calor, de ternura. Estaba sedienta de un cariño noble, sincero, que la protegiera, que le prestara su apoyo moral... Y se encontraba sola, perdida, hastiada y aburrida de todo. Nadie había adivinado el caudal de pasión y de amor que brotaba oculto detrás de su altivez y aparente frialdad.*

El secretario pide entonces permiso para entrar en la biblioteca y despachar el correo. Con infinita desgana, María Luz se resigna a posar la mirada sobre los nombres de los remitentes; entonces descubre una carta de «aquellas primas lejanas, muchachas simples y felices, perdidas en la parda provincia castellana», en cuya compañía la actriz, siendo todavía una chiquilla, había pasado largas temporadas. Evoca entonces la felicidad desenvuelta de aquellos días, cuando aún no era una artista solicitada, y evoca a los mozos que la galantearon durante su estancia, entre otros a José Antonio, un muchacho «parco en palabras, noble y ambicioso, espíritu culto y soñador, corazón generoso, susceptible a toda vibración espiritual», que la había cortejado con insistencia, y al que hubiera correspondido, de no ser porque prefirió consagrarse a su vocación artística. Mientras lee la carta, María Luz decide inesperadamente regresar a casa de sus primas. Ajena a los balbuceos y objeciones de su secretario, ordena al servicio que le arregle el equipaje y parte sin chófer hacia la parda provincia castellana.

EL ÚLTIMO TRIUNFO
por Ana Mª Martínez-Sagi

—¡No, Juan; basta ya de suplicio! ¡Deje de leer las cartas y los periódicos! —imploraba María Luz a su secretario—. Estoy deprimida, cansada; tengo un humor deplorable. No quiero saber nada, ¿lo oye bien?, no quiero enterarme de nada. No ambiciono contratas ventajosas, no acepto invitaciones, no quiero que me lea más cartas ni más artículos de elogio; no me preocupan mis éxitos. Quiero descansar. Necesito reposo. Estoy terriblemente cansada de todo...

—Pero, María Luz, señora... Esta oferta fabulosa del Metropolitan de Londres. Le ofrecen a usted veinte mil dólares por tres recitales únicos. ¡Veinte mil dólares! Además, puede usted doblar la oferta. Hay expectación por oirla y le darán lo que pida. Reflexione, sí lo suplico.

—Ya le he dicho que no ambiciono más riquezas, que no quiero interesarme por nada. No insista, porque será en vano, Juan. Perderá el tiempo y acabará con mi paciencia. Deseo descansar. Estoy enferma, agotada, nerviosa...

—¿Y la invitación del marqués de Valderas? La fiesta se organiza exclusivamente en su honor. Están invitadas a ella nuestras autoridades, la embajada, las más grandes celebridades artísticas, la aristocracia toda...

—Excúseme, Juan. Invente... Mienta... Diga que he tenido que salir de viaje por asuntos secretos, o que me he roto una pierna, o que me han dado un balazo. ¡Para qué le sirven el talento y la imaginación, mi querido amigo!

—¿Y la «tournée»?

—No se emprende. Me quedo. Anule las contratas.

—Pero...

—¡Juan, acabe de una vez! Deje de torturarme por lo que más quiera. No variaré de actitud, ni cambiaré de pensar. No quebrantarán mis propósitos, ni sus exhortaciones, ni los dólares de Londres, ni las súplicas del marqués. Es inútil todo cuanto diga para convencerme. ¿Me ha entendido bien? ¡Inútil! Resuélvalo todo, de ahora en adelante, sin consultarme para nada; y déjenme todos tranquila...

Salió dando un portazo.

Entró en sus habitaciones particulares; en las habitaciones amuebladas y decoradas bajo su dirección. Imperaba doquier el buen gusto y la distinción. Pasó a la biblioteca: su torre

El último triunfo.

Cuando la ven llegar, la tía y las primas la agasajan con esa rústica vehemencia de los espíritus aún no contaminados por anémicas y protocolarias cortesías. María Luz, antes de instalarse, les pregunta por aquel José Antonio que, años atrás, «en la plazoleta de la Catedral, bajo el palio verde de las acacias, junto a la filigrana de piedra, en la vieja plaza evocadora y desierta, le abrió de par en par su alma luminosa». Las primas le informan que ha completado la carrera de Medicina, abierto una clínica en Madrid y publicado muchos libros científicos, y que aún continúa soltero. Casualmente, acababa de llegar a la parda provincia castellana, aprovechando el marasmo estival, para arreglar algunos asuntos. El desenlace de *El último triunfo* no defrauda el tono general del relato, demasiado respetuoso de los corsés impuestos por el subgénero rosa:

A las siete de la tarde paró su coche frente al hospital. En el portal próximo, casi en completa obscuridad, María Luz aguardó a que él pasara. Los nervios la dominaban de pies a cabeza y el corazón le latía con violencia. La intensa palidez que cubría su rostro la hacía aún más interesante y atractiva.

Al poco rato lo vio llegar. Decidido el paso, erguida la cabeza, ignorante de todo cuanto le esperaba.

Quedó frente a él, impidiéndole el paso. Le miró los ojos obscuros y brillantes, las manos anchas y rudas, el cuerpo atlético y fuerte, el rostro enérgico y noble, la frente limpia, coronada de anhelos, y comprendió que sólo allí, en él, estaba toda su felicidad.

—José Antonio... —pudo apenas balbucir.

Pequeñita, temblorosa y débil, cayó en los brazos acogedores.

* * *

Luego, como antes, como siempre, reaccionó al momento. Secó su llanto, y sin titubeos ni dudas, con suave energía, empujó a José Antonio hacia el interior del coche.

Una vez en él, cogió con decisión el volante, pisó el acelerador y, resuelta y feliz, partió a noventa por hora...

Era la única colaboración de Ana María Martínez Sagi que pude encontrar en *Lecturas*. Seguramente, las imposiciones de la publicación, dirigida a mujeres que entendían la lectura como un acicate lacrimógeno y demandaban historias de argumento bizantino y final con empacho de perdices, no colmaban las inquietudes de Ana María, que en *El último triunfo* empleaba una prosa agarrotada, muy distinta a la que se asoma a sus reportajes periodísticos. El desencanto y la incomodidad habrían dictado su deserción de *Lecturas*, y algo parecido debió de ocurrirle a Elisabeth Mulder (de nuevo, parecía entablarse entre ambas mujeres una suerte de ósmosis espiritual), cuyas colaboraciones en la revista que se había rendido a su talento se irán haciendo más y más esporádicas, hasta que en febrero de 1934 se desvanecen, con el mutis casi vulgar de *Por qué míster Sanders leía su correspondencia*. Antes, en 1933, Elisabeth Mulder había participado en una nueva convocatoria del concurso organizado por *Lecturas* con dos relatos mucho menos primarios que su premiado *La Microbia, Sax y Cía.* y *La diosa negra*, donde las mujeres ya no desempeñan ese protagonismo pasivo y ornamental propio de la novela rosa, sino que actúan como motor de la trama, azuzando la rivalidad de los hombres que se las disputan, o encaminándolos al escándalo y el vituperio social. El veredicto de los lectores la relegará en esta ocasión a un segundo lugar, por detrás de la muy pestiño Celia de Luengo.

Para entonces, la batalla estética de Elisabeth Mulder se libraba en otras latitudes. Había llegado el momento de elegir entre perseverar en una literatura de quiosco lánguida y risueña, entendida como pasatiempo más o menos supletorio, o arrojarse a la fragua voraz de una vocación que no admitía más diletantismos. Por aquellos mismos años, se había estado ejercitando en la traducción de Baudelaire y Pushkin, Shelley y Keats, y quizá esta convivencia con los maestros le había servido para comprender que la poesía no figuraba entre sus dones. Aun así, publicará, como canto de un cisne que se resiste a dimitir de su voz esbelta, *Paisajes y meditaciones* (Atenea, Barcelona, 1933), un libro de sereno simbolismo, donde el rojo llameante de la pasión es sustituido por el gris desvanecido de las despedidas. En algunos poemas creí descubrir (pero se trataba de un presentimiento, pues de su lectura no se extraían referencias concretas) la clave de una ruptura con Ana María Martínez Sagi, o al menos la interposición de una cobarde cordura en lo que quizá había llegado demasiado lejos, sobre todo para las timoratas normas de conducta de la época. El poema «Derroteros», por ejemplo, compendioso y como resignado a la fatalidad de la despedida, parece una retractación de aquel «Almas gemelas», vehemente y deslumbrado, que Elisabeth Mulder incluyó en *Sinfonía en rojo*:

> *Tu camino. Mi camino.*
> *Cruce dócil al capricho*
> *irónico del destino.*
> *Milagro de tu presencia*
> *en mi ruta. Nudo prieto*
> *en mi corriente. Confluencia.*
> *Luego distintas estelas.*
> *Aunque cerca, separadas,*
> *divididas... Paralelas.*
> *Por la arena de mi sino,*
> *¡qué lejos vas a mi lado!*
> *Tu camino, mi camino.*

Atrincherada en su casa del paseo de la Bonanova, Elisabeth Mulder sale de sí misma —como había impetrado en uno de sus poemas de *Sinfonía en rojo*— y vuelca una mi-

Última colaboración de Elisabeth Mulder en Lecturas.

rada fabuladora sobre el mundo, en una metamorfosis que nos deparará, a cambio de una poetisa prescindible, una narradora inusual, atenta por igual a las vicisitudes de la carne y a la espeleología del alma. En aquellas noches sustraídas al sueño, mientras las golondrinas, aturdidas por los tubos fluorescentes que alumbraban la nave de Leonardo Gago, diezmaban la población de polillas de los alrededores, asistí a esta transformación discreta y emocionante y seguí, a través de las novelas de Elisabeth Mulder, la evolución de una crisálida que germinaría lentamente, para desplegar la envergadura luminosa de sus alas. Su primera incursión en la narrativa de largo aliento, *Una sombra entre los dos* (Edita, Barcelona, 1934), aún subordina el decoro artístico a la tesis feminista, pero en seguida se sucederá *La historia de Java* (Juventud, Barcelona, 1935), una *nouvelle* que asimila los postulados «deshumanizadores» de Ortega y Gasset. En *La historia de Java* apenas hay peripecia exterior: se trata de una intransigente parábola sobre la libertad, a la vez que de un esforzado *tour de force* en el perspectivismo, al ceder el punto de vista a Java, una gata salvaje que rehúye el trato con los humanos y mantiene una tensa relación de abandonos y reconciliaciones con un hombre al que llegará a obsesionar. La respiración de la frase, inequívocamente poemática, la sucesión de episodios rituales que inoculan al lector un desasosiego inaprensible, la convocatoria de sentimientos prohibidos —desde la rebeldía al deseo— contribuyen a mostrarnos, a través de Java, la radiografía de Elisabeth Mulder, «extranjera en cualquier parte».

Durante la Guerra Civil, tendrá que pedir protección al Consulado de los Países Bajos, atemorizada ante el expolio que los milicianos anarquistas ejecutan, con melódico desenfado, mientras entonan las notas de *A las barricadas*. Protegida bajo pabellón holandés, Elisabeth Mulder apurará los tres años de contienda sin apenas medicamentos con los que poder paliar sus frecuentes ataques de nefritis. En este tiempo de humillación y enterramiento en vida redacta su tercera novela, *Preludio a la muerte* (Editorial Pueyo, Madrid, 1941), que no logrará dar a la prensa hasta acceder a corregir el final donde se narraba el suicidio de la protagonista, que la censura juzgó irreverente o insumiso contra Dios, y poco aleccionador para los lectores. El libro, aun presumiendo que las amputaciones censorias lo hayan perjudicado, supone un retroceso en la trayectoria novelesca de Elisabeth Mulder, si bien en él ya se atisba su preferencia por las psicologías torturadas y por los escenarios cosmopolitas —no en vano Verónica, la protagonista, es hija de diplomáticos—. Quizá merezca destacarse, sobre el tono obsoleto del libro, la relación aflictiva y sensual, como perfumada de masoquismo, que Verónica entabla con una compañera de internado, Marion, una relación que, luego, al reanudarse en la edad adulta, desatará la tragedia. ¿Habría poseído el alejamiento de Elisabeth Mulder y Ana María Martínez Sagi estos componentes luctuosos?

Elisabeth Mulder no participará en los fastos del Nuevo Régimen, como antes tampoco había incorporado su voz al griterío republicano. Formaba parte de esa tercera España sojuzgada por los dialectos bárbaros de la pólvora y el enconamiento, y quizá en esta militancia marginal hayamos de buscar los motivos de su preterición, alejada por igual del oficialismo y de esos presuntos exiliados interiores que escondían, bajo la cáscara amarga, un meollo de inanidad. La década de los cuarenta acogerá su esplendor creativo. Todavía en 1941 publica *Una china en la casa y otras historias* (Ediciones Surco, Barcelona) y *Los cuentos del viejo reloj* (Juventud). Mientras el primero contiene algunos relatos evocativos de Chéjov, el segundo constituye una obra maestra de nuestra literatura infantil: personajes como el Zorro Hambrón —una versión menos truculenta del Lobo de Caperucita, que se contenta con devorar gallinas— o los tres gigantes tristes, Pilón, Pilán y Pilín, a quienes la Bruja Requetepérfida ha castigado a perpetuidad con un encantamiento que los hace llorar sin descanso —sus lágrimas anegan las cosechas, sus suspiros arrancan las casas de sus cimientos— merecerían agregarse a la mitología que monopolizan Perrault, Andersen o los hermanos Grimm.

Crepúsculo de una ninfa (Ediciones Surco, Barcelona, 1942) prefigura algunos de los motivos recurrentes de la narrativa mulderiana: dinastías familiares en decadencia, pasiones elementales muy enraizadas a la tierra, personajes un tanto patológicos y de sensibilidad exacerbada con vocación de sacrificio, etcétera. La novela, de una sensualidad matizada y agreste, puede convocarnos el recuerdo de las *Cumbres borrascosas* de Emily Brontë, aunque desde luego carece de su desaforada grandeza; la acción, que transcurre en tres fincas rústicas, es morosa y casi imperceptible, y se desenvuelve sobre todo en los escenarios lúgubres del alma. La naturaleza constituye el telón de fondo de esos estados anímicos retratados por la autora, como también ocurre, aunque más solapadamente, en *El hombre que acabó en las islas* (Editorial Apolo, Barcelona, 1944), donde los ambientes de la alta sociedad aportan un escenario primordial. Joaquín de Entrambasaguas, pionero en el estudio de la obra de Elisabeth Mulder, define este libro como una «novela de *tempo* lento»; sin embargo, su ritmo parsimonioso no entorpece la narración del periplo vital de Juan Miguel, uno de esos personajes esquivos y un poco descastados, eminentemente libres, que invaden la literatura de Elisabeth Mulder. En *El hombre que acabó en las islas* ya se perfila un estilo despojado en su expresión, pero millonario en significaciones, muy próximo al de Katherine Mansfield.

Alcanzada esa madurez, Elisabeth Mulder se permitirá el lujo de ser prolífica. Primero publicará la novela corta *Más* (Editorial Selecciones Literarias y Científicas, Barcelona, 1945), una aproximación al mundo del arte a través de dos hermanas antípodas, Valentina y Clara, que buscan, respectivamente, el oro de la gloria y la calderilla del éxito. *Las hogueras del otoño* (Juventud, Barcelona, 1945) rompe con el tono trascendente de la bibliografía mulderiana para decantarse por el vodevil: se trata de una novela sobre infidelidades fantasmagóricas y celos del aire que habría hecho las delicias de Ernst Lubitsch. Más fuste tiene el volumen de relatos *Este mundo* (Editorial Artigas, Barcelona, 1945), donde de nuevo vuelve a sumergirse Elisabeth Mulder en los mares abisales de algunos espíritus torturados: el clima de pasiones turbias y reprimidas de «El magnífico rústico» recuerda los dramas sureños de Tennessee Williams; en «Ruptura», prodigio de penetración psicológica, asistimos a los veleidosos cambios de actitud de una mujer madura que acaba de apuntillar su relación con el hombre que la adora, para volver a sus brazos apenas media hora después; «La pesca del salmón», quizá el mejor relato de la colectánea, nos narra la espera tozuda de Nacho, a quien su novia Luisa abandonó años atrás, volviendo convertida en una actriz de cine. Son todos ellos cuentos en los que el asunto realista está sublimado por un efluvio de discreta magia que constituye la mejor marca de estilo de Elisabeth Mulder.

Alba Grey (José Janés Editor, Barcelona, 1947) nos devuelve a la gran novelista que ya se había confirmado con *El hombre que acabó en las islas*. Quizá sea el libro más nítidamente mulderiano, pues en él se describen muy sutilmente el vacío existencial y las «populosas soledades» que afligen a sus personajes, a la vez que los ambientes aristocratizantes donde se proyecta la experiencia viajera de la autora. También ha sido su libro más divulgado, pues Federico Carlos Sainz de Robles lo incorporó a la colección portátil Crisol y Joaquín de Entrambasaguas lo seleccionó para su serie de «Las mejores novelas contemporáneas» (Tomo XI, Planeta, Barcelona, 1969). A partir de aquí, la producción de Elisabeth Mulder decrece estrepitosamente, no sabemos si por agotamiento o decepción de la autora —probablemente hastiada de elevar su voz solitaria entre el tumulto de una narrativa demasiado olorosa a tocino rancio—, que se refugiará en la traducción de mamotretos sobre Historia del Arte, una disciplina que siempre había mantenido entre sus preferencias.

Su última obra de peso, *El vendedor de vidas* (Juventud, Barcelona, 1953), sustituye los escenarios cosmopolitas por la Barcelona de la posguerra, asaltada por los espectros de la miseria y el estraperlo; la novela, de estirpe barojiana, relata las tribulaciones de Julio Regás, un joven de familia humilde, que después de rodar por varios oficios insatisfactorios o insalubres, abre despacho como astrólogo; el neorrealismo lírico de la autora no excluye hacia el desenlace la intromisión del elemento fantástico. En la década de los cincuenta, Elisabeth Mulder colabora en varias ocasiones con «La novela del sábado», y en 1958 todavía publica *Luna de las máscaras* (Editorial AHR, Barcelona), un intento de reconstruir la intrahistoria de cierta burguesía catalana a partir de las evocaciones que un accidente de tráfico desata en sus protagonistas, pero se trata de novelas flácidas y un poco cansinas. La dispersión editorial, la proliferación de modas adversas, así como cierto apartamiento voluntario de la autora, refractaria siempre a los compadreos literarios, irán arrinconando su valiosa obra en las celdas de la incuria. Sólo algún jovencito enciclopédico se acercará hasta su residencia de la Bonanova para rendirle pleitesía; es el caso del muy díscolo y afigarado Francisco Rico, niño prodigio de la filología, que en 1959 firmará en *La Jirafa* (año IV, núm. 17) una entrevista de la que reproduzco aquí algunos pasajes:

> *Rubia, dando una enorme impresión de serenidad, profundamente cultivada, poetisa, novelista, viajera incansable...*
> —*Yo soy una cerebral romántica* —*ha dicho Elisabeth Mulder.*
> *Y uno, al verla, y al oírla hablar, cadenciosa e inteligentemente, no puede menos que evocar otra notable figura: Ana María de Necker, baronesa de Staël. Porque tiene algo esta Elisabeth Mulder que hace recordar aquella extraordinaria dama francesa que, no lo olvidemos, fue la primera en nombrar con la palabra con que hoy le conocemos un entonces naciente movimiento literario: el romanticismo. Seguramente, es que ambas sugieren el más noble ejemplo de la mujer dedicada a las letras: buenas escritoras sin perder por ello un ápice de su feminidad.*
> —*Yo soy una cerebral romántica.*
> *Equilibrio. Sentimiento y razón situadas cada una exactamente en su sitio, sin pisarse el terreno. Sin ocasionar que el excesivo de-*

Elisabeth Mulder.

sarrollo de una de ellas atrofie a la otra; o que la exigüidad de ésta haga descender aquélla. [...]

—El poeta que quiere escribir novelas tiene que olvidarse de esta su primera condición, pero en ningún caso puede olvidar la poesía. El poeta puede no tener cabida en la novela; la poesía, desde luego, sí.

En su producción novelística, el lector se ve transportado constantemente de paisaje en paisaje. Ya he insinuado, y en todo caso lo aclaro ahora, que la gran vocación de Elisabeth Mulder quizá haya sido siempre la viajera. Viajera inteligente que sabe profundizar en los hombres y en los pueblos, que es capaz de adivinar lo que muchas veces interesa mantener oculto. [...]

—Yo no creo haber conseguido nada: siempre estoy más satisfecha de mi próxima obra que de la anterior.

Sinceridad: he aquí otra de las características fundamentales de la escritora.

Y extraordinario discernimiento. Sabe distinguir lo auténtico de lo mistificado, lo genuino de sus imitaciones. ¡Extraña cualidad en una mujer!

Elisabeth Mulder se entrega a su producción literaria con un hondo y exacto sentido de su responsabilidad: no es mujer de tertulias ni a la que guste proferir vaciedades en los salones. Su vida se desliza al margen del batiburrillo de los concursos y los escándalos de todo género que frecuentemente se promueven, casi oculta, recoletamente podría decirse, entre su hotel de la Bonanova y sus viajes, con frecuentes singladuras en la apacible y dorada Subur.

—Lo único que verdaderamente importa es la propia obra. A condición de realizarla sin prisas, eso sí.

¡Qué acertada la posición espiritual de Elisabeth Mulder frente al equívoco juego de espejos —ahora estás, ahora has desaparecido— que presenta nuestro mundillo de las letras!

Desde luego, lo único que importa, lo único que quedará cuando hayan pasado los hombres que las hicieron, lo que ha de constituir la sola supervivencia, serán las obras. Y cuanto más auténti-

cas sean; más, por decirlo así, escritas con la sangre, mayor será el tiempo que se sostendrán a flote. Las de Elisabeth Mulder, por honradas y hechas a conciencia, sobrevivirán en mucho a su autora.

Pero ni siquiera la concienzuda honradez garantiza la posteridad. Elisabeth Mulder, maltratada por una ceguera progresiva que va obstruyendo de telarañas su limpia mirada, despedirá su bibliografía con *Las noches del gato verde* (Anaya, Salamanca, 1963), una nueva incursión en las revueltas aguas de la literatura infantil que posee la particularidad de ceder la voz a su protagonista, el niño Miguelín. Durante más de tres décadas, Elisabeth Mulder vivirá ese tibio y confortable anonimato de quienes nada esperan, enviando ocasionales artículos a *La Vanguardia* y *ABC* que le publican muy remolonamente, cuando se los publican. Sus obras «escritas con la sangre» irían apagando su brillo con la misma pacífica resignación con que su autora fue apagando su conexión con el mundo de los vivos. Bella como una estatua que desdeña la lepra del tiempo y casi ciega, Elisabeth Mulder muere el 28 de noviembre de 1987. Quizá en el momento de su extinción, cuando por fin era llama pura, se atreviese a susurrar su secreto. Los necrólogos, desde luego, no lo escucharon, y su defunción apenas fue reseñada en la prensa, quizá porque el mundo del que Elisabeth Mulder había desertado ya no era su mundo.

Fueron casi dos meses los que dediqué a leer la remesa de libros que Jimena me facilitó, y a completarla con otras piezas que dormían su letargo en las bodegas de la Biblioteca Nacional. Dos meses para asimilar y digerir a una escritora que ya no podía quitarme de la cabeza, cuyo olvido se me hacía insoportable y lacerante, tan insoportable y lacerante como las injusticias que se perpetran en nuestra presencia, aprovechando que estamos impedidos o maniatados. Me hubiera gustado disponer de tribuna en algún periódico, o infiltrarme entre los directivos de alguna editorial a la que no amilanase la literatura sin alharacas comerciales (mi condición bisoña me impulsaba a creer que existían editoriales de esta raza legendaria), para poder compartir mi descubrimiento. A falta de esa capacidad para abolir la injusticia, me consolé escribiendo un artículo apasionado para la revista semestral que sufragaba Leonardo Gago, con esa ilusa trepidación interior de los escritores neófitos que aún ignoran que las revistas literarias no las lee nadie, salvo quienes las amueblan con sus textos. Jimena y Tabares en seguida fueron también contagiados por esta trepidación. Nos pasábamos los libros de Elisabeth Mulder como quienes hacen circular, en el reducido ámbito de una capilla, los adminículos de una liturgia desconocida para los demás, que les alimenta y renueva su devoción. Les hice afrontar la lectura de los poemas de Elisabeth Mulder en esa clave oculta que yo había presentido, con clandestinas advocaciones a Ana María Martínez Sagi y menciones sesgadas a ese «nudo fatal y fuerte» que las había fundido en una hasta que sus caminos, por «cruce dócil del destino», dejaron en el recuerdo «distintas estelas». La hipótesis era plausible, sugestiva, incalculablemente hermosa, pero le faltaba el condimento de las pruebas.

—¿Y cómo se explica, entonces, que en sus novelas no haya más referencias a esa «alma gemela» que, según tú, debemos identificar con Ana María? —se oponía Tabares, más por un afán de fustigar su propia inteligencia que por un interés de rebatirme.

Las pantallas de los ordenadores irradiaban una luz de acuario, con ondulaciones y fosforescencias, como si en sus depósitos de memoria habitara alguna fauna submarina. Las golondrinas sonámbulas entrecruzaban sus flechas de sombra en el techo de la nave de Leonardo Gago.

—Ya te he dicho que se trata de una corazonada —me

defendí—. No me pidas que te la explique con argumentos racionales.

—¡Una corazonada! —Tabares se golpeó los muslos con las manos episcopales, que hasta entonces habían permanecido sobre el teclado del ordenador—. ¡No nos sirven las corazonadas! Pero vamos a ver: ¿a quién buscamos? ¿A un personaje literario o a una persona de carne y hueso?

Una golondrina, al abalanzarse sobre una de las polillas que pululaban en torno a la luz, embistió contra el tubo fluorescente, que se desenganchó de su soporte y fue a caer sobre la montaña derruida de cajas sin desembalar. El cristal del tubo se hizo añicos, liberando un polvillo blanco, como finísimo talco, que se suspendió por unos segundos en el aire, formando una nube de nieve artificial. Interpreté aquel signo como una ratificación de mi corazonada; la búsqueda de Ana María Martínez Sagi me había hecho supersticioso.

—¡Hechos, querido! —me reprendía Tabares, para quien el suceso del fluorescente no se revestía de connotaciones mágicas—. ¿Quién nos asegura que esa presencia alada que pasea por los poemas de Elisabeth Mulder no sea una mera licencia poética?

Jimena se había calzado unos anteojos de lentes diminutos y montura de alambre que se le deslizaban puntualmente, cada medio minuto más o menos, sobre el caballete de su nariz irresistible.

—No estoy de acuerdo contigo, Joaquín —dijo, con una voz tímida, como restando importancia a su disidencia—. Ya has visto que a los gacetilleros de la época les perturbaba mucho la «sensualidad masculina» de Elisabeth Mulder, y que durante algún tiempo pensaron que se trataba de un hombre oculto bajo seudónimo. No creo que ella consintiese por gusto estas mistificaciones, sabes. No creo tampoco que la ambigüedad erótica de sus poemas fuese

una licencia poética. Además, piensa que su poesía de juventud es desaforadamente romántica; luego, en sus novelas, corregiría esta tendencia con un cierto cerebralismo, pero por entonces escribía a impulsos de la sangre. ¿Te parece coherente que alguien que escribe a impulsos de la sangre se invente esos artificios?
Asentí, festejando que se sumara a mis hipótesis. Tabares se rascó la sotabarba, que le crecía como un rastrojo calcinado. Encendió un cigarrillo y se tragó el humo de la primera bocanada, para estimular los pensamientos.

—Piensa, además —apunté yo—, en el momento en que esos poemas fueron escritos. Por entonces, declarar un amor de estas características era un estigma social. Por eso Elisabeth Mulder sólo se refiere a él con veladuras y reticencias. Pero hay poemas como el del pulpo que me parecen muy reveladores de la repulsa que le producía el hombre, el acceso carnal del hombre.

Tabares me miró con cierta aspereza; se remejió en su taburete y tamborileó un instante con sus dedos sobre el teclado del ordenador. En la pantalla apareció una ristra jeroglífica de letras.

—Entonces, a ver, explicadme por qué en sus novelas no aparece ni la más mínima mención a esta tendencia —dijo. Se había incrustado el cigarrillo en una esquina de los labios, y el humo que desprendía su brasa parecía directamente emitido por su barba—. Podría haber aprovechado algún personaje secundario para desahogarse. Todos los escritores adjudican algún rasgo autobiográfico a sus personajes.

—Eso que dices no es del todo cierto —se me adelantó Jimena. Henchía las aletas de la nariz para impedir que se le resbalaran las gafas—. En *Preludio a la muerte*, la novela que escribió durante su convalecencia de un ataque de nefritis, en los años de la Guerra Civil, cuenta una historia de amistad destructiva y dependencia entre dos muchachas.

Pero, vale, prescindamos de esa novela —dijo Jimena, antes de que Tabares hubiese objetado nada—. Lo que sí se reitera en todos los libros de Elisabeth Mulder, desde *La historia de Java*, es el tema de la libertad sin cortapisas, sabes, la libertad intransigente que no cede ni un ápice a imposiciones externas. Y ella eligió como forma de libertad máxima su vocación literaria: fuera de esa vocación nada le importaba, estaba dispuesta a sacrificarlo todo. Ella jamás se hubiese comportado como la protagonista de *El último triunfo*, la novelita de Ana María Martínez Sagi, jamás hubiese abandonado su vocación por un amor de juventud. «Un espíritu verdaderamente superior nunca se deja dominar por completo por el amor», ¿recuerdas la cita de Geraldy? Hubo un momento crucial en la vida de Elisabeth Mulder, sabes, cuando decidió interrumpir sus colaboraciones en *Lecturas* y desistió de seguir escribiendo poesía. A Francisco Rico le confesó que el poeta, si quiere escribir novelas, tiene que olvidarse de su condición primera. Y ella misma, en el retrato que dedicó a Ana María, escribió, parafraseando a Bécquer: «Tú eres poesía.» En aquel año de 1933, Elisabeth Mulder dio carpetazo a su carrera de poetisa, y ya de paso largó amarras con su vida anterior. Cortó por lo sano.

—Me parece que empiezo a comprender. —Tabares hablaba silbando, como si las palabras se filtraran entre sus dientes, envueltas en humo—. Sugieres que mandó a freír espárragos a Ana María.

—Yo no he dicho eso —lo atajó Jimena, a quien resultaba demasiado hiriente la contundencia de Tabares—. Simplemente, Elisabeth Mulder no deseaba que nada la distrajera de su vocación, no deseaba entregarse por completo. Y luego estaba la presión social: ambas pertenecían a la clase burguesa, y Elisabeth, además, tenía que representar el papel de viuda atribulada, no convenía llevar las cosas demasiado lejos.

Por los respiraderos intercalados entre los bloques de

hormigón se colaba ya una luz entumecida. A las golondrinas, esta renovada claridad las llenaba de perplejidad y consternación, pues las obligaba a insistir en la vigilia. Tabares tomó el ejemplar de *Lecturas* correspondiente a enero de 1932, y lo abrió por la página en la que figuraba el retrato de Elisabeth Mulder, con su belleza matinal y antigua, belleza de lirio o mármol dórico.

—Era increíblemente guapa —susurró, con una especie de pesadumbre retrospectiva. Luego cerró la revista despechado y buscó nuestro consuelo—: ¿Creéis que hizo sufrir a Ana María?

Ninguno de los dos nos atrevimos a responder esa pregunta que íntimamente ya nos habíamos formulado, pues era el corolario natural a la hipótesis que manteníamos. Elisabeth Mulder, incorporada a las huestes de ultratumba, donde quizá siguiese mendigando la paz de quienes se llevan consigo el secreto que les consume, tampoco nos lo iba a aclarar. Por un segundo, experimenté un odio repentino —también un odio irrazonable, pues sólo lo avalaba la sospecha— hacia aquella mujer que, con solidez de estatua o impiedad de autómata, no tenía empacho en tachar un fragmento de su pasado, y con él a las personas que lo habían compartido. En seguida rectifiqué mi pulsión, sin embargo, al darme cuenta de que lo otro —salvar ese fragmento de pasado y hacerlo perdurable cuando los amores heterodoxos eran perseguidos como amores descarriados o nefandos, por muy platónicos que fuesen— hubiese resultado más doloroso aún, también más hipócrita y esquizofrénico, pues la sociedad las habría obligado a confinarlo en la trastienda sórdida de los pecados. Al menos así, tal como imaginábamos que había ocurrido, tanto a Elisabeth Mulder como a Ana María Martínez Sagi les habría quedado el incólume recuerdo, el implacable recuerdo que nunca remite. El recuerdo, que puede ser un bálsamo o una condena, un jardín o una prisión, pero que siquiera nos exonera de la intemperie de quienes ni siquiera poseen un pasado para resguardarse. La mañana en que mantuvimos esta conversación volvimos a Madrid raídos por una misma congoja; el reciente significado que había cobrado la amistad entre Elisabeth Mulder y Ana María Martínez Sagi irrumpía en el curso de nuestra búsqueda como una premonición trágica. Precisamente porque intentábamos rastrear la pista de una persona de carne y hueso, y no de una mera criatura literaria, se sumaba al cansancio físico impuesto por el cambio de hábitos horarios la aflicción solidaria con aquella muchacha que quiso ser mujer de un modo distinto al arquetipo oficial. Tabares descendía del autobús en una parada anterior a la nuestra, junto a la estación ferroviaria de Atocha, que le quedaba cerca de la pensión Buenos Aires.

—Ya va siendo hora de que nos demos un garbeo por Barcelona —dijo, a modo de despedida. Su semblante, de común orondo y cachazudamente risueño, se había desinflado y cobrado una atrabiliaria flacidez—. ¿Por qué no llamas al Pere Gimferrer ese y le pides cita?

Lo vimos alejarse, súbitamente anónimo entre el tráfago de gentes que acudían a la oficina, súbitamente desposeído de ese bamboleo de oso dócil que hacía distinguible su paso. El día había nacido como galvanizado, con un cielo del color de la panza de un burro que preludiaba la canícula. Al llegar al torreón de Tirso de Molina, Jimena calentaba un poco de leche, para que nos sirviese de barbitúrico en aquel sueño extemporáneo que emprendíamos entonces y que se alargaba, como una lentísima travesía, hasta las tres de la tarde, cuando el calor se remansaba en la techumbre y se columpiaba en las vigas de madera. Antes de acostarnos, Jimena cerraba los postigos del ventanuco, asegurándolos con una falleba, pero aun así siempre se deslizaba por alguna rendija de la madera una delgadísima franja de luz que me hubiese bastado para vislumbrar su fugaz desnudez en la oscuridad, mientras se quitaba la ropa de faena y se enfundaba un camisón nada voluptuoso, más bien conventual, que la infantilizaba o escurría. Aquel rito me hacía sentir incómodo y un poco eunuco, pero reconoceré que jamás infringí la confianza de Jimena lanzando una mirada furtiva hacia su cuerpo, del que seguía sin poseer más noción que aquella, ya lejana, que obtuve cuando impulsivamente la abracé la noche que nos conocimos, después de descubrir la firma asidua de Ana María Martínez Sagi en *Crónica*. Desde entonces, mantenía vigente el recuerdo (que era bálsamo y también condena) de su tamaño de mujer menuda que cabía venturosamente y con holgura entre mis brazos, y no me había decidido a intentar otra aproximación que quizá se saldase con el rechazo. Era muy embarazoso para mí transigir con aquella situación de convivencia casta, y creo que para ella también, porque había momentos (y ese rato en que, acostados y a oscuras, aguardábamos el advenimiento del sueño, era uno de ellos) en que su silencio se hacía fastidiado y casi hosco, no de una hosquedad inhospitalaria, sino más bien disgustada consigo misma, como si en el fondo le molestara no suplir mi falta de arrojo con un acceso de temeridad.

 Afortunadamente, Jimena solía claudicar antes que yo a la somnolencia, circunstancia que disculpaba la agarrotada tensión que me producía su vigilia y, de paso, me permitía escuchar con una atención casi idólatra su respiración desigual y más o menos ronca (pero no he dicho que roncara), dependiendo de las vicisitudes de su sueño. Aquel día, sin embargo, ninguno de los dos nos resignábamos a descansar, oprimidos por esa sombra huidiza y todavía fluctuante que Elisabeth Mulder proyectaba sobre la vida de Ana María Martínez Sagi. Habría pasado ya casi media hora de silencio prieto, en el que supongo que ambos intentábamos comprender el pasado, sustituyendo con indicios premonitorios la verdad que nos había sido vedada, cuando Jimena se incorporó de la cama y empezó a pasearse inquieta por el torreón. Al fin, se apoyó sobre el repecho del ventanuco y acercó la cara a una rendija en la madera del postigo, como asomándose a la luminosidad de afuera.

—Jimena —acerté a articular, venciendo la timidez.

Ella se volvió, con una expresión que denotaba una especie de preocupada melancolía. Frunció el ceño (gesto que agravó su preocupación y disipó su melancolía) y tardó en hablar:

—Sigo dándole vueltas a lo de Ana María y Elisabeth —dijo al fin.

Aparté la sábana de un empellón y me quedé en cuclillas sobre el diván que hacía las veces de cama supletoria. Jimena se había recostado sobre la pared; el hilo de luz que se colaba por la rendija le dibujaba un perfil de camafeo, y redondeaba el óvalo de su rostro.

—¿No te convence mi hipótesis? —pregunté, con más resignación que alarma.

—Al contrario. —Su voz se agrietaba y se hacía enjuta, como cuando nos acucian las lágrimas—. No sólo me convence, sabes, sino que además estoy segura de que el encuentro con Elisabeth Mulder dejó marcada a Ana María. Elisabeth debía de ser una mujer de una cultura vastísima, a juzgar por los conocimientos que despliega en sus libros, una mujer con un mundo interior subyugante y tortuoso que atrajo a Ana María como un imán. Imagínate el deslumbramiento de aquella muchachita, poetisa recién estrenada y atleta, al tropezarse con una mujer así, llena de erudiciones y misterios, y tan bella. —Se quedó callada, como en trance, como si su conciencia sufriera un eclipse—. La dejó marcada para siempre.

Me había acercado a ella en sigilo, para no perturbar su silencio casi religioso, del que también emanaba un magnetismo similar al que acababa de atribuir a Elisabeth Mulder. Distinguí en la sombra la arquitectura esbelta de su cuello, igualmente preparado para soportar el yugo del sufrimiento y para modular la queja del deseo. Como una lúcida reminiscencia, volvió a asaltarme el mismo sentimiento que ya me asaltó cuando conocí a Jimena, la misma miedosa veneración que los antiguos profesaban a las sibilas.

—¿Sabes? —dijo de repente, sobresaltándome—. Algo me dice que Ana María no ha muerto. Que está viva, en algún sitio, esperándonos.

Me incliné sobre su cuello, que era cálido y de una blancura ilesa, y noté en mis labios el subterráneo clamor de su sangre deslizándose bajo la piel, como un río de adivinaciones. Sentí entonces que el suelo me faltaba bajo los pies, y que ambos caíamos, tan rápido y tan lejos que el mero vértigo no servía para describir aquella caída. Quizá tampoco sirvan las palabras.

VIII

ALAS DE LUZ EN EL ALMA

Fue Leonardo Gago quien nos habló de aquella biblioteca sumergida que no figuraba en el directorio del Ministerio de Cultura y que no recibía subvenciones de organismos públicos, ni de ninguna de esas fundaciones ornamentales que, a rebufo del feminismo de pandereta, han proliferado en los últimos años. Gago se refirió a ella de refilón, con esa nostalgia afligida del cazador que un día, en una de sus batidas, vislumbra por sorpresa una pieza cinegética que aún no ha incorporado a su sala de trofeos y no logra abatirla; con la misma sorda frustración del cazador que sabe que ya nunca volverá a tener esa pieza a tiro. Las propietarias de aquella biblioteca eran un par de viejecitas lesbianas que habían mantenido en secreto su amor durante los cuarenta años de dictadura y que, por lo tanto, abominaban de ese lesbianismo vociferante y procesional que habían impuesto las nuevas generaciones. Se habían enamorado sesenta años atrás, siendo ambas apenas púberes, cuando coincidieron ocupando cargos directivos en la asociación cultural femenina «Atenea», de inspiración anarquizante, que se instituyó en los albores de la República. Ambas pertenecían a sendas familias de abolengo derechista, de ahí que, a medida que se aproximaba el desenlace de la Guerra Civil y la diáspora republicana adquiría proporciones de desbandada o barahúnda, fueran designadas por la asociación para salvaguardar su escueto patrimonio. Un patrimonio cuya única riqueza reseñable era la biblioteca de más de cinco mil volúmenes e infinidad de colecciones de prensa, centrada en asuntos femeninos, que las socias habían acumulado apurando el dinero de las cuotas y aceptando las donaciones que recibían por parte de los propios autores de los libros y panfletos que se fueron publicando en aquellos años de ebullición editorial. La custodia de aquella biblioteca constituía un pasaporte para el patíbulo; a nadie le hubiese extrañado, pues, que Gabriela y Mercedes —así se llamaban aquellas jovencitas intrépidas o temerarias— hubiesen alimentado la chimenea de sus mansiones familiares con aquel cargamento de libros delatores, durante el invierno en que las tropas nacionales se dedicaron a marear la perdiz de la victoria. Pero ellas se tomaron la misión de centinelas de aquel legado con la misma fiera convicción que habían empleado los dragones de las mitologías para velar los tesoros depositados debajo de su vientre; enaltecidas por su juventud y por la pureza de sus ideales, no hubiesen vacilado en entregar su hálito antes que uno solo de aquellos libros.

    Dividieron la biblioteca en dos y cada una se hizo cargo de la parte que le correspondía, escondiéndola en los desvanes de sus respectivas mansiones familiares, territorio respetado por los expolios y registros que los vencedores perpetraban a las horas más inopinadas o intempestivas. Tuvieron que hacer frente a algunas denuncias y delaciones borrosas, pero el predicamento de sus apellidos les proporcionó inmunidad. Durante casi veinte años, los libros permanecieron ocultos, casi emparedados, sirviendo de pasto al polvo ciego y a los iletrados roedores que hincaban sus incisivos en la piel de las encuadernaciones. También permaneció oculto, casi emparedado, su tranquilo amor, que no desesperó nunca, pues se sabía con todo el tiempo del mundo para resarcirse. Cuando la vigilancia del régimen franquista se relajó, Mercedes y Gabriela solicitaron un anticipo sobre sus herencias, compraron a medias un piso en la calle de la Montera y acarrearon hasta allí la escindida biblioteca. A sus fondos fueron añadiendo, con los funambulismos y artimañas que exige la clandestinidad, la profusa bibliografía del exilio, que les llegaba mediante envíos espontáneos o a través de sus contactos con libreros infractores de la autarquía cultural que padecía España.

Con el restablecimiento de la democracia, Gabriela y Mercedes anunciaron sin grandes alharacas la existencia de su biblioteca y contactaron con diversas universidades, nacionales y extranjeras, rogándoles que les cediesen en depósito copias de todas las tesinas y trabajos de investigación inéditos que se hubiesen realizado bajo su égida o patrocinio, siempre que versasen sobre asuntos femeninos. La biblioteca, que ya sumaba más de treinta mil volúmenes sin contar los cientos de carpetas y archivadores atestados de recortes, amenazaba con desalojarlas de casa, pero Mercedes y Gabriela persistían en la misión que se les había asignado sesenta años atrás y agotaban su ya esquilmada vista en la confección de un fichero manual (despreciaban las ventajas de la informatización), con fichas de esmerada caligrafía donde quedaba registrada cada nueva adquisición. Aunque se habían negado a administrar su biblioteca según una rutina de horarios y trámites burocráticos, la mantenían accesible al público, siempre que los visitantes avalasen su interés. Leonardo Gago se ofreció a actuar de intermediario y recomendarnos ante aquellas viejecitas que, tras una existencia consagrada a la vigilancia de su tesoro, habían adquirido algunas extravagancias y manías persecutorias, agravadas por los achaques de la edad.

Acudimos a aquella biblioteca heroica e incongruente con el mundo, trasplantada a una calle que parecía un escaparate móvil de la degradación, rebozado de un casticismo depauperado y mugriento. Putas milenarias y pavorosas que ejercían su oficio en los portales de las casas abandonadas (el ayuntamiento había anunciado una rehabilitación que las despojaría de esta única posesión precaria); yonquis que vomitaban sobre la acera su síndrome de abstinencia, en una papilla agria y casi incolora, o se inyectaban su dosis de heroína en el tobillo, o debajo de la lengua, como en una eucaristía desesperada, porque tenían los brazos y las piernas cárdenos y reducidos a pura postilla; *sex-shops* con aspecto de barraca de feria, donde se expedían adminículos de segunda o tercera mano, todavía lubrificados y regados de microbios por su dueño anterior; negros que se pavoneaban con camisa de rejilla y pantalón vaquero muy ceñido al paquete, exhibiendo una musculatura en la que aún relucía un sol cartaginés; charlatanes que pregonaban crecepelos y estampas milagrosas y timos del tocomocho, o que conectaban un sintetizador estridente para que una abúlica y hambrienta cabra trepase a una escalera, al ritmo dictado por la fanfarria; y, en definitiva, todos esos escombros humanos con que la marea de las grandes ciudades alimenta sus vertederos, para regocijo de turistas y escándalo de beatorros laicos. A la biblioteca de Mercedes y Gabriela se subía por una escalera que aún conservaba un decoroso lustre, sobre todo en comparación con el portal, donde entre cascotes y desperdicios asomaban su desolación cucharillas requemadas y jeringas donde aún se pudrían los restos de una sangre demasiado parecida a una hemoptisis. Tabares escrutaba estas inmundicias como antes había escrutado a los maltrechos ocupantes de la calle, como quien sondea los signos del apocalipsis y concluye con pachorra que no merece la pena tratar de escapar. Subimos hasta el tercer piso, como Gago nos había indicado; sobre la puerta de madera maciza y mellada por la erosión de los años, figuraba un letrero sobredorado que rezaba: «Biblioteca de la Asociación Cultural Atenea.» Jimena pulsó el timbre y se interpuso entre nosotros y la mirilla, para evitar a las ancianas la visión abrupta de dos hombres algo desaliñados y con aspecto de vendedores de biblias expurgadas. El eco del timbre se desdobló con una reverberación musical que parecía repetirse en cada cuarto y seguir su itinerario a través de un pasillo forrado de anaqueles. Escuchamos unos pasos algo rígidos y gravosos, recostados sobre un bastón, que se detenían a cada poco, como comprobando el orden exacto de la biblioteca.

—Encantada de recibirlos. El señor Gago me advirtió de su llegada. Pasen, pasen.

Mercedes era una mujer menuda, casi invertebrada, a la que calculé algo más de ochenta años. Su vestido, de una tela oscura y muy austera, se permitía la alegría de unos remates de blonda en el cuello y los puños, pero fuera de esas concesiones transmitía una impresión luctuosa. Nos observó con unos ojos celestes y acuosos, velados por una sutilísima niebla que quizá fuese el anticipo de unas cataratas. Hablaba con una cordialidad abstracta y sin destinatario preciso, que parecía esconder una secreta arrogancia. Seguramente había sido bella antes de que las arrugas desmoronasen su rostro, en el que aún sobrevivía el azul monástico de su mirada cuando la luz no delataba aquellas telarañas de niebla que la iban dejando sin vista. El pelo, de una blancura unánime y esbelta, lo llevaba partido en crenchas y recogido en un moño.

—Así que están interesados por Martínez Sagi, ¿eh? —dijo, dándonos la espalda, mientras nos guiaba con su paso renqueante a través del pasillo sombrío, atosigado de libros que apenas se sostenían sobre las estanterías—. Yo llegué a conocerla, muy de refilón, cuando dio una conferencia en el Lyceum. Creo que habló del deporte como vía de emancipación femenina. —Su voz tenía algo de salmodia o cantinela mustia—. Recuerdo que dejó medio turulato al auditorio. Después declamó unos poemas, con una mímica un poco afectada, la verdad. Era mayor que yo, eso se notaba a la legua, pero en la presentación se quitó años. Yo le llevé un libro suyo para que me lo firmara. *Andanzas*, creo que se titulaba, o *Senderos*, o algo así.

—*Caminos* —la ayudó Tabares, mirándonos de reojo a Jimena y a mí. Ninguno de los tres lográbamos disimular nuestra excitación.

—*Caminos*, si ustedes lo dicen. —Mercedes se volvió, para hacer una señal de asentimiento. Reparó admirativamente en Jimena y sus facciones se alumbraron con una tímida sonrisa que era como un último rescoldo de coquetería—. Recuerdo que me costó mucho conseguir el libro. En los periódicos le habían dedicado mucho espacio, pero no se encontraba en las librerías. Tuve que encargárselo a una amiga de Barcelona.

Nos había guiado hacia una especie de sala de visitas, con una camilla cubierta con faldas de tela escocesa y un tapete de ganchillo. Cuatro butacas con reposabrazos también de ganchillo se congregaban alrededor de ella. Sobre un aparador, descansaba una bandeja con pastas de té y un juego de porcelana inglesa con la tetera humeante. La anciana se dispuso a cargar con la refacción que había dispuesto para nosotros, pero Jimena se le adelantó:

—Deje, ya me ocupo yo —dijo.

Confesaré que me enorgulleció su obsequiosidad. En la sala de visitas olía a estufa mal purgada y alcanfor, un olor muy distinto al del resto de la casa, donde triunfaba el olor húmedo y derrotado del papel que ya se decanta hacia la hojarasca. Mercedes nos invitó a tomar asiento. En las paredes de la habitación colgaban como solemnes ahorcados retratos virados al sepia de Carmen de Burgos, Victoria

Kent y otras protomártires del feminismo español. Unas cortinas de encaje, a juego con las blondas que remataban el vestido de Mercedes, proyectaban su dibujo sobre el suelo de madera sin pulimentar y tamizaban la luz cenital del mediodía, que se disgregaba en cientos de motas.

—¿Y guarda todavía aquel ejemplar? —pregunté, incapaz de reprimir la ansiedad.

Me sorprendió que el párkinson no estragase su pulso, cuando tomó la tetera para servirnos. Mercedes tenía unas manos ojivales y pálidas, algo moteadas por el caronjo de la vejez y abultadas por unas venas que se amontonaban sobre su dorso, sin restarle ni un ápice de su aristocracia.

—Por supuesto —dijo. Se había tomado mi pregunta como una especie de ofensa—. Gabriela ha ido a buscarlo, no se crean que es tan fácil localizar los libros. En cada estantería, hemos tenido que meter dos y hasta tres hileras. A este paso, tendremos que ocupar también esta habitación, que es la única que queda libre, aparte del cuarto de baño. —Ensayó una mueca de exhausta ironía—. Entre que lo encuentra y que no, pueden irle echando un vistazo a esta carpeta.

Tabares, que permanecía sumido en un mutismo poco acorde con sus estrepitosos modales (quizá algo coartado por la venerable estampa de Mercedes), se abalanzó sobre la carpeta con una prontitud caníbal. Contenía una colección completa de la sección «Página de la Mujer», que Ana María Martínez Sagi había coordinado para el diario vespertino *La noche* en 1932. En sus batidas por hemerotecas y archivos, Tabares sólo había encontrado números dispersos de aquel suplemento pionero donde Elisabeth Mulder y la propia Ana María mantenían secciones fijas, complementadas por otras colaboraciones muy combativas donde se vindicaba una mejora de la condición social y familiar de la mujer. Para que la página no resultase demasiado doctrinaria o inasequiblemente literaria, incluía, a modo de sueltos o breves, recetas culinarias y consejos de tocador.

—En Madrid no existía nada parecido —señaló Mercedes, mientras Tabares repartía los recortes, que estaban a punto de quebrarse por los dobleces—. Los periódicos se negaban a conceder atención a la mujer, o sólo le concedían una atención cosmética. Quienes lo hacían seguían pensando que nuestra función era la de floreros conyugales. Entre la minoría de mujeres avanzadas, aquella «Página» de Ana María Martínez Sagi era como un respiro o una tabla de salvación ante la cazurrería ambiental.

Bajo el epígrafe de «Instantáneas», Ana María Martínez Sagi trataba de captar los contornos movedizos de la mujer contemporánea y de otorgar voz a sus nuevas inquietudes y aspiraciones. En algunos artículos aparcaba sus tentaciones líricas para ofrecer una radiografía casi antropológica de esa mujer nueva a la que iba dirigida aquella novedad periodística:

Determinemos, pues, quiénes son estas mujeres que constituyen el nuevo tipo femenino. Desde luego, no son las encantadoras jovencitas cuya novela terminaba en un matrimonio feliz, ni las esposas que sufren resignadamente las infidelidades del marido, ni las casadas culpables de adulterio. No son tampoco las solteronas entregadas toda su vida a llorar un amor desgraciado de su juventud, ni las «sacerdotisas del amor», víctimas de las tristes condiciones de la vida o de su propia naturaleza viciosa. No. Estas mujeres son algo nuevo, es decir, un quinto tipo de heroína desconocido anteriormente; heroínas que se presentan a la vida con exigencias propias; heroínas que afirman su personalidad; heroínas que protestan de la servidumbre de la mujer dentro del Estado, en el seno de la familia, en la sociedad; heroínas que saben luchar por sus derechos. Representan un nuevo sexo. Son mujeres «célibes», denominación la más apropiada que podemos dar a este nuevo tipo de mujer.

El tipo esencial de la mujer del próximo pasado era la «esposa», la mujer sólo resonancia, instrumento, complemento del marido. La mujer del nuevo tipo «célibe» está bien lejos de ser una resonancia del marido; ha cesado de ser un simple reflejo del hombre. La mujer célibe posee su propio mundo interior; vive entregada a intereses humanos y generosos; es independiente interior y exteriormente. Hace veinticinco años, una definición de esta clase hubiera sido considerada vacía de significado. Los cuadros eran sencillos y definidos: la jovencita, la madre, la amante o la mundana, del género de Elena Kurakin en la novela Guerra y Paz, *de Tolstói. Estos tipos eran moneda corriente, clara y comprensiblemente. Para la mujer «célibe» no quedaba sitio en la literatura ni en la vida.*

Cuando la Historia producía mujeres con rasgos semejantes a los de las heroínas contemporáneas, eran consideradas como desviaciones puramente accidentales de la norma, como verdaderos fenómenos psicológicos.

Pero la vida no puede permanecer inmóvil y la rueda de la Historia, al girar con ritmo cada vez más acelerado, obliga a los hombres de una misma generación a aceptar nociones diferentes, les hace enriquecer su vocabulario con un material nuevo. El nuevo tipo de mujer, la mujer «célibe» desconocida de nuestras abuelas y hasta de nuestras madres, es en nuestra época un hecho real, un ser vivo con existencia propia.

Pero junto a estos artículos convivían otros, más poéticos o introspectivos, donde Ana María intentaba penetrar en el jardín clausurado de la sensibilidad femenina. Ni siquiera su pertenencia militante a este nuevo tipo de heroína célibe que tan ajustadamente había descrito la privaba de ensalzar los instintos maternales, que consideraba el rasgo más enaltecedor de la mujer, como ocurre en «La enferma de hastío»:

Desde la terraza de un restaurante céntrico, la he visto llegar a usted, señora. Ha descendido de su soberbio Packard azul —extra-

ño contraste el de su traje vaporoso y alegre y el de su juventud magnífica con el rictus cansino de los labios, mojados de spleen—. Lentamente, pausadamente, ha buscado usted su mesa, ha pedido cualquier mezcla exótica, de ésas de color atrayente y detestable sabor, y ha dejado transcurrir así, sin ver, sin beber y yo creo que hasta sin pensar, unas horas largas. Su mirada ha vagado distraída siempre; lejana, perdida por no sé qué laberintos impenetrables, por no sé qué sendas ocultas.

¿Estaba usted triste? ¿Disgustada? ¿Dolorida bajo el peso de alguna grave preocupación? No. Estaba usted sencillamente hastiada y aburrida. Poseedora, gracias a la varita mágica del dinero, de tanta cosa apetecible; satisfechos gracias a él tantas ambiciones y tantos caprichos, ha acabado usted enferma de saciedad, por creerse moralmente hundida, aplastada por sus días grises y monótonos, no sacudidos jamás por el viento de no importa cuál deseo.

Ésta es una enfermedad peligrosa, señora. Más seria de lo que usted en realidad se imagina. Significa una tortura moral inaudita ser presa del hastío y la abulia. No encontrarle a la vida un sentido amable e interesante, un encanto y una seducción poderosos ha de ser muy doloroso y muy triste. No vivir para lograr no importa cuál ideal —el suyo—, ni para apreciar alguna de las bellas mentiras, ni para dirigir nuestras ansias y esfuerzos hacia alguno de estos encantadores espejismos con que la vida nos suele engañar piadosamente debe de ser muy desconsolador. Terrible dolencia esta del cansancio, cuando los senderos se encienden de rosas y la antorcha de la juventud flamea en las manos. Castigo cruel, el de sentirse prematuramente viejo, escéptico e indiferente; el de saberse sombrío y estéril, cuando aún nos llegan claridad y quimeras desde los anchos cielos, y la verdad existe en los ojos maravillados de los niños.

Los niños... ¿No se ha detenido usted nunca a pensar en el tesoro de atracción, de palpitante interés, que significa la vida de uno de estos pequeños? ¿No cree usted que lo único realmente atra-

yente y deseable son ellos, con sus potencias en embrión, con sus sentimientos incontaminados, con sus curiosidades y sus afanes y sus pequeñas grandes tragedias?

El mundo maravilloso de los niños... El descubrimiento de sus misteriosas vidas en flor. La metamorfosis de su personalidad. La comprensión de sus horas vírgenes, de sus inquietudes nuevas, de sus alegrías simples, de sus preocupaciones pueriles. Dormirse en sus sueños, adentrarse en sus corazones, fundirse en sus ideas, palpitar en sus latidos. Caudal desconocido, inconmensurable, el de una de estas vidas infantiles.

Señora tan pálida, tan triste, tan aburrida de todo. El día en que deje olvidado el perro en la casa, y en su lugar traiga un niño en la mano, tendré entonces la seguridad absoluta y la satisfacción inmensa de creerla completamente salvada.

Esta concepción redentora de la maternidad (pero de una maternidad sin hombre, despojada de su trámite carnal) era la misma que ya habíamos rastreado en su cuento *La Dama en gris,* publicado en *Crónica.* No se trataba tanto de una maternidad clásica, que naciese del anhelo de perduración, como de la necesidad de completarse, como si Ana María Martínez Sagi, que se había adherido al modelo de mujer «célibe», se sintiese sin embargo amputada sin ese complemento filial, donde a su entender la feminidad hallaba su plenitud. Parecía una contradicción a simple vista, pero en ese anhelo se contenía una forma de radical coherencia: así se consumaba esa entrega «a intereses humanos y generosos» a la que se había referido en el otro artículo; así, siendo fecunda sin avenirse al contrato matrimonial, se lograba la suma independencia. Mercedes se había recostado en su butaca, esperando que el té se enfriase; todo era discreto y mesurado en ella, pero no consiguió evitar que a su voz acudiese el registro melancólico del fracaso:

—Eso es algo que hemos deseado todas, de algún

modo. Unas con más éxito que otras. Por desgracia, la naturaleza no ayuda.

Se abrió uno de esos silencios embarazosos en los que, además, uno nada tiene que decir, porque sus palabras no servirán de consuelo, quizá sólo contribuyan a trivializar una dolencia que es mejor dejar intacta. De ese silencio vino a rescatarnos Gabriela, que era una mujer risueña y opulenta, menos atractiva sin duda que Mercedes, pero con una aportación temperamental que le faltaba a la otra. Seguramente había sido feraz en su juventud, aunque esa feracidad la hubiese sacrificado por amor, y en sus ademanes, enérgicos y resolutos a pesar del reúma que la afligía, se percibía ese dispendio vital de quienes necesitan hacerse útiles a los demás. Al principio pensamos que volvía de vacío; luego reparamos en el librito («no mayor que un breviario», como había escrito Alberto Insúa) en dieciseisavo que sus manos casi ocultaban.

—Se había quedado atrapado al fondo de la estantería —se excusó. Tenía una voz singularmente dulce y aquietadora—. Pensé que no lo encontraba. Pero no me he presentado: Gabriela Cuesta, para servirles.

Y nos tendió una mano de matrona, en la que ya empezaba a arracimarse la arteriosclerosis. Entonces Jimena reparó en que tampoco nosotros habíamos hecho las presentaciones de rigor, y suplió esa falta de urbanidad cediendo su butaca a Gabriela, que se empeñó en rehusarla. Tabares y yo no apartábamos la mirada del ejemplar de *Caminos*, como si temiéramos que de un momento a otro se fuese a desvanecer. Un temblor de inminencia me fue trepando por las piernas, se me arremolinó en el estómago y me hizo castañetear los dientes. El corpulento Tabares, en cambio, temblaba a lo ancho, y la excitación se le hacía perceptible en las mejillas, que empezaron a vibrar con un movimiento parecido al de la deglución, como si la boca se le hiciese agua.

—No, no se muevan, y consulten con tranquilidad el libro —dijo Gabriela—. Mercedes y yo estamos muy ocupadas rellenando fichas. La vista ya no nos funciona como antaño, y cada vez somos más lentas. —No había queja en esta constatación, sólo una resignada tristeza—. Dentro de un rato volveremos, por si necesitan algo más.

Dejó el libro sobre la camilla y le hizo un signo perentorio a Mercedes, que se irguió con esfuerzo, apoyándose en el bastón que suplía su falta de agilidad. Gabriela la tomó del brazo, y de esta guisa abandonaron la salita, súbitamente núbiles y como instaladas en un noviazgo perpetuo. La portada de *Caminos* ostentaba una viñeta casi reducida a líneas y zonas de sombra, en la que se distinguía, en una esquina, el rostro ensimismado de una mujer que contemplaba el lejano resplandor de la luna. Debajo del nombre de la autora y del título, se leía, en letras de un cuerpo menor: «Pórtico de Sara Insúa. Post Scriptum de Regina Opisso de Llorens.» Sara Insúa, además de avalar el libro con su prólogo, quizá hubiese actuado como intermediaria en la interviú que su hermano Alberto le había hecho a Ana María, durante su estancia en Madrid. En aquellas frases preliminares, después de un exordio un tanto peregrino en el que se ofrecía una interpretación libérrima del episodio del Génesis donde se nos narra el primer pecado del hombre (pecado que la autora identifica con el «Amor», escrito así, con mayúscula), Sara Insúa define a Ana María Martínez Sagi: «Un poeta netamente amoroso. Amoroso y triste, que busca por caminos espinosos, que arañan y muerden —caminos de dolor—, ese dulce sufrir, esa ansia ácida, creadora de los héroes inmortales del poema y de la novela, que se llama amor.» Y, al analizar sus versos, abunda en esta línea y añade que son «una revelación de su alma exquisita y enferma de pasión, que busca en vano el ideal que no se concreta. Son tal vez la expresión universal del amor que, como hijo del pecado, deja siempre atrás heces, remordimientos, concesiones, arrepentimientos, iras y, en suma, dolor». En su epílogo, Regina Opisso de Llorens, sobrina del célebre dibujante y escritora ya veterana que había frecuentado casi todos los géneros, después de condimentar los versos de Ana María con tópicos de formulario («todo es belleza y encanto», «todo es amable y acariciador»), hace una observación muy lúcidamente sintética que quizá sirva para definir mejor que ninguna otra el espíritu de *Caminos:* «Y hay también en estas composiciones un misticismo que podríamos llamar misticismo pasional.» Antes, Regina Opisso ha resaltado, en una semblanza fugaz, la condición paradójica de la poetisa, en quien conviven, en trémula simbiosis, el frenesí del siglo recién estrenado con un poso de siglos ya extintos:

Y no obstante ser Ana María una mujer ultra-sensitiva es a la vez una fémina ultramoderna, que ama los deportes y los practica con singular entusiasmo.

El tennis *es su juego preferido. Prodigiosa raquetista, le hemos visto bajo nuestro cielo añil, corriendo y agitando en alto la raqueta como si fuese una gran ala de mariposa.*

Excelente nadadora, ama el mar y se sumerge en sus aguas sin temor, como otra Anita Kellerman. Así es Ana María, la esquiadora gentil devota de la nieve y de la sombra oscura de los bosques; la excursionista que conoce la cinta blanca de todos los caminos; así es esta mujercita que escribe versos, redacta interviús y escribe artículos con una prosa limpia y fluida como un madrigal.

Aquel ejemplar de *Caminos* estaba dedicado «A Mercedes Silva y Gabriela Cuesta, que ya han encontrado su camino, por lo que las envidio y admiro». Bajo la firma de letra redonda, quizá algo achatada y nerviosa, se leía una fecha, 29 de octubre de 1931, la misma en que Ana María había

Portada de Caminos *(1929).*

pronunciado su conferencia en el Lyceum Femenino. Todos los poemas que conformaban el libro estaban escritos por una joven que, pese a sus escasos 22 años, seguía paseando por la vida con «alas de luz en el alma, / inquietud en las pupilas, / y en el corazón la llama / de la piedad encendida», pero que, en medio de tanta inocencia, empieza a maldecir la desolada certeza de tantas noches «sin ternura, sin amor. / Sin encontrar un hermano / que comprenda cuán humano / es mi cáliz de dolor». A lo largo de todo el libro, se repite ese afán de darse a los demás, pero también la sospecha de que su «dolorido lamento / huirá en alas del viento / y nadie lo ha de escuchar». O que, en caso de que alguien lo escuche, «será tan tarde / que habrán muerto mis canciones / y mi juventud fragante / y serán nieve los labios / que no pudieron besarte». Quizá la mayor originalidad de *Caminos* consista en la omnipresencia de un amor blanco en el que quedan excluidos los tumultos de la pasión, «el deseo vil e impuro» del que ya Ana María Martínez Sagi parece hastiada, antes incluso de haberlo conocido. Como modelo de ese amor espectral, de un misticismo sin mancha, la poetisa se refiere al idilio que la naturaleza mantiene consigo misma, cuando la luna es «como una serenata / de luz sobre el cielo»:

> *Y los cisnes y las nubes,*
> *y aquellos lirios morados,*
> *en la hora del ensueño*
> *castamente se han amado*
> *con un amor infinito*
> *todo blanco... todo blanco.*

Y a ese amado vago (sombra de un sueño, ni siquiera sombra real, pues los versos de *Caminos* parecen escritos por alguien cuyo conocimiento del amor nace del anhelo, nunca de la consumación) se dirige la poetisa, para demandarle besos a los que no acuda la carne:

> *Quiero que tus besos, tus besos de fuego*
> *que queman los labios,*

se tornen, amado, como una azucena
de puros y blancos.
Que, al besarme, alejes pasión y deseo.

«Luz y barro», quizá el poema más memorable de *Caminos*, introduce la repugnancia ante el hombre que busca en otros labios abrevar el agua que aquiete su lujuria: «¿No estoy hecha de luz como una llama? / [...] No te acerques, pues, hombre. Tú estas hecho / de carne y de deseo... El aliento que sale de tu boca / abrasa [...] / Me asquean tus caricias. Cuando besas, / me dejas en los labios una mancha.» Angustiada repulsa que, aunque nacida de un espíritu virgen (frente al mayor conocimiento de las cosas carnales que traslucía la autora de *Sinfonía en rojo*), evocaba a la Elisabeth Mulder de «El pulpo». Toda esta sublimación mística de la pasión amorosa que no encuentra un destinatario de carne y hueso, y toda esta perentoria necesidad de ofrendarse sin pecado, pero sin saber a quién, la desaguaba Ana María a través de una especie de sufrimiento panteísta, en comunión con el paisaje, que se convierte así en una emanación de su «alma cansada que vive sollozando»:

Hoy me da pena todo: los árboles desnudos,
la calle solitaria, la tarde tan callada,
los sollozos del viento que pasa enloquecido,
la canción melancólica de la fuente lejana.
La feliz inocencia de aquel niño que ríe,
la pureza inefable de sus pupilas claras,
la belleza infinita de su corazón limpio
que ha de saber tan pronto todas las cosas malas.

Y de esa percepción hiperestésica del dolor surge una voz desengañada, postrada por una pesadumbre descreída, atrozmente prematura, que entiende la existencia como un ejercicio reiterado de fatalidad:

> *Es ley fatal. Tras la risa se esconde*
> *la amargura cruel y lacerante.*
> *El encanto que urdió la alba mañana*
> *se nubló con las sombras de la tarde.*
> *De las bellas quimeras y esperanzas,*
> *de los sueños felices e inefables,*
> *nos despierta implacable, hosca y dura*
> *la verdad siempre cruda y miserable.*
> *Tras el logro y la conquista, la renuncia.*
> *Tras la fe, las hondas dudas torturantes.*
> *Tras el goce y el amor, el desencanto*
> *infinito y el hastío de la carne.*

Hacia ese camino de renuncias y desencantos y hastío parece dirigirse la poesía de Ana María Martínez Sagi, quien hacia el final del libro, con sobrecogedor pesimismo, se declara «un astro lejano que ha tiempo que no brilla», «una tierra estéril sin frutos», «un verso no escrito», «un beso sin fuego, un cuerpo sin vida». Había en *Caminos* el eco estremecido y candente de la poetisa uruguaya Juana de Ibarbourou (que había escrito «No codicies mi boca. Mi boca es de ceniza / y es un hueco sonido de campanas mi risa»), de quien toma prestado el fervoroso panteísmo, liberándolo de su tórrida sensualidad. Y había ecos, sobre todo, de la argentina Alfonsina Storni, de quien Ana María heredaba un deseo de sentirse alada y en perpetua donación a los demás, aunque esa donación la condujese al acabamiento (también la Storni había sentido el deseo de «Ir cruzando la vida con alas en el alma, / con alas en el cuerpo, con alas en la idea / y un ligero cariño a la muerte que llega»). Como Alfonsina Storni, Ana María Martínez Sagi parecía reclamar el dolor como musa de su canto, pero, más allá de estas influencias incontestables, lo que distinguía *Caminos* y lo elevaba sobre el légamo de tópicos de un modernismo tardío era, precisamente, su clima de ingenuo misticismo, su calidad de azucena todavía no tronchada o de armiño que aún no ha mancillado su pelaje, a pesar de que ya se haya asomado a los continentes pavorosos de la angustia. Esa inocencia angustiada alejaba a Ana María Martínez Sagi de sus maestras sudamericanas, donde el dolor o la exultación siempre nacían, o al menos se expresaban, a través de la carne; en *Caminos*, libro primerizo pero ya impregnado de una personalidad poética propia, no había otra expresión que la de un alma que se inmola.

Se nos fue el día leyendo y comentando *Caminos*, manoseando sus páginas mínimas de breviario donde se contiene un rezo cuyo rumor llevábamos persiguiendo muchos meses. Con el descubrimiento de aquel libro, concluíamos nuestras pesquisas madrileñas y completábamos también la efigie juvenil de Ana María Martínez Sagi, de cuya vida, sin embargo, tantos tramos nos quedaban por dilucidar. «Algo me dice que Ana María no ha muerto. Que está viva en algún sitio, esperándonos», me había confesado Jimena, y esas palabras que seguramente no habían sido formuladas con vocación de oráculo, sino para dar voz a un deseo, crecían dentro de mí, como una letanía cada vez más convencida y pujante. Quizá para celebrar que por fin nos íbamos de Madrid, el cielo poroso del atardecer se fue abarrotando de nubes que pronto chocarían entre sí, adquiriendo una belleza pánica que ahuyentaba a los pobladores de la calle Montera, habituados a la intemperie pero no tanto a la lluvia. Mercedes y Gabriela volvieron a la sala de visitas cuando el recuadro oscuro de la ventana se rasgaba con el primer relámpago.

—¿Les ha sido de provecho la lectura? —nos preguntó

Gabriela, con una jovialidad que Mercedes rectificaba, mirando de hito en hito a Jimena, recordando quizá su abolida juventud.

Afuera, la tromba de agua aniquilaba los contornos de las cosas y arrojaba sobre los cristales de la ventana una metralla líquida que amenazaba con quebrarlos.

—Ya lo creo —afirmó Tabares, levantándose de la butaca con una premiosidad agarrotada, como si la proximidad de aquellas dos ancianas le infundiese un sentido del respeto inédito en él—. Andábamos detrás de este libro desde hacía siglos.

—Creo recordar que era un libro muy bonito, lleno de invocaciones a un amante idealizado, ¿no es así? —dijo Gabriela, cuyas dotes nemotécnicas no parecían mermadas por la vejez—. A Mercedes y a mí nos gustó mucho en su día.

—Otro fuego la quemaba por dentro —murmuró Mercedes, con mención críptica e impía—, aunque lo disfrazara de amante idealizado.

Los hilos de lluvia que resbalaban por el cristal se reflejaban sobre los retratos de la pared, también sobre los rostros de Gabriela y Mercedes, como una lepra imaginaria que les corroyese la piel.

—Yo volví a verla mucho tiempo después, en Mallorca —dijo súbitamente Gabriela, con cierta prevención—. Bueno, no estoy segura de que fuese ella, aunque creo que sí.

Miré con ansiedad cómplice a Jimena, a quien también este comentario había puesto en guardia. Tabares escuchaba más estólidamente, como si entre sus inquietudes no se barajase la posibilidad de que Ana María estuviese viva, o como si su incredulidad le impidiera conceder crédito a este tipo de azares.

—Nunca me lo mencionaste —observó con levísimo enojo Mercedes. El reproche no procedía de su voz, sino de sus ojos acuosos y celestes.

—Ya te digo que ni siquiera estoy segura de que fuese ella —siguió Gabriela, ajena a la expectación que sus palabras suscitaban en Jimena y en mí—. Además, todo ocurrió muy rápido, ni siquiera intercambiamos palabra. Yo había ido a hacerles una visita a mis primas, como tantos otros veranos. Paseábamos por el puerto de Alcudia, y era casi de noche. Había una mujer en los malecones que miraba el mar, como si quisiera distinguir alguna olvidada ruta de navegación que se perdiese en el horizonte. Iba vestida de forma un poco estrafalaria, como visten las americanas, con ropas chillonas. —La voz de Gabriela quedaba envuelta y desfigurada por el repiqueteo de la lluvia, por la reciedumbre de los truenos que parecían hacer retemblar los cimientos de la casa—. Y juraría que llevaba peluca, una peluca horrorosa que le daba a su cabeza el aspecto de un casco. Pero la expresión era la misma, un poco menos impetuosa, un poco más entristecida, y desde luego mucho más arrugada. Aspiraba el olor a brea y sal del mar con auténtica fruición, como si le recordase la infancia. Al cruzarme con ella, me quedé mirándola fijamente, y ella también me miró a mí, y aunque ambas sabíamos que nos habíamos visto antes, no llegamos a reconocernos del todo. —Se encogió de hombros, como justificándose a sí misma y también a la presunta Ana María Martínez Sagi, por no haber tenido una memoria más presta y selectiva—. Después de todo, apenas nos conocíamos de un intercambio de cortesías al final de una conferencia. Todavía me parece estar viéndola, plantada en el malecón del puerto de Alcudia, mirando hacia lo hondo. Era la viva imagen de la soledad.

Un relámpago iluminó la sala de visitas con su itinerario quebradizo, incorporando una blancura de escayola a nuestros rostros.

—¿Y cuándo ocurrió aquello? —preguntó Jimena.

Gabriela se mordió el labio inferior, apenas una línea sin volúmenes, desgastada ya de tanto sonreír:

—Hará poco más de veinte años. A principios de los setenta. Me acuerdo porque todavía no había acabado de palmarla Franco, y aún manteníamos en secreto nuestra biblioteca.

Poco más de veinte años. Desde esa lejanía menos remota (cuatro largas décadas desde el momento en que nosotros le perdíamos la pista y este otro que ahora nos testimoniaba Gabriela), Ana María Martínez Sagi parecía hacernos señales, como un náufrago que clama por su salvamento. Quizá estuviese viva en algún sitio, esperándonos, como había aventurado Jimena.

IX

LAS MÁSCARAS DEL POETA

La excusa para viajar a Barcelona y la justificación ante Leonardo Gago, que se resistía a que abandonásemos nuestras catalogaciones nocturnas en la nave de la carretera de Irún, nos la proporcionó la escandalera provocada por *Mascarada,* un largo poema en eneasílabos que el poeta Pere Gimferrer había dado a las imprentas después de varios años de silencio o barbecho creativo. *Mascarada* había sido escrito bajo la advocación de André Breton, en ese estado de gracia efervescente que propicia la escritura automática, y a lo largo de sus cuatrocientos cincuenta versos que desdeñaban la puntuación se concitaban, como en un gran aquelarre alucinado, los espectros del amor y de la muerte, incendiados en una estrecha trabazón que tenía el vértigo de un carrusel. La yuxtaposición de imágenes subversivas, el clima tenebroso y carnal heredero a la vez de nuestra poesía barroca y de las vanguardias europeas, las menciones elípticas y vertiginosas a una ciudad desmantelada que era el París de 1970, cuando el poeta Gimferrer se había iniciado en los ritos prohibidos de la carne y había descubierto la llamada oscura y orgiástica de la muerte, convertían *Mascarada* en un raro combinado químico, mezcla de biografía onírica y visión de ultratumba, que chocaba con la dictadura hegemónica impuesta por las tendencias poéticas más realistas o agropecuarias. El alboroto promovido tras la publicación de *Mascarada* nada tenía que ver, sin embargo, con los valores estéticos de la obra (faltaría más), sino con una mención muy somera, casi hecha como de pasada, a la actualidad política más inmediata («gobierno de ropavejeros», designaba al séquito del recién depuesto Felipe González) y, sobre todo, a unos pasajes eróticos que no rehuían la escabrosidad explícita y el homenaje a las formas más heterodoxas del *amour fou*. En plena exaltación de las noches clandestinas vividas en Saint-Germain, sobre un fondo de «*bistrots* de zinc ametrallado», mientras el jardín de Luxemburgo moría en las cavernas de la tarde, el poeta Gimferrer no se recataba de invocar «el ángel de la coprofilia» y de celebrar la gravidez de unas nalgas femeninas que regalaban un «reguero de perlas foscas» y un «aroma de ámbar subterráneo». En realidad, el poeta Gimferrer no iba más allá de lo que pudieran haber ido Apollinaire o Bataille o Neruda (no tan lejos, desde luego, como Sade), pero *Mascarada* en seguida alcanzó una celebridad escatológica que abrumaba a su autor.

Precisamente con el reclamo de estas carnazas quisimos engatusar a Leonardo Gago, prometiéndole una entrevista polémica o incluso un poco barriobajera, a poco que el poeta Gimferrer entrase al trapo, que podría aparecer en el siguiente número de su revista, coincidiendo con el lanzamiento de la traducción al castellano de *Mascarada*. A Gago le sedujo la idea de la entrevista, y se comprometió a sufragarnos el viaje a Barcelona, incluida la gasolina que consumiéramos y la estancia en un hotel decoroso. Menos razonable le pareció que quisiéramos viajar los tres en comandita, pues para hacer una entrevista, a su juicio (recto juicio al que nada cabía oponer) bastaba una persona, a lo sumo dos si el entrevistador era lerdo o no se manejaba con la cámara fotográfica. Tabares trató de convencerlo, apelando a la camaradería y desplegando una panoplia de argumentos a cada cual más desquiciado y peregrino (atribuyó a Jimena conocimientos taquigráficos que garantizarían la fidelidad de la transcripción, como si el magnetófono no bastase; me presentó, para mi rubor, como el más fiable especialista y admirador del poeta Gimferrer, para lo cual me hizo recitar algunos de los fragmentos más divulgados de *Arde el mar*, disculpó mi timidez patológica, que me impediría mantener una conversación con el ídolo y que él se encargaría de suplir con su facundia), pero a cada argumento aportado por Tabares, se apuntalaba en Gago la sospecha de que, bajo nuestro interés postizo por el poeta Gimferrer, se escondían las ganas de corrernos una juerga barcelonesa a su costa. No se tragó, por supuesto, que Jimena estuviese diplomada en taquigrafía (disciplina tan arqueológica y en desuso como el idioma esperanto), ni que yo profesase un rendido culto al poeta Gimferrer, pero sí debió de admitir la facundia de Tabares, porque lo interrumpió para escupirle:

—Desde luego, tienes un morro que te lo pisas.

Tanta desfachatez creo que lo había indignado, más que nada porque intuía que estábamos defraudando su confianza, como esos dependientes que aprovechan que el dueño los deja al cargo del negocio para rapiñar unas cuantas primeras ediciones y venderlas en una almoneda. Adoptó ese aire fingidamente distraído que empleaba con los clientes pelmazos que entraban en su librería para incordiar y discutirle los precios, un aire como de ensimismamiento disuasorio que su ojo viudo subrayaba. Tomó una escalera y trepó por ella hasta los anaqueles más altos, donde se alineaban las piezas más valiosas, incluido algún incunable, a prueba de cleptómanos saltimbanquis. Jimena se encargó de reparar el desaguisado:

—Perdónenos, Leonardo, le hemos mentido. Andamos

detrás de la pista de una poetisa catalana de los años treinta desde hace meses —explicó. La contrición era sincera, pero no servil. Tabares y yo agachamos la cabeza abochornados, me temo que más abochornado yo que él—. De ahí nuestro interés por conocer la biblioteca de las viejecitas de la calle Montera. Y ahora queremos proseguir la búsqueda. Pensamos que el poeta Gimferrer quizá pueda darnos alguna información valiosa, al parecer tiene un memorión de elefante y no se le escapa una.

Gago giró el rostro y miró a Jimena por encima de las gafas, con un ímpetu inquisitivo también subrayado por su ojo viudo. Sus labios se curvaron en un mohín de disgusto:

—¿Cómo? ¿Y me lo decís ahora? Ya me olía yo que estabais tramando algo. —El enojo se le había disipado, como un gas volátil, y había sido suplantado por esa voraz curiosidad que asalta al sabueso de libros, cuando le presentan un señuelo—. A ver, contádmelo todo despacito.

A Tabares lo acompañaba siempre su costrosa carpeta en la que iba almacenando las pruebas documentales de nuestra pesquisa, así que no resultó demasiado lioso ni arduo ilustrar los avatares que nos habían conducido a la exhumación de aquella mujer admirable y preterida en la tómbola de la celebridad. Gago escuchaba el relato de la investigación (que Tabares se encargó de adornar, intercalando exclamaciones e hipérboles), y se iba quedando prendado de un personaje que ya tenía tanto de tinta y papel como de carne y hueso.

—Fuera de esos años que median entre 1929 y 1935, no sabemos casi nada más sobre ella —resumí yo—. Bueno, contamos con una mención muy escueta de Ruano, en su *Antología de poetas españoles contemporáneos,* que nos informa que vivió después de la guerra en París, en el barrio de Montparnasse. Y, ya por último, el testimonio de Gabriela Cuesta, que asegura haberse cruzado con ella en el puerto de Alcudia, en la isla de Mallorca, a mediados de los setenta; pero no es un testimonio del todo fiable, el encuentro fue fugaz. Y nada más, me temo.

Jimena no reprimió su entusiasmo; con vibrante seguridad, añadió:

—Quizá todavía esté viva.

A Gago se le habían humedecido las manos con ese sudorcillo incontrolable que acompaña los accesos de ansiedad. Se las frotó contra la pechera del guardapolvo y corrió hasta la puerta de su establecimiento, para echar el candado y colgar el cartel de cerrado. Sus facciones enjutas se habían afilado aún más, como si al mareo o extravío que al principio le había producido la catarata de datos que le habíamos proporcionado le sucediese una ebullición interna. Los libros que forraban las paredes hasta el encumbradísimo techo parecían haber empezado a germinar, como si planearan multiplicarse hasta el infinito.

—Pero... pero no me lo explico —balbució Gago—. Llevo más de veinte años en el negocio y jamás ha caído en mis manos un libro de esa mujer. Parece hasta mentira.

Tabares lo tomó de los hombros y le palmeó la espalda con tal denuedo que casi lo descuajaringa.

—No te desmoralices, Leonardo, a mí me había pasado lo mismo —dijo, arrogándose unos méritos profesionales que no estaban, desde luego, a la misma altura que los de Gago—. Ana María, por lo que se ve, publicaba en ediciones de autor muy restringidas, no creo que de *Caminos* tirara más allá de doscientos o trescientos ejemplares. Y del segundo libro, *Inquietud*, ni nosotros mismos sabemos nada, fuera del título y de que fue publicado en 1932.

Pero Gago estaba severamente contrariado, y los lenitivos de Tabares sólo servían para hundirlo más en la ciénaga de su imprevista ignorancia:

—Ya, hombre, pero se supone que yo soy la máxima autoridad en rarezas de esa época —se lamentó. A su rostro había subido un color viscoso y mórbido, como de enfermo de septicemia—. Y luego está el error imperdonable de no haber reparado jamás en la entrevista de Ruano, ni en los artículos de Elisabeth Mulder. Es que no tengo perdón de Dios.

Entonces debió de darse cuenta de que su derrumbamiento estaba resultando demasiado patético y rectificó su actitud. Volvía a ser el hombre melancólico y taciturno que conocíamos, casi elegíaco, pero a esos rasgos se sumaba ahora el de la magnificencia:

—Nada, nada, os patrocino el viaje a los tres. Y os pago el hotel los días que haga falta, dentro de un plazo razonable —propuso, con esa franqueza resignada de quienes saben que nunca se harán millonarios, porque hay curiosidades que los pierden—. Pero con la condición de que me mantengáis al tanto de todo lo que vayáis descubriendo.

—Si es que descubrimos algo —añadió Jimena, para atajar la tentación del triunfalismo.

Se negó a aceptar nuestras efusiones de gratitud, que lesionaban su temperamento adusto. Tan repentina mudanza en el ánimo de Leonardo Gago no podía explicarse sino como la consecuencia de ese impulso de naturaleza quizá morbosa (y contra el que no existe, desde luego, ningún antídoto), innato en unos pocos hombres cultivados, a quienes nada interesa en la vida salvo los libros, monomanía o forma suprema de delicadeza que se manifiesta de las formas más diversas e impremeditadas, desde la decisión de ingresar en la orden de la caballería andante que adoptó el hidalgo Alonso Quijano a la insensata prodigalidad que amenazaba con arruinar a Leonardo Gago, a poco que siguiera editando libros a poetillas postulantes o sufragando expediciones como la nuestra. Parecido impulso o síndrome afligía al poeta Pere Gimferrer, quien había llegado a confesar que nada en la vida le había interesado ni importado realmente aparte de los libros, afirmación que algunos habían malinterpretado como una especie de voluptuosa dimisión del mundo, como un encierro egoísta en su torre de marfil, pero que a él le había servido para emplearse en esa revolución permanente que transforma la vida en sustancia poética y la aparta de esa máquina esterilizante y somnífera que hemos dado en denominar realidad. No fue una tarea trivial fijar una cita con el poeta Gimferrer. Aunque se atenía a un estricto y casi embarazoso horario en la editorial barcelonesa para la que lánguidamente trabajaba, el bosque de secretarias interpuestas entre su despacho y el mundo exterior era demasiado tupido o ceremonioso. Cuando por fin conseguí contactar con él, su voz se oía lejanísima, como si apartase el auricular de la boca, por temor a que la línea también transmitiese las salpicaduras de saliva de su interlocutor, o como si ese auricular tuviese forma de caracola marina y la voz del poeta Gimferrer se adelgazase en la espiral de sus circunvoluciones. Hablaba de un modo insistente y subrepticio, como si calibrara las palabras antes de formularlas y luego volviese sobre ellas, en un afán de exhaustividad que hacía de su conversación una incesante glosa, llena de meandros, divagaciones, incisos, tirabuzones churriguerescos, todo un repertorio de recapitulaciones que confluían en el dadaísmo.

—Disculpe, ¿hablo con Pere Gimferrer? —dije, pues desde el otro extremo de la línea sólo se oía un repiqueteo metálico.

—Sí, soy yo. Recuerdo su apellido —me espetó, a modo de salutación. Su acento era un poco nasal y zangolotino, pero me llegaba enturbiado de interferencias—. Y sus cuentos también los recuerdo con agrado... ¿Oiga?

Su voz sonaba lejanísima, casi como un eco o el eco de un eco.

—¡Hable más fuerte! —exclamé, y en seguida lamenté haber resultado demasiado imperioso.

—Espere, que voy a agitar la horquilla.

Volvió a oírse el repiqueteo metálico. Me pareció poco probable que el teléfono del poeta Gimferrer apoyase su auricular en una horquilla, aunque quizá hubiese ordenado que le instalaran una pieza de museo en el despacho (era famoso por sus excentricidades), uno de esos teléfonos de baquelita negra, grandes como una caja registradora, con dial y trompetilla para hablar.

—Ya la he agitado —dijo, con el orgullo de la tarea realizada—. A veces la electricidad estática se gasta estas jugarretas. ¿Qué tal me oye ahora?

Habían desaparecido las interferencias, pero ahora su voz era sepultada por un pitido estridente que se modulaba según el poeta Gimferrer aproximase más o menos el auricular a su oreja.

—¡Hay un pitido como de olla exprés horroroso! —voceé, con más regocijo que desagrado. Me sentía como cuando, de niño, confeccionaba un teléfono casero con recipientes de yogur taladrados por un hilo de estambre. Al final, terminaba comunicándome con los otros niños a grito pelado, para lo que no hubiese sido necesario aquel rudimentario ingenio.

—¡Es mi audífono, que interfiere con el teléfono si arrimo mucho el auricular a la oreja! —también el poeta Gimferrer gritaba, pero de forma más meliflua que yo.

—Pruebe a apartarlo un poco, a ver si hay suerte —le aconsejé—. Y no olvide hablar más fuerte. ¿Qué tal me oye usted a mí?

—Regular. Tendrá que hablar despacio. Vocalice como si estuviese pronunciando un discurso —me instruyó, sin atisbo de ironía—. ¿Y usted qué tal me oye a mí?

Persistía el repiqueteo metálico.

—Fatal. ¡Tendrá que dejar de agitar la horquilla! —dije, ahora un poco exasperado.

Jimena, a cuyo cargo corría aquella conferencia matinal, asistía a la escena descacharrada y expectante, como si presenciase un vodevil. Me prometí descontar de su factura los gastos de la llamada.

—Yo a usted lo oigo como si estuviera muy lejos, pero creo que podremos arreglarnos —convino el poeta Gimferrer, y soltó una risita abrupta y desconcertante, no supe si maliciosa. ¿Se estaría quedando conmigo?

—Pues verá... Le llamaba para... —empecé, vocalizando como los monitores de cursos de idiomas para extranjeros lerdos.

—Hable más fuerte —solicitó el poeta Gimferrer, con impávida cortesía.

—¡Pero si me estoy desgañitando! —estallé—. Quizá usted se ha alejado demasiado del auricular.

—Estoy a medio metro tan sólo, si me acerco más empezaría a pitar mi audífono —dijo, con muy tenue contrición—. ¿Y a qué distancia está usted?

La pregunta, de tan superflua o exhaustiva, me descolocó un poco:

—No sé. A unos diez centímetros, supongo.

—¿Está a la altura del aparato o más abajo?

—Un poco más arriba, en realidad —contesté, abrumado. Comencé a comprender el aturdimiento y las incongruencias que presentan los testimonios de los pillos, cuando los interroga la policía.

—¿Se ha colocado ya al nivel del aparato? —insistió el poeta Gimferrer.

—Sí, señor. Ya lo hice —asentí, con derrengada docilidad.

—¿Ha inclinado usted la barbilla o ha levantado el auricular? —puntualizó todavía. Entonces comprendí que utilizaba esta táctica para desarmar a su interlocutor y dejarlo exhausto, para luego llevar la voz cantante en la conversación. Quizá el poeta Gimferrer sospechase que mi llamada era una de esas llamadas quejumbrosas que recibía a docenas, de escritores neófitos o arrimadizos.

—He levantado el auricular —respondí, ya por completo rendido—. ¿Así me oye?

—Con ruido de fondo. Deberíamos aspirar a la perfección acústica —dijo, embalado ya, en pos de ese arquetipo platónico—. Póngase un poquito más cerca.

—¿Así? —Yo, por supuesto, seguía al dedillo sus instrucciones.

—Un poquito más...

Jimena se revolcaba sobre el diván, atacada de una risa más furiosa que la epilepsia o el cólico de riñón.

—Imposible. —Lamenté de veras no poder cumplir su petición—. Estoy pegado al auricular. Si lo acercase más, tendría que empotrármelo en la boca, o tragármelo.

El poeta Gimferrer guardó un silencio pensativo, como amoldándose a esta contrariedad insuperable. Volvió a sonar su voz risueña y subrepticia, como si nada hubiese ocurrido.

—Bueno, pues nos arreglaremos así, pero no se mueva, ¿entendido? —Asentí sin palabras, en un estado próximo a la hipnosis o el desmayo—. Pues sí, recuerdo sus cuentos con agrado. Yo mismo los recomendé al consejo editorial, pero ellos consideran que los cuentos, salvo que lleven la firma de un autor consagrado, no venden. Comprendo que fue una decisión lamentable, pero...

—No, si no le llamo por ese libro de cuentos —me apresuré a aclarar.

—¿Ah, no? Estupendo, estupendo —dijo él. Se le notaba el alivio, aunque estuviese a medio metro del auricular—. O sea, que ha terminado la novela que le recomendé que escribiera. Si mantiene la calidad, desde ahora mismo le digo que sus posibilidades de publicar no son escasas.

El remordimiento de no haber empleado aquel último año en la redacción de una novela se me manifestó con una punzada en la boca del estómago y un hormigueo en la garganta.

—Tampoco le llamo por eso. A la novela todavía le faltan algunos capítulos —mentí, para excusar mi vagancia y de paso irme creando un huequecito en esa monserga burocrática que llaman «planes editoriales»—. Es que me gustaría hacerle una entrevista.

—¡Acabáramos! —Ahora su alivio se expandió en una risita remota, adelgazada hasta el susurro—. ¿Y cómo es eso? ¿Se ha metido en el periódico de su pueblo? Porque usted era castellano de pura cepa, creo recordar.

Admiré su memoria paquiderma o enciclopédica, que abarcaba asuntos tan triviales. Lo corté, antes de que recordara el nombre de mi ciudad levítica.

—No, ahora vivo en Madrid. Trabajo para el librero Leonardo Gago, y había pensado que resultaría interesante entrevistarlo para su revista. Supongo que la conoce.

El poeta Gimferrer moderó su enfurruñamiento, antes de contestar:

—Claro que la conozco. No hacen reseñas de mis libros y de vez en cuando me lanzan algún zarpazo, pero la conozco. —Quizá su teléfono sí fuese una reliquia con auricular en forma de trompetilla, porque sus palabras me llegaban como a través del conducto estrecho de un embudo—. Y, dígame, ¿cómo hará la entrevista? ¿Con magnetófono o tomando notas?

Intuí que iba a descargar sobre mí la animadversión que pudiera sentir contra la revista. Resignado, dije a voleo:

—Con magnetófono.

—Entonces tendrá que proveerse de uno, y comprar cintas —prosiguió, exagerando su acento nasal.
—Sí, compraré una cinta —asentí, sinceramente aniquilado.
—O quizá mejor dos, por si nos extendemos. Salvo que la cinta sea de larga duración, entonces quizá nos arreglemos con una.

El poeta Gimferrer era un hombre de una jocosidad abrupta. Despachaba las bromas con una risita que apenas duraba un segundo, como si no quisiera conceder treguas a su asedio, ni tampoco a su inteligencia afiladísima, que él disimulaba de atolondramiento. La conversación duró aproximadamente hora y media, lapso durante el cual me ametralló con preguntas como de párvulo meticón, preguntas un poco marxistas (de Groucho, no de Karl, por supuesto) que alternaba con iluminaciones geniales y hallazgos de poeta en trance, aderezados siempre de una cultura ecuménica, tan vasta como el cóncavo mar. Creo que la genialidad puede permitirse ciertas excentricidades; creo, incluso, que la genialidad no existe sin excentricidades: el poeta Gimferrer constituía el espécimen más químicamente puro que conozco de genio (despojando la palabra de sus connotaciones germánicas y negativas), el ejemplo de genio exento, sin mácula ni contaminación de mediocridad, como un olímpico dios retozando por los prados de sus travesuras y sus metáforas alucinadas. A Jimena, la conversación que yo había mantenido con él la había encandilado (terminó con dolor de barriga, de tanto reírse), y, durante días, cada vez que la evocaba, aunque fuera someramente, siguió perseverando en la hilaridad. El poeta Gimferrer me emplazó en su despacho editorial para ocho o diez días más tarde, y para una hora que fijó con meticulosa exactitud. Durante ese trecho de tiempo que faltaba para nuestro viaje, Jimena se consagró a la lectura de los libros del poeta Gimferrer, mayormente en catalán, en ediciones al cuidado del propio autor (y ya podíamos imaginar que no existiría cuidado más escrupuloso). Confesaré que aquella dedicación obcecada (siempre un libro del poeta Gimferrer en la mesilla de noche, junto a la cama que ya compartíamos) llegó a rozarme con la mancha insensata de los celos:

—¿Es que no te cansas, de tanto leerlo?

—Quiero conocerlo, sabes, meterme en su cabecita —me decía, las gafas de lentes casi lenticulares resbalando por el caballete de su nariz única—. ¿Sabes que me encanta su poesía, sobre todo su poesía amorosa? Y encima el tío es un pitagorín, tiene una cultura pasmosa. —Imprimió a su voz esa inflexión convencida y ecuánime que empleaba cada vez que nos encontraba desmotivados, a Tabares y a mí, y se proponía impulsar nuestra búsqueda—. Sabes, me da que este hombre nos va a dar alguna pista sobre Ana María.

Con esa presentida pero frágil aspiración nos fuimos a Barcelona en la furgoneta de Tabares, que desde nuestra llegada a Madrid, con ocasión de la Feria del Libro Antiguo, ya cuatro meses atrás, había permanecido aparcada en el mismo sitio, como un cachalote de chatarra que se pudre a la intemperie. Su aspecto descangallado y su matrícula del pleistoceno la habían inmunizado contra latrocinios, pero no contra esas inscripciones que los chavales ejecutan con el dedo índice, sobre el profuso polvo del parabrisas, conminando al dueño a profesar la higiene. La palanca de cambios no siempre acertaba con la marcha idónea, los frenos aún debían de funcionar con zapatas (más desgastadas que las suelas de un correveidile) y las ruedas, de estremecedora lisura, patinaban sobre el asfalto mojado. El viaje hasta Barcelona en semejante cacharro constituía una variante aleatoria del suicidio. La perspectiva de completar nuestra búsqueda, sin embargo, compensaba con creces el riesgo, que Tabares hacía más llevadero conduciendo a una velocidad de tortuga, provocando los berrinches de esos oligofrénicos del volante que le exigían que se orillase hacia el arcén con bocinazos y blasfemias.

—¿Habéis oído a ese pipiolo de ahí atrás? —nos decía, mirándonos a través del espejo retrovisor—. Al tío se le está consumiendo la paciencia porque no me arrimo. Pues la lleva clara. —Celebró la ocurrencia que acababa de concebir con una risita calmosa que cimbreó todo su cuerpo—: ¿Qué os parece si freno de golpe, ahora que pasan muchos coches en dirección contraria, para que el muy cabrón tenga que pegar un volantazo y salirse a la cuneta?

Éstos y otros proyectos de barbarie los exponía sin rebozo, y creo que también los habría ejecutado sin rebozo si no nos hubiese acompañado en la expedición Jimena, pues mis protestas y reconvenciones hacía mucho que habían dejado de tener ascendiente sobre él. Cuando se cansaba de urdir gamberradas, Tabares empezaba a disertar sobre su juventud jipiosa, y a contarnos el asalto al ayuntamiento de mi ciudad levítica, episodio que a mí ya me había descrito doscientas o trescientas veces, pero que Jimena escuchaba sin pestañear, al borde del arrobo.

—Construir está al alcance de cualquier mentecato —decía Tabares, con unción beatífica, como si recitara algún pasaje del Evangelio—. Hay que destruir. Destruir con eficacia los soportes del Estado, cada cual según sus posibilidades.

Quizá la proximidad de Barcelona, que había sido gran cónclave del anarquismo obrero hacía ya casi un siglo, en la época del pistolerismo patronal, le inspiraba estas exaltadas proclamas. Barcelona era algo así como la ciudad antípoda de Madrid, más antípoda que Estocolmo u Ottawa, y como ajena a su existencia (pero ese desinterés era cerrilmente mutuo). Mientras atravesábamos el Ensanche, por grandes avenidas y bulevares de manzanas achaflanadas y edificios proyectados por cualquier discípulo de Gaudí, aquel pastelero de la arquitectura; mientras la furgoneta se perdía en aquel laberinto surgido del excesivo orden (cada calle idéntica a la anterior, e igual de limpia), pensé que habíamos viajado a otro continente, quizá a otro planeta donde se guiasen por normas de una civilización distinta. El cielo tenía una calidad de esmalte, y el sol moría crucificado en su cenit, desangrándose con una tibieza casi otoñal.

—El hotel, según nos dijo Gago, está en el barrio Gótico, en la calle Ferran, muy cerquita del ayuntamiento y del palacio de la Generalitat —recordó Jimena, desplegando un plano que Tabares ni siquiera miró de reojo, porque le gustaba perderse en las ciudades que no conocía, y de paso entorpecer un poco el tráfico.

—Oye, pues el sitio es cojonudo si nos da por revivir mis aventuras juveniles. ¡Imaginaos lo que sería secuestrar a Pujol, virrey de Cataluña!

El hotel era algo sombrío y ajado, con ese principio de decrepitud que tiene la carne cuando la resquebrajan las patas de gallo, pero estos achaques perdían importancia si se consideraba su asentamiento, en aquel remanso de la ciudad donde la piedra adoquinaba las calles y las campanas aún emitían su tañido de bronce, como rescatadas de un naufragio. Dejamos el equipaje al cuidado de un conserje de rostro ceñudo y uniforme resobado, que tenía el mismo aire de prosperidad ruinosa que el hotel, y nos fuimos, casi sin apagar el motor de la furgoneta (apagarlo equivalía a enfrentarse al dilema de no saber si se volvería a encender), otra vez hacia el Ensanche, donde la editorial que empleaba al poeta Gimferrer tenía instalada su sede, un edificio de cristales ahumados y arquitectura monolítica por cuyos corredores se pasearían los ejecutivos con teléfono móvil incorporado. Tabares dejó aparcada la furgoneta de cualquier manera, embarrancada sobre la acera, como pidiendo a gritos la caridad de que la grúa nos liberase de ella, mientras durase nuestra estancia barcelonesa.

—Nos pasamos cuatro minutos sobre la hora fijada —los azucé con alarma—. No sé si esto le gustará al poeta Gimferrer.

Tabares descendió de la cabina ajeno a las contingencias de la puntualidad, arreglándose un poco la camisa, que llegaba muy arrugada del viaje, como si las frutas tropicales del estampado se hubiesen amustiado. Cuando subíamos en el ascensor con ignominioso hilo musical que nos depositaría en la planta de los directivos, después de pasar los extenuantes controles de seguridad, Jimena me pellizcó un michelín de la cintura, en un gesto de complicidad que no requería palabras y que, no sé por qué, me transmitió sosiego, en un momento en el que un absurdo nerviosismo me agarrotaba. Nos hicimos anunciar a una secretaria que escoltaba el acceso a la planta y esperamos la llegada del poeta Gimferrer, sentados en unas butacas de respaldos movedizos y asentaderas más movedizas aún que nos fueron deslizando hacia una postura indecorosa, casi yacente. Así nos pilló el poeta Gimferrer, involuntariamente arrellanados, como gañanes en pleno siestorro.

—Llega un poco tarde —me advirtió desde lejos, pero no había enojo en su voz, sólo una constatación empírica.

El poeta Gimferrer, al caminar, tenía un aire fúnebre, como de ataúd vertical, que se agravaba con el luto de su indumentaria (pantalón de tergal negro, jersey de pico de lana negro, corbata también negra que le ahorcaba el resuello). Su mirada, atrincherada detrás de unas gafas de grosor bíblico, era errática y bondadosa, con ese fondo de despiste que uno presume en los sabios que han encomendado su vida al descubrimiento de alguna rara alquimia.

Frisaría los cincuenta años (o quizá los excediese mínimamente), pero en su rostro de facciones blandas y bonancibles todavía alentaba el niño póstumo o adolescente prematuro que había cambiado el rumbo de la literatura, arrumbando los poemas con olor a berza cocida o pólvora rancia. Una melena no muy rumbosa le descendía pacíficamente sobre las mejillas, como un estandarte vapuleado por la calvicie y las ráfagas de inspiración lírica. Sobre aquel hombre misántropo y escurridizo, leal a sus hábitos indescifrables o herméticos, circulaban leyendas que uno no sabe si atribuir a la maledicencia o a la pose que el poeta Gimferrer cultivaba desde que tenía uso de razón, quizá desde las dos o tres semanas de vida, dada su precocidad.

—Pero no me advirtió que viniese con compañía —dijo, cuando ya me iba a estrechar la mano, y se detuvo súbitamente contrariado. Tras algún titubeo en el que no se sabía si se disponía a retroceder, indicó a la secretaria que remoloneaba en el vestíbulo—: Tendrá que meter una silla más en mi despacho, son tres y sólo tengo dos sillas para las visitas... Es que, por lo general, nunca vienen a verme más de dos personas juntas, así que, ¿para qué voy a tener más sillas, con lo que estorban? —nos inquirió, con aplastante lógica.

Hice las presentaciones de rigor, para abreviar los contactos preliminares. El poeta Gimferrer empezó a mirar a Jimena con una insistencia admirativa.

—Machiko Kyo —bisbiseó.

—¿Perdone? —No supe si había proferido un insulto o formulado un piropo.

—Su amiga, Jimena, se parece muchísimo a Machiko Kyo, la actriz predilecta de Mizoguchi —se explicó—. ¿No han visto nunca *La Emperatriz Yang-Kwei-Fei*? Es una obra maestra absoluta.

Tabares repartió su sonrisa socarrona y triunfante entre

Jimena y yo, y embrazó al poeta Gimferrer por el hombro, en un ademán de descaro o camaradería:

—Ya lo advertí yo en cuanto la vi —dijo con satisfecho orgullo, restregándonos por los morros nuestras carencias culturales—. Pero no se moleste, amigo, estos dos son un par de ignorantes que no han visto las películas de Mizoguchi.

El brazo de Tabares, hercúleo e instigador, ya guiaba al poeta Gimferrer hacia su despacho, a través de un pasillo escoltado de carteles donde asomaban los caretos de los escritores que contribuían a sanear las cuentas de la editorial (a los deficitarios los condenaban al sótano, o ni siquiera los conmemoraban con un cartel). El poeta Gimferrer volvió la cabeza hacia nosotros, apiadado de nuestra orfandad cinéfila:

—¿En serio que nunca han visto una película de Mizoguchi? —preguntaba, con sincero pesar—. Tiene que ser trágico no conocer tanta belleza...

—¡Pues figúrese! —lo secundó Tabares—. Lo mismo que no haber leído a Mario Arnold, el gran bohemio leonés.

El poeta Gimferrer pegó un respingo, como si lo hubiesen lesionado allá donde se creía inmune a todas las agresiones:

—¿Mario Arnold? ¿Quién es ése? En mi vida lo había oído mencionar. Tiene que ser un escritor ínfimo, para que yo no lo conozca.

Entramos en el despacho del poeta Gimferrer, que el alud de libros y la invasión de manuscritos remitidos por espontáneos como yo convertían en un cubículo. La descalificación sumaria con que el poeta Gimferrer había despachado a su esotérico bohemio sumió a Tabares en un reconcentramiento agrio.

—¿Y dónde se hospedan, si no es indiscreción? —preguntó el poeta Gimferrer, que había encaramado los pies

El poeta Pere Gimferrer. Foto de Néstor Almendros.

sobre la mesa que le servía de escritorio, mostrando la caña de unas botas (bien embetunadas de negro, claro está) que en otra naturaleza menos friolera que la suya hubiesen causado sofocos.

—En un hotel del barrio Gótico —dije—, muy cerca de la plaza de Sant Jaume.
—¡Ah, sí! Son hotelitos decentes, pero un poco cascados ya, un poco baqueteados por los turistas.

Tabares intervino, después de su momentánea zambullida en las grutas del mutismo:
—Pues tendría que ver la pensión en la que me hospedo yo en Madrid.
—¿Una pensión? ¡Qué tremendo! —se lamentó el poeta Gimferrer—. ¿Y cómo se las arregla para bañarse?

Miré admonitoriamente a Tabares, para que no se propasara con sus zafiedades, mas en vano.
—Pues cagando prisas, o sea, madrugando más que nadie —repuso—. Luego, una vez conquistado el retrete de la pensión, he pasado ratos de auténtico éxtasis. No hay gustazo que supere al de estar allí encerrado, aunque sea sin hacer nada, y escuchar los forcejeos de otro huésped, que quiere entrar y no puede. Admito que es una diversión egoísta... y un poco sádica.

El poeta Gimferrer parpadeó como un pajarillo desconcertado, recelando quizá que la supuesta entrevista fuese sólo una emboscada planeada por aquel sádico sibarita que disfrutaba reteniendo las excreciones del prójimo y quién sabe si sometiéndolo a otros tormentos más atroces. Jimena se apresuró a disipar esa conjetura, y lanzó la primera pregunta, que tenía que ver con el proceso de escritura de *Mascarada*. La contemplación de Jimena ejercía sobre el poeta Gimferrer un efecto sedante, y en seguida surgió entre ellos una fluencia mutua, un territorio común de confianza que favoreció la introspección en aquel hombre que habitaba dentro de la literatura y que había hecho de la escritura una alta misión subversiva (me refiero a una subversión estética, por supuesto; lo otro, la algarada de pacotilla, se queda para los energúmenos que disimulan su mala prosa con signos de exclamación). El poeta Gimferrer habló de cómo la poesía se filtraba por los poros de su piel y retumbaba en su sangre con un martilleo rítmico. Habló de cómo la conciencia de la muerte y del paso del tiempo le había impulsado a escribir *Mascarada* con esa perentoriedad de quien tiene las horas contadas. Habló de la experiencia amorosa como de un «agente provocador», el precipitado de una fórmula química que nos incendia por dentro e impulsa la rebelión contra la realidad establecida. Habló de la vigencia de las vanguardias, de Rimbaud y Lautréamont, de Apollinaire y Breton, de Vicente Aleixandre y Octavio Paz, habló del cine que le gustaba, Mizoguchi y Von Sternberg y Fritz Lang, y al hilo de su voz nasal y machacona, iba surgiendo el verdadero Gimferrer que se escondía detrás de aquella máscara de inasequible rareza, entre fúnebre y aturullada. «Sí, ya sé que por ahí dicen que soy un maniático insoportable, pero yo soy de los que prefieren crearse ese caparazón para entregarme al desorden de mis fantasmas interiores», reconoció sin empacho. ¿Confesaré que aquel hombre de aspecto desmedrado y manso me inspiraba simpatía?

—Hay otra pregunta que quisiera hacerle, pero ya no tiene que ver con sus libros —tanteó Jimena con una voz cautelosa, previniéndose quizá contra esa vanidad arisca que tantos escritores (sobre todo los mediocres) practican, y que les impide hablar de otra cosa que no sea su obra.

—Adelante, dispara —la animó Gimferrer, que parecía subyugado y feliz ante Jimena, porque le recordaba a Machiko Kyo.

—Es que tenemos entendido que usted tiene un memorión impresionante, y que lo sabe todo sobre poesía catalana... Perdone si le molesto.

El poeta Gimferrer jugó con la cremallera de las botas, que seguían plantadas sobre el escritorio, como esos objetos que los surrealistas sacaban de contexto para diseñar sus esculturas estupefacientes, que tenían algo de charada o acertijo. También él se tomaba la pregunta no pronunciada todavía por Jimena como una especie de charada o acertijo:

—¿Por qué me habría de molestar? Venga, no te cortes y haz el favor de tutearme. Te responderé con mucho gusto, si la pregunta no excede mis escasos conocimientos —dijo, con falsa modestia.

Jimena nos miró, a Tabares y a mí, para confirmar nuestro apoyo, como el paracaidista debe de mirar a sus compañeros antes de lanzarse al vacío:

—¿Te suena de algo el nombre de Ana María Martínez Sagi?

El poeta Gimferrer abatió por un segundo sus párpados cansados, detrás de aquellas gafas de montura gruesa que parecían incorporar treinta o cuarenta dioptrías. Se rascó la coronilla, donde el cabello que ya raleaba nacía como avergonzado de sí mismo, antes de despeñarse por la melena de heraldo desaliñado.

—Me suena Ana María Sagi, sin el Martínez —dijo, todavía con dificultad, como si estuviese extrayendo costosas vetas de mineral de ese yacimiento repleto que era su memoria. En seguida prosiguió, cada vez más embalado—. Pero no se preocupen —aunque tuteaba a Jimena, mantenía un tratamiento más distante para abarcarnos a los tres—, estamos hablando de la misma persona. ¿Ustedes se refieren a una poetisa que estuvo exiliada durante treinta años?

Le explicamos que nuestras pesquisas sólo seguían la estela de su biografía hasta las vísperas de la Guerra Civil, pero la hipótesis del exilio parecía una consecuencia necesaria de sus vehemencias republicanas. Existía, además, la mención a vuelapluma de César González-Ruano, situándola durante la década de los cuarenta en Montparnasse, y el testimonio apenas vislumbrado de Gabriela Cuesta, que, cuando se cruzó con Ana María en el puerto de Alcudia, quedó sorprendida por su atuendo yanqui y hortera, desconectado de las modas que regían por entonces en España (igualmente horteras, pero más cenicientas).

—No puede haber dos Sagis dedicadas a la poesía —se reafirmó Gimferrer—. Además, era muy frecuente entre los exiliados españoles que terminaron en países donde se hablaba otra lengua extirparse algún apellido. La pronunciación de los nombres españoles causa muchos problemas en el extranjero, no se crean. Además, si no se hubiese quitado ese primer apellido, habrían acabado llamándola Ana Martínez, que es como decir Pedro Pérez. —Calló de nuevo, para tomar impulso y seguir ensartando datos, mezclados con sus peculiares digresiones—. Me parece evidente que estamos hablando de la misma persona. Ahora recuerdo una entrevista que le hicieron en la revista *Destino*, donde se especificaba que había vivido en París y que trabajaba como profesora de idiomas en una universidad americana. Seguro que tengo el recorte en casa, perdido en alguna parte, quizá lo metiera entre las páginas de su libro.

La sorpresa que nos producía su memoria perspicua (¿cómo podría vivir con tantos recuerdos, y tan nítidos?) quedó oscurecida por esta última alusión. Tabares brincó sobre la silla:

—¿Qué libro?

—*Laberinto de presencias,* claro —repuso, con un venial mosqueo, como quien aclara una obviedad—. ¡Ah! ¿Pero no conocen *Laberinto de presencias*? —Denegamos con la cabeza; los tres nos sentíamos como alumnos desaplicados—. ¡Pues sí que estamos buenos! No creo que publicara Ana María Sagi ningún libro más importante. Era un libro muy grueso, de pretensiones antológicas, con poemas que abarcaban más de tres décadas de creación. De su lectura apresurada sólo recuerdo el tono descriptivo e impresionista, la añoranza de España y la angustiosa persistencia de un amor pretérito.

Nos habíamos quedado un poco petrificados, sin atinar a decir palabra. Jimena fue la primera en reponerse de la impresión:

—¿Y no sabrías dónde se puede encontrar ese libro?

—En mi biblioteca lo tienes a tu disposición. —Las mejillas de niño grandote del poeta Gimferrer se abultaron para emitir una risa que era una explosión apagada y nerviosa—. Lo compré en una librería muy pequeñita, cerca de la calle Séneca, adonde había entrado con mi mujer, María Rosa, para comprar un mazo de cuartillas y unas cargas para la pluma estilográfica. Acabábamos de salir del cine, del cine Regina, en concreto, donde habíamos visto el calvario iniciático del joven Törless en blanco y negro. En la Barcelona de 1970, había que refugiarse en las tinieblas de una sala de cine para poderse besar; si lo hubiésemos hecho a cielo abierto, nos habrían arrestado. Después de palparnos ciegamente entramos en esa librería; el libro de Ana María Sagi reclamó mi atención, y lo embaulé en un bolsillo del abrigo, mientras María Rosa distraía al dependiente. ¡Era tan hermoso pecar contra el séptimo mandamiento e infringir la propiedad privada en aquellos años!

Busqué un gesto de asentimiento en Tabares, que no se produjo, pues por encima de su adhesión al ideario anarquista figuraba por instinto corporativo su repudio a quienes mangan libros. El poeta Gimferrer se quedó prendido a la nostalgia de una juventud ocupada en juegos alevosos y delincuentes. Luego dejó escapar esa risita abrupta, desasosegante, un poco intempestiva, que duraba un segundo y parecía maliciosa sin serlo:

—Así que no han hecho el viaje en balde, como ven

—dijo—. Ahora me esperan un par de días muy ocupados, con reuniones editoriales y conferencias, pero si les viene bien, podemos quedar para dentro de tres días y les mostraré mi ejemplar de *Laberinto de presencias*. No suelo aceptar visitas en casa, pero esta vez haré una excepción. Claro que antes de mostrárselo tendré que encontrarlo, porque ya ni sé por dónde anda enterrado.

Tabares se había levantado de la silla que aguantaba su peso de chiripa. Arrancó una hojilla del almanaque que coronaba el escritorio y le tomó prestado al poeta Gimferrer un lapicero.

—Deme su dirección, por favor, que la apunto.

Los maxilares del poeta Gimferrer se descolgaron, afectados por el estupor que le causaban los agresivos modales de Tabares:

—¿Y para qué quiere usted mi dirección?

—Pues, hombre, no va a ser para llevarle flores —se cabreó Tabares, que no sabía en qué berenjenal se metía—. Tendremos que saber dónde vive, para poder llegar hasta su casa.

Percibí un fugacísimo gesto burlón en el hieratismo que de repente se había apoderado de la fisonomía del poeta Gimferrer, como si bajo la fachada de aplomo o indiferencia estuviese urdiendo una tortura similar a la que me había infligido a mí, a través de la línea telefónica.

—No, no, no. A mi mujer le perturban mucho los timbrazos. Usted me telefoneará a mi despacho, nos reuniremos en el vestíbulo y desde aquí marcharemos juntos. —Tenía una forma aparentemente inofensiva de iniciar su asedio—: ¿Gasta usted uno de esos cacharritos que tanto dan la lata... un teléfono móvil de ésos?

—No. Pero no se preocupe, le llamaremos desde el hotel —resolvió Tabares, todavía desprevenido.

El poeta Gimferrer se rebulló en su asiento, con ese anticipado deleite que le produce a la araña contemplar los forcejeos de una mosca que ha tropezado en su trampa laberíntica. Le iba a dar a Tabares una lección de sadismo intelectual:

—Creo que no me ha entendido. —Sus ojillos parpadeaban por detrás de las voluminosas gafas, engolosinados en la presa que el azar le había suministrado—. No quiero que me llamen para avisarme que vienen para acá, sino para confirmarme que ya me están esperando en el vestíbulo.

Con una sonrisa contemporizadora, Tabares se avino a su voluntad:

—Muy bien. Le diremos a la encargada de la centralita que le dé un toque.

—Ni se le ocurra. —El poeta Gimferrer chasqueó la lengua; hablaba con un acento más nasal que nunca, como si tuviera la garganta obturada por un puré de patatas—. No quiero que nadie en la editorial se entere de que abandono el edificio en horas de trabajo, para marcharme con ustedes. Eso podría causarme algún perjuicio irremediable. —Era evidente que un hombre que utilizaba su escritorio para favorecer la circulación sanguínea de las piernas no iba a ser amonestado por hacer un breve receso en su horario laboral—. Tenemos que conseguir pasar de incógnito.

A Tabares la sonrisa se le había quedado cercenada en el rostro, en un gesto humillado o lelo. Jimena y yo reprimíamos la hilaridad.

—De incógnito... —susurró, totalmente vencido.

—Eso es. De incógnito. Yo les voy a dar mi número de teléfono directo, con la condición de que no hagan un uso indiscriminado de él ni se lo confíen a nadie —dijo el poeta Gimferrer, en un tono conspirador—. Ustedes, al llegar a la editorial, me llamarán desde esa cabina de enfrente. —Se desplazó en la silla, que incorporaba unas ruedecitas como de patinete, hasta la ventana e introdujo una mano pálida y blanda entre las varillas de la persiana metálica—. Ahí la tienen, justo enfrente del edificio. Pero hay un problema añadido.

Tabares volvió a tomar asiento, desfallecido y a punto de enloquecer. El alma le había descendido a los zancajos:

—Un problema añadido —asintió. Ahora el susurro era un bisbiseo afónico.

—En efecto. La cabina no admite monedas nuevas, así que tendrán que meter por la ranurita una moneda de veinte duros, que es la única modalidad numismática que perdura desde que al Estado le dio por retirar las monedas antiguas —dijo el poeta Gimferrer, disfrazando el sarcasmo de amabilidad—. No sé por qué Telefónica, o el ayuntamiento, o el organismo competente, al cambiar las cabinas de la ciudad, se dejó olvidada esa reliquia. Pero el caso es que no traga las monedas nuevas. Tendrán que introducir una moneda de veinte duros. Pero yo no pretendo que ustedes se gasten veinte duros en una llamada que apenas les costaría diez o quince pesetas. También para eso tengo la solución.

El derrumbe de Tabares ya era pleno y le impedía coordinar sus ideas. Miró al poeta Gimferrer con intensidad y angustia, con apremiante deseo de que concluyera el correctivo:

—Piensa usted en todo...

—Muchas gracias, amigo. —Inclinó levemente la cabeza, y el vaivén de sus greñas lo asemejó más que nunca a un heraldo—. La estrategia es la siguiente: usted echa la monedita, marca mi número personal, deja que el teléfono suene dos veces y cuelga. La máquina le devolverá sus veinte duros intactos, y yo sabré que son ustedes, que ya están dispuestos. Por supuesto, no se me ocurrirá descolgar el auricular, no soy tan malintencionado.

Soltó una risita descolorida pero triunfante, y buscó la anuencia de Jimena, que, al igual que yo, estaba subyugada por la aplicación práctica que el poeta Gimferrer hacía del dadaísmo en medio de una conversación vulgar. Dando por clausurado su interludio cómico, se revolvió en la silla y nos preguntó:

—Hablando de teléfonos. ¿No se les ha ocurrido mirar en la guía, para ver si figura alguien con los apellidos «Martínez Sagi»?

Era un recurso tan elemental que habíamos prescindido de él. Una negligencia que el poeta Gimferrer nos afeó, aprovechando que Tabares ya no osaría rebelarse. Había sacado de un cajón del escritorio el mamotreto que convertía a la población barcelonesa en una gregaria sucesión de códigos numéricos, y deslizaba el dedo pulgar sobre la apretada tipografía, acercando mucho las gafas como lupas de inteligencia:

—¡Ajá! —exclamó, con controlada alegría—. Aquí hay un «Martínez Sagi, B.». Podría ser un hermano de nuestra Ana María. Basilio o Bernabé o Belisario, o incluso Bartolomé. —Hizo una pausa, quizá por su vertiginosa memoria estuviese desfilando el santoral—. O Blas, o Benito, o Bonifacio, o Buenaventura. Bricio ya me parece un poco más rebuscado.

—¿Y por qué no Bárbara o Brígida? —lo cortó Jimena sin agresividad.

—Sí, claro, por qué no. Llámese como quiera, el caso es que vive en la calle Balmes, número 134. Desde aquí se puede ir dando un paseo.

Lamenté que hubiesen transcurrido tantos meses sin ocurrírsenos consultar la guía telefónica de Barcelona, donde por lógica podría figurar algún pariente de Ana María, y me oprimió la sensación de que toda nuestra búsqueda sólo había constituido un juego dilatorio de aquel mo-

mento. Inicié la maniobra de despedida, para arrastrar conmigo a Tabares y Jimena, pero el poeta Gimferrer nos retuvo:
—Esperen, no tengan tanta prisa. Mejor es que llamen primero.

Y nos acercó un aparato sofisticadísimo, abarrotado de teclas y lucecitas parpadeantes, nada que ver con la aparatosa pieza de museo que yo me había imaginado, moldeada en baquelita negra, con horquilla, dial y auricular en forma de trompetilla, durante nuestra accidentada conversación. El poeta Gimferrer combinó el número y le tendió luego el aparato a Jimena:
—Siempre una chica causa mejor impresión a un desconocido —dijo, para justificar su favoritismo.

«Sobre todo si la chica se parece a Machiko Kyo, actriz predilecta de Mizoguchi», pensé yo. Insistimos dos o tres veces más, sin obtener respuesta. Los pitidos del teléfono sonaban con eco, como si tratáramos de establecer una comunicación transatlántica, o como si reverberaran en un caserón lóbrego donde se acaba de perpetrar un crimen. Se aproximaba la hora de la comida, y aún estábamos en ayunas, pero el estímulo de aquella nueva pista se imponía sobre las urgencias fisiológicas, incluso en Tabares:
—Vámonos pitando para allá —nos urgió. Quería liberarse de la tiranía espiritual que el poeta Gimferrer ejercía sobre él, quería liberarse de su risita abrupta y su exhaustiva vigilancia.

X

NUESTRAS SOMBRAS SEPARADAS

Conseguimos entrar en el edificio de la calle Balmes a rebufo de un repartidor de publicidad que aporreó al unísono todos los timbres del portero automático, obteniendo a cambio un diluvio de increpaciones y un caritativo o desprevenido «¿Digui?» de un vecino que le franqueó la puerta, para que el repartidor pudiera seguir tupiendo buzones con prospectos que luego nadie lee. El portal del edificio, como su fachada, era representativo de esa arquitectura funcional y burocrática de los años cincuenta, que en otras ciudades floreció con la misma resignada monotonía con que su población aceptaba el nuevo régimen, pero que en Barcelona parecía impuesta por decreto, como un castigo o sanción administrativa que reprimiera las fantasías arquitectónicas de anteriores décadas. Si la fachada, en su lacónica verticalidad, expresaba su hastío dejándose impregnar de grises humos, la escalera, necesitada de una escoba que le devolviera la limpieza o de unos pasos que le devolvieran su utilidad, denunciaba un vecindario provecto y a punto de extinguirse que subía y bajaba en ascensor. Nosotros preferimos la escalera, puesto que no sabíamos a qué piso nos dirigíamos. Íbamos tocando el timbre de todas las puertas, como mendigos ambulantes o encuestadores al servicio de alguna entrometida empresa demoscópica, y las respuestas que obteníamos no variaban demasiado de

las que se suele dispensar a estos pedigüeños intempestivos: a veces, la mera falta de respuesta (pero el estruendo del televisor delataba la presencia de inquilinos); a veces, el escrutinio de un ojo que se hacía convexo y monstruoso al arrimarse a la mirilla; a veces, una voz agria que nos apremiaba a desaparecer de la finca; a veces, en un alarde de temeridad, un rostro que asomaba en la estrecha franja de penumbra que se escapaba entre la jamba y la hoja de la puerta, trabadas entre sí con una cadenilla. Con estos vecinos menos medrosos, lográbamos entablar un diálogo telegráfico y expeditivo que concluía con la misma categórica despedida:
—Márchense de aquí. Llevo más de veinte años viviendo en este edificio y jamás oí hablar de ningún Martínez Sagi.
—Pero en la guía telefónica...
El portazo trizaba y hacía añicos nuestras tentativas. Nuestro acento mesetario, la indumentaria macarra o tropical de Tabares y, sobre todo, el hecho de que fuésemos en manada, como los bandoleros, actuaban como elementos disuasorios entre el vecindario. Hacia el séptimo u octavo piso, cuando ya la esperanza de progresar en nuestra búsqueda se había diezmado (por no contar los resuellos de Tabares, incapaz ya de seguir arrastrando su pesada mole por la escalera), un viejo con cara de pájaro (o quizá sólo con cara de viejo: los años volatilizan los rasgos) y bigotillo que había sido trigueño nos abrió sin precauciones. Un segundo después, al reparar en el trío de desconocidos que se agolpaban ante el umbral de su puerta, ya parecía arrepentido.
—No se preocupe, sólo venimos preguntando por un vecino que se apellida Martínez Sagi.
El viejo, embutido en una bata de tafetán oscuro regada de lamparones, masticaba un bocado de comida estoposa, pasándoselo de uno a otro carrillo.

—¿Martínez Sagi? —Sus encías estaban despobladas de dientes—. Sí, creo que así se apellidaba la señora del abrigo de visón. El aliento le olía a butifarra, y el cabello, que también había sido trigueño, lo tenía casi de punta, como si se lo hubiese erizado con un pedazo de ámbar. Un abrigo de visón no encajaba con la imagen que habíamos construido de Ana María Martínez Sagi; más bien infamaba esa imagen.

—La señora Beatriz. —Una marea de alivio restableció nuestra tranquilidad—. Estaba casada con un notario... don César, creo que se llamaba. Gente de mucho dinero. Compraron un piso aquí, hará cosa de treinta años, como inversión. Durante mucho tiempo lo tuvieron arrendado, pero luego, no me digan por qué, lo dejaron vacío. Hasta tuvimos problemas con esos chicos melenudos que se dedican a allanar pisos, ¿cómo se llaman?

—Okupas —intervino, tajante y algo premioso, Tabares—. ¿Y tiene idea de dónde tiene ese notario su despacho?

El viejo se rascó el bigote desflecado que caía como un velo piadoso sobre sus labios exangües y sin volumen.

—Pues entonces lo tenía en lo mejorcito de Barcelona, en la confluencia de Mallorca con paseo de Gracia, muy cerca de la Pedrera. —Se encogió de hombros, debajo de la bata costrosa—. Pero a lo mejor se ha mudado, vaya usted a saber.

Agradecimos al viejo con mucho énfasis su colaboración y bajamos otra vez a la calle, que se había quedado sin viandantes y casi sin tráfico, como las avenidas de una ciudad sitiada. Volvíamos a sentir esa pululación interior que nos advertía los avances en nuestra pesquisa, como la distinta cadencia en el movimiento de su péndulo advierte al zahorí la proximidad del agua. Entramos a matar el hambre (y a preparar nuestro asalto a la notaría del paseo de Gracia) en un bareto para charnegos que descubrimos a la vuelta de un chaflán, con una pizarra en la entrada que anunciaba tortilla de patatas y pan con tomate, en rústica mezcolanza. En seguida comprobaríamos que la tortilla era una especie de argamasa recalentada, condimentada con algún sucedáneo del azafrán que le proporcionaba un amarillo palúdico, y que el pan con tomate hubiese merecido la designación más realista de mendrugos reblandecidos con una agüilla coloreada, pero nuestros paladares ni siquiera rechistaron, anestesiados por la sequedad que nos producía el nerviosismo. ¿Sería aquella «señora del abrigo de visón» una hermana de Ana María? La coincidencia de los apellidos así lo pregonaba, aunque la prenda que había elegido su ocasional vecino para identificarla anunciase, a su vez, destinos tan diversos en las dos hermanas como los de Caín y Abel. Por lo poco que sabíamos de la familia Martínez Sagi, no era descabellado deducir que Ana María hubiese desempeñado en su seno el ingrato papel de «oveja negra» y descarriada que abandona la majada y reniega del rebaño. Sabíamos que su padre, José Martínez Tatxé, formaba parte de la burguesía más acaudalada, y que Ana María había disfrutado en su infancia de una educación acorde con su rango, contra la que luego se sublevaría, tomando partido por el bando de los desheredados, iniciando una cruzada feminista y cantando el magníficat a la recién llegada Segunda República. Frente a esta actitud levantisca, parecía oponerse la de aquella Beatriz matrimoniada con un notario. Tampoco resultaba disparatado suponer que esa diversidad de destinos se hubiese agudizado tras la Guerra Civil, provocando la discordia entre las dos hermanas, o al menos el natural alejamiento entre quienes habían elegido sendas opuestas: Ana María, el exilio y la disgregación en un laberinto de presencias que quizá no tuviese centro; Beatriz, la opulencia social y la preservación de la estirpe.

—Me huelo que estamos hurgando en una de esas desavenencias familiares que, con los años, en lugar de ablandarse, se van haciendo más y más insalvables —dijo Jimena, mordisqueando con tímida repulsa su ración de tortilla—. No creo que ese notario nos reciba con los brazos abiertos.

Tabares se limpió el frondoso bozo con tres o cuatro servilletas de papel que quedaron embadurnadas de un aceite más apropiado para usos industriales que culinarios. Golpeó el mostrador de aluminio con una manaza que ya no era pontificia, sino guerrera:

—Que nos reciba como le salga de los cojones. Nosotros vamos a sonsacarle, por mucho que se resista.

Siempre que Tabares rumiaba estas estrategias expeditivas y testiculares nos rondaba a Jimena y a mí la premonición de una catástrofe. Íntimamente, decidimos impedir que se propasara. Subimos por Diagonal hasta el paseo de Gracia, que a eso de las cinco vibraba de un rubio sol que, después de incendiarse en las fachadas, se internaba entre el hierro forjado de las farolas modernistas, como a través de un follaje, y se desangraba sobre el pavimento de la acera, formado por baldosas hexagonales, como celdillas de una colmena o galerías de la biblioteca de Babel. La Pedrera de Gaudí presentaba su fachada ondulada y rugosa, como un oleaje de piedra a la luz cálida que llenaba el paseo, y recortaba las esculturas de su azotea sobre el cielo ancho y pálido, como vestigios de un paisaje lunar. Tabares se detenía ante los portales limítrofes, hasta que se topó con una placa de bronce que anunciaba la sede de una notaría y el nombre de su titular, que coincidía con el de la persona que buscábamos. El portal de aquel edificio, como el de tantos otros, se abría a un patio interior, que antaño debió de servir para alojar carruajes, flanqueado por una doble escalinata con balaustre de piedra que confluía en el ascensor, uno de esos ascensores con cabina de madera, enjaulados tras una rejilla, que se mueven por el hueco de la escalera, como un catafalco lentísimo y crujiente, y muestran sin recato las vetustas poleas que rigen su itinerario. La puerta de la notaría, de madera de roble muy lustrosa, taraceada con motivos alegóricos o leguleyos, estaba encajada en una pared con molduras de yeso algo aguijoneadas por la humedad. Nos abrió una mujer de unos cuarenta años, de piel demasiado tirante para esta edad y traje sastre más tirante aún que denunciaba su aplicación en los ejercicios gimnásticos y la dieta. Sonreía con una sonrisa para consumo interno, protocolaria y más falsa que una moneda de hojalata.

—Veníamos a charlar con don César —se anunció Tabares, devolviéndole la misma sonrisa estereotipada, que en su rostro craso y barbiespeso quedaba como una parodia.

El vestíbulo de la notaría ostentaba unos óleos un poco agitanados o andaluzones, quizá de Nonell. La secretaria de la notaría nos miraba con fría desaprobación, pero aún no había dimitido de la sonrisa:

—¿Tenían ustedes cita?

Tabares se volvió hacia mí, teatrero e insolente:

—¿Tú recuerdas si teníamos cita? —Y, antes de que yo pudiese barbotear una palabra pacificadora, le puso a la secretaria las manos en los hombros, como bendiciéndola—. Yo diría que no, simpática, pero no creo que tenga inconveniente en recibirnos. Dígale que venimos de parte de su cuñada, Ana María.

La mujer miró a Tabares, que seguía esbozando una sonrisita mortificante, con un odio acendrado y mineral, pero cuando ya se disponía a despedirnos la conturbó el miedo a que su jefe aguardase aquella visita, y por instinto de supervivencia nos mandó pasar a una sala de espera. Un par de clientes con cara de haber sufrido el rigor de los aranceles notariales nos observaron con aire de expoliada tristeza.

—¿Qué hay, amigos? —saludó jovialmente Tabares—. ¿Ya los desvalijó don César? Lo que hay que hacer es abolir la propiedad privada y hacerles comer crudas las escrituras a los notarios, ¿no les parece?

Después de escuchar aquella incitación al delito, la secretaria se perdió por los pasillos de la notaría, haciendo repicar sus tacones sobre la madera encerada, con toda la indignada celeridad que le permitía la angostura de la falda. Tabares se desplomó despatarrado sobre el mullido sofá forrado de tafilete, mientras las víctimas de los aranceles notariales se apretaban en una esquina, amilanados por la tromba de humanidad que nuestro amigo representaba. Asomé la cabeza al vestíbulo, para intentar escuchar la conversación entre la secretaria y el notario, pero sólo alcancé a oír un bisbiseo quizá enfurecido y luego una silenciosa tensión, como la que precede a los ajusticiamientos en el patíbulo. Jimena se había acochado junto a Tabares, y lo había tomado del brazo con un punto de coquetería que en realidad encubría una súplica:

—Joaquín —le dijo—, me vas a dejar llevar la voz cantante, ¿de acuerdo?

—¿Es que no confías en mis métodos? —refunfuñó Tabares, con ingenuidad o desfachatez.

Jimena le acarició la papada de pelícano, erizada de aquella barba que desafiaba las cuchillas más impías.

—No es que no confíe, sabes —esquivó con diplomacia su despecho—. Es que creo que nos enfrentamos a un asunto peliagudo en el que nos va a hacer falta mucho tacto.

Un hombre muy flaco, enflaquecido aún más por el traje azul marino, apareció en el pasillo. Tenía una piel de color terroso que apenas le tapizaba los huesos, infamada por manchas blancuzcas, y el rictus de los labios casi leporino, como si le hubiese tocado tragar mucha bilis. Aunque se mantenía erguido y conservaba el cabello de altiva nieve, ya rondaría los setenta y cinco años. Caminaba con cierta rigidez cimbreante, si la contradicción es admisible, y se tocaba los gemelos de la camisa, para entretener el nerviosismo. Irrumpió en la sala de visitas con una mezcla de dignidad ofendida y torpe desconcierto, pero lo que se vislumbraba al fondo de sus ojos metálicos se parecía demasiado al miedo. Habló con esfuerzo, como impedido por unas vegetaciones:

—¿Se puede saber quiénes son ustedes?

—Venimos a pedirle información sobre una poetisa a la que seguramente conoce, Ana María Martínez Sagi —dijo Jimena, dirigiéndose a él con una tersa inflexión.

El notario parecía habituado a esas conversaciones de negocios que se inician con vaguedades meteorológicas y lamentos hipocritones ante la subida de los precios, y le sobresaltó aquel crudo y sin embargo dócil planteamiento de la cuestión que nos llevaba allí. Una marea de ira o bochorno le abofeteó las mejillas.

—Por favor, síganme —masculló. Había clavado las uñas en los puños de la camisa.

Mientras nos guiaba hasta su despacho (la secretaria del traje sastre quedó rezagada en el vestíbulo, contemplándonos con aquilatado horror, como si fuésemos una banda de extorsionadores), don César pareció doblarse bajo el fardo de una repentina vejez, o bajo el peso de los remordimientos, más oneroso aún. Preguntó a regañadientes:

—¿Cómo dieron conmigo?

Jimena se lo contó sin mucho énfasis, como si resumiera un trámite nimio. Precisamente esa sencillez con la que el pasado había llegado hasta él, atropellándolo con un alud de reproches, lo angustió todavía más. Sobre el ventanal de su despacho se suicidaba la tarde. Un fulgor rojizo y declinante se refractaba en los cristales, afilando con su tímida luz el bulto que hacía el cuerpo de don César, que de perfil era ya casi transparente. Las paredes del despacho, salvo un hueco ocupado por un par de sanguinas de Nonell, quizá esbozos de los cuadros que habíamos visto en el vestíbulo, estaban ocupadas por anaqueles en los que se alineaban, como un ejército inerte, protocolos notariales. Don César se volvió hacia el ventanal, desde el que se avistaba el paseo de Gracia, como un río de ameno asfalto; la oscuridad exterior hacía de azogue sobre el cristal, y reflejaba su rostro desencajado y ofidio.

—Quisiéramos que nos cuente lo que sepa de su cuñada Ana María —dijo Jimena, en un tono en el que convivían suavemente la exigencia y la súplica.

—Maldita sea, yo no sé nada de esa mujer —intentó zafarse el notario—. Me casé con Beatriz después de la guerra, para entonces Ana María ya no vivía con su familia. Ni siquiera mencionaban su nombre, debía de haber estado mezclada con los anarquistas, o con el ejército rojo.

Tabares dominó su impaciencia encendiendo un cigarrillo; la brasa agujereó la penumbra como una lenta luciérnaga.

—Pero antes de la guerra ya habría tenido algún contacto con la familia —sugirió Jimena.

—Ninguno en absoluto —se exoneró el notario—. Los Martínez Sagi se habían arruinado con la quiebra del Banco de Barcelona, hacia 1930. Don José, el padre, murió dos años después, con angina de pecho. A Beatriz, que era una muchacha, su madre, doña Consuelo, la casó con un usurero, por el afán de mantener la posición social. Por estos años fue cuando la hermana poetisa se marchó de casa; al parecer, ella y doña Consuelo no podían ni verse. —Había apoyado una mano en el ventanal; cuando la retiró quedó impresa sobre el cristal, como un hálito de ultratumba, la marca de sus dedos sarmentosos—. Yo no conocí a Beatriz hasta mediados los años cuarenta; me sacaba más de cinco años, pero seguía siendo una mujer bellísima, aunque amargada por culpa de un matrimonio infeliz. Obtuvimos la nulidad en el Tribunal de la Rota y nos casamos. Esas cosas siempre se solucionan con dinero. Una ironía amarga había asomado a su voz, quizá también a su rostro, pero la penumbra nos impedía discernir sus facciones.

—¿Nunca le ha hablado su esposa de Ana María? —insistió Jimena.

—Desde el principio, Beatriz dejó bien claro que existían algunos tabúes que no quería ni siquiera mencionar —repuso el notario con contenida violencia—. A través de doña Consuelo, mi suegra, supe que, desde niñas, Ana María y Beatriz estuvieron enfrentadas. Debió de ser un caso de celos mutuos. Beatriz fue la más pequeña de cuatro hermanos, y la madre, sobre todo a raíz de quedarse viuda, centró sus atenciones y sus mimos en ella.

Escuché a Tabares resoplando a mis espaldas, como un toro en el chiquero, harto de tanta respuesta elusiva. El notario volvió a disimular su turbación haciendo como que se abrochaba los gemelos.

—Ha pasado mucho tiempo desde entonces. —Jimena sabía que estaba intentando sacar agua de un pozo seco, o quizá clausurado, pero procuraba que el desfallecimiento no la delatase—. Supongo que llegaría un día en que por fin se decidió a infringir esos tabúes.

La amargura que hasta entonces había teñido las confidencias del notario se hizo exasperada:

—Para cuando llegó ese día, Beatriz y yo ya no teníamos demasiadas cosas de las que hablar. —En aquella frase desengañada parecía resumirse medio siglo de vida—. La convivencia desgasta mucho. Un día la sorprendí hablando con la ventana, o con un florero, cuando en realidad se estaba dirigiendo a mí; yo le contesté a través del armario o el lavabo. Desde hace años, nos comunicamos así, sin mirarnos a los ojos, como si hablásemos con los muebles.

Tabares expulsó la última bocanada de humo de su cigarrillo y arrojó la colilla todavía encendida al suelo de madera encerada:

—¿Y nunca le dijo, al menos, si su hermana Ana María sigue viva? —estalló, faltando a la promesa de discreción que había sellado con Jimena—. ¿No le habló a la mesilla de noche o a la cómoda acerca de esto?

El notario se revolvió, herido por la insolencia:

—La poetisa murió hace ya muchos años —dijo, con ronca acritud—. Está bien muerta y enterrada.

Intuí que aquel hombre nos estaba engañando, por razones mezquinas que no alcanzábamos a entender. Nunca la hipótesis de que Ana María Martínez Sagi siguiera viva se había delineado con tanta viveza y resolución.

—¿No podría concertarnos una entrevista con su esposa? —perseveró Jimena, aun a sabiendas de que el envite estaba perdido, sobre todo a raíz de la destemplanza de Tabares.

—Ni hablar. —Las vegetaciones y el furor formaban una intransigente simbiosis que le asfixiaba la voz—. Ni siquiera sé de dónde han salido ustedes. Quizá sólo sean unos delincuentes que vienen a fisgonear en mi intimidad. Mi mujer está enferma, padece alzheimer, déjenla morir tranquila. —Como si estuviese formulando una execración, acompañaba sus palabras con aspavientos, ya no le bastaban los gemelos para contener su nerviosismo—. Lárguense de una vez, déjenme también a mí morir en paz.

Esta última petición patética la había acompañado de un tono casi lloroso, como si sus defensas estuviesen a punto de flaquear. Cuando ya nos retirábamos, Jimena no quiso dejar de aprovechar estos síntomas de endeblez:

—Perdone que le moleste todavía. ¿No tendrá algún objeto de su cuñada, alguna fotografía, algún libro, algún recuerdo que a usted le estorbe? A nosotros nos haría un inmenso favor...

Había abierto la puerta de su despacho, forzando nuestra marcha. En el vestíbulo, la figura ceñida de su secretaria aguardaba una señal de su jefe para consumar la expulsión. Aquel labio de rictus casi leporino del notario se estremeció como si hubiese recibido una ofensa, pero rectificó sobre la marcha, como si de repente comprendiera que no podía existir ningún propósito avieso en aquella muchacha que lo miraba con serena benevolencia.

—Esperen un segundo.

Desapareció por una puerta lateral del despacho, que quizá condujese a los aposentos de su vivienda (allí se refugiaría Beatriz, desmemoriada y hermética, conversando con los muebles), o quizá tan sólo a un gabinete o antedespacho en el que el notario escondía su soledad. Al rato volvió con un libro entre las manos, con las esquinas y el lomo chamuscados. Era un libro en octavo marquilla, con una viñeta muy esquemática en la portada que representaba el rostro de una mujer, con la melena alborotada por la brisa del cubismo. El nombre de la autora y el título ocupaban la franja superior de la portada, y trazaban una leve ondulación sobre el papel: «Ana M.ª Martínez Sagi. *Inquietud*. Poesías.» Su segundo poemario, publicado en 1932, del que sólo teníamos noticia a través de la recensión que Elisabeth Mulder había escrito para *La Noche*. El notario nos lo tendió con soterrada expiación, como si fuese una mercancía de estraperlo de la que deseara liberarse:

—Lo salvé del fuego, cuando mi esposa intentaba quemarlo en la chimenea, junto a un mazo de cartas que le había enviado su hermana desde el exilio —dijo, justificando la erosión de las llamas—. Nunca me decidí a leerlo, supongo que por aprensión. Espero que a ustedes les sirva de algo. —Tragó saliva, para salvar del ahogo su calcinada voz, como había salvado *Inquietud* del fuego—. Y ahora, por favor, márchense y no vuelvan.

La secretaria nos acompañó hasta el rellano, dibujando en sus labios una sonrisa que ya no era la sonrisa de consumo interno con que nos había obsequiado al llegar, sino una sonrisa ufana y sardónica que se le quedó congelada en el semblante, como un estigma de rabia, cuando Tabares le soltó una palmada en el culo estrangulado por la falda. No hubo ni asomo de lascivia en aquel gesto de Tabares, tan sólo el regodeo de la venganza y la necesidad de desaguar de algún modo el cabreo por no haber monopolizado el interrogatorio al notario. Aquel encuentro nos dejaba un regusto ambiguo, mixto de decepción y esperanza, pues el contundente anuncio del fallecimiento de Ana María Martínez Sagi lo interpretábamos a la inversa, como una premonición de que aún estaba viva, en algún inconcreto lugar. La cesión de aquel libro que ya habíamos desistido de encontrar mejoraba el saldo de un episodio cuyo desenlace habíamos presumido más funesto o estéril. Ahora, además, contábamos con una causa de índole casi psicoanalítica que ayudaba a explicar la ruptura de Ana María con su familia, y su posterior adhesión a posturas ideológicas contrarias a las que le habrían inculcado en el hogar.

Inquietud no había sido leído, al menos en eso no nos había mentido el notario: los pliegos intonsos no admitían controversia al respecto. De regreso a nuestro hotel de la

Portada de Inquietud *(1932).*

calle Ferran, nos dispusimos a cortarles las barbas con una navaja que Tabares llevaba escondida en el equipaje, supongo que para pelar las piezas de fruta que mangase, a la hora del desayuno, del comedor. Rasgar aquellas hojas de color otoñal y textura porosa era casi como profanar una virginidad. Al abrir uno de los pliegos finales, cayeron dos o tres cuartillas mecanografiadas, de un papel muy fino, papel de seda, del que antaño se empleaba para envolver los regalos y también para escribir esas cartas de las que el remitente quería quedarse con una copia, pues su extremada delicadeza favorecía la acción del calco. La carta, quizá accidentalmente separada de aquel mazo que, según don César, había perecido en el fuego de la chimenea, iba dirigida a Beatriz, y la firmaba Ana María. Su texto, incesante de ruindades testamentarias, anatemas, recriminaciones y ajustes de cuentas, no admitía, desde luego, el epíteto de fraternal, salvo con intención paradójica:

Urbana, Illinois, 16 de enero de 1975

A la atención de Beatriz.

Procuraré ser breve, dentro de lo que cabe, y asimismo te pediré que te limites a darme con precisión, sin desfigurar ni alterar la verdad, los datos y aclaraciones que solicito.

«Parece ser» que doña Consuelo, tu madre (que Dios haya perdonado) redactó su último testamento poco antes de morir.

«Parece ser» que a última hora se lió la manta a la cabeza y decidió perjudicarme en el reparto.

Hará unos seis o siete años recibí de ella una carta modelo de confusión, ambigüedad y subterfugios, escrita al dictado, sin la menor duda, *donde ya se me insinuaba algo de esto. A mi regreso de Estados Unidos, recibí una segunda misiva de la misma señora, espontánea esta vez, porque contenía algunas faltas de ortografía,* en la que trataba de justificar —¿temor?, ¿breve despertar de una conciencia torturada?— la negativa de cederme la antigua habitación de las criadas, para que pudiera yo depositar mis ocho o diez baúles, y otras tantas maletas, bultos y cajas de libros (¡todo un capital!), dándome a entender el «porqué» no podía acceder a mi petición, y el «porqué» carecía de libertad de acción. Sus curiosas razones, que conocía al dedillo por varios conductos, no sé si habrán logrado que tu madre —para mí no fue sino una madrastra— muera en paz. Presumo que, ante la justicia de Dios, todas las falaces argumentaciones deben derrumbarse como un castillo de naipes. Tú, muy especialmente, tienes mucho que rogar para el descanso de su alma. Lo demás, corre a cuenta de la infinita misericordia de Dios. De las intrigas y falta de caridad de unos, de las calumnias y zancadillas de otros, de los atropellos, expoliaciones, felonías y otras dádivas del mismo calibre con que la familia me ha obsequiado, generosamente, a lo largo de mi existencia, habrás de dar cuenta —no lo olvides— a la Providencia.

Comenzando por amigos con los que coincidí en París, recién terminada la guerra; pasando por sobrinos, primas, vecinos, relaciones en común, porteros y criadas en Barcelona, en Mallorca, en Sentmenat, en Lloret, etc., añadiendo a la muy nutrida lista enfermeras, doctores y dentistas que en Palma me asistieron, todos se apresuraron a relatarme minuciosamente el curso de tu complicadísima y curiosa existencia. Sería, pues, completamente inútil añadir, por tu parte, otras explicaciones. Las que tengo me sobran. Te recordaré en passant que yo fui la sola persona de la familia que se negó a asistir a tu primer enlace. Si te fuera dado el poder de reflexionar sin la irracional hostilidad que desde niña me has demostrado, este detalle «revelador» te hubiera convencido, por lo menos, de dos cosas muy simples: que los sainetes y astracanadas me han aburrido siempre y que, además de cabello, tengo en la cabeza un cerebro que funciona normalmente.

Sabías perfectamente que llevo varios años de profesora en EE. UU. Mis señas las tenía doña Consuelo. ¿Quieres decirme de una vez por qué no me has comunicado ni su fallecimiento ni sus últimas voluntades? ¿Hasta cuándo seguirás obrando con impunidad? ¡Tu proceder pasa ya de castaño oscuro!

Me harás, pues, el señalado favor —tu obligación, al fin y al cabo— de enviarme fotocopia del testamento susodicho.

Ya me supongo que las joyas y objetos de valor pertenecientes a nuestros padres los tienes tú, desde hace tiempo. De niña ya la posesión de bienes materiales te parecía el summum de la felicidad. Creo oírte todavía: «Jo em casaré amb un home ric que em regali joies, un abric de visó....» Genio y figura... Tranquilízate. Como yo, en las cosas esenciales, tampoco he cambiado, puedo asegurarte que el tipo y la calidad de bienes que has atesorado a lo largo de tu vida me importan cuatro rábanos. Trabajo desde que cumplí 18 años; moriré tal vez en un asilo, pero será con la conciencia limpia, tranquila y en paz. Y eso es lo que no tiene precio. Ni jamás me dejé comprar, ni despojé a nadie, ni jamás dejé de auxiliar al que acudió a mí en busca de ayuda. Un ¡no! para los desheredados, los caídos y los perseguidos nunca salió ni saldrá de mis labios.

Desde que frecuentábamos la misma escuela, te suponías ya aquejada de mil enfermedades imaginarias. Tu cuerpo no tenía dolencia alguna. Tu alma, tu conciencia y tu corazón sí estaban enfermos. Tus ambiciones tan a ras de suelo, tu insaciable codicia, tu falsa escala de valores, tu infinita vanidad, tu insoportable superficialidad y otras muchas particularidades tuyas que me callo, todo esto, sí, demuestra palpablemente un alma, una mente y un espíritu irremediablemente enfermos. Has sido el espejo en el que tu madre se regodeó contemplándote. En ti «se reconoció». De ahí vuestra perfecta complicidad. El que te ampararas en su voluntad, el que ejercieras sobre ella un avasallador ascendiente, siempre a tu favor, reservándome a mí sólo desamor, injusticias tremendas, amarguras y sufrimientos indecibles, el que estuvierais de acuerdo en todo lo posible e inimaginable, traumatizó mi propia existencia. ¿Ignoras que hay heridas que no cicatrizan e injusticias que no se olvi-

dan jamás? El papel de Cenicienta, ¡con qué insana fruición me lo hacías representar mientras viví a vuestro lado! ¿Habrás cambiado? ¡Con toda mi alma lo deseo!

El próximo verano iré a Barcelona. Para entonces, espero que me habrás enviado los documentos que solicito. Escribí a tu segundo esposo. Supongo que te habrá puesto al corriente de ello.

Il n'est pas toujours trop tard, pour bien faire. Recuérdalo.

La carta era un dechado de maniqueísmo que enturbiaba o al menos corregía un poco esa imagen sublimada que teníamos de Ana María (aunque en realidad la humanizaba, añadiéndole rasgos de mezquindad y resentimiento), pero, sobre todo, servía para explicar el trauma infantil que justificaba su animadversión a la hermana que la había preterido en el cariño materno, y también las disputas testamentarias que habían infectado esa animadversión con el virus del odio. Porque sólo al ofuscamiento del odio podían atribuirse las retahílas de acusaciones que Ana María ensartaba en la carta, contrapesadas con la enumeración un tanto farisaica de sus virtudes. Llegada a un determinado punto, Ana María sustituía el castellano por el francés, en un alarde políglota, sin variar la letra picuda y un tanto envarada con que estaba redactada toda la carta, quizá en señal de cierta premeditación; tampoco variaba el tono vehemente y recriminatorio que había que tomarse a beneficio de inventario (y pido perdón por el involuntario retruécano, en un contexto de reñidas testamentarías):

No sé por qué razón te he escrito en español. En realidad, me resulta mucho más sencillo expresarme en francés. Me permito aconsejarte —es un poco tarde, lo reconozco— que, de aquí en adelante, mantengas la boca cerrada mientras te sea posible. «En boca cerrada no entran moscas.» Ten cuidado con esas confidencias que has hecho, a tontas y a locas, bien a propósito de tu primer matrimonio, bien a propósito de la separación que acordasteis, dicho sea de paso, con una sentencia extremadamente desfavorable en lo que te concierne, además de tardía, mientras tú te afanabas entre los tribunales, los abogados, la Curia Romana, contando con la ayuda decisiva de tu madre, a fin de obtener que la Iglesia Católica, Apostólica y Romana —como ya ha hecho en tantas ocasiones— te permitiera casarte en segundas nupcias. Sobre todo eso *he sido informada en su momento, con todo tipo de detalles y precisiones.*

Cuando uno es incapaz de mantener cerrada la boca, no debe sorprenderse de que sus confidentes hagan otro tanto. Tu madre hizo lo mismo con sus allegados, especialmente con la vieja portera de casa, que se apresuró a contárselo a todas las orejas complacientes. La verdad es que la calidad y la selección de vuestras confidentes dejan mucho que desear. Has conseguido lo que anhelabas: un segundo marido que ha demostrado ser «un caballero», poseer dinero en gran cantidad y obtener la consideración de una cierta clase de la sociedad española, dispuesta siempre a olvidar y a pasar la esponja cuando se acaba por hacer las cosas «como Dios manda». Así pues: «Bien está lo que bien acaba.» No habrás conocido la miseria, la carestía absoluta, las humillaciones más viles, la tortura, el frío, el hambre, las enfermedades, el abandono, los más duros trabajos, la soledad y la muerte inocente de la carne, de tu propia carne entre tus brazos: el destino ha sido clemente y de una bondad irresponsable contigo. Procura merecerlo, mientras estés viva. No cometas más injusticias, porque a la larga, «todo se paga». Y llegará la hora en que será necesario rendir cuentas de la más insignificante de tus acciones. Piénsalo.

¡Espero que Dios me permita concluir decentemente mi último año lectivo! A título de curiosidad, te comunico que nuestros «ancestros» fueron judíos, al cien por cien; *y que la cuna de los Sagi se halla en Hungría. Espero que no seas una de esas que asisten a misas celebradas para el descanso eterno del pobre desgraciado Adolf Hitler. Pertenezco a la Cruz Roja y he tenido la oportuni-*

dad de ayudar en la evacuación de algunas poblaciones civiles amenazadas por los unos y los otros. Tras la Liberación, en la que tomé parte activa, he visto también los hornos crematorios y prestado los primeros auxilios a los rescatados. Es una visión dantesca (entre otros muchos horrores de los que he sido testigo) que nunca olvidaré.
The Lord bless you and keep you and me. *Amén.*

ANA MARÍA

El membrete de la carta pertenecía al Departamento de Francés de la Universidad de Illinois, en Urbana. Chocaba aquella bendición final, después de las hipérboles y truculencias (algunas pasadísimas de rosca, como esa de las misas celebradas en sufragio del alma de Adolf Hitler) con que Ana María zahería a su hermana. El texto, no obstante su visceralidad, arrojaba luz sobre algunos episodios biográficos de su autora: informaba sobre el desasimiento que su familia le había brindado durante el dilatado exilio; confirmaba que, en efecto, Ana María había visitado Mallorca (tal como sostenía Gabriela Cuesta) en las postrimerías de ese exilio, aprovechando la relajación del régimen franquista (que también vivía sus postrimerías) y, a buen seguro, haciendo coincidir la visita con las vacaciones estivales; alardeaba de penurias y heroicidades que nos hubiese gustado conocer más al pormenor; y se hacía alusión a «la muerte inocente de la carne, de tu propia carne entre tus brazos», que parecía proponer alguna tragedia que desconocíamos: quizá Ana María había logrado satisfacer el anhelo de maternidad que la martirizaba desde joven, pero una suerte fatídica le había arrebatado a la postre el consuelo de ser madre. También nos garantizaba la carta que, hacia comienzos de 1975, Ana María aún no había amueblado la tierra y se disponía a «concluir decentemente su último año lectivo». Retrotraernos hasta 1932, más de cuarenta años antes de que ese implorante ultimátum (si el oxímoron es tolerable) fuese escrito, para volvernos a reunir con la joven que acababa de editar *Inquietud*, exigía un esfuerzo nada baladí, pues las dos sucesivas mujeres que habitaban el cuerpo de Ana María Martínez Sagi en 1932 y 1975 no tenían demasiado en común. Había, sin embargo, una obsesión que hermanaba a ambas y que subsistía incólume. En *Inquietud*, abundaban los poemas de tono presagioso, en los que la poeta invocaba la presencia de un niño, tema ya recurrente en su obra que aquí se entenebrecía con el aliento ubicuo de la muerte («Pequeño vellón de lana, / ¿no irá el viento a arrebatármelo?»), o con el mero recelo de que ese hijo «rubio y suave / cual lo espera mi anhelo» sea sólo una bendición engendrada en sueños. Este sentimiento de pérdida del hijo que nunca había tenido enlaza *Inquietud* con *Desolación* y *Ternura*, los primeros poemarios de la chilena Gabriela Mistral, donde también aflora el «aliento angosto» de un niño soñado. Pero si alguna influencia sobrevuela y vampiriza *Inquietud*, hasta el punto de que a veces uno no sabe si ambas mujeres no se habrían fusionado en una unidad de espíritu, es la de Elisabeth Mulder, a quien Ana María dedica este retrato:

> *Mujer-esfinge,*
> *misteriosa, enigmática, compleja.*
> *Abismo de inquietud, sima profunda,*
> *captadora de estrellas*
> *y de humanos dolores;*
> *poeta*
> *de la luz y de la sombra,*
> *de la nube y de la tierra.*
> *Supremamente erguida en el Dolor.*
> *Fuerte y serena,*

> *contra todos los vientos*
> *y mareas.*
> *Ferviente apasionada*
> *de la Idea,*
> *Iluminada creadora*
> *de Belleza.*
> *Alma noble y limpia,*
> *que todo lo mezquino y lo bajo desdeña.*
> *Corazón tan exaltado y bondadoso,*
> *espíritu alerta,*
> *en la clara aurora de los sueños*
> *y en la noche negra de las penas.*
> *Mujer-enigma de pupilas verdes,*
> *altiva y torturada, sensitiva y bella.*
> *Inexpugnable en la cima de tu vida,*
> *cernida de tormentas.*
> *¡Qué mano audaz sosegará el tropel*
> *de tus horas fantásticas e inquietas!*
>
> *¡Y qué agua prodigiosa hará el milagro*
> *de colmarte la boca de sedienta!*

Algunos de los poemas que componen *Inquietud* semejan variaciones de los que Elisabeth Mulder había publicado tres años antes en *Sinfonía en rojo*. En «Lamentación», Ana María, abismada en «una aguda tristeza» que se le sube a los ojos, «en un largo silencio que me duele / como una llaga viva», ansía «ser árbol, / ser piedra» y «vivir años y siglos, quieta, quieta, / ignorada y perdida, / en un sueño piadoso que me haga / olvidar de mí misma», un desiderátum que también reclama Elisabeth Mulder en «Lasitud»:

> *Y me siento cansada intensamente; y me hundo*
> *en un sueño que no es un sueño de este mundo,*

> *así es de dominante y de duro y de amargo:*
> *me abismo en la inconsciencia de un extraño letargo.*
> *Mis párpados se cierran. Como una losa fría*
> *cubre el sueño profundo mi existencia sombría.*

En la misma «Lamentación», hacia el final, Ana María Martínez Sagi invoca a la Serenidad para que le devuelva el sosiego anhelado:

> *¡Serenidad, serenidad! Escucha*
> *mi voz grave y dolida,*
> *la voz hecha de angustia y de amargura*
> *infinita.*
> *Estréchame en tus brazos y haz que el viento*
> *se lleve mis melancolías.*
> *Déjame el alma limpia de inquietudes,*
> *como una Primavera florecida*
> *de soles, de capullos, de canciones,*
> *de arrullos y de risas.*
> *¡Serenidad, serenidad! ¡Mírame hondo*
> *con tus claras pupilas!*

Ya antes Elisabeth Mulder, en *Sinfonía en rojo*, había instado la misma súplica en el poema titulado «Nuestra Señora de la Serenidad», donde, deseosa de «borrar las huellas / de las caricias tristes / que sobre mi alma pesan / como un fárrago negro / de liturgias violentas», clama:

> *Nuestra Señora de la Serenidad,*
> *acoge bajo tus alas amplias,*
> *bajo tus alas níveas,*
> *bajo tus alas tersas,*
> *este corazón mío ensombrecido*
> *y ciego de inquietud y de inconsciencia.*

Nuestra Señora de la Serenidad,
dame la luz serena
de tus ojos de paz,
de tus ojos de olvido,
de tus ojos de estrella,
y en tus fulgores hunde
mis pupilas aviesas,
llenas de estrías rojas
y visiones horrendas.

Un análisis sinóptico de ambos libros nos depararía un prolijo saldo de paralelismos, glosas, homenajes y otros débitos que quizá subrayarían la rendida admiración, casi dependencia, que Ana María Martínez Sagi tributaba a Elisabeth Mulder. Pero no quisiera inclinarme hacia la casuística y el tedio; basten, a modo de ilustración o ejemplo, unos versos extraídos de sendas plegarias al Dolor con que ambas autoras saludan al inquilino más frecuente de su alma. Escribe Ana María Martínez Sagi en «Canto al Dolor», la composición que clausura *Inquietud*:

Dolor: yo te bendigo porque me haces fuerte.
Dolor: yo te bendigo porque me haces buena.
Una extraña atracción me ha llevado a quererte
y a adorar el martirio de tu dura cadena.
[...] Deseo sentir siempre el zarpazo sangriento
que abre en mi carne blanca un profundo desgarro:
por tus heridas brota mi claro sentimiento,
por ti, Dolor, me olvido que estoy hecha de barro.
Después de tus caricias —dentelladas feroces—
es cuando mejor vibro, es cuando mejor canto.
Ni una queja me escuchas. Dolor, ya me conoces.
Ruedo, caigo en el polvo, ¡mas siempre me levanto!

Bendición muy parecida la que ya encontramos en la «Acción de gracias» que Elisabeth Mulder incluyó en *Sinfonía en rojo*:

> *Gracias, gracias, Dolor; me has hecho fuerte*
> *con la hiel y el acíbar que me has dado;*
> *por ti he desafiado*
> *al amor, a la vida y a la muerte.*
> *[…] Y me hice fuerte así: cara a la luz,*
> *hecha a la incertidumbre y a la pelea,*
> *y anidaron los pájaros en mis ramas en cruz,*
> *pues si el dolor destruye, también crea.*
> *Cáliz amargo que llevé a mi boca*
> *y que en mi alma la tortura creas,*
> *porque me hiciste de acero y de roca*
> *¡bendito ahora y por siempre seas!*
> *Rama de espinos que ciñó mi frente*
> *en el calvario obscuro de mi vida,*
> *me heriste, y te bendigo reverente*
> *pues los sueños volaron por la herida*
> *en elevado sentimiento humano*
> *o en demente galopar de ideas.*
> *Dolor, amigo, camarada, hermano,*
> *¡bendito ahora y por siempre seas!*

La presencia de Elisabeth Mulder en *Inquietud* no es, sin embargo, una mera resonancia literaria más o menos notoria. Aquella mujer «altiva y torturada, sensitiva y bella» encontrará en Ana María el agua que colme su boca. Aquella muchacha púber que deambulaba por los caminos del desconcierto, incendiada en una pura llama y con un afán de entregarse a «un amor infinito todo blanco», ya ha aprendido la música de su canción. «¡Oh la canción mía, mía, / que no habré de decir nunca!», escribe en algún lugar Ana

María, como quien se aferra a un tesoro, pero sus versos nos sugieren (rememorando aquellos otros con los que se remata el sublime romance del Infante Arnaldos: «Yo no digo mi canción / sino a quien conmigo va») que ya ha encontrado a la persona a cuyo oído puede susurrar esa canción secreta:

Todo el amor oculto que latía en mi alma,
todo el cariño inmenso que nadie ha adivinado,
se ha mostrado a tus ojos convertido en torrente
que ha venido, impetuoso, a morir en tus brazos.
Y así es, en efecto, mi amor. Como un torrente
contenido harto tiempo, como un fuego sagrado
que me ilumina toda y me enciende la sangre
y me convierte en astro.

Y tal es el ímpetu de ese torrente que por primera vez la poesía de Ana María Martínez Sagi se aviene a cantar el amor carnal, hasta entonces repudiado, por estar hecho de barro. En «La cita» asistimos a la ofrenda de un cuerpo que ya clama por algo más que por unos besos que se tornen «como una azucena», según había escrito en *Caminos*:

Yo vendría hacia ti, desnuda como el día,
maravillosa y blanca como una aurora.
En las pupilas grises, la fiebre brillaría.
En los labios audaces, la sed devoradora.
[...] Así vendría yo: cruel y fatal,
por mil caminos ignorados,
ardiendo en la hoguera sensual
de todos los pecados.
En las noches nevadas de luna,
llegaría en silencio, quedamente,
lo mismo que un ensueño, o como una

exaltación de tu mente.
Estatua viva, mármol palpitante,
con ojos terribles y perversos.
Iría así a la cita, turbadora e incitante
a ofrecerte mis besos.

Pero aquella Elisabeth Mulder «captadora de estrellas», para quien Ana María esperaba ser la «mano audaz» que sosegara el tropel de sus horas inquietas, no entendía el amor como un bálsamo, sino como un veneno que se filtra en la sangre y nos atormenta. Ana María será el maltrecho juguete sobre el que repercutan tantos vaivenes emocionales:

La inquietud es entonces
mi sola compañera,
y una fuerza misteriosa me tortura,
me rinde, me aniquila, me doblega,
y es cuando sufro, y grito, y lloro, y rujo,
y soy salvaje lo mismo que una fiera.
En estos días sombríos
todas las noches son negras.

La decisión de Elisabeth Mulder, que prefiere la ruptura antes que el ostracismo social, dejará a Ana María con los labios «sellados e inertes», entregada a la quimera de lo que no pudo ser:

¡Cómo te hubiera amado! Con qué solicitud
habría serenado la inquietud de tus horas.
Esclava apasionada de todos tus deseos,
siempre amante y rendida, y sumisa y dichosa.
Pero no lo has querido... Pero no lo has querido...
Pasaste junto a mí y enmudeció tu boca.

> *Yo seguí por mi ruta, sin proferir un grito.*
> *Entre tus manos pálidas mi vida quedó rota.*

En «La despedida», lo que había sido fuego se decanta hacia las cenizas, como también ocurría en aquel «Derroteros» que Elisabeth Mulder incluyó en *Paisajes y meditaciones*:

> *Los campos estaban lívidos*
> *de luna clara,*
> *y la noche era triste*
> *y callada.*
> *Tú y yo en el albo sendero,*
> *dos sombras blancas,*
> *perdidas en la noche de los sueños*
> *sin esperanza.*
> *Qué largo el camino y qué frías*
> *tus pupilas glaucas.*
> *Pupilas donde he visto arder el fuego*
> *de tus secretas ansias.*
> *Qué largo fue el camino y qué tortura*
> *la de tu boca cerrada,*
> *y la de mi frente hundida,*
> *tan pálida.*
> *Agonía de silencios*
> *y de dos vidas truncadas.*
> *Agonía de la carne*
> *que antes vibrara:*
> *¡fuente de deseo eterno*
> *que nacía entre llamas!*
> *No. No desmayé… Una fuerza*
> *misteriosa me alentaba.*
> *Muda, muda e impasible,*
> *como una estatua,*
> *sin un grito, sin una queja,*

y sin una sola lágrima.
Después: un adiós. Tu mano,
entre mis manos, temblaba.
Y en la ruta, para siempre,
nuestras sombras separadas.

Inquietud incorporaba también, como remansos entre tanto dolor, poemas de un impresionismo descriptivo, donde Ana María Martínez Sagi volcaba sobre el paisaje sus estados de ánimo, casi siempre declinantes y desgarrados. Si en *Caminos* se vislumbraba a una muchacha cuyo conocimiento trágico del amor era puramente intuitivo o ideal, *Inquietud* ofrecía la autopsia de su corazón yerto y sin embargo vapuleado por la angustia del recuerdo. La lectura de *Inquietud,* como antes había ocurrido con la lectura de aquella carta dirigida a su hermana Beatriz, nos asomaba a las simas sufrientes de una mujer que no sólo era un espíritu alerta, entregado a las reivindicaciones femeninas o el deporte. El personaje literario se iba revistiendo de carne y hueso.

XI

LA DECEPCIÓN Y EL FERVOR

Tabares siguió al dedillo las instrucciones del poeta Gimferrer. A la hora fijada, mientras Jimena y yo deambulábamos por el vestíbulo de la editorial, desgastando un poco la moqueta y levantando las sospechas entre los guardajurados (que nos miraban con patológica desconfianza, como si formásemos parte de algún comando terrorista), cruzó la calle y llamó al número confidencial y directo que nuestro contacto barcelonés nos había suministrado. La cabina, en efecto, no aceptaba los últimos diseños perpetrados por la Fábrica de Moneda y Timbre, como preámbulo a la apoteosis del euro, esa versión numismática del esperanto con la que los gobernantes llevan dándonos la tabarra desde hace varios siglos, como si fuese la panacea que solucionará las estrecheces de fin de mes. Tabares introdujo una moneda de veinte duros (cuyo diseño había resistido numantinamente tanta veleidad reformista), tal como le había indicado el poeta Gimferrer, marcó su número personal y esperó a que el teléfono sonara dos veces, para después colgar, según la contraseña convenida. Pero el poeta Gimferrer faltó a la contraseña y empuñó el auricular al primer telefonazo, ignoro si por despiste o por proseguir su estrategia de aniquilación espiritual de Tabares. El puñetazo que nuestro amigo sacudió a las paredes de cristal de la cabina resonó hasta en el vestíbulo de la editorial, donde los guardajurados, que no nos perdían de vista, se llevaron la mano a la pistolera, pensando que había estallado una bomba.

—Me quedé sin los veinte duros —resopló Tabares, a quien el forcejeo con la cabina, para intentar recuperar su dinero, lo había hecho jadear—. Este hombre acabará conmigo.

El ascensor de puertas corredizas se abrió para exhalar sobre el vestíbulo su musiquita ambiental y hortera y depositar en tierra a su único pasajero, el poeta Gimferrer, aparatoso como una locomotora, fúnebre como un ataúd. Al pantalón de tergal negro, al jersey de punto negro, a la corbata también negra y las botas de tafilete negro incorporaba un abrigo de paño negro que exageraba su volumen, una bufanda de lana negra y un sombrero de fieltro que no era blanco, precisamente. El poeta Gimferrer atravesó a la carrera el vestíbulo, con la bufanda subida hasta el entrecejo, como si fuese un pasamontañas, y el sombrero colocado a modo de pantalla, como a veces hacen los famosos, al acudir a los juzgados, para que los *paparazzi* no los fotografíen. Puesto que los guardajurados no incluían cámaras en su equipamiento, deduje que el poeta Gimferrer simplemente trataba de abandonar el edificio sin ser reconocido, pretensión bastante utópica, por lo demás.

—Vamos, vamos, recordad que es una operación de incógnito —nos chisteó, pasando a nuestro lado como una exhalación.

Hacía una mañana luminosa, una de esas mañanas de finales de setiembre en que el verano decide obtener una victoria pírrica sobre el inminente otoño, inmolándose en la fragua del sol. El calor se derrumbaba sobre el poeta Gimferrer, sobre su abrigo de paño y su sombrero de fieltro, que se caló con mucha unción, mientras se guarnecía la garganta con la bufanda de lana. Por solidaridad con él, empecé a sudar.

—Hace unos años agarré un catarro que degeneró en pulmonía —se explicó—, y que aún no he curado del todo. Hay que protegerse de las corrientes y los cambios de temperatura.

Caminábamos de espaldas a la Diagonal, al paso dictado por el poeta Gimferrer, que a veces se paraba en los chaflanes (por allí no había esquinas, como en Madrid, perfumadas por las meadas de los perros), para mostrar su perplejidad:

—¿Y cómo es que ustedes habían llegado a reunir tanta información sobre Ana María Sagi, y sin embargo desconocían la publicación, en 1969, de *Laberinto de presencias*? Resulta curioso, ¿no? —Y soltó esa risita fugaz y roedora que era como el rumor que hacían los engranajes de su inteligencia.

—Es que ni siquiera sabíamos a ciencia cierta si seguía viva para esa fecha. —Tuve la impresión de que ya le habíamos explicado en nuestra anterior cita estas menudencias—. Nos habíamos centrado en reconstruir sus años de mayor actividad, durante la Segunda República. Ahora, en cambio, ya sabemos que, al menos en 1975, seguía dando clases en la Universidad de Illinois. Y quizá, al acabar ese curso, volviera definitivamente a Barcelona.

El poeta Gimferrer, enterrado entre tanto ropaje, mostraba los primeros síntomas de cocimiento. Por las guedejas de la melena le caía un sudor como suero o agüilla destilada en los alambiques hondos de su cerebro.

—Hablamos con su cuñado, que resultó ser notario —reclamó su atención Jimena—. La B de la guía se refería a Beatriz, que es una hermana de Ana María con la que su marido no nos permitió entrevistarnos.

Y lo pusimos al tanto de nuestros últimos avances, cuya narración interrumpía con meticulosas preguntas a veces pertinentes, de un método inquisitivo que parecía aprendido en la lectura de las novelas de Perry Mason. Caminaba con un bamboleo de marejada, como un buque sin brújula que, sin embargo, aún mantuviese el rumbo. Inconscientemente, asocié su estampa con la de Peter Lorre en *M, el vampiro de Düsseldorf,* o con la de aquel sacamantecas que engatusaba a las niñas con caramelos en *El cebo,* de Ladislao Vajda. Pero el poeta Gimferrer había excluido la maldad de sus inquietudes vitales: toda su persona exhalaba un aire de apacible aturullamiento que se hacía querer.

—Pues yo os tengo preparadas en casa algunas sorpresitas que creo que no os van a disgustar del todo —dijo, entre misterioso y picarón, y dejó escapar otra vez su risita mansamente aviesa—. O sea, que el notario, don César, os dijo que Ana María ya se ha muerto. Supongo que la noticia os cayó como un jarro de agua fría.

Habíamos penetrado en un portal lóbrego, de paredes desconchadas y fragantes de humedad, que hubiese servido como paisaje de una novela de Dostoievski. El poeta Gimferrer subía las escaleras con el estruendo de un cíclope atormentado por una fiebre lírica.

—Eso nos dijo —asintió Jimena, que se esforzaba en dirigir la voz hacia lo alto, para que el poeta Gimferrer, que la precedía en el ascenso, la pudiera oír, pese a sus limitaciones auditivas—. Pero yo no pondría por él la mano en el fuego, sabes. La carta que Ana María le mandó a Beatriz cuando supo que había muerto su madre, doña Consuelo, era durísima; es comprensible que no la puedan ni ver.

Al poeta Gimferrer le costó que la llave con la que se debatía en la penumbra aceptase el molde de la cerradura, como si en lugar de querer entrar en su casa estuviese intentando allanar con ganzúa una casa ajena. Cuando por fin consiguió que cediera el pestillo, escuchamos un transparente caudal de notas de piano, persiguiéndose unas a otras, entre la fronda de las fusas y las semifusas. Supusimos que María Rosa Caminals, la mujer a la que el poeta Gimferrer había dedicado tantos versos con vocación de inmortalidad, estaba ejercitándose en alguna habitación apartada, irresoluble entre el dédalo de pasillos y puertas. La casa del poeta Gimferrer transmitía cierta sensación de desván amurallado de libros. Después de despojarse de la bufanda de lana y el sombrero de fieltro y el abrigo de paño (que colgó de un perchero, súbitamente convertido en espantapájaros), su dueño nos condujo hasta una habitación de decoración abigarrada, con paredes condecoradas de pinturas un poco proclives al garabato y barricadas de primeras ediciones amontonadas sobre el suelo que hubiesen hecho las delicias de un pirómano antivanguardista: Mallarmé, Aragon, Éluard, Alberti o Aleixandre se entremezclaban allí, como trapos en la tienda de un ropavejero.

—Hala, entreteneos con esos recortes que os he dejado encima del velador —nos despachó el poeta Gimferrer—. Yo, mientras, voy a saludar a María Rosa. Luego os traeré lo gordo.

Lo gordo se suponía que era el ejemplar de *Laberinto de presencias*, mangado en aquella pequeña librería, muy cerca del cine Regina, donde el poeta Gimferrer y su mujer acababan de ver el calvario iniciático del joven Törless en blanco y negro. Sobre el velador había unas páginas arrancadas de la revista *Destino*, en otro tiempo faro de cierta intelectualidad barcelonesa. En la primera de ellas, perteneciente al número de agosto de 1969, figuraba una foto de aquella Ana María Martínez Sagi que había decidido simplificar su patronímico y acercarse poco a poco, en breves estancias estivales, al país que había abandonado durante la Guerra Civil. La mujer de la fotografía miraba al objetivo de la cámara con un gesto de exhausta bondad sembrado de cientos de arrugas que amenazaban con resquebrajarlo. El cabello, muy abultado y fosco, muy crespo también, parecía postizo; quizá Ana María había preferido sepultar la fragilidad y la decadencia y las canas del verdadero con una peluca. Acompañaba la fotografía una entrevista firmada por Carmen Alcalde que se titulaba «Ana María Sagi: la decepción y el fervor.» Que esta entrevista hubiese sorteado el acoso de la censura demostraba que el régimen franquista ya estaba para entonces periclitado:

Se marchó de su tierra hace más de treinta años. Quiso llevarse consigo el país que abandonaba a la fuerza, y al volver la decepción ha calado hasta sus entrañas. Desbordada de recuerdos —cementerio de fantasmas— se ha topado, nada más poner el pie a tierra, con la evocación de un mundo desvanecido.

—España —me dice— estaba siempre presente en la entrañable ternura de la nostalgia, era el espejismo consolador, el acicate insobornable de la imaginación, la dulce añoranza que nos mantenía en pie. Mi despertar ha sido muy amargo. He recordado muchas veces los desalentados versos de Lope: «Ay, dulce y cara España, / madrastra de tus hijos verdaderos...»

Tengo entre mis manos la Antología de su obra poética que ha venido a ofrecer a España. Admirable libro de poesía que, sin duda, no será tan calurosamente recibido como aquéllos de 1934 [sic]. Poesía fuerte, de extrema tensión desde el principio hasta el fin:

«Lo peor / es esta pena delgada / esta memoria que cede / esta herida ya sin trazas / y estos nombres devorados / por tanta ceniza helada. / Un mar de torva desesperanza / de silencio resignado / de tinieblas ordenadas / nos ha sumergido a todos / náufragos que nadie salva. / ¡Ay los martillos feroces / de tanta sangre olvidada! / ¡Ay el grito de las madres / gimiendo desesperadas! / ¡Ay de los rostros perdidos / de las heridas que sanan / del sufrimiento vencido / de la nostalgia calmada! / ¡Ay corazón condenado / a doble muerte y mortaja! / ¡Toro grotesco cobarde / de cornamenta limada! / ¿Alguien llora todavía / cuando se acuerda de España?»

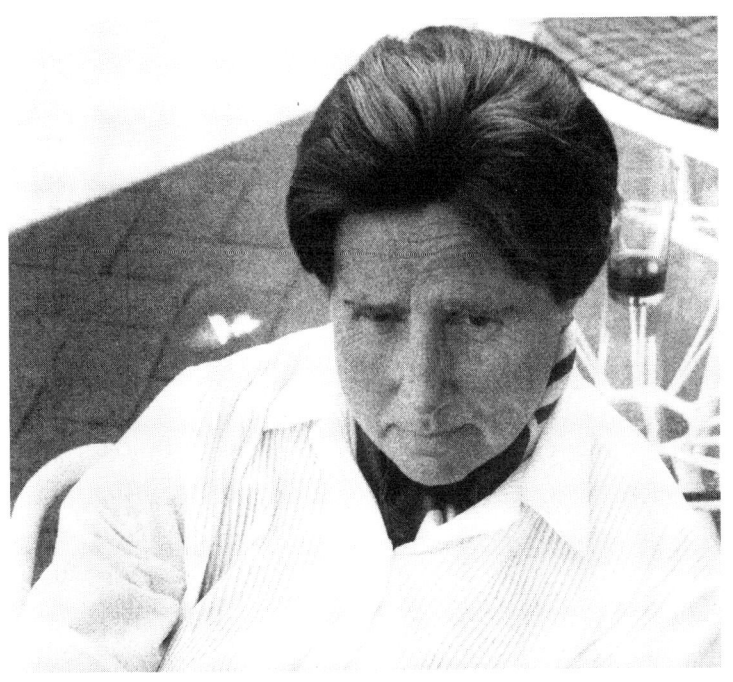

Ana María Martínez Sagi en 1969.

[...] La conversación con Ana María Sagi transcurre en una especie de monólogo cautivante. Monólogo de poesía, casi sólo de poesía, porque se escabulle de cualquier otra cuestión.

—Aunque está bien claro que no te dejas encasillar o etiquetar, ¿puedo preguntarte si tu poesía es cerebral, intelectual o más bien...?

—¡No! Mi poesía no es ni cerebral ni intelectual. Mi poesía es una poesía de fervor, de tensión espiritual, de desgarradura, de amor y palpitación humana. Después de todo, una existencia se juzga por lo que ella hizo de nosotros y nosotros de ella. Si la vida debe ser la expresión y no la supresión de uno mismo, tal vez pensaremos que el poeta sincero ha logrado un poquitín de la suya. El auténtico poeta no le teme a la muerte, a la muerte física, se entiende. Su tremenda muerte es la incomprensión y la indiferencia que le rodean. *No se aprende a escribir poesía en un manual de prosodia y versificación* —prosigue embebida en sus pensamientos Ana María—, *como tampoco se aprende el amor de la libertad en Marx. En arte, no hay otra impureza que la atribuida por la insuficiencia intelectual y las bajas intenciones del profano.*

[...] —¿*Estás sola?*

—*Mira, la soledad del artista es absoluta. Soledad de aquel que no sabe de trampas, de oportunismos, de artificios y de concesiones. De modas y de modos. Éste es el tiempo de los bombos y las bombas, del automatismo contra la inteligencia, de la estandarización contra la diferenciación, de los valores publicitarios, del pensamiento en serie, de la cantidad contra la calidad. Y la mitad de la humanidad sigue dedicándose a explotar a la otra mitad. Todo se deshumaniza. Vivimos rodeados de innumerables locos furiosos erigidos en héroes. Nuestro mundo moderno cuenta ya con seis mil años de miseria, de injusticia, de crímenes y de guerras. Conferirle a la vida nobleza, dignidad, belleza, elevación, significa un esfuerzo de titanes.*

—¿*Cómo se «hace» un poeta?*

—*Mira, para mí, la poesía es oficio serio y noble, esfuerzo oculto, de depuración, vibración transmutadora y sinceridad, una de sus cualidades indispensables. Pero fíjate bien que un poeta no se puede reducir a fórmulas lógico-matemáticas, ni bajarlo al nivel de la razón, porque se comete un delito de alta estética. No sé quién dijo, con gran razón, que no deben aplicarse teoremas racionales «para juzgar el universo de lo emotivo». Artificios barrocos, preciosismos verbales, retórica esotérica, nada tienen que ver con la magia de la poesía. Nos darán, eso sí, una poesía sabia, minoritaria, de arte deshumanizado y lastrado. El que no se entienda a muchos poetas contemporáneos no es extraño. Este tipo de poesía que sólo los tontos juzgan inteligente, de un hermetismo admirable y difícil, escrita sólo para sabios iniciados, como no la entienden ni aun los que la escriben, es ya de por sí cosa abortada, con olor a muerte anticipada. Yo execro todo cuanto es conceptuoso, irracional y oscuro.*

No creo que se halle en mi poesía nada de eso. He procurado no caer en el vicio de aquellos poetas de los que Marcel Bataillon dijo con agudeza: «Ils troublent leur eau pour qu'elle paraise plus profonde» [«Enturbian su agua para que parezca más profunda»]. Aborrezco asimismo las supercherías y las vulgaridades. Y pienso que conseguí librarme de ellas.

—Te habrá sorprendido, a tu llegada, el que aquí siguiéramos inmersos dentro del canibalismo literario...

—Esto ha sido siempre un hecho en nuestra tierra. He comprobado, en efecto, que sigue vigente. Y como nunca. Y son los que llevan más de la mitad de la dentadura postiza los que con más ferocidad muerden.

—¿Estás particularizando?

—¡No! ¡Palabra! Creo que he enviado mi último libro a tres críticos, pero no me he preocupado de saber si lo habían o no comentado. Entre tú y yo te diré que la cosa en sí me importa cuatro rábanos. Lo que sí me importa es lo que opine, por ejemplo, Ana María Matute, o los ecos y resonancias que despierte en Gullón, en Carmen Conde, en Elisabeth Mulder, en Éluard y Machado si vivieran, porque a todos los estimo y admiro.

—¿Para cuántas personas escribís los poetas?

—Sólo para unas pocas: las elegidas por nuestras afinidades y nuestro corazón. Cuando de entre estas personas fallan todavía algunas, la soledad, claro está, deviene más amarga y es más arduo seguir hablando en el desierto.

—Sobre todas tus percepciones del regreso, ¿qué te ha parecido concretamente Barcelona?

—Barcelona, mi ciudad natal, «dechado de cortesía», me ha parecido, en realidad, huraña, inhóspita y sucia. Urbanizaciones caóticas y horrendas han destruido la belleza de sus sitios naturales. Pero también en Madrid —ciudad zanja— ocurre lo mismo. E idéntico desastre en León y Valladolid. ¡Era todo tan bello en mi recuerdo! Nada más llegar, los amigos de antaño, o por lo menos los que yo consideraba como tales, me ignoraron. Y aparecieron inme-

diatamente los alacranes de la calumnia, los devorados por la envidia y los celos, y los mitómanos primarios. La voz, aquella voz que recordaba cálida y amistosa, se hizo dura y hostil. Las palabras efusivas de bienvenida cordial se helaban en los labios. Yo era, en suma, «la resucitada» que nadie deseaba ver aparecer. Rostros de piedra, puertas trancadas, corazones murados. Esto fue lo que encontré. ¡Cuánta cobardía y doblez! ¡Qué falta de fraternidad!
—¿*Todos tus encuentros fueron tan sombríos?*
—*Afortunadamente, en medio de aquel túnel sórdido, aparecieron, cuando ya no lo esperaba, luces salvadoras que, acercándose firmes, me brindaron de nuevo el calor y la esperanza. Encontré, al fin, fraternidad.*

De este modo postizamente esperanzado se clausuraba la entrevista, que nos mostraba a una Ana María Martínez Sagi magullada por la soledad, extranjera en un país que ya no concordaba con su memoria, extranjera también en un ambiente literario que, más allá de su inveterado canibalismo, quizá hubiese recibido su *Laberinto de presencias* como una exótica antigualla, un resabio de otra época. El énfasis con que reivindicaba una poesía que naciese del fervor y de la palpitación humana la colocaba fuera de las tendencias emergentes en aquellos años, más partidarias del «artificio barroco» y «los preciosismos verbales». Y, aunque mencionaba a Elisabeth Mulder como una de las pocas personas cuya opinión aún le importaba, no nos había pasado desapercibida aquella mención sesgada que quizá fuese referida a ella: «La voz, aquella voz que recordaba cálida y amistosa, se hizo dura y hostil.» A esa mujer esquilmada por las sombras del recuerdo, abandonada de los amigos de antaño, que todavía se aferra a la coquetería de falsificar su natalicio, la vuelve a entrevistar para *Destino* Robert Saladrigas, en enero de 1971, bajo el título de «Monólogo con Ana María Sagi»:

Rastreo en la faz angulosa de Ana María Sagi los vestigios inconfundibles de su azarosa existencia. La observo con minuciosidad impertinente, en tanto que me habla en una mezcla nada confusa de lenguas (catalán, castellano, construcción de frases en sintaxis inglesa o francesa), y descubro las hendiduras que festonean su frente, las sienes, las comisuras de los labios, la prominencia del mentón, el cuello... Es una mujer la que tengo delante de proporciones mesuradas, escasamente agraciada aunque tal vez en su juventud mereciera el consabido tributo de «bella señorita»; los ojos grandes, de mirada aguda, reflexiva y audaz, con lastres de fatiga que ni siquiera aciertan a ocultar la vestimenta y su talante de professor *de universidad americana.*

—¿Buscar? Busco una cosa: aquella claridad de estilo que es como la felicidad de la inteligencia. [...] No hablemos de la atmósfera enrarecida del mundillo de nuestras letras. Nunca creí que pudieran existir tal cantidad de envidias e intrigas en tan reducido espacio. Poetisos —según definición de Unamuno—, novelistas garbanceros, críticos de ocasión, contestatarios de belicosa pluma, cortos alcances y barbas revolucionarias, apabullantes camaleones, algunos periodistas con escasos escrúpulos, gramática y cultura más escasas todavía, constituyen una grotesca fauna. No me taches de vieja nostálgica, pero creo que en el ambiente intelectual de antes de la guerra había por lo menos buena fe, más responsabilidad y honradez, y más modestia. ¿Demasiado dura? Pues me he esforzado en ser ecuánime. ¡Es tan difícil cuando las circunstancias son como son! Hablemos de otra cosa, será mejor. Comparto, en el terreno de la poesía, esta opinión de nuestro gran Antonio Machado: «Debemos escribir una poesía que llegue a todo el mundo, que penetre en todos los corazones, poesía consubstancial al hondo sentir del poeta sincero, buscando la simplicidad máxima, que casi siempre lleva consigo la máxima belleza, porque cultivar el hallazgo de vocablos efectistas, el exceso de ropajes, de filigranas verbales y de pedrerías lingüísticas, termina por desvirtuar las puras esencias *de la intención, desviándola.»* En efecto, don Antonio Machado tuvo decisiva influencia en mi modo de sentir y de expresarme poéticamente. Fue el maestro profunda y fervorosamente admirado a partir de la primera lectura de sus versos, a la vez que un alto y noble ejemplo de rectitud y honradez humana y artística. He procurado que mi poesía, que no es cerebral ni de acertijo, que ha rehusado los esquemas fijos, las modas y los «modos», sea, ante todo, poesía de lealtad humana frente al arte deshumanizado, cálida y vibrante frente al frío caligrama del versificador intelectual, ecléctica en sus múltiples y aparentemente contradictorias facetas. He deseado que fuera acto de fe, en un mundo que parece no saber ya qué cosa es la fe. Y sea ésta lírica, descriptiva, realista, impresionista o simbolista, es siempre sentida con absoluta sinceridad. He leído poco durante los primeros quince años de destierro. Trabajé duro y no tuve materialmente tiempo ni medios económicos para leer y adquirir libros. Más tarde, en París y en la Biblioteca Nacional, sí devoré una cantidad impresionante de obras francesas. Sólo en 1967, profesando ya en la Universidad de Illinois, descubrí, gracias a la formidable biblioteca que allá tenemos, a los escritores y poetas españoles de la posguerra. Gracias por no preguntarme cuáles me gustaron y cuáles me parecieron solemnes mediocridades. De todos modos, mi opinión carece de peso. ¿Qué es lo que creo que me diferencia, que me aísla en un mundo de soledad, de muchos de mis compatriotas? Pues un abismo de imposturas aceptadas, no sé si por impudor o ignorancia, treinta años de destierro y una gigantesca y pavorosa muralla de muertos. Como ves, poca cosa. ¿El reencuentro con mi tierra después de treinta años de añorarla desesperadamente? Mira, mejor es que no hablemos de aquel doloroso impacto. Soy una perpetua desterrada. No consigo enraizar en país alguno. «Porque ninguna tierra posees / porque en ningún país / puede arraigar tu corazón deshabitado», escribió Ángel González. Todos, todos los que no estamos exentos de sensibilidad, nos sentimos traumatizados por algo, por alguien: injusticias, frustraciones, pobreza, humillaciones, desamor, desengaños, soledad, incomprensión... ¡Abismos, ingente cantidad de abismos! Pero a mi entender no son éstos los peores, sino los del egoísmo. Tampoco puede haber comprensión sin amor, y creo que la sola, la única riqueza, es la de dar, la de tener el alma millonaria. En nuestros tiempos sólo los románticos cursis como yo pueden pensar tamañas sandeces, ¿no lo crees así?

Lo que me cuesta es creer en la vitalidad de esta mujer de 56 años [sic], que ha vivido tan complejas como azarosas existencias. Son duros, durísimos, sus juicios. No en todos le falta razón y motivo, pero creo que en buena parte Ana María Sagi es víctima, como tantos otros forzados a la ausencia durante tres décadas, de una nostalgia enfermiza que, a fuerza de alimentarla con fervor, transformaron en ideal sin conexión alguna con la realidad. Idealizaron hasta extremos insospechados tierras, seres, recuerdos, paisajes, instantáneas y regresaron con la ilusión de recuperar algún día el derecho a encontrarse con el ideal satisfecho. Como si el tiempo no hubiera corrido sobre este país, de por sí negado a toda evolución. El contraste entre sueño y realidad devino contundente. Para Ana María Sagi resultó demoledor. Las ilusiones se vinieron abajo con estrépito. Ella, que había colaborado en periódicos y revistas, que había publicado libros de poemas, que ya en la primera juventud veía impresa su biografía en los sesudos volúmenes del «Espasa», treinta años más tarde no figuran sus versos en las antologías que se confeccionan en España; los amigos de antaño, los supervivientes, se han transformado a sus ojos en siluetas fantasmales, sombras sin rostro ni memoria, y ella, la ex combatiente de la Resistencia francesa, la que veinte años malvivió en París entre lecciones y toda suerte de ocupaciones, la que siguió escribiendo «para no morir», la actual profesora de idiomas en Illinois, es un ser desarraigado que otea el mundo con escepticismo, con asqueado escepticismo, que vuela con las alas de la experiencia extraída de su apretada biografía, y en la dedicatoria de su obra antológica, Laberinto de presencias, dice legar a través de aquellas cuatrocientas páginas «el derecho más rico de los derechos humanos: el derecho a soñar».

Aplasta el cigarrillo emboquillado y expele el humo con fuerza. Con él se evaporan los sueños y esta figura de mujer casi sesentona queda a solas —en lúcida soledad— consigo misma.

La tragedia de Ana María Martínez Sagi, como la de tantos otros exiliados, había consistido en habitar durante treinta años en la patria de la memoria, custodiándola como un tabernáculo, soñándola minuciosamente, invocándola en un pedestal intacto, para después, al regreso, tropezarse con otra España que no se correspondía con esa imagen estática que durante su exilio había preservado del olvido. Esta incongruencia entre la realidad y el retrospectivo reflejo de esa realidad, sumada a la olvidadiza naturaleza humana, la habían confundido muchos exiliados, entre ellos la propia Ana María, con una muestra de inhospitalaria ingratitud por parte de los españoles de las nuevas generaciones, quienes, a su juicio, debían de rendirles pleitesía y admiración. La bienvenida poco entusiasta que se les dispensó a muchos exiliados, la hastiada displicencia con que fueron escuchadas sus nostálgicas remembranzas, los retrajo hacia posiciones quejumbrosas o jeremíacas, cuando no hacia una prolongación de su exilio. Esa decepción originaria se pudriría pronto, manifestándose a través del resentimiento o de una conciencia persecutoria de haber sido maltratados o preteridos. En Ana María Martínez Sagi, que era mujer temperamental y poco dada a componendas, la decepción, más que conmiserativa, era beligerante, y la empujaba a denunciar la mediocridad del mundillo de las letras y sus aledaños, audacia que seguramente no le perdonarían. El poeta Gimferrer se había reunido de nuevo con nosotros; enarbolaba un libro bastante grueso, con pastas de un azul chillón, y lo sostenía por encima de su cabeza, como si fuese una cucaña a la que tendríamos que trepar, si deseábamos ganarnos el premio.

Portada de Laberinto de presencias *(1969).*

—*Laberinto de presencias* —anunció, con repentina gravedad, a la vista de que nadie se animaba a pegar el primer brinco—. Todo laberinto tiene su centro, ¿no os parece?

El volumen contaba, en efecto, más de cuatrocientas páginas. Con el subtítulo de «Antología poética» se reunían ocho poemarios de distintas épocas, que enlazaban *Laberinto de presencias* con la producción poética de Ana María Martínez Sagi que ya conocíamos: *Canciones de la isla (1932-1936); País de la ausencia (1938-1940); Amor perdido (1933-1968); Jalones entre la niebla (1940-1967); Los motivos del mar (1945-1955)*; y *Visiones y sortilegios (1945-1960)*. Las referencias cronológicas, colocadas a modo de apostilla junto al título de cada libro, se complementaban con la mención, al final de cada poema, del lugar donde había sido escrito, lo que convertía *Laberinto de presencias* en una especie de crónica ajetreada de un exilio poético, pues allí se concitaban, además de España, Francia y Estados Unidos, Suecia, Grecia, Italia, Bélgica, y hasta regiones tan intrincadas como Laponia. Como contraste a tanta variedad cosmopolita, el libro había sido impreso en unos talleres gráficos de León, en 1969.

—Eso es lo que no me encaja —gruñó el poeta Gimferrer—. ¿Qué demonios pintaba esta mujer en León?

Aquella excentricidad geográfica le chirriaba como un ripio en mitad de un soneto. Tabares aprovechó para desquitarse de anteriores mortificaciones:

—Quizá tuviera algún pariente allí, y al volver de Estados Unidos fuese a visitarlo. En su juventud, le tenemos registrada alguna estancia en León. Mario Arnold, ese bohemio del que usted no ha oído hablar, le dedicó poemas galantes y encomió sus interpretaciones pianísticas, que no creo que fueran nada del otro jueves, pero ya sabe que el amor es ciego, o al menos miope.

El poeta Gimferrer no se dio por aludido y nos aportó algún otro dato fragmentario que había conseguido exhumar, hurgando en los recuerdos de un amigo suyo que veraneaba en Mallorca desde la lactancia. En setiembre de

1970, Ana María Martínez Sagi había dado un recital en la librería mallorquina L'Ull de Vidre, donde había leído composiciones recogidas en *Laberinto de presencias* (sobre todo las referidas a la tierra balear, que conformaban el libro *Canciones de la isla*) y también algunas inéditas, entre las que no faltaron alusiones poco complacientes a la dictadura franquista. El amigo del poeta Gimferrer no había olvidado aquel recital, no tanto por la calidad infrecuente de los versos leídos o la personalidad un poco engreída y enfática de su autora, sino porque entre el público asistente se habían mezclado varios policías que quisieron disolver la reunión, cuando los poemas de Ana María Martínez Sagi empezaron a rozar territorio minado. Al intento de disolución habían respondido algunos estudiantes con abucheos y protestas, y al final se organizó una de aquellas zapatiestas típicas de la época, más divertidas que cualquier guateque.

—Resulta muy curioso comprobar cómo funcionaba la censura política en los estertores del franquismo —continuó Gimferrer, que había tomado asiento en un sillón orejero asediado por el alud de libros que colonizaba la habitación—. Yo mismo comprobé en mis propias carnes que los censores eran unos individuos, además de siniestros, arbitrarios y camastrones. Le revientan a Ana María el recital y luego se dejan colar unos goles por toda la escuadra. En la entrevista de Carmen Alcalde, publicada en *Destino*, que acabáis de leer, recordaréis que se citaba un presunto poema de *Laberinto de presencias* que empezaba «Lo peor / es esta pena delgada...» y que acababa con un apóstrofe bastante comprometedor, «¿Alguien llora todavía / cuando se acuerda de España?» —Asentimos, pero el poeta Gimferrer no nos miraba siquiera, como si se estuviese entrenando para afrontar la ceguera en su senectud—. Pues os reto a que encontréis ese poema en *Laberin-*

to de presencias. Adelante, probad suerte. La entrevistadora gastó una jugarreta a los censores, publicando un poema inédito de Ana María que quizá fue el mismo que provocó el altercado en la librería L'Ull de Vidre. Pero fijaos que le bastó con legitimar la cita de ese poema, como si formase parte de un libro que supuestamente había pasado los trámites censorios, para colarlo de contrabando.

Comprobamos en el índice de primeros versos que la composición aportada por Carmen Alcalde no figuraba, en efecto. El poeta Gimferrer hablaba con la mirada fija en un cuadro con aspecto de huevo escalfado que injuriaba la pared de enfrente, probablemente perpetrado por Tàpies. Una vez que tomaba carrerilla en su discurso, atropellaba las palabras y liberaba su acento catalán, hasta resultar casi ininteligible:

—Y en el propio *Laberinto de presencias* se han deslizado al menos un par de poemas, «Escuela bombardeada» y «La guerra», que sin duda se refieren a nuestro conflicto civil, y que Ana María camufla anotando al pie que fueron escritos en Bélgica. —Soltó su risita zangolotina y casi lúbrica—. Los censores debieron de creer que se referían a alguna circunstancia de la Segunda Guerra Mundial, y dieron el visto bueno. ¡Hace falta ser zoquetes!

Ambos poemas se incluían en el libro *Jalones entre la niebla,* el más viajero y paisajístico y dilatado, que se iniciaba en los desfallecimientos del exilio y se remataba en la soledad fragorosa y telúrica de las autopistas americanas. En este laberinto de rutas donde Ana María iba dejando su huella siempre distante, siempre tozuda, siempre extranjera, se intercalaba este inequívoco «La guerra»:

*El viento del odio
se anuda a las torres.*

Una luna inerte
se columpia insomne
sobre las madrigueras
malditas de los hombres.
Los cerros vomitan
pesados cañones
tinieblas de espanto
pérfidos rumores
alambradas negras
sangre y explosiones.
Una selva hostil de triturados cuerpos
cierra el horizonte.
Ya se están enfriando los ojos de los niños.
Ya la nieve amordaza la risa de los jóvenes.
Bajo un horrendo palio de cabezas cortadas
los pueblos esconden
sus flancos llagados
sus mieses segadas
su terror de pobres.
De los vientres preñados escapan
ángeles sin alas
gritos alocados
y fetos deformes.
Los buitres devoran
el corazón podrido de los hombres.

El poeta Gimferrer se quedó cavilando con ese aire lejano, entre tímido y parpadeante, que lo caracterizaba, y, al cabo, apuntó:

—No es uno de los poemas más memorables del libro, pero sí uno de los pocos ligados a la Historia de la que Ana María fue testigo. Por lo demás, no posee adscripción ideológica, como en general no la posee el libro. En *Laberinto de presencias* predominan, por un lado, el impresionismo descriptivo, a veces de intención simbolista, y por otro, la incesante glosa de un amor extinguido cuya evocación sigue haciendo sufrir a la autora, treinta años después. —Hizo un movimiento premioso con los labios, como si chupetease un caramelo—. Curiosamente, el libro está dedicado a una hija suya, se sobrentiende que su unigénita, pero esa hija apenas si se halla presente en un par de poemas. Quizá escribir no consista en otra cosa que en invocar lo que nos falta. Ana María Martínez Sagi, que se había soñado fecunda cuando su vientre era yermo, que tantas veces había anhelado ser madre cuando la afligía la ausencia de un hijo en el que poder verse reflejada, había preferido, por pudor o cortesía, no abrumar al lector con los pormenores de su felicidad. O quizá esa felicidad que había anticipado en sueños requería, para su plena realización, seguirse manteniendo en un terreno de nebulosas veladuras. La dedicatoria, aun no siendo precisamente lacónica, rehuía la explicitud, y más que a una persona concreta, parecía dirigirse a un fantasma benéfico:

Para ti, hija mía. Tú, la que ninguno conoce ni ve; latido y fervor de mi corazón, desde aquella primavera en la que cada voz azul, cada ángel marinero te anunciaron.

Cerca de las olas, bajo un alud de estrellas, abriéronse tus ojos: milagro de un largo sueño de pureza, ternura y soledad. Son tu aliento y tu cuerpo de sal los que resplandecen en mi sangre: rama de escarcha, fuego blanco, honda raíz.

Te anhelaba sin pecado y así naciste. Amaba todo cuanto es grácil, pequeño y suave, y así fuiste tú: vellón dulce, rubia alondra, capullo breve.

A lo largo de esta vida difícil y azarosa te di fiel protección como pude, como mejor supe. Lágrimas de cólera y de aflicción cayeron densas de mis ojos, para hurtar a los tuyos el cieno, la sangre y las tinieblas que nos cernían. Te canté sin desmayo canciones di-

chosas, para que los gritos del odio y los gemidos de dolor no llegasen a tus oídos. En días de hambre feroz te sustenté con sueños. Prendí fuegos rutilantes cuando el frío me mordía las carnes. Tracé en la obscuridad caminos diáfanos donde sin peligro pudieras posar las plantas. En desiertos amargos levanté ciudades acogedoras y humanas. Inventé para ti caridad y dulzura; y un país encantado, de cielo perennemente azul, donde surgían a cada paso maravillas y sortilegios.

Nadie adivinó por qué pude sonreír sorteando abismos tras abismos; por qué toda herida, por atroz que fuese, cicatrizaba; por qué losas y piquetas de acerba soledad no conseguían sepultar mi voz.

Después de tantos y tan arduos laberintos recorridos, te dejo este libro, escrito para no morir; para dejar constancia de mi paso y evitar que la vida escapara por las brechas que la nostalgia atenazante abría sin cesar.

En él, están tu voz y la mía, inconfundiblemente unidas. Hallarás gritos y nombres, espejos y estatuas de viento, desbordamientos y pudores, dédalos y nudos de reflejos. Descubrirás, también, mi inmarcesible candor, mi esperanza contumaz.

Muchos, por error, diéronme ya de baja de la nómina de los vivos. Cuando al fin, y justificadamente puedan hacerlo, tú sola me buscarás por las sendas ocultas de un paraíso desaparecido, en el que tú y yo hablábamos una lengua que nadie entendía.

Chiquitina mía: no vuelvas jamás sobre tus pasos. Las huellas se borran. Engañan los ecos. Y todo, aquí abajo, absolutamente todo, es trampa.

Tú no te sentirás nunca sola, porque te dejo el más puro de mis menguados tesoros, este libro; y con él, el más rico de los derechos humanos.

El derecho a soñar.

La destinataria de aquella dedicatoria no tenía más consistencia que aquellas figuras infantiles soñadas que sobrevolaban *Inquietud*. La propia Ana María afirmaba que la había sustentado con sueños, y un poco más abajo, al invocarla, le aconsejaba que no volviera sobre sus pasos, porque «todo, aquí abajo, absolutamente todo, es trampa». ¿Qué otro mundo más alto estaba presuponiendo Ana María? ¿El mundo de las fantasías que «ninguno conoce ni ve», fruto de «un largo sueño de pureza, ternura y soledad»? ¿O más bien el mundo de ultratumba, las regiones oscuras de la muerte, que Ana María prefería imaginar luminosas y encumbradas? La mera posibilidad de que, al escribir aquella dedicatoria, Ana María se estuviese dirigiendo a una hija prematuramente fallecida nos sobrecogió con el aleteo de la congoja; parecía como si la fatalidad hubiese elegido a aquella mujer como muñeco de pimpampum, negándole el cobijo de una familia, el sustento de una patria, el bálsamo de un amor, y arrebatándole también al único afluente de su carne que podría haber aligerado su desdicha. Parecía como si la fatalidad sólo le hubiese concedido el «derecho a soñar» que Ana María legaba a esa hija borrosa, habitante de regiones que no figuran en este mundo.

Se suele decir que los golpes morales ennoblecen a la víctima, tanto en sus sentimientos como en sus convicciones, porque le enseñan a recibirlos con entereza y por la comprensiva hondura que dejan en su espíritu. Pero el sufrimiento, cuando se acompaña de pérdidas que nos atañen muy de cerca y nos desgarran por dentro, acaba por ser más degradante que ennoblecedor. ¿Hasta dónde había tensado el sufrimiento el aguante de Ana María Martínez Sagi? Treinta años de nomadismo y soledad, perseguida por la sombra de un amor perdido, treinta años embestida por el infortunio eran demasiados, para que además hubiera tenido que quedarse huérfana de hija. ¿Habría podido aguantar tanta cotidiana tragedia sin rendirse a la desesperación, al abismal reclamo del suicidio? Estos y parecidos pensamientos acudieron a mí en tropel, martilleándome como una obscena jaculatoria. Los semblantes compungidos de Tabares y Jimena me demostraron que entre nosotros existía ya una indivisible empatía.

—Nos prestarás el libro por unos días, ¿verdad, Pere? —interpeló Jimena al poeta Gimferrer, con una voz sojuzgada aún por tenebrosas cavilaciones que descartaba la zalamería.

El poeta Gimferrer rió entonces con una largura impropia de él, como explayándose en su propia risa, que casi nos pareció ofensiva, dado nuestro luctuoso estado de ánimo. Dijo:

—Podéis quedaros con él para siempre. Consideradlo un regalo que os hago, para celebrar el final de la búsqueda.

Lo miramos con irritada perplejidad, sobre todo cuando reanudó su acceso de hilaridad.

—Todavía no nos hemos dado por vencidos, sabes —dijo Jimena, algo malhumorada—. Pensamos seguir en la brecha.

Los motivos de su risa se nos antojaban opacos, casi esotéricos. El poeta Gimferrer se remejió en su sillón orejero para sacar del bolsillo del pantalón un atadijo de papeles donde se mezclaban hojillas desgajadas de almanaque, tarjetas de visita, octavillas de propaganda nacionalista y meras notas recordatorias. Después de hojear aquel bazar portátil durante varios minutos, le tendió a Jimena una cuartilla doblada en cuatro, como aquellos billetitos amorosos que los muchachos se cruzan en la escuela, burlando la vigilancia del profesor.

—Ahí tenéis la dirección —dijo, sin más explicaciones.

En la cuartilla figuraba en efecto, redactada con la caligrafía gótica y filiforme del poeta Gimferrer, una escueta dirección de Moià, un pueblo de la comarca de Manresa.

—¿Qué dirección? —preguntó, hosco, Tabares.

—¿Pues qué dirección ha de ser? —Desplegó los brazos, como el sacerdote en el trance de la consagración—. La de Ana María.

Pestañeó por detrás de las gafas blindadas de dioptrías y entreabrió sus labios voluptuosos, como si estuviese papando su triunfo. Reaccionamos con incredulidad:

—Eso no puede ser —dije yo—. Se está burlando de nosotros.

Invirtió los papeles y se hizo el ofendido:

—¿Cómo que burlándome? —Levantó un dedo admonitorio, al estilo de un pantocrátor—. ¿Piensa que soy tan cruel como para tomarme a broma este asunto?

Empezó a transpirar, y pudimos oír el ritmo creciente de su respiración, como si le hubiese sobrevenido un ataque de cólera, tan inusual en un hombre de naturaleza bonachona. Jimena, amparada en el tuteo, intervino conciliadora:

—Yo sí te creo. ¿Y dónde la conseguiste?

—Tengo contactos —repuso el poeta Gimferrer, todavía algo enfurruñado, y se retrepó en su sillón orejero—. Amigos que trabajan en la Seguridad Social. Conseguí que me facilitaran ese dato, a fuerza de insistir. —Frunció las cejas y subrayó su logro—: Se trata de un dato confidencial, se supone que tienen prohibido suministrarlo a particulares. Pero conseguí convencerlos, explicándoles que era para una buena causa.

Una honrada euforia se había apoderado de nosotros, impidiéndonos casi articular palabra. Era la confirmación de aquella intuitiva certeza que nos había visitado algunos meses atrás, cuando el insomnio era un inquilino frecuente de nuestros días y la sangre de Jimena desfilaba por su cuello como un río de adivinaciones. Ana María Martínez Sagi no había muerto y nos esperaba en algún sitio, y ese sitio se llamaba Moià, y se hallaba a poco más de una hora por carretera.

—O sea, que Ana María sigue viva, tal como sospechábamos —dijo Jimena, esforzándose por resultar precavida.

—Ésa es una conclusión un poco arriesgada. —El poeta Gimferrer no cejaba en su prurito de escrupulosidad—. Lo que se demuestra es que hay alguien que percibe una pensión a nombre de Ana María Martínez Sagi, domiciliada en Moià. Pero no sé si sabréis que los casos de fraude en el cobro de pensiones son numerosísimos: muchos familiares desaprensivos ocultan la defunción del pensionista, para seguir cobrando el subsidio —dijo, y añadió, con rigor estadístico—: Sólo una de cada diez veces se descubre el embolado.

Aquellos preámbulos especulativos sirvieron para avivar mi ansiedad:

—Sólo saldremos de dudas yendo allí ahora mismo.

Entonces Tabares me echó una mano al hombro y retuvo mis ímpetus:

—De eso nada, majete —dijo, fielmente apegado a su pachorra—. Si esa mujer es la misma Ana María que buscamos, rondará los noventa años. Es muy posible que viva sola, olvidada de su pasado. Es muy posible que prefiera disfrutar de las ventajas del anonimato, acabar sus días sin resucitar viejos fantasmas. No podemos llegar allí arrasando, contándole de sopetón lo que hemos averiguado sobre ella.

El poeta Gimferrer, por primera vez de acuerdo con Tabares desde que coincidieran en su común devoción por Mizoguchi, adujo:

—Podría darle un patatús.

—O podría echarnos de malas maneras, por andar escarbando en su intimidad. O podríamos amargarle los pocos años que le queden —enumeró Tabares, dispuesto a agotar el repertorio de calamidades—. También puede que

le demos el alegrón de su vida, pero eso es algo que nosotros no sabemos.
Jimena asintió, resignada a postergar o suspender el desenlace de nuestra investigación. El poeta Gimferrer carraspeó:
—Increíblemente, por su boca ha hablado la sabiduría. El espíritu sopla donde quiere —dijo, mirando a Tabares con un fulgor malvado y juvenil—. Yo propondría que le mandasen una carta, ni muy sucinta ni muy prolija, en la que le expliquen su interés en entrevistarse con ella. Demuestren que han indagado algunos aspectos de su vida, pero no entren en detalles que la hagan sentirse espiada. Demuestren también que conocen su obra, pero no se les ocurra pelotearla, el exceso de halagos podría alarmarla y hacerle pensar que los guía un propósito oscuro. Facilítenle un teléfono de contacto, firmen los tres la carta, introdúzcanla en un sobre, franquéenla con la tarifa convencional (un envío certificado o urgente denotaría una cierta premiosidad y falta de modales), echen la carta en un buzón de correos y esperen. Esperen lo que haga falta.

Seguir esperando, como si el mundo hubiese dejado de dibujar sus inconcebibles órbitas, como si el tiempo hubiese detenido su fluyente arena. Seguir esperando, a despecho de la avariciosa muerte.

—Así lo haremos —decidió Jimena.

Y ungió al poeta Gimferrer con un beso en la frente, entre las ralas guedejas de su melena. Él recibió el beso con orgullo y un leve escalofrío, como si la mismísima Machiko Kyo lo hubiese premiado, desde su cielo de celuloide.

XII

LA VOZ DEL SILENCIO

Escribir una carta tan calculadamente mañosa, dirigida a una mujer que sólo conocíamos a través de retazos del pasado (porque nadie es como fue, y lo que somos no constituye una mera agregación de lo que fuimos) nos obligó a romper decenas de borradores. Había que demostrar un vivo interés sin recurrir a la adulación ni al apremio, como nos había recomendado el poeta Gimferrer, y había, además, que resultar convincentes, e infundir a una anciana nonagenaria la ilusión o la curiosidad que la impulsaran a descolgar el teléfono y combinar el número de Jimena. Tantas exigencias convirtieron la redacción de aquella carta en algo parecido a la elaboración de un combinado alquímico. A la postre, puede que nuestra botella lanzada al mar adoleciera de un tono, si no perentorio, al menos balbuciente o patético, pero el buzón ya se la había tragado y no la vomitaría nunca. No había marcha atrás.

Extrañamente, al envío de la carta no se sucedieron días de inquietud, sino una vergonzante placidez con lo que habíamos hecho, como si las angustias y las agitaciones que ya habíamos afrontado durante la búsqueda nos hubiesen inmunizado contra las consecuencias que podría acarrear el recibo de la carta, que ya no dependían de nuestro arrojo o paciencia o dedicación. En cierto modo, nos ocurría algo similar a lo que sucede cuando las personas que amamos arrastran achaques durante largo tiempo: la convivencia con su enfermedad nos proporciona oportunidades para anticipar la posibilidad de su muerte; nuestra piedad las hace más viejas o más enfermas y nos obliga a lamentar su pérdida antes de que nos hayan dejado. En esa previa celebración del luto, valoramos lo que perdemos, de tal forma que, cuando la pérdida efectivamente se produce, la recibimos con ecuánime conformidad. Habíamos considerado la posibilidad de que nuestra carta jamás fuese respondida, y esta prevención nos enseñó a combatir y anular la sensación de fracaso que pudiera desprenderse de ese silencio. Incluso conseguimos que Ana María Martínez Sagi dejase de presidir nuestras conversaciones y de monopolizar nuestros pensamientos; fue una labor minuciosa, sordamente minuciosa, que poco a poco logramos ejecutar, pese a los retrocesos y las recaídas.

En algún poema de *Laberinto de presencias,* Ana María había escrito, a modo de imprecación o anatema: «Donde quiera que vayas / te perseguirá terca. / No podrás alejarte / sin hallarla a tu vera. / Se te alzará en el mar. / Se te alzará en la piedra. / Surgirá en el dintel / de todas tus viviendas. / Castigo de tus días. / Tortura de tus velas.» Estas palabras actuaron sobre nosotros a modo de exorcismo: estábamos inmersos en una de esas historias sin final que no hacen sino continuar eternamente, como carruseles que repiten su itinerario con estricta monotonía, de modo que si queríamos salvarnos, tendríamos que evitar quedar atrapados en ese itinerario, antes de que enloqueciéramos y Ana María se transformara en un castigo de nuestros días y una tortura de nuestras velas. Pero descender de aquel carrusel no era tarea sencilla, ni siquiera cuestión de mera voluntad; como los pasajeros que saltan en marcha de un tren que ha equivocado su destino, teníamos que resignarnos a abandonar el equipaje, que incluía nuestras posesiones más queridas, los testimonios de nuestro paso por el mundo, incluso nuestras cédulas de identidad. Durante muchos meses, Ana María Martínez Sagi había dotado de argumento nuestra existencia, nos había inspirado una misión y nos había regalado su alto ejemplo. Aceptar que habíamos sido relevados de esa misión sin llevarla a feliz término nos dejaba a la intemperie, pero había que afrontar esa intemperie y seguir viviendo. Al menos nos quedaba el consuelo de haber rescatado la memoria de una mujer pionera que había aspirado a una España distinta, menos adocenada y enclaustrada y mojigata, una mujer que había disfrutado de un espejismo de gloria y respirado el aire velocísimo del progreso, antes de que el olor atezado de la pólvora y el aire extranjero del exilio la sepultasen bajo toneladas de sueños fosilizados que ya no volverían a reverdecer. Se trataba, es cierto, de un retrato incompleto y desvaído, pero aun así resultaba hermoso (con esa hermosura ruinosa que tiene la derrota), porque nos mostraba el coraje supremo de quien, contrariando el angosto designio que le habían impuesto, se fabrica el suyo propio. Tabares y Jimena me animaban para que contase aquella fértil derrota de Ana María Martínez Sagi en una especie de biografía, pero había razones que me lo impedían: a la razón más estrictamente técnica (una historia sin final dificulta el principio) se sumaba otra de índole moral, pues escribir sobre alguien que ha elegido voluntariamente el silencio se me antojaba una obscena deslealtad. En *Inquietud*, Ana María había escrito:

> *No me habléis más. Estoy cansada*
> *de tanta palabra huera.*
> *Quiero vivir así, olvidada,*
> *de espaldas a la quimera.*
> *No me habléis más. Si mis labios sonrieron,*
> *hoy los sella un cansancio de muerte.*

Vuestras torpes palabras de nada me sirvieron:
tengo el alma inerte.
Ansío quietud y reposo. Callad.
Dadme la paz buena de vuestro mutismo
y el consuelo íntimo de mi soledad.
Callad, os lo ruego. No me han conmovido
nunca vuestras frases: ni ahora ni antaño.
Me pareció siempre insufrible el ruido
de tanta palabra vestida de engaño.

Y estos versos cobraban para mí el rigor de un mandato. También *Laberinto de presencias* exhalaba, a pesar de su tono misceláneo, y de los muy diversos estados de ánimo que recopilaba (como corresponde a un libro que resumía casi cuarenta años de creación), el aliento exhausto de quien entona su canto de cisne y decide habitar ya para siempre en un sueño mohoso y apartado. Una actitud que todavía no se adivina en el poemario que sirve de atrio al volumen, *Canciones de la isla (1932-1936)*, donde Ana María se dedica a celebrar los paisajes de la isla de Mallorca, iluminados siempre por un sol eucarístico y cenital que rebota en las fachadas de las casas revocadas de cal y albayalde. Nada rompe la armonía de un paraíso que, más que recreado por la memoria, parece conmemorado por la inmediatez de los sentidos, como si los poemas hubiesen sido escritos al hilo de las estancias de Ana María en aquel lugar, donde muy probablemente pasase sus vacaciones, y al que luego volvería, en las intermitentes treguas de su exilio. En un tono exultante y sincopado, Ana María canta el metal bruñido del mar y el olor de las algas putrefactas; las aliagas de los bosques resecos, calcinadas por una luz que tiene una consistencia de polen; los limonares que perfuman los caminos, grávidos de «núbiles senos pulidos / de tibia cera olorosa»; las playas de arenas rubias que acogen en su lecho crujiente cuerpos cobrizos y armoniosos; el oro dilapidado del crepúsculo que incendia la catedral de Mallorca, «navío anclado en tierra bajo un palio de nubes»; las barcas sonámbulas que despliegan sus velas en el verde oleaje y arrojan al agua sus redes, que son «celosías de los peces»; los olivos como una «filigrana / vegetal de un encaje / cincelado en la plata»; el Puerto de Andraitx, como «una escollera dorada» que tiñe de naranja las aguas; y, en definitiva, la dicha fugaz de sentirse viva, sumergida en una bóveda luminosa en la que parece haber quedado abolido el tiempo.

En este escenario idílico, extático en su belleza, los personajes humanos ceden su protagonismo al viento marinero y al mar mecido por los navíos y a los pinares ardientes, salvo en la composición postrera, «Puerto de Alcudia», donde aparecen «dos sombras desveladas», asomadas a «una ventana en la noche», en pleno mes de abril, imagen embrionaria que luego se repetirá profusamente en la poesía de Ana María Martínez Sagi, hasta convertirse en el torturado epicentro de sus lamentaciones amorosas. ¿Qué había ocurrido en aquella isla de Mallorca, en un mes de abril anterior a la guerra, qué pasión apenas pronunciada se consumó allí?

 La pura celebración de los sentidos que se enseñorea de *Canciones de la isla* es sustituida por una absorta nostalgia en *País de la ausencia (1938-1940)*, poemario escrito mayoritariamente en Francia, durante las primeras estaciones de aquel vía crucis que iba a ser el exilio de Ana María. El signo de la luz sigue presidiendo este segundo libro, pero ya se trata de una luz tamizada por la añoranza que la acompaña en sus noches desveladas. En estos poemas se rememora el sol de la infancia que presidió el «oro caliente / de las eras» y los «violines / sin cuerdas / del grillo / en las veredas», durante sus estancias veraniegas en Sentmanat; y también el sol que iluminó las «mañanas tersas y cándidas» en que Ana María esquiaba en La Molina, entre «regimientos de abetos / con caperuzas albas». Ese sol de la infancia penetra con «dardos de fuego» su cuerpo «de bronce claro», y danza en «el escuadrón de las veletas», y saluda las «albas agrias de los gallos», e inspira un «sueño de delfines vivos», pero con frecuencia las tinieblas del destierro triunfan sobre ese sol de la infancia, y entonces brota el «dolor de mi voz muerta / entre el arrebatado clamor de los vivos», y el país de la ausencia es evocado como una «paramera gigante» por la que desfila la machadiana sombra de Caín:

> *No hay hombres que se atrevan a tocar esta tierra.*
> *Cuando llega la noche un gavilán arrastra*
> *por los yermos su sombra pavorosa y siniestra.*

Ese tono sombrío, que irrumpe por primera vez en *País de la ausencia,* impregnará la poesía posterior de Ana María Martínez Sagi, deparando algunas composiciones de un pesimismo telúrico muy influido por las imágenes lorquianas, como ocurre en «Obsesionante recuerdo»:

> *La noche verde de luna*
> *corriendo por los olivos*
> *me perseguía en un sueño*
> *de nostalgia y de delirio.*
> *Rutas de almagre escapaban*
> *entre el maíz y los grillos.*
> *Viento salado venía*
> *del mar crinado y mecido.*
> *Almendros me florecían*
> *entre los dedos cautivos.*
> *Palmas de luz me rozaban*
> *con sus lentos abanicos.*

En su cuenca de blancura
arcos y torres dormidos
aprisionaban un cielo
trémulo de azules y brillos.
La noche verde de luna
de vegas pastos y ríos
se tropezaba en las pitas
y se moría en los pinos.
Cuatro pichones de cal
cuatro arcángeles furtivos
abandonaron un alba
temblorosa en los caminos.
¿Adónde iré con mi sueño
si en él ya me he confundido?
Llama que enciende al pasar
resplandor de azogue vivo
silencio de ciprés grave
blandura de gamo herido:
me los dio un país lejano
que sin cesar resucito.

En otro poema de tono similar, «Resignación», Ana María insiste en la remembranza de ese país lejano, pero a la vez implora a los recuerdos: «No me digáis el nombre / de mi tortura cierta.» Una herida que no cierra, en donde ese nombre nunca mencionado «hincó / sus raíces secretas», aportará la sangre que tiñe *Amor perdido (1933-1968)*, sin duda el libro más logrado de *Laberinto de presencias*, y también el más estremecido por esa verdad clandestina que Ana María nunca se atrevió a pronunciar. Aquí la respiración del poema se hace más desbocada, como si el dolor de «aquel nombre que un día / le quemara los labios» no se aviniese con el ritmo quebrado de su anterior poesía. Causaba sobrecogimiento y congoja comprobar cómo el amor que había golpeado a una joven de apenas veinticinco años, «dejándola en una isla / de donde nunca volvió» persiste a lo largo de las décadas, y cómo el vértigo del deseo se mantiene incólume, como un «venablo de luz / hincado en el corazón», mientras los bloques de la noche van cayendo compactos, sumiéndola en simas de soledad y horror:

*Trazó tu mano un nombre
sobre la arena:
las olas lo borraron
sin dejar huella.
Años muertos
sobre mis hombros pesan.
Inútiles amargas
pasan las primaveras.
Sueños muertos... Sueños muertos...
Alucinante cosecha.
Los ojos ciegos. Fría
la sangre de mis venas.
Sol de abril: ya no alumbras.
Sol de abril: no calientas.
¡Ay Dios mío qué joven
aquel nombre en la arena!*

Aunque ya no alumbre ese sol de abril, y aunque las sagradas liturgias que acaecieron bajo su luz ya no vuelvan a repetirse, Ana María las sigue invocando con tenacidad, y sigue recordando, desvelada y sola, aquellas «verdes pupilas misteriosas» que un día reflejaron su rostro deslumbrado: «¿Qué paisajes nocturnos / qué océanos qué auroras / qué rostros deslumbrados / reflejarán ahora?», se pregunta, para a continuación figurarse un futuro imposible, en «Contumaz esperanza»:

> *Volveremos un día a la isla de ensueño*
> *tu corazón y el mío cansados de luchar.*
> *Volveremos un día a reanudar el sueño*
> *que ni olvido ni muerte consiguieron truncar.*
> *[...] Como entonces mi boca te dirá torpemente*
> *mi oración fervorosa mi cántico pagano*
> *y otra vez los latidos del corazón demente*
> *golpearán prisioneros bajo tu dulce mano.*

Incluso cuando esa esperanza de repetir el pasado se doblega ante la impávida e impía realidad, el amor sigue siendo para Ana María «llama fiel contra el olvido / y la ceniza del tiempo». En *Amor perdido* conviven el ensimismamiento de la nostalgia y la imprecación desesperada («Buscándote en cada cuerpo / viví maldiciendo a Dios»), el tentáculo feroz del deseo y la invención de mundos despoblados, donde sólo sobrevive el rescoldo de una pasión. Se trata de un libro desolado, el grito persistente de alguien que se ha quedado «crucificada / para siempre a tu silencio». Confesaré que, mientras leía aquellos poemas como páramos de angustia, sentí cierto alivio por no tener que encargarme ya de dilucidar los episodios autobiográficos que velaban.

Jalones entre la niebla (1940-1967) sumaba, al dolor retrospectivo de aquel amor padecido en una «isla de ensueño», el dolor nómada y actualísimo del exiliado que anhela la muerte como una liberación. Ana María Martínez Sagi desplegaba, como en un álbum de fotografías lóbregas, algunos pasajes de esa huida en pos de la nada: allí comparecía «un sórdido hotel / cubil de la miseria», en París, donde los exiliados «buscan un imposible cielo / tras las ventanas ciegas»; allí se evocaban las brumas sucias y heladas y el son desfallecido de las campanas de Beauvais; allí se erguía el «milagro de piedra y sueño» de la catedral de

Chartres, entre calles negras y angostas y el cielo cribado de chimeneas. La crónica del destierro («mis pies arrastraban plomo / sobre el asfalto sin fin») se alterna con la descripción de la cárcel donde yace postrado su espíritu:

> *En un mundo nocturno*
> *difícil y desierto*
> *al filo de la vida*
> *que se me está perdiendo*
> *disuelta en una ausencia*
> *de sombras y de viento*
> *oigo a través de los muros*
> *feroces de mi encierro*
> *alucinada terca*
> *la voz de mi silencio.*

Todo el libro posee un sabor de lenta espina que se clava «carne adentro», mientras los «eternos fantasmas / y el nombre que no digo / el corazón me abrasan», pero, a medida que la existencia de Ana María se va pacificando, también asoman los poemas puramente descriptivos, como el que dedica al barrio de Montparnasse, donde según César González-Ruano se había instalado en los años de la ocupación nazi. Con técnicas de aguafuerte es invocado este barrio «de locos y de santos / de espectros fraternales / de mártires callados» donde los muertos ilustres resucitan, en sonámbulo aquelarre. Poco a poco, *Jalones entre la niebla* va admitiendo la intromisión de la felicidad, o al menos de un espejismo de felicidad, que cristaliza en los poemas fechados en Montauroux, un pueblo del sur francés, en el departamento del Var, cercano a la localidad de Draguignan y no lejos de la zona veraniega de Saint-Tropez, donde la primavera toma a la autora de la mano y le regala la presencia de una hija, Patricia, a quien Ana María recuerda «en sus cuatro años», quizá en el único poema luminoso que *Laberinto de presencias* ofrece, desde que la isla de Mallorca quedase recluida en la nostalgia:

> Con las manos
> sobre el halda
> imagen de paz agreste
> oro y rosa en la mañana.
> Vara de mimbre.
> Azucena casta.
> Gavilla blonda.
> Gacela rauda.
> ¿Con qué estambres suaves
> te hicieron las pestañas?
> ¿Qué pétalos sedosos
> amasaron tu cara?
> ¿En qué valles buscaste
> los ramos de gencianas
> que tiemblan en el fondo
> de tus pupilas claras?
> Con las manos
> sobre el halda
> tan quietecita
> sentada
> en el umbral
> de mi casa.
> Bendita tú la inocente
> bendita tú la callada.
> Yo te miro sin mirarte.
> Te sé junto a mí y me basta.

Pero esta presencia que abolía tantos muros de espanto y tantos sufrimientos callados se esfumará pronto, y con ella ese breve oasis de felicidad que Ana María había introducido en medio de una vida que ya se va pudriendo lentamente. ¿Le habría arrebatado el viento ese consuelo tardío, carne nacida de los sueños, tal como ella misma había profetizado en sus poemas de juventud? Al poco, nos tropezamos con una Ana María Martínez Sagi que viaja a Estados Unidos, deshabitada de ilusiones pero resuelta a no seguir sangrando por la misma herida, después de poner a sus palabras «una sutil / mordaza» y «al corazón indómito / una férrea coraza». Así, ahogada por ese mutismo, su poesía ya no volverá a ofrecerse como una llaga abierta, sino que se replegará en una convencional recreación de los paisajes transatlánticos que se asoman por primera vez a sus ojos: Nueva York, selva de cemento que alienta el «latido pujante de cien razas»; las lentas nubes que, como «pesados bueyes blancos», caminan sobre el lago Michigan; las cordilleras escarpadas y las ciudades como un *maelstrom* voraz; las autopistas como madejas interminables y ese poso de indeclinable tedio que se va sedimentando sobre el temblor de la memoria alejan a Ana María de aquel latido ardiente que animaba sus mejores poemas. Sólo en raros momentos de soledad «arde en la noche de las palabras / prisioneras / el eco estrangulado / de la sola palabra verdadera». Ninguno de los dos libros que completan *Laberinto de presencias, Los motivos del mar (1945-1955)* y *Visiones y sortilegios (1945-1960)* se atreve a liberar ese eco estrangulado y a pronunciar el nombre de aquel amor de pupilas verdes que, «como un garfio agudo», había dilacerado sus recuerdos. En ellos, la voz de Ana María Martínez Sagi va perdiendo fuelle o haciéndose impostada, y se acoge progresivamente a un surrealismo trivial y devaluado, huérfano de aquella imaginería telúrica que había animado *País de la ausencia* y *Amor perdido*. Muy excepcionalmente, se cuela como un exvoto algún poema introspectivo:

*Ninguno vio
la vieja herida
y el reflejo de otros muchos reflejos
en el agua dormida.
Nadie percibe
la voz cautiva
ni esta Sombra alucinada que me sigue:
extranjera... y amiga.*

Habíamos dilucidado el cautiverio de amor que la afligía, habíamos detectado la presencia persecutoria de esa sombra extranjera y amiga, pero el silencio mortuorio que Ana María Martínez Sagi había elegido como único depositario de sus secretos no nos permitía seguir adelante. Hacia el final de *Laberinto de presencias*, Ana María imploraba que la cubriesen con «un sudario de soledad eterna». ¿Quiénes éramos nosotros para contrariar esa elección?

Detener ahí nuestras pesquisas, cuando la puerta cancelada que habíamos merodeado durante meses ya cedía y nos mostraba a través del vano su misterio, tenía algo de suplicio, es verdad. Pero hasta los suplicios resultan llevaderos e inocuos, con algo de entrenamiento y disciplina. A medida que se sucedían las semanas sin que el envío de nuestra carta obtuviese respuesta, aprendíamos a convivir con la certeza de que ya nunca más volvería Ana María Martínez Sagi a frecuentar nuestros insomnios. Ocurría al principio que aquel silencio —que era la medida de nuestro fracaso— tenía algo de oprobioso, pero poco a poco quedó sepultado por el empuje de la vida, que nos infundía la necesidad de restaurar antiguos hábitos, o de consolidar hábitos recién estrenados. Así fue como Tabares nos anunció un día, entre pesaroso y resignado, que se volvía a la ciudad levítica, cambiando la soledad crepitante de chinches de la pensión Buenos Aires por la soledad de su librería de viejo, en cuyo escaparate seguiría almacenándose el tamo y una especie de polvo fosilizado que más bien parecía hollín. Antes de marcharse, no se recató de endilgarnos un sermón más o menos casamentero, haciéndole prometer a Jimena que no me dejaría en la estacada, al menos mientras no escribiese esa novela que el poeta Gimferrer se había comprometido a publicarme, a poco que refrendase las virtudes que se barruntaban en mis cuentos. También nos dejó encargado que le avisáramos de cualquier incidente que sirviera para reanudar nuestra búsqueda, pero esta encomienda la formuló con una especie de vergonzante tristeza, como quien se refiere a pecados de juventud que un día nos incendiaron de entusiasmo y a los que hoy aludimos con una sensación mixta de nostalgia y remordimiento. Quiso añadir algo, pero, por no alargar más la despedida —quizá lo acuciasen las lágrimas, tan incongruentes con su fisonomía jocunda y episcopal—, reculó hasta la puerta del torreón y desde la penumbra del rellano nos envió un atolondrado saludo. Jimena y yo oímos su respiración, como el resuello de un cíclope herido, alejándose por la escalera, y sus pasos desahuciados que se iban derrengando sobre cada escalón, pasos de alguien que ha cobrado de súbito conciencia de la magnitud de su soledad y apenas puede tenerse en pie. También Jimena y yo, después de tantos meses de exaltaciones y desalientos compartidos, tuvimos la sensación de que nos hubiesen arrancado sin anestesia alguna víscera que no figura en los manuales de anatomía.

Hablábamos por teléfono muy a menudo (Tabares seguía ejecutando sus habituales trapisondas, allá en la ciudad levítica, de las que cumplidamente nos informaba), pero su voz no bastaba para sustituir su presencia desparramada y anarquizante. A veces, Jimena y yo nos sorprendíamos como desorientados en el torreón, como forasteros en un ámbito que había sido doméstico cuando Tabares lo habitaba con sus carcajadas y sus camisas horterísimas. Poco a poco, sin embargo, fuimos aprendiendo a convivir con su ausencia, y a sortearla, igual que el transeúnte habituado a discurrir diariamente por las mismas calles aprende a esquivar los socavones que dificultan su paseo sin prestarles casi atención. Jimena y yo empezábamos a convencernos —era una labor de sugestión que participaba también del fingimiento— de que éramos una pareja de novios normales, y que como tales debíamos comportarnos, olvidando los orígenes de nuestro noviazgo. No nos afligían aún el hastío de la carne (ese hastío que sucede a la pasión, como había intuido Ana María Martínez Sagi, en uno de los poemas de *Caminos*), ni la sensación de la felicidad perdida (esa sensación que envileció a Ana María a medida que los años y el exilio la iban enclaustrando en un «obsesionante recuerdo»), pero sí nos afligía en cambio saber que estábamos viviendo dos veces (pues en eso consiste amar: en vivir desdoblados en el amante, y en asumir como propia su vida) gracias a la intercesión de aquella mujer de presencia esquiva. Que ahora Ana María Martínez Sagi, o su fantasma, se zafase con un movimiento brusco de nuestro abrazo, nos producía una sensación de expolio o desvalimiento, como si nuestro amor se quedase sin filiación.

Creo que esta especie de orfandad la sufrió más vívidamente Jimena, porque su aproximación a Ana María Martínez Sagi había nacido de una —llamémosla— solidaridad espiritual que tanto a Tabares como a mí nos había llevado a considerarla algo parecido a una sibila, al menos hasta que esa facultad suya para conectarse con el misterio se hizo algo cotidiano y habitual. Jimena seguía manteniendo que Ana María estaba viva, incluso alimentaba la esperanza de que algún día se decidiese a revocar su silencio, pero se trataba de una esperanza clandestina que nunca me manifestaba, como si la lealtad a la obsesión que nos había consumido a ambos la avergonzase. Aunque quizá lo que en verdad le avergonzaba era seguir profesando un optimismo tan recalcitrante, cuando todos los signos externos reclamaban más bien el reconocimiento de una derrota. Esa derrota —aceptáramos o no su condición de definitiva— desempeñó en nuestra relación el mismo papel de territorio vedado que en otras parejas desempeñan los pretéritos episodios adulterinos, o las trifulcas nunca saldadas. Era como un escollo o arrecife perfectamente localizado que procurábamos circundar, pero que de repente se hacía movedizo y nos desconcertaba con su incómoda presencia. Quizá de esta presentida incomodidad nació el esqueleto de la novela que por entonces empecé a escribir, un esqueleto blando todavía, pero con todos sus cartílagos creciendo. En la novela, una pareja de recién casados asistían al naufragio de su matrimonio, envilecidos ambos por el remordimiento secreto que les producía saber que se habían traicionado mutuamente, en algún pasaje anterior de sus respectivas biografías. Yo al principio escribía alegremente mi novela, con la convicción insensata de que el asunto me había sido deparado desde fuera de mí, como un regalo de la imaginación, pero pronto comprendí que salía de mí mismo, que era el resultado de una especie de sublimada introspección. Aunque no fuese una novela autobiográfica, nacía de las impresiones que por entonces me atropellaban, del acallado sentimiento de culpa que iba excavando su abismo dentro de mí y que al final encontraba la rendija de la escritura para pronunciarse y colarse en mi vida, como una racha helada. Escribía sustrayendo horas al sueño, al regresar exhausto de la nave de Leonardo Gago, mientras Jimena dormía o fingía dormir (quizá su sueño también fuese una escritura con resquicios, por la que se escapaba el remordimiento), con una sensación mixta de penitencia y desahogo, y procuraba no horrorizarme demasiado cuando las zonas más recónditas de mi conciencia de pronto se iluminaban. El poeta Gimferrer llamaba puntualmente, a eso del mediodía, para fiscalizar mi trabajo y apremiarme; hacia el final de nuestras conversaciones sinuosas y destartaladas, como un estribillo lacerante, siempre emergía la misma pregunta:

—¿Y la Sagi? ¿Sigue sin dar señales?

Aquella insistencia que se esmeraba por ser cortés (pero a veces la cortesía es una forma impremeditada de ensañamiento) me iba horadando muy lentamente, como el agua horada con su tenaz goteo una superficie de piedra. Por muy exasperantes o conminatorios que resultasen sus apremios para que concluyese la novela, aquel sonsonete lo era mucho más, pues constituía un recordatorio de mi fracaso, y también de mi traición. La neurastenia comenzó a hacer presa en mí: despachaba al poeta Gimferrer con bufidos indecorosos, con monosílabos que denotaban fastidio y una abstracta desazón, también con súbitos arranques de ira que dejaban a mi interlocutor rígido y acogotado, al otro extremo de la línea. Su voz se derretía en un susurro:

—Perdone, no quería molestarle.

Pero eran tan despechadas y furibundas mis reacciones que el poeta Gimferrer ya no osaba restablecer el diálogo, y sólo balbucía unas palabras aturdidas a modo de despedida, a menudo recuerdos para Jimena, para la que había empezado a juntar una colección de vídeos de Mizoguchi (versión original con subtítulos en francés) que tenía previsto entregarnos cuando yo acabase la novela, a modo de solemne recompensa. Nada más colgar el auricular me arrepentía de aquellos extemporáneos accesos de irritabilidad, que Jimena además recriminaba con un aire vacío, ni siquiera despectivo, de infinita tristeza, que su somnolencia agravaba (las llamadas del poeta Gimferrer actuaban como despertador para Jimena). Casi siempre era el propio poeta Gimferrer el que volvía a llamar, para añadir con voz medrosa algún particular que había quedado pendiente tras mi explosión verbal, y yo aprovechaba para congraciarme con él, pues me hubiese resultado insoportable convivir con el mudo reproche de Jimena. Un día el teléfono sonó con una prontitud refleja, cuando apenas había devuelto el auricular a su sitio y el rostro de Jimena aún no había cobrado ese aire ausente que tanto me remordía. Me apresuré a presentar mis excusas:

—Oiga, Gimferrer, no me lo tenga en cuenta. Estoy tan metido en la novela que...

Desde el otro extremo de la línea me llegaba una respiración débil, como filtrada por el enfisema lento del dolor. No era la respiración acuciante y erguida del poeta Gimferrer. Jimena entendió antes que yo, y su mirada, que hasta un segundo antes carecía de brillo, se tornó vivaz y escrutadora. Apartó las sábanas de un empellón y se incorporó con un brinco.

—¿Oiga? ¿Quién es?

Una voz tamizada por el dolor, aniquilada por largos años de silencio, perdida en las esquinas del aire y del olvido, se identificó:

—Soy Ana María Martínez Sagi. —Tenía un acento nítidamente catalán, pero por debajo de él alentaban, en apaciguado tumulto, todos los acentos del atlas—. Y usted debe de ser el muchacho empeñado en resucitarme.

Disipado el estupor, una multitud de impresiones confusas se disputaron el angosto espacio de mi conciencia: al estremecimiento natural que me producía la resurrección de Ana María Martínez Sagi, se sumaba la exultación de quien se sabe partícipe en la autoría del milagro, y la vacilante esperanza de que esa resurrección anhelada me resucitase también a mí, y a Jimena, y a Tabares, y nos hiciese vivir de nuevo con el aliciente de una misión común. El hormigueo de la felicidad me agarrotaba la inteligencia y me impedía enhebrar frases coherentes. Le cedí el auricular a Jimena, por cuya sonrisa fluía el tranquilo misterio, por fin desvelado.

LIBRO SEGUNDO

EL HILO DE ARIADNA

¿La memoria? Es el hilo de Ariadna que nos resta, cuando nos alcanza la vejez. Pero qué fatigoso resulta desenredar los laberintos de la vida.

ALEXANDER LERNET-HOLENIA

I
—
SALMODIA Y LETANÍA

Había dudado mucho Ana María Martínez Sagi, antes de decidirse a contactar con nosotros. Según le contó a Jimena en aquella conversación telefónica de la que yo preferí apartarme, la lectura de nuestra carta la irritó como una ofensa, no por su contenido (que era incluso demasiado respetuoso), sino porque le recordaba que estaba viva, y se lo recordaba con esa hiriente desfachatez que tienen los aplausos y los vítores cuando aclaman a un héroe vencido, o a un actor en decadencia que ya consumió su talento. Durante meses, mantuvo aquella carta enterrada entre los prospectos de propaganda y los recibos de la luz que visitaban su buzón; cada vez que apilaba una remesa de papelotes encima de aquel sobre que invocaba su pasado, sentía una suerte de alivio, como si estuviese sepultando un poco más hondo el cadáver de un pecado. Sin embargo, nunca se deshizo de la carta; podría haberla reducido a añicos nada más leerla, o arrojarla al cubo de la basura, pero una forma de inexplicable y perversa crueldad hacia sí misma le impedía hacerlo. Un día tras otro, demoraba la inmolación de aquella carta, con ese terror anhelante que tienen las postergaciones, como si en el fondo supiera que, al destruirla, estaría destruyendo para siempre sus recuerdos. La vida le había deparado demasiados desengaños y tribulaciones que no deseaba rememorar, pero las inacabables noches de soledad e insomnio empezaron a dictarle una idea inexorable que era también una condena: en la hora de la muerte —esa hora puntual que ya le susurraba su proximidad— no habría nadie que dejase testimonio de su vida. No temía la consumación de esa hora —más bien la reclamaba—, no temía que la posteridad la ignorase, no temía que las palabras que había escrito se quedasen sin eco, pero temía que la alegría y el dolor que habían madurado y deformado su rostro se perdieran para siempre, temía que la belleza y el horror que habían desfilado ante sus ojos antiguos se extinguieran con su respiración.

El deseo de preservar ese fragmento de mundo que moriría con ella, si no hacía algo por remediarlo, la obligó a rescatar aquella carta que seguía apelando a su pasado, enterrada entre el montón de papelotes inútiles, y a combinar el número de teléfono que allí se indicaba. Una sola exigencia condicionaría nuestro encuentro: no la hostigaríamos con interrogatorios, no la obligaríamos a confirmar fechas ni a reconocer documentos. Nos limitaríamos a escuchar su desmadejada vida, para que sus recuerdos —maltrechos y quizá hasta tergiversados, porque recordar es siempre rectificar lo que ocurrió, mediante la nostalgia o el rencor— se incorporasen a los nuestros. Quizá se pudiese entender como un deseo contradictorio, partiendo de alguien que se había retirado de la vida, pero no más contradictorio que ese viático que tantos descreídos solicitan, cuando los asedian las ansias de la muerte.

La voz de Ana María Martínez Sagi —una voz que frisaba los noventa años— era feble y como achacosa, pero a la vez exigente, casi un poco engreída, y ese contraste la hacía lastimeramente imperiosa, si el oxímoron resulta tolerable. Durante los días que faltaban para que la cita acordada se verificase, una curiosidad ávida de ponerle rostro a esa voz se apoderó de nosotros: a partir de sus retratos de juventud, intentábamos figurarnos los avances de la decrepitud en sus facciones y el lento apagamiento de su sonrisa. Tabares, a quien en seguida notificamos el brusco viraje de nuestra investigación hacia un desenlace cierto, se presentó aquella misma tarde en Madrid, con su furgoneta descangallada y asmática, cada vez más parecida a un cetáceo que inicia su última travesía, en pos de esa playa sobre la que poder recostar su cadáver. Quizá el pueblo de Moià, en el que Ana María Martínez Sagi (según le contó a Jimena en el curso de su conversación telefónica) se había instalado veinte años atrás, fuese esa playa última. Para nosotros, en cambio, aquel pueblo de la comarca de Bages, rodeado de un círculo rojo en el mapa de carreteras que habíamos extendido sobre el suelo del torreón, constituía el centro de un laberinto cuyas revueltas y callejones ciegos habíamos recorrido hasta el agotamiento, testándonos con frecuencia contra las paredes. A Tabares no lo dejamos esta vez que se hospedara en la pensión del paseo del Prado, y lo obligamos a dormir por dos o tres noches en el diván que apenas contenía su corpachón desparramado. Luego, por la mañana, sus costillas protestaban por la penitencia impuesta, pero la incomodidad y el lumbago eran tributos que pagaba gozosamente, disciplinas que aceptaba sin rechistar, como antesalas de una promesa de beatitud. Tampoco Jimena y yo lográbamos conciliar el sueño, agitados por una expectación creciente, y el cansancio que nos atenazaba se fue convirtiendo en una especie de lucidez afiebrada, esa misma lucidez afiebrada que se apodera de los convalecientes perpetuos, y que los hace vivir en un estado mixto entre la levitación y el delirio.

    Prolongábamos la vigilia rememorando las circunstancias de nuestra búsqueda, el cúmulo de azares y desalientos y exaltaciones que nos habían conducido hasta allí, desde que yo me tropezase con aquella semblanza transida de lirismo de César González-Ruano hasta que la voz de Ana María Martínez Sagi emergiera de la noche para convocarnos. En nuestras evocaciones había ya el eco de una tímida nostalgia, la añoranza de aquellos meses en que nos afanábamos por infringir la conspiración de silencio tejida en torno a Ana María, meses que mientras transcurrieron quizá fueron penosos y también estériles, pero que ahora aparecían aureolados de heroísmo. Al poeta Gimferrer no quisimos excluirlo del éxito que coronaba nuestras pesquisas, un éxito en el que tan activamente había colaborado, pero él (ignoro si por lealtad a ese sedentarismo que regía sus hábitos y lo mantenía atrincherado en Barcelona, o por esa forma de pudorosa cortesía de quienes se resisten a usurpar el protagonismo ajeno) declinó acompañarnos a Moià, no sin antes exigirnos que le rindiéramos minuciosos informes de nuestro encuentro con Ana María. Conociendo su talante inquisitivo hasta la extenuación, la exigencia de minuciosidad constituía una redundancia.

Salimos de Madrid con el sol, pero la furgoneta de Tabares, que daba sus últimas boqueadas, convirtió el viaje en un vía crucis con más de catorce estaciones. Recuerdo que llegamos a Moià a la hora del crepúsculo, cuando los vencejos se agotaban en un griterío ensordecedor, buscando un asidero para su sueño. Tabares aparcó la furgoneta en la plaza del Ayuntamiento; el motor se acalló con un vagido dulce y casi póstumo, como si expectorase el único residuo de vida que le quedaba en las bujías. El invierno, que en Madrid tenía una calidad mortecina y sucia, adquiría en aquel paisaje extrañamente híbrido de huertas y estribaciones montañosas una limpieza y una austeridad de metal transparente. Los ladridos de los perros humeaban en la sombra, delatando nuestro avance desconcertado por las calles del pueblo, recubiertas de asfalto y sin embargo empapadas de esa húmeda feracidad que brota de la tierra. Dimos con la casa de Ana María gracias al concurso de un payés que se prestó a ayudarnos, aunque apenas hablaba nuestro idioma, demostrando que basta un poco de buena voluntad para vencer la maldición de Babel. Ana María Martínez Sagi vivía en un chaletito que quizá hubiese resultado coqueto veinte años atrás, adosado a otros chaletitos idénticos, fruto de algún sarampión inmobiliario que desvirtuaba el paisaje de Moià. Digo chaletito porque tenía aspecto de chalé jibarizado, como si sus dimensiones hubieran sido miniaturizadas hasta merecer la designación de cuchitril. Tenía paredes de un ladrillo deslucido, arquitectura *prêt-à-porter* y un porche diminuto en el que apenas nos rebullíamos. El rosario de ladridos y el clamor de los vencejos que habían escoltado nuestra llegada a Moià se habían amortiguado a lo lejos, como si alguien los hubiese cubierto con una enorme sábana.

—¿Quién pulsa el timbre? —dijo Tabares. Por la entonación de su pregunta parecía que estuviese proponiendo una rifa.

A los tres nos producía reparo hacerlo, incluso hallábamos cierta complacencia en dilatar ese instante que rompería el hechizo de la búsqueda y nos confrontaría con la mujer que habíamos sublimado y convertido en objeto de nuestra veneración. Nos intercambiamos miradas medrosas y un poco compungidas, como si fuésemos profanadores de un templo a quienes, antes de perpetrar el sacrilegio, los asalta la tentación de retroceder y huir. Habíamos contenido la respiración al unísono; quizá pensábamos que los penachos de vapor que brotaban de nuestras bocas como jirones de bruma delatarían nuestra presencia. Por fin Jimena dio un paso al frente y suplió nuestra indecisión.

—Venga, hemos venido a lo que hemos venido.

El timbre sonó a lo lejos, como si se adentrara en los tortuosos pasadizos de una catacumba. Al poco, escuchamos unos pasos que se arrastraban, precedidos de un bastón que iba reconociendo el camino, golpeando con la contera el suelo a veces crujiente, a veces tapizado de alfombras. Volví el rostro hacia la noche prematura que se adueñaba del ocaso, cuando el bastón interrumpió su prospección del terreno y una mano dificultosa empezó a descorrer cerrojos y girar picaportes; aspiré aire como si me dispusiera a zambullirme en un estanque de aguas ignotas.

—Ya pensaba que faltarían a la cita —nos reconvino Ana María.

Su rostro aún permanecía refugiado en la penumbra del vestíbulo, pero en su mano antiquísima, anudada de venas que parecían transportar alquitrán en lugar de sangre (tal era el contraste con la palidez casi anfibia de su piel) no se atisbaba la mano pretérita que había empuñado la jabalina. Cuando por fin nos franqueó la puerta y encendió la luz del vestíbulo (una luz ambarina que temblequeaba en los estertores de la asfixia) nos subió a la garganta una congoja callada. En aquella anciana de noventa años, encorvada por el reúma y demolida por las arrugas, resultaba imposible descubrir, siquiera como vestigio arqueológico, a la muchacha fogosa que nuestra imaginación había reconstruido. Unas gafas de lentes convexas agrandaban sus ojos desmesuradamente abiertos que se resistían a pestañear. En la claridad de aquella mirada, sobre la que se amontonaban los achaques de la presbicia y la hipermetropía y las cataratas, me pareció reconocer el rescoldo de una vivacidad juvenil, aquella vivacidad que la había impulsado en otro tiempo y la había convertido en una mujer pionera.

—No me imaginaban así de vieja, ¿verdad? Siento decepcionarlos.

Dirigió la vista hacia el felpudo del vestíbulo, como abstraída en las figuras jeroglíficas que lo ilustraban. Jimena se apresuró a rectificarla:

—No diga eso, por favor. Para nosotros es un milagro reunirnos con usted. Llevábamos tanto tiempo detrás de su pista.

Ana María cedió al halago, y por su boca, hasta entonces inanimada, deambuló una sonrisa. Observé que su mandíbula aún se mantenía firme, apuntalando las mejillas flácidas, erguida sobre el cuello reducido a escombros. Las cejas se le habían ido despoblando con los años, ampliando su frente y resaltando el arco superciliar, en el que se traslucía la arista del hueso. Con una mezcla de piedad y aprensión, descubrí que se había encasquetado una peluca muy tupida, de color caoba, sobre su cabello ralo y exangüe, que le asomaba en las patillas. Nos escrutó detenidamente, uno por uno, frunciendo el ceño del que habían desertado las cejas, y por fin abandonó las prevenciones:

—Antes de nada, mejor será que os presentéis, aunque ya os advierto que soy un desastre para los nombres. —Se propinó un golpe en la sien, como si la quisiera desatascar—. Me falla el riego.

Jimena la había tomado del brazo, en un gesto de espontánea confianza que Ana María no rechazó, y la ilustró con algunas señas distintivas de Tabares y de mí mismo que, para nuestra turbación, incluyeron más de una chanza. El vitalismo anarcoide de Tabares y mi vocación literaria todavía no bendecida por las imprentas nos granjearon su simpatía. Con el bastón señaló hacia una habitación del fondo de la casa, de la que procedía el runrún estridente y como averiado de un televisor:

—Os he reservado habitaciones en una casa de turismo rural que hay muy cerquita de aquí —dijo Ana María, que aunque se dirigía a los tres con un plural hospitalario ya había elegido a Jimena como interlocutora—. Es gente de confianza, gente sana que os tratará bien.

—No tenía por qué andarse molestando... —interferí

yo, más que nada porque la mudez empezaba a resultarme embarazosa.

—No es molestia ninguna —me cortó Ana María, con un gruñido áspero. Le fastidiaban las cortesías artificiosas—. Hubiese querido hospedaros yo, pero ya no puedo ni con el esqueleto. Una asistenta me limpia la casa y me deja preparada la comida por las mañanas, para que yo no tenga más que calentarla. Estoy hecha una birria.

También le fastidiaba verse encerrada dentro de aquel cuerpo torpe y encorvado, sostenida por aquellas piernas hinchadas por la flebitis que habían sido piernas de gacela y habían medido la velocidad del viento. Sobre una cómoda del pasillo reposaba el paciente polvo, delatando la remolonería de la asistenta.

—Lo primero de todo, tenéis que contarme con detalle cómo habéis conseguido dar conmigo.

Retrocedí unos pasos para cerrar la puerta de la calle, que se brindaba de par en par a la noche sigilosa y descalza. Ana María tenía que pararse de vez en cuando para darse un respiro y conceder una tregua a las piernas, por las que se iba ramificando el dolor, como una hiedra incesante, a medida que la sangre se obturaba en las venas. Tabares y yo nos quedamos como dos pasmarotes, embarrancados en mitad del pasillo, mientras Jimena ayudaba a nuestra anfitriona a alcanzar la salita del fondo, desde la que el televisor lanzaba su prédica epiléptica, y le iba desgranando las vicisitudes más o menos rocambolescas que nos habían conducido hasta ella. Con perplejidad, comprobé que Tabares se esforzaba por contener un sollozo. Me azoraba tener que actuar de pañuelo de lágrimas con aquel hombrón.

—Joaquín, coño, ten un poco de entereza —lo amonesté con un susurro, temeroso más bien de que me contagiara aquel exceso de sentimentalismo.

Ana María Martínez Sagi en 1998.

Se sorbió los mocos con estrépito y se frotó los ojos con ambas manos, sumando a la irritación de la emoción la irritación de las restregaduras.

—Si es que lloro de alegría, joder, es que lloro de alegría —se justificó—. ¿No te das cuenta de que estamos viviendo el momento más importante de nuestras vidas? Estamos en casa de Ana María Martínez Sagi, poetisa, sindicalista y virgen del stádium. Hasta hace poco, ¿qué era Ana María? Un montón de recortes de periódico que se nos quebraban en las manos de puro viejos, unos libros de poemas publicados hace más de sesenta años tras los cuales intentábamos adivinar las preocupaciones de su autora, como si estuviésemos jugando a las adivinanzas. Y ahora la tenemos aquí, ante nosotros, dispuesta a contarnos su vida. No me negarás que es un milagro. Yo ya podría morirme a gusto, ¿y tú?

Hablábamos en un bisbiseo de confesionario, alumbrados por la titubeante lámpara del vestíbulo, pero la casa parecía una inmensa oreja que espiara nuestra conversación y la amplificara.

—¿Os pasa algo? —nos acució Jimena, elevando la voz sobre la monserga televisiva.

Tabares me sacudió una palmada en la espalda que a punto estuvo de hacerme embestir contra la cómoda.

—Nada. Tu chico, que es un patoso y se va tropezando con los muebles —dijo, impostando un tono jocoso.

Con ayuda de Jimena, Ana María había conseguido arrellanarse en una butaca de escai verde, mullida de cojines que amortiguaban sus quebrantos, y se esforzaba por encaramar las piernas sobre un taburete, para favorecer la circulación sanguínea. La fatiga desfiguraba su rostro con un zarpazo de decrepitud. Jimena le había tendido una toquilla sobre la cintura, cuidando de guarecerle los costados.

—Estoy hecha un cacharro —constató, en un tono más imprecatorio que lastimero—. Empiezo a arrepentirme de haberos llamado, os vais a llevar una impresión deplorable. —Entrecerró los párpados, como si tratase de invocar el pasado—. Pero que conste que no siempre he sido un vejestorio.

—Nos consta, Ana María —la aquietó Jimena—. Estás hecha un cacharro porque has sido una luchadora.

Ana María estranguló las vociferaciones del televisor, manipulando con ímpetu el mando a distancia. En aquella mezcla de adulación y desparpajo que Jimena empleaba (una mezcla cuyos ingredientes Tabares y yo, por culpa de la turbación o de una congénita tosquedad, aún no éramos capaces de combinar) parecía fraguarse el clima de complicidad que, en los días sucesivos, favorecería las confidencias. Ana María se golpeaba levemente los tobillos con la contera del bastón y mantenía los ojos entrecerrados, como si quisiera atrapar las fugaces y tumultuosas imágenes que fustigaban su memoria.

—Antes de que llegaseis, dudaba que fuerais las personas indicadas para escuchar lo que me dispongo a contaros, pero el corazón me dice que sí —volvió a sonreír, y buscó a tientas, sobre el reposabrazos de la butaca, la mano de Jimena, para que le infundiese su temperatura amiga—. Unas personas que se han desvivido tanto por encontrarme no pueden desear mi mal.

Hablaba con una antigüedad milenaria y palatal, como si estuviese ensayando una salmodia. El mobiliario de aquella habitación que cumplía las funciones de sala de estar delataba su procedencia transatlántica, esa cursilería abigarrada y heteróclita que caracteriza los hogares estadounidenses (pero lo cursi abriga, sobre todo en invierno). En las estanterías abrumadas por un pentecostés de libros que hablaban en distintos idiomas, se recostaban algunos retratos autografiados de escritores favorecidos por la muerte y la tonalidad sepia: distinguí sin esfuerzo a la torturada Delmira Agustini y al risueño y olivaceo Federico García Lorca. Por encima de las estanterías, en la porción de pared que quedaba expedita, se alineaban cuadros de un paisajismo *naïf*, mediterráneo y luminoso. Todos estaban firmados por la propia Ana María Martínez Sagi, y aunque no se pudiese predicar de ellos cualidades notables, enlazaban con cierta poesía suya, impresionista y estival, que había alcanzado su apogeo en *Canciones de la isla,* para después encapotarse con los nubarrones de una melancólica angustia no exenta de onirismo. La noche se derrumbaba en la ventana, como un catafalco de tinta, y el reloj del ayuntamiento pronunció ocho campanadas, con un tañido entumecido y tristísimo.

—Cada día oscurece antes —dijo Ana María, contagiada por la reverberación del bronce—. ¿No será que me estoy muriendo?

Una lámpara de tulipa verde con cenefa de cristal rizado tampoco ayudaba a contrarrestar aquella sensación de acabamiento. A su luz tacaña, Ana María adquiría un perfil pétreo, como de estatua agrietada de palabras:

—Os advierto que padezco de insomnio. Puedo estar hablando horas y horas sin descanso. Si os aburro, me lo decís.

Jimena sacó del bolso una grabadora que colocó en funcionamiento sobre el regazo de Ana María, para que con la proximidad captase mejor su voz. Ana María contempló aquel aparato intruso con aprensión o misericordia, como se mira un animal viscoso y malherido. Y entonces empezó a hablar. Habló y habló, exorcizando el imperio de la noche, arrastrando un poco la voz, como si el pasado fuese un cadáver demasiado gravoso que la dejase sin aliento, como si aquel submarinismo de la memoria la colocase al borde de la asfixia. Mientras hablaba, mientras su voz se hacía salmodia y letanía, tuve yo también, como Tabares, la impresión de que el milagro me rozaba, y de que por fin podía morir a gusto. Habló durante días, ajena a los achaques del reúma, ajena también al penoso discurrir de la sangre por sus venas, con esa clarividencia insomne que asiste a los moribundos. Habló durante días, con la lentitud de un oleaje manso, pero mientras hablaba el tiempo parecía suspenderse, como si nos concediera una prórroga dilatoria, hasta convertir aquellas incontables horas en un instante efímero e irreal. Habló durante días, con voz ondulante y brusca al mismo tiempo, y sus labios se fueron desgastando a medida que se iban vaciando de palabras, a medida que la grabadora retenía su monólogo caudaloso como un río. Habló durante días, fluvial o pesarosa, fúnebre o ensimismada, en un ejercicio de mutilación que la dejaba más y más amputada, a medida que evacuaba sus recuerdos. Habló durante días, y nosotros no nos atrevimos a interrumpirla, mucho menos a rectificarla (aunque a veces intuyéramos que falseaba los recuerdos, pero la verdad es una sustancia resbaladiza y cambiante), tan sólo nos dejábamos llevar por el curso de sus evocaciones, imaginándonos a la niña que había sido, liviana e inquisitiva, maltratada por el desdén de una madre que hubiese querido modelarla a su imagen y semejanza; a la muchacha flamígera que trastornó las tradiciones de su época y conoció el breve fulgor del amor; a la mujer desalojada de sí misma y de sus utopías, solitaria y nómada, perdida en las esquinas del aire. Habló durante días, y sólo en las inminencias del amanecer, cuando el relente de la madrugada se inmiscuía en sus huesos, dejaba que el silencio, como una mortaja de postración, descendiese sobre su boca, y la acallase con la afonía irremisible del dolor.

La ayudábamos a acostarse, convertidos en miembros de un séquito sonámbulo, mientras sus palabras germinaban dentro de nosotros y se hacían grávidas, y extendían su resonancia sobre aquellos recintos de su vida que no habíamos podido dilucidar durante nuestra búsqueda, o tapaban con su eco aquellos otros recintos que habíamos dilucidado erróneamente (pero ya dije que la verdad es movediza y fluctuante). De regreso a la casa de turismo rural donde nos hospedábamos, encendíamos la grabadora y escuchábamos sus palabras duplicadas, multiplicadas hasta la hipnosis, y la voz lenta y remota de Ana María Martínez Sagi penetraba nuestros sueños, y los engullía, y respiraba a través de ellos, mientras la muerte pasaba por la tierra.

II

UN GORRITO DE MARINERO

Yo no tendría más de tres años, quizá menos, porque recuerdo que no alcanzaba a girar el pomo que mantenía cerradas las puertas de aquel armario con espejos de luna que me devolvían el rostro de una hermana gemela e insignificante. Cuando mis padres faltaban en casa, me gustaba hurgar en los cajones, con la absurda esperanza de encontrar en ellos algún tesoro recóndito, algún secreto gozoso o terrible. Los niños creen que la realidad admite la intromisión arbitraria de la fantasía, creen que la realidad es una materia porosa por la que se cuela su capricho. Yo no tendría, ya digo, más de tres años, y pensaba que el mundo se inauguraba cada mañana según mis apetencias y deseos, sobre todo cuando mis padres faltaban en nuestra casa de la calle Bailén y me dejaban al cuidado de Soledad, la niñera, una mujer de bondad campesina que nos dejaba corretear por los pasillos y perseguir el fantasma del eco, que se desdoblaba por las habitaciones desiertas, como si jugara al escondite. En estas expediciones domésticas me acompañaba mi hermano Armando, estudiante pésimo a quien mis padres no tardarían en ingresar en el internado de los escolapios de Tarrasa, donde terminaría de malearse. Armando era cetrino y muy trasto; aunque cuatro o cinco años mayor que yo, participaba de aquel entusiasmo clandestino que a mí me producía fisgar los cajones de los armarios, a la búsqueda de objetos prohibidos. Ambos, en el fondo, nos creíamos demiurgos o prestidigitadores: pensábamos que bastaba que nuestra imaginación concibiese la existencia de esos objetos prohibidos para que surgieran por ensalmo ante nuestros ojos. Crecer consiste, me temo, en aceptar que no somos demiurgos ni prestidigitadores. Pero eso ocurre mucho después, y es una revelación pavorosa.

Más desconcertante que pavorosa (pero igualmente indeleble) fue la revelación que mi hermano Armando me hizo mientras revolvíamos los cajones del gran armario con espejos de luna. En uno de ellos, debajo de los amplios faldones de volantes y los patucos y los baberos de encaje y la faja de piqué y los incomodísimos blusones que habían constituido mi indumentaria durante mis años de lactancia, encontramos un gorrito de marinero con una cinta azul sobre la que alguien había bordado con letras doradas este nombre: «Alejandro.» Como en la familia no había nadie que se llamase así, le pregunté a Armando a quién pertenecía. «Es un regalo que le hizo a mamá la tieta Teresa —me dijo, con inconsciente crueldad—. Todos en la familia esperaban que fueses niño. Cuando naciste, nos llevamos una decepción.» Me encasqueté el gorrito de marinero y me contemplé en el espejo de luna, que me devolvía impertérrito mis facciones femeninas, mis indeseables facciones femeninas, que tanto habían defraudado a la familia cuando asomaron por primera vez a la luz. Recuerdo que acudió a mi imaginación, como el residuo de una reminiscencia, una hilera de rostros compungidos que sumaban sus lamentaciones a las de mi madre, pálida y desfallecida sobre el lecho en el que acababa de parirme. Se trataba de un recuerdo imposible, o más bien inverosímil, pero tan vívido y minucioso (con el transcurso de los años le iría agregando nuevos detalles) que me abismó durante días en la mudez. Recordaba —o creía recordar— a mi padre, regordete y vivaracho por lo común, paseándose taciturno por la habitación donde había acaecido el alumbramiento, atusándose el mostacho de guías prusianas, mientras afuera, la ciudad se estremecía con el griterío del carnaval. Recordaba —o creía recordar— los comentarios ofendidos o displicentes de mis tías: «Como aguafiestas, desde luego, la niña no tiene precio»; «De una criatura no deseada sólo cabe esperar las más grandes desdichas», cotorreaban, con lengua viperina, mientras mi padre agachaba cada vez más la cabeza, abrumado por la parte de responsabilidad que le correspondía en el desastre. En el aire de la habitación se respiraría un tufo de alcanfor y cuerpos conservados en olor de santidad. Aquel olor que desprendían mis tías, aquel olor que tantas veces golpearía mis narices después, levantándome náuseas, se quedó fijado en mi memoria, como una injuria, y también la mirada gélida y displicente de mi madre, aquella mirada de disimulado odio que con frecuencia le sorprendía, cuando ella no caía en la cuenta de que la estaba vigilando.

Me imaginé a mis progenitores solos, una vez disuelta la algarabía de las visitas, sin atrever a mirarse, mientras yo braceaba y gemía en la cuna, reclamando mi ración de leche. Tanta fe ciega, tantos proyectos e ilusiones burlados, destruidos, aniquilados irremisiblemente. El nombre épico y señorial de Alejandro, sin destinatario. El gorrito de marinero, condenado para siempre a la soledad ciega de un cajón, anidando entre bolas de naftalina. ¿Cómo habría permitido Dios semejante contrariedad? ¿Por qué no se habría dignado atender sus fervientes súplicas? ¿Y las misas celebradas? ¿Y las velas a santa Rita? ¿Y la trabajosa ascensión hasta el monasterio de Montserrat? ¡Una niña, Santo Dios, una niña, en lugar del varón que habría asegurado, junto con Armando, la supervivencia del negocio familiar!

Pero pecaría de ingratitud si no recordase con cariño a mi padre, José Martínez Tatxé, empresario textil de ascen-

José Martínez Tatxé y Consuelo Sagi-Barba, padres de Ana María.

dencia francesa, promotor del deporte y socio fundador del Fútbol Club Barcelona. Fabricaba tejidos de estilo inglés, y empleaba cientos de obreros con los que mantenía una relación directa y paternal. Cuando a alguno le sobrevenía alguna desgracia, se desvivía por auxiliarlo, y era frecuente que los visitase, en las barriadas miserables, para aprovisionarlos de víveres o premiarlos con salarios adicionales que sustraía a la contabilidad de la empresa, y también a la vigilancia de mi madre, que en su monstruosa avaricia no paraba de reprocharle que su liberalidad nos conduciría a la ruina. Lo recuerdo con sus altos cuellos de celuloide, sus chalecos cruzados por la cadena de la saboneta y aquel bigotazo de canciller que, luego, con los años y la bancarrota de sus negocios, se iría desflecando y tiñendo de atribulada nieve. Recuerdo que, al atardecer, cuando volvía de inspeccionar sus fábricas o de repartir sonrisas y propinas entre los operarios, no se olvidaba jamás de entrar en el cuarto de baño, para lavarse cuidadosamente las manos, echarse unas gotas de loción perfumada y peinarse los ralos cabellos que aún resistían numantinamente en su coronilla. El olor del abrótano macho impregnaba la casa cuando entraba en mi cuarto y me besaba la frente, con un beso que me dejaba en la piel un cosquilleo tibio. Me hacía muchos mimos, me subía a sus rodillas y me susurraba con voz queda palabras de cariño que eran como un lenitivo para aquel dolor inconcreto que yo, a pesar de mis pocos años, localizaba en la víscera del orgullo, aquel dolor de sentirme intrusa y auscultada por la mirada displicente de mi madre. Cuando me estaban saliendo los dientes, mi padre me regaló una medalla, con un Corazón de Jesús en relieve, y mi nombre y fecha de nacimiento grabados en el reverso. Recuerdo que, para calmar el dolor de las encías, mordía la medalla, y con aquel mordisco también se aliviaba mi otro dolor espiritual, para el que no había medicina.

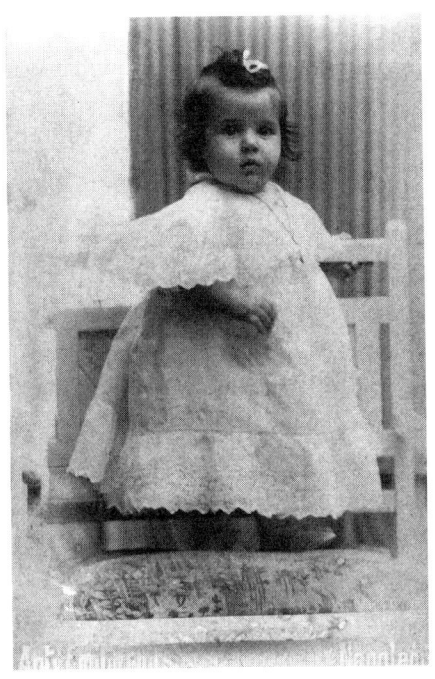

Ana María con siete meses.

Fue, además, un dolor que los años agravarían. Mi madre, Consuelo Sagi-Barba, que se había casado con apenas dieciséis años, me odió primero por haber contrariado sus designios de procrear otro hijo varón, y luego, por sublevarme contra el modelo femenino que pretendía inculcarme. Pensaba mi madre que la misión de la mujer en el mundo no era otra que la de entrenarse en las artimañas de una abnegación postiza que sirviera de reclamo a pretendientes adinerados con quienes sobrellevar hasta los restos el aburrido aprendizaje del matrimonio. Ella misma, bella para los cánones de la época e instruida en la hipocresía de las buenas costumbres, había alcanzado esa meta casándose con mi sufrido padre, a quien acosaba con peticiones de regalos y viajes de placer. Quizá envidiase la existencia cosmopolita de su hermano, el célebre barítono Emilio Sagi-Barba, que nos enviaba postales desde los hoteles más lujosos del mundo, y del que las revistas ilustradas publicaban retratos en los que aparecía, al final de sus representaciones operísticas, disfrazado de mosquetero o de rey asirio o de turco con su harén de odaliscas. El tío Emilio a veces paraba en casa, de visita entre gira y gira, alborotando el vecindario con sus gorgoritos y repartiendo regalos por doquier, encandilando a las criadas con su prestancia de seductor y embriagándonos a todos con la narración de sus aventuras reales o fingidas. Por las noches, acompañado al piano por mi hermana Mari Pepa, la primogénita (cuyo nacimiento debió de constituir otra desilusión para los proyectos mesiánicos de mi madre), nos arrebataba a todos con sus muy sentidas y aspaventeras versiones de las romanzas y tonadillas zarzueleras que incluía en su repertorio. Mi pobrecita hermana Mari Pepa, a pesar de sus avances, perjudicaba el recital con notas disonantes o descompasadas, pero el tío Emilio la animaba con achuchones y pellizcos en las mejillas, emplazándola para el siguiente recital doméstico, que no tendría lugar hasta unos cuantos meses después, pues la temporada operística lo convertía en una especie de cíngaro de lujo, con viajes por todo el continente y aun más allá del Atlántico.

 Y Mari Pepa se tomaba muy en serio el reto, y nos maltrataba las orejas con aquel sonsonete monótono de acordes y arpegios repetidos una y otra vez, hasta que los dedos se le acalambraban de tanto martillear las teclas. Mi hermana Mari Pepa era una criatura dócil, paciente y silenciosa. Mi madre había logrado inculcarle esos principios de sometimiento, modestia y gazmoñería que también a mí me predicaba, infructuosamente. Cuando trabajaba sus ejercicios de piano, con la cabeza inclinada sobre el teclado y las dos trenzas correteando de un lado a otro, como dos ser-

El célebre barítono Emilio Sagi-Barba.

pientes mansas, Mari Pepa parecía una estampa romántica, tal era la resignada tristeza que transparentaba su rostro. Cuando salía a la calle, delgaducha y tiesa como una anchoa, vestida según las exigencias del colegio de monjas de Saint Joseph de Cluny, con su capa negra y un absurdo capirote oscuro en la cabeza que me hacía pensar en las chimeneas sucias de hollín, evocaba la figura de una jovencita mártir, ajusticiada por la Inquisición. Nunca la vi llorar, ni quejarse. Jamás la vi jugar ni alborotarse de alegría o contenida rabia. De no ser por aquellas escalas repetidas hasta la extenuación, habría llegado a dudar de su existencia.

Como no encontraba complicidad en la delicuescente Mari Pepa, tuve que conformarme con compartir los juegos bastante cafres de mi hermano Armando, que improvisaba partidos de fútbol con nuestro primo Emilio, el hijo del barítono, en el pasillo de casa. Ambos llegarían a formar parte del equipo del Fútbol Club Barcelona a mediados de los años veinte, aquel equipo mítico encabezado por el portero Platko que obtuvo varias Ligas y Copas del Rey y que hasta desató los fervores líricos de Rafael Alberti. Armando no llegó a conquistar una plaza en el equipo titular, a pesar de que condiciones no le faltaban, porque su talante jaranero lo impulsaba a la dispersión y al cultivo de otras disciplinas deportivas, desde el billar al tenis (juntos llegamos a formar la mejor pareja de dobles mixtos de Cataluña), pero mi primo Emilio Sagi no faltaba nunca en las alineaciones que los hinchas recitaban de corrido, y hasta llegó a ocupar plaza de delantero centro en la selección española. Ambos preparaban su acceso al estrellato balompédico bombardeándome en el pasillo de casa con chupinazos que —por supuesto— yo nunca detenía y cuyo destino final solían ser las vitrinas del aparador que amueblaba un recodo del pasillo, aquel aparador donde mi madre guardaba sus vajillas de porcelana china y sus juegos de té ilustrados de escenas cinegéticas. El estrépito de la porcelana hecha añicos determinaba el final de aquellos partidos clandestinos.

Recuerdo a la cocinera Concha, que se vino de Puerto Rico para servir a una familia que supiera apreciar sus dotes culinarias, porque en su país, según repetía a menudo, la gente era medio salvaje y tenía el paladar de estopa. Concha era gorda y aparatosa, quizá tuviese su cuarterón de mulata, pero en la cocina, rodeada de sartenes y cacerolas, se movía con una gracilidad de sílfide, como si las muchas arrobas de carne que abrigaban su esqueleto se hiciesen puro espíritu. Mientras guisaba los platos cantaba a pleno pulmón habaneras y estribillos galantes, a veces un poco lúbricos, hasta que mi madre la amonestó seriamente, y tuvo

El futbolista Emilio Sagi-Barba rematando a portería.

que conformarse con tararear en voz baja, siempre con una sonrisa maliciosa en sus labios húmedos. Cuando Concha se presentó en casa, acudiendo al reclamo de un anuncio que mi padre había publicado en *La Vanguardia,* llevaba atravesadas las orejas por unas argollas de oro, y se cubría la cabeza con un pañuelo de franjas amarillas y verdes. Vestía unas sayas de percal a lunares rojos, con volantes superpuestos que le cubrían hasta los tobillos, y calzaba unos zapatos de charol con hebilla parecidos a los que usaban los obispos. Mi madre no quería emplearla, porque tenía la piel oscura, como rebozada de betún, y llevaba, posada sobre el hombro, una cotorra llamada *Sandra,* de plumaje multicolor y pico rugoso, parecido a una alcaparra. A mi padre le divirtió la cotorra, que saludaba hinchando el pecho y erizando unas plumas rojas que tenía en la coronilla, a modo de penacho o cresta. Cuando vio sonreír a Concha, mostrando sus treinta y dos dientes blancos como el requesón, numerosos como la felicidad, y la oyó decir «mi amito» y «vuesamersé», se sintió por completo seducido. Mi madre se dirigió siempre a Concha en un tono autoritario o despectivo, y no le permitió que la cotorra *Sandra* abandonase la jaula en la que ella misma exigió confinarla. Pero Concha le daba a su cotorra chocolate a escondidas y, cuando estábamos solas en casa, la dejaba volar libre fuera de su dormitorio, por la galería y la despensa y la sala de plancha. Un día Lucila, la camarera, una bruja correveidile y presuntuosa, se lo contó a mi madre, que reprendió severamente a Concha y la amenazó con despedirla si volvía a soltar la cotorra. Concha obedeció llorosa, pero la pena que le producía el cautiverio irrevocable de *Sandra* la iba consumiendo por dentro.

A Lucila, la camarera, pecosa y pelirroja, presumida y señoritinga, no podía soportarla. Cuando mis padres no la vigilaban, se detenía ante cuantos espejos se tropezaba en su camino, ensayando poses y melindres y morritos y empolvándose el rostro como una puta de postín. De Concha decía que era una salvaje mulata, y de Soledad, que había sido nodriza de mis hermanos Mari Pepa y Armando y ama seca de mí misma (poco a poco se iba quedando vieja, exprimida de criar hijos ajenos), la llamaba «pazguata infeliz». Lucila no paraba de adular y dar coba a mi madre, que si su vestido es muy elegante, que si la señora tiene un gusto exquisito, que si la voz de la señora es armoniosa y musical, y mi madre aceptaba aquella retahíla de alabanzas hipócritas simulando una condescendencia generosa, pero con visible satisfacción interior. Mi madre premiaba a Lucila con chucherías y joyas de pega, que a ella le servían para pavonearse ante el resto de la servidumbre y para adoptar una actitud más envarada aún. Esta máscara de impávida dignidad sólo se la quitaba cuando sorprendía a mi padre leyendo la prensa en la biblioteca, circunstancia que aprovechaba para contonearse ante él y servirle en bandeja las tetas, que aunque las tenía entecas y esmirriadas, ella se encargaba de recogérselas en el escote, para que diesen impresión de lozanía. Pero mi padre siempre reaccionaba con el mismo gesto de piadoso hastío.

Con Soledad, la niñera, solía pasear hasta la plaza de Cataluña, incluso cuando ya tenía mis trece o catorce años y ella empezaba a ceder a los achaques de una vejez prematura y a encorvarse sigilosamente, como un árbol enfermo. A Soledad le gustaba congregarse, a la sombra de los plátanos tupidos, con otras niñeras y amas de cría que habían llegado a la ciudad cuando ella, casi veinte años atrás, y que se iban quedando para el arrastre, después de vaciarse para alimento de los niños de buena familia. Creo que fue allí, contemplando la austera dignidad de aquellas mujeres que habían entregado sus mejores años a una sangre que no era la suya y que ahora languidecían en tareas subalternas, mendigando el favor de aquellos a quienes habían transmitido su vigor, cuando cobré conciencia de las desigualdades que gobernaban las relaciones entre los hombres. Pero no sería hasta mucho después cuando reuniese el valor suficiente para rebelarme contra esas desigualdades que tanto me sublevaban, quizá por respeto a mi padre, que mientras tuvo dinero procuró que sus obreros nunca pasasen necesidad.

Soledad ya no alcanzó a amamantarme, pero se encargó de mi crianza y aseo, y también de velar mi descanso, durmiendo a mi lado en una cama que nos cobijaba sobradamente a las dos, con un catre de bronce que trepaba casi hasta el techo, como si en otro tiempo hubiese sostenido un dosel. Cuando me asaltaba el miedo porque las cortinas del balcón comenzaban a moverse, mecidas por la brisa de la noche, Soledad me cogía de la mano y me aseguraba que ese movimiento lo producían las alas de mi ángel de la guarda, que se apostaba en el balcón para protegerme de todo peligro. Soledad había nacido en un pueblo de la montaña, donde se dedicó desde niña a cuidar las vacas del prado. Nunca había pisado una escuela, y, por lo tanto, desconocía las posibilidades combinatorias del alfabeto, pero, lejos de ser una «ignorante» (que era el calificativo que ella misma empleaba para definirse), poseía esa sabiduría mágica e infusa que distingue a las gentes del campo. Y sabía cosas extraordinarias que nadie más sabía. Gracias a Soledad aprendí de memoria el nombre de las estrellas y de las flores. Gracias a Soledad supe que las gotas de resina que resbalan por el tronco de los pinos son las lágrimas que el árbol llora cuando le cortan alguna de sus ramas. Gracias a Soledad supe que el sauce se inclina hacia el suelo porque es un presumido que busca el agua para contemplarse reflejado en ella. Gracias a Soledad supe que los luceros son las lámparas que Dios enciende para que los justos encuentren el camino del cielo, y que cuando está nublado, y truena, y relampaguea, es porque Dios hace sentir su cólera a la humanidad pecadora, dejándola entre tinieblas. Gracias a Soledad supe que la mariquita se quejó de su fealdad e insignificancia a la Virgen, que en aquel momento se hallaba pintando con un pincel las alas de las mariposas, y que, magnánima, salpicó su caparazón de lunares negros. Gracias a Soledad supe del castigo que Dios reservó a las jirafas, por espiar con malsana curiosidad a nuestros primeros padres desde detrás de los árboles del Paraíso, un castigo consistente en estirarles el pescuezo hasta dimensiones grotescas, para que quedase constancia de su falta. Gracias a Soledad conocí la historia del rey de los perros, que envió a Dios un mensaje, quejándose del maltrato de los hombres;

un perro mensajero llevó la queja, escrita en pergamino, enroscado en la cola, pero nunca jamás regresó de su embajada, por eso todavía hoy, cuando dos perros se encuentran, se miran debajo del rabo, buscando el mensaje extraviado. Gracias a Soledad aprendí que, bajo el disfraz de la realidad, alienta la poesía, esa otra realidad más iluminadora y definitiva.

A Soledad le gustaba hablar con las monjitas de un orfelinato próximo, que solían llevar a sus niñas de paseo hasta la plaza de Cataluña. Las monjas, y también las niñas huérfanas, me regalaban estampas y medallas de latón con la efigie de la Virgen del Carmen. Cuando mi madre supo que aceptaba estos objetos, regañó a Soledad por permitir que me mezclara con aquellas pobres niñas desgraciadas, acribilladas —según ella— de piojos y otras enfermedades innombrables. Soledad protestó, defendiendo la salud de las huérfanas y el aseo de las hermanas, pero mi madre cortó en seco la conversación exigiendo a Soledad que se atuviese a sus recomendaciones. Cuando mi madre levantaba la voz y con el brazo hacía aquel gesto híspido y concluyente, como si cortara un hilo invisible, su mirada adquiría un fulgor frío, como de puñal enardecido de odio, y quienes la miraban sentían un amasijo de angustia apretado en la garganta. Hubo una época en que aquel temperamento tiránico y resentido (pero era un resentimiento abstracto, que sólo se apaciguaría cuando naciese mi hermana Beatriz, a quien en seguida elegiría como su predilecta y diana de todos sus desvelos) la empezó a pudrir por dentro, hasta postrarla en la cama. Las pocas veces que consentía en levantarse y comer con el resto de la familia mostraba unos ojos enrojecidos, como si su acrimonia destilase lágrimas de aguarrás. Mi padre, que corría detrás de ella como si fuese su sombra y la llenaba de regalos que ella ni siquiera miraba, recabó el consejo de varios médicos, que le recomendaron que se fueran ambos en un viaje de recreo, para que el cambio de aires disipase los morbosos pensamientos de doña Consuelo.

Durante su ausencia (que fue larga y concluiría con el embarazo de mi madre, su último embarazo, del que nacería Beatriz) dirigió los destinos de la familia la tieta Teresa, prima de mi padre, que a la postre se quedaría a vivir con nosotros, o a malvivir, porque entre mi madre y Beatriz la dejarían morir de asco, desatendida y sola. La tieta Teresa tenía los ojos saltones como los de un caballo enfermo de melancolía, una verruga velluda en el mentón y una nariz muy abultada, por cuyos agujeros apuntaban unos pelos nada femeninos ni favorecedores. Caminaba muy trabajosamente, porque por detrás y en llegando a la cintura era tres veces más voluminosa de lo normal, y en la mesa zampaba por cinco. Enclaustrada en su fealdad bonachona, la tieta Teresa había vivido siempre con sus hermanas pequeñas y con su madre, resignada a perseverar en la soltería hasta la muerte. Cuando se hizo cargo de nuestra casa, empezó a repartir toda suerte de órdenes contradictorias, sólo por el placer de hacer sentir su autoridad. A Lucila, la camarera, la perseguía preguntándole si había sacudido los colchones, si había quitado el polvo de las alacenas, si había frotado con esmero la plata y demás metales nobles. A Concha, la cocinera, le endilgaba largos y farragosos discursos, resaltando las economías y ahorros que pueden hacerse comprando el aceite, el jabón o el azúcar en grandes cantidades. A Soledad le recomendaba que me limpiase los zapatos de color con pulpa de tomate, si quería conservar y abrillantar el cuero. Por la mañana, cuando se levantaba, se tapaba sus carnes desparramadas con un matiné blanco con encajes y lacitos y se encerraba en el retrete durante horas, para ondularse con unas tenacillas calientes los pocos cabellos que le quedaban y enterrar el rostro entre pol-

Ana María con cinco años, de luto por la muerte de su abuela.

vos de arroz. Después de comer, se arrellanaba en un butacón y se leía de arriba abajo *La Vanguardia*, deteniéndose con especial deleite y morosidad en la sección de las esquelas, donde gustaba de tropezarse, bajo una cruz luctuosa, con el nombre de algún viejo conocido a quien ella hubiese amado en secreto, allá en la remota juventud. Nunca perdonaba la merienda, y al atardecer se enfrascaba en labores de ganchillo y crochet. Se acostaba en medio de un gran estrépito, causado por los muelles del somier; los ronquidos que respaldaban sus sueños eran aún más exasperantes que los acordes monótonos de mi hermana Mari Pepa, pero acabé acostumbrándome a ellos, como antes me había acostumbrado a la tabarra musical, por no morir exhausta de insomnio.

Casi todos los jueves comía con nosotros la abuela Leonor, vestida de luto y emboscada detrás de una mantilla de encaje negro que le descendía hasta la cintura. Un abanico de blonda que colgaba de su muñeca, suspendido de una cadena de oro, y un camafeo donde había mandado tallar el rostro de su hijo artista, el barítono Emilio Sagi-Barba, completaban su atuendo. La abuela Leonor estaba siempre bienhumorada, a diferencia de su hija, y lanzaba miradas maliciosas y socarronas, como si se trajese entre manos alguna travesura que los demás desconocíamos. Tenía el pelo ondulado y repartido en crenchas, de una blancura cegadora, y olía como si se diese fricciones de colonia añeja. Cada semana, Mari Pepa ejecutaba ante ella los últimos ejercicios de piano aprendidos, y la abuela Leonor la escuchaba con gran atención, frunciendo el ceño ante sus pifias y desafinaciones, y, al final, para alentarla, le auguraba un gran porvenir como pianista. A mi hermana no parecía entusiasmarle demasiado la idea, pero como era tan reservada y poco expresiva, y había acatado la condena del piano como un deber, nunca supe si el incumplimiento de este augurio supuso para ella una frustración o un alivio. Concha, la cocinera, freía buñuelos de crema todos los jueves, conociendo las preferencias dulzonas de mi abuela, y le preparaba un refresco de agua de chufas con miel, y la llamaba «misia Leonor», y en la sobremesa se quedaban las dos juntas de palique, evocando los paisajes de Puerto Rico, que la abuela había recorrido en los inicios de la carrera del tío Emilio, cuando lo acompañaba en sus giras extenuadoras.

    Yo crecía sin amigas, abrumada por la convicción de haber nacido niña equivocadamente, fustigada por el tácito reproche que me lanzaba aquel gorrito de marinero, anidando para siempre entre bolas de naftalina. En Soledad, la niñera, encontré paradójicamente la única compañía en aquellos años sobresaltados de descubrimientos dolorosos. De su mano caminaba por la Rambla, abarrotada de gente desde primera hora de la mañana, aturdida por el estruendo de los tranvías y el pentecostés de los pájaros y la algarabía silenciosa de las flores que alumbraban los puestos. En las terrazas de los cafés se congregaban los jóvenes casaderos, para ponderar los culos de las barcelonesas y piropearlas, y pasaban por allí gitanos dispuestos a regatear el precio de su mercancía averiada, y viejecitas que ofrecían billetes de lotería, y vendedores ambulantes de cacahuetes y avellanas, varillas para los paraguas y barajas trucadas. Los mendigos rasgueaban las cuerdas de una guitarra que traía en su música el lamento de las razas perseguidas, y los limpiabotas se hincaban de rodillas en el suelo para sacar lustre a los zapatos de los señoritos que entretenían su esplín fumando pensativos cigarros. Barcelona era un bullicio de coches que petardeaban su mal humor de gasolinas requemadas, un tiovivo de gentes huidizas que me aturdían con su variedad incesante de rostros. Por fin llegábamos, hacia el final de la Rambla, a unas barraquitas en las que, detrás de unas ventanillas, unos hombres muy circunspectos y adustos aguardaban a su clientela analfabeta, que le dictaba cartas de amor y reproche, cartas protocolarias o comerciales, cartas de súplica o despedida. Soledad acudía al mismo escribano siempre que quería enviar una carta a su pueblo. Era un hombre de barba casi babilónica y de rostro marfileño que se atrincheraba detrás de unas antiparras con montura de alambre y que en el dedo meñique ostentaba una uña larga como un barquillo, con la que se rascaba delicadamente la coronilla y las orejas. Soledad, venciendo a duras penas la timidez, le dictaba con palabras torpes lo que quería decirle a sus familiares, y el escribano, con la nariz pegada al papel y haciendo rechinar la pluma de tal modo que parecía estar escribiendo con una lima, iba convirtiendo aquellas palabras trabucadas en una escritura bellísima, adornada de arabescos y tirabuzones. Cuando el escribano daba por concluida la carta, Soledad recordaba de golpe un sinfín de asuntos que habían quedado pendientes, lo que obligaba al escribano a añadir entre rezongos una posdata casi tan larga como la carta original. Luego, cuando Soledad interrumpía el dictado, el escribano leía la carta en voz alta, con mucha prosopopeya y sentimiento, y entonces me parecía que no era un hombre como los demás, sino un gran poeta que hubiese tenido que conformarse con aquel oficio para sobrevivir. Recuerdo que Soledad le pagaba cuarenta céntimos y que, para regresar a casa, tomábamos un tranvía amarillo que se abría paso entre la gente dando campanillazos. Desde el tranvía, yo veía discurrir a mis pies la abigarrada Rambla, con sus almacenes de tejidos y sus tiendas de ultramarinos y sus cafés lujosos y sus teatros de marquesina y sus anuncios luminosos que se encendían y apagaban como si su caligrafía se la dictase Dios.

En el tranvía, siempre había algún hombre caballeroso que nos cedía su asiento. «Para usted y para el niño», decían, sin reparar en mi sexo. Como llevaba el pelo muy corto, y en verano me vestían con peleles o pantaloncitos bombachos en lugar de vestidos, y como de recién nacida mi madre no había querido agujerearme las orejas, muchas personas me confundían. Esta equivocación, que era inocente y nada malintencionada, me ofendía como un escupitajo y me obligaba a asomar el rostro a la ventanilla del tranvía, para que el aire de la mañana me refrescara las lágrimas y la humillación que se extendía sobre mis facciones, como una flor de sonrojo. Cuando por fin lograba espantar el llanto, me volvía a Soledad y le prometía que de mayor yo misma me ocuparía de escribir sus cartas con palabras más bellas que ningún escribano, y que en ellas contaría, con caligrafía bellísima, las historias que ella me había susurrado al oído, para apaciguar mi sueño, aquellas historias que hablaban de otra realidad subterránea por debajo de esta realidad mostrenca y chabacana, otra realidad donde la poesía triunfase sobre la monótona crueldad de los días, donde nadie confundiese mi sexo y los gorritos de marinero no anidaran para siempre en el fondo de un cajón, escupiéndome su desprecio por haber nacido niña.

III

LA VIDA SOÑADA

Pero escribir poesía no consiste sólo en evadirse de la realidad cotidiana. Escribir poesía es alcanzar y vencer cumbres de angustia, abrazarse a la soledad, internarse en laberintos atormentados, para alcanzar un mundo de tenebrosa luz, un mundo de inquietud y de lucha, pero también de liberación, al que se accede después de muchos trabajos. Nietzsche decía que los griegos levantaban blancas estatuas sobre el abismo, para ocultarlo. Quizás el poeta intente derribarlas, precisamente para revelarlo, de ahí su íntima tragedia, su apasionada y secreta tortura. Los caminos que el poeta recorre, acompañado de su ángel o su demonio particular, o de ambos a la vez, lo alejan a menudo de los caminos reales. El poeta crea una especie de «suprarrealidad», de vigilia del espíritu, de ámbito misterioso, de vida soñada, en la que la vida real constituye un fenómeno de interferencia. Muchas veces me he preguntado cuál es la verdad de la vida, y he concluido que debo buscarla, no en la esencia fraccionada de una serie de momentos privilegiados, sino en la sombra proyectada por esos momentos. La verdad de la vida la constituyen la fantasía y la evocación. El sueño y el recuerdo se entrecruzan para formar una urdimbre indiscernible que nos restituye rostros, emociones y paisajes desvanecidos, a la vez que transfigura la realidad. Ni siquiera yo misma sabría determinar la naturaleza de lo que ahora

Ana María con seis años.

os estoy contando. ¿Recuerdo o sueño? Ni siquiera yo lo sé. Pero qué importa. Os estoy ofreciendo mi vida verdadera.

Aquel deseo de ser poeta que me asaltó desde niña, aquella necesidad de abolir la realidad, me impuso la rebeldía como forma de conducta. Me propuse contrariar las directrices y orientaciones de mi madre, con la que pronto me malquistaría, coincidiendo con el advenimiento de la pubertad. Fue mi madre la que se empeñó en inscribirme en el colegio de las monjas de Saint Joseph de Cluny, como antes había hecho con Mari Pepa, y como haría después con su predilecta Beatriz, a quien sí lograría moldear a su gusto. En el colegio de Saint Joseph de Cluny recibí una educación muy esmeradamente afrancesada; allí aprendería el idioma de Verlaine, que ha sido una música de fondo perenne en mi existencia, y también los rudimentos del solfeo, así como otras disciplinas más estrictamente domésticas, que se suponían imprescindibles en el ajuar espiritual de una señorita que algún día tendría que casarse y procrear, una misión que no se avenía con mi talante indócil. Con las hermanitas gabachas mantuve muchas fricciones, casi siempre por sostenerles la mirada mientras me reprendían, una insolencia que me valió más de un castigo; en su desagravio, he de reconocer que también les gasté muchas trastadas, como aquella vez en que aproveché un concurso de recitaciones organizado en el colegio con motivo de una visita del Obispo de Perpiñán, para alterar los versos de La Fontaine:

*La fourmi n'est pas prêteuse
c'est là son «foutu» défaut:
«Que faisez vous au temps chaud?»
—dit-elle à cette «emmerdeuse»...*

Tendría yo por entonces unos diez años, aproximadamente. Las monjas quisieron expulsarme del colegio, pero la intervención —que quizá incluyó algún generoso donativo— de mi padre lo impidió. Con frecuencia faltaba a las clases, y tenía que quedarme en casa, curando unas anginas, que fueron el fantasma más recurrente de mi niñez, desde que mi madre me llevase con apenas tres años al estudio de un fotógrafo que más bien parecía una fábrica de carámbanos. Recuerdo el destartalado local, lleno de búcaros con flores de trapo polvorientas, de palmeras artificiales y escayolas repartidas por aquí y allá que pretendían imitar los capiteles y las rodajas de columna de un templo griego en ruinas. Recuerdo al fotógrafo, un chisgarabís traslúcido de frío, con un bigote de guías que parecían fideos barnizados de tinta china, inclinado sobre aquel artefacto prehistórico que era su cámara, cubierto detrás de una cortinilla. Me hicieron posar durante casi una hora, con los pies descalzos sobre una mesa de mármol, mientras el fotógrafo preparaba la emulsión de bromuro y disolvía en ella el nitrato de plata y colocaba las placas en el marco del chasis de la cámara. El frío me subía como un hormigueo por los tobillos, por las pantorrillas, por el estómago y ya por fin se quedaba atrapado en la garganta, y allí florecía con un fuego que tardaría mucho en extinguirse. Durante un par de meses, la fiebre me mantuvo en un estado de delirio que no conseguían remediar los medicamentos ni las inhalaciones de eucaliptos. Y las anginas, inflamadas desde entonces, fueron el tributo periódico que mi salud hubo de pagar.

 Con mi padre pasé alguna temporada en el balneario de Vallfogona, cuyas aguas estaban recomendadas para las afecciones de garganta. Pero ningún remedio mejor para mi enfermedad que las vacaciones en Tossa de Mar, donde mi familia alquilaba una de aquellas torres que herían el cielo con sus veletas. Había en Tossa un viento de limón y de sal, y el mar traía a la torre un olor de redes marineras y un sueño de delfines vivos. Allí, entre trigales y chumberas, creo que fui feliz, o que al menos alcancé un espejismo de felicidad, convaleciente de mis anginas; allí, a la sombra de una higuera, en largas tardes de inactividad, me asomé por primera vez a la poesía de Bécquer, de Maragall, de los maestros franceses y de Alfonsina Storni. Luego mis padres comprarían una casa de recreo en Sentmenat, y allí transcurrirían nuestros veraneos, tan largos como el verano mismo, tan preciosos e intactos como una isla de oro. Creo recordar que tengo escritos y publicados muchos poemas nostálgicos de aquel paisaje calcinado por el sol, que caía como un martillo sobre los muros de cal de las masías: «Oro caliente / en las eras. / Cigarras en los olivos / aserrando la pereza.» Recuerdo la serpentina de fuego de la carretera, caracoleando entre pinares negros, y el aire suspendido sobre los viñedos, como en una siesta llena de pesantez, y los violines sin cuerdas del grillo, y la brisa aromada de alhucema y de tomillo, y las lagartijas inmóviles, y los barbechos exhaustos. Sólo la presencia de mi madre enturbiaba tanta belleza.

«¡Porque así lo mando yo!» Éste era el veredicto inapelable que, invariablemente, restallaba en su boca, cada vez que yo o alguno de mis hermanos le pedíamos que nos explicase los motivos de ciertas obligaciones inútiles que nos imponía. ¿Por qué levantarse a las siete de la mañana, si estábamos de vacaciones y no teníamos pendientes los deberes del colegio? «Porque así lo mando yo.» ¿Por qué llevar calcetines blancos, que en seguida se ensuciaban, cuando preferíamos ir con las piernas desnudas? «Porque así lo mando yo.» ¿Por qué comer la *escudella* grasienta, que nos levantaba náuseas, y prohibirnos las alcachofas crudas, que tanto nos gustaban? «Porque así lo mando yo.» ¿Por qué, al llegar el domingo, me obligaban a tocarme con una pamela ridícula y a calzarme unos guantes que me dejaban las

Ana María con nueve años, en su Primera Comunión.

manos pegajosas de sudor? «Porque así lo mando yo.» ¿Por qué aprender a ejecutar aquellos execrables encajes de bolillos, cuando ya todas las mujeres los usaban fabricados a máquina? «Porque así lo mando yo.» ¿Por qué confesarnos todos los sábados, si por más que nos estrujáramos la cabeza no éramos capaces de rescatar ni un mísero pecado venial? «Porque así lo mando yo, y no se hable más.» Mi padre, y también Soledad, prudentes y diplomáticos, esquivaban los encontronazos, y no osaban oponer reparos a su cerril tiranía, pero yo, con una especie de insano furor, me enfrentaba a ella y me estrellaba una y otra vez con su incomprensión.

Tenía medio dedo de inteligencia, una arroba de petulancia y mil quintales de prejuicios e ideas necias. Y tenía también un empaque majestuoso, una belleza de estatua que mantenía prendado a mi padre, como el primer día que la conoció. Me propuse ser para ella un indomable adversario, pero lo único que logré fue convertirme en un acicate para su carácter despótico y arbitrario, en el revulsivo que hacía acudir al abismo azul de sus ojos un nido de víboras que se retorcían y agitaban, como enviscadas de odio. ¿Qué fuerzas oscuras la incitaban a hacer el mal? ¿De qué bárbaro y cobarde antepasado había heredado el instinto de gozar del humillado y el caído? Nunca lo supe. Pero su intransigencia, su ira, su desprecio, su capacidad para acusar sin motivo y condenar irremisiblemente encontraron en mí su diana y su estímulo.

En la fachada de nuestra casa veraniega en Sentmenat los mozos del pueblo, impresionados por su belleza orgullosa y distante, habían escrito con pintura negra sobre las losas de piedra: «Aquí hi viu la guapa.» Hubiese resultado muy sencillo hacer desaparecer esa inscripción, pero mi madre, halagada, dio órdenes estrictas de que nadie la borrase, aprovechando que a mi padre lo retenían en Barcelona sus negocios textiles. Al llegar el día de San Juan, pretextando que jugar a los toros nos volvía violentos y brutales, mi madre arrojó a la hoguera que había encendido la servidumbre en el patio de casa un miura de cartón que se había convertido en nuestro juguete favorito. Mi hermano Armando, encolerizado, se atrevió a plantar cara a mi madre y a gritarle que sólo nuestro padre tenía derecho a decidir la suerte del miura, por haber sido él quien nos lo regaló. Mi madre apenas le contestó con un rictus de sarcasmo, mientras las llamas consumían el juguete. Aquella noche me tuve que morder los puños y tragarme las lágrimas. Pero dos días después aparecieron en la fachada de la casa, en la verja, en las contraventanas, en la tapia que circundaba el jardín, gigantescos letreros de pintura negra, visible a una legua: «La guapa, a l'infern!» A mi madre le dio un soponcio: no sabiendo contra quién desatar su ira ni ejercer sus represalias; no hallando indicios sobre los que fundar sus sospechas, la humillación y el resquemor contenidos le provocaron una crisis hepática que la obligó a trasladarse a una clínica de Barcelona, y de allí, para reponerse, a un balneario del litoral.

Los pintores rasparon las inscripciones que yo misma había pintarrajeado, amparada por la nocturnidad, y repintaron la casa entera. Por fin pude dormir hasta la diez, vagabundear por montes y barrancas, atiborrarme de higos chumbos y alcachofas crudas y tostadas de pan empapado en aceite. Por fin mi hermano Armando y yo pudimos gozar del campo, hirsutos y descalzos, con la cabeza llena de coscorrones y la boca restallante de risas. Observé que Soledad, que se había quedado a nuestro cuidado, murmuraba al llegar la noche unas plegarias más largas de lo habitual. Soledad, que daba grandes rodeos para no pisar una hormiga; que curaba el ala herida de la paloma torcaz y la pata quebrada del estornino; que en las noches de tramontana se desvelaba, pensando en el peral recién plantado; Soledad, que sufría por todas las criaturas de Dios, incorporaba en sus oraciones una nueva súplica: «Para que doña Consuelo recobre pronto la salud y la paz de espíritu.» Yo la oía bisbisear sus plegarias, haciéndome la dormida, y me revolvía como una ménade en la cama: «¡Así que estás deseando que vuelva!», le reprochaba. Y Soledad, con una sonrisa benévola, me respondía desde la oscuridad: «¡Sosiégate, niña! También rezo para que las borrascas y tempestades de setiembre, que llegan precedidas de vendavales, se anticipen este año, y obliguen a tu madre a prolongar su estancia en el balneario.» Y se reía, y, para arrullar mi sueño, me hablaba de aquel remoto país, defendido por barreras de nubes irisadas, al que se accede después de haber ascendido unas inacabables escaleras de alabastro, donde nos llevará algún día nuestro ángel de la guarda. Y yo me imaginaba trepando aquella escalera, tropezando con el camisón, y llegando por fin a lo más alto, y aspirando el aliento de Dios. Y me dormía.

Pero mi madre volvió, y durante aquel verano y en otros veranos sucesivos siguió imponiéndonos sus caprichos despóticos, como por ejemplo obligarme a asistir a la escuela cochambrosa y destartalada de Sentmenat. Acepté aquel castigo gratuito con la misma glacial indiferencia con que aceptaba las semanas sin postre, los interminables encierros en el desván y los platos de *escudella* que me revolvían el estómago. La escuela de Sentmenat la dirigían dos hermanas bigotudas, solteronas y malolientes, vestidas según la moda de 1900 y rematadas por sendos moños churriguerescos que sembraban el pasmo entre quienes asistíamos a la escuela. Nos obligaban a cantar a coro la tabla de multiplicar, y nos sumían en un plácido sueño analizando los complementos circunstanciales y los predicados nominales de unas frases enrevesadísimas, tan enrevesadas casi como sus moños. Una tarde, al volver a casa, apabullada por tanto tedio didáctico, una mariposa de vuelo litúrgico se cruzó en mi camino, ebria de luz, como un cometa que hubiese usurpado los colores del tigre. La seguí por un camino mulero, encajonado entre taludes cubiertos de agresivas zarzamoras. Casi sin darme cuenta, fui descendiendo por una barranca, en cuyo lecho fluía, estrangulado de mimbreras y espadañas, un riachuelo. Dos piedras pulidas permitían vadearlo; en la orilla opuesta, una vereda que se insinuaba entre cañizales conducía hasta la falda del monte, un monte umbrío, casi negro a la hora del atardecer, donde crecían entremezclados los algarrobos y los nogales salvajes. Seguí por un atajo que serpeaba bajo un túnel de ramajes y enredaderas y desembocaba en una hondonada donde la luz no había penetrado jamás, tapizada de una hojarasca que servía de abrigo a los sapos y a los reptiles. Fue allí, en aquel refugio natural, bajo la bóveda de ramas entrelazadas, a la sombra mortal de la hiedra, donde vislumbré por primera vez ese mundo subterráneo del que me hablaba Soledad, ese mundo milenario y escondido donde alienta la poesía. Me quedé allí, absorta e insomne, durante toda la noche, penetrada por un silencio telúrico. Cuando regresé a casa al día siguiente me aguardaba la azotaina de mi madre, que había movilizado a los mozos del pueblo en mi búsqueda, pero nada me importaban los improperios y el castigo, porque había descubierto mi vocación de poesía y soledad.

IV

FUEGOS FATUOS

El despertar abrupto de la pubertad me confirmaría esa vocación, contra la que se alzaba obstinadamente mi madre. Quería hacer de mí una muchachita pudibunda y tradicional, determinación a la que me opuse desde el principio. Uno de los signos externos de mi beligerancia o enconamiento —y también el que más irritaba a mi madre— fue la práctica del deporte, al que por aquellos años me entregué con el entusiasmo de los conversos. Aprendí todos los estilos de natación, frecuenté las estaciones de esquí —sobre todo La Molina, con aquel cielo de nácar que era como un cuchillo afilado en los descensos—, participé en regatas de remo, me inscribí en el Real Club de Tenis, arbitré partidos de *basketball* y empecé a lanzar la jabalina, disciplina que con el tiempo llegaría a ser mi especialidad. Me convertí en una jovencita de piel bronceada que preconizaba la emancipación femenina y la jubilación del corsé, para escándalo de mi madre, que alguna vez llegó a amenazarme con echarme de casa y desheredarme, si persistía en arrastrar por el fango su apellido. Como si me hubiese lanzado una secreta maldición, empecé entonces a engordar de un modo incontrolable: ni el ejercicio, ni las severas dietas que me imponía, detenían aquella hinchazón progresiva. Acudí con mi padre a la consulta del doctor Gregorio Marañón, íntimo amigo de unos primos nuestros madrileños, y

Ana María jugando al tenis, hacia 1932.

así me enteré de que aquella gordura procedía de mis dificultades para menstruar; al parecer, mis ovarios eran más bien miniaturas de ovarios, y mi matriz conservaba las dimensiones de la niñez. Aquellas impuntualidades de la regla eran las responsables de mis desarreglos fisiológicos. El doctor Marañón me auguró una silueta oronda y matronal si, para evitarlo, no me resignaba a mezclar diariamente en la bebida unas gotas de tintura de yodo. ¡Y vaya si me resigné! Cualquier suplicio se me antojaba nimio, comparado con la condena de la obesidad, que me hubiese apartado para siempre de los estadios.

Antes de acostarme, me contemplaba desnuda ante el espejo de luna del armario, acongojada por la sospecha de que, a pesar de mi aspecto núbil, quizá estuviese condenada a la esterilidad. Contemplaba los senos ubérrimos de los que tanto me avergonzaba (y a los que solía reprimir, enfajándolos, para que no me bulleran debajo de la camisa); contemplaba mi vientre abultado y mis caderas copiosas, y me angustiaba pensando que aquellos signos de feracidad no se correspondiesen con unas entrañas fértiles. A mis pesadillas empezó a acudir la sombra de un hijo súbitamente deseado que arrojaba sobre mí un fardo de maternidad frustrada. Del mismo modo que, durante la infancia, aquel gorrito de marinero que mis padres habían comprado, antes de que yo naciera, me había desengañado retrospectivamente, ahora sentía recaer sobre mí una condena futura que me auguraba una existencia recluida en mí misma, sin otra carne que me completase. Decidí que mi deber era impugnar ese designio, aunque para ello tuviera que transigir ante algunas de esas convenciones cursis que se resumen en la palabra «feminidad», tan manoseada por los cronistas sociales.

Convenciones como la puesta de largo, mal trago que cualquier jovencita de buena familia tenía que apurar al cumplir los dieciocho años. Conseguí que mi padre renunciara a organizar una de aquellas aborrecibles ceremonias en las que la agasajada tenía que avenirse a bailar como una peonza y agradecer con una sonrisa pazguata los requiebros y zalamerías de la turbamulta de petimetres que, invariablemente, asisten a estos saraos, a la caza de una dote. A cambio, hube de acompañar a mis padres a la representación de una ópera de Verdi en el Liceo. Durante horas estuve mirándome ante el espejo de luna del armario, convenciéndome de que no me faltaba ninguno de mis atributos femeninos. Aunque resaltaba el bronceado de mi piel (adquirido en el curso de las competiciones deportivas, nunca en la ociosa playa), el color azul miosota del vestido me favorecía bastante; el corte y la hechura, que lo asemejaban

Ana María (tercera por la izquierda), formando con el equipo femenino del Club de Remo barcelonés.

con la sobriedad de un peplo, sujetado por los hombros por una simple hebilla, no contrariaba mis gustos indumentarios. Pero, para estropear la armonía del conjunto, mi madre me exigió que me calzara unos escarpines de tacón alto que me oprimían el empeine y me llenaban los dedos de escoceduras.

«He cumplido dieciocho años», repetía una y otra vez, mientras examinaba mis facciones regordetas, a las que ya asomaba la mujer que escondía su cáliz de dolor y sus dudas hondas bajo una apariencia risueña. Me había repetido esta frase, como si se tratara de un exorcismo que pudiera espantar mis zozobras, mientras remaba en el puerto, por las mañanas, y luego, ya más tarde, en los vestuarios del club de tenis, intentando que al conjuro de esas palabras surgiese, como de una crisálida, una mujer renovada y distinta, despreocupada de esas inquietudes que me habían convertido en una esfinge de frente pensativa. Con franqueza, la expectativa de ponerme de largo y asistir al Liceo me dejaba indiferente, pero aquel traje de noche cosquilleaba mi vanidad. Ensayé un par de vueltas de vals ante el espejo, para comprobar cómo la tela azul miosota cobraba vuelo, como un remolino de profundo mar, mientras inclinaba la cabeza hacia atrás y fruncía el entrecejo, simulando una expresión fría y displicente, a imitación de las actrices del cine mudo. Estaba impostando un papel que no me correspondía, pero se supone que una chica de dieciocho años debe estar ducha en las artimañas del fingimiento.

Luego, una vez instalada en el palco del Liceo, tras comprobar que el antepecho me protegía de miradas escrutadoras o curiosas, me quité los zapatos de tapadillo. El alivio que me produjo sentir mis pies descalzos se sumó al deslumbramiento causado por aquel espectáculo suntuoso que se mostraba ante mí. El Liceo estaba forrado de seda, damasco y terciopelo rojos, alfombrado del mismo color, y, de su cúpula recamada de cristales y ornamentos, brotaba la luz de las arañas, una luz que espejeaba y refulgía como el sol de los mayas. En la platea se amontonaban las tiesas pecheras, los plastrones prendidos con alfileres de perla, los cuellos de pajarita como murciélagos perplejos, los esmóquines severos, los escotes como mordiscos de incitante piel, los vestidos regados de brillantes, los collares como sonrisas empedradas de oro, los maquillajes que sostenían tanta presentida ruina, la mareante mezcla de perfumes franceses, y, completando aquella feria de las vanidades, los rostros presuntuosos de la alta sociedad barcelonesa, como una panoplia de grotescas y envaradas estantiguas. Mi madre, sentada detrás de mí, escudriñaba a la multitud a tra-

Ana María en tres atléticas actitudes.

vés de sus impertinentes, mientras mi padre y yo nos pasábamos por turno los gemelos, para burlarnos del aspecto de tantos y tantos empingorotados adefesios que acudían a la ópera para competir en engreimiento. Mi padre me sacudió de repente un codazo: «En la séptima fila de la izquierda tienes a tu enamorado capitán, don Felipe de Sotomayor —me dijo con rechifla—. Y en el tercer palco del mismo lado, verás a Juan José Prats, tu Rodolfo Valentino.» Allí estaban, en efecto, dos de los pretendientes que en los últimos meses me asediaban, merodeando la fortuna de mi padre, y cuyas aproximaciones —bastante ineptas— celestineaba mi madre, deseosa de robustecer su descendencia con apellidos de pedigrí.

La orquesta atacó los primeros compases de *Aida*, exonerándome del bochorno que me ocasionaba la proximidad de aquel par de lechuguinos. Cuando se levantó el telón me invadió un raro malestar, al sentirme tan cerca de los artistas, iluminada por las candilejas, suspendida casi sobre el fastuoso escenario, donde los intérpretes se desgañitaban al compás de una música atronadora. Súbitamente, todo el cansancio del día, iniciado a las cinco de la mañana, se abatió sobre mí; luché por mantenerme expectante, pero el sueño me embalsamaba como un pacífico y tibio licor que aniquilara mis resistencias y doblase mi cuerpo. «¡Ponte derecha!», me ordenaba mi madre, sacudiéndome un par de manotazos en la colleja. Con la excusa de que la intensa luz del escenario hería mis pupilas, logré sentarme en la parte trasera del palco, allá donde la penumbra acogería más discretamente mi somnolencia. Pegué un puntapié a los zapatos de tacón y corrí la silla, hasta situarme a la vera de mi padre, que observaba entre cohibido y espantado las evoluciones de la tiple, un ballenato que, al ensayar sus gorgoritos, amenazaba con propulsar sus tetas descomunales por encima del corpiño. Pronto, la fatiga y el aburrimiento volvieron a apoderarse de mí, y el insidioso sopor me hizo dar algunas cabezadas, hasta que la ovación del público me advirtió que había concluido el primer acto. Mi madre ya se disponía a largarme una homilía de reconvenciones, cuando sonaron unos golpecitos discretos en la puerta del palco.

Era Felipe de Sotomayor, capitán de caballería, embutido en su uniforme de gala azul celeste, sonriendo bobalicamente por debajo de un bigotillo chaplinesco. Besó con mucha ceremonia la mano de mi madre e inclinó con rigidez la cabeza para saludar a mi padre, que lo examinaba con ojos burlones. Llevaba entre las manos una exótica orquídea, algo mustia ya, que me tendió con atolondramiento, deseándome los mejores augurios en el día de mi cumpleaños. Yo no sabía qué hacer con aquella flor de aspecto viscoso y arácnido, pútrida como un cadáver, hasta que mi madre, supliendo mi estolidez, me la prendió con un alfiler a la altura del pecho, sobre mi peplo azul miosota. El atildado oficial, sin cejar en su impávida sonrisa, reclamó el honor de dar una vuelta conmigo hasta el foyer del teatro, petición que mi madre acogió alborozada. Ensayé un melindre hipócrita, mientras tanteaba el suelo en busca de mis zapatos. «Salgan, salgan ustedes —insistía mi madre—. Les hará bien desentumecerse un poco. El primer entreacto es siempre muy largo.» Como no había modo de dar con los malditos escarpines, le propuse al capitán que mejor se sentase a mi lado, dejando la excursión para el segundo entreacto. Mi padre, al correrse para hacer hueco, se tropezó con ellos, y entendió mi aprieto; conteniendo a duras penas la hilaridad, le dio conversación al empalagoso militar, que ya debía de verse elevado al rango de yerno, a juzgar por la prosopopeya que se gastaba. El comienzo del segundo acto, sin embargo, lo obligó a regresar a la platea, bien que a regañadientes y como quien lamenta abandonar una plaza que ya cree rendida. Mientras escuchábamos el eco marcial de sus botas alejándose por el pasillo, mi padre y yo estallamos en una carcajada unísona, y mi madre levantó los ojos al techo del Liceo, en busca de un inexistente cielo que compadeciese su desventura.

Exactamente debajo de nuestro palco, se sentaba una descomunal jamona, de carnes rollizas que desbordaban el vestido y colonizaban el reducido espacio de la butaca. Lucía un peinado delirante que apartaba la atención de su rostro porcino y condecorado de afeites, un peinado lleno de rodetes, volutas y tirabuzones que se remataban con una especie de zigurat, ceñido por una diadema erizada de púas. A su lado, embutido en un esmoquin, dormitaba un tipo de facciones batracias. «¿Ves a esos dos tipejos? —me deslizó mi padre al oído—. Son un par de rufianes enriquecidos. Él me vendió el material de construcción de una de mis fábricas. Al menor chubasco, las obreras tienen que abrir el paraguas, para no calarse. Maldito granuja usurero.» Comprobé que a mi padre le soliviantaba la proximidad de aquella pareja, por el modo en que los labios se le afinaban de lividez, y yo ya me devanaba los sesos intentando ingeniar alguna treta que escarmentase al estafador, cuando apareció en nuestro palco Juan José Prats, mi segundo pretendiente, un muchacho muy elegante y engominado, hijo de un empresario hotelero que lo ocupaba encargándole que sacara a bailar a todas las clientes extranjeras, cuanto más feas y adineradas mejor, pues eran las más complacientes y las que mejor propina dejaban. Juan José, que se había adelantado al capitán de caballería para rendirme pleitesía en el segundo entreacto (aunque la pleitesía iba más bien dirigida a la fortuna paterna), era un joven de ojos verdes y rostro trigueño, bajo la sombra azulosa del cabello. Entre sus manos portaba una caja de bombones que me tendió con mucho boato, a la vez que pronunciaba los consabidos parabienes y felicitaciones; yo, para que no se fuese de vacío, lo despaché desprendiéndome de la viscosa orquídea que un rato antes me había regalado el capitán de caballería, con la encomienda de que se la ofreciera a su madre, «una señora adorable, a quien amo de veras», y blablablá.

Liberada de mi segundo pretendiente por las notas admonitorias de la orquesta, que ya anunciaba el comienzo del tercer acto, procuré deslizarme discretamente hasta mi

Ana María, hacia 1926.

silla, pero por desdicha me trastabillé con una de las piernas de mi padre, y arramblé con la caja de bombones, que acababa de dejar sobre el antepecho del palco. Los bombones se volcaron sobre la mujer del usurero, que se hallaba justo debajo de nosotros. Era cómico y enternecedor verla rebuscar en las profundidades abisales de su escote, en pos de los bombones que, al derretirse, dejaban sobre su piel porcina un rastro como de mierda floja. Mi padre y yo, después de contemplar, atónitos y a hurtadillas, la escena, retrocedimos hasta el saloncito que servía de antesala al palco, y allí, derrumbándonos sobre el diván, nos estuvimos retorciendo de risa hasta que acabó la ópera de Verdi. Mientras el telón de terciopelo rojo se corría una y otra vez, marcando el compás de los aplausos con que el público recompensaba los berridos de los cantantes, mi padre requirió la presencia de un acomodador. Con la petición de que se la entregase al abonado que ocupaba la cuarta butaca de la fila segunda, escribió en el reverso de una de sus tarjetas de visita: «En mi fábrica, en virtud de su esmeradísima construcción, llueven chuzos; no le extrañe, pues, que gracias a la feliz colaboración de mi hija, esta noche le hayan llovido a su dignísima esposa una buena porción de bombones.» Todavía de regreso a casa, bajo la capota del carruaje, seguíamos desternillándonos.

A mi madre no le satisfizo demasiado aquella chufla, sobre todo porque contrastaba con el resquemor que le había dejado mi rechazo a los dos pretendientes que aquella noche habían merodeado nuestro palco. Ese resquemor la fue soliviantando más y más, a medida que pasaba el tiempo y yo demostraba sin tapujos mi desinterés por aquella patulea de esnobs y advenedizos. Me divertía infinitamente más remar, esquiar, lanzar la jabalina, jugar al tenis o hacer excursionismo por las montañas del Montseny que bailar el charlestón en la Granja Royale o en los salones del Ritz, que era donde pululaban los novios aproximadamente ricos y aproximadamente idiotas. Aunque mi madre intentó con porfía digna de mejores causas endilgarme a alguno de aquellos atildados memos, no caí en la trampa, gracias al apoyo de mi ángel de la guarda, siempre presto a preservarme del peligro, igual que en aquellas noches de la infancia en que su presencia aleteante ahuecaba los cortinajes del balcón.

No todos mis pretendientes pertenecieron a la fauna aristocrática y a la clase apestosa de los pollos pera. En uno de los veranos de mi adolescencia, viajé a León en compañía de mi hermana Mari Pepa, invitada por unas primas. Allí me tributaron su noviazgo platónico algunos de los representantes más pintorescos de la bohemia local, como un tal Mario Arnold, un muchacho harapiento y envenenado por las prosas profanas de Rubén Darío. Con Mario Arnold me cruzaba todas las tardes por la avenida principal de León, y nos saludábamos muy lánguidamente (cada uno desde su acera, como mandaban los cánones del cortejo), yo con una leve inclinación de cabeza, él destocándose su sombrero chambergo y flexionando el espinazo. Mario Arnold era un muchacho larguirucho y granujiento, de una palidez que parecía alimentada de vinagre. A casa de mis primas me enviaba sobres que contenían madrigales ripiosos y también larguísimas epístolas donde me detallaba los infortunios de su biografía. Así supe que, siendo todavía niño Mario Arnold, un pariente recién venido de Buenos Aires inculcó a sus padres el virus de la ambición, narrándoles proezas monetarias que sólo acontecían al otro lado del Atlántico; tan convincente resultó su relato, o tan crédulos fueron los progenitores de Mario Arnold, que al instante decidieron traspasar su negocio, una abacería modesta, juntar unos ahorrillos e invertirlos en unos pasajes de barco que los condujeran a la utopía indiana. Al pariente que los había animado a hacer las américas, le encargaron que liquidase el dinero del traspaso, pero el muy pillo no resistió la tentación de timarlos, y se largó con el montante de la liquidación, dejando arruinados y contritos a los padres de Mario Arnold, que volvieron sin un céntimo a León, para tropezarse, además, con el hostigamiento de los vecinos, que los convirtieron en diana de sus pullas y escarnios. La familia de Mario Arnold había alquilado una casucha al lado del cementerio, en mitad de unos campos sembrados de zarzales y escombros; su padre empezó a mendigar oficios que le garantizasen un mínimo jornal, aunque fuese a costa de empeñar su salud, hasta que un día, trabajando como peón de albañil, se cayó de un andamio y pereció en el acto. Desde entonces, Mario Arnold, para subvenir las necesidades de la madre viuda y los hermanos más chicos, recorría el barrio de los Quiñones, que era algo así como una miniatura del barrio chino barcelonés, y trapicheaba con quincalleros y mangantes, hasta reunir unas monedas con las que aliviar el hambre. La indigencia no lo distraía, sin embargo, de su pasión poética, que alimentaba en demorados paseos por los alrededores de la catedral y ejercitaba publicando en la prensa local los madrigales que previamente me enviaba por correo, ampulosamente dedicados y humedecidos por sus propias lágrimas. De aquel intercambio epistolar empecé a tomarle cariño a Mario Arnold, un cariño que nacía de cierta solidaridad espiritual más que del escaso atractivo de su estampa, pues su palidez alucinada era más bien disuasoria. Por las noches, mi hermana Mari Pepa daba conciertos de piano en casa de mis primas, y Mario Arnold, que los escuchaba desde la calle, borracho de estrellas, dio en la confusión de que era yo la pianista, y hasta publicó en el periódico un artículo muy cursi en el que describía los transportes y desmayos que le producían mis sublimes interpretaciones y no sé cuántas patochadas más, aderezadas de sonrojantes metáforas e hipérboles.

Pero mi estancia en León no se alargó más de dos o tres meses, después de los cuales emigré a Sentmenat, donde mi familia seguía entreteniendo sus veranos. Para mi estupor, Mario Arnold, después de sonsacar a mis primas, me persiguió hasta allí, sobresaltándome por las noches, al mando de una rondalla formada por lugareños, e infligiéndome serenatas sin cuento que, aparte de no dejarme conciliar el sueño, me convirtieron en la comidilla del lugar. Tantos requiebros y desafinaciones lograron ablandarme, y consentí entrevistarme con él; cuando pude verlo de cerca —en los paseos leoneses nos separaba una distancia que nunca nos atrevimos a infringir—, y reparé en las espinillas que acribillaban su fisonomía, así como en los pelos no muy limpios que le asomaban por los orificios de la nariz, sentí un repeluzno disuasorio y fulminante que me impulsó a cancelar aquel noviazgo de mírame y no me toques. No sé si como consecuencia de aquel desengaño, o por causa de alguna querencia transatlántica (en su quimera, pensaba que su misión en la tierra consistía en volar como los cóndores y en conquistar la gloria al otro lado del océano), Mario Arnold marchó a Puerto Rico, desde donde todavía me mandó alguna carta exaltada de despechos y recaídas en un sentimentalismo cateto. Muchos años después, en plena guerra, coincidimos en el frente de Aragón, desempeñando ambos tareas de corresponsal —Arnold acompañaba a las tropas comandadas por el general Líster, yo a la Columna Durruti—, pero se hizo el esquivo y me rehuyó como si se avergonzara de aquel pecadillo de juventud. Para entonces, Mario Arnold había añadido a las espinillas y a las vellosidades nasales una alopecia que no contribuía a mejorar su apostura. Había perdido aquel perfil altivo del bohemio dispuesto a perecer a la intemperie, y en sus pupilas, abrasadas antes por el ansia de horizontes, se agolpaba una tristeza opaca y arrepentida. Creo que, tras la derrota del ejército republicano, fue juzgado ante un consejo de guerra y trasladado de prisión en prisión, hasta que se benefició de una de esas amnistías que exoneraban de la muerte, pero a cambio condenaban a una pena acaso más onerosa, que era la de mendigar la piedad ajena en aquella España que practicaba un unánime desdén con el vencido. Al final, tuvo que tomar la derrota de tantos desahuciados, e instaló su exilio en Caracas, donde moriría, acogido en un hospital de beneficencia.

Otros supieron adscribirse al bando adecuado antes de que se desatase la escabechina de la Guerra Civil, como César González-Ruano, que cuando yo lo conocí, hacia 1930, colaboraba en *El Heraldo,* un periódico de izquierdas, más bien poco leal a la monarquía, que se había destacado por sus diatribas panfletarias contra el general Primo de Rivera. Al año siguiente, no sé si incitado por una sincera conversión ideológica, o simplemente bendecido por ese don de la oportunidad que premia a quienes arriesgan su vida en las ruletas del azar, César hizo profesión de fe monárquica y empezó a colaborar en *Informaciones* y *ABC.* Pero ahora me corresponde hablar de aquella visita relámpago que hice a Madrid, para promocionar mi primer libro de versos, *Caminos,* que la prensa había acogido con encomios que a veces eran meras excusas para despotricar contra la poesía deshumanizada de las nuevas generaciones. Sara Insúa, que había adornado el prólogo del libro con su prestigioso apellido, se comprometió a que su hermano Alberto, el aclamado autor de *El negro que tenía el alma blanca,* actuase para mí de cicerone en los ambientes literarios madrileños, compuestos por una fauna mayoritariamente rijosa y célibe. A escondidas de mis padres, que al notar mi ausencia casi desfallecen de un síncope, me gasté los ahorros en un pasaje de avión de la compañía Lufthansa, que acababa de inaugurar una línea regular Madrid-Barcelona, y me hospedé en casa de otras primas, en la calle de Atocha, muy cerca de la estación de ferrocarril. Quedé citada con Alberto Insúa en un café de la calle de Alcalá, cuyos parroquianos no cesaron ni un segundo de taladrarme con miradas entre escandalizadas y lascivas; luego me enteré de que, en Madrid, sólo las putas acudían sin acompañante a los cafés. Insúa, que era hombre de prestancia, se encargó de deshacer el equívoco rindiéndome muestras de una galantería que al principio me pareció untuosa y excesiva, pero que a la postre le agradecí, cuando supe que la ejercía para restaurar mi honor y aclarar ante la parroquia que yo no era una mujer venal, sino una «avanzada», que era como entonces nos designaban, con ironía o retranca, a quienes osábamos contrariar y subvertir la mojigatería oficial. Insúa, además de condecorarme con el distintivo de «heredera de Rosalía de Castro» en una interviú que apareció publicada a los pocos días en *La Voz*, me aprovisionó con unas cuantas tarjetas de presentación, para facilitarme el acceso a los críticos más reputados del momento. Entregué ejemplares de *Caminos*, con esa ingenuidad un poco afectada de quien entrega las primicias de su espíritu, a Luis Astrana Marín, y también a Rafael Cansinos-Asséns, que vivía con su hermana, una mujer borrosa y plañidera, en la Morería, muy cerca de aquel Viaducto que había amparado las proclamas ultraístas y seguía amparando, noche tras noche, las más vertiginosas liturgias suicidas. Cansinos-Asséns tenía los ojos somnolientos, como atufados por el humo de algún brasero alimentado con almizcle, y una sonrisa funeral que estimulaba la lástima. A su gabinete había que entrar esquivando las pilas de libros que casi alcanzaban el cielo raso (la habitación, de paredes muy bajas, apenas le permitía erguirse, y tenía que caminar encorvado, oprimidos los hombros por alguna culpa de la que sólo él y Yavhé tenían noticia), pero la impresión era casi acogedora después de atravesar el pasillo angosto que exhalaba una humedad de biblioteca inundada. Recuerdo que me recibió con muestras de una hospitalidad pobretona y patética, lamentando su infortunio y perorando sobre las virtudes del fracaso en un tono como de melopea. Aún no había ingresado en la vejez, pero en sus ademanes postrados y en los indicios de acabamiento que asomaban a su voz, se adivinaba al hombre que ha decidido recluirse en vida, aguardando la paulatina muerte. Me prometió que intentaría encajar una reseña de mi libro en el periódico para el que colaboraba, y también que me recomendaría a un joven reportero, «algo bellaco y canallita» (ésos fueron los adjetivos que empleó para describirlo), pero dotado de una pluma vivaz, que se mostraría muy interesado en entrevistar a una «púber canéfora» como yo. Cansinos-Asséns hablaba en un dialecto antiguo, milenario como sus lecturas. El nombre del reportero, César González-Ruano, me sonaba muy vagamente. Agradeciéndole sus desvelos, le dediqué a Cansinos un ejemplar de mi libro y le anoté el número de teléfono de mis primas.

Tanto ellas como Alberto Insúa, mi protector madrileño, me advirtieron sobre la reputación más bien crapulosa y embaucadora de César y sobre su fama acreditada de tenorio sin escrúpulos, pero el desparpajo insensato de mis veintipocos años se mostraba capaz de afrontar cualquier asedio. Después de acordar la cita por teléfono, vino a casa de mi prima para entrevistarme. Tenía estampa de mosquetero, un bigotito levemente rubio, una frente femenina, una delgadez de garabato y una voz muy caliente, como de barítono, perfumada de nicotina. Creo que me dejé aturdir por su belleza de guerrero antiguo, gótica y un poco desmedrada. Mientras me entrevistaba, no paraba de fumar y de tocarse los puños de la camisa, que sobresalían bajo las bocamangas de su chaqueta, como reclamos de pureza que

Mario Arnold, hacia 1955.

desmentía su mirada transida de una como alevosa picardía. Empezó a hablarme con aquella voz envolvente y tibia, pero yo era incapaz de seguir su conversación; sólo lo miraba de hito en hito y pensaba: «¡Dios mío, no me extraña que hayas tenido tantos líos con tantas mujeres distintas!» Cuando apareció la interviú, pude comprobar que la había enmarcado en un clima de incitación erótica (incluso llegaba a afirmar que habíamos mantenido un diálogo inexistente en el vagón del rápido a Barcelona, después de «tres días de charla madrileña», que no fueron sino tres horas escasas), y que había puesto en mi boca aseveraciones que jamás se me hubiese ocurrido proferir, más que nada porque yo era demasiado sentimental para entender las mezquindades abstrusas de la política. Supongo que, de no haber introducido aquellas frases grandilocuentes en las que yo me declaraba «sindicalista y convencidamente republicana» (que, desde luego, lo fui, pero el convencimiento vendría después, por entonces sólo lo era de manera tímida y recatada), no le habrían dejado publicar aquellas palabras tan hermosas y arrebatadas que me dedicó. Casi todos los periódicos, hoy como ayer, se niegan a conceder salvoconducto a la literatura, salvo que vaya camuflada en la salsa de la carnaza.

El eco de aquellas declaraciones apócrifas que César me atribuía llegaría hasta mis padres, que me obligaron a regresar a Barcelona en el primer tren, abortando así mi expedición a Madrid. Pero antes César me propuso viajar a El Escorial, para mostrarme el monasterio e invitarme a comer en un merendero platos típicos de la cocina madrileña, que son algo así como la versión gastronómica de la dinamita. César acababa de escribir por entonces una biografía torrencial y férvida de Baudelaire, y todavía quedaba en él un poso o contaminación del personaje biografiado, un afán de emular su malditismo. César amaba la noche, los ejércitos harapientos que la pueblan, los gatos de inteligencia nictálope, pero era el suyo un amor postizo y como fetichista, un amor de lejanías que se atrincheraba en la pose y excluía la pasión. Aun así, sucumbí al hechizo de su pose, y aquella tarde me presté a desempeñar el papel de amigote que reía todas las gracias, escuchaba arrobado todas las hazañas inverosímiles que su interlocutor le contaba y asentía abrumado a las propuestas un poco irracionales o embarulladas de aquel muchacho mistificador (más mistificador que canalla) que entendía la vida como un sucedáneo de la literatura. Mientras atravesábamos los salones del El Escorial, hipnotizados por tanto ascético esplendor que el advenimiento de la noche agigantaba, César me pidió que acercase la oreja a una pared, para escuchar las palabras que él

César González-Ruano robando discos en un café.

me dirigía desde la opuesta, situada a casi cincuenta metros. Escuché su carrera inquieta, atronando la soledad sonora del monasterio, y luego lo vi acercar los labios sombreados por aquel bigote de mosquetero al mármol que custodiaba entre sus vetas el silencio de los siglos. Por un extraño efecto acústico que todavía hoy no me explico, parecía como si me estuviese susurrando al oído. «Qué bonita eres, Ana María —me dijo—. ¿Sabes que me gustas mucho? Yo no creía que hubiera catalanas tan guapas como tú.» Ya me había advertido Cansinos que era «algo bellaco y canallita», ya me habían avisado mis primas de su expediente de donjuán, pero su caliente voz de barítono y su apostura de mosquetero y su aureola de un malditismo castizo, entre el ajenjo y la tortilla de patatas, pudieron más. Seguía con la oreja pegada al inerte mármol y los párpados entrecerrados aguardando un nuevo piropo, cuando de repente noté su aliento de nicotina acariciándome la sien. Había abandonado su puesto con un sigilo clandestino, y ya sus labios rozaban los míos. Fue el primer hombre que me besó, el primero y tal vez el último; en su saliva viajaba un fuego sin pasión, un fuego rutinario y como de tramoya, pero en la mía, siquiera por unos instantes, creció una hoguera que me estuvo quemando por dentro, hasta que lo vi alejarse en el andén de la estación de Atocha.

En la hora de la despedida, apenas nos dijimos nada. Ambos sabíamos que lo ocurrido en El Escorial había sido un simulacro, una tentación nacida de la recíproca curiosidad, o de un deseo vergonzante de probar un fruto prohibido. Lo vi empequeñecerse en el andén desde la ventanilla, esbelto y peligroso, con la convicción hastiada de que, a pesar de su atractivo embaucador, no lo echaría de menos, igual que él tampoco me echaría de menos a mí, porque otras mujeres vendrían a naufragar entre sus brazos. Los míos, en cambio, permanecieron yermos, buscando siempre un molde de carne que los cobijase. César era apenas una diminuta figura indiscernible en la lejanía, y también en mi recuerdo. Pensé que nunca más volvería a tropezarme con él, pero el azar volvió a entrelazarnos en 1942, en París, siendo yo miembro de la Resistencia francesa y él un hombre sospechosamente desocupado que acababa de cumplir por motivos poco diáfanos una condena en la prisión militar de Cherche-Midi.

V

ALMAS GEMELAS

Un vertiginoso instante de plenitud basta para justificar una existencia. Los populosos años que preceden a ese instante, así como el tiempo sobrante que lo sucede, constituyen la ganga superflua con que Dios amuebla nuestra cronología. Yo viví ese vertiginoso instante de plenitud en la Pascua de 1932, mientras mis ojos sembraban sueños en el mar de Mallorca, mientras la playa rubia acogía mi cuerpo que el flujo y el reflujo de las aguas adornaban con collares de algas, y la memoria de ese instante, luminoso como el estío, me ha bastado para otorgar un argumento al cúmulo de días estériles y caóticos que vinieron después. Allá por 1927 o 1928, cuando yo comenzaba a dar mis primeros pasos, todavía inciertos y atolondrados, en el periodismo, apareció en los escaparates de las librerías barcelonesas un libro de poemas titulado *Embrujamiento*. Lo firmaba una tal Elisabeth Mulder, que ya se había dado a conocer, algunos años atrás, por sus comentarios sobre novela victoriana en *El Noticiero Universal*, así como por una serie de artículos misceláneos que el diario *Las Noticias*, para el que yo colaboraba esporádicamente, venía alojando en sus páginas centrales. Fue el director de *Las Noticias*, un hombre de paciencia infinita y una cierta aversión paradójica a la letra impresa, quien me regaló el ejemplar de aquel libro que le había llegado por correo, con una dedicatoria autógrafa de la autora, a la que no conocía, pues sus crónicas las traía siempre una atildada secretaria, adusta y protocolaria, que ni siquiera se preocupaba de venir a recoger las liquidaciones a fin de mes. Este desinterés por el exiguo caudal que le reportaban sus artículos (digo exiguo porque, con excepción de *La Vanguardia*, los periódicos de la época pagaban a regañadientes y con cuentagotas) delataba el desdén de Elisabeth Mulder por las disputas pecuniarias, que traían a la greña a los demás redactores, incluida yo misma, pues ya empezaba a planear mi huida de la casa familiar, donde la dictadura impuesta por mi madre, con el apoyo y la anuencia de Beatriz, empezaba a hacérseme insoportable. Leí *Embrujamiento* acicateada por un interés más bien frívolo, pero a medida que me enfrentaba a aquellos versos filtrados en los alambiques del dolor y sin embargo heridos de piedad, esa curiosidad superflua se fue tiñendo de la secreta admiración que profesamos a quienes, a través de su escritura, demuestran poseer un alma gemela a la nuestra. «¡Si pudiera salir de mí / acaso me salvaría!», exclamaba en algún pasaje Elisabeth Mulder, y ante la imposibilidad de una redención que viniese de afuera, se resignaba a mostrarse únicamente a través de su poesía:

> *Mis versos, que yo escribo*
> *con nervios y con sangre;*
> *mis versos, que yo siento,*
> *mis versos, que yo vivo,*
> *mis versos que me arañan*
> *espíritu y corazón*
> *como zarpas agudas,*
> *y en la mente me estallan*
> *y como lava hirviente*
> *caen en mi corazón;*
> *mis versos, carne oculta,*

*latido multiforme,
médula, fibra máter
de mi vida interior,
mis versos... ¡sólo en ellos,
sólo en ellos soy yo!*

Sobre todo lo que no fuesen sus versos, Elisabeth Mulder arrojaba un velo de impenetrable niebla, pero a mí me bastaba su escritura tatuada de íntimos desasosiegos para adivinar las otras parcelas de su vida. Presté *Embrujamiento* a algunos de mis compañeros de redacción, periodistas zurrados y escépticos, desconfiados y holgazanes, con pocos escrúpulos y demasiados resabios, capaces incluso de bromear escuchando la *Danza macabra* de Saint-Saëns en un cementerio, a la medianoche. Al solicitarles su opinión sobre aquel libro turbador y doliente no me guiaba el propósito de recolectar sus atinados juicios (propósito iluso, tratándose de una recua de asnos plebeyos), sino el de comprobar hasta qué vericuetos de desconcierto los conducía aquella lectura que tanto me había subyugado antes a mí. Confesaré que aquellos colegas, aunque agrios y resentidos contra el sexo femenino, después de unos primeros meses de enfurruñada hostilidad, habían terminado por considerarme piadosamente como un postulante más en la cruenta lucha por el pan cotidiano, y hasta como una víctima indefensa sobre la que ejercían un ineludible deber de protección. Como se creían muy perspicaces y avisados, lo primero que decretaron después de leer los poemas de *Embrujamiento* es que no los podía haber compuesto una mujer. «Con esa riqueza verbal, esa profundidad de pensamiento y esa fuerza de expresión no escribe el sexo débil —dictaminó uno de ellos—, aun cuando tú, solemne ignorante, te empeñes en sostener lo contrario. Además, esa poeta no rima "hermosa" con "rosa", ni "amor" con "dolor"; no nos habla de la romántica belleza de la luz crepuscular, ni del dulce murmullo de las fuentes, como tampoco del tío granuja que la abandonó. En resumen: de todas esas paparruchas cursis y soporíferas con que suelen favorecernos las pobrecitas poetisas incomprendidas.» Yo atendía a sus diatribas con gesto socarrón, convencida de que bajo la firma de Elisabeth Mulder se ocultaba el mismo espíritu sensible que escribía crítica literaria y artículos de fondo sobre política internacional en varios periódicos barceloneses; convencida también de que ese espíritu nada gregario se alojaba en el cuerpo de una mujer. «¡Miradla! —se defendían ellos—. Ahí tenéis el retrato de la boba pedante. ¡Harías bien en volver a restregar tus posaderas en los bancos de la escuela primaria, que buena falta te hace! Una "tía" comentando y enjuiciando libros ingleses, franceses, alemanes, rusos; al tanto de la política internacional; y, encima, autora de un libro de poemas... ¿En qué país hallas tú un fenómeno parecido? ¡Contesta, so boba!»

Algo más retraída y vacilante, a causa del pedrisco de increpaciones, alegué los ejemplos de George Sand en Francia y de Fernán Caballero y Víctor Català en España, ante lo cual arreciaron todavía más los denuestos. Me tacharon de necia pretenciosa y empedernida testaruda, pero su virulencia no me hizo ceder ni un palmo de terreno. El ansia por conocer la estricta verdad comenzó a desazonarlos. Se desperdigaron por las sedes de los periódicos, olfateando como perros de caza un rastro de aquella Elisabeth Mulder que infringía el reparto mostrenco de atribuciones entre los dos sexos; establecieron contactos con gacetilleros y cronistas de la peor calaña; tendieron redes y emboscadas, valiéndose de las argucias más innobles, para sonsacar la reacia verdad; y, al final, llegaron a la conclusión de que el «autor» de aquellos poemas era un notorio personaje de la diplomacia que, para preservar el alto cargo que desempeñaba, había prefe-

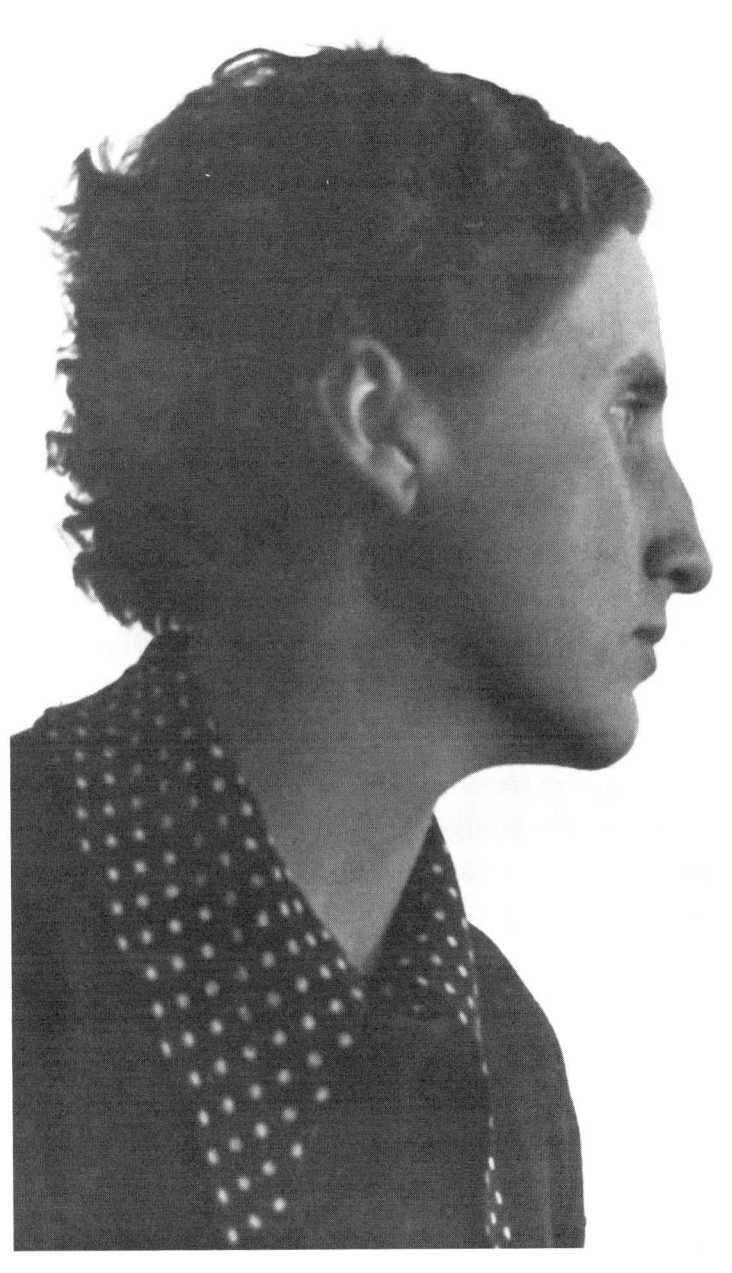

Ana María en 1929.

rido emboscarse detrás de un seudónimo femenino. «Esa tal Elisabeth Mulder es un "tío", probablemente extranjero —proseguían, jugando al detectivismo de andar por casa—, que retribuye a unos cuantos infelices escribanos y mercenarios para que le proporcionen cuantas informaciones y textos necesita. Además, si no tienes la masa encefálica derretida como las natillas en verano, habrás observado que ese apellido, Mulder, no tiene nada de español.»

A continuación, se enzarzaron en un debate intestino, tratando de dilucidar la procedencia del escritor espectral que se amparaba detrás de la máscara de Elisabeth Mulder. Cada vez que aparecía un nuevo artículo firmado por ella, tenían que rectificar sus conclusiones, y así el diplomático de origen indeterminado se transformaba en príncipe de la destronada familia imperial rusa, mariscal errante del ejército prusiano o espía internacional con pujos literarios. Elisabeth Mulder se metamorfoseaba hasta el agotamiento, aglutinaba todas las nacionalidades y ninguna en particular, deambulaba de oficio y genealogía, pero imperturbablemente permanecía adscrita al sexo masculino. Aunque las pesquisas de mis compañeros no remitían, el misterio levantaba, día tras día, renovadas murallas. El dueño de la editorial que acababa de publicar *Embrujamiento* sólo había mantenido con Elisabeth Mulder contacto epistolar; en los cenáculos literarios, aunque su nombre era sobradamente conocido y sus crónicas comentadas con admiración, nadie la había visto; los jefes de redacción que recibían sus artículos lo hacían a través de aquella secretaria discretamente muda que jamás accedía a aportar pistas sobre su señora; y, en fin, aunque consiguieron enterarse de que la tal Elisabeth Mulder estaba inscrita en el padrón, y que era titular de una cuenta en el Banco de Bilbao, ni el cajero de esta entidad ni el empleado del ayuntamiento encargado de inventariar la población quisieron revelarles su domicilio, escamados quizá por la naturaleza un tanto enfermiza de sus inquisiciones. Fue entonces cuando Capdevila, uno de los redactores más veteranos de *Las Noticias*, solterón empedernido y bohemio de pacotilla, siempre amarrado a su puro pestilente y emborronando cuartillas con las tramas de unos folletines tremebundos, concibió una idea que él mismo, antes de probar sus resultados, quiso calificar de genial. A mí, la verdad, se me antojó casi igual de genial que quitarse los zapatos antes de meterse en la cama. Se trataba de enviar un breve cuestionario a los colaboradores del periódico, con preguntas tan manidas y tontorronas como las siguientes: «¿Cuál es su mayor defecto?» «¿Cómo es usted?» «¿Cómo ve usted la vida?» «De poder elegir, ¿qué frase le agradaría pronunciar antes de morir?» Pensaba Capdevila que Elisabeth Mulder, contestando a la encuesta, nos mostraría los rincones menos explorados de su alma. No hace falta mencionar que, siendo la vanidad un sentimiento muy arraigado entre los plumíferos, la cosecha de respuestas resultó tan copiosa y prolija que el periódico apenas daba abasto para publicarlas. Enviado el cuestionario al editor de *Embrujamiento,* con el ruego de que se lo remitiera a la secretaria de la autora, recibimos a vuelta de correo un lacónico billete, no exento de sorna, que despachaba la encuesta con un inteligente ejercicio de ocultamiento: «¿Cuál es mi mayor defecto?» «Ser poco indulgente con los tontos.» «¿Cómo es usted?» «Gris.» «¿Cómo ve usted la vida?» «Gris.» «De poder elegir, ¿qué frase le agradaría pronunciar, antes de morir?» «Perdónalos, Señor, porque no saben lo que hacen...» Corrido y chasqueado, Capdevila renunció a seguir indagando la identidad de Elisabeth Mulder, y lo mismo hicieron los demás gacetilleros del periódico, sobrepasados por un misterio que había llegado a abrumarlos. Yo asistía a su claudicación con visible y nada recatado regocijo.

Un año después, en 1929, Elisabeth Mulder entregó a las imprentas otro libro de poemas, *Sinfonía en rojo,* que redobló las especulaciones y los infundios. En la prensa diaria de Barcelona y Madrid, los periodistas encargados de ejercer la crítica literaria, atacados por una especie de frenesí colectivo, se arrojaron como alimañas hambrientas sobre aquel cebo que se les tendía, pero no supieron si hincarle el diente, si paladearlo con fruición buscándole el sabroso meollo o si, por el contrario, dejarlo abandonado en un rincón, como si se tratase de un manjar envenenado. En las recensiones que fueron apareciendo, se concitaban los clichés más gastados, las ramplonerías más sonrojantes, los tópicos más cansinos. Encasillaron a la autora, colgándole innumerables sambenitos y etiquetas, y le endosaron infinidad de parentescos contradictorios y desatinados. Para unos, sus poemas bebían del influjo de los simbolistas y malditos franceses; para otros, de los líricos ingleses, con Shelley y lord Byron a la cabeza; no faltaron quienes declararon a Edgar Allan Poe y Walt Whitman sus padrinos de bautismo; los castizos sacaban en procesión a Góngora y Bécquer, en un batiburrillo que ni siquiera el estómago más ecléctico hubiese logrado digerir. Cuando el jaleo de filiaciones e influencias aún no había remitido, *Sinfonía en rojo* fue retirado de las librerías, por mandato expreso de su autora, sin que nadie se explicara las causas. ¿Qué la podía haber arrastrado a adoptar una decisión tan tajante? Capdevila y los demás redactores de *Las Noticias* seguían braceando desnortados en aquel océano impenetrable de misterios, extraviados en un laberinto de suposiciones falsas e hipótesis estrafalarias. Sólo yo *sabía.*

Fui una de las pocas personas que pudieron hacerse con un ejemplar de *Sinfonía en rojo,* antes de que Elisabeth Mulder ordenara el secuestro de la edición (pero yo sospechaba que alguien la había obligado a secuestrarla). Fui seguramente la única que lo leyó y releyó hasta memorizar cada verso, hasta conseguir que cada poema hablara por mis labios. La convicción (al principio nacida de un impulso intuitivo) de que Elisabeth Mulder era mi alma gemela se afianzaba a medida que esos poemas que recitaba a todas horas, como una especie de letanía profana, se incorporaban a mi organismo, transformados ya en células vivas, en el aire que alimentaba mis pulmones, en el carburante de mi inteligencia. Como Elisabeth Mulder, yo también anhelaba simultáneamente el abismo y la cumbre. Como Elisabeth Mulder, no sabía en qué lumbre se abrasarían finalmente mis dudas, si en la luz del cielo o en el fulgor apremiante del infierno, si es que como infierno aceptamos designar los sentimientos prohibidos. Como a Elisabeth Mulder, me abrasaba una sed de infinito, un anhelo de ascender sobre el barro de las convenciones para alcanzar un imposible ideal que quizá me valiese el calificativo de réproba. Como Elisabeth Mulder, yo también perseguía un ideal soñado y jamás vivido, y como ella, caminaba en pos de una «sutil / silueta esfumada / que surge, que vaga, que vuela, / que deja una estela / de luz y alborada». Y entonces hacía mías las palabras de su poema «La sombra», y convertía a Elisabeth Mulder en su escurridiza destinataria:

> *Te quiero*
> *porque eres*
> *todos los placeres,*
> *múltiple sendero,*
> *grato derrotero,*
> *sonrisa, emoción;*
> *te quiero*
> *porque eres*
> *igual que esos seres*
> *de alucinación,*

*lo vago, lo etéreo,
lo inquieto, lo errante,
lo siempre cambiante,
porque eres
la dulce ilusión.
Y todo
lo que no es ni rutina ni lodo,
semilla
ni arcilla
de prosa.
Te quiero
porque eres
lo que nunca alcanzar he podido,
todo lo anhelado
y jamás logrado,
los hondos quereres
que nunca he sentido.*

Y era aquel fuego en el que ambas nos consumíamos lo que asomaba en los poemas de *Sinfonía en rojo* y los convertía en declaraciones vergonzantes de una verdad que todavía no se podía pronunciar en voz alta. Elisabeth Mulder casi había llegado a hacerlo, pero el pudor que le suscitaba el riesgo de resultar ineligible la había impulsado a retirar el libro de la venta. Pocos meses después, me animaba yo a publicar mi primer poemario, *Caminos*. Durante varias semanas, aceché en la redacción de *Las Noticias* una visita de la secretaria de Elisabeth Mulder, para abordarla y rogarle que hiciera llegar a su señora aquella primicia donde, aunque el rojo sangrante del desgarro estuviese mitigado por el blanco desvaído de la ensoñación, se susurraba la misma verdad, el mismo sueño asediado de angustias y vacilaciones. La secretaria aceptó la encomienda. Y esperé. Esperé con impaciencia y temblor una respuesta. A las pocas semanas, Elisabeth Mulder firmaba una crónica en *La Noche* titulada «Una mujer que canta» que, asombrosamente, pulsaba los resortes secretos de mi poesía, sin llegar a desvelarlos, con esa delicada levedad de los seres superiores. Me atreví a testimoniarle mi gratitud a la autora en una carta que volví a entregar a su secretaria, resignada al oficio de eficaz recadera. Elisabeth Mulder me contestó con una invitación para ir a verla en su casa del paseo de la Bonanova. La inminencia de ese encuentro me obligó a convivir con la agitación y el insomnio, también con esa suerte de torturada exultación que aflige a quienes por fin se disponen a afrontar su destino. Por supuesto, me guardé de informar a mis colegas del periódico de aquella inopinada victoria que terminaba con los infundios y el incesante acarreo de mistificaciones que rodeaban la neblinosa figura de Elisabeth Mulder. Por fin iba a conocerla, pero no deseaba que nadie compartiese conmigo un misterio que sólo yo merecía atisbar. Durante los días que precedieron mi visita, me exprimí la mollera preparando una serie de preguntas y observaciones presuntamente originales con las que disimular mi nerviosismo. En mi subconsciente, esbozaba el retrato físico y psicológico de la mujer que iba a conocer: de origen extranjero, quizá perjudicada por una pizca de altivez o resentimiento y, desde luego, a juzgar por las atribuladas experiencias interiores que se traslucían en sus poemas y por el acervo cultural que ilustraba sus artículos, de unos cincuenta años por lo menos. A estas conclusiones había llegado, cuando golpeé la aldaba de su mansión, después de cruzar por un sendero de grava el tupido jardín perfumado de magnolios.

Una doncella muy obsequiosa me condujo hasta la biblioteca de techo artesonado y se marchó para anunciar mi llegada. Las paredes de aquel espacioso salón estaban apuntaladas por miles y miles de libros, como un enjambre de sabidurías detenidas que amenazaban con resquebrajar las estanterías de roble. Contemplé boquiabierto las silenciosas y elocuentes hileras de volúmenes que se encaramaban hasta el techo. Una escalerilla de mano montada sobre ruedas permitía acceder a los anaqueles más altos. Los clásicos de Grecia y de Roma, los filósofos paganos y la patrística, los ensayos históricos y la mejor poesía occidental se alineaban allí, en libros doblegados por el uso, con subrayados y profusas anotaciones. Apareció la secretaria, portando una bandeja con un par de copas y una botella de oporto y solicitando disculpas por la tardanza de Elisabeth Mulder, que se hallaba atendiendo una conferencia de Londres. Me serví una copa de generoso vino y, cuando de nuevo me quedé a solas, trepé por la escalerilla hasta alcanzar su tope. A medida que descubría la variedad de títulos y disciplinas que abarcaba aquella biblioteca iba añadiendo yo edad a su propietaria. Religiones orientales, historia de los mitos, épica medieval... Sólo con una trastienda de setenta u ochenta años a las espaldas se podían asimilar tantas lecturas.

Ya había decidido adjudicarle a Elisabeth Mulder la edad de Matusalén cuando me sorprendió a mis espaldas una voz que no incorporaba las grietas de la senectud: «Espero que me haya perdonado por la involuntaria demora, y espero también que no haya respirado demasiado polvo entre tanto librejo...» Me di la vuelta, y allí estaba, en carne y hueso, Elisabeth Mulder: increíblemente delgada y esbelta, de unos veinticinco años, apenas tres o cuatro más que yo. Si bien exhibía una tez un tanto pálida, sus mejillas sonrosadas le añadían viveza, y en sus labios palpitaba una sinuosa inteligencia que no requería el concurso del carmín para remarcarse. Tenía cabellos de un rubio oscuro que enmarcaban el óvalo renacentista de su rostro y un gesto noble y porfiado, de mujer que no cede fácilmente en sus cer-

Elisabeth Mulder.

tidumbres. Cuando me sonrió, pude distinguir sus dientes, blancos como los de los animales muy jóvenes y asimismo expectantes. En la belleza de aquella mujer había algo de distante y candente a la vez, como suele ocurrir en las bellezas extraordinarias; el verde infrecuente de sus ojos parecía reflejar lejanías inexploradas, cielos y mares inéditos, oros y sombras sobrevolando un magnético abismo. Pese a su juventud, transmitía la impresión de ser una criatura privilegiada. Yo permanecía encaramada en la escalerilla de la biblioteca, inmersa en un azoramiento que ella se preocupó de disipar, sonriendo irónicamente: «Será mejor, y tal vez más cómodo, que baje usted de esas peligrosas alturas y se siente en esta butaca para que charlemos.» Asentí, algo alelada todavía.

No hace falta añadir que aquella tarde no hice más que soltar sandeces y banalidades. Todas las frases campanudas y perspicaces que había preparado artificiosamente se me quedaron atragantadas en el velo del paladar, de modo que me limité a emitir monosílabos y a asentir a las palabras de Elisabeth Mulder, que pronto recurrió al tuteo para abolir las distancias en el trato. Ninguna de mis expectativas fue defraudada: erudición, inteligencia y sensibilidad se aunaban en aquella mujer que había hecho del orgullo desdeñoso una trinchera contra el mundo. Pero despojada de esa máscara de esfinge que velaba su auténtica personalidad, y liberada del rígido ordenancismo que le imponía su marido, Elisabeth Mulder no tardaba en mostrarse tal cual era, como un ser ávido de belleza, dispuesto a incendiarse de pasión y a soltar el lastre de la mediocridad que le impedía alzar el vuelo. En posteriores encuentros, me confió sus desdichas matrimoniales, desde que sus padres la obligaran a casarse con diecisiete años recién cumplidos hasta que ese marido impuesto le exigiera recuperar la edición de *Sinfonía en rojo*, por considerar que en sus poemas se airea-

Elisabeth Mulder.

ban asuntos que atañían a su honra. Precisamente el fallecimiento brusco de ese marido obcecado en reprimir su vocación aconteció al año siguiente. Aunque Elisabeth cumplió con los trámites luctuosos que impone el decoro, la viudez la recuperó para la literatura. Y para la vida. Fue mi maestra y mi amiga, mi hermana y mi madre; fue, sobre todo, el espejo donde yo afanosa me contemplaba, para obtener su beneplácito, el reflejo mejorado de mí misma que me iba desbrozando el camino y me señalaba lecturas y me infundía su prodigiosa clarividencia y me contagiaba su temperamento lírico, sometido a los vaivenes de la euforia y la depresión. Fue un Pigmalión empeñado en hacer de aquella jovencita vehemente una prolongación, o mejor aún, una transferencia de sí misma. La guiaba un propósito casi sobrenatural de fundir nuestras almas en una entidad superior, según el ideal de amistad platónica. Juntas abordamos empresas periodísticas, como la creación de una «Página de la Mujer» en el diario *La Noche*; juntas compusimos poemas cuya autoría asignábamos a la una o a la otra, en un juego de ocultaciones cuyas reglas sólo nosotras conocíamos. Su biblioteca del paseo de la Bonanova, abarrotada de saberes mudos que, con su guía y aleccionamiento, me abrían un tesoro de elocuencia, se convirtió en el refugio de mi ignorancia. También los paisajes agrestes del Montseny y los regimientos de abetos de La Molina fueron el impávido auditorio de nuestros apasionados coloquios, en excursiones cuyos confines delimitaba el sol. Cuando regresábamos a Barcelona, afónicas y extenuadas, por caminos de silencio que a veces cruzaba un animal furtivo, nos asaltaba un común sobrecogimiento, como si nuestros pasos merodeasen el inhabitable territorio de la felicidad.

Aquel sobrecogimiento de inminencia se prolongaría durante casi tres años, hasta las vacaciones de Pascua de

1932, durante las cuales ese territorio que habíamos merodeado nos abrió sus aduanas y nos permitió que fuésemos sus monarcas. Fue apenas un frágil espejismo, una proyección del paraíso irrumpiendo efímeramente en mi vida. Alquilamos una habitación en un modesto hotelito de Alcudia, con vistas al mar que, por la noche, exhalaba un áspero perfume de algas y de sal. Elisabeth Mulder contemplaba aquel espectáculo sin articular palabra; sus ojos como bosques petrificados contenían el temblor diminuto y el pavoroso abismo del mundo. Al contemplarme en ellos, tuve la impresión de estar bebiendo un licor de estrellas.

VI

LA UBICUA REPORTERA

Pero ningún paraíso se disfruta impunemente. Mi madre no me perdonó nunca aquella estancia en Mallorca, que su imaginación se había encargado de ensuciar con episodios depravados, y obligó a Elisabeth Mulder a alejarse de mí, con la amenaza de arrojar sobre ella la perversa sombra del escándalo. Elisabeth se amedrentó, pues las acusaciones de mi madre, en caso de ser propagadas, no sólo la habrían condenado al ostracismo social, sino que habrían proyectado el oprobio sobre su hijo, al que ella quería preservar de todas aquellas ficticias vilezas. Una carta de caligrafía tambaleante que apenas recordaba la caligrafía de trazo diáfano con que Elisabeth acostumbraba a expresarse me informó sobre las extorsiones que mi madre había planeado, en caso de que se negara a liquidar su relación conmigo; comprendí que el cruel acoso había rendido sus frutos y que Elisabeth, hasta entonces dispuesta a proclamarme su lealtad contra cualquier vicisitud adversa, me estaba suplicando que perdonara su cobardía. También me rogaba que destruyera la carta, y cualquier otro signo epistolar que perpetuara aquel espejismo de felicidad que juntas habíamos vivido. Como una sonámbula, accedí a sus súplicas; mientras el fuego de la chimenea aniquilaba con su mordisco voraz aquellas palabras que habían sido mi alimento y mi sostén espiritual, decidí que consagraría el resto de mis días a perpetuar a Elisabeth con la memoria. No habría fuego que pudiese calcinar ese ejercicio ensimismado y retrospectivo. Y no saldrían de mi boca reproches contra la mujer que había hecho posible el advenimiento del paraíso en mitad de mi penosa travesía por la tierra. Me convencí de que Elisabeth Mulder no había actuado movida por egoísmo, sino por un generoso instinto de protección que dirigía sobre mí, dejando intacta la recompensa del recuerdo. A ese recuerdo que habitaría ya para siempre mis sueños y mis vigilias decidí encomendarme.

En ese mismo año de 1932 moriría mi padre, víctima de una misericordiosa angina de pecho que abrevió las penurias que venía padeciendo desde que la crisis bursátil iniciada en Nueva York se extendiese, mediante un indescifrable proceso mimético, hasta Barcelona. Los ahorros de la familia se habían esfumado, con la quiebra de la banca catalana, y sus negocios textiles se encaminaban irremisiblemente hacia la suspensión de pagos. Mientras velaba el cadáver de mi padre y espiaba el avance de la corrupción sobre su piel, comprendí que ningún vínculo me ataba ya a aquel hogar odiado: mi hermana Mari Pepa se había casado con un diplomático colombiano, llevándose consigo sus acordes obstinados y las partituras que ponían música al tedio; mi hermano Armando, para librarse del servicio militar, y también huyendo de un matrimonio desdichado, se acababa de embarcar con rumbo al Uruguay, dejando en Barcelona a su esposa y a su prole, a las que nunca más enviaría señales de vida; la cocinera Concha y la niñera Soledad habían precedido a mi padre en otro viaje más definitivo e inaplazable, habitando los rincones de la casa con el aleteo incierto de su ausencia, ese hueco luctuoso que los antiguos inquilinos dejan, a modo de recordatorio, en las casas que habitaron. Aquel hueco pugnaba por instalarse dentro de mí y desmigajarme, como una lenta carcoma. Enaltecida por esa temeridad que visita a quienes nada tienen que perder, decidí mudarme de casa, para no tener que convivir con mi madre y mi hermana Beatriz, artífices de mi desdicha. Había obtenido mediante oposición una plaza en el servicio de prensa del Ayuntamiento de Barcelona, trabajo que me aseguraba el sustento y me dejaba muchísimas horas libres, que ocupaba haciendo interviús y reportajes y colaborando en las actividades del Club Femení i d'Esports, que en aquellos años fue el cálido asilo de mi soledad. Alquilé una casa en el muy popular barrio de San Agustín, donde tuve ocasión de palpar la incuria espiritual en que yacían postradas las clases más desfavorecidas, y también los esfuerzos de evangelización que los anarquistas desarrollaban, con visionario ahínco, como apóstoles de una religión sincera y desesperada que hacía de la pobreza una virtud. Yo vivía en un sotabanco de la calle Fonollar, que a eso de las nueve de la mañana se agitaba con un rumor de pleamar y de colmena. Centenares de vozarrones lívidos pregonaban desde los portales las mercancías más inverosímiles. En los puestos de venta ambulante, se congregaban los cacharros desportillados, las ropas remendadas, los alimentos en conserva de aspecto apenas comestible. Las mujeres del barrio, con el pañolón de color indefinido tapándoles las greñas y el capacho bajo el brazo, se lanzaban a la calle, después de poner al fuego la olla de caldo en la que apenas si se vislumbraba un retal de tocino rancio, en pos de alguna ganga que no desbaratase su economía de subsistencia. En los balcones de la calle flameaba la ropa recién lavada, a la que el jabón no lograba despojar de su tonalidad pardusca, una ropa mil veces zurrada que parecía el vestigio de una rendición y que restallaba al viento, ocultando la franja de cielo azul que lograba colarse entre las fachadas ruinosas y las azoteas convertidas en desvanes a la intemperie. Como hacía mucho tiempo que la miseria había extendido sus alas negras sobre el barrio, sus pobladores afinaban la inteligencia y aguzaban la astucia para ganarse los tres o cuatro reales que les servían de salvoconducto hasta el día siguiente. Un paseo por aquellas calles angostas —Allada, Pou de la Figuereta, Neu de Sant Cugat, Arc de Sant Cristòfol, Vermell, Cardens— bastaba para escuchar las tretas y los regateos más ingeniosos, porque allí se regateaban hasta los guijarros del suelo y el harapiento aire que se respiraba, después de acabar con el batiburrillo de productos heterogéneos que atestaban los puestos: frutas y legumbres mustias, huevos pochos, medias con carrera, corsés con los elásticos forzados, estampas manoseadas por la devoción o el tráfico de indulgencias, pieles de conejo asilvestrado que con un poco de benevolencia se confundía con el zorro y hasta garrafas donde se mezclaban el vino y los esputos del borracho que fue su anterior propietario.

Los vecinos discutían y murmuraban en plena calle, sin freno y sin disimulo, en corro y a gritos. La intimidad del barrio se paseaba por todos los cuchitriles y puestos callejeros, condimentaba todas las conversaciones y acababa por ser del dominio común. Las mujeres que no se dedicaban a la venta o al trueque se congregaban en torno a una curandera que pregonaba las excelencias de sus brebajes frente a la capilla Marcús. La escuchaban admiradas, con la esperanza de que sus consejos sirvieran para espantarles los achaques de la vejez, y terminaban invirtiendo los ahorros en aquellos paquetes de hierbas innominadas que la curandera exhibía como reliquias salutíferas. En cierta ocasión, una de aquellas curanderas de facciones cíngaras me tomó desprevenida y me obligó a beneficiarme de sus diagnósticos: «Ponga la mano aquí, sobre este líquido rojo —me exigió—. ¿Ve usted? El líquido se ha enturbiado mucho. Tiene usted la sangre demasiado espesa. Padecerá fuertes dolores en las piernas y en la espalda.» Recuerdo que aquella premonición me inspiró una sincera incredulidad, pues pensaba yo que el cultivo del deporte me mantendría ágil hasta la tumba. Ahora ya sé que la tumba es la estación final y el aliviadero de un penoso y demasiado dilatado tormento.

Un enjambre de moscas colonizaba el barrio de San Agustín al mediodía, cuando el suelo erizado de guijarros se cubría con una alfombra de desperdicios. Las aceras, resbaladizas y mugrientas, mostraban de trecho en trecho las bocas bostezantes de las cloacas. Los gatos escuálidos buscaban allí su pitanza, entre las desprevenidas ratas que acudían al olor de la inmundicia, y allí también la buscaban los niños del barrio, criaturas pálidas y tristísimas, que estrangulaban con sus propias manos a los gatos antes escuálidos que dormitaban, ahítos, la digestión de aquellas ratas alimentadas de basuras. Aquel espectáculo de constante depredación que concluía en las ollas de las familias proletarias, donde un gato despellejado adquiría el prestigio de una liebre, me prevenía contra el espectáculo más depredador aún de la injusticia, en el que las mismas familias proletarias que engañaban las tripas con estofado de gato eran exprimidas por patronos sin escrúpulos. Por aquella época, asistí a un mitin de la FAI, la facción más radical de los anarcosindicalistas, en el Palacio de Artes Decorativas de Barcelona, donde intervino como orador Buenaventura Durruti, un hombre de verbo áspero e incendiario y manazas encallecidas, adiestradas por igual en la garlopa y en la confección de explosivos, que defendía la insurrección contra la República y el advenimiento del comunismo libertario. Sus proclamas, pronunciadas con una voz desgañitada que era a la vez iracunda y honrada, me sobrecogieron. Y no supe si aquel sobrecogimiento surgía del miedo o de la fascinación.

En mis crónicas periodísticas procuraba captar aquel clima de descontento popular y consignas revolucionarias, manteniéndome leal a la República que había prometido acabar con los privilegios de clase imperantes durante el reinado de Alfonso XIII. Pero aquella promesa que no acababa de hacerse realidad había creado unas expectativas frustradas que chocaban con el encono de los patronos, cada vez más decididos a endurecer la represión contra el obrero. Mi condición de burguesa arrepentida me permitía contemplar con cierta imparcialidad la confrontación de dos fuerzas que no parecían dispuestas a ceder ni un ápice en sus reivindicaciones. Y aunque mis simpatías se dirigían hacia el proletariado, me aferraba aún a la esperanza de una paz republicana sin extremismos ni encarnizamientos. Nunca participé de aquel ofuscamiento político que enconaba los ánimos y escindía a los españoles en dos bandos irreconciliables, por eso procuraba resaltar en mis interviús y reportajes los logros sociales del régimen republicano, con esa ingenuidad de quienes aún creen en el poder balsámico de las palabras. Por desgracia, los directores de los periódicos y las revistas para los que trabajé, convencidos de que una firma femenina no debía envilecerse en «cuestiones de palpitante actualidad», me relegaron a afrentosas tareas de cronista social. Así fue como conocí a la princesa rusa Anissia Petrovna, que había huido de la revolución bolchevique y, tras tomar unas lecciones de canto, se ganaba la vida ofreciendo a los auditorios europeos versiones melancólicas y desgarradas de las melodías típicas de su tierra.

    De la princesa Anissia se decía que estaba emparentada con la familia de los zares, y que había rechazado el asedio amoroso del mismísimo Rasputín. Un botones del Ritz me acompañó hasta sus aposentos, en la planta noble del hotel. Envuelta en un perfume mareante de nardos que se mezclaba con el humo de unos cigarrillos cargados de opio, la princesa Anissia se sentaba indolentemente en un gran butacón de cuero rojo, ceñido el cuerpo por una bata de seda adornada de encajes y pieles de armiño, entreabiertos los labios por una sonrisa hospitalaria y voluptuosa. Confieso que nunca había visto a una mujer tan aparatosamente bella como aquella rusa de ojos de noche y piel que parecía lavada con un agua lustral; frente a la belleza atormentada que poseía Elisabeth Mulder, la belleza de la princesa Anissia era una belleza satisfecha y animal. Con una voz armoniosa, aunque de diapasón grave, me ofreció cigarrillos y bombones, que yo rehusé, y se tendió sobre el edredón de plumas de ganso que cubría su lecho, en actitud oferente, mientras instalaba en una larguísima boquilla de nácar otro de aquellos cigarrillos que le espantaban el esplín y le entorpecían la lengua, resucitando su procedencia eslava. «Así que sólo viene a hacerme una interviú —suspiró, con presuntuosa decepción, pero sin renunciar todavía al seductor halago—. Deseará que le cuente anécdotas escandalosas de mi vida presente, pasada y futura. Es usted periodista, no lo ignoro. Pero... desde el balcón la he visto cruzar la calle y pasar ante los grandes espejos de una casa de modas sin detenerse; luego vi cómo entraba en el hotel, decidida, segura de sí misma, contenta con la información que yo había de proporcionarle... Antes, esta mañana, he leído un artículo aplastante, firmado por una mujer, contra la obra de usted. Me he dicho, al leer su tarjeta, que una muchacha que es capaz de pasar ante la tentación de un espejo sin contemplarse y merecer el más desfavorable juicio de una hermana de sexo tenía, forzosamente, que ser interesante. De ahí que la haya recibido.» Sus ojos se inflamaron en la penumbra; el humo de su cigarrillo se retorcía ante su rostro, como un dragón rampante. «Espero que no se arrepienta de su decisión», me atreví a balbucir. Anissia

Ana María, hacia 1933.

soltó una risa de borracha, pero de una borracha que no ha perdido la seguridad en sí misma: «¡Amiga, eso ya depende de usted!», exclamó. Curiosamente, a pesar de haber padecido persecuciones y humillaciones sin cuento por parte de los bolcheviques, Anissia consideraba lógico que el pueblo se hubiese vengado de tantos lustros de oprobio y esclavitud matando a los déspotas que lo habían oprimido. «Aunque aprecié a la zarina y a su hermana Isabel Feodorovna, siempre detesté al zar Nicolás —me confesó, con lejano desdén—. Era cruel y dominador, con instintos de fiera, y parecía un muñeco en manos de aquel monje cínico, Rasputín, que mandaba en sus designios, amordazaba sus réplicas, torcía su voluntad y además poseía el don de enardecer a las muchedumbres, sobre todo a las mujeres. —Apuró su cigarrillo y hundió el rostro en la almohada, postrada por el deleitoso aturdimiento del opio—. Claro que conmigo pinchó en hueso. Más de una vez le dijo a la zarina, echando espumarajos por entre su barba de eremita furioso: "Quisiera echar de comida a los perros a esta orgullosa Anissia Petrovna." Pero antes de consumar sus deseos, la Tcheka se encargó de él, y también del pelele que nos gobernaba. Ni una lágrima pude derramar cuando los ejecutaron, en julio de 1918, en los sótanos de la casa Ipatiev.» El odio macerado de sufrimientos le subía por el cuello, resaltando su yugular, y se extendía sobre su rostro, como un pañuelo de placentero sadismo. «Sobre lo que vino después... —dijo luego, recuperada la compostura— preferiría no hablar. Fueron meses de pesadilla y amargura. Tardaría horas en describirle los medios que utilicé para huir. Pude salvar algunas de mis joyas; con ellas, y con la ayuda de unas lecciones de canto, he podido sobrevivir durante todo este tiempo. Detesto a los débiles, a los caídos, a los eternamente esclavos de sus cobardías y de sus prejuicios. Hay que ir por los caminos de la vida pisando fuerte, erguida la cabe-

Jeanette Mac-Donald, la célebre estrella cinematográfica, protagonista de "El desfile del amor", habla para los lectores de CRÓNICA

Jeanette MacDonald, entrevistada para Crónica
por Ana María Martínez Sagi.

za, el cuerpo al descubierto para recibir todas las heridas.» Y entonces Anissia Petrovna se incorporó de la cama y empezó a cantar con una voz melancólica una tonada que evocaba su Rusia lejana y querida. Y me miró obstinadamente a los ojos, y comprendió que yo también había recibido tantas heridas como ella, aunque fuesen heridas más secretas, y comprendió que mi cuerpo estaba yermo para el amor, y me dejó marchar. Allí se quedó, blanca y perdida en la penumbra, sobre el edredón de plumas de ganso que parecía un gran catafalco perfumado de opio.

En otra ocasión tuve la oportunidad de entrevistar en exclusiva a Jeanette MacDonald, la célebre estrella cinematográfica, que en la pantalla encarnaba papeles de sublime empalago, acompañando con sus gorgoritos al mundano Maurice Chevalier. Había pasado de incógnito unos días en Sitges, reponiéndose de varios rodajes frenéticos, y antes de partir para Los Ángeles se hospedó en Barcelona. Los botones del Ritz, conchabados con los currinches de los periódicos, filtraron la noticia, y Jeanette MacDonald tuvo que enfrentarse a una centuria de fotógrafos y periodistas en formación de combate. Yo, apostada en un apartado saloncito del vestíbulo, aguardaba a que se deshiciera de aquella turba de plumíferos ramplones que la apedreaban con las mismas preguntas archisabidas de siempre. Lo primero que llamaba la atención en Jeanette MacDonald era lo maravillosamente bien que caminaba, sin rigidez ni empaque, pero tampoco exagerando el balanceo, como hacen tantas divas de pacotilla. Era bastante alta —aunque menos, desde luego, de lo que aparentaba en sus películas— y reía con entusiasmo, con una boca grande y fresca en la que, sin embargo, asomaba un fondo de desprecio hacia toda aquella patulea que la aturdía. Conseguí entrar con ella y con su secretario en el ascensor que por fin la liberaba del asedio. El sedoso cabello rubio se le escapaba en bucles fuera del sombrero canotié. Me miró con ojos francos y alegres, y en seguida entendió que era una infiltrada dispuesta a saquear su intimidad. Con un francés muy dulce y sin embargo apresurado me ofreció una transacción: «Le concederé una interviú en exclusiva si a cambio me ayuda a escapar de esta ratonera. Aunque desde luego le advierto que en los últimos años me han interviuvado todos los periodistas del orbe. Creo que me han dejado vacía de ideas. Pero, tal vez, si insiste, pueda sacarme algo de interés», dijo. Acepté el reto, y durante tres cuartos de hora la estuve sonsacando en su lujosa suite, chapoteando en un océano de banalidades, hasta conseguir que me confesara su inminente matrimonio con un asaltacamas neoyorquino. Jeanette MacDonald había cumplido su parte del trato; mientras abandonábamos sus aposentos con un estúpido sigilo, caminando de puntillas, no cesaba yo de preguntarme cómo lograría corresponderla y franquear el cerco de curiosos que aguardaban en el vestíbulo del hotel. Entonces nos tropezamos en el pasillo con una planchadora que subía al piso superior, para entregar una canastilla de ropa blanca. Llevaba una boina negra que le ocultaba el pelo; usaba lentes de carey, zapatos sin tacón y, como remate, la canasta de la ropa sobre la cabeza. En cuanto la vi, supe que sería nuestra salvación. A cambio de una propina, aceptó prestarnos por unas horas su uniforme; la expectativa de poderse quedar para siempre con algunas de las fastuosas prendas que componían el vestuario de la actriz acabó de decidirla. Un repentino aspecto plebeyo velaba la identidad de Jeanette MacDonald, que tenía una capacidad camaleónica para adaptarse al hábito que llevaba. Descendimos al vestíbulo del hotel y atravesamos sin sobresalto el bosque humano que vigilaba las salidas de la estrella y se replegaba con un mohín de asco ante el olor a lejía que desprendía aquella inoportuna planchadora. Ya nos abalanzábamos sobre la puerta giratoria cuando de repente un hombretón barbudo que ladraba en un alemán congestionado nos detuvo, quejándose con indignación del planchado de unas camisas de seda. Al parecer, el muy energúmeno no estaba satisfecho del trabajo de la planchadora, y amenazaba a Jeanette MacDonald con no pagarle sus honorarios, si no ponía más cuidado en su labor. Sofocada por la risa, tomé del brazo a la atribulada actriz, que escuchaba atónita las increpaciones del irascible boche, y la introduje en un taxi que se apostaba bajo la marquesina del Ritz. Le quité entonces de un manotazo la boina y los lentes de carey a Jeanette, dejé el canasto de ropa en mitad de la calle y, cuando el taxi ya arrancaba, me excusé desde la ventanilla: «Señor, lo sentimos mucho. Unas camisas arrugadas y con exceso de almidón son algo incomodísimo. Pero comprenda usted que Jeanette MacDonald sabe hacer películas, no maravillas con la plancha.» El alemanote abrió los ojos desmesuradamente, presa de la estupefacción, balbució algunas excusas y acabó por sentarse, desconsolado, en el borde de la acera. Pero mi travesura periodística más sonada ocurrió algunos años después, en 1935, coincidiendo con la representación en Barcelona de *Doña Rosita la soltera o el lenguaje de las flores*. Asistí por lo menos a diez o doce ensayos de la obra, en los que tuve tiempo de intimar con la actriz Margarita Xirgu, que encabezaba el reparto, y con el propio Federico García Lorca, que desbordaba una jovialidad traspasada de recóndito dolor. Tenía la calavera ancha, el cabello reluciente como el charol de un tricornio y la piel como frotada con aceitunas, de una gitanería saludable y efervescente. García Lorca asistía a todos los ensayos, donde desplegaba su repertorio de gracias y risotadas, congregando en su derredor a un grupo de admiradores, cuyas zalamerías no le impedían interrumpir de viva voz a los actores, desde la cuarta fila de butacas donde se sentaba, para introducir alguna reforma en sus papeles o sugerirles algún festivo ademán que coloreases sus parlamentos. A todos nos subyugaba con su conversación, inasequible a la sequedad de garganta, a todos nos prendía con sus palabras regadas de risas y metáforas insólitas. Margarita Xirgu encarnaba a doña Rosita, la protagonista del drama, con tal sutileza y encanto que García Lorca no podía por menos que interrumpirla entusiasmado, en mitad de una larga recitación, para exclamar de rodillas: «¡Margarita, mi amada Margarita, eres única y sublime! Cuando regrese a Granada, voy a hacer que te levanten un altar, y si tú viajas allí, mandaré que cubran con flores las calles que tú recorras, porque no hay otra como tú, ni más guapa ni con más inteligencia.» García Lorca siempre hablaba con esta hiperbólica sinceridad, con este aspaventero candor que abrumaba a Margarita Xirgu y recolectaba nuestros aplausos.

El estreno de *Doña Rosita la soltera o el lenguaje de las flores* se anunció para un viernes por la noche. Había asistido a tantos ensayos que García Lorca ya me consideraba una especie de amuleto o mascota para la compañía, y a veces me utilizaba como apuntador, pues había llegado a aprenderme el texto de memoria. Josep Sunyol i Garriga, el director de *La Rambla*, con quien acababa de compartir puestos de responsabilidad en la junta directiva del Fútbol Club Barcelona (de donde no tardé en dimitir, despavorida ante el ambiente de virilidad espesa que se respiraba en las asambleas de socios), me asignó la crítica del estreno. Por desgracia, aquel mismo fin de semana se disputaban en la estación de La Molina unos campeonatos de esquí en los que me había inscrito, algunos meses atrás. Con algún escrúpulo de conciencia, pero con la tranquilidad que proporciona un conocimiento tan exhaustivo de la obra que incluso me permitía intuir las reacciones del público, agarré la pluma y escribí una extensa y entusiasta reseña en la que describía el ambiente bullicioso de la sala, el natural nerviosismo del autor, el primoroso vestuario, los atrevidos decorados, la puesta en escena innovadora, el esmerado trabajo de los actores, la inimitable creación de la primera actriz, la conmovedora belleza del texto, las ovaciones de los asistentes y hasta el número de veces que el telón se había abierto y cerrado para que García Lorca, flanqueado por su compañía, pudiera recibir el homenaje de los espectadores. Ningún epíteto se me quedó en el tintero, ningún preciso detalle se me olvidó, y así fui llenando más y más cuartillas que entregué subrepticiamente a un linotipista de *La Rambla* la víspera del estreno, junto con algunas fotografías de los ensayos, para que a su vez se las entregara a los cajistas a la una de la madrugada del día siguiente, hora en la que se supone que, de haber asistido al estreno, debería haber concluido la crónica.

Esquié sin desmayo durante todo el fin de semana en La Molina y obtuve algunos trofeos que dejé abandonados en la habitación del albergue donde me hospedaba, pues siempre aborrecí estos armatostes conmemorativos que sólo sirven para reclutar polvo. Regresé a Barcelona el lunes, ebria de viento y morena de nieve; al abrir la puerta de mi sotabanco en la calle Fonollar me tropecé con una nota de Sunyol i Garriga, encerrada en un sobre que ostentaba una llamada de urgencia con letras rojas. Marché a la redacción del periódico, tan orgullosa y feliz, pensando que el director deseaba felicitarme en persona por mi concienzuda y minuciosa reseña, cuya lectura quizá lo hubiese animado a subirme la tarifa por mis colaboraciones. Sunyol, apostado detrás de su escritorio, me inspeccionó entre ceñudo y regocijado. Con voz calculadamente tranquila, me informó de que el estreno de *Doña Rosita la soltera o el lenguaje de las flores* había sido suspendido, debido a la súbita afonía de Margarita Xirgu, que prometió satisfacer a los barceloneses tan pronto como curase su afección. Sobre la cartelera que ilustraba la marquesina del teatro, el empresario había ordenado pegar con engrudo unas gruesas fajas de papel que avisaban al público de lo sucedido. No hace falta añadir que el desprevenido linotipista a quien había entregado la crónica no se había enterado del imprevisto percance; el sábado, había aparecido en *La Rambla* mi ditirámbica y exaltada reseña de un estreno inexistente. La competencia había celebrado el desliz de *La Rambla* con gacetillas de tono hiriente y jocoso en las que se hacía notar la peregrina coincidencia de que la cronista de aquel fantasmagórico estreno incorporase los mismos apellidos que una de las triunfadoras de los campeonatos de esquí recién

Ana María esquiando.

celebrados. Sunyol, que hasta ese momento había edulcorado su furor con pullas y sarcasmos, explotó: «Y ahora lárguese, señorita. Cuando haya adquirido juicio, madurez y responsabilidad quizá la deje volver a escribir en mi periódico.» Y muy ceremoniosamente, me invitó a desalojar su despacho.

Avergonzada y contrita, llamé a García Lorca a su hotel y le conté lo ocurrido con voz desmayada. En lugar de muestras de compasión me llegaron a través del auricular carcajadas que amenazaban con descoyuntarle la mandíbula. Una alegría frenética se había apoderado del poeta, que después de desternillarse durante más de un cuarto de hora me ofreció la solución a mis tribulaciones. A la mañana siguiente telefoneó a Sunyol, y media hora después se presentaba acompañado de Margarita Xirgu en la redacción de *La Rambla*; ambos se dejaron fotografiar de frente y de perfil, sentados y de pie, ante las rotativas y con los linotipistas y redactores, en el despacho del director con un ejemplar del periódico bajo el brazo, o entre las secretarias que no cesaban de reclamarles autógrafos. El director descorchó una botella de champán que se enjaretaron entre los tres, completando así, copa en ristre, el reportaje gráfico que colmaría las primeras páginas de la siguiente edición, acompañado de una interviú exclusiva con grandes titulares a García Lorca y Margarita Xirgu. En un recuadro resaltado en negrita, Sunyol insertó un texto admonitorio, dirigido a los periódicos de la competencia, donde afirmaba que sólo *La Rambla* podía ofrecer a sus lectores, junto a las interviús más sensacionales, la colaboración de redactores bendecidos por los dones de la presciencia y la ubicuidad.

Mientras duraron las representaciones de *Doña Rosita*, García Lorca no dejó de reír a mi costa recordando aquel episodio, con aquel histrionismo suyo en el que quizá hubiera un poso de amargura. Recuerdo que a veces la risa se le quedaba enganchada en las comisuras de los labios, como si le sobrevolaran el rostro los nubarrones de la tragedia.

VII

UN TERCO RÍO DESATADO

Y estalló la guerra, y los sublevados se apropiaron de media España, en un alzamiento simultáneo al que respondieron casi todas las guarniciones militares del país. Buenaventura Durruti, el anarquista mesiánico que encandilaba a las masas con sus palabras de dinamita, solicitó a Luis Companys, el presidente de la Generalitat, que desarmara a la Guardia de Asalto y que entregase las armas a sus correligionarios, para que ellos asumieran la dirección de la lucha en Barcelona. Companys se negó, temeroso de que Durruti acaudillase una revolución interna, pero los libertarios ya habían requisado para entonces varios camiones y recolectado unas cuantas escopetas mohosas, con las que acometieron el asalto al edificio de la Telefónica, en un combate encarnizado con los militares sublevados que lo defendían. Los obreros caían, despedazados por el plomo, pero las balas respetaban a Durruti, que capitaneaba el ataque con esa resolución suicida de quienes nada tienen que perder, salvo la propia vida. Los barceloneses necesitaban aferrarse a un héroe, con esa perentoriedad con que un moribundo necesita aferrarse a Dios, y cuando contemplaron la figura de Durruti, asomada al balcón central de aquel edificio emblemático de la opresión capitalista, sucio de pólvora y de sangre, aureolado de un coraje furioso, y lo oyeron dedicar aquel triunfo a los trabajadores que habían entregado su aliento durante el asalto, supieron que ese héroe no era otro que él. Buenaventura Durruti voceaba hasta desgañitarse, convocando a la revolución, y Barcelona se prosternaba ante él, como ante un ángel de espada flamígera, como ante un ídolo amasado con el barro multitudinario de un proletariado que deseaba resarcirse de tantas y tantas humillaciones.

Poco a poco se fueron rindiendo las tropas acuarteladas en distintos lugares estratégicos de la ciudad, paralizadas por el mudo horror que les producían las arengas febriles de Durruti. Sólo unos pobres desesperados que se habían refugiado en el cuartel de las Atarazanas, antiguo arsenal hacia el final de las Ramblas, se atrevieron a oponer resistencia. Francisco Ascaso, un panadero de apariencia raquítica que se había convertido en el amigo predilecto de Durruti, murió alcanzado por un disparo en el pecho. Durruti tomó su cadáver en brazos, lo elevó como una hostia al sol impávido, y lloró lágrimas de rabia mientras besaba sus mejillas, como antes hizo Aquiles con el cuerpo exánime de Patroclo. Silbaban las balas por doquier, pero ninguna se atrevía a profanar el llanto de Durruti, que blasfemaba e increpaba a Dios por haberlo desposeído de su amigo. Ordenó que le ataran el cadáver de Ascaso a la espalda, y con aquella carga que era su fortaleza y su escudo, penetró en el cuartel de las Atarazanas, brindando su pecho de oscuro bronce desnudo a la puntería de los oficiales sublevados. Dos veces lo hirieron, una vez en aquel pecho expuesto y otra en la agitada frente, pero las balas —que atravesaron su carne y dejaron un limpio orificio— sólo contribuyeron a agrandar su furor. Durruti, sin más arma que un intrépido cuchillo, degolló a cuanto rebelde se cruzaba en su camino, y con las manos tintas en sangre le arrancó al comandante que mandaba aquel destacamento la pistola que le tendía en señal de rendición y le descerrajó en el rostro to-

Buenaventura Durruti.

das las balas que contenía el cargador. Luego, sin desatarse el cadáver de Ascaso, que le susurraba al oído palabras de venganza, ordenó fusilar a los oficiales alzados supervivientes. Aquella misma noche, investido de potestades divinas, concedería permiso a sus correligionarios para que celebrasen tardíamente el solsticio entregando a las llamas las iglesias y conventos de la ciudad y convirtiendo Barcelona en un vasto páramo de destrucción. En medio de aquella vorágine de desmanes, Durruti recordó que, dos años atrás, el obispo de Barcelona había firmado una petición de indulto en favor suyo, tras una insurrección contra la autoridad que el propio Durruti había acaudillado. Montó en un automóvil y se abrió paso entre las turbas ebrias de crueldad que invadían la ciudad; cuando llegó al palacio episcopal, ya un grupo de milicianos se disponían a fusilar al obispo, convertido en un gurruño de carne trémula que, arrebujado en el suelo, suplicaba clemencia. Durruti dio la orden de que arrojaran las armas al suelo, y los milicianos obedecieron al unísono, sugestionados por aquella especie de unción religiosa que profesaban a su líder. Ayudó al obispo a incorporarse y se preocupó de preservar su vida. Así obraba aquel hombre exagerado, con esa arbitraria magnanimidad que sólo conocen los héroes.

Companys contemplaba con preocupación el ascenso de Durruti, convertido en señor de la vida y de la muerte, y muy aviesamente lo convocó para formar un comité de milicias que impulsara las estrategias contra los facciosos en Aragón, para frenar su avance hasta Cataluña. El día 24 de julio, tres mil voluntarios al mando de Durruti recorrían las calles de Barcelona, todavía humeantes de piras y estremecidas por la sangre de los fusilamientos, aclamados por sus paisanos, en medio de ese júbilo desesperado que tienen las despedidas definitivas. Muchos de aquellos voluntarios y voluntarias habían sido recaudados en cárceles y prostíbulos, pero mientras desfilaban por el paseo de Gracia, andrajosos y malencarados, adquirían un prestigio de héroes homéricos. Yo acababa de comprarme un Volkswagen a plazos, y había conseguido a través de mi cuñado, cónsul de Colombia, un carnet de corresponsal del diario *El Tiempo*, de Bogotá; ayudada por ambos avales (pero sobre todo gracias al primero, pues la columna de Durruti apenas contaba con automóviles) logré sumarme a la comitiva. Ignoro todavía la naturaleza de aquel ímpetu que me impulsó a incorporarme a una aventura suicida; quizá obedecía a un sentimiento de exultante solidaridad, nacido tras escuchar las alocuciones radiofónicas de Durruti, quizá a una necesidad inconfesable de evadirme de una ciudad que seguía contando entre sus pobladores con la única persona que me había dejado entrever la posibilidad del paraíso, para después declararlo abolido. Sabía que en las filas anarquistas había facinerosos expertos en expolios y latrocinios, asesinos contumaces que habían hecho del exterminio de curas y monjas inocentes una misión insoslayable, pero también había hombres valientes y honrados, fervorosos creyentes de una utopía con la que yo íntimamente comulgaba. Al llegar a la Diagonal, el propio Durruti se ocupó de detener mi Volkswagen y preguntarme, a través de la ventanilla, los motivos de mi adhesión. Era campechano y brutal, muy velludo y enteco. Tartamudeé algunas vaguedades, en las que se mezclaban las consignas y los argumentos del corazón, y Durruti me sonrió por una esquina de los labios, mostrando su dentadura campesina: «Está bien. ¡La Aristócrata se viene con nosotros!», gritó, y ordenó que me pintarrajearan el coche con las siglas de la FAI. Aquel apodo de *la Aristócrata* suplantó mi nombre hasta que crucé la frontera, camino del destierro, dos años y medio después.

La Columna Durruti avanzó sin resistencia a través de tierras leridanas, dejando a su paso un reguero de hazañas sombrías, y se internó en la provincia de Zaragoza, donde fue atacada por tres avionetas surtidas de bombas con espoleta que provocaron la desbandada de los milicianos, bisoños en las escaramuzas bélicas. Recuerdo, entre el fragor de aquel pandemónium, el olor a chamusquina de los trigales segados, la tierra removida y suspendida en el aire que me obturaba los pulmones, las órdenes desgañitadas de Durruti y, sobre todo, el cuerpo desplomado de un joven de apenas dieciséis años, con sus manos hincadas en mi brazo como mordientes garfios, los ojos desorbitados de pavor y el pecho abierto como una granada madura. La sangre empapaba mi falda, como un terco río desatado, fluyendo a borbotones, quemando mi piel con su humedad caliente, con su apretado zumo de fuego. Fue mi primer muerto, el primer muchacho que expiraba en mi regazo; todavía su gesto de acendrada agonía sigue persiguiéndome cuando duermo.

Como si este ataque aéreo hubiese tornado a Durruti súbitamente consciente de las limitaciones de sus voluntarios y de su escaso adiestramiento militar, ordenó el cese del avance hacia Zaragoza e instaló su cuartel general en el cementerio de Bujaraloz. En apenas tres meses, organizó un sistema de colectividades agrícolas que fue el asombro del mundo y quizá la primera y única aplicación de las teorías libertarias a la realidad. La tierra se repartía entre los labriegos baturros, y el fruto de las cosechas era almacenado en graneros comunales. El dinero, ese sórdido papel donde se estampa la avaricia, se declaró abolido. Cientos de periodistas extranjeros viajaban hasta Bujaraloz para conocer al artífice de aquel inédito milagro. A mí me correspondió el honor de poder entrevistar a Durruti antes que nadie y de propagar el evangelio ácrata por decenas de periódicos hispanoamericanos. Buenaventura Durruti me citó en el cementerio donde acampaban sus tropas, a eso de la medianoche, quizá con la pretensión de amilanarme ante un espectáculo tan tétrico. «Adelante, Aristócrata —me saludó, desde la cancela del cementerio—. Te voy a enseñar nuestras posiciones, a ver si eres tan chicarrona como presumes.»

Los pasillos entre las tumbas habían sido excavados y convertidos en trincheras; los mausoleos habían sido descerrajados y concienzudamente profanados; en los altares de las capillitas no era raro encontrar pistolas desenfundadas, como encogidos reptiles dispuestos a escupir su veneno. Los milicianos que hacían la guardia cabeceaban, apoyados sobre sus fusiles con bayoneta, y se iban dejando derrotar por el relente de la madrugada, que los convertía en muertos verticales. Bastaba que Durruti les dirigiera el viático de una sonrisa, o que les sacudiese la espalda con aquellas manazas de pantocrátor para que quienes parecían al borde del agotamiento, desmadejados y enclenques, recuperasen el ánimo y recompusieran la figura. Durruti conseguía imbuirles una fe ciega y sin quebranto en esa utopía que lo iluminaba por dentro, y la noche, investida de una solemnidad desnuda, añadía una grandeza casi cósmica a la revista improvisada. Allí, en una zanja excavada entre dos túmulos, le hice la interviú, que tuve que transcribir a oscuras, garrapateando signos ininteligibles en unas cuartillas que el propio Durruti me proporcionó. Las estrellas lo bañaban con su luz de metal frío, tiñendo de un color azulenco sus mejillas mal rasuradas, mientras hablaba y hablaba sin cesar, en una catarata de proyectos que deseaba poner en práctica de inmediato. Era un hombre volcado apasionadamente hacia el futuro, dispuesto a modelar el mundo con el torno de la voluntad, dispuesto también a no distraerse con ningún trampantojo que lo alejase de su vocación, y esa honradez rectilínea y absorta en el porvenir sabía comunicarla a quienes lo escuchaban. Ahí residía su carisma. Me refirió sus dos objetivos más inmediatos: convocar un pleno regional de representantes sindicales de los pueblos aragoneses liberados y conquistar Zaragoza. El primer objetivo lo cumpliría, consiguiendo que se formara un Consejo de Defensa, encargado de preservar los logros de la colectivización, cuya presidencia cedió a Joaquín Ascaso, el hermano del amigo muerto en el asalto al cuartel de las Atarazanas. Del segundo lo despistaría la petición de los anarquistas de Madrid, quienes, desmoralizados, rogaron a Durruti que se desplazara hasta la capital cercada por las tropas de Franco, para que su presencia actuase como talismán. Al acabar la interviú, Durruti se extrajo del bolsillo de la camisa una pluma Reynolds chapada en oro. «Te la regalo, Aristócrata —me dijo—. Para que tengas un buen recuerdo de Durruti. Eres una mujer valiente, y mientras escribas con ella, todo te saldrá bien en la vida.» Parecía no importarle demasiado la posibilidad de que, al desprenderse de aquella pluma, cambiase el signo de su suerte.

Pocos días después partiría para Madrid, encabezando un destacamento de más de mil hombres, para oponer su entusiasmo inerme contra el bien pertrechado ejército fascista. El 20 de noviembre, una bala errática acabaría con el sueño hermoso y cruel de Durruti, mientras arengaba a los anarquistas de la Ciudad Universitaria. Se especuló mucho sobre la identidad y la adscripción del hijo de puta que disparó aquella bala; a mí no me cabe la menor duda de que fue algún secuaz del comunismo, esa burocracia de la muerte. Aquellos malditos esbirros sabían que Durruti era mucho más que un hombre, y mucho más que un mito: era ese anhelo intransigente de libertad, esa nostalgia de rebeldía que nos hace inmortales y puros. La única posesión material que dejó a su muerte fue una maleta de cordobán mugriento, con una muda sucia y los útiles de afeitar: una pastilla de jabón, una maquinilla mellada que apenas le servía para rasurar su barba pugnaz y una brocha despeluzada. ¿Cabe mayor ejemplo de pobreza? Pero su herencia atañía al espíritu, y en mi espíritu habita.

Viajé a Barcelona para escribir la crónica de su entierro. El pañolón rojo y negro cubría su ataúd, que desfiló por las calles de mi ciudad, atestadas por cientos de miles de personas que desafiaban la inclemente lluvia, aquella salmodia líquida que nos empapaba la carne y los huesos pero no lograba reblandecer nuestro ánimo. Tras la disolución del cortejo fúnebre, me acerqué con pasos sonámbulos, como requerida por un silencioso magnetismo, hasta el paseo de la Bonanova. La mansión de Elisabeth Mulder, protegida bajo pabellón holandés, había soslayado los allanamientos y los saqueos; por la ventana de su alcoba, entre las ranuras de la persiana, se escapaban jirones de una luz

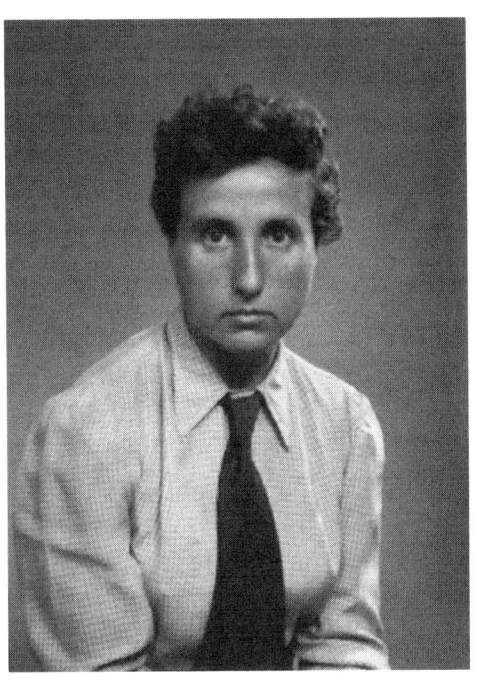

Ana María, corresponsal de guerra.

tímida y vergonzante. Pisé el césped del jardín con clandestino fervor y me quedé allí clavada durante horas, mientras la noche se derrumbaba con su estrépito de agua, mientras mi uniforme de miliciana se desteñía sobre mi piel aterida, pero Elisabeth no se asomó a la ventana. En otras muchas ocasiones repetí aquella ceremonia mientras duró la guerra, llevándole en el Volkswagen víveres que dejaba ocultos entre los arbustos del jardín, aceite y azúcar y harina sustraídos a las colectividades agrícolas de Aragón. Supe por terceras personas que una crisis nefrítica la mantuvo postrada durante más de un año, pero no me atreví a infringir la solicitud de alejamiento que me había hecho, cuatro o cinco años antes. La luz de su alcoba filtrándose entre las ranuras de la persiana me comunicaba un calcinado vestigio de esperanza y se me antojaba que fuese aquel candil vigilante cuya llama mantenía viva la virgen de la parábola evangélica. Todavía soñaba con la incierta posibilidad de que, a la conclusión de la guerra, se produjese el advenimiento de otro mundo que me permitiera acudir al reclamo de aquella luz. Ahora me apiado de mi ingenuidad.

Me instalé en Caspe, donde el Consejo de Defensa de Aragón mantendría su sede hasta que el acoso de las tropas fascistas, por un lado, y la implacable acción del comunista Líster, que venía de Madrid con órdenes de disolver las colectividades agrícolas, por otro, apabullasen aquella utopía. En Caspe asistí a la carnicería más repugnante de cuantas mis ojos presenciaron durante aquellos tres años de salvajismo desatado. Doscientos niños habían sido evacuados de Madrid y alojados en una escuela convertida en albergue, con literas distribuidas por las desoladas aulas que en otro tiempo habían acogido un griterío ensordecedor. La misma noche de su llegada, Caspe fue bombardeado por primera vez por la aviación enemiga. Sepultados por los escombros de la escuela, se veían los vientres que no conocían el pecado tajados por la metralla, los muñones chorreantes, las cabezas segadas del tronco, retratadas en su estupor. El rescate de los niños supervivientes, aplastados por los cascotes que apenas los dejaban articular un lamento, nos mantuvo ocupados durante un par de días. Al acabar las labores de desescombro, me acometió una náusea que ya nunca remitiría, mientras duró la guerra. Repudié la tierra donde había nacido, repudié la barbarie de los hombres que la habitan, y deseé verme lejos de aquel páramo de odio que acogía tanta sangre inocente.

Crucé la frontera por Cerbère el 29 de enero de 1939, cuando ya el signo del combate se decantaba hacia las águilas imperiales de Franco. El general Yagüe acababa de entrar en Barcelona, después de haberla mortificado con perseverantes bombardeos que sólo servían para reducir a añicos los destrozos causados por bombardeos anteriores, y para machacar el demolido ánimo de los barceloneses, en quienes ya no quedaba ni un ápice de aquel júbilo con que despidieron a los insensatos valientes de la Columna Durruti. El Gobierno republicano, o los jirones que de él quedaban, se había instalado en Figueras, y hacia allí me dirigí, en mi pintarrajeado y exhausto Volkswagen, por carreteras por las que se vaciaba España, en un éxodo o desbandada que llenaba los arcenes de rostros mendicantes o alucinados, rostros funerales o enfermos de angustia. Los faros de mi automóvil iban descifrando aquellos océanos de espanto, y también los objetos y enseres que algunos abandonaban en la cuneta, como restos de un naufragio. Monté en el coche a casi una docena de aquellos desgraciados que, al igual que yo, habían renunciado al gasto de saliva, pero a algo más de diez kilómetros de Figueras el eje del Volkswagen se partió y hubo que seguir el camino del exilio a pie. En la plaza Mayor de Figueras había un café abandonado donde se hacinaban cientos de personas, durmiendo sobre los veladores de ingrato mármol, envueltos en el olor pestilente de la derrota. Yo me arrebujé en mi abrigo e hice lo propio; el mármol me transmitía un frío de tumba, y la multitud allí congregada, lacrimosa e insomne, la impresión de hallarme en una pobladísima antesala del infierno. Recuerdo que aquella noche los aviones de Franco defecaron bombas sobre Figueras, y que las arañas del café tintineaban con un escalofrío de cristal, pero nadie se movía de allí, todos parecíamos desear en el fondo que el techo se derrumbara y nos pillara debajo, para ahorrarnos los trámites del entierro.

Había, a la mañana siguiente, cientos de personas reclamando salvoconductos en las oficinas del Gobierno, unos barracones improvisados sobre el barro donde se expedían un tanto arbitrariamente las bulas que podían otorgar o denegar la supervivencia. Yo conseguí una de aquellas preciadas cédulas, invocando el nombre de mi cuñado, cónsul de Colombia. Caminé entre la cellisca que fustigaba los rostros con una bofetada de lucidez, y el anochecer me sorprendió cerca de Cerbère, pasado ya Portbou, con una tormenta de nieve que hacía imposible el avance. Un caritativo picapedrero que habitaba una choza entre las montañas me hizo un hueco en la cuadra donde se guarecía su mula, una bestia acribillada de pulgas que repartió sus huéspedes conmigo, pero también su calor casi humano. Y el cansancio pudo más que el picajoso cosquilleo de las pulgas, y me quedé dormida. En Cerbère los carabineros franceses, bajo la excusa de reprimir el contrabando, despojaban a los exiliados españoles de las escasas pertenencias de valor que todavía sobrevivían en su equipaje. A mí nada me arrebataron, puesto que nada llevaba conmigo, salvo aquel abrigo infestado de pulgas.

Besé la tierra francesa, que tenía un sabor acre y glacial, de una humedad antiquísima y como emergida de una catacumba. Con las piernas agarrotadas, tambaleante y al borde de la inanición, llegué a las afueras de Perpignan, donde una familia de cuáqueros había detenido su carro y atendían a los refugiados, suministrándoles palabras de aliento y un bocadillo con el que engañar las tripas horras. Cogí aquel bocadillo que se me tendía con manos enguantadas de lividez y sabañones; apenas era un mendrugo de pan con una cautiva sardina en escabeche que tenía un regusto rancio y como avinagrado, pero a mí me supo a ambrosía. Volví el rostro por última vez hacia España, aquel yermo donde se habían quedado secuestradas mis ilusiones, apenas visible entre farallones de nieve, y lloré de orfandad y de rabia y de despecho, súbitamente consciente de haberme quedado sin patria. Tardaría treinta años en volver a pisar el suelo que me vio nacer.

VIII

EL CIELO ENREJADO

Mientras subía la escalera de aquel hotel de Toulouse donde se hospedaba mi hermana Mari Pepa y escuchaba las notas tristísimas que arrancaba al piano, el pasado —esa herida mal cerrada— vino sobre mí, con un ejército de recuerdos caóticos y simultáneos. Aquella interpretación, traspasada de una serena melancolía, nada tenía en común con los ejercicios toscos y monótonos que mi hermana repetía machaconamente en la infancia, para adquirir agilidad sobre el teclado, pero al conjuro de la melodía acudieron en tropel episodios de mi infancia que creía sumergidos para siempre en el olvido. Fue la primera vez en muchos días en que cobré conciencia de poseer una filiación; al cruzar la frontera por Cerbère, me había sentido deshabitada, como si la mujer que deambulaba sin equipaje por caminos embarrados y se lavaba en el agua temblona de los charcos y se alimentaba con galletas saladas fuese un caparazón inerte, una mera envoltura carnal que había dejado en España su espíritu cansado y lleno de abolladuras. Aquella música me devolvió, como en una indeseada transmigración, mi alma grávida de recuerdos, y me infundió la sospecha de que esos recuerdos germinarían dentro de mí y crecerían hasta ahogarme, convirtiéndose en la más severa condena. Una condena a cadena perpetua.

Mi hermana Mari Pepa no me acogió exactamente con alborozo, pero mentiría si afirmase que lo hizo con inhospitalidad. Desde niñas, nos habíamos profesado ese respeto recíproco de quienes se saben inquilinas de alcobas incomunicadas, y los sucesos recientes habían agravado ese alejamiento. Mi adhesión a la causa libertaria —una adhesión más puramente sentimental que ideológica—, sumada a las leyendas truculentas que se habían propagado sobre mí en Barcelona, convirtiéndome en una especie de bacante entregada al pillaje y el desenfreno del amor libre (cuando mi amor siempre estuvo cautivo y aherrojado), hacían de mí un demonio familiar al que no convenía hacer mención, mucho menos prestar ayuda. Mari Pepa me la prestó, sin embargo, contraviniendo el mandato de mi madre, que me había borrado de su descendencia, y me alojó en las habitaciones del hotelito que su marido había alquilado, esperando el desenlace cantado de la guerra, y no se avergonzó de que sus hijos me interpelaran con el vínculo del parentesco que nos unía. Viví a sus expensas durante unos meses, reponiéndome de los quebrantos recientes, y cuando ellos se decidieron a regresar a Barcelona, tras la rendición de la República, tomé un tren para París, con ese aturdido desencanto de quienes viajan a la conquista de su soledad. Había oído que en París no le resultaba del todo difícil a un refugiado español encontrar trabajo en las editoriales, como traductor o empleado en otras chapuzas más o menos negroides, y hacia allí me encaminé, de nuevo sin más equipaje que los lacerantes recuerdos.

Me hospedé en un hotelucho en la rue de Vaugirard, entre el teatro del Odéon y la rue de Monsieur le Prince, por cuyas habitaciones crujientes de cazcarrias y olorosas a *choucroute* habían desfilado en otra época el dramaturgo Strindberg y un Oscar Wilde que acababa de purgar en Reading el delito máximo de amar sin mordazas. Pero la prosapia literaria del hotel no lo eximía de haber degenerado en cónclave de apaches. Recorrí infructuosamente los despachos de las editoriales y a los pocos meses, sin un franco en los bolsillos, tuve que resignarme a sustituir el camastro del hotelucho de la rue de Vaugirard por los escaños más angostos y duros de las estaciones de ferrocarril. Con frecuencia sorprendía mi rostro legañoso y famélico reflejado en los escaparates de las pastelerías, un segundo antes de robar una bandeja de *croissants* con la que acallaba un hambre de semanas. Casi sin darme cuenta, me fui hundiendo en una vorágine de incuria y envilecimiento, como quien acata plácidamente un moroso circunloquio del suicidio. Todos los meses, tenía que presentarme en unas oficinas de la gendarmería, para renovar mi permiso de residencia, y las trabas a esa renovación se acrecentaban al no aportar yo un domicilio fijo, ni acreditar un oficio, ni aparentar un mínimo aseo. Recuerdo el invierno del año 40 como un errático peregrinaje por los pasadizos de la locura y la desolación, mientras el mundo en derredor, ajeno a mis aflicciones, se aprestaba a purificarse o enfangarse en otra guerra.

Y descendió la primavera sobre París, con una claridad de epifanía, con una tibieza de establo bien ventilado, y yo, cansada de dar tumbos y de asomarme durante el invierno al pretil de los puentes, para auscultar la profundidad del Sena, desperté de mi marasmo. El cielo era de un azul tan puro e incontaminado de nubes que los alemanes tuvieron que pintar el fuselaje de sus Junkers y Stukas del mismo color, para que no fuesen fácil presa de las defensas antiaéreas. Cada día que pasaba era más frecuente escuchar el estridor de sus motores sobrevolando retadoramente una ciudad pendiente de los aparatos de radio, que escupían desde primera hora de la mañana comunicados oficiales que se pretendían optimistas y hasta triunfalistas, pero por debajo de cuyos apóstrofes patrioteros se atisbaba un fondo de inquietud o fatalidad. De repente, empezaron a escasear las patatas y el pan, únicas viandas que componían mi dieta, y París se abismó en un silencio de inminencias, premonitorio del desastre. Yo ya conocía aquellas restricciones y aquellos silencios estrangulados, pero a veces me sorprendía concibiendo absurdas esperanzas, renuente a aceptar que la historia volviera a repetirse. Cuando Paul Reynard, presidente del Consejo de Ministros, anunció por radio, con voz agria pero sojuzgada, que Leopoldo III de Bélgica había capitulado, ofreciendo al ejército nazi la ruta expedita de Dunkerque, los franceses claudicaron a la evidencia, y empezaron a alzarse las voces que reclamaban la rendición, para evitar una matanza inútil de soldados en el frente.

El 14 de junio de 1940 desfilaron los nazis por los Campos Elíseos, rubios y beodos como dioses de una mitología nórdica, entonando cánticos que restallaban como latigazos de escarnio sobre el ánimo de aquel pueblo que amaba la libertad por encima de todas las cosas. El colaboracionismo se convirtió pronto en la moneda de trueque de los más pusilánimes o acomodaticios, pero seguían siendo muchos los franceses que volvían el rostro con un mohín de asco o escupían en el suelo cuando, al atardecer, se tropezaban en la plaza de la Concordia o en las terrazas del Bosque de Bolonia con un grupo de soldados alemanes que asediaban a las modistillas que regresaban a casa después de una jornada agotadora, o meaban con estrépito y presuntuosidad sus borracheras largamente retenidas. Un edicto de la autoridad invasora estipuló que los refugiados políticos residentes en París tendrían que ser trasladados a provincias, para evitar conspiraciones y conciliábulos; a mí me fue adjudicado como destino Chartres, ciudad que había sido ocupada el día siguiente que París, después de que su prefecto Jean Moulin fuera torturado por haberse negado a arriar la bandera francesa y a firmar un documento en el que se acusaba falsamente a unos soldados franceses negros de haber cometido diversos atropellos. El ejemplo de Moulin, que algunos años más tarde sería encargado por De Gaulle de organizar y unificar la Resistencia, y que acabaría siendo traicionado y entregado a sus verdugos, así como el ejemplo de tantos franceses anónimos que prefirieron entregar épicamente su aliento antes que compartirlo con los debeladores de su libertad, no fue infecundo: poco a poco fue calando en las conciencias un anhelo, más fuerte que el odio, de luchar por aquella República que había hecho de Francia el baluarte simbólico de la civilización occidental.

Supe, con gozosa convicción, que Francia no se rendiría nunca el preciso día de mi marcha a Chartres. Había ido a pasear por el jardín de Luxemburgo, mi paraje predilecto, donde las estatuas de piedra de las Reinas de Francia, magulladas de líquenes, contemplaban con vergüenza los verdes uniformes del enemigo. Los desdichados judíos del barrio se refugiaban durante horas y horas en aquel jardín, sentados en los bancos y comentando en coro su infortunio, con la estrella de David cosida obligatoriamente y de manera ostentosa sobre la ropa. La vida, en apariencia, discurría con placidez: las abigarradas flores seguían ilustrando los parterres; el aleteo vibrante de los pichones truncaba el murmullo del surtidor del estanque. Por los senderos de grava, semiocultos entre la fronda, jugaban y alborotaban los chiquillos que quizá se habían quedado huérfanos, o al menos despojados de sus padres, que seguramente yacerían en alguna cárcel o campo de prisioneros. Bajo los castaños en flor, los estudiantes cargados de libros y de inquietudes repasaban sus lecciones, con la amenaza de la guerra y la del servicio obligatorio de trabajo en Alemania suspendida sobre sus cabezas. ¿Quién sospecharía, paseando por aquel paraje tan parecido al paraíso, que una guerra despiadada segaba diariamente miles de existencias? Se encargó de recordárnoslo, de repente, un pelotón de soldados nazis, con el ruido acompasado que hacían sus botas sobre la grava y el eco de sus voces histéricas creciendo, amplificándose por las avenidas del parque. Estallaban, estridentes, una serie de pitidos agudos y de órdenes perentorias en alemán. Los guardas franceses del jardín empezaban a correr diligentes de un grupo a otro, empujando afuera a los desprevenidos judíos, que huían en desorden por las últimas puertas todavía abiertas. Estaba asistiendo, casi sin darme cuenta, a una de aquellas redadas de las que tanto había oído hablar. Los arrogantes vencedores venían en busca de rehenes, con preferencia —naturalmente— de raza judía. Agitados por un miedo más pujante que el afán de supervivencia, los judíos iban de aquí para allá, correteando con torpeza, incapaces de dar con las salidas que los compasivos guardas les indicaban. Una mujer muy gruesa que apenas podía correr se me acercó angustiada, mientras el pelotón de soldados se desparramaba por las avenidas del parque, apoderándose de cuantos judíos encontraba a su paso. Todas las verjas del jardín de Luxemburgo se habían cerrado ya, convirtiendo el lugar en una ratonera. Antes de que la mujer, paralizada por el pavor, pudiera abrir la boca le propiné un empellón, encajándola dentro de una de aquellas estrechas garitas que servían de refugio a los guardas del parque durante los chubascos. La muy cuitada apenas cabía en el reducido cubil, debido a su volumen; resollaba y gimoteaba mientras yo la empujaba sin miramientos, hasta que al fin logré embutirla en aquella maldita caseta. Reuní dos o tres sillas de hierro alrededor, y sobre la que disimulaba la entrada coloqué mi gabardina. Oí cómo la mujer, puesta en cuclillas, gemía desesperadamente, y le supliqué por Dios que callara y mantuviese aquella incómoda postura.

Me senté, afectando tranquilidad, y, al levantar los ojos, me topé con la mirada inquisidora de un chiquillo que había sido testigo de la escena, sin haber yo reparado en ello. Ya no me quedaba otro remedio que encomendarme a su misericordia; le lancé una mirada cómplice que contenía un ruego tácito y coloqué significativamente mi dedo índice sobre los labios. Una pareja de *feldwebel* avanzaba por la senda donde nos hallábamos. A pocos metros de nosotros, en un cruce de senderos, uno de ellos enfiló hacia la derecha, mientras su compañero se me acercaba decidido. Agaché la cabeza sobre el libro abierto que sostenía en las manos, simulando que leía; el chiquillo, inesperadamente, agarró el camión que llevaba bajo el brazo, lo colocó en el suelo y lo empujó con fuerza contra las botas del soldado, que se detuvo sorprendido. El temor a ser delatada me anudó la garganta, y un sudor atribulado bañó mis sienes. El teutón se agachó, tomó el camión y lo exploró como si fuese un artefacto explosivo, antes de devolverlo al suelo. El chiquillo entonces se colgó de uno de sus brazos y lo obligó a dar media vuelta. «Tengo la llave, ¡mira! —lo distrajo—. Le voy a dar cuerda para que veas la distancia que puede recorrer.» El soldado escuchaba con una sonrisa mansa en los labios, mientras el camión se alejaba en dirección opuesta a la mía. El chiquillo, aferrado a la mano del militar, propulsó su juguete hasta el cruce de caminos. Empecé entonces a vislumbrar la posibilidad de salir viva de aquella encerrona; el alemán había sacado una cartera del bolsillo interior de su uniforme y le mostraba una fotografía al niño, seguramente un retrato de familia en el que se congregaba su prole. El chiquillo observó el retrato con fingido interés y luego gritó (elevaba la voz para hacerse comprender mejor por el soldado): «¿Me esperas un minuto? Voy por mi chaqueta y en seguida vamos a enseñarle la foto a mi mamá, aquella rubia que habla con la del traje azul.» Y con el índice señaló a un par de mujeres que departían detrás de unos setos, esbeltas y menudas, dignas representantes de la belleza parisina. El alemán, aunque casado y con hijos, no parecía dispuesto a dejar pasar aquella oportunidad de galanteo que se le presentaba. El chiquillo vino corriendo hacia mí, agarró la chaqueta que había dejado sobre unas alheñas, me guiñó un ojo en señal de complicidad y regresó presuroso con el *feldwebel*, desapareciendo con él detrás del seto.

Esperé por prudencia unos cuantos minutos, y cuando ya estuve segura de que ambos se habían alejado definitivamente, aparté las sillas que obstruían la caseta y tranquilicé a la mujer que, encajonada en aquel exiguo espacio, se había quedado agarrotada y sin capacidad para moverse. Al poco, un guarda me ayudaría a incorporarla, y la judía, recuperado el resuello, empezó a llorar de purísima gratitud, ofreciéndose obsequiosa al guarda y a mí para aquello que deseáramos. «Se equivoca, señora —la corregí—. El responsable de su salvamento ha sido un chaval de unos doce años, que ha sabido tomarle el pelo a un sargento nazi, cuando ya se disponía a inspeccionar la caseta.» Y en aquel chaval, fiel transposición del *gavroche* que tan vívidamente retrató Victor Hugo, personifiqué el espíritu de indeclinable libertad que animaba aquel país valeroso e irreductible, y en justa correspondencia, quise devolver a ese país la enseñanza que me había transmitido a través de un niño.

En Chartres contacté con un grupo de la Resistencia formado por nueve franceses, dos polacos y dos checos. Chartres era una ciudad de calles fúnebres, impregnadas por el hollín de las chimeneas que cribaban el cielo y muy empinadas, tan empinadas que una a veces tenía que recostarse en las esquinas, como si estuviese borracha (pero quizá las borrachas fuesen las esquinas). Gatos traslúcidos maullaban, pegados contra las puertas, y un agua inmunda se escurría por los regatos que se habían formado junto a las aceras. Entre la bruma se recortaba, como un afilado bajel de piedra, una catedral gótica que parecía una alegoría del afán de ascenso de los franceses, ese afán de elevarse sobre el barro de la dominación; durante los bombardeos de la aviación nazi, los habitantes de Chartres habían desmontado, uno por uno, los cristales antiquísimos de rosetones y vitrales, para impedir que la onda expansiva de las explosiones los hiciese añicos, y los habían embalado cuidadosamente en las propias catacumbas de la catedral, como una sementera clandestina que algún día próximo se alzaría en todo su esplendor, para volver a beber la luz del cielo. Yo había conseguido trabajo como dependienta en un puesto de la plaza de la Pescadería, que regentaba una anarquista casada con un refugiado español. Hasta aquella plaza, rodeada de fachadas decrépitas, llegaba el olor nauseabundo de las cloacas que, mezclado con el de los jureles esqueléticos que se pudrían entre ramas de helechos, convocaba a los centenares de gatos vagabundos que deambulaban por Chartres. También solían acudir allí, hambrientos como los gatos, pero con pasos más medrosos, los judíos que aún no habían logrado escapar de la Francia ocupada; los miembros de mi grupo adoptamos una contraseña que nos servía para establecer contacto con estos judíos desarbolados sin levantar sospechas. Desde mi puesto de dependienta en la pescadería, me encargué de facilitarles documentación falsa y mensajes cifrados que les hicieran más llevadera la espera.

    Nuestro grupo de resistencia adoptó como distintivo el nombre de Jean Moulin, el héroe local. De los catorce que lo formábamos, hacia el final de la guerra sólo quedábamos en pie seis; los otros ocho habían sucumbido en las mazmorras de la Gestapo, sin que sus labios sellados y ferozmente jóvenes incurrieran en la debilidad de la delación. Eran muchachos incendiados de idealismo, la mayoría albañiles o carpinteros con preocupaciones intelectuales, que afrontaron las mutilaciones y la parsimoniosa muerte con los ojos fijos en un horizonte que negase la barbarie; hoy sus cadáveres se pudren en alguna fosa común, pero su espíritu disgregado hace que la tierra dé mejores cosechas. A mediados de junio de 1942, el grupo quedó disuelto, y los supervivientes nos repartimos por otros grupos de la Resistencia, siguiendo las directrices del propio Jean Moulin, que acababa de regresar a Francia, tras una convalecencia en Londres de las heridas que los nazis le infligieron durante la ocupación de Chartres. Yo conseguí un permiso para regresar a París, y me instalé en el barrio de Montparnasse, en plena avenida del Maine, la calle que cruza el cementerio, torva y amenazante de noche, más por los vivos que por los muertos. Desde mi buhardilla, entre licopodios sonámbulos y cipreses como cirios de luto, se veía la tumba de Baudelaire, y se veían también los trapicheos entre sepultureros y mujeres de la vida de la más baja estofa, que no tenían inconveniente en mantener sus transacciones carnales sobre las lápidas que luego les dejaban impresionado su cenotafio en la espalda, con una marca de lividez. En el barrio de Montparnasse convivían los bohemios incurables y los mártires callados, los aldeanos más palurdos y, sobre todo, los pintores que querían aprender el secreto de Modigliani. Esta vez —quizá porque me postulaba con mayor ahínco, y porque no podía permitirme el desliz de parecer una vagabunda, para no llamar la atención de las autoridades— conseguí algunos empleos esporádicos como traductora para una revista cinematográfica, profesora de español y lectora para editoriales. Una tarde, regresando a mi buhardilla después de entregar unos informes en la editorial Juillard, me tropecé en plena calle del cementerio de Montparnasse con un hombre muy

Ana María, hacia 1944.

flaco y desmedrado, muy macilento y como temeroso de que alguien le persiguiera. Con perplejidad y alborozo reconocí sus facciones de mosquetero, pese a que los años le habían acentuado las ojeras y reblandecido los carrillos: era César González-Ruano. Él tardó algo más en identificarme con aquella muchacha a la que había entrevistado y besado furtivamente doce años atrás, aquella muchacha «con plante de plomada» y cuerpo en «perfecta gravitación», como él mismo había escrito; la madurez y las penalidades habían afinado mi rostro y consumido mis piernas musculadas, y la lumbre inédita de mi cabello se empezaba a decantar hacia la ceniza. Sonó justo entonces el toque de queda y lo invité a subir a mi buhardilla. Con voz todavía prisionera del horror, mordiéndose las uñas renegridas que yo recordaba pulcras y esmeradísimas, me refirió que había sido arrestado por la Gestapo ochenta días atrás y conducido a la prisión militar de Cherche-Midi, donde había permanecido recluido durante setenta y ocho días, «entre humedad de olvidos, excrementos y llantos», como luego recordaría en una balada conmemorativa de aquellas vacaciones en el infierno. En el momento de su detención, César llevaba consigo, en los bolsillos del pantalón, doce mil dólares en efectivo, un brillante de nueve quilates y un pasaporte en blanco de un país sudamericano. Al principio se mostró reticente y esquivo, pero logré sonsacarle la procedencia de aquellos tesoros: aunque luego no faltarían calumniadores que le acusaran de entregar judíos a los ocupantes, después de haberlos engatusado con la promesa de proporcionarles una documentación falsa (con lo que cobraba de las dos partes), lo cierto es que César había juntado esa fortuna traficando con arte, una ocupación nada inusual entre los merodeadores de los bajos fondos parisinos con la que se obtenían beneficios fastuosos y casi instantáneos. Presté aquella noche mi cama a César, y yo dormí en el sofá destripado que ocupaba el vestíbulo, y escuché la narración embarullada que me hacía de su estancia en la cárcel, los interrogatorios de la Gestapo (que, al parecer, lo había confundido con un miembro de la Resistencia), las amenazas de fusilamiento que recibió y su liberación in extremis, cuando se recibieron informes favorables sobre sus actividades, tanto de Madrid como de Berlín y Roma, donde había aterrizado en los pasados años como corresponsal.

Frecuenté mucho a César, en los meses sucesivos, en el estudio que tenía alquilado en el número 23 de la rue Campagne Première, también en el barrio de Montparnasse, donde su esposa, Mary, organizaba para los amigos españoles unas cenas suntuosas con los bonos canjeables por comida que César adquiría en el mercado negro, y que estaban vedados para el común de la población civil. Por aquel estudio solían aparecer muchos cantaores y toreros refugiados, y también escultores y pintores, como el brutote Mateo Hernández, doblemente herniado de golpear con el escoplo los bloques inmensos de pórfido, mármol y granito de los que extraía figuras primigenias, o como Óscar Domínguez, el surrealista canario, cabaretero y amigo de jaranas. En nuestras respectivas casas teníamos que conformarnos con una dieta invariable de lentejas rancias, y aquellos banquetes *chez* Ruano, sabrosamente regados de Borgoña, nos dejaban servidos para tres o cuatro días. Los refugiados españoles en París habíamos desarrollado, como los camellos, una reserva alimenticia en algún lugar inconcreto del organismo (carecíamos de joroba, quizá de ahí nuestra suerte aciaga) que nos permitía afrontar ayunos nada breves. De aquella amistad parisina con César, prolongación de otra amistad efímera y apenas formulada que se solventó en los salones del monasterio de El Escorial, queda constancia en la dedicatoria que me escribió, de su puño y letra, en las páginas de respeto de un ejemplar de su libro *Caras, caretas y carotas:* «A Ana María, después de, ¿cuántos años?; en ella como después de una Primavera más // Este librejo de los tiempos sin dinero y con esperanza // De su admirador, // César // París 1942.» Seguía hablando con voz de barítono caliente, y seguía tan galante como de costumbre, pero él sabía tan bien como yo que los años no se suceden como una primavera más, sino como un otoño acérrimo que nos vilipendia y ultraja y nos va sepultando entre la hojarasca de las pasiones revocadas. César regresó en 1943 a España, donde con habilidad y algunas tragaderas había conseguido que se le considerase leal al régimen, a pesar de no haber pisado por allí desde las ya lejanas fechas del alzamiento; creo que se instaló en Sitges, donde vagueó durante una larguísima temporada, sin publicar en los periódicos, dilapidando el dinero de sus trapisondas parisinas. Ya no lo volvería a ver: cuando en 1969 regresé de visita a España, llevaba cuatro años muerto, y su nombre, que había sido el de un monarca vitalicio del periodismo literario, ya empezaba a disgregarse en el olvido, aunque hubiera dejado discípulos que lo saqueaban a mansalva.

Los últimos meses de dominación alemana fueron también los más rigurosos en persecuciones y purgas. Los nazis, poseídos por esa vesania acorralada que produce la certeza de una derrota inminente, menudeaban sus registros y redadas. Dormía siempre vestida, con el suéter encima del pijama y el oído avizor, para distinguir el estrépito marcial de sus botas subiendo la escalera. Apenas un par de meses antes de la liberación de París, un coche de la Gestapo se detuvo con un frenazo brusco ante el portal de la avenida del Maine donde se hallaba mi buhardilla. Salté de la cama con una prontitud que no me asistía desde que abandoné los ejercicios atléticos, salí al balcón y me descolgué hasta la cornisa, de una anchura apenas mayor que mi pie. Con mucho tiento, evitando mirar hacia abajo (mi buhardilla coronaba un edificio de cinco pisos), me fui deslizando hasta la fachada posterior, en el patio de luces, engalanado de sábanas blancas que relumbraban en la oscuridad como sudarios fosforescentes. Allí permanecí durante horas, con la espalda pegada a la pared rugosa, conteniendo la respiración, mientras los soldados nazis convertían la escalera que conducía hasta mi buhardilla en una escandalera de imprecaciones y linternas que hurgaban los escondrijos de la noche. Forzaron la puerta de mi estudio y, al reparar en la cama deshecha y en las sábanas que todavía conservaban mi temperatura, empezaron a proferir blasfemias e incriminaciones. Escuché, mezclados con la estampida de palpitaciones que me retumbaban en el pecho, el estruendo de mis enseres, que eran barridos de las alacenas y estrellados contra el suelo, el revoloteo de los cuadernos de notas donde esbozaba mis poemas, y también de los pocos libros que había logrado reunir rebuscando en los puestos de saldos. Destriparon colchones, descuartizaron muebles y hasta levantaron baldosas, en busca de algún papel delator que no encontraron. Yo permanecía muda y agazapada en la cornisa, en aquel estático funambulismo que duraría hasta el amanecer, cuando ya la patrulla de soldados nazis hacía tiempo que había marchado, en pos de otras rapiñas más fructíferas.

El grito verde de los gallos perforaba, a lo lejos, las brumas desflecadas de París, y las veletas despertaban de su sueño ecuestre. El patio de luces se pobló de golondrinas alocadas que, después de abandonar sus nidos (suspendidos de la misma cornisa que me sostenía), se abalanzaban, como dardos de noche, sobre los insectos más madrugadores. Sus vuelos repetidos e insistentes por el patio de luces me recordaron el paseo obsesivo de los prisioneros que miden el patio de su cárcel con zancadas premiosas. París también era una cárcel tumultuosa y laberíntica que a partir de ese día tendría que recorrer día y noche, infringiendo los toques de queda, sin poder regresar a la buhardilla que había sido mi vivienda. Elevé los ojos al cielo, y me pareció verlo enrejado por barrotes hostiles. Estaba atrapada y otra vez sola, sin más habitación que mis recuerdos.

IX

COMO LÁGRIMAS EN LA LLUVIA

Una pena delgada como un manantial en pleno estiaje se había adueñado de mí. No se trataba de una pena arraigada y nítida (mucho más sencilla, por lo tanto, de extirpar), sino de algo más inconcreto, como una herida que no deja trazas ni cicatrices y sin embargo nos devora por dentro, dispersando sobre nuestro espíritu una ceniza helada. Ni siquiera la liberación de París, con el desfile de tropas aliadas que traían en los ojos los paisajes de una Europa masacrada que se esforzaba en renacer; ni siquiera las medallas y condecoraciones que me impuso la República, agradeciendo mis servicios a la Resistencia, lograron amortiguar ese decaimiento íntimo, que sería mi condena perenne hasta hoy. Tomé clases de lengua y literatura en la Alliance Française y aseguré mi subsistencia con eventuales encargos de las editoriales y con clases particulares que me depararon algún aprendiz ilustre, como el académico André Maurois, que asimiló en poco más de dos meses los rudimentos de la gramática española. También compuse letras para canciones y participé en emisiones radiofónicas para refugiados españoles, donde invocábamos el país que nos había sido arrebatado, el país de la ausencia donde habíamos enterrado el corazón.

Y así dejé que pasaran los años, enclaustrada entre murallas de silencio, removiendo el légamo de los sueños que no habían llegado a concretarse. Mientras la muerte se paseó por el mundo, envuelta en los ropajes del fanatismo y la intolerancia, tuve una razón para proclamar que estaba viva, y para vindicar la fecundidad de esa vida impidiendo que otros murieran. Una vez que la tozuda vida volvió a restablecer sus ciclos, me replegué en mi soledad. Sentía mi cuerpo como un caparazón inerte y cercenado al que le había sido negada la única compañía que lo hubiese podido completar, el único amor que hubiese podido rescatarlo de aquel pozo de ensimismamiento. A mi garganta acudía, como un temblor nevado, el recuerdo de un pasado abolido que hubiese sido mejor olvidar. Pero no podía hacerlo. El veneno del recuerdo me filtraba sus gotas de suspenso dolor y me iba abismando más y más en un mundo nocturno acechado por la locura, tanteado por la yedra tenaz del suicidio, que trepaba hasta mi ofuscada inteligencia y me susurraba su grata melodía de abandono. Pero tampoco podía quitarme la vida: me faltaba valentía para ello, y subsistía en el fondo de mi memoria un escrúpulo religioso que me prohibía hacerlo. Y decidí seguir sufriendo al filo de la vida, vulnerada para siempre por los recuerdos de aquella cárcel que, poco a poco, se fue transformando en una alucinada fantasmagoría.

Hacia 1947, con dieciocho francos en el bolsillo, viajé a Cannes, buscando sus olivos y su mar en lontananza, que me refrescaban el paisaje de aquella isla que albergó mi espejismo de felicidad. No teniendo medios de subsistencia, me animé a rescatar del desván de las aficiones revocadas mi gusto por la pintura, que en la juventud me impulsó a matricularme en la Lonja, la Escuela de Bellas Artes y Oficios de Barcelona, un local de aulas oscuras, mal ventiladas, llenas de goterones y de humedad, adonde solían acudir los obreros con inquietudes artísticas después de entregar su vigor en las fábricas. Con los dieciocho francos me compré lienzos, bastidores, un caballete, pinceles y tubos de pintura al óleo, y monté mi modesto estalaje en el paseo de La Croisette, cónclave de pintores callejeros que asaltaban a los viandantes, ofreciéndoles un retrato al natural. Yo me colocaba mirando hacia el mar y mojaba los pinceles en la luz macerada del pasado, y pintaba casas de albayalde, y la planicie cabrilleante y azul donde me bañé desnuda, y la blancura ardiente de los caminos calizos, y las higueras de fruto obsceno, y el sol alumbrando como una fragua los bosques de pinos, y la música de norias lentas y cigarras también lentas. Un día se me ocurrió pintar aquellos mismos paisajes en fulares de seda, con un polvillo de oro cuya inhalación me dejó deshechos para siempre los bronquios. Aquellos fulares se los vendí a la propietaria de una tienda de modas del Cap d'Antibes, que en seguida encontró para ellos una clientela ávida de novedosas fruslerías. En pocos meses, me vi trabajando a destajo en la confección de aquellos pañuelos que luego, por la noche, apostada en el paseo de La Croisette, veía convertidos en piadoso camuflaje de tantas señoras de postín que ya no se atrevían a mostrar sus cuellos ajados. Junté bastante dinero pintando pañuelos, y mucho más aún cuando la Begum, la mujer del Aga-Khan, que al parecer era una de las compradoras más reincidentes de aquellas bagatelas, me encargó la decoración de una quinta que acababa de adquirir en Cannes. A ese encargo se sucedieron otros similares, que yo aceptaba entre divertida y escéptica, con ese fondo de cínico desconcierto que debe de embargar a los impostores involuntarios.

Sin embargo, el esnobismo de aquellas gentes, podridas de ociosidad y de millones, no me complacía demasiado. En pocos meses, me habían convertido en la decoradora más solicitada de la Costa Azul: me invitaban a las inauguraciones de sus villas y a las fiestas beodas que organizaban casi diariamente para disipar su tedio, me agasajaban y se me disputaban con una premiosidad crematística que me recordaba las pujas de las subastas. Aquel gatuperio de advenedizos no tardó en asquearme, así que recogí mis bártulos y me marché, a seguir incubando mi soledad. Había reunido una cantidad nada despreciable, pintarrajeando pañuelos y decorando mansiones, que invertí en la compra de unos terrenos en Montauroux, una localidad que debe su nombre a las retamas que incendian sus colinas, como una lava que en primavera compite con el mismo sol. Mandé construir una casa de paredes enjalbegadas de cal en lo alto de un alcor y me dediqué al cultivo del espliego y el jazmín, dos plantas muy apreciadas por los fabricantes de perfumes. Por la noche, sentada en una mecedora, contemplaba desde el porche aquel paisaje bucólico que descendía por la ladera y se extendía sobre el valle: los almendros núbiles que flanqueaban el camino de descenso y fosforecían en la oscuridad; los riachuelos que anegaban las praderas de espejos sigilosos; la alfombra confusa de flores que llenaba el aire de una embriaguez propicia. En el jardín de mi casa, había plantado una higuera que extendía la sombra de sus hojas sobre la superficie del estanque, como si quisiera profanar con sus dedos ásperos el reflejo de la luna. A lo lejos, al fondo del valle, entre el repliegue de dos colinas, asomaban las luces solitarias de algunos caseríos, y más allá, detrás de los contrafuertes abruptos de las montañas que cerraban el valle, se proyectaba sobre el cielo el resplandor de los pueblos que bordeaban la costa: Agay, Théodule, Anthéor, Trayas. Las estrellas, como un sínodo de luciérnagas, teñían de colores lívidos las cimas, convertían las colinas en un oleaje repetido y armonioso que avanzaba hacia los prados y derramaban su luz sobre los muros enjalbegados de mi casa, extrayéndoles un intenso fulgor. Y las estrellas desde su altura vertiginosa, y el violento y cálido perfume que ascendía desde las plantaciones de flores me arrebataban a un mundo de ensoñaciones y quimeras.

Y así, noche tras noche, hasta que de las chimeneas de los caseríos brotaba el primer penacho de humo y el canto de los gallos indagaba el amanecer. Yo permanecía en mi mecedora, buceando en el océano torvo del olvido, regresando siempre a aquellos días en que fui feliz, a sabiendas de que su recuerdo sólo me brindaría la dentellada del dolor. Y para protegerme de esa dentellada, quise arrullar un sueño que ya figuraba en mis primeros versos. Y así fue como apareció ante mí, en una de aquellas noches ensimismadas, un hombre llamado Claude, de rostro cetrino y ojos garzos, un ingeniero de caminos encargado por el Gobierno de reparar los destrozos que la guerra había causado en aquella región; su misión consistía en reconstruir puentes, en desactivar minas, en apuntalar iglesias derruidas. Cuando lo vi subir por el camino escoltado de almendros, en la primavera de 1950, lo confundí con aquel ángel custodio que durante mi infancia batía las alas en el balcón de mi alcoba, agitando los cortinajes, y sentí la presencia de un amor blanco, todo blanco, agitándose dentro de mí.

Y soñé entonces que, después de tantos años de arisca pureza, quizá había llegado el momento de rescatar mi vida de entre los escombros en que yacía postrada. Y sentí el calor de Claude, su cuerpo de cisne o ángel custodio envolviendo mi cuerpo aterido por un instante, mientras las estrellas suspendían su rumbo milenario, y depositando en mí la semilla que se posaría dulcemente sobre las entrañas que yo creía infecundas. Y soñé que concebía sin pecado a una niña rosada que empezó a crecer dentro de mí, como una bandera de esperanza que nadie podría arriar. Y mientras me fundía en el poderoso imán de aquellos ojos garzos de Claude que se cernían sobre mí, soñé con otros ojos que no fueran los míos, de color avellana, ni tampoco los ojos de Claude, sino otros ojos inéditos, de un color índigo oscuro, más violeta que azul. Unos ojos que compendiaran el cielo y el mar, la amatista y el zafiro, el aciano y el espliego, unos ojos que se abrieran en mitad del pozo ciego de la noche para convertirse en mi país, mi religión y mi fuerza. Y, junto a esos ojos, soñé con un cuerpo amasado de sol y de nácar, tibio como el pan, que pudiese estrechar junto al mío, para escuchar el ritmo lento y confiado de su corazón, en contraste con el palpitar desenfrenado del mío. Y así nació Patricia, como un sueño alzado del fango. De su padre, aquella aparición nocturna que descendió sobre mí, para devolverme la fertilidad y en seguida desaparecer, llevado por el viento, nada volví a saber a ciencia cierta. Me dijeron que murió en Argelia algún tiempo después, despedazado por una mina que no pudo desactivar a tiempo. Pero ni su muerte, ni la muerte unánime del mundo, me distraían de mi sueño hecho carne, a quien veía crecer, prieto y dorado como una gavilla, a quien enseñaba los primeros balbuceos del idioma, a quien ungía de besos y tomaba entre mis brazos y alimentaba con mi leche, para que creciese como una prolongación de mí misma. Por las noches la sacaba al porche de la casa y le contaba las mismas historias que Soledad, la niñera, me había contado antes a mí, y velaba su descanso agradecida de haberla procreado e inquieta de que mi herida fortaleza no bastara para ampararla.

 Y un día aquel sueño que había fraguado como una tregua a mi soledad enfermó, y, de repente, me encontré a solas hablando con el cadáver de un sueño. Y su rostro rubio y su cuerpo como una vara de mimbre quedaron tronchados entre mis brazos. Habían sido seis años de absorta felicidad que un ataque de meningitis había pisoteado y reducido a escombros. Desde entonces, deshabitada de mis propios sueños, sólo he sido una sombra que ni siquiera deja huellas en la tierra. Enterré a Patricia en una de aquellas coli-

Ana María en Montauroux.

nas peinadas por la brisa que rodeaban mi casa en Montauroux; la tierra removida tenía una calidad de ceniza húmeda y exhalaba un olor funeral que contrastaba con el límpido aire de la primavera. Allí quedaban los restos de mi coraje, allí se pudría la última semilla de sueño arraigada en mi sangre. Huyendo de mi propio desamparo, crucé el océano y recorrí el mundo entero, pero todas aquellas geografías que desfilaban ante mí lo hacían inútilmente, porque yo permanecía recluida en otro mundo interior y clausurado para siempre, extranjera de la vida, enmarañada en un espesor de niebla. Viajé durante algún tiempo por los Estados Unidos, despiadados y hospitalarios; conocí la púrpura fastuosa de los arces de Tennessee, los crepúsculos laboriosos y triviales de San Francisco, el galope desbocado de los caballos de Kentucky resonando sobre la pradera como sobre el parche de un tambor, el enjambre furioso de Nueva York, el rojo desierto de Arizona y ya por fin los otoños leonados de Illinois, asaltados de ardillas vivaces que trepaban a los árboles desnudos y a veces se aventuraban por el asfalto, casi tan veloces como los automóviles que las atropellaban. Mis conocimientos de lengua y literatura, refrendados por mis títulos de la Alliance Française, me sirvieron para conseguir un contrato como profesora asistente en la Universidad de Illinois, en Urbana. Durante los quince años que permanecí en aquel lugar nadie me hizo preguntas ni inquirió por mi pasado; quizá mis colegas americanos intuyesen que debajo de mi envoltura carnal se arremolinaba el tenebroso vacío del alma. Como las autoridades federales se negaban a concederme un permiso definitivo de residencia, tenía que solicitar cada dos años visados temporales, que a su extinción renovaba, intercalando entre las peticiones estancias de cuatro meses fuera del país que mantuviesen aquella absurda ficción de interinidad.

En uno de aquellos viajes que me reconciliaban con mi destino errante volví a Francia, para comprobar que ni siquiera la proximidad a una tierra donde habían quedado tantos jirones de mi memoria me producía efecto alguno. En otro de mis viajes recorrí Hispanoamérica, de Guatemala a Bariloche; tampoco el descubrimiento de aquellos parajes insospechados, versiones antípodas del paraíso, logró conmoverme. Otra vez viajé a Suecia y me extravié en los inaccesibles macizos rocosos de Kednekajse y Laponia, y me bañé en la isla de Gotland, y en el lago de Mälaren, pero mi helado corazón ni siquiera se inmutó. Vagando por la región de Kvikkjokk, extraviada en una selva de apretados abetos, coroné la cima del monte Vallespiken y vi desde allí el sol de medianoche surgiendo como un bostezo de cansina luz sobre un cielo de estaño. Ante aquel espectáculo de soberbia desolación, sentí que por fin podía disgregarme en la naturaleza.

Pero no había llegado aún mi hora. Seguí impartiendo mis tediosas clases en Urbana, ante un auditorio de quince o veinte jóvenes que ni siquiera me prestaban atención, esa limosna de la cortesía. Tenía la aciaga impresión de gritar en el desierto o arar en el mar, la humillante certeza de estar alargando hasta el paroxismo mi fracaso, anestesiándolo con la repetición de unas rutinas que no merecían la designación de vida. En setiembre de 1969, aprovechando otro de aquellos desalojos forzosos que tenía que cumplimentar para poder renovar mi visado, vine a España, después de treinta años de ausencia. Busqué las playas de Mallorca, donde concebí un espejismo de plenitud que sólo duró una semana, pero las encontré deshonradas por un turismo zafio y bullanguero, acorraladas por edificios voraces que albergaban dentro de sí cubículos donde ese turismo se amontonaba, en una orgía de adocenamiento. Busqué también las calles y esquinas de mi Barcelona, pero en lugar de la ciudad que respaldó mi juventud me tropecé con una pesadilla de cláxones y cemento. Sin resto alguno de vanidad, como quien deposita una corona de crisantemos sobre su propia tumba, hice imprimir en León, adonde había viajado para visitar a unas primas, un grueso volumen de versos que recopilaba algunos de los poemas que había escrito en aquellos treinta años laberínticos de ilusiones aniquiladas y repetidas muertes. Al impresor, después de pagarle un poco más de lo que me exigió, le rogué que distribuyera los ejemplares por las librerías de Barcelona; yo sólo me quedé con uno, que dejé sobre un banco, en el jardín de una mansión del paseo de la Bonanova. Tan segura estaba de que mi libro constituía una ofrenda inútil que ni siquiera alcé la cabeza, cuando lo abandoné sobre el banco, para comprobar si desde alguna ventana estaba siendo espiada. Prefería pensar que nadie había presenciado aquel gesto estéril, prefería pensar que nadie había contemplado el deterioro que los años me habían infligido. Y prefería, sobre todo, pensar que esos mismos años habían respetado a la destinataria de mis poemas, preservando su belleza incólume. Recuerdo que, apenas dejé el libro sobre el banco, como si el cielo hubiese querido anticiparme cuál iba a ser su destino, le cayeron las primeras gotas de una lluvia mansa y claudicante, que persistiría durante todo el día y también en los días sucesivos. Imaginé, en las horas consumidas en el hotel, mientras la lluvia incorporaba su argumento monocorde al hastío, cómo el agua iría calando y apelmazando el papel, cómo iría haciendo de aquellas páginas una misma pasta indiscernible, cómo las palabras de descompuesta tinta se irían sobreponiendo unas a otras, ecos que se cruzan en medio del caos, hasta degenerar en un griterío sin destinatario.

Alargué durante unos meses mi estancia en Barcelona, en un esfuerzo baldío por recuperar las ruinas de mi juventud, pero allá donde iba sólo reconocía los estragos de la muerte. Muchos de los rostros que me habían sonreído un día se habían desvanecido para siempre, y los que aún perduraban habían dimitido de su sonrisa y la habían suplantado por un gesto de huidiza adustez. Quienes treinta años atrás me ofrecieron su amistad, ahora sólo me ofrecían un amilanado saludo que era a la vez una súplica para que no los comprometiese con mi compañía ni les recordase su rendición. Habían conseguido camuflarse entre los rebaños sumisos de la victoria y mi mera proximidad los injuriaba con la reminiscencia de la derrota. Entre tantos signos de mezquindad y abyección, me sentí por primera vez en mucho tiempo limpia y enhiesta: al menos mi biografía no se había ensuciado con la traición; al menos mi espíritu, doblegado por tantos sinsabores, no se había puesto de ro-

Elisabeth Mulder.

dillas. Había caído y mordido el polvo muchas veces, es cierto; pero sólo cae quien permanece en pie. Sobrellevar aquel sucedáneo de vida reptil se me antojaba mucho más cruel y asfixiante. A mi antología poética, que el impresor había repartido casi clandestinamente por las librerías de Barcelona, no le faltaron algunos reseñistas atentos, pero sobre ella cayó mayoritariamente la mortaja del silencio, que era la común arma que los enterradores empleaban para oficiar el entierro prematuro de quienes, como yo, habíamos elegido (si es que en la necesidad hay elección) el exilio.

Y a ese exilio volví (aunque en realidad nunca tuve conciencia de haberlo interrumpido), como quien vuelve a su patria, que es el país de las sombras. Seguí sumando bienios en la Universidad de Illinois, hasta que el gobierno americano se avino a concederme un permiso de residencia definitivo y, más tarde, una pensión. Cuando aquella novela por entregas que fue la agonía de Franco concluyó, quise instalarme en mi tierra, empujada por esa curiosidad escéptica del espectador que asiste a la restauración de unos ideales por los que antaño luchó y que hoy se limita a aplaudir sin demasiado ímpetu, después de un éxodo que lo ha ido dejando sin ganas de volver a ilusionarse. Accidentalmente, leí un anuncio en la prensa en el que se encomiaban los encantos naturales de Moià y se ofrecían viviendas de renta accesible; un principio de asma (primer síntoma de un larguísimo rosario de achaques que me irían reduciendo a este despojo que ahora veis) me disuadió de respirar el aire turbio de las ciudades y me animó a acatar la convocatoria de aquel anuncio. Durante estos veinte años últimos, he asumido con apagado deleite los hábitos de un anacoreta: he rechazado el trato con los hombres, he apagado voluntariamente mi voz, he aceptado como una reprobación o un remordimiento las íntimas tragedias con que la vida me ha arañado. He vivido encerrada en la jaula de mis recuerdos, que ahora os abro, con la misma mala conciencia con que el carcelero libera al prisionero que, hambriento y consumido de vigilias, expira sin fuerzas para dar un paso.

Y, entre mis infinitos recuerdos fugitivos que ya palidecen y se desdibujan en la argamasa consoladora del olvido, sólo uno persiste y se sobrepone a los demás. He visto cosas que nadie creería: mariposas de dibujos jeroglíficos azotando mi rostro con su vuelo de seda dormida; bosques frondosos de secuoyas cuyo tronco no podrían abarcar tres personas, y entre cuyas copas no lograba penetrar la intrusa luz; estampidas de bisontes sonámbulos arremetiendo contra la noche ciega; el pavor espiral de un tornado y el vómito de fuego de un volcán; bandadas de pájaros echando a volar quince segundos antes de que un terremoto asolase la ciudad de Guatemala. Pero todos estos momentos se pierden en el tiempo, como lágrimas en la lluvia, al lado de aquel otro momento en que vi por primera vez su rostro. El momento en que, después de remejer entre las estanterías de una biblioteca atestada, giré la cabeza y contemplé la aparición de una mujer increíblemente delgada y esbelta, de unos veinticinco años, de tez un tanto pálida y labios en los que palpitaba un mohín de inteligencia. Todavía hoy, cuando invoco a Elisabeth Mulder y recuerdo sus cabellos de un rubio oscuro enmarcando el óvalo renacentista de su rostro, y sus dientes expectantes, y el verde infrecuente de su mirada que parecía reflejar lejanías inexploradas, cielos y mares inéditos, oros y sombras sobrevolando un magnético abismo; todavía hoy me pregunto si el eco de aquella visión que permanece impreso en mi memoria no habrá sido embellecido por la fantasía. Y por más que me trate de convencer a mí misma de que tanta belleza no es posible, sigo soñando con ella cada día, y sigo caminando hacia ella, y su rostro me sigue llamando a través del velo de cenizas de la muerte, a través de los inciertos pasadizos de niebla que anteceden a la tierra prometida. Y la visión de su rostro ensancha de eternidad las pocas horas que me restan, y adelgaza la espera, y me resarce de las muchas horas de angustia secreta que han compuesto la travesía de mi vida.

    Y ahora, disculpadme. Estoy cansada, y quiero cerrar los ojos.

EPÍLOGO

De nada nos habría servido la insistencia. Hubiésemos querido conocer con más detalle aquel vasto páramo de cuarenta años que había despachado como si se refiriese a una existencia superflua, pero habíamos prometido que no la hostigaríamos con interrogatorios. Por otra parte, nos había recalcado desde el principio que sus confidencias no aspiraban tanto a fijar cronologías como a esbozar una biografía del corazón; y el corazón de Ana María Martínez Sagi, sonoro de tormentas y anclado en aquella isla donde había vivido un vertiginoso instante de plenitud, allá por abril de 1932, había prolongado su obstinado latido hasta aquel día en que enterró a su soñada hija Patricia en una colina peinada por el viento y sembrada de jazmines. La mujer que había sobrevivido a aquel enterramiento, «extranjera de la vida» y ajena al mundo, se había conformado con dejar que el tiempo ejerciera su paulatina estrategia; los cuarenta años que se habían amontonado sobre sus espaldas eran como las paletadas de tierra con que cubrimos un cadáver, una sustancia excedente que no afecta al hecho intrínseco de la muerte. Ana María Martínez Sagi, después de hacernos sus confidencias, había cerrado los ojos, como si buscara en el silencio y en la oscuridad el aposento interior donde la aguardaba aquel rostro que hacía palidecer los otros cientos o miles de rostros que habían ilustrado sus días.

Ni siquiera nos atrevimos a preguntarle si tenía noticia del fallecimiento de Elisabeth Mulder, acaecido diez años atrás. Las triviales contingencias de la carne no parecían ejercer ningún imperio sobre la beatitud que se había derramado sobre sus facciones nonagenarias, al invocar aquel recuerdo tenaz. Quisimos ayudarla a incorporarse de la butaca y guiar sus pasos hasta la cama como habíamos hecho otras noches, cuando cerca ya del amanecer sus labios se quedaban sin saliva, pero ella nos lo impidió con un ademán de la mano imperioso y suplicante a la vez. Asentimos con mudo recogimiento, y contemplamos por última vez su perfil rugoso que los primeros clarores del día, todavía tímidos, lavaban de arrugas. Mientras nos alejábamos de su casa por calles asfaltadas de sombra, su voz, que ya se había extinguido, resonaba dentro de nosotros, como el eco de un mundo mejor que ya se acaba.

No nos atrevimos a cruzar palabra durante largo rato, ignoro si por temor a quebrar el encantamiento en que habíamos dejado absorta a Ana María Martínez Sagi, o por culpa de esa parálisis verbal que produce la emoción. Cuando, un par de semanas más tarde, por fin nos decidimos a escuchar las cintas grabadas, las cavilaciones fueron sustituidas por esa suerte de alivio estético que produce la recomposición de un orden. Nuestros rastreos en hemerotecas y pesquisas documentales nos habían deparado al personaje público que Ana María Martínez Sagi había sido en los años más ajetreados de su existencia. La lectura de sus libros nos había mostrado la sensibilidad doliente de una criatura que añadía a su agitada peripecia como testigo de su tiempo (o anticipado a su tiempo) un sutilísimo y casi inasible mundo interior. Aquellas grabaciones nos aportaban el sedimento íntimo y vital que explicaba a la mujer que se rebelaba contra las convenciones y vivía apasionadamente las transformaciones del siglo, y también a la poetisa que vestía su espíritu con el escueto atuendo del desamparo. Al superponer esos tres sustratos de la mujer atisbada hasta entonces fragmentariamente, los contornos de la figura se completaban, y Ana María Martínez Sagi comparecía nítida y entera. Algunas cicatrices de penumbra alteraban la perfección del retrato (las alusiones a su hija Patricia, por ejemplo, no sabíamos si adscribirlas al territorio tangible de la realidad, o al territorio más nebuloso de los deseos), pero también el misterio no perturbado ayuda con frecuencia a explicar lo que una indagación minuciosa sólo contribuye a despojar de magia.

La voz grabada de Ana María Martínez Sagi, aun siendo la suya propia, parecía venir de muy lejos, como rescatada de algún planeta de ultratumba. Escuchamos las cintas diez, veinte, cien veces, hasta desgastarlas con nuestra atención insaciable y atónita. Resultaba paradójico comprobar cómo aquel «instante de plenitud» en la isla de Mallorca que, según la propia Ana María, había otorgado argumento al caos de sus días, constituía una alusión y una referencia constantes cuyas vicisitudes había preferido eludir. La elipsis, aparte de una suprema y pudorosa cortesía, también puede ser una forma de sabiduría narrativa. Ana María Martínez Sagi había organizado sus confidencias en torno a una elipsis, elección que en cierto modo demostraba que aún se sentía con un último depósito de fuerzas para seguir custodiando su tesoro más preciado. Este resto de justa avaricia quizá hubiese contrariado a un biógrafo convencional, pero no desde luego a nosotros, que habíamos afrontado nuestra tarea dispuestos a jugar a las adivinaciones. Por eso nos pareció un regalo innecesario (hermoso, pero innecesario) que algunos meses después, cuando Ana María Martínez Sagi tuvo que ser internada en un hospital, martirizada por dolores que sólo podía apaciguar la morfina, nos enviara un sobre de papel de estraza en el que viajaban un delgado rimero de cuartillas y un cuaderno de cubiertas rojas (pero de un rojo que se había vuelto oxidado y anémico, por efecto natural de los años). En las cuartillas, mecanografiados, figuraban algunos poemas escritos con posterioridad a 1969, agrupados bajo el despojado título de *La voz sola* y de nuevo consagrados a engrandecer y ensanchar el influjo y la reverberación de aquel instante de plenitud acaecido en abril de 1932. El cuaderno, sembrado de una letra menuda y fluvial que no respetaba los márgenes, mostraba tachaduras y correcciones con otra letra más picuda y estancada que revelaba una revisión al cabo de muchos años, como si la escritura emergida de la espontaneidad hubiese sido refrendada (y sólo mínimamente rectificada) por la escritura más reposada de la memoria. Los textos que cobijaba aquel cuaderno, muy vívidos en la descripción de sensaciones y paisajes, se aproximaban a las entradas de un diario que hubiese renunciado a las precisiones cronológicas, sustituyéndolas por una imprecisa atmósfera bucólica. La calidad amarillenta y como disecada del papel, así como el ímpetu juvenil de la caligrafía, invitaban a pensar que la redacción de aquellas prosas había discurrido simultánea a los sucesos que celebraban; su tono encendidamente lírico y turbadoramente carnal justificaba que Ana María Martínez Sagi no las hubiese cedido jamás a la imprenta. He aquí algunos pasajes de aquel diario prohibido que el correo había puesto en nuestras manos:

Fuerte como raíz milenaria, tumultuoso como el mar, alto como un sueño, perenne como el latido estelar, fiel como mi propia sombra ha sido mi amor por ti.

Fuente de inquietud creadora, de dolor y felicidad a un tiempo, bebí en sus aguas con avidez y fiebre. Los instantes de plenitud más perfecta, las horas de desolación y tortura más acerbas me las dio este amor que, como una llama viva, me alumbra y me consume íntegra.

Manuscrito de Ana María Martínez Sagi.

Cuando muera la raíz de la vida y se extinga bajo tierra el eco de las voces, cuando mares y continentes desaparezcan en la nada, perdurarán en mi memoria el más leve de tus gestos, la más insignificante de tus palabras. Porque mi amor en lo hondo habrá de perdurar más allá del sueño definitivo reflejado en mis cantos, reencarnado en las sombras.

Abierta estoy de una herida incurable, atada a mi pasión, desmembrada, rota, transida por la fuerza de este amor tiránico y maravilloso.

Obra tuya soy: porque descubrí en tus brazos la vida y mi luz verdadera. Obra tuya soy: porque me despertaste a la realidad de los sentidos, a la belleza múltiple del arte, a las emociones puras del espíritu, a la felicidad suprema y al infinito dolor. Obra tuya soy, destello y reflejo de una imagen que del corazón levanté, más allá de los cielos fúlgidos.

En tierras tristes de soledad crecía mi espíritu. Hurtándolo por orgullo y pudor a las miradas ajenas. La única luz que lo traspasó fue la de aquella fulgurante llama que triunfaba en tus ojos, cuando sagaz me descubriste.

He vivido fuera de mí, prisionera de tus ecos, atenta a tu latido y a tu pensamiento. Las huellas que dejo, las lágrimas que vierto, los versos que escribo, no son míos: son tuyos, única y exclusivamente tuyos.

* * *

Acaricio tu cuerpo con gesto ritual. Me turba y me sosiega contemplar tu belleza desnuda. Te adoro subyugada, con místico fervor. Y yo, que nunca tuve otra religión que la de la Belleza, me arrodillo y beso tu cuerpo fragante, pensando en Juan el discípulo, que a Cristo besaba con unción las sandalias.

* * *

Frío. Te arrebujas en el lecho, hecha un ovillo suave. Con manos ateridas te acercas a mí. Te enlazo con mis brazos, acaricio tu cuerpo estremecido y beso dulcemente, despacio, tu boca, tus ojos, tus cabellos. Te beso, más y más, hasta verte temblar de amor y de deseo.
Profunda y silenciosa, la noche se detiene junto a nuestra ventana.

* * *

En la mañana, temprano, te levantas a abrir la ventana de par en par. De aurora y claridad tuya relumbra el aposento. Mis ojos, velados de sueño, te descubren bajo los chorros de agua que resbalan sobre tu piel.
Cuando vienes a mí, eres igual que un lirio, grácil, fresco, recién nacido, con gotas de rocío de la mañana blanca.

* * *

Esta noche ha llovido. Tú dormías, pero yo estaba despierta y pude oír el tamborileo de la lluvia en los cristales de la ventana; su sordo rumor en los canalones rebosantes de la terraza; el murmullo espaciado de las gotas sobre las hojas temblorosas de los árboles.
Silencio blando, recogido, íntimo. Tú dormías dulcemente. La lluvia y yo te velábamos.

* * *

El mar es tu amigo. Con sus brazos azules te columpia y acaricia tu piel con sus dedos de espuma. El mar es tu amigo. Sobre el lomo curvado de sus olas ligeras te lleva por caminos luminosos y anchos, a empaparte de luz.

Y cuando te devuelve a la orilla, ensarta como regalo diamantes líquidos en tu cabellera, y a tu talle anuda un cinturón de algas.

* * *

El sol abrasó tu cuerpo. Tu carne cobriza relumbra como la de los gitanos de Albaicín. Tus pechos, vasos de arcilla lustrosa, tiemblan ligeramente cuando una de estas olas rizadas se alarga hasta tu espalda. En la noche, tu piel será ardiente y salada. Y en el mar quieto de tus ondas de oro naufragarán felices los dedos de mis manos.

* * *

Duermo junto a tu cuerpo caliente, oloroso y moreno como aquel pan sabroso de mi infancia.

* * *

El dolor no ensombrecerá la claridad de mis poemas. El dolor que me llega de ti, de nuestro amor. El mar, la tierra y el cielo me han visto pasar como sombra temblorosa y solitaria. Ellos saben de mi inquietud profunda, de mi amargura cierta, de mi lucha enconada.

Pero yo sólo quiero darte mis horas de dicha y de paz. Y he de cantarte con lira de puro cristal, con música argentada de fuentes y olvido venturoso de infancia.

* * *

Cabalgando sobre la grupa de las olas, atravesando honduras verdes y abismos fosforescentes, nadamos. Las espadas de nuestros cuerpos desnudos hienden el vientre del oleaje, trepan por su espalda fría y surgen a la superficie, chorreantes de burbujas y de sol. Nuestros talones baten las rutas submarinas y los brazos abarcan las simas del océano. Nadamos.

Ana María en Mallorca. Abril de 1932.

Veo a través del agua, traspasada de dardos oblicuos, flotar tu cabellera como la de una medusa. Peces de un azul fúlgido escapan de entre tus muslos. En el fondo arenoso tu sombra oscura corre sobre bancos de coral como una nube rauda.
    Te alcanzo. Mis brazos enlazan tu talle. Mi cuerpo se adhiere a tu cuerpo; y mi beso voluptuoso, salado y sofocante, nos levanta, verticales, hacia la luz del sol.

* * *

    Eres algo leve y suave en mi vida. Me pesas, blandamente, como una aurora, como un pétalo fresco, como el plumón de un ave. A veces, ni te siento, tan despojada de grosera forma, tan liberada de tu envoltura material estás unida a mí.

En el dolor o en la alegría, escucho tu acento y el alma siente entonces un consuelo indecible, un gozo recóndito, como los siente el cuerpo fatigado de ruido y de sol al penetrar en un patio recogido en la penumbra.

* * *

¡Cómo te cantaré, qué palabras luminosas pronunciarán mis labios, de qué pasión palpitante enriqueceré mi acento, para que mi canción última sea digna de ti!

Ni las liras del bosque, ni el laúd de las brisas, ni el tambor de los vientos, ni el arpa de la lluvia, ni aun el gorjeo del ruiseñor te dirán la canción que estremece mi alma y alegra mis noches.

Tú que te irás, templada en mi llama, vestida de mis caricias, nimbada de mi luz, con el vuelo firme de las alas que te presté. Tú que te irás. Colmada de mi amor por lo Bello, profunda de mi tristeza, aureolada de mi inquietud y mi deseo.

¡Que tus plantas no se posen jamás sobre el cieno, que la hartura no mancille la pureza de tu cuerpo, que la ambición trivial no te agite ni te turben el corazón palabras de amor mentido! Que la boca saciada que insulta y blasfema no pronuncie nunca tu nombre. Escapa de la cárcel que te reservan el instinto salvaje y la palabrería vacía.

Pasa y muere, alta y sola, como la luz errante de la estrella, el ala majestuosa del águila, la sombra ligera de la nube. Como mi propia sombra...

* * *

Ahógame con tus manos, pálidas y ansiosas, nacidas de un sueño torturado y secreto. Bésame con tu boca, sabia y desdeñosa, que despierta en mis labios una sed devorante. Cíñeme con tus brazos inquietos y ardorosos, que ondulan y calientan como llamas. Clávame a tus flancos de seda estremecida donde duerme la noche fragante de los trópicos. Enlázame con tus piernas firmes y nervio-

sas. Y vélame por siempre la claridad del día, puesto que amas las sombras y en la noche floreces.

* * *

Duermo sobre tu corazón. Sobre tu loco corazón agotado por las tormentas. Un fragor de océano encrespado, de selva batida por el ciclón, un furioso torrente desbordado escucho, presa de ansiedad y angustia.
Duermo sobre tu corazón. Y no sé apaciguarlo.
No puedo, con todo mi infinito amor, aportarle serenidad, darle sosiego y paz.
Duermo sobre tu corazón tempestuoso.
A veces, creo dormir sobre una tumba.

* * *

¿Cuántas existencias viviste? ¿Qué visiones extrañas contemplaste en otros mundos? ¿En qué abismos verdes, en qué profundidades vegetales y sombrías recogiste la luz que hiere tus pupilas? ¿Qué herencia de pesadumbre te legaron los muertos? ¿En qué ayer angustiado nació tu ansiedad loca? ¿De qué fuente brota el agua amarga que te moja los labios? ¿En qué fuegos se calienta tu sangre?
Una atmósfera irrespirable te circunda. Un pasado de sombra y de deseos frustrados dobla tu frente. Un eco doliente tiembla en tu voz. Viejo como el mundo es tu espíritu. Un cansancio de siglos pesa sobre tus hombros. Naciste de un sueño de perfección, y eres melancólica como el crepúsculo, secreta y misteriosa como la noche, solitaria como la muerte.
Tu belleza fría y perfecta hace daño.
Yo no sé de tortura más honda que esta de abrazarte con la sensación terrible de abrazar a una muerta; de besarte con la amarga impotencia de besar el vacío.

Me miras imperturbable desde el borde de tus riberas perdidas. Lejana. Extranjera. Devanando lejos de mí, fuera de mi vida, la madeja inagotable de tu sueño.

* * *

¡Isla de la calma! Por tus auroras de nácar y tus mañanas luminosas; por tus crepúsculos de púrpura y tus noches extasiadas; por tu sol de fuego y tu luna resplandeciente; por tus torturados olivos y tus limoneros verdes; por tu cielo diáfano y tu mar centelleante; por tus montes perfumados y tus rojos arrecifes; por tus bahías de ensueño y tus bosques afelpados; por los inolvidables días de amor que pasé bajo tu cielo; isla de la calma, bendita tú eres entre todas las islas, y bendito es el gozo de tu recuerdo. Amén.

Ni el tono exultante de aquel envío que, a modo de colofón, cancelaba el cuaderno, ni los transportes casi extáticos que menudeaban entre las anotaciones bastaban para borrar la intuida fatalidad que asomaba en algunos pasajes. Ana María Martínez Sagi se había inmolado en los altares de la belleza, con esa generosidad pura que impulsa a los neófitos, sin importarle la «herencia de pesadumbre» y el «cansancio de muerte» que esa belleza incorporaba en su cortejo. Como una falena ebria de luz había quemado sus alas y su juventud en el fuego de una belleza que escondía al fondo el frío extranjero de una tumba y el tumulto de las tinieblas. Pero quizá no haya amor posible, ni anhelo de belleza, sin esa pulsión de tenebrosidad, sin esa previa disponibilidad de sacrificio. Tampoco sin una vocación decidida de imponer ese amor sobre las contingencias de la vida y más allá, incluso, de la muerte. «Fuerte como raíz milenaria, alto como un sueño, perenne como el latido estelar», el amor de Ana María Martínez Sagi se resignó al abandono, a la persecución, al constante suplicio de quienes no pueden pronunciar su verdad. La mujer pionera del feminismo, vindicadora de conquistas sociales entonces inconcebibles; la mujer atenta a la vivísima actualidad de cada día a través de sus crónicas y reportajes, auscultadora de inquietudes estéticas a través de su poesía; la mujer que había triunfado en el estadio y en la tribuna para después exiliarse en las regiones abisales del olvido; la mujer que compendiaba las vicisitudes insensatas y enaltecedoras, vertiginosas y contradictorias de todo un siglo, no podía entenderse sin el acicate de aquel amor orgulloso. Ahora que, por fin, habíamos conocido la naturaleza de aquel amor, y su alto ejemplo de abnegación, podíamos dar por concluida nuestra búsqueda. Ahora que, por fin, contemplábamos los meandros y revueltas del camino con la satisfacción de la obra concluida, podíamos decir que el itinerario nos había hecho mejores.

Ana María Martínez Sagi se recuperó de aquel arrechucho que había interrumpido su encierro en Moià y exigido su ingreso en un hospital de Barcelona, pero la convalecencia se convirtió en un lento apagamiento, en un casi imperceptible descenso hacia la ribera perdida donde se devanan las madejas inagotables de los sueños. Fue acogida en una residencia de ancianos de Santpedor, otro pueblo próximo a Manresa adonde fuimos a visitarla, cuando ya su inteligencia enflaquecía y buscaba la noche. Una trombosis agravaría su declinación, conduciéndola hasta las aguas de una agonía plácida, en las que todavía sigue bogando mientras escribo estas líneas. A veces nos preguntamos si en su silencio de párpados cerrados y respiración dificultosa y presentida fiebre, mientras rema hacia las orillas de la muerte, mientras se desliza por los inciertos pasadizos de niebla y ceniza que anteceden a la tierra prometida, seguirá viendo aquel rostro de imperecedera belleza que ensancha de eternidad las pocas horas que le restan, y adelgaza su espera, y la resarce de las muchas horas de angustia secreta que han compuesto la travesía de su vida.[1]

1. El día 2 de enero del año 2000, a las seis de la mañana, Ana María Martínez Sagi entregaba definitivamente su envoltura carnal en la residencia de ancianos San Francesc, en Santpedor, pocas horas después de que esta historia fue terminada de corregir. Sus restos fueron incinerados y arrojados al mar de Mallorca, según voluntad propia. En esta última y sobrecogedora simetría que vincula el fallecimiento de Ana María Martínez Sagi con la conclusión de *Las esquinas del aire,* se ratifica aquella frase con la que iniciábamos esta apasionada búsqueda: «Aceptemos que el azar es una expresión terrenal de la irreprochable lógica divina.» A veces, esta aceptación resignada es la única actitud con que podemos enfrentarnos al misterio.

LA VOZ SOLA

(Antología de poemas
de Ana María Martínez Sagi)

Luz y barro

Hoy traigo en las pupilas
la dulce claridad de la mañana.
El sol que se adormece en los caminos
está en mi alma.
¿No me veis fulgurar como una estrella?
¿No estoy hecha de luz como una llama?
Tengo el espíritu claro
y casta la mirada.
Hoy toda mi inquietud, mis pensamientos,
son rosas blancas,
y al corazón, pequeño, le han nacido
dos alas.
¿No estoy hecha de luz como una aurora?
¿No me veis limpia y pura como el agua?
Las nubes, las montañas y la luna
son mis hermanas...

No te acerques, pues, hombre. Tú estás hecho
de carne y de deseo. Me das lástima.
El aliento que sale de tu boca
abrasa.
Presiento el apetito vil y torpe

que encubren tus palabras.
Me asquean tus caricias. Cuando besas,
me dejas en los labios una mancha.
En los ojos que jamás miran al cielo
no he visto nunca lágrimas.
Tus manos ardorosas e impacientes
son garras.

¡No me busques, pues, hombre; no me llames!
Amor no ha de juntar nuestras dos almas.
Camina a ras de tierra; pisen polvo
tus plantas.
....
Hoy traigo en las pupilas
la dulce claridad de la mañana.
El sol que se adormece en los caminos
está en mi alma.

(De *Caminos,* 1929)

Estiu[1]

Sortí al portal de la masia. El sol
arborava els pallers i el blat de l'era.
Ni un alè d'aire. Calor i pols i el cant
tossut de les cigales cridaneres.

Amb la mà fent pantalla es tapà els ulls;
—brunzien unes mosques vironeres—
fixà l'esguard en la blavor del cel
i en el verd tendre de les mongeteres.

Vora el pou enrunat dormia el gos pelut.
La vaca mig tancava les parpelles.

Un minyó camallarg, golafre i embrunit
brandava àvidament una perera.
Entre marges de pols i gatoses roents,
es perdia molt lluny, la carretera...

1. «Salió al portal de la masía. El sol / incendiaba los pajares y el trigo de la era. / Ni un soplo de aire. Calor y polvo y el canto / tozudo de las cigarras chillonas. // Haciendo pantalla con la mano se cubrió los ojos; / —zumbaban unas moscardas— / fijó la mirada en el azul del cielo / y en el verde tierno de las plantas de las judías. // Junto al pozo derruido dormía un perro peludo. / La vaca entrecerraba los párpados. / Un chico larguirucho, glotón y atezado // sacudía ávidamente un peral. / Entre márgenes de polvo y aulagas candentes / se perdía, muy lejos, la carretera...» Con este soneto sui géneris, «Estío», Ana María Martínez Sagi obtuvo en 1932 el Premio Joaquim Cabot, convocado por el Club Femení i d'Esports. Es el único poema en catalán que se le conoce.

PUERTO DE ALCUDIA

Era una larga terraza
vestida de claridad.
Eran dos montañas negras
ocho barcas y un cañar.
Una ruta navegante
con un puerto sin fanal
como laguna dormida
bajo el fulgor estelar.

Y era un áspero perfume
ramo de brea y sal
y una ventana en la noche
abierta a la inmensidad
con dos sombras desveladas
que contemplaban el mar.

Y era abril:
y nada más.

(De *Canciones de la isla*, 1932-1936)

Voz perdida

Mi voz se ha perdido en las esquinas
del aire y del olvido.
En un sueño mohoso
sin salir de mí vivo.
Es otra la que impávida
recorre los caminos.
La que abre y cierra puertas
e interpreta los signos.
Estrangulé la luz en una trenza
de días consumidos.
El corazón en un país azul
lo enterré sin un grito.
Puertos y litorales
me esperan compasivos.
Regazos fraternales
y nombres sin sentido.
Mientras resbalo sola
con un temblor de río
los yunques de mis ecos
en herrumbre dormidos
golpean el silencio
con sus negros martillos.

Dolor de mi voz muerta
entre el arrebatado clamor de los vivos.
La voz que se ha perdido en las esquinas
del aire y del olvido.

(De *País de la ausencia,* 1938-1940)

OBSESIONANTE RECUERDO

La noche verde de luna
corriendo por los olivos
me perseguía en un sueño
de nostalgia y de delirio.

Rutas de almagre escapaban
entre el maíz y los grillos.
Viento salado venía
del mar crinado y mecido.

Almendros me florecían
entre los dedos cautivos.
Palmas de luz me rozaban
con sus lentos abanicos.

En su cuenca de blancura
arcos y torres dormidos
aprisionaban un cielo
trémulo de azul y brillos.

La noche verde de luna
de vegas pastos y ríos

se tropezaba en las pitas
y se moría en los pinos.

Cuatro pichones de cal
cuatro arcángeles furtivos
abandonaron un alba
temblorosa en los caminos.

¿Adónde iré con mi sueño
si en él ya me he confundido?

Llama que enciende al pasar
resplandor de azogue vivo
silencio de ciprés grave
blandura de gamo herido:

me los dio un país lejano
que sin cesar resucito.

(De *País de la ausencia,* 1938-1940)

El beso

¿En qué océanos áureos y arrebatados me hallo?
¿En qué rompientes duras en qué surcos de fuego?
¿En qué simas fugaces en qué abismos rugientes
me sostengo y me hundo me levanto y me pierdo?

El corazón al rojo
ha marcado certero
la huella perdurable
de este minuto intenso.

Olvidar. Olvidar
todo el pasado muerto.
Sentirse florecer
el corazón y el cuerpo
y en una tierra virgen
resucitar de nuevo.

¿Qué puñales de luna qué dardos acerados
abren mi cuerpo frío y me penetran ciegos?
¿A qué vértigos puros a qué cuencas recónditas
a qué cielos efímeros a qué vastos incendios
hechizada y demente
me conduce tu beso?

(De *Amor perdido*, 1933-1968)

LO IMBORRABLE

Fue verdad
el deseo.
La ofrenda generosa
de mi cuerpo a tu cuerpo.
Verdad también
el cielo
con sus golfos azules
sus gavillas de fuego.
Verdad los altos bosques
de los mástiles quietos
los pinos navegantes
los campos marineros.
Verdad aquel minuto
fúlgido alado eterno.

Trazo rojo en el mar.
Gota de luz al viento.

(De *Amor perdido,* 1933-1968)

POR OPACAS GALERÍAS

Por opacas galerías
huyó alocada mi voz.
Fue el mar
quien me la robó
dejándola en una isla
de donde nunca volvió.
Se me perdió en las rompientes
y el viento la sepultó.
¿Qué herida mató su ímpetu?
¿Qué sueño la asesinó?
Venablo de luz hincado
lo dejé en tu corazón.
Luego dormí noches lóbregas
y ardí en cráteres de horror.
Buscándote en cada cuerpo
viví maldiciendo a Dios.

Algo palpitante cálido
se pudría bajo el sol...

¡Ay mi voz estrangulada
que dejó de ser mi voz!

(De *Amor perdido*, 1933-1968)

Fusión

Me persigues ¡oh sombra!
con obstinación fría
atándome los puños
segándome la risa
parándome la sangre
y el pulso de la vida.
A tu viento tenaz
dócilmente me inclinas.
Te prolongas en mí
penetrando furtiva
mis silencios de yedra
mis murallas erguidas.
Ya mi voz no es mi voz
ni la tristeza es mía
ni sé ya qué raíz
está ardiendo en mi herida.
Suspendida en el tiempo
sobre enjambre de cimas
de mareas nocturnas
de selvas abatidas
emigro ineluctable

como un agua suicida
al desierto angustiado
de tu alma sin orillas.

              (De *Amor perdido*,1933-1968)

Rencor

On a peine á hair ce quón a tant aimé.
CORNEILLE

Cuánta piedra nocturna
cuántas sordas arenas
cuántos pozos transidos
cuántas auroras muertas
cuántos muros de espanto
cuánta agonía lenta
cuánto peso de sombras
cuánta ceniza espesa
sobre tu alma desnuda
sobre tu boca hambrienta
sobre tu ávido cuerpo
sobre tu sangre yerta.

¡Y aún persistes! Hurgando
con tozuda demencia
subterráneos oscuros
y galerías ciegas
vas abriendo tus cardos
tus orquídeas perversas

tus garfios acerados
tus manos de tiniebla.

¿Qué volcanes feroces
qué bárbaras tormentas
qué azadones rabiosos
qué sañudas piquetas
qué mordazas de olvido
qué losas justicieras
conseguirán al fin
hundirte bajo tierra?

(De *Amor perdido,* 1933-1968)

El deseo

Noche
de insomnio negro.
Sobre un talud de cardos
crispada me recuesto.
En cada pliegue blando
recóndito del lecho:
una espina de miel
un cuchillo de fuego.
Incrustado
a mi cuerpo
tentáculo feroz
y agresivo: el deseo.

Gritos broncos derriban
murallas de silencio.
Sofocante me absorbe
la boca que no tengo.
Mordaza de mi mutismo.
Pantera de mi desierto.
Hoguera de mi penumbra.
Abismo de mi tormento.
En un rojo

revuelo
de combates
sin freno
abierta desmembrada
me consumo y me pierdo.
En la noche demente
resucitada muero:
con la boca quemada
con los flancos ardiendo.

Lívida madrugada
cortará el aire denso.

Y el rostro que persigo
morirá en el espejo.

        (De *Amor perdido,* 1933-1968)

Dejadla

Dejadla que invente
sus fronteras invisibles
sus universos ardientes.
Dejadla que invente
los ojos que no la ven
los brazos que no la mecen.

Nadie le diga que sueña.
Nadie la llame demente.

Dejadla que invente
el rostro de su pasión
el cuerpo que la estremece
el fuego que la consume
y la ruta que la pierde.

Ninguno le hable jamás
del silencio que la cierne
de sus mundos despoblados
de su soledad creciente.

Dejadla que invente
los ecos que la persiguen

los mares que la sumergen.
Y aquel beso tal vez soñado
que la mata lentamente.

(De *Amor perdido*, 1933-1968)

Cuando...

Cuando mis brazos delfines rígidos
cuando mis ojos pozos sin agua
cuando mi boca cuenca de sombra
cuando mi cuerpo raíz cortada
sean un ínfimo trazo de polvo
limo disuelto ceniza amarga
viviré en cada latido tuyo
sombra de sombras resucitada.

Seré la sed voraz de tu boca
la huella terca de tus pisadas
el grito agudo de tus renuncias
la cruz perenne de tus espaldas.
Mías la sangre de tus heridas
la sorda queja de tu garganta
la noche densa de tu congoja
la llama última de tu esperanza.

Todos los besos que no te diera
quemarán vivos tu boca helada.
Me buscarás sin hallarme nunca.

Nudo de sangre. Fuente cegada.
Y he de morirme de doble muerte
cuando la tierra cubra tu cara.

(De *Amor perdido*, 1933-1968)

IMPLORACIÓN

Que la Muerte
me deje
cerca del agua clara
cerca del tallo verde.
Que hasta mis huesos
llegue
la luz
de los ponientes
el murmullo del río
los blandos alfileres
de la lluvia. Que el viento
de las selvas agrestes
me colme de perfumes
de polen y simientes.
Que el golpe firme y duro
del azadón resuene
en mis entrañas yermas
en mis senos de nieve.
Que el filo del arado
en los surcos ardientes
abra regueros de oro
en mi cuerpo yacente.

Que la Muerte
me deje
traspasada de soles
y rumores calientes.

(De *Jalones entre la niebla,* 1939-1967)

Por el río venía[2]

Venía tu cuerpo moreno,
en el agua rosada del río.
Un viento, de pena callada,
retorcía los grises olivos.
Venía tu cuerpo moreno,
inmóvil y frío.
El agua, cantando, pasaba
por tus dedos rígidos.
¡Venías tan pálido,
soldado, en el río!
La boca cerrada, las manos heladas,
la piel como el lirio;
y una herida roja, en la frente blanca,
y una luz de aurora, en los ojos limpios...
¡Qué muerte la tuya, soldado del pueblo,
bravo miliciano, corazón amigo;
qué muerte más dulce, cien brazos de agua
ceñidos en torno de tu rostro lívido!

2. Este poema, que Ana María Martínez Sagi daba por perdido, aparece incluido en *Cantos y poemas de la Guerra Civil de España*, recopilados por Joan Llarch (Producciones Editoriales, Barcelona, 1978).

No venías muerto sobre el agua clara;
sobre el agua clara, venías dormido:
un clavel granate, en la sien nevada,
y en los ojos quietos, dos luceros vivos.
¡Qué pálido y frío,
venía tu cuerpo moreno
sobre el agua rosada del río!

ÍBAMOS DE LA MANO

Íbamos de la mano
por el bosque aromado de espliegos y tomillos.
Íbamos de la mano:
era claro el camino.
Tarde de primavera.
Rosado el mar tranquilo.
Íbamos de la mano las bocas silenciosas.
No se oía más ruido
que el del mar y la brisa los últimos reflejos
del sol incendiaban las copas de los pinos.
Nuestras sombras unidas
pasaban con sigilo.
—El verde de tus ojos
era sereno y limpio—.
No sé si tú sentías el calor de mi mano
la gracia milagrosa de aquel contacto íntimo.

Tu voz quebró el silencio: «¿En qué piensas,
                    [pequeña?»
—Cruzó una gaviota por el cielo encendido—.
Yo te miré los ojos que ya amé en otro mundo

y algo breve y muy dulce te murmuré al oído.
Besaste tú mi mano.
    Luego la noche vino.

        (Inédito. Suprimido de *Inquietud*, 1933,
        e incorporado a *La voz sola*, 1969)

DAME UNAS HORAS

Dame unas horas ¡sólo unas horas!
Años y años las esperé.
Horas vibrantes estremecidas
igual que aquellas que viví ayer.
Dame la voz que me turbara.
Aquellos ojos que tanto amé.
Tu boca mórbida: fruto de sombra.
Tu cuerpo arisco: frío clavel.
Canta mi nombre busca mis manos
entre los brazos estréchame.
Dame unas horas ¡sólo unas horas!
para consuelo de tanta hiel
de tanto grito vano en el viento
de tanta horrenda y demente sed.
Mar de la isla... mar de la isla
¡ayúdame!
Sólo unas horas de aquel hechizo.

Luego en la noche sola me iré.

(Inédito. De *La voz sola*, 1969)

Invéntame

Invéntame otra vez un mundo prodigioso
surgido de tus manos como ramo de estrellas.
Invéntame palabras carbúnculos fulgentes
para encenderme el alma deshabitada y yerta.

Invéntame otras playas y puertos venturosos.
El sortilegio intenso de otro claro nocturno
el palpitar demente de aquel corazón joven
la inocencia dichosa de mi cuerpo desnudo.

Invéntame otros brazos para acunar mi sueño
la canción embrujada de otro mar luminoso
la ternura extasiada la caricia imborrable
y el amor delirante que triunfa en mis ojos.

Invéntame otras islas doradas y remotas
otras raíces nuevas otros nudos de sangre.
Y un nombre breve en el que yo me reconozca
cuando tu voz de antaño nuevamente me llame.

Invéntame remansos compasivos de olvido.
Faros fieles y alertas bajo el azul del cielo.
¡Que ya no sé crearme espejismos piadosos
ni esperanzas mentidas para seguir viviendo!

(Inédito. De *La voz sola,* 1969)

Tu rostro

Pacientemente sí.
Porfiadamente sí.
En mármoles de olvido
en bronces de congoja
en granitos de ausencia
día tras día noche
tras noche con dulzura
he labrado tu rostro.
Tu rostro que inventé
hoy pervive en mis ojos
va siguiendo mis pasos
hasta borrar el tiempo
hasta velar mi nombre
hasta cubrir las islas
de luz de la memoria.

Amorosamente sí.
Angustiadamente sí:
he labrado tu rostro.
Traspuse pavorosas vorágines de gritos
derribé cordilleras
descendí por los anchos

océanos secretos
descorriendo el cerrojo de las noches hostiles
del ansia adormecida
de mi voz ahogada
en canteras de angustia.
Aurora tras aurora.
Ocaso tras ocaso.
Ni demente ni cuerda:
así labré tu rostro.

¡Y nadie lo descubre
vibrando entre mis manos!
¡Oh rostro conquistado!
Ardiente quemadura.
Grito tenso del sueño.
Fiel herida del alma.
¡Estatua de fulgor
que no podrás robarme!

(Inédito. De *La voz sola,* 1969)

Me acuerdo...

Me acuerdo sí me acuerdo
de la noche y del mar.
En mi boca perdura
terco sabor de sal.

Me acuerdo sí me acuerdo
de la noche y del mar.
De los mástiles quietos.
Del trallazo fugaz
del faro desvelado.
De la luna irreal
del canto de las olas
del embrujo estelar.

Era yo caracola
arca de castidad
madrépora dormida
en un cuenco de paz.
Subyugada falena
o paloma sin mal.
Ceñida de albas frías
me supiste apresar.

Recóndita pureza.
Hiriente intensidad.
Milagro más inédito
no se repetirá.
Prodigio de la estatua
que se alzó para andar.
Del capullo cerrado
que floreció tenaz.
Del rescoldo apagado
que llameó triunfal.
Del cuerpo sometido
palpitante y feraz.

¡Me acuerdo!
    ¿Cómo quieres
que lo olvide jamás?

Me quedé allá en la isla
en la noche y el mar.

(Inédito. De *La voz sola,* 1969)

Primavera de 1969

Primavera:
no te he sentido venir.

En aquel puerto: ¿qué canto
de luna sal y jazmín
recordaría la noche
lejana de aquel abril?

¿Qué flor nació junto al mar?
¿Qué astro nuevo en el confín?
¿Qué faro alumbró mi nombre?
¿Qué risa estalló feliz?
¿Qué selva creció en las olas?
¿Qué coral ardió por mí?
¿Qué fuente brotó en la arena?
¿Qué sirena y qué delfín
desvelados expectantes
no se quisieron dormir?
¿Quién se acordó de la noche
lejana de aquel abril?

Primavera:
no te he sentido venir.

(Inédito. De *La voz sola*, 1969)

ÍNDICE

Agradecimientos y advertencias		9
Libro primero. UN LABERINTO DE PRESENCIAS		13
I.	La virgen del stádium	15
II.	La trastienda del padre Brown	46
III.	Una señal del cielo	77
IV.	La chica republicana	101
V.	La línea divisoria	144
VI.	Mariposas disecadas	163
VII.	El fuego en que me consumo	214
VIII.	Alas de luz en el alma	259
IX.	Las máscaras del poeta	281
X.	Nuestras sombras separadas	310
XI.	La decepción y el fervor	339
XII.	La voz del silencio	365
Libro segundo. EL HILO DE ARIADNA		385
I.	Salmodia y letanía	387
II.	Un gorrito de marinero	400
III.	La vida soñada	420
IV.	Fuegos fatuos	430
V.	Almas gemelas	451
VI.	La ubicua reportera	468

VII.	Un terco río desatado	485
VIII.	El cielo enrejado	497
IX.	Como lágrimas en la lluvia	513

Epílogo 527

La voz sola (Antología de poemas de Ana
María Martínez Sagi) 541